LETTRES NÉERLANDAISES
série dirigée par Philippe Noble

LES INITIÉS

DU MÊME AUTEUR

UN GOÛT D'AMANDES AMÈRES, Actes Sud, 1988 ; Babel n° 241.
LE LAC NOIR, Actes Sud, 1991 ; Babel n° 117.
EN LA FORÊT DE LONGUE ATTENTE, Seuil, 1991.
LE MAÎTRE DE LA DESCENTE, Actes Sud, 1994.
UNE LIAISON DANGEREUSE, Seuil, 1995.
EN TRANSIT, Actes Sud, 1995.
LES SEIGNEURS DU THÉ, Seuil, 1996.
LES ROUTES DE L'IMAGINAIRE, Actes Sud, 1996 ; Babel n° 313.
LA VILLE ÉCARLATE, Seuil, 1997.
LE GÉNIE DU LIEU suivi de *LA GLORIETTE*, Actes Sud, 1998.
LA SOURCE CACHÉE, Actes Sud, 1998.
LOCATAIRES ET SOUS-LOCATAIRES, Actes Sud/Leméac, 1999.
DES NOUVELLES DE LA MAISON BLEUE, Actes Sud/Leméac, 2000.
DES JARDINS DE BOMARZO, Seuil, 2000.
UN LONG WEEK-END DANS LES ARDENNES, Actes Sud/Leméac, 2001.
VISER LES CYGNES, Actes Sud/Leméac, 2002.

Ouvrage traduit avec le concours
du Centre national du livre

Titre original :
De Ingewijden
Editeur original :
Em. Querido's Uitgeverij B. V., Amsterdam

ISBN 2-7609-2432-8

ISBN 2-7427-4233-6

Illustration de couverture :
Pierre-Marie Brisson, *Contre-jour* (détail)

HELLA S. HAASSE

LES INITIÉS

roman traduit du néerlandais
par Annie Kroon

ACTES SUD / LEMÉAC

à la mémoire de mon père

Heureux celui qui est initié avant de descendre sous la terre, car il sait la fin de la vie et le commencement venu de Zeus.

PINDARE

JESSICA MANNING

Jessica Manning ne put se rappeler avec précision, par la suite, comment elle s'était imaginé l'entrée en Grèce. Quelque chose qui devait pourtant ressembler à des maisons éclatantes de blancheur entre des cyprès, sous un ciel d'un bleu cobalt éblouissant, comme sur les affiches de l'agence de voyages Cook. Mais quand ils arrivèrent, au milieu de la nuit, au poste de douane d'Evzoni, dans leur voiture maquillée par la saleté, grise de poussière et de boue séchée (il avait plu à verse dans le sud de la Yougoslavie et les routes n'étaient pas goudronnées), le paysage de montagnes pelées qu'éclairait la lune pouvait bien être conforme à celui qu'ils avaient traversé le jour, elle était trop fatiguée et trop maussade pour y attacher quelque importance.

"Dieu merci ! nous voici de nouveau dans le monde occidental", dit la mère de Jessica, en bâillant et en soupirant, quand la voiture s'arrêta sous la verrière du bureau de douane, un bâtiment moderne puissamment éclairé. Bérénice dormait, la tête sur l'épaule de Bernard. Comme d'habitude, ils prenaient à eux deux toute la place sur la banquette arrière. Jessica avait depuis longtemps cessé de se plaindre de l'inconfort, des chuchotements, baisers et autres petits jeux secrets dont ces deux-là ne semblaient jamais rassasiés ; elle était courbaturée d'être restée assise toute raide, ses jambes étaient ankylosées, elle était si fatiguée que rien, désormais, ne pouvait l'affecter.

"Chérie, il y a un café, dit Bernard, le menton dans les cheveux de Bérénice, en lui caressant l'épaule pour la réveiller, on va boire quelque chose ?"

"Bonté divine, ne pourrait-il pas aider ton père, pour une fois, par exemple, apporter les passeports à ces types, Jessica, demande-le-lui, je t'en prie." Jessica avait l'impression d'être un bloc de pierre, froid et inerte, tout ricochait sur la surface dure. Sans répondre, elle jeta un coup d'œil au visage somnolent, un peu bouffi, de sa mère. Il n'y avait plus de trace de rouge sur ses lèvres, des éclairs d'irritation et d'impatience passaient dans ses yeux. Bérénice se réveillait. Elle s'étira langoureusement, avec le petit gémissement qui excitait tant Bernard. Il lui mordilla la nuque par jeu. Normalement, j'aurais déjà dit merde, pensa Jessica ; si je n'étais pas aussi crevée, je devrais peut-être me mettre à pleurer ou à crier comme une dingue. Mais maintenant, ça ne me fait rien, absolument rien.

"Mais réponds donc, pourquoi ne réagis-tu pas ?" Sa mère ouvrit brusquement le sac qu'elle tenait sur ses genoux et commença à retoucher son maquillage, avec des gestes nerveux, dans la lumière bleutée. Sa grande bouche molle béait comme la gueule d'un poisson pendant qu'elle se barbouillait les lèvres, apparemment au petit bonheur. Dans le bâtiment de la douane, une radio braillait de la musique, une femme chantait une mélodie plutôt mélancolique et le refrain était repris par un chœur sur un rythme rapide.

"Occidental ? Mais c'est tout ce qu'il y a de plus oriental, ici, exactement comme de l'autre côté de la frontière", dit son père, de sa voix lente, ennuyée et sarcastique. Il se passa la main dans l'encolure de son débardeur et se frotta la poitrine et les épaules. Jessica sentit l'odeur de sa sueur.

"Une fois de plus, tu fais celui qui n'a pas compris. Tu n'es pourtant pas aveugle. Ici, au moins, c'est propre." Un douanier, posté sur le seuil, qui attendait depuis un certain temps, s'approcha de la voiture et salua poliment en anglais, en se penchant à la portière pour regarder à l'intérieur.

"Pourquoi ne dis-tu rien, Jessica, fais comprendre à Bernard qu'il…

— Tu te trompes d'adresse, maman, c'est à Bérénice qu'il faut le demander. Bernard est son mari, pas le mien.

— Bérénice n'est pas dans son état normal en ce moment, tu le sais aussi bien que moi. Si seulement je pouvais parler français…

— Bonté divine, vous allez la boucler !" dit Manning en bâillant à son tour. Il avait ouvert la portière et, en prenant appui d'un pied sur le sol, il se pencha en travers du véhicule pour explorer à tâtons la boîte à gants où il avait rangé les passeports et d'autres documents, après le contrôle de Gevgelija. "Nom d'un chien, tu n'aurais pas pu préparer toute cette paperasse !

— Je ne suis pas ta secrétaire", répliqua vertement son épouse, avec un accent de triomphe dans la voix. Elle n'attendait que ça, la voilà requinquée, pensa Jessica. Mon Dieu, comme c'est bon d'être si épuisée que toutes ces choses vous laissent de marbre. Pas de gorge nouée, de larmes aux yeux, pas cette boule de haine et de dégoût pour vous empêcher de respirer. Nuit et jour, des prises de bec, des confrontations. Ce que l'un veut, l'autre ne le veut pas et réciproquement. Parce qu'elle, elle s'irrite du comportement de Bérénice et de Bernard, lui, il les laisse faire. Elle essaie de ne pas le montrer, mais elle ronge son frein, quand ils sont occupés à leurs petits jeux. Lui, il jette un coup d'œil dans le rétroviseur mais il ne dit rien, il s'amuse à sa façon. Il boit trop, un jour ou l'autre, il va s'écrouler. Mais pourquoi, pourquoi toutes ces histoires ? D'habitude, ça me prend la tête, j'ai les nerfs en pelote, je me sens misérable, mais maintenant, je m'en fiche complètement.

Jessica passa la tête au-dehors, le vent tiède de la nuit fit bouger ses cheveux. En regardant par-dessus un petit mur chaulé, elle apercevait l'intérieur du bureau de douane. Les tables et les chaises avaient été poussées dans un coin. Un jeune garçon balayait le sol. Au mur, il y avait des calendriers de compagnies maritimes et les mêmes affichettes touristiques en couleurs qu'elle avait vues partout dans les agences de voyages, le théâtre d'Epidaure, les lions de pierre de Délos, l'Acropole d'Athènes. A travers une porte vitrée, elle aperçut son père en train de discuter avec l'employé qui contrôlait les passeports. Dans une posture déhanchée, il se massait d'un geste familier la nuque et les cheveux taillés en brosse. Il y avait une tache de graisse sur sa chemise jaune. Elle trouva qu'il faisait sale et décati. La radio diffusait en continu une musique tonitruante. Deux hommes sortirent, tenant chacun une pastèque dans une main et une chaise de l'autre. Ils posèrent les chaises sous un auvent et, tout en discutant bruyamment, se mirent à découper les pastèques en tranches. Derrière le bâtiment, on apercevait dans la nuit le contour incertain des montagnes basses. Bernard et Bérénice avaient allumé une cigarette, il lui rattachait son soutien-gorge sous son corsage, tandis qu'en bâillant, elle démêlait sa chevelure qu'elle relevait avec des pinces. Jessica entendit le cliquetis répété d'un briquet ; sa mère essayait d'allumer une cigarette. Bérénice et Bernard descendirent de la voiture sans lui proposer du feu, ils n'avaient rien remarqué ou faisaient semblant. A son habitude, Bernard tenait sa femme par le cou et la guidait ainsi devant lui, en marchant. Au garçon qui balayait, il demanda en français comment on accédait à la salle de restaurant qu'on apercevait d'une fenêtre. Ils devaient contourner le bâtiment, l'entrée se trouvait de l'autre côté. Les mangeurs de pastèque se redressèrent sur leur chaise pour suivre d'un œil attentif le passage de Bérénice. Elle portait un pantalon corsaire moulant, à rayures noires et blanches.

"Eh bien, que dis-tu de ça ?" demanda la mère de Jessica, d'une voix tremblante d'exaspération. "Je ne le supporterai pas plus longtemps. Ou ils continuent le voyage par leurs propres moyens ou je rentre à la maison." Elle lança au fond de son sac le briquet hors d'usage et se mit à fourrager dans la boîte à gants. "Tu as des allumettes ? Pourquoi ne dis-tu rien ? Tu es malade ?

— Oui, j'ai envie de dégueuler, dit Jessica. Elle ouvrit la portière, sortit de la voiture et marcha à grands pas sur la voie qui menait à la route. Le vent bruissait dans les hautes herbes sèches des collines. Une rangée de lumières scintillait au loin, c'était la gare du poste frontière de Gevgelija, en Yougoslavie.

Elle s'assit au bord de la route, dans une petite trouée au milieu des buissons. La lune était dans son dernier quartier et ressemblait à un croissant gonflé et écorné. A l'exception du bureau de douane qui diffusait de la lumière et du bruit, il n'y avait aucune trace de vie sur les hauteurs sans arbres. Jessica vit sa mère sortir de la voiture avec des mouvements anguleux et entrer dans le bâtiment. Un petit groupe s'était formé autour des mangeurs de pastèque ; leur conversation et leurs rires couvraient la musique. L'un des douaniers faisait lentement les cent pas sous la verrière ; il examinait le véhicule sous tous les angles, s'arrêtant de temps à autre, les mains derrière le dos, pour regarder vers la route. Il se demande ce que je fais là, pensa Jessica. Elle ne bougeait pas, ramassée sur elle-même, assise sur ses talons ; sa jupe mince et ample flottait au vent. Elle n'était plus fatiguée, elle avait l'esprit clair et vide. Sur la terrasse, à droite du bureau de douane, elle reconnut le corsage rouge de Bérénice. Qu'ils s'expliquent entre eux, ceux-là, elle ne voulait pas s'en mêler. Elle n'avait pas demandé à les accompagner en Grèce, elle préférait rester à Paris. Elle éprouvait une irritation proche de l'aversion à l'égard de ses parents qui avaient eu l'idée saugrenue d'un voyage de noces à cinq, et envers sa sœur et son beau-frère, qui non seulement avaient accepté la chose comme naturelle mais, en plus, se faisaient traiter en invités, tout en agissant comme s'ils étaient seuls au monde.

Quand les grandes vacances arrivaient, Jessica était malade rien que d'y penser. Le séjour de trois mois en Europe, en compagnie de ses parents, était chaque année une galère. Dans combien de pays Bérénice et elle n'avaient-elles pas déjà été traînées : l'Espagne, l'Italie, la Scandinavie ; les paysages étaient changeants, des plaines, des mers, des montagnes, mais les chambres d'hôtel se ressemblaient toutes et dans chaque ville nouvelle, le programme était le même : une tournée rapide des curiosités et des boutiques de souvenirs. Les disputes entre papa et maman comme les périodes où on rongeait son frein en silence commençaient et se terminaient d'une manière prévisible au détail près pour les deux filles. Chaque mot, chaque geste faisait partie du rituel, elles en avaient fait l'expérience des milliers de fois.

Personne ne se demandait à quoi servaient ces voyages ; parents et filles se parlaient à peine et nul ne s'intéressait au fond à ce qui est supposé captiver le touriste : l'art, l'histoire, le folklore. Le jour, ils couvraient un certain nombre de kilomètres, le soir, ils faisaient un bridge dans le salon d'un hôtel, du moins quand l'humeur était sinon au beau, du moins passable. Dans le cas contraire, Manning s'engouffrait dans un bar, Mrs Manning restait dans sa chambre, à fumer et à se faire les ongles, Jessica et Bérénice déambulaient dans les rues inconnues ou allaient se coucher. Jessica avait souvent eu l'impression qu'il s'agissait seulement de rester en mouvement. Faire les valises, rouler, manger, boire, acheter des cartes postales, défaire les valises : un *perpetuum mobile*[1].

1. En latin dans le texte : "un mouvement perpétuel". *(Toutes les notes sont de la traductrice.)*

Elevées à Paris dans une institution privée, elles s'étaient détachées de leurs parents, de l'Amérique. Elles avaient rejoint désormais ce groupe cosmopolite, à l'identité mal définie, qui n'a plus de racines nulle part. Chaque année, elles prenaient un peu plus de distance par rapport à leurs parents, regardaient d'un œil plus critique l'état impossible de leur couple. Incapables au demeurant de comprendre la situation ou d'énoncer un jugement, Jessica et Bérénice avaient toujours fait bloc, cela donnait au moins une illusion de sécurité, pendant ces pérégrinations estivales qui semblaient ne jamais devoir finir, avec pour destination Venise, Grenade ou Londres.

Quand Bérénice quitta l'institution, Jessica resta seule. Bérénice partageait une chambre avec une amie, dans un foyer d'étudiantes, elle était supposée suivre une formation de styliste de mode. Autant que Jessica, encore soumise au régime de l'internat, avait pu en juger, Bérénice avait passé son année à la terrasse des cafés ou à se faire câliner comme une chatte paresseuse par une bande toujours renouvelée de petits matous. Peut-être avait-elle choisi Bernard parce qu'il était comme elle, indolent, flou, sensuel, avec une aversion pour tout ce qui demandait effort ou persévérance. Ils donnaient l'impression de pouvoir passer leur vie enlacés au creux d'un sofa douillet, dans une demi-somnolence, en se dorlotant mutuellement dans leur chaleur animale. Bernard faisait des études de lettres. Il était orphelin, mais avait, semblait-il, une riche grand-mère propriétaire d'un domaine en Auvergne, qui lui payait ses études et dont il devait hériter un jour. Quoi qu'il en soit, le mariage avec Bernard fut un événement décisif, un peu comme la mort.

Maintenant je l'ai perdue pour de bon, avait pensé Jessica quand, au milieu des amis de Bernard et de Bérénice, elle avait porté un toast en l'honneur du jeune couple. Elle avait des semelles de plomb quand, une semaine plus tard, elle vint accueillir ses parents à l'aéroport. Ils avaient envoyé un télégramme (ils n'écrivaient jamais) pour lui dire qu'ils avaient l'intention de l'emmener avec eux en Grèce. Jessica vit tout de suite à leurs têtes que les choses allaient mal, cette fois encore pire que d'habitude. Les retrouvailles se passèrent comme prévu : jusqu'à une heure avancée de la nuit, les jérémiades et les monologues de sa mère pleurnichant sur elle-même : Il fait ci, il dit ça, alors que je… Le lendemain, c'était le tour de son père ; elle était avec lui dans un bistrot. Il avait déjà trop bu et mendiait de la sympathie d'un ton pleureur. Ce comportement était si contraire à sa manière d'être habituelle, faite de lenteur empruntée et goguenarde, que Jessica en fut saisie : il devient gâteux, pensa-t-elle. "Laissez-moi à Paris, je vous en prie, avait-elle alors demandé, je ne veux pas venir avec vous." Elle vit que ses parents étaient surpris et, à la réflexion, embarrassés. Le voyage d'été n'avait jamais soulevé de protestation. Jamais ils n'avaient eu à douter de la disponibilité de quelqu'un qui était leur fille.

Après une visite aux jeunes mariés dans les vastes pièces de l'appartement défraîchi qu'ils avaient loué dans l'île Saint-Louis, il fut promptement décidé que ces deux-là seraient du voyage. Jessica ne comprenait que trop bien. Ses parents redoutaient de se retrouver en tête-à-tête bien plus encore qu'elle ne se l'imaginait : plus on est de fous, plus on rit. Quant à Bérénice et Bernard, ils étaient d'accord sur tout, à condition d'être ensemble et de n'avoir à s'occuper de rien. On loua une voiture et on se mit en route, tous les cinq.

Dès les premiers jours, il fut clair comme de l'eau de roche que l'idée était une erreur sur toute la ligne. Que Bérénice et Bernard n'aient d'yeux et d'oreilles que l'un pour l'autre, qu'ils passent leur journée à se reposer de la nuit écoulée pour préparer la suivante, c'était, certes, à prévoir. Jessica qui partageait avec eux la banquette arrière souffrait moins de leur léthargie d'amour que de la manière dont réagissaient ses parents à la chose. Plus on descendait vers le sud, plus il y avait de l'électricité dans l'air. Dans les montagnes serbes, contre toute prévision, il avait plu sans discontinuer ; le paysage était noyé dans un brouillard épais ; heure après heure, ils avaient progressé à la vitesse de l'escargot dans un bourbier rougeâtre, entre d'interminables rangées de pommiers dégoulinant de pluie. Manning pestait contre l'état des routes, n'épargnant personne de ses sarcasmes et de ses critiques, quand la voiture cahotait sur des nids-de-poule impossibles à éviter parce qu'il y en avait partout ; et comme ils étaient remplis d'eau, on ne pouvait en estimer la profondeur. Mrs Manning fumait cigarette sur cigarette ; d'une voix forte et nerveuse, elle se plaignait de manquer d'air dans cette espèce de boîte de conserve, dans ce brouillard ; elle trouvait les villages gris et sales, les gens bizarres, il n'y avait dans ce pays que des gardeurs de cochons et des paysannes fagotées de noir, elle avait vu des punaises dans un hôtel, la nourriture était infecte, quant aux sanitaires, ils défiaient toute description. De temps à autre éclatait entre Manning et elle un échange de piques et d'insinuations : "Mais à quoi t'attendais-tu donc ? Tu voulais du pittoresque, tu en as, sois contente.

— Contente ? Epargne-moi tes railleries, tu te fiches pas mal que je sois contente ou pas.

— Comment oses-tu dire ça !"

Bernard et Bérénice, qui trouvaient le temps long, étaient étroitement enlacés à leur habitude sur la banquette arrière, elle, une jambe reposant sur le genou de Bernard, lui la tenant par la taille ou le bras passé autour de son cou.

"Mais comment peut-on rester collés comme ça l'un à l'autre, c'est pour moi un mystère !

— Fiche-leur la paix, ils sont jeunes.

— Tiens donc, écoutez-le, celui-là ! Depuis quand considères-tu que c'est un privilège réservé aux jeunes ?

— Je vous le donne en mille, qu'est-ce que madame sous-entend par là ?

— C'est ça, propose-nous des devinettes. A ton tour de nous amuser un peu ! Ce n'est pas trop tôt.

— Je vous ferai remarquer que ce n'est pas uniquement pour mon plaisir que je vous promène sur les routes d'Europe depuis une éternité.

— Pas besoin de nous rappeler que tu aurais préféré rester aux Etats-Unis. Personne ne doute que tu t'amuses beaucoup mieux là-bas.

— Oh, bon Dieu ! Arrête, avec tes insinuations.

— Tu es furieux parce que tu sais que j'ai raison.

— D'accord, tu as raison, et après ?"

Etc., *ad libitum*, pendant que la voiture, lentement, avec des soubresauts et des dérapages, avançait mètre par mètre sur une route où seules les ornières remplies d'eau qu'avaient tracées des roues de charrette servaient de repères ; une boue rougeâtre éclaboussait la voiture jusqu'au toit. Parfois, ils devaient traverser le lit d'une rivière ; ailleurs, ce n'était rien d'autre que des collines de pure gadoue : en raison d'éboulements ou de forts ruissellements, toute trace de route avait disparu. Manning maudissait le pays, le temps, la voiture, lui-même et les autres. Sa femme lui faisait remarquer que c'était lui qui avait eu l'idée de ce voyage. Bernard proposa de rebrousser chemin, de suivre une autre route, le long de la côte de Dalmatie, et de rester là.

"Il n'est pas question de faire marche arrière, maintenant que je suis arrivé jusqu'ici, hurla Manning, ceux qui ne sont pas d'accord continueront à pied."

La discussion fut close. Mrs Manning se raidit un peu plus, plongée dans un mutisme amer. Bérénice prit peur ; Bernard et elle se mirent à parler de loups et de bandits, et de ce qu'ils feraient si la voiture avait un sérieux pépin. Jessica regardait défiler les sommets boisés et les ravins, et, près de la route, les buissons détrempés où se collaient des escargots gros comme le poing. Vers la fin de la journée, le ciel s'éclaircit. Ils laissèrent derrière eux les montagnes serbes noyées de brouillard et entrèrent dans un paysage ample et vallonné, aux collines ocrées où poussait une herbe haute. C'était la Macédoine. Des cigognes étaient perchées, immobiles, sur les poteaux télégraphiques ou sur des arbres isolés. La lune montra sa face grêlée. Cette solitude absolue était plus étrange que tout ce qu'ils avaient connu jusque-là. La grandeur et la nudité du paysage les mirent mal à l'aise. Ils étaient comme livrés, mais ils ne savaient pas à quoi.

Jessica ressentit un fourmillement dans les jambes. Elle se releva et se tourna dans la direction d'où soufflait le vent. Elle eut l'impression de s'appuyer sur ce flot d'air tiède. L'herbe bruissait. Elle aurait voulu rester là, sans penser à rien. Si seulement on pouvait se changer en arbre ou en buisson ! Elle apercevait maintenant des maisons adossées aux collines. Sur une pente, entre deux sommets, paissait un troupeau de moutons. Elle chercha le berger des yeux, sans succès. Elle savait qu'il devait se trouver là, quelque part entre les broussailles et les rochers, à attendre calmement – mais quoi ? Ces derniers jours, ce qui avait retenu plus que tout son regard avide, c'étaient ces bergers solitaires, des hommes jeunes ou vieux, des enfants, seuls, jour et nuit, dans un paysage abandonné, sans autre occupation que de surveiller un troupeau de moutons ou de cochons. Ils mangeaient des pommes, sur le bas-côté de la route, ou étaient assis sur la pente, leur bâton sur les genoux. En général, les enfants, curieux, gambadaient vers la voiture en poussant des cris, ils lançaient leurs bonnets dans la boue, devant les roues, et envoyaient des baisers du bout des doigts, mais les hommes regardaient passer les étrangers, immobiles, taciturnes, retirés en eux-mêmes.

En les voyant, Jessica avait senti à plusieurs reprises le désir d'être à leur place, là, au bord de la route, pieds nus, en haillons, sans autre compagnie que des animaux en train de brouter. Elle enviait ces inconnus, tout en sachant que leur sérieux et leur indifférence de surface demeuraient pour elle impénétrables. Mais ils étaient si naturels, si libres dans leur pauvreté, en harmonie avec les bêtes et le paysage dans leur solitude même. Etre seul, au sens où elle l'entendait elle, était pour eux un problème inconnu. Ils regardaient Jessica depuis le bord d'un autre monde, de leurs yeux noirs attentifs. Elle ne pouvait se représenter leur vie. A tout point de vue, elle était le contraire de ces pâtres, de ces femmes, de ces enfants, qui travaillaient dans les champs ou qui, chargés de fardeaux et de paniers, à pied ou dans une charrette bringuebalante, allaient de village en village. Elle n'avait pas de patrie, pas de maison, pas de travail, elle ne s'intéressait à rien, elle n'était liée à personne, son avenir la laissait indifférente.

Elle se doutait que l'indolence de Bérénice correspondait à une phase ultérieure des mêmes dispositions mentales. Mais à quoi lui servait cette intuition ? En chacune d'elles, quelque chose manquait ; elles n'étaient complètes ni l'une ni l'autre. Aujourd'hui Bérénice avait Bernard (mais pour combien de temps, et que signifiait ce lien, une fois ôté ce qui allait de soi ?) mais elle, Jessica, qu'est-ce qui l'attendait ? Après les vacances, encore une année à l'école, et puis l'été suivant, un nouveau voyage avec ses parents, Dieu savait où, peut-être en Turquie ou en Finlande… "Je ne veux pas !" dit-elle tout haut. Sa voix se perdit dans le vide, fluette et ténue. Elle entendit son père l'appeler. Elle vit sa silhouette s'encadrer dans la porte du bureau de douane.

"Jessica, où es-tu, que fais-tu donc ? Reviens !"

Jessica esquissa un mouvement involontaire, comme pour se dissimuler entre les buissons. Elle éprouvait le désir de s'enfuir et se cacher. Elle se balançait d'un pied sur l'autre, comme quelqu'un prêt à s'élancer au premier signal d'alarme. Evidemment, elle n'avait pas cédé à cette impulsion. Elle était revenue vers le bâtiment de la douane, s'était assise avec les autres dans un local fleurant la cire où un jeune Turc sympathique et somnolent servait du café. Ensuite, ils roulèrent jusqu'à Thessalonique où ils arrivèrent à la fin de la nuit.

Quand ils approchèrent de la ville qui étageait ses lumières dans le lointain, au pied des contreforts montagneux, Manning dit à Jessica : "Bernard peut lire le grec. Dis-lui de nous avertir quand il verra un hôtel. Je m'arrête au premier qui se présente. Je n'ai pas envie de chercher plus loin, je suis crevé."

Ils roulaient sur une longue route droite bordée, des deux côtés, de petites maisons blanchies à la chaux. La nuit s'achevait, même si les étoiles n'avaient pas encore pâli. Des charrettes et des camions sortaient des rues transversales, des ânes marchaient en file indienne sur le bas-côté de la route. Les marchands de fruits et légumes enlevaient les claustras qui protégeaient leurs devantures pendant la nuit et ils commençaient à disposer leurs étals sur le trottoir. Une odeur de charbon de bois flottait dans l'air. Une brise tiède soufflait de la mer. La ville ourlait la baie d'un large croissant de lumières étincelantes. Le ciel devint plus clair. Bernard, penché en avant, somnolent à demi et bâillant régulièrement, regardait les écriteaux sur les façades des maisons. Dans la voiture, l'ambiance était étrange, comme dans un rêve. Mrs Manning, recroquevillée dans un coin, sur le siège avant, murmurait un mot de temps à autre et secouait la tête et les épaules, comme si elle voulait chasser quelque chose qui la gênait. Tassé sur lui-même derrière le volant, Manning n'avait pas ouvert la bouche depuis le poste frontière, sinon pour demander à Jessica de faire l'interprète. Bérénice dormait, bien entendu, cramponnée à Bernard comme une femme qui se noie. Elle avait commencé à s'étendre de tout son long sur la banquette arrière, la tête sur la poitrine de Bernard, mais Jessica avait repoussé les jambes de sa sœur pour pouvoir elle-même s'adosser.

"*Xenodocheion*[1], *ça veut dire hôtel*[2], intervint Bernard. Là, à côté de la pompe à essence.

— Papa, un hôtel, là, à droite, près de la pompe à essence."

1. Transcription en alphabet romain du mot grec. Tous les termes grecs du texte ont été translittérés par l'auteur.

2. En français dans le texte.

Manning freina si brusquement qu'ils furent tous projetés vers l'avant.

"Bonté divine !" commença sa femme, encore engourdie de sommeil, mais elle ne fut pas longue à se reprendre. (Maman est capable d'évaluer une situation en moins de deux et de donner son avis, se dit Jessica qui, comme si souvent ces derniers jours, cherchait à surprendre sa mère en position de faiblesse, juste au sortir du sommeil.)

"Qu'est-ce que c'est ? Un hôtel ? Tu veux dire ce taudis ?" Mrs Manning jeta un regard à la façade alignant des rangées de fenêtres aux persiennes lépreuses.

Sans un mot, lentement, comme si chaque mouvement lui coûtait, Manning était sorti de la voiture et marchait vers l'hôtel. La porte était ouverte, une veilleuse bleuâtre éclairait l'entrée.

"C'est bien assez bon pour moi, si je comprends bien. En Yougoslavie…

— Maman, je t'en prie, arrête. Pourvu que nous ayons un lit.

— Réveille-toi, ma chérie, on va dormir", dit Bernard, en secouant Bérénice avec, pour la première fois, un soupçon d'impatience dans la voix et le geste. Il ne s'était pas rasé depuis la veille, la fatigue lui mettait autour des yeux des cernes d'un gris douteux. Il avait l'air contrarié. Toute la nuit, il avait servi d'oreiller à Bérénice. Manning reparut, accompagné d'un homme gros et vieux, qui se dépêchait de rajuster les pans de sa chemise dans son pantalon.

"Inutile de descendre, on va rentrer la voiture."

"This way, this way, please !" criait l'homme en gesticulant. Il ouvrit un portail aménagé dans un petit mur latéral. Ils pénétrèrent dans une cour intérieure. Etendus sur des tables, des chaises qu'on avait rapprochées et sur le plancher de quelques charrettes à bras, des gens dormaient, sous des journaux et des sacs de jute. Un homme fut réveillé quand la voiture longea la place où il dormait. Il se dressa sur son séant, se racla la gorge bruyamment et cracha sur le sol, en tournant la tête de côté. On referma le portail. Manning descendit de voiture et commença à décharger le coffre.

"Je ne te le pardonnerai jamais, dit sa femme. Il ne doit pas manquer d'hôtels décents à Thessalonique. Tu le fais exprès, parce que tu sais que j'ai horreur de la crasse.

— Ça te ferait pourtant sacrément du bien de te rouler pour une fois dans la crasse."

"Qu'est-ce qui se passe encore ?" demanda Bernard à Bérénice, plus par habitude que par intérêt véritable. Il trouvait que sa belle-mère était une hystérique et méprisait secrètement Manning de ne pas savoir la tenir.

"Chut, ces gens dorment encore !" murmura Jessica, navrée. A la suite du patron, ils montèrent au premier étage par un petit escalier extérieur. Sur les marches, il y avait des lauriers-roses en pots, dont les fleurs répandaient une odeur douce-amère spéciale. Jessica, qui était la dernière, leva la tête vers la bande de ciel qui dominait la cour. Le bleu nocturne irradié par le jaune du soleil levant, cela donnait un effet de vert. Jessica jeta un coup d'œil en bas, sur les dormeurs, se demandant qui ils pouvaient bien être. Un jeune homme, immobile, les suivit du regard quand ils montaient.

Ils prirent un long couloir carrelé aux murs badigeonnés de chaux, dans lequel il y avait un vieux fauteuil de rotin et une rangée de crachoirs. Jessica vit sa mère qui tendait le cou pour regarder à l'intérieur d'un crachoir. Les coins de sa bouche se pincèrent en une grimace signifiant aussi bien le dégoût que l'envie de pleurer. Sans se retourner, le patron parlait à Manning. Manning comprenait à peine ce que l'autre lui disait et se frottait la nuque d'un geste las. Tous se taisaient, abattus. Le petit jour filtrait à travers les lames des persiennes. En bas, dans la rue, les bruits de la circulation se multipliaient.

"Ecoutez, finit par dire Manning, il lui reste deux chambres. L'une à deux lits, et l'autre à trois. Je les ai prises. Je ne bouge plus d'ici."

Le patron avait ouvert deux portes. Devant la première, il leva une main avec trois doigts, en invitant du geste à entrer dans la pièce plongée dans l'obscurité. Au moment où Bernard dirigeait Bérénice vers la seconde porte, Mrs Manning retrouva ses esprits.

"Arrêtez ! On met les hommes ensemble !

— OK !" Manning prit l'une des valises. "C'est parfait." Il pénétra dans la chambre sans se retourner, suivi du Grec qui voulait les passeports.

Jessica s'était laissée tomber sur le lit, de tout son long, et elle balança ses sandales d'un coup de pied. Elle n'avait pas eu la force de retirer ses vêtements. Elle entendait sa mère aller et venir dans la chambre, soudain prise d'un affairement irritant. Mrs Manning avait ouvert les persiennes de la porte-fenêtre donnant sur le balcon. Quand Jessica soulevait un instant ses paupières lourdes de sommeil, elle voyait, dans la clarté du petit matin, une façade crépie jaune pâle, un panneau-réclame avec des caractères grecs, la cime de quelques arbres. De la route montaient le grondement continu des camions et les pétarades des vélomoteurs. Jessica savait seulement que la chambre était haute de plafond, qu'il y avait trois lits en fer et un vieux portemanteau. Pour le reste, inutile d'ouvrir les yeux. Sa mère faisait ses commentaires sur le sol (sale), les draps (gris – mais ils sentent le propre, pensa Jessica, presque endormie), l'absence de tuyau d'écoulement sous le lavabo (l'eau s'évacuait en crépitant dans une bassine en zinc), le silence boudeur de Bérénice qui, assise au pied de son lit, fourrageait dans une petite valise.

"Tu fais la tête ? Vous ne pouvez pas dormir à part, pour une fois ou deux ? Vous êtes collés l'un à l'autre toute la sainte journée, c'est répugnant. Que tu n'aies pas une once de pudeur, c'est une chose que je ne comprends pas : tu es pourtant ma fille. Si les manières de Bernard, c'est ça la fameuse galanterie française, permets-moi de te dire…

— Tu es jalouse, dit Bérénice avec calme. Tu crèves de jalousie. Tu m'envies ce que tu n'as pas eu toi-même, faute de cran. Je ne vois pas où est le mal. Mêle-toi de ce qui te regarde."

Il y eut un silence. Jessica avait le souffle coupé par la surprise et la tension. Elle n'osait pas ouvrir les yeux et retenait sa respiration. Elle attendait la réaction de sa mère : une gifle, des larmes, ou un cri de protestation indignée, d'ulcération profonde. "Sale petite charogne !" dit Mrs Manning, d'une voix rauque. Sans élever le ton, Bérénice riposta par une injure en français. Jessica se boucha les oreilles. Immobile, recroquevillée sur le matelas dur qui sentait la paille et le soleil, elle souhaitait éperdument faire croire qu'elle dormait. Un bourdonnement s'enflait, diminuait, s'enflait de nouveau dans sa tête. Elle avait encore l'image d'une route devant elle ; on tournait à gauche, puis à droite ; la route en zigzag montait puis descendait de nouveau ; elle revoyait des collines arides couvertes d'une herbe roussâtre. Elle revit les yeux des bergers. *"Macédonia, Macédonia"*, chantait une voix intérieure, le mot perdit son sens, devint une série de sons, une berceuse. Une image jaillit dans l'obscurité derrière ses paupières : quelque chose qu'elle avait vu la veille, le cadavre d'un cheval, violacé et strié de noir, en travers de la route. Ils avaient dû se déporter. Une nuée de mouches sortait de la tête, de la bouche béante et des orbites vides. L'animal gisait de tout son long, les pattes raides et le cou tendu. Charogne, charogne. Sanie et puanteur sous la peau tendue à craquer. Une sale charogne.

Bérénice avait été la première à remarquer que leur père était infidèle. Elle avait douze ans et Jessica neuf. Bérénice avait déjà eu ses règles et se considérait comme une femme. Elle donnait des rendez-vous à des garçons et se mettait du rouge à lèvres. Tard le soir, quand elles étaient couchées, elle racontait à voix basse à Jessica ce qu'elle savait. Quand papa ne rentrait pas coucher à la maison, il ne fallait pas croire qu'il était toujours en voyage d'affaires, loin de là. Maman était au courant et en parlait au téléphone avec ses amies. Bérénice l'avait entendue dire : "Il peut me le demander à genoux, je n'accepterai pas le divorce, jamais. Après tout, c'est mon argent, l'affaire est à moi. C'est comme ça que je le tiens. Je peux attendre, je suis patiente." Patiente, dans quel but, attendre, mais quoi ? Jessica observait sa mère à la dérobée mais elle la trouvait semblable à elle-même, agitée, nerveuse, toujours sur le point de sortir, occupée à organiser ou à régler une chose ou l'autre, sautant du coq à l'âne en parlant, distraite et pressée, tirant sur son éternel fume-cigarette (pour éviter les taches de nicotine sur les doigts). Elle ne donnait pas l'impression d'avoir de la patience ou de pouvoir attendre quoi que ce soit.

Manning faisait chambre à part. Les filles savaient qu'il ne couchait plus avec maman, comme disait Bérénice qui parlait le jargon des grandes personnes. Pour la première fois, Jessica regarda sa mère comme une femme : grande, maigre, avec la silhouette anguleuse qui plaisait dans les années vingt, jolie à la manière anglo-saxonne, elle avait ce qu'on appelle un visage régulier et des cheveux d'un blond indécis. Elle s'habillait bien, était soignée jusqu'au bout des ongles, en fait, il n'y avait rien à redire à sa personne. Mais elle était sans charme, ses traits avaient quelque chose de dur, ses yeux étaient froids et inquiets. Elle n'était ni jeune ni vieille, elle faisait partie de ces gens qui semblent garder le même physique leur vie durant. Au fil des années, son teint devint un peu plus pâle, son cou commença à se plisser, elle mit des lunettes pour lire.

Pour le reste, elle ne changea pas. Elle parlait beaucoup, d'une voix forte, autoritaire. C'était peut-être cette voix, pensait Jessica, qui, par moments, la rendait carrément antipathique. Il n'y avait en elle rien de doux, de souple, d'indulgent. Il ne lui arrivait jamais de dire une sottise, d'avoir une fantaisie. Son sens de l'humour était peu développé. Elle prenait tout très au sérieux, comme une tâche, comme un devoir qui devait être préparé et exécuté minutieusement, qu'il s'agisse d'une réunion, d'un après-midi de bridge, d'une vente de charité ou du déjeuner dominical. Manning était plutôt décontracté de nature, la discipline n'était pas son fort, il aimait une maison en désordre, avec des journaux et des revues traînant sur les fauteuils et la radio à pleins décibels ; il aimait chahuter avec les enfants et les chiens, flemmarder, vivre sans façon. Jessica et Bérénice savaient que jamais il n'avait eu satisfaction sur ce point, car leur mère portait la culotte dans le couple, elle avait imprimé sa marque sur leur vie. Manning s'était adapté, par commodité et parce qu'il détestait les disputes avec sa femme ; il avait secrètement peur d'elle. Quand il commença à vivre plus ou moins sa vie en dehors de la maison, il adopta une manière blasée, légèrement goguenarde, de parler, comme si chaque mot lui coûtait et que, de toute façon, rien ne valût la peine d'être pris au sérieux. Ses filles furent moins proches de lui ; d'ailleurs, il était absent la plupart du temps. La maison appartenait entièrement à Mrs Manning et à ses activités, une maison modèle, avec des sièges tapissés de cretonne fleurie, des draperies aux fenêtres, des abat-jour pastel dans tous les coins, comme sur les illustrations des magazines féminins. Dans cet intérieur bon chic bon genre, maman était comme un mannequin dans sa vitrine ; il n'y avait aucune intimité, aucun désordre sympathique et réconfortant, le monde entier pouvait zieuter à son aise, par les fenêtres et les portes vitrées de la véranda.

Depuis que Bérénice et Jessica étaient au courant, au sujet de leur père, elles ne se laissaient plus intimider. Maman avait une salle de bains avec des carreaux bleu turquoise et des serviettes roses, mais elle n'avait pas d'homme. Mrs Manning avait toujours mis l'accent sur le décorum.

Quand les filles étaient encore petites, elles se comportaient avec leur mère comme s'il s'agissait d'une dame en visite. Elles ne s'étaient jamais agrippées à ses jupes avec des mains sales, ne s'étaient jamais assises sur le pot sous ses yeux, n'avaient jamais partagé avec elle chuchotements, jeux, fous rires ou petits secrets. Maman trouvait qu'il était mauvais de cajoler les enfants, sa tendresse ne pouvait s'exprimer qu'en organisant et en surveillant en permanence leurs activités, leur tenue et leurs manières. Quand les filles comprirent que leur père était infidèle, elles se mirent aussi à regimber. Bérénice s'était déjà émancipée, forte de cette sorte de licence que lui donnait la puberté. Depuis qu'elle avait ses règles, sa mère n'était plus la même avec elle, plus circonspecte, moins disposée à régenter, moins sûre d'elle ; même Jessica put s'en rendre compte nettement.

Un jour, les filles rencontrèrent leur père en ville. Elles regardaient une vitrine, leur père sortit au même moment du magasin, un paquet à la main. En les voyant, il réagit à sa manière, un peu gauche et fuyante. Il savait qu'elles le jugeaient d'un autre œil, depuis quelque temps : il y avait une certaine distance dans ces regards, à la fois de la curiosité, de la critique, un soupçon de complicité, mais également une désillusion manifeste. Il n'était plus leur idole, mais elles ne se retournaient pas contre lui, ne fût-ce que parce qu'il avait osé défier le pouvoir de maman. Mais qu'il le fît en biaisant, en choisissant le compromis et la moindre résistance plutôt que l'affrontement ouvert diminua le respect qu'elles portaient à leur père, mieux vaut dire fit s'envoler le dernier grain de respect. Mais elles compatissaient malgré tout, parce qu'il était si fragile. Il était plus proche d'elles que leur mère.

Dans un élan, un besoin de se concilier ces gamines aux yeux soudain adultes qui étaient ses filles, il leur proposa de l'accompagner. A peine avait-il prononcé ces mots qu'il se mordit les lèvres car il avait oublié qu'il avait promis à sa maîtresse de passer chez elle ce jour-là. Mais les filles étaient déjà près de la voiture rangée le long du trottoir. Le trajet fut un enfer pour Manning : il n'osait pas demander aux jeunes filles de l'attendre tout à l'heure dans l'auto, mais il n'avait pas plus l'intention de les emmener avec lui. Il était clairement conscient qu'il s'agissait là d'une des choses qu'un homme ne peut décemment se permettre. En fin de compte, il marmonna qu'il avait un "paquet à livrer".

Quand ses filles sautèrent de la voiture en même temps que lui, il ne sut à quel saint se vouer. Il se traita de pauvre type, tout en réalisant qu'il était ridicule de se casser la tête pour une chose pareille. Tôt ou tard, Jessica et Bérénice sauraient à quoi s'en tenir, si elles ne l'avaient déjà compris. Il n'avait pas l'intention de leur mentir. Il trouvait hypocrites les efforts de sa femme pour sauver les apparences. Il ne faisait pas de mal, il avait droit à sa petite part de bonheur et de liberté pour prix de son travail. L'affaire eût-elle été cent fois la propriété de son épouse, c'était grâce à lui qu'elle marchait. Il en connaissait plus d'un qui, dans sa situation, n'aurait pas eu autant de scrupules. Soit, c'était parce qu'il se sentait coupable qu'il assumait ses devoirs en se décarcassant – c'était quand même lui qui faisait bouillir la marmite. Quant à ses filles, grâce à ses efforts, elles avaient une vie facile. Elles lui devaient bien de se montrer compréhensives dès leur jeune âge. Par nature, les femmes américaines étaient dominatrices et puritaines. Il était urgent que les gamines grandissent et découvrent les réalités de la vie.

Voilà ce que pensait Manning dans l'ascenseur qui le monta avec ses filles à l'étage où logeait sa maîtresse du moment. Elle ouvrit elle-même la porte. Elle était brune, petite, habillée de couleurs vives et portait de longs pendants d'oreilles en argent. Le désordre qui régnait dans l'appartement et la désinvolture "bohème" de son occupante fascinèrent Bérénice et Jessica, parce qu'ils s'opposaient radicalement à ce qu'elles connaissaient chez elles. Elles s'étaient imaginé quelqu'un de très différent, du genre femme fatale comme on en voyait au cinéma.

La maîtresse de Manning s'appelait Dorothy Missoulaki, c'était la fille d'émigrés grecs. Elle gagnait sa vie comme institutrice et faisait des études de sociologie. Les jeunes filles l'apprécièrent immédiatement : elle était accueillante, efficace, chaleureuse. Elles remarquèrent surtout qu'elle traitait leur père en homme, le laissait prendre des décisions, se rangeait à ses avis, même si elle ne pouvait s'aveugler sur son caractère inconsistant et irrésolu. Pourtant, elle ne jouait pas les femmes-enfants, elle était parfaitement elle-même. Il était clair qu'elle avait découvert en lui quelque chose d'estimable et qu'elle l'aimait. Cet amour était réciproque, elle sut se l'attacher au point que dans la vie de Manning, en dehors de cette liaison, il n'y avait pas de place pour d'autres femmes. Elle était différente, voilà tout ; sous le vernis de la culture américaine persistait la séduction d'un exotisme à moitié oriental.

Par la suite, Jessica et Bérénice accompagnèrent souvent Manning. Parfois, ils avaient l'impression de former une famille à eux quatre. Le sentiment d'une culpabilité commune à l'égard de maman liait le père et les filles d'une manière nouvelle. Jessica faisait de son mieux pour obéir à sa mère ; la nuit, elle faisait des cauchemars oppressants. A l'opposé, Bérénice explorait la voie de l'émancipation, essayait de voir jusqu'où elle pouvait aller, séchait les cours, sortait par la fenêtre de sa chambre le soir pour rejoindre des garçons avec qui elle traînait dans les cinémas et les drugstores du quartier.

Au cours d'une scène violente, Bérénice défia sa mère en lui avouant triomphalement les visites à Dorothy Missoulaki. Mrs Manning connaissait l'existence de cette dernière, mais ignorait que ses filles étaient en contact avec elle. Elle saisit l'occasion pour mettre à exécution un projet longtemps caressé en secret : envoyer ses filles à Paris dans un internat bien connu des milieux américains. Mrs Manning estimait qu'ainsi l'intérêt des jeunes filles était servi au mieux : elles étaient loin de la "contamination" et recevraient une éducation européenne de première qualité. Entre mari et femme, il n'y eut même pas de dispute à cette occasion ; elle ne disait rien, attendant, hostile ; il ne fit aucune résistance, pour se soustraire aussi vite que possible à cette désagréable situation.

Les années qui suivirent le départ des jeunes filles, Manning leur transmit de temps à autre les amitiés de Dorothy. Un beau jour, il cessa brusquement de parler d'elle. Plus tard, Bérénice et Jessica apprirent qu'elle avait quitté les Etats-Unis. Elles soupçonnaient leur père d'avoir très mal vécu la fin de cette liaison. Quand elles le revirent, à l'occasion de ce énième voyage d'été en Europe qui était devenu une tradition, il était déprimé et cynique. Elles remarquèrent aussi qu'il buvait. Il y avait un autre changement : depuis que leurs filles avaient quitté la maison, Manning et sa femme ne faisaient plus aucun effort pour se contrôler devant elles. Jessica et Bérénice se rendirent compte que leur père se reprochait amèrement de ne pas avoir eu le courage d'aller jusqu'au bout, divorcer, épouser Dorothy.

Elles comprenaient moins leur mère : pourquoi une femme qui disait haïr son mari ne voulait-elle pas divorcer, pourquoi, alors qu'elle semblait ne plus se soucier ni de lui ni de la vie qu'il menait, continuait-elle à l'espionner farouchement, pourquoi ne lui reprochait-elle jamais ouvertement son infidélité, quand elle l'asticotait sans arrêt à propos de choses mineures ? Bérénice et Jessica étaient gênées, quand elles étaient en compagnie de leurs parents, gênées comme si elles devaient exhiber des chancres ou une maladie honteuse. Tôt ou tard, à chaque voyage, les parents se laissaient aller : elle se mettait à râler, à critiquer, devenait grossière, d'une surprenante grossièreté froide ; lui traînait dans les bars ou se soûlait dans sa chambre d'hôtel sans rien dire. Les filles négociaient, servaient de médiatrices, d'intermédiaires, elles réglaient tout ce que leur mère refusait de faire, tout ce que leur père était incapable de faire. Les voyages étaient pour elles une absurde corvée, mais elles acceptaient la chose comme inévitable, apparemment, dans leur vie. Leurs parents étaient des cas désespérés : c'est ainsi qu'elles les voyaient et parlaient d'eux.

Elles dormirent jusqu'à midi. La chaleur forçait les persiennes ; on entendait toujours le grondement des camions, le grincement des roues de charrette, la rumeur des voix. Dans un demi-sommeil, Jessica avait l'impression de comprendre ces cris et ces appels, parce qu'elle en reconnaissait le ton, mais si elle tendait l'oreille, elle ne percevait que des sons étrangers. Où suis-je ? se dit-elle, avec un malaise dans tout le corps. Elle bougea et comprit qu'elle avait aussi chaud parce qu'elle avait gardé ses vêtements. Sur l'oreiller, ses mèches étaient mouillées de sueur. Elle ouvrit les yeux et vit sa mère et Bérénice allongées sur les deux autres lits, dans une attitude d'épuisement, sans façon et sans pudeur, comme si elles s'étaient laissées tomber ainsi en plein milieu d'une dispute. Jessica avait les lèvres sèches. Elle se rappela qu'on leur avait apporté une carafe embuée, pleine d'eau glacée. Maintenant, l'eau était tiède.

Ce fut long avant que tous soient réveillés et habillés. Au bout du couloir, il y avait une rangée de cabines de douche, dont les parois et le sol étaient de béton. Grimpée sur un ressaut du mur, Jessica regarda dans la cour, par un vasistas. Les tables et les chaises étaient maintenant disposées comme on s'y attend dans un café, quatre ou cinq hommes discutaient à voix forte. Elle reconnut l'un d'eux, il était jeune, avec un visage basané. Il l'avait regardée, la nuit précédente, quand elle montait l'escalier. Impatient, il coupait régulièrement la parole aux hommes plus âgés et ponctuait ses dires en frappant la table du tranchant de la main.

Quand elle regagna la chambre où régnait le désordre, elle trouva ses parents, Bérénice et Bernard engagés dans une discussion non moins vive. Manning avait proposé de chercher un autre hôtel, mais sa femme ne voulait plus partir, il s'agissait d'une nuit tout au plus, elle pouvait bien patienter jusque-là. Bérénice s'attendait que Bernard proteste contre cet arrangement. Quand elle le vit s'incliner, maussade, avec un haussement d'épaules, elle se fâcha. "Tu ne vois pas qu'elle le fait exprès pour nous embêter ?" dit-elle en français, tandis qu'elle se brossait furieusement les cheveux. Bernard voulut la calmer, elle alla bouder sur le balcon. "Je ne te comprendrai jamais… tu trouvais que c'était sale ici", lança Manning à sa femme. Il sortit en claquant la porte et descendit pour aller voir la voiture.

Ils roulèrent dans la fournaise des rues vidées comme par magie, en direction du centre. Manning qui voulait changer des chèques de voyage pestait parce que les banques étaient fermées à l'heure de la sieste. Les cireurs de chaussures somnolaient à côté de leur attirail, à l'ombre des portiques et des stores ; les kiosques étaient clos ; aux terrasses des cafés, sur les places et le long de la mer, des centaines de chaises et de tables de fer étaient abandonnées dans la chaleur de l'après-midi. Ils roulèrent lentement, paresseusement, sur le boulevard de la mer dont les eaux turquoise scintillaient au soleil ; le long de parcs poussiéreux où les marchands ambulants et les photographes de rue faisaient la sieste sur des bancs publics ; dans des faubourgs tranquilles aux maisons badigeonnées à la chaux blanche ou ocre au milieu de jardins luxuriants où poussaient palmiers, lauriers-roses et agaves ; le long des remparts et des minarets et à travers les ruelles tortueuses de la vieille citadelle turque. Tous se taisaient. Bérénice boudait, tournant obstinément le dos à Bernard ; à son habitude, Mrs Manning fumait cigarette sur cigarette.

Vers quatre heures et demie, ils trouvèrent sur le front de mer un établissement où ils purent manger quelque chose. Ils étaient assis sur une sorte de terrasse en planches, sous un toit de paille et d'aiguilles de pin. De l'autre côté de la balustrade, l'écume du ressac venait mouiller les galets dans un bruissement régulier. Ils étaient les seuls clients et ils attendirent longtemps avant d'être servis. A l'intérieur, le patron de la gargote, les deux serveurs et les femmes de cuisine les observaient avec curiosité, par la porte ouverte, pendant qu'ils mangeaient. Nous sommes des gens terribles, se dit Jessica, qui se vit, et les autres avec elle, par les yeux de ces Grecs, nous sommes là, sans parler, sans rire, comme de vraies bûches, dissimulés derrière nos lunettes de soleil. Mon Dieu, que doit-on penser de nous !

Quelques gamins bronzés et loqueteux déboulèrent sur l'étroite bande de plage au milieu des cris et, jetant des regards obliques aux étrangers, se mirent à sauter entre les rochers, les épaves à moitié pourries et les guirlandes d'algues. La lumière se réfractait sur l'eau en un fourmillement d'éclats dansants ; dans le lointain, l'air surchauffé tremblait au-dessus des maisons et des bâtiments construits dans la baie, au-dessus des mâts, dans le port, et des murailles d'un vieux bastion.

Manning regarda sa montre, il devait trouver une banque. Jessica était consciente que leur précipitation était au moins aussi surprenante que leur mutisme. Quand ils eurent fini de déjeuner, elle partit très vite, avant les autres, vers l'endroit où était parquée la voiture pour ne pas être témoin des chicaneries interminables accompagnant le paiement de l'addition. Partout où Manning ne connaissait ni la langue ni la monnaie, c'était la même chanson : ils finissaient par se retrouver tous à compter, à argumenter, à répéter certains mots en anglais ou en français, doigts brandis, lentement et en haussant la voix, comme s'ils avaient ainsi plus de chances de se faire comprendre.

Il y avait maintenant une grande animation en ville. Ils entrèrent dans plusieurs banques, mais partout, c'était la même affluence, on se serait cru au foyer d'une salle de spectacle affichant complet. Manning fut obligé de faire la queue. Ils l'avaient tous suivi, la température étant plus supportable entre les colonnes de marbre qu'à l'intérieur de la voiture. Devant et derrière les guichets, il y avait beaucoup de gens qui parlaient fort et gesticulaient en brandissant des formulaires ou autres papiers. Tous les bancs et les chaises étaient occupés par ceux qui attendaient leur tour. N'ayant pas encore réussi à dérider Bérénice, Bernard avait acheté un *Figaro* et lisait, adossé à une colonne.

Il fallut attendre une heure pour que Manning ait son argent. Ils firent ensuite du shopping, comme toujours, comme partout, dans les villes à l'étranger, ils achetèrent des cartes postales, des tissus brodés, des chapeaux de paille, des loukoums à la rose, dans des boutiques pour touristes dont la vitrine annonçait *"English spoken"* tracé au pinceau. Mrs Manning reprenait vie, à discuter avec les vendeurs, à fouiller dans les tissus et les verroteries, en quête de l'objet décoratif pour sa maison ou du cadeau à faire aux connaissances. Elle dépensa beaucoup d'argent et lança ses paquets dans la voiture d'un geste satisfait. Bernard acheta à Bérénice des pendants d'oreilles en argent, avec des pièces de monnaie et des demi-lunes. Quand elle les mit, son regard était encore noir et sa moue boudeuse, mais ce qu'elle vit dans le miroir amena sur ses lèvres le sourire de coquetterie indolente qu'on lui connaissait bien : avec une ondulation discrète des épaules et des hanches, elle se pressa contre Bernard quand il lui posa la main sur la nuque. "Dorothy avait les mêmes", dit Jessica qui se mordit aussitôt les lèvres. Manning marchait derrière, en traînant un peu les pieds. Il ne dit rien, mais Jessica sut qu'il avait aussi reconnu les pendants d'oreilles. Mrs Manning déclara qu'elle les trouvait tape-à-l'œil, tout juste bons pour des bohémiennes. Bérénice les garda aux oreilles, et remua la tête dans tous les sens pour faire tinter les demi-lunes et les pièces de monnaie.

Le lendemain matin, ils partirent de nouveau plus tard que prévu.

Le jeune homme que Jessica avait vu dans la cour intérieure de l'hôtel était posté au bord de la route, entre les pyramides de pastèques, devant l'éventaire du marchand de fruits. Il portait un pantalon kaki, sale, une chemisette de la même couleur, avec des tennis en toile. Il tenait à la main une vieille mallette du type qu'on appelle *city-bag*, déformée comme si elle avait toujours servi à transporter trop de choses, et des choses trop lourdes ; le cuir en était usé, taché. Pendant que Manning réglait la note d'hôtel, Jessica regarda le jeune homme. Elle ne pouvait en détacher son regard. Son physique, son attitude éveillaient en elle un sentiment étrange, à la fois doux et poignant, car elle réalisait que leur départ était imminent et qu'elle ne le verrait jamais plus. Quelque chose en elle protestait contre cette idée. Elle ne savait pas pourquoi. Elle n'était pas en état de s'analyser, tout entière prise par ce qu'elle était en train de vivre. La tête et le buste à demi tournés de l'autre côté, il regardait les voitures qui passaient, une main sur la hanche, le poids du corps déporté sur une jambe, et il balançait la mallette à bout de bras, non pas distraitement, machinalement, mais au contraire comme quelqu'un qui est en train de réfléchir. Jessica n'avait encore jamais réalisé avec cette intensité ce qu'était le corps d'un homme. Dans les musées, elle avait vu des statues devant lesquelles elle avait dû s'extasier, elle avait discrètement jaugé le physique des garçons qui fréquentaient les plages et les piscines. Mais cet étranger, dans sa tenue kaki délavée, sale et usée, était la perfection faite homme, d'une beauté qui lui coupait le souffle.

Soudain il pivota sur ses talons et se dirigea droit sur Manning. Jessica vit de près son mince visage bronzé, la ligne stricte que dessinaient le front, le nez, les lèvres, le menton. Même Bernard et Bérénice y allèrent de leur commentaire : "Un beau garçon", dirent-ils, comme s'il faisait partie du paysage, au même titre que les maisons, les arbres et les pastèques. D'une voix douce mais résolue, il demanda dans un bon anglais s'ils pouvaient le prendre en stop pour aller vers le sud : il avait entendu qu'ils faisaient route en direction d'Athènes, c'était aussi sa destination. Il offrait ses services comme interprète et guide, s'ils le souhaitaient. Ils traverseraient des régions très riches en curiosités touristiques, il connaissait bien le pays, la Thessalie, la Béotie, l'Attique, il était à leur disposition, il connaissait aussi beaucoup de choses sur les antiquités et l'histoire, il avait souvent fait le guide. Tout en parlant, il regardait Manning droit dans les yeux, sans un sourire, presque farouche, comme s'il demandait une faveur contre son gré. Jessica écoutait, bouche bée, elle était immobile, tendue.

"Ecoutez…", commença Manning, indécis (il avait été pris au dépourvu par l'intervention du jeune Grec, il hésitait à dire non), mais soudain, sa femme se pencha brusquement à la portière en lançant : "Pas question, il n'y a pas de place, nous sommes déjà cinq." Si elle s'était tenue tranquille, Manning aurait sans doute refusé, essentiellement pour s'épargner des complications, mais il éprouvait maintenant, comme si souvent, l'irrésistible envie de faire très exactement ce qui pouvait la contrarier le plus. En outre, il y avait dans le regard calme et réservé du jeune homme quelque chose qui lui était familier. Une fois que le nouveau passager eut pris place à l'arrière, entre Jessica et le couple, Manning réalisa qu'il avait les yeux de Dorothy Missoulaki. Ce garçon, après tout, était un compatriote des parents de la jeune femme. Tous ces gens avaient ce côté farouche, silencieux et fier, ils étaient à la fois aimables et discrets, réservés mais sacrément résolus. Manning eut soudain l'impression qu'il y avait un lien de parenté entre cet étranger et celle à qui il pensait toujours avec un mélange de regret, de honte et de désir.

Bernard et Bérénice avaient dû se serrer encore un peu plus qu'à l'accoutumée. Ils commentaient en français la présence de l'autostoppeur : c'était pour le moins stupide de la part de Manning de leur imposer la présence d'un tiers pour toute la journée. Mrs Manning regardait droit devant elle. Manning sifflotait doucement. Pour Jessica, rien ne comptait, sinon la présence de cet étranger, à côté d'elle ; elle sentait, à travers l'étoffe mince des vêtements, son bras dur et sa cuisse contre son propre corps. Il ne bougeait pas, le buste penché en avant pour tenir le moins de place possible, les mains croisées sur les genoux, la mallette posée devant ses pieds. Jessica n'osait pas le regarder. Des maisons aveuglantes de blancheur sous la lumière, des arbres et des prés défilaient devant elle, mais elle ne les remarquait pas. Ils roulaient à travers une plaine. La route était bordée de champs poussiéreux. Sur les bas-côtés, il y avait des melons et des pastèques fraîchement cueillis. Les enfants et les ânes se mettaient à l'ombre, sous les arbres ou l'abri de fortune des contremaîtres surveillant le déroulement de la récolte. Devant les cafés, dans les villages, des hommes étaient assis sous une treille ou un store de toile. Le jeune Grec leur donnait le nom des villages traversés.

“A Verroia, il y a beaucoup de vieilles églises, Saint-Christos, Saint-Nicolas, avec des fresques et des statues, au cas où vous seriez intéressés”, dit-il en se penchant jusqu'à toucher l'épaule de Manning.

Manning ne répondit pas directement : “Il me faut un café où je puisse boire quelque chose de frais. Vous, vous avez peut-être envie de voir ces églises, mais il ne faudra pas traîner, on a encore pas mal de route à faire aujourd'hui."

Bernard et Bérénice objectèrent qu'il faisait trop chaud pour bouger. Mrs Manning ne dit rien, raide comme une statue sur le siège avant. Jessica était ulcérée parce que personne, depuis le départ de Thessalonique, n'avait réagi aux informations apportées par leur compagnon de route. "Moi, j'ai envie de voir ces églises ! s'écria-t-elle, très excitée.

— Veuillez m'excuser, dit soudain le jeune Grec, avec un geste à leur adresse, j'ai oublié de me présenter. Mon nom est Stéphandidakis. Niko Stéphandidakis.

— Et nous, c'est Manning, répondit vivement Jessica, sauf ma sœur et son mari naturellement, M. et Mme Levallier."

Il se tourna vers elle. Elle vit alors qu'il avait une cicatrice au cou, une estafilade claire sur la peau sombre.

"J'ai vu que la plaque d'immatriculation de la voiture est française, mais vous n'êtes pas anglais.

— Mes parents sont américains, ma sœur et moi nous vivons à Paris."

Il hocha la tête, avec un mouvement du menton et en clignant des paupières comme pour dire : Ah, c'est donc ainsi. Mrs Manning déplia une carte routière dans un grand bruit de papier froissé.

"Pas question de visiter des églises si nous devons coucher à Delphes ce soir.

— Delphes est trop loin, vous n'y arriverez pas, dit Niko Stéphandidakis, en se soulevant à demi sur son siège et en tendant le bras par-dessus l'épaule de Mrs Manning pour indiquer la route. Ici, il y a des montagnes, et là aussi. La route est…" Il chercha le mot, sans succès, et dessina en l'air des zigzags et un mouvement de montée et de descente. "Cela va prendre beaucoup de temps. Demain, vous pourrez être à Delphes."

Mrs Manning s'écarta pour éviter le contact de ce bras étranger. "En tout cas, nous ne pouvons pas nous arrêter dans le patelin en question.

— Je m'en fous, à condition que j'aie quelque chose à boire, je crève de soif", dit Manning.

A Verroia, Niko Stéphandidakis alla chercher des bouteilles de bière et d'eau gazeuse qu'ils burent dans la voiture ; ainsi, on ne perdait pas de temps à descendre et à commander.

En outre, Mrs Manning trouvait peu engageants les cafés devant lesquels ils étaient passés. Niko Stéphandidakis apporta également deux pastèques, il en offrit une à Mrs Manning et l'autre à Jessica. "Je vous en prie, c'est pour vous.

— Je n'ai rien demandé", dit froidement Mrs Manning, surprise.

Ils étaient maintenant entrés dans la montagne ; au-dessous d'eux, dans la lumière limpide et crue, se déployait un panorama de crêtes rocheuses, d'un gris piqueté de vert, et, encore plus bas, dans la vallée, le jaune des champs moissonnés et l'ocre des prairies arides. Les sommets dénudés d'une chaîne de montagnes se découpaient nettement sur le ciel. Le soleil embrasait les pierres et les buissons desséchés. Parfois ils entraient soudain dans la fraîcheur de hautes frondaisons ; sous les platanes, l'eau d'une source jaillissait en gazouillant d'un tuyau fiché dans le roc. Il y avait une fraîche odeur de mousse et de terre humide. Sous les ombrages, on trouvait généralement trois ou quatre cabanes et une buvette pour les voyageurs. Au-dessus du bassin où bouillonnait une eau glacée et écumante était suspendue une icône, le saint patron du lieu, ou de la route, dans une logette en bois avec, dessous, un tronc pour les offrandes. Des camions et des cars stationnaient entre les arbres, devant l'*estiatorio*[1], les gens mangeaient et buvaient, des enfants et des poulets couraient sur la route à l'approche des arrivants, les paysans de passage faisaient boire leurs ânes et leurs chevaux, les femmes venaient chercher de l'eau, les chauffeurs se lavaient. En dehors de ces oasis, c'était du feu aveuglant qui jaillissait de la route, des rochers, du fond des ravins jaune cendré.

Après les jours pluvieux de Yougoslavie, la canicule grecque parut presque insupportable aux Manning. Ils faisaient halte à chaque fontaine, buvaient, laissaient couler l'eau sur leur visage, leurs mains. Sauf pour faire le plein et boire un verre d'eau glacée – et, du même coup, la tasse de café turc, le *varyglykos*, qui était servi avec –, ils ne s'arrêtèrent pas dans les villages et les petites villes qu'ils traversèrent. Si Niko Stéphandidakis n'avait pas été dans la voiture, Jessica aurait certainement trouvé que ces massifs

1. Café-restaurant.

rocheux, gris et brun, où les lits des rivières étaient à sec, ces maisons blanches et basses, fermées contre la chaleur de midi, entassées à la diable autour d'une place poussiéreuse écrasée de soleil, ne répondaient en rien à l'image qu'elle s'était toujours faite de la Grèce. Nulle part elle n'avait vu des colonnes de marbre blanc se dresser au milieu des buissons, que ce soit sur les versants des montagnes ou dans les vallées (à peine quelques vestiges de citadelles byzantines ou ottomanes, ou de fortins plus récents, dont la silhouette crénelée et ébréchée se découpait sur le ciel), nulle part ils ne virent des femmes en costume traditionnel de couleurs vives, comme le leur promettaient les dépliants touristiques, et ils n'avaient pas encore rencontré d'evzones dans leur tutu blanc, avec leurs souliers à pompons. Ce paysage n'était pas engageant, bien au contraire, sous ce ciel limpide, chauffé à blanc, il avait l'air farouche et hostile à l'homme. Ils roulaient dans un monde des temps barbares. Tout ce qui avait entouré Jessica depuis son enfance, les acquis du progrès technique qu'on trouvait si naturels, le confort dont on jouissait sans réfléchir, mais aussi la hâte et l'agitation de la ville américaine, la sophistication de la vie à Paris, ne comptaient pas ici, n'existaient pas tout simplement. Ils n'avaient pas leur place dans ces montagnes nues et solitaires.

La présence de Niko Stéphandidakis aida Jessica à comprendre cet environnement, lui donna une réalité saisissante. Le jeune homme parut à Jessica aussi austère et fermé, et en même temps d'une séduction aussi indéfinissable que le paysage. Il faisait penser à la pureté glacée d'une eau de source autant qu'à la chaleur des cimes arides. Il ne bougeait pas, pour gêner le moins possible les autres passagers, sur la banquette arrière ; dès l'instant où il était monté en voiture, il s'était comporté avec une politesse discrète, un peu surannée, mais Jessica perçut de plus en plus une certaine tension, une nervosité derrière ce masque de courtoisie, dans ce corps dont elle sentait la chaleur et les muscles durs contre le sien. Elle sentait aussi, sans pouvoir l'expliquer, que cette nervosité n'était pas gratuite, que cette tension signifiait quelque chose. Toute sa vie, elle n'avait rien connu d'autre que la nervosité et la tension, mais d'une autre nature, celles qui font qu'on se ronge les ongles, qu'on fume comme un sapeur, qu'on court d'un point à un autre, qu'on cherche à s'étourdir dans les insanités et les rires, quand ce n'est pas dans un carrousel d'activités qui ne mènent à rien et n'apportent aucune satisfaction. Tous tant qu'ils étaient, son père, sa mère, Bérénice, elle-même, étaient les exemples vivants de cette instabilité intérieure, de ce clivage, de l'apathie sur laquelle débouchait cette fuite en avant. Mais Niko Stéphandidakis était très différent, sa tension était celle d'un coureur dans les starting-blocks, d'un chasseur à l'affût, d'un joueur à la roulette. Il savait ce qu'il voulait et attendait, plein d'une impatience contenue, tendu comme un ressort, un signal. Mais quel signal ?

Elle essaya de se représenter sa vie. Quel était son métier ? Pourquoi allait-il à Athènes ? Où avait-il appris l'anglais pour le parler aussi bien ? Faisait-il des études ? Ces questions lui brûlaient les lèvres mais elle n'osait pas les poser. Quand elle s'était mise à taillader maladroitement la pastèque avec un petit couteau qu'elle avait trouvé dans le panier à pique-nique, en souriant il lui avait pris le fruit des mains, il avait sorti de sa mallette un grand couteau à manche en os recourbé et prestement il avait découpé la pastèque en huit. Mis à nu, la chair juteuse, rouge orangé, et les pépins tendres comme la rosée brillaient. Il lui montra comment elle devait mordre dans la pulpe, en se penchant pour ne pas se tacher. Il offrit à chacun une tranche présentée dans le creux de sa main. Ils avaient tout le temps soif. Manning faisait du bruit en mangeant, le goût était trop sucré pour lui, mais au moins il y avait du jus.

Mrs Manning avait étalé une serviette sur ses genoux et découpait sa tranche en petits morceaux. Elle avait blêmi dans la chaleur, la sueur lui perlait aux tempes. Le matin même, à Thessalonique, elle avait mis une robe bain de soleil. Le décolleté plongeant découvrait ses épaules maigres et la naissance de seins chétifs remodelés par le bustier. Jessica la trouva indécente et pitoyable. Elle ne supportait pas cette nudité disgracieuse, cette peau flétrie, soufrée, luisante sous la couche de crème autobronzante trop parfumée. Au cours des vacances précédentes, sur les plages de la Méditerranée, elle s'était dit : Libre à elle de se ridiculiser si elle y tient tant. Elles étaient légion, ces femmes entre deux âges qui s'habillaient "jeune" et étaient trop maquillées. Mrs Manning ne détonnait pas, elle appartenait à cette catégorie qui éveillait l'étonnement et les critiques des jeunes filles, la répugnance apitoyée des hommes, les railleries des portiers et des employés d'hôtel. Mais dans ce décor, dans ce paysage, elle semblait incongrue, déplacée, pire, elle était obscène. Dans les villages, près des fontaines, on la regardait, les gens étaient trop discrets, se contrôlaient trop pour laisser paraître ce qu'ils pensaient quand cette drôle de femme sèche, à moitié nue, les lèvres et les ongles rouges, sortait de la voiture, cigarette aux lèvres, sans un salut, sans un sourire ou un signe donnant à penser qu'elle ne s'imaginait pas sur une île déserte. Mais Jessica croyait voir parfois dans les yeux des témoins silencieux le reflet d'une surprise désemparée, qui avait quelque chose de pénible.

Mais sa mère n'était pas la seule à attirer l'attention, ils étaient tous dans ce cas : Manning, massif, lourdaud, habillé n'importe comment, dans une ample chemise imprimée d'éléphants et de fleurs tropicales qui lui flottait sur les reins, avec son visage rougeaud et sa brosse de cheveux roux, et sa manière de s'époumoner dans un anglais pour petits enfants, quand on ne comprenait pas ce qu'il voulait dire ; la belle et indolente Bérénice, dans son pantalon corsaire, et elle, Jessica, avec ses taches de rousseur et sa queue de cheval cuivrée. Elle essayait de se faire toute petite, se cachait derrière les autres s'ils devaient descendre de voiture, ne disait mot, se réfugiait dans l'auto quand maman faisait ses commentaires à plein gosier sur tout ce qui se présentait ou quand son père se disputait avec les garagistes et les patrons de café, comme il arriva à plusieurs reprises, parce qu'il n'arrivait pas à calculer en drachmes. Les premières fois, Niko Stéphandidakis servit opportunément d'interprète, après avoir poliment demandé à Manning la permission d'intervenir. Au milieu d'un petit attroupement d'hommes et d'enfants, le malentendu était dissipé, la querelle apaisée, l'addition réglée. Par la suite, Manning s'en remit entièrement au jeune homme qui commandait au restaurant, faisait les emplettes. Cela épargnait du temps et de l'énergie, quant à l'argent, Manning s'en fichait désormais. Il faisait trop chaud.

Bernard était celui qu'on remarquait le moins. Il pouvait traverser une place ou marcher dans une rue sans qu'on le suive du regard. Il parut avoir subi un changement subtil depuis qu'ils étaient dans le Sud. Sous sa lenteur et sa nonchalance, il n'y avait plus seulement le scepticisme de bon ton et l'égoïsme un peu cynique de l'épicurien. Ce petit quelque chose de typiquement parisien, précisément cet élément de sa personnalité qui, à tout prendre, le rendait sympathique à Jessica, s'effaça et fut remplacé par des traits plus indéfinissables. Subitement, il était moins facile à circonscrire ; le contour avait été jusqu'alors un peu réducteur, peut-être, un peu *sec*[1], mais au moins il était net, sans bavures et fiable ; soudain les lignes s'estompaient. Bernard parut plus équivoque, plus mou, surtout moins gentil garçon. Quand il attrapait Bérénice par le cou, qu'ils soient assis en voiture ou qu'ils descendent un instant pour se dégourdir les jambes, il ne s'agissait plus d'un geste de tendresse espiègle. Jessica y vit un soudain désir de domination, et aussi une cruauté secrète, un besoin de s'affirmer. Avec à la bouche le pli dédaigneux de l'intellectuel, Bernard parlait de "conditions primitives", de "mentalité puérile", de "Balkans" et d'"Orient", mais se dévoilait à son insu quand, à la faveur d'une courte halte, il faisait les cent pas sous les arbres, près d'une source, ou se promenait entre les échoppes et les boutiques d'une rue villageoise. Il avait un curieux sourire d'aise, en écoutant la musique traditionnelle que diffusaient généreusement les radios ou les phonographes des cafés et des magasins, des chansons mélancoliques, des airs de danse fortement rythmés qui évoquaient parfois l'appel du muezzin dans les mosquées d'Orient, avec accompagnement d'instruments à cordes et de cuivres. Ces sons semblaient plonger Bernard dans une légère griserie, son regard se troublait, il devenait un autre. Il ne parlait jamais beaucoup mais son mutisme, que Jessica avait toujours interprété comme le signe d'une lenteur de réflexion, voire d'un vide mental somme toute très confortable, voulait désormais signifier que Bernard était plongé dans une méditation sur la culture slavo-turque qui ne correspondait que superficiellement avec la réalité observable.

Jessica ne pouvait exprimer nettement ces choses, mais elle les sentait et elle savait aussi que cela était dû à la présence de Niko Stéphandidakis assis à côté d'elle. L'attitude de Bernard était du chiqué, de la frime, un ersatz de la vérité. La tension silencieuse, la densité de Niko Stéphandidakis étaient vraies, relevaient d'un autre ordre. Elle aurait voulu savoir à quoi il pensait quand il regardait devant

1. En français dans le texte.

lui sans bouger. Parfois, il avait de petits claquements de langue quand Manning abordait trop vite un virage sans visibilité dans la montagne. Mrs Manning, Bérénice et Bernard somnolaient, abrutis par la chaleur et ces longues heures de voiture. Manning conduisait, le visage crispé, tandis que la sueur lui coulait sur les joues ; dans le rétroviseur, Jessica vit les yeux de son père rougis par la fatigue et l'irritation causée par la poussière qui tourbillonnait sur la route. Ils descendirent vers une plaine, les cimes nues et grisâtres de l'Olympe les surplombaient, dominant tout le paysage alentour. C'est là que les dieux habitent, se dit Jessica, du moins c'est ce qu'elle avait appris à l'école. Elle ne savait plus de quels dieux il s'agissait, mais elle leva la tête avec curiosité vers le sommet des crêtes rocheuses. Il n'y avait rien là-haut pour piquer son imagination, pas de forêts, pas de nuages ou d'ombres mystérieuses.

Niko Stéphandidakis lui toucha légèrement le bras et dit, en désignant les versants abrupts : "C'est là qu'étaient les partisans pendant et après la guerre. On s'est beaucoup battu ici. Les Allemands en bas, les Grecs en haut. Comme ça…" Il fit le geste de quelqu'un qui tire avec une mitrailleuse sur une cible située en contrebas. "Ils n'ont pas pu avoir les partisans. C'est difficile d'arriver jusqu'en haut. Il n'y a que les Grecs pour connaître le chemin et savoir comment surprendre l'ennemi ou d'autres Grecs, à cet endroit.

— Vous avez fait la guerre ?" demanda Jessica. Un éclair passa dans le regard brun.

"Pas ici, mais dans le pays d'où je viens, en Crète. Regardez." Il inclina la tête sur le côté et montra la cicatrice dans son cou, puis il roula un peu plus haut la manche de sa chemise et découvrit un repli charnu au-dessus du coude, un bourrelet de peau grossièrement froncé. "Avec une baïonnette. C'est un Allemand qui a fait ça. Dans mon village.

— De quoi parle-t-il ? demanda paresseusement Bernard, qui s'éveillait.

— Il a été blessé pendant la guerre, il s'est battu contre les Allemands.

— Mais bien sûr, comme tout le monde…" Bernard s'étira en bâillant. "Quelle sacrée chaleur ! Mais il te raconte des histoires. Quel âge a-t-il ? Les enfants aussi se battaient contre les Allemands, dans ce pays ?"

Jessica, voyant que le Grec voulait savoir ce qui se disait, lui traduisit à contrecœur, timidement, les paroles de Bernard.

Niko Stéphandidakis qui la regardait tourna vivement la tête en direction de Bernard. Son visage était fermé. "Oui, chez nous, les enfants aussi se sont battus", dit-il fièrement, le regard sombre.

Cette nuit-là, ils ne dépassèrent pas Lamia, dans le sud de la Thessalie. Après un trajet périlleux, effectué au clair de lune, par des routes de montagne en lacets (une vapeur laiteuse flottait trompeusement au-dessus du paysage, masquant les précipices et les sommets, les lointains et les abords immédiats), l'heure était avancée quand ils entrèrent dans la petite ville où toute la population était de sortie pour la traditionnelle "parade" du soir. Il n'y avait plus une chaise de libre sous les acacias de la *plateia*[1]. Les serveurs faisaient le va-et-vient au pas de course, du comptoir aux tables installées sur la place, avec leurs plateaux chargés de tasses de café, de verres d'eau glacée, de limonade et de liqueur. Sur une large bande pavée, réservée à la promenade, au milieu de la place, deux groupes déambulaient en sens inverse, les filles à marier d'un côté et les garçons de l'autre, dans leurs plus beaux vêtements. On semblait bavarder et plaisanter entre soi, mais on lorgnait l'autre sexe du coin de l'œil. Les enfants jouaient à la guerre et sautaient à cloche-pied sur les marches en ciment montant à la partie surélevée de la *plateia*, depuis la chaussée qui en faisait le tour. Des guirlandes d'ampoules électriques multicolores étaient tendues d'arbre en arbre. Des haut-parleurs invisibles diffusaient des chansons populaires. Aux terrasses de quelques *estiatoria* il y avait encore des dîneurs. On sentait une odeur de viande grillée, d'oignons et d'herbes aromatiques. L'ambiance était légèrement excitée, comme si chacun était un peu ivre et se défoulait dans la fraîcheur du soir. Les gens qui se promenaient sur la voie publique s'écartaient pour laisser passer la voiture des Manning. Ils firent le tour de la place, en cahotant sur la chaussée défoncée. Manning finit par se garer juste devant l'église, c'était le seul emplacement encore libre. Il croisa les bras sur son volant et y appuya la tête, épuisé. Niko Stéphandidakis se mit en quête d'un gîte pour la nuit, Bérénice et Bernard sortirent de l'auto, les

1. Place.

jambes raides. La musique, les lumières, la foule les attiraient. Après les montagnes et les plateaux déserts, les hameaux misérables, ils étaient très agréablement surpris. Bernard s'étonna : *"Tiens, mais c'est l'Italie*[1] *!"*

Bérénice dévorait des yeux, mais non sans méfiance et secrète jalousie, les jeunes filles qui flânaient dans des robes d'été largement décolletées, leur lourde chevelure ondulant sur leurs épaules ou relevée en un chignon classique. Jessica essaya de défroisser sa jupe et jeta un coup d'œil au rétroviseur extérieur qui lui renvoya son visage, pâli et somnolent. A l'avant, sa mère s'emportait : "Ce voyage est une aberration, nous aurions mieux fait de rester en Suisse ou en Autriche, la Grèce, c'est le bout du monde, le vrai désert, on ne s'embarque pas tout seul dans une telle expédition, ce n'est pas pour rien que l'agence nous a conseillé un voyage organisé, c'est la seule manière de visiter correctement ce pays, au moins, on est assuré d'un minimum de confort. Mais pourquoi voulais-tu venir ici à tout prix ? Parce que tu sais que mon cœur ne supporte pas la fatigue, la chaleur et l'énervement, que la puanteur, la vermine, la pouillerie me font horreur ? Parce que tu voulais jouer au héros incompris, au martyr ? Le docteur m'a interdit de conduire, les filles n'ont pas leur permis, cet imbécile de Bernard non plus, ce qui m'étonne de la part d'un Français, ce sont pourtant des mordus de mécanique, ces gens-là... Mais dis quelque chose, *for God's sake*, ne joue pas la comédie, ne fais pas une tête comme si tu allais rendre l'âme d'un instant à l'autre, tu parcours beaucoup plus de kilomètres en Amérique quand tu voyages pour ton plaisir...

— Fous-moi la paix", grogna Manning, sans relever la tête.

Jessica n'écouta pas la réponse de sa mère. Mrs Manning, les traits convulsés, avait brusquement allongé le bras dans la direction de Manning, comme pour le secouer ou le frapper, mais le geste sembla se heurter à un mur invisible, et son bras retomba. Incapable d'en supporter davantage, Jessica se détourna et marcha droit devant elle, en direction de la *plateia* grouillante de monde ; soudain, une idée lui traversa l'esprit : et si sa mère harcelait son père de cette manière parce qu'elle était incapable de s'exprimer autrement ? N'avait-elle pas d'autre choix que de geler ses

1. En français dans le texte.

émotions ou de les traduire sous forme de critiques, de jérémiades et de récriminations ? Etait-ce cette impuissance affective, cette infirmité qui la poussaient maintenant à intervenir d'une manière cassante et acerbe, parce qu'elle n'était pas en mesure de faire ce qu'au fond d'elle-même, elle désirait le plus, dorloter Manning, s'occuper de lui, se laisser aller, avec tendresse et dévotion ? Jessica continuait d'avancer, en passant au milieu des tables, des chaises, des consommateurs installés devant les cafés. Elle vit que tout le monde la regardait, toute la ville semblait déjà au courant de leur venue et un attroupement se formait progressivement autour de la voiture où ses parents étaient assis, comme des mannequins de cire. La pensée que sa mère aimait peut-être son père, mais qu'elle était condamnée jusqu'à la fin de ses jours à refouler ses sentiments ou, pire, à les travestir, à les exprimer sous une forme grotesque qui n'était qu'une caricature tragique de l'amour, bouleversait la donne pour Jessica. La pitié était plus lourde à porter que l'irritation. Elle était alertée : faire la sourde oreille n'était plus possible. Cette épouvantable pitié l'étoufferait, elle serait liée à ses parents alors qu'elle n'aspirait qu'à une chose, être libre, loin de tout. Aussi longtemps qu'elle avait éprouvé de la haine, du mépris, du dégoût pour eux, elle avait, en un sens, maintenu ses distances. Peu importait l'éloignement physique, elle ne pouvait pas être plus loin d'eux qu'elle ne l'était par sa critique muette. Mais cette pitié subite qui l'avait prise en traître la rappelait à l'ordre, semblait vouloir lui imposer une solidarité dont elle ne voulait pas, contre laquelle elle regimberait de tout son être.

Un marchand ambulant lui toucha le bras et lui présenta un panier rempli d'amandes grillées, de noix pralinées et salées. *"Oichi, oichi*[1]*"*, dit-elle sur le ton qu'avait pris Niko Stéphandidakis dans la journée pour décourager les importuns, vendeurs à la sauvette, cireurs de chaussures et mendiants. Comme il insistait, elle agita de droite à gauche sa main ouverte devant son visage pour signifier qu'elle ne voulait rien. L'homme recula d'un pas et cracha sur le sol. Les gens regardèrent, quelqu'un fit une remarque, il y eut des rires.

A cet instant, elle aperçut Niko Stéphandidakis dans l'encadrement d'une porte. Elle se fraya un chemin à travers les

1. "Non, non."

gens pour le rejoindre. Un chant aigu, qui perçait les tympans, retentit dans tous les haut-parleurs. Les façades du pourtour, éclairées par les lampes de la place, se détachaient sur le ciel nocturne.

“Ne faites jamais comme ça, dit Niko Stéphandidakis, en répétant le geste qu'elle avait adressé au camelot. C'est une insulte, une malédiction, du genre : Fiche le camp, chien que tu es, va au diable. Tous les étrangers commettent cette erreur. Je sais bien qu'ils ne pensent pas à mal, mais beaucoup ne le comprennent pas, ici. Les Grecs sont des gens simples, de pauvres paysans, ne l'oubliez pas.”

Jessica le dévisagea. Elle ne l'avait jamais encore entendu parler avec une telle autorité. Dans la voiture, il s'était contenté de quelques phrases laconiques, de temps à autre, même pour donner des explications ou des commentaires, en s'excusant à demi, comme s'il avait peine à croire que ce qu'il disait pût véritablement les intéresser. Son attitude était désormais plus déterminée, plus ferme. Ses paroles étaient, certes, bienveillantes, mais elle ne lut ni douceur ni humour dans son regard. Elle était spontanément allée vers lui, parce que dans la confusion de l'instant, il lui était apparu comme son unique recours. Pendant le voyage, c'est à elle qu'il avait rendu de petits services, c'est à elle qu'il avait parlé le plus et cette attention lui avait fait plaisir, parce qu'elle avait l'impression de pouvoir ainsi réparer l'indifférence de ses parents et les réactions un peu méprisantes et moqueuses de Bernard et de Bérénice. Chacun à sa façon, ses parents la traitaient comme une petite fille ; pour sa sœur et son beau-frère, sa présence était si naturelle qu'il n'était pas nécessaire d'en tenir compte de quelque façon. Mais pour Niko Stéphandidakis, elle était une personne à part entière, elle n'en avait pas douté un instant au cours de cette journée. Et voilà que les larmes lui montaient aux yeux parce qu'elle ne savait plus à quoi s'en tenir, tout à coup. Il reste un étranger, se dit-elle, il est différent, je ne le comprends pas. Pourquoi suis-je allée vers lui ? J'ai l'air d'une folle.

Elle détourna la tête, désemparée, et promena son regard sur la *plateia*. Bérénice et Bernard s'étaient assis à la table qu'une famille grecque venait de quitter. Ses parents attendaient maintenant à côté de la voiture. Des gamins passaient la main sur la carrosserie, essayaient de déchiffrer la plaque d'immatriculation. Elle allait revenir sur ses pas, sous le coup d'une impulsion contraire, quand Niko Stéphandidakis la retint par le bras.

"Attendez, attendez, j'ai des chambres."

Les deux hôtels de Lamia étaient complets. Dans le meilleur des deux, Mrs Manning dut partager un lit avec Jessica, et on apporta un lit de camp pour Bérénice. Manning et Bernard logeraient pour la nuit de l'autre côté de la *plateia*. Par une fente des persiennes, Jessica les vit traverser la place désormais déserte (il était minuit passé), précédés de Niko Stéphandidakis qui portait leurs bagages. Les garçons de café empilaient les tables et les chaises au bord du trottoir, balayaient les papiers et les détritus. Les façades renvoyaient en écho le bruit de leurs voix et le grincement des pieds de chaise sur le sol. On éteignit les guirlandes. Manning avançait, le dos voûté, en traînant les pieds. Bernard suivait à quelques mètres ; il donna un coup de pied rageur dans un caillou. Bérénice et lui auraient voulu dormir ensemble, cette nuit-là, mais après des discussions bruyantes et interminables dans le couloir du premier étage de l'hôtel Achilleion, ils avaient cédé aux arguments de Mrs Manning : Manning et elle n'avaient pas couché dans le même lit depuis dix ans ; Manning était trop gros pour le lit de camp ; Jessica ne pouvait partager la chambre du jeune couple ; quant à elle, elle avait droit, après toutes les fatigues du voyage, à une chambre convenable dans un hôtel qui, au moins, était propre. Certes, celui d'en face laissait à désirer, mais les hommes se doivent d'être sportifs. Manning aurait, en tout cas, un lit pour lui tout seul, elle ne pouvait en dire autant. "Au nom du ciel, essaie de rester tranquille cette nuit, Jessica.

— Et Niko Stéphandidakis, où va-t-il dormir ?" demanda Jessica, s'appuyant au balcon de fer forgé. La lune illuminait la place avec sa double rangée d'acacias et les façades des maisons dont les portes et les fenêtres étaient fermées par des volets. Des chiens grattaient le sol, au milieu des détritus.

"Il va se débrouiller, ne t'en fais pas, répondit sa mère, il peut déjà être content d'avoir fait tout ce trajet avec nous, deux ou trois cents kilomètres au moins. Demain, on en sera débarrassé ; il trouvera sans problème un moyen de transport pour Athènes. Je ne veux pas que ton père prenne d'autres autostoppeurs désormais. Ce ne sont pas les camions qui manquent, j'ai aussi vu des cars.

— Peut-être qu'il n'a pas d'argent."

Jessica vit les trois hommes entrer dans l'hôtel, en face. Elle attendit encore un peu, mais quand sa mère l'appela pour la seconde fois, d'un ton impatient, elle rentra dans la chambre et referma les vantaux ajourés de la porte-fenêtre.

"Quand on déjeunait à Larissa, au café, cet après-midi, il est parti et il est resté près de la voiture. Il n'a mangé que quelques tranches de melon.

— Ne t'inquiète pas pour lui, ce garçon sait bien se débrouiller."

La crème protectrice dont elle s'était enduit le visage lui faisait un masque blanc de sauvage. Elle étala sur le sol plusieurs serviettes de bain sur lesquelles elle mit à sécher ses dessous en nylon. Bérénice leur tournait le dos, repliée en chien de fusil sur le lit de camp. Après ses adieux précipités à Bernard, elle s'était couchée sans dire un mot à sa mère et à sa sœur.

Jessica qui se déshabillait lentement se figea tout à coup ; elle venait de réaliser que selon toute probabilité elle ne reverrait pas Niko Stéphandidakis. Il se serait évanoui dans les rues de Lamia, parti avec un car ou un routier en direction d'Athènes. Elle ne lui avait pas dit au revoir.

"Mais qu'as-tu donc, qu'est-ce que tu fais, plantée comme ça ?" La voix irritée de sa mère lui parvint depuis le lit. "Viens te coucher, bonté divine ! J'ai pris un somnifère pour pouvoir dormir, je suis exténuée. Mon Dieu, quel voyage ! Je te garantis que c'est la dernière fois que je fais une chose pareille. L'année prochaine, je veux aller dans un endroit civilisé. On aurait dû écouter l'agence, ils sont toujours de bon conseil. Mais non, il fallait absolument que monsieur aille à l'autre bout du monde ! Cette chaleur me tuera. C'est peut-être ce qu'il cherche, après tout, me ramener entre quatre planches. Pourquoi pleures-tu ?"

Jessica ne répondit pas. Elle revint à la fenêtre et regarda les maisons d'en face. La place était complètement déserte. Les arbres y projetaient des ombres noires comme de l'encre.

"Ne reste pas là, viens te coucher. Mon Dieu, ce que vous êtes tous susceptibles ! Et ça ne s'arrange pas avec les années."

— Oh..., gémit Bérénice avec un soupir, longuement contenu, qui signifiait que sa patience était à bout. *Oh, mon Dieu*[1] !

1. En français dans le texte.

— Tu t'y mets, toi aussi ? Ecoute-moi bien, ma petite, ce n'est pas pour mon plaisir que je t'ai prise avec moi dans la chambre ; il ne s'agit pas de vouloir ou pas, on n'avait pas le choix.

— Tu mens !" Le lit de camp grinça quand Bérénice se retourna d'un mouvement brusque. "Tu as tout manigancé encore une fois. Comme si nous étions dupes, Bernard et moi ! Tu veux nous séparer. Mais c'est la dernière fois que tu y arrives !" S'appuyant sur les coudes, Bérénice se redressa dans un mouvement qui fit saillir la courbe de sa hanche droite tandis qu'elle tournait le buste du côté de sa mère. Ses cheveux dénoués couvraient ses épaules nues. Pour la première fois, Jessica se rendit compte combien sa sœur était belle, d'une beauté alanguie, suggestive, sensuelle ; elle eut presque peur de Bérénice, mais en même temps, elle eut comme une révélation, une impression renversante, qui semblait du même ordre que la soif et la faim. Les larmes continuaient à couler sur ses joues, elle ne savait même plus pourquoi elle s'était mise à pleurer, et peu lui importait. Elle regardait tour à tour Bérénice et sa mère, comme elle aurait regardé deux actrices, sur une scène de théâtre ou un écran de cinéma. Elle s'attendait à la répétition ou à la suite du premier épisode de Thessalonique, en plus violent. Bérénice défiait sa mère en prenant cette pose de belle jeune femme désirable. C'était exprès qu'elle s'allongeait ainsi, lascive dans une soie légère, pour piquer sa mère au vif, lui faire sentir son impuissance, lui faire comprendre qu'elle était définitivement vaincue. L'impudeur de cette posture, par son naturel, était éloquente : elle était plus blessante que la colère ou les injures, elle portait un coup fatal. Mrs Manning rougit et battit des paupières.

"On verra bien, tout dépendra de la place", dit-elle, mais il n'y avait plus de provocation dans ses paroles. Jessica ressentit la même pitié lui nouer la gorge. Elle alla rapidement vers le bouton pour éteindre la lumière, pour ne plus voir le sourire satisfait de Bérénice et l'amertume sur le visage luisant de crème de Mrs Manning. Elle monta sur le lit, en enjambant les pieds de sa mère. Elle essuya ses larmes avec le coin du drap rêche et épais qui servait de couverture et resta à écouter les soupirs de Bérénice qui se retournait dans son lit, relayés ensuite par le petit ronflement de Mrs Manning. Elle-même n'arrivait pas à dormir.

Elle pensait à Niko Stéphandidakis. Elle se demandait où il passait la nuit, peut-être couché sur des chaises, une fois encore, dans la cour intérieure d'une pension, ou quelque part, sous un porche ou sous un arbre, à même le sol, roulé sur lui-même, comme elle avait vu des gens dormir au cours du trajet. Elle refusait de croire qu'il serait parti le lendemain matin, qu'elle ne le verrait plus. Elle avait au cœur un désir si intense et douloureux qu'il lui était presque impossible de rester étendue sans bouger. Elle aurait voulu sauter du lit, courir à sa recherche ; elle voulait entendre sa voix, son anglais lent et correct, son grec rapide et passionné ; elle voulait contempler son visage et ses mains, et de tout près, respirer l'odeur de ses vieux habits kaki. Elle voulait lui tourner autour comme un jeune chien autour de son maître. Qu'elle le comprît ou pas, peu importait, il était sa boussole. Elle éprouvait à son sujet une curiosité dévorante, elle voulait tout savoir de sa vie passée et actuelle, partager tous ses secrets. Elle frottait impatiemment ses pieds l'un sur l'autre. Elle n'avait aucun plan, elle savait seulement qu'elle ne supporterait pas son absence.

Elle s'endormit tard dans la nuit, mais se réveilla avant l'aube, aux premiers ronflements de moteurs autour de la *plateia*. Elle descendit du lit et se vêtit hâtivement dans la pénombre. Il n'y avait personne en bas mais la porte de l'hôtel était ouverte. Elle vint s'asseoir sur une des chaises paillées alignées le long du mur, dans la rue. Il faisait frais ; elle sentit de nouveau l'odeur de brûlé caractéristique du petit matin. Comme à Thessalonique, les commerçants étaient également occupés à enlever les panneaux de bois qui protégeaient leurs boutiques. Le jour se leva, les rues se remplirent d'hommes et de jeunes garçons. Les vendeurs installèrent leurs vitrines à sandwichs aux quatre coins de la place, le kiosque ouvrit. Des charrettes tirées par des ânes, chargées de melons et de tomates, grimpaient lentement une petite rue en pente, en bringuebalant et en grinçant. Jessica pouvait apercevoir l'intérieur des boutiques de la *plateia* maintenant ouvertes, peu profondes, bourrées de marchandises du sol au plafond. Des grappes de chaussures, des ballots d'étoffes, des tringles en bois supportant des vêtements furent accrochés au-dessus du seuil, ou dehors, sous les stores déjà baissés. Dans la boucherie, un homme chassait les mouches avec un plumeau. Le soleil montait dans le ciel clair, d'un jaune rosé. La voiture des

Manning, garée devant l'église, avait de nouveau attiré une bande de garçonnets qui écrivaient du doigt sur la carrosserie poussiéreuse. Jessica chercha du regard Niko Stéphandidakis. Sous un auvent, près d'une des maisons, quelqu'un dormait sur un lit de fer, enroulé dans une couverture à rayures noires et rouges. Son cœur se mit à battre, elle ne pouvait détacher ses yeux de cet endroit. Elle sursauta en entendant la voix de sa mère au-dessus d'elle. Mrs Manning était sur le balcon, une serviette éponge sur les épaules. "Qu'est-ce que tu fais là ? Tu es descendue depuis longtemps ? On peut avoir du thé ? Commande un petit-déjeuner pour nous, il y a quelqu'un qui parle anglais."

Le thé était une tisane d'herbes locales. Mrs Manning ergota à n'en plus finir, s'en prenant au jeune serveur ; elle critiqua aussi les toasts, durs comme du bois, le miel, trop sucré, trop visqueux. Le garçon ne comprenait pas la moitié de ses paroles, il se dandinait d'un pied sur l'autre, en faisant des gestes résignés qui voulaient dire : Désolé, c'est tout ce que nous avons. Dans la rue, juste devant la fenêtre où elles étaient assises, une femme tentait en vain de calmer l'enfant qui pleurait dans ses bras.

"Je deviens folle, dit Mrs Manning en se pétrissant les tempes de ses doigts nerveux. Je ne resterai pas ici une seconde de plus. Mais où sont donc les hommes, au nom du ciel ? Ils devaient prendre leur petit-déjeuner ici. Pas question de partir trop tard une fois de plus ! Une journée supplémentaire à rouler l'après-midi dans cette chaleur et je succombe."

Bérénice, qui n'avait pas ouvert la bouche, n'était déjà plus là. Elle traversait la place en direction de l'auberge aux stores crasseux et accrochés de guingois. De la fenêtre, Jessica surveillait le lit de camp, sous l'auvent. Un homme qu'elle ne connaissait pas s'étira en bâillant. Un autocar s'arrêta sur la place. Au milieu des passagers qui se pressaient à l'intérieur et à l'extérieur du car, elle aperçut quelqu'un habillé de kaki, mais ce n'était pas Niko Stéphandidakis. C'est alors qu'elle le vit arriver, il marchait droit vers elle, suivi de Bernard et de Bérénice qui discutaient avec animation. Manning, cette nuit-là, s'était enivré à la *retsina*[1] faute de mieux. Bernard, qui s'était couché tout de suite, avait été

1. Vin résiné.

réveillé sur le matin par des gémissements et des hoquets. En plus de la gueule de bois à laquelle on pouvait s'attendre, Manning n'avait pas supporté le mélange, inhabituel pour son estomac, de vin et de résine. Quand Bernard était descendu chercher de l'eau, il avait trouvé dans la cour Niko Stéphandidakis qui avait passé la nuit là, sous un escalier extérieur. Ils s'étaient occupés de Manning tant bien que mal.

"Il n'est pas fichu de conduire aujourd'hui, dit Bernard, il est malade comme un chien."

Jessica traduisit ses paroles à l'intention de sa mère. Ils se trouvaient sur le terre-plein pavé de galets, devant l'hôtel.

"Splendide ! dit Mrs Manning, sarcastique. Nous y voilà, une fois de plus ! Et qu'allons-nous faire maintenant ? Rester ici jusqu'à ce que monsieur ait cuvé son vin ? Il n'aurait pas pu choisir meilleur endroit. Quant à moi, je prends le train pour Athènes, vous, vous ferez ce que vous voudrez."

Avec des doigts tremblants, elle ôta du fume-cigarette la cigarette à moitié consumée, la jeta sur le sol et l'écrasa. Niko Stéphandidakis s'avança.

"Je sais conduire. Je peux vous emmener à Delphes, si vous voulez."

Jessica passa l'heure de la sieste sous la rangée d'arbres, devant l'hôtel Apollon. Le bruit des cigales dans les branchages était assourdissant, un vacarme monotone qui finissait par engourdir. La chaleur qui montait de l'asphalte était visible aux vibrations de l'air. Il n'y avait personne, nulle part. La route ascendante, la bifurcation à la sortie du village de Kastri étaient désertes dans la fournaise de midi. Par-dessus les toits des maisons situées en contrebas, de l'autre côté de la route, Jessica voyait les versants boisés dominant la rive opposée du ravin. A une très grande distance, dans le lointain, au-delà des contreforts montagneux, brillait la mer. Le portier et les deux employés de l'hôtel, qui étaient restés à l'ombre des arbres pendant un certain temps après le déjeuner, étaient rentrés, l'un après l'autre. Toutes les persiennes étaient closes. Manning était couché, au premier étage, ne portant que son pantalon de pyjama, une serviette mouillée sur le front ; il haletait dans la pénombre. Bernard et Bérénice s'étaient retirés quelque part, *enfin seuls*[1]. Mrs Manning ayant dû aider Jessica et Niko à sortir Manning encore à moitié sonné de la voiture, ils en avaient profité pour prendre les devants, entrer dans l'hôtel, demander combien de chambres étaient encore disponibles et retenir immédiatement pour eux l'une des deux chambres pour deux personnes encore libres. Mrs Manning se voyait forcée de partager l'autre avec son mari ; Jessica pouvait disposer d'un lit dans la chambre louée par une archéologue italienne. Bérénice ne céda pas d'un pouce devant les protestations de sa mère, Bernard fit celui qui ne comprenait rien à ces discussions en anglais.

L'heure de la sieste n'avait pas encore sonné que Mrs Manning occupait déjà le lit de Jessica : elle avait la migraine, Manning soufflait comme un phoque, et l'archéologue n'était pas là. Jessica, elle, n'avait pas envie de dormir. Elle se demandait où se trouvait Niko Stéphandidakis qui, comme la veille, s'était éclipsé avant le déjeuner. Mrs Manning lui avait donné de l'argent pour avoir conduit la voiture. Jessica aurait voulu savoir combien ; la somme devait être supérieure à un pourboire, mais, elle en avait peur, insuffisante pour le dédommager du service qu'il leur avait rendu. Elle pouvait s'imaginer le comportement, les mots de sa mère, et elle avait honte. Elle ne savait pas non plus ce qu'avait convenu Mrs Manning avec lui, allaient-ils séjourner à Delphes, comme il était prévu initialement, ou continuer la route le lendemain, et si c'était le cas, Niko Stéphandidakis serait-il du voyage ? Dans la voiture, elle était assise derrière lui, les yeux sur la nuque droite et brune, le cou musclé, elle voyait bouger ses omoplates sous la chemise kaki. Il conduisait calmement, d'une main ferme ; il saluait tous les chauffeurs de car et de camion, tous les âniers, les paysans et les bergers qu'ils dépassaient ou croisaient, il s'arrêtait près des fontaines et des belvédères, offrait régulièrement d'aller leur chercher des fruits ou des boissons, nettoyait la banquette arrière quand Manning, que les routes en lacets rendaient malade, avait vomi. Bernard, installé à l'avant avec Bérénice, avait fait mine, au départ de Lamia, de vouloir se poser en remplaçant du chef de famille. Ils avaient roulé dans une plaine, au pied de hautes montagnes. A l'entrée d'une route prenant à gauche, il y avait un panneau. Niko Stéphandidakis freina.

1. En français dans le texte.

"Les Thermopyles, c'est par là, dit-il en désignant la route d'un mouvement de tête.

— Ah, les Thermopyles !" Bernard se mit à déclamer avec grandiloquence une longue phrase en grec, en marquant lourdement le rythme. Niko Stéphandidakis lui jeta un regard en coin, mais ne dit mot.

"Qu'est-ce que ça signifie ?" demanda Jessica, se penchant en avant pour mieux entendre. Bernard ne répondit pas ; de sa main libre, la gauche, il continua à battre la mesure dans les airs et répéta la phrase.

"Hé, ho ! tu m'entends ? C'est quoi, ce que tu dis ?" Jessica s'irritait, comme toujours depuis le début du voyage, de cette indifférence nonchalante qu'affectait Bernard pour la taquiner.

"C'est du grec ancien, *ma fille*[1], ce n'est pas pour toi.

— «Etranger, va dire à Sparte que sont couchés ici ceux qui ont obéi à ses lois», dit soudain Niko Stéphandidakis en anglais. C'est là-bas qu'ils sont enterrés, les trois cents soldats. On a planté trois cents cyprès. C'est un simple couloir. Ils y ont tous laissé leur peau après un combat acharné. Vous ne voulez pas y aller voir ? Tous les touristes s'y rendent. Ils jettent un œil sur la stèle commémorative et ils disent : A cette époque, tout de même, les Grecs étaient des braves, ils représentaient quelque chose. Mais où sont-ils passés, ces Grecs ? Est-il vrai que c'est ici que les troupes grecques ont décampé, en 1941, à l'arrivée des Allemands ? Nous ne savons pas quoi répondre. *You understand, yes ?*" Il fixa Jessica d'un regard dur et brillant. Elle n'osa rien dire parce qu'elle ne savait pas ce qu'il attendait d'elle. Bérénice traduisit les paroles de Niko Stéphandidakis à Bernard qui haussa les épaules mais ravala la remarque qu'il avait apparemment sur les lèvres, après un coup d'œil sur le visage sévère et fermé du Grec.

Plus loin, ils avaient pris à droite et avaient pénétré dans la montagne, en grimpant toujours plus haut sur les pentes abruptes du Kallidromon par des virages en épingle à cheveux. Des pins s'étaient arrimés par les racines aux escarpements rocheux ; des villages étaient à moitié suspendus dans le vide, surplombant des précipices. Parfois, dans un virage, on apercevait la plaine, entre deux versants, à une distance et une profondeur vertigineuses, avec ses teintes

1. En français dans le texte.

claires et ses lignes nettes dans l'air limpide saturé de soleil. La terre et le ciel se différenciaient nettement par la couleur et la texture, et pourtant ils semblaient miraculeusement unifiés dans l'éclat de cette chaude blancheur.

Jessica avait la carte sur les genoux, ce qu'elle n'avait encore jamais fait, préférant rêvasser en regardant le paysage ; les noms et les précisions topographiques, elle s'en moquait plutôt, à vrai dire. De toute façon, elle ne s'en souviendrait pas plus tard ; ce qu'elle gardait en mémoire, c'étaient des choses sans importance, comme un arbre, le profil d'une montagne, des visages au bord du chemin, un animal qui faisait pitié, l'intérieur d'une maison entrevu au passage. Mais elle cherchait maintenant sur la carte les noms mentionnés par Niko Stéphandidakis, Amphissa dans la plaine, en contrebas, ce sommet gigantesque, gris et nu, baptisé le Parnasse. Elle répétait les noms à voix haute, en déplaçant son doigt sur la carte. Elle aurait voulu manifester encore plus nettement son intérêt pour qu'il ait le sentiment que ses commentaires étaient appréciés. Elle représentait sa famille, elle croyait remarquer qu'il ne s'adressait qu'à elle. Personne d'autre ne l'écoutait, sauf quand il arrêta la voiture dans une courbe élargie d'où l'on découvrait, comme d'une terrasse, la plaine et des pentes plus douces tapissées d'oliveraies. La terre semblait couverte d'un moutonnement d'argent, et derrière s'étendait la mer, le golfe de Corinthe, d'un bleu qui laissait les yeux incrédules, d'un bleu qui fit mal à Jessica, de la même douleur qu'elle éprouvait en regardant Niko Stéphandidakis.

"Thalassa ! Thalassa !" répétait Bernard, en déclamant comme s'il imitait un acteur ringard. Sauf Bérénice qui coula vers lui un regard oblique, la moue aguicheuse, personne ne rit.

Manning était à moitié couché en travers de la banquette arrière, la tête reposant sur un plaid roulé, derrière le dos de Jessica. Prostrée dans le coin opposé de la banquette, Mrs Manning tenait un mouchoir imbibé d'eau de lavande devant son visage pour ne pas sentir l'odeur de vomissure persistant en dépit des efforts de Niko Stéphandidakis qui avait frotté la banquette tant et plus. Les montées succédaient aux descentes, et c'est ainsi qu'ils étaient arrivés à Delphes avant les heures chaudes de l'après-midi.

Jessica n'avait pas envie de dormir, mais la chaleur et le chœur strident des cigales l'engourdissaient. Il y avait dans l'air une odeur de crottin sec, de cuir et d'herbes aromatiques. Sa tête s'alourdit. Pour ne pas s'assoupir, elle se leva brusquement et descendit la route bordée de maisons blanches. A la sortie du village, un filet d'eau jaillissait d'un muret. Jessica but et se rafraîchit les mains et le visage. En face de la source, au bord de la route, il y avait une petite niche en pierre, fermée par une vitre. Elle se baissa pour regarder à l'intérieur et vit une icône brunie et une bougie éteinte.

"Sainte Hélène et saint Constantin", fit une voix familière derrière elle. Elle se retourna. Niko Stéphandidakis était sur la route. Il avait dû arriver par le sentier, près de la source. Il mangeait une grappe de petits raisins jaunes. Il lui en offrit quelques grains, dans le creux de sa main. Elle en connaissait déjà le goût, ils étaient très sucrés et n'avaient pas de pépins. Tout en mangeant, ils avançaient lentement sur l'asphalte amolli. Ils laissèrent derrière eux le village de Kastri, construit autour d'un ressaut de la paroi montagneuse. Des deux côtés, la route était bordée d'oliveraies et de petits vignobles. A leur droite, arbres et buissons couvraient la pente abrupte jusqu'au fond du ravin ; à leur gauche, ils grimpaient à des hauteurs tout aussi inaccessibles.

"C'est la gorge du Pleistos, dit Niko Stéphandidakis en désignant le ravin, l'hiver et au printemps, la rivière bouillonne comme un torrent, maintenant il n'y a presque plus d'eau.

— C'est beau, c'est superbe", disait machinalement Jessica, la bouche pleine de jus sucré. Le soleil lui chauffait le crâne. "Les autres dorment. Où allez-vous ?"

Il hocha la tête en souriant et fit un geste en sa direction.

"Mais je n'ai pas de but précis, dit Jessica, je me balade un peu, c'est tout."

Il lui proposa de l'emmener voir les ruines, si elle en avait envie.

"Marchez là, sur le bord, c'est mieux pour les souliers."

Elle marcha derrière lui, à quelques pas, sur l'herbe calcinée du bas-côté. Le bruit strident des cigales était omniprésent, au-dessus d'eux, en contrebas. Il s'arrêtait parfois, comme par magie, et éclatait de nouveau quelques minutes plus tard.

"Mais pourquoi ?" demanda Jessica.

Niko Stéphandidakis regarda le ciel. "C'est à cause du vent, répondit-il sans préciser, le temps va changer. Tenez, là, c'est le musée."

Ils dépassèrent le bâtiment rectangulaire crépi en jaune pâle, édifié au pied de la roche, dans un lacet de la route. La barrière était fermée. Il n'y avait pas de voitures sur le parking. Couché en chien de fusil, un homme dormait sur un banc, sous les pins. Niko Stéphandidakis marchait devant, à pas rapides et souples dans ses tennis ; il fit un signe à Jessica et, par un sentier à peine visible, s'enfonça dans les oliviers. Elle le suivit, plus lentement, en tâtant du pied pour trouver des points d'appui, entre les pierres et les racines des arbres, et en s'agrippant aux vieux troncs, crevassés et tordus. La terre ocre était fendillée par la sécheresse. Sous le feuillage gris, une forte odeur de menthe et de thym se mêlait aux parfums d'autres plantes aromatiques. Ils descendirent jusqu'à une sorte d'esplanade, un petit plateau situé à mi-hauteur du ravin.

Parmi le chiendent et les broussailles, des morceaux de marbre, des tronçons de colonnes, des pans de murs, des blocs parallélépipédiques, cylindriques ou plats étaient éparpillés, sans ordre ou raison apparents. Des marches qui ne menaient nulle part émergeaient au milieu de hautes herbes, trois minces colonnes blanches, dressées sur un soubassement circulaire, évoquaient fugacement l'image d'un petit temple, mais elles ne soutenaient que de l'air et n'ouvraient que sur du vide. Niko Stéphandidakis expliqua que ce sanctuaire s'appelait la Tholos, il ne savait pas à qui ou à quoi il était dédié jadis. Au centre du pavement, on voyait bien la fosse aux sacrifices. Assise sur ses talons, Jessica observait l'intérieur de la cavité obscure, comme si elle s'attendait à y voir des traces de sang et de cendre. Des plantes rampantes tapissaient le fond et les parois de la cavité, elle vit des olives racornies, des feuilles à moitié pourries, des bouchons de papier, des mégots et des toiles d'araignée. Elle était déçue et intriguée : ce trou devait être plus profond, pensa-t-elle, n'était-ce pas le nombril du monde, elle avait entendu parler de ça, mais où ? Niko Stéphandidakis la fit passer devant ce qui restait d'un établissement de bains, devant les ruines d'une palestre, de petits temples et d'autels toujours plus nombreux, mais elle ne voyait que des alignements ou des tas de pierres, des soubassements à moitié exhumés, envahis par les ronces.

Il faisait une chaleur lourde dans les broussailles. Sa jupe mince et son corsage lui collaient à la peau. Elle n'écoutait plus ce que racontait Niko Stéphandidakis qui parlait lentement et en articulant avec soin, comme s'il s'adressait à un enfant, comme si l'anglais avait été pour elle une langue étrangère ! Elle s'alarma : Me prendrait-il encore pour une petite fille par hasard ? Elle marchait si près de lui, derrière lui ou à ses côtés, qu'elle aurait pu le toucher quand elle montait sur des pierres ou en redescendait en sautant. Quand il ne la regardait pas, elle avait les yeux fixés sur lui et respirait, en dilatant ses narines, son odeur qui lui était devenue familière, l'odeur de sa sueur, de ses cheveux, de son haleine. Je suis seule avec lui, pensa-t-elle, il n'y a que nous deux. Si seulement il pouvait me regarder comme s'il me voyait pour de bon !

"Comment avez-vous appris tout ça ?" demanda-t-elle, avec un geste en direction des blocs de pierre gris et jaunâtres. Elle se sentait épuisée brusquement et elle avait l'impression que la chaleur l'étouffait. Elle vint s'asseoir sur un tambour de colonne, qui gisait dans l'herbe comme une grosse rondelle cannelée.

"Je lis, répondit Niko Stéphandidakis, et je sais ce que les touristes veulent entendre. Tous les étrangers viennent ici pour trois choses : le paysage, le passé et les vieilles pierres. Vous seriez étonnée des sommes qu'ils sont prêts à dépenser quand il s'agit de fouilles et de restauration. Actuellement, ils s'occupent de la Tholos, ce sont les Français qui s'en chargent, ils ont d'ailleurs pris en main la totalité du site. Avec l'argent qu'ont coûté ces trois colonnes, on pourrait construire plusieurs écoles. Mais nous ne devons pas nous plaindre, ceci rapporte davantage."

Il la fixa encore, de ce regard noir et dur qui la troublait. Il sortit une tabatière de sa poche et commença à se rouler une cigarette. Jessica se pencha, elle aurait voulu crier : Je ne suis pas une touriste, ces pierres, je m'en fous, je veux seulement savoir qui tu es, mais elle se borna à dire : "Je peux en avoir une ?" Le tabac avait un goût douceâtre de foin séché.

"Vous continuez le voyage avec nous ?" demanda-t-elle, après un temps. Il fumait à gestes lents et mesurés, en portant avec précaution à sa bouche la cigarette qu'il tenait entre le pouce et l'index. Il secoua la tête, en exhalant la fumée.

"Non, je pars cette nuit, avec un camion, c'est déjà réglé.

— Mais pourquoi ? Demain ou après-demain, nous reprenons la route. Vous pourriez relayer mon père au volant.

— Je ne peux pas rester ici plus longtemps. Je dois aller à Athènes.

— C'est là que vous travaillez ?

— Je veux prendre le bateau qui part pour la Crète après-demain."

Un troupeau de chèvres bêlantes se frayait un chemin à travers les broussailles, dans un concert de clochettes. Une vieille femme maigre chassait le troupeau devant elle, en poussant des cris rauques. Elle tenait sous le bras un bâton garni d'une grosse touffe de laine brute et, tout en marchant, elle en tirait un long fil qu'elle tordait entre le pouce et l'index. Quand elle les aperçut, elle remonta devant son menton et sa bouche les coins du fichu qui lui couvrait la tête et les regarda sans rien dire. Niko Stéphandidakis la salua et lui offrit une chique. Les chèvres se promenaient lentement en cercle, en broutant ou en arrachant une feuille de-ci, de-là.

Jessica replia les jambes et appuya sa tête sur ses genoux. Il s'en va, cette nuit, il part pour de bon, je ne le verrai plus. Plus que jamais, elle avait le sentiment de vivre dans un vide. Jusqu'alors, elle avait réussi à survivre dans ce vide, par rapport à ses parents, à Bérénice, à Bernard, elle avait au moins donné le change. Elle faisait comme si elle était indifférente à tout, pareille à un coquillage, creux à l'intérieur, dur en surface. Mais maintenant qu'elle avait rencontré Niko Stéphandidakis, elle serait livrée sans défense à l'aspiration du néant. C'est insupportable, pensa-t-elle, et elle se mordit le genou pour se ressaisir, les larmes lui brûlaient les paupières, mais elle ne voulait pas pleurer. Mais qu'est-ce que je peux faire ? Je ne peux tout de même pas me jeter à son cou ou me coucher en sanglotant à ses pieds, il n'y comprendrait rien et trouverait ça répugnant. Elle releva la tête et le regarda, avec insistance et désespoir. Elle ne savait pas elle-même ce qu'elle attendait. Elle avait seulement la certitude que sans lui, la vie serait intolérable, partout, toujours. Une force inconnue l'avait arrachée du sol à la manière d'un tourbillon et l'avait projetée contre Niko Stéphandidakis. Il n'y avait pas à raisonner, c'était un fait, elle n'avait pas le choix.

"Continuons, le plus important se situe plus haut, de l'autre côté de la route", dit-il. Jessica se leva et le suivit. La gardeuse de chèvres leur lança un salut. Sur les rochers s'élevant à pic au-dessus des cimes des arbres glissait maintenant une fine vapeur. La lumière du soleil semblait comme tamisée par la brume. Mais la plaine et les versants couverts d'oliviers, des deux côtés du ravin, baignaient encore dans la blancheur chaude de l'après-midi. Ils traversèrent la route et se dirigèrent vers un endroit ombragé de hauts platanes. Il y avait bien sûr un café. Jessica se rua vers la source.

"C'est l'eau de la fontaine de Castalie, dit Niko Stéphandidakis, avec un sourire plein d'une dérision contenue qui donna à son visage une expression nouvelle. De l'eau sacrée d'une source sacrée. C'est ce que pensaient les Anciens. Et le monde, à cette époque, croyait encore ce que disaient les Grecs." Il cassa une branche d'arbuste et en cingla le sol. Ce geste brusque libéra une tension longtemps accumulée sous la réserve polie. Jessica sentit le sang lui affluer au visage, elle était choquée et bouleversée par ce qu'il y avait de passion brutale et pourtant introvertie dans cette explosion. Quand il se rendit compte qu'elle l'observait, il se reprit. Il brandit le rameau à la hauteur de son front. "Du laurier, jadis, les vainqueurs en étaient couronnés, comme ça..." Il pressa les feuilles vert sombre sur sa tête. "On peut aussi les mâcher. Il paraît qu'on entre en transe, comme si on avait fumé du cannabis. Vous voulez essayer ? Le goût est amer. J'en ai pris, mais je n'ai pas eu de visions. Il y a deux ou trois mille ans, une vieille femme était assise à cet endroit, au-dessus d'une crevasse, elle mâchait des feuilles de laurier et respirait les vapeurs qui montaient du sol, elle commençait à délirer et les gens disaient : «Ecoutez, c'est l'oracle !» Delphes était le centre de la Grèce et la Grèce était le centre du monde. Celui qui mastique du laurier entend la voix des dieux. Vous y croyez ?"

Jessica ne comprenait pas ce qu'il voulait dire, elle était troublée par son regard, par la colère et la tension qu'elle sentait en lui sans savoir quelle en était la cause. Tandis qu'elle fixait, hésitante, la poignée de feuilles de laurier qu'il lui tendait, il lui demanda si elle voulait voir l'endroit où, selon la tradition, la Pythie était assise. Ils remontèrent la pente en marchant le long de l'eau qui ruisselait en cascade. Un peu plus haut, deux campeurs étaient en train de remplir des bouteilles et des bidons. Ils arrivèrent dans un défilé étroit ; au pied d'une paroi rocheuse dans laquelle des niches, grandes et petites, avaient été taillées, Jessica vit un bassin à sec. Des morceaux de papier, des pelures de fruits s'accrochaient aux broussailles. A l'endroit où le passage se resserrait pour devenir une fissure obscure, des fils de fer barbelés étaient entrecroisés, d'une paroi à l'autre. Il y avait une odeur suffocante d'excréments.

"C'est là, dit Niko Stéphandidakis, en désignant la fissure, le bras tendu, c'est là qu'elle était assise peut-être, et maintenant tout le monde vient y faire ses besoins. *Connais-toi toi-même.*" Il se pencha sur le sol, ramassa une pierre et la lança avec violence dans la fissure. La puanteur incommodait Jessica. Elle regardait avidement l'ombre en contrebas, là où bruissait la source.

"J'ai soif", dit-elle d'une petite voix. Il vint vers elle et tendit la main.

"On va aller prendre quelque chose au café, en bas.

— Mais je n'ai pas d'argent sur moi."

Il rit, hocha la tête, se désignant du doigt : "Puis-je vous offrir quelque chose ?" Il était redevenu celui qu'elle connaissait. L'expression farouche et mystérieuse avait disparu de son visage. Soulagée, elle l'accompagna jusqu'à la route. Il y avait maintenant deux autocars rouges sous les arbres, de gros véhicules rutilants avec des stores à demi baissés. Sur les côtés, on pouvait lire, en lettres nickelées, *Les Voyages Méditerranéens*. Une cinquantaine de touristes français, en majorité des femmes et des jeunes filles, allaient et venaient sur la route, prenant des photos du paysage, de la fontaine, se photographiant mutuellement ; d'autres s'étaient installés au café. L'air était plein de leurs éclats de voix. Paris m'a rattrapée, pensa Jessica. Maussade, elle écoutait les sonorités familières. Brusquement, elle était à des années-lumière de ce monde. Les mêmes individus qui lui semblaient, à Paris, typiquement européens lui parurent ici à moitié américains, incarnant tout ce qu'elle s'efforçait de surmonter en elle-même. Ils s'assirent à une table où se trouvait déjà un groupe de jeunes, des Français, en short ultracourt, un foulard noué avec chic dans l'échancrure de la chemisette, des chapeaux de toile et des sandales d'un style *très étudié*[1] aux pieds. Ils comparaient les qualités techniques des appareils photographiques qui leur pendaient sur la poitrine au bout d'une courroie.

1. En français dans le texte.

Voilà le type de garçons qui jouaient un rôle dans la vie des filles de l'internat, y compris la sienne, les Lucien, les Robert et les Philippe qui avaient été ses partenaires au sport et à la danse ; elle avait flirté avec eux ; elle avait eu, avec ses copines de chambre, de longues et profondes discussions sur leurs qualités en tant que partenaires et sur les divers aspects de ces aventures. En y pensant, elle se jugeait maintenant si puérile qu'elle aurait pu en jurer de honte. Ces blancs-becs pommadés, avec leurs *sensationnel*, leurs *formidable* ou leurs *pas mal, hein*[1] lui semblaient des gamins vaniteux comparés à celui qui était assis en face d'elle.

Elle se disait que Niko Stéphandidakis était un vrai homme, lui, on sentait chez lui un conflit permanent entre l'inquiétude et la maîtrise de soi. Elle le trouvait beau, justement à cause de cette tension sous-jacente. Elle voulut boire du vin. Niko coupa son vin avec l'eau d'une carafe posée sur la table à la disposition des clients, mais Jessica avala pur et d'un seul trait le contenu de son grand verre, et s'en versa un second. Elle regrettait de ne pas avoir pris son sac, car elle n'avait maintenant ni argent ni cigarettes. Si elle en demandait une à Niko Stéphandidakis, il sortirait sa tabatière minable pour lui rouler une cigarette sous le regard de ces jeunes Français qui l'irritaient tellement qu'elle était bien décidée à refuser, au cas où l'un d'eux lui tendrait son propre étui. Ses jambes s'alourdirent, elle s'abandonna à un engourdissement agréable, lui donnant le sentiment d'être provisoirement libérée de l'obligation de penser. Penchée sur la table, la tête appuyée dans les mains, elle fixait de tout près le visage brun, sévèrement dessiné, de Niko Stéphandidakis.

“Quel âge avez-vous ? Moi, j'ai dix-sept ans. Vous étudiez ? Qu'est-ce que vous faites au juste ? Vous habitez Thessalonique ? Pourquoi allez-vous en Crète ? Qu'est-ce que c'est que ce couteau ?” Elle voyait le manche en corne dépasser de sa poche. “Je peux voir ?”

Il la regarda comme si cet intérêt soudain le surprenait, comme s'il voulait en tester la sincérité.

“On ne vous a jamais dit que nous autres Grecs, nous avons coutume de nous cuisiner mutuellement et de faire cracher le morceau aux étrangers, et que c'est même notre

1. En français dans le texte.

passe-temps favori ?" demanda-t-il. Jessica fit non de la tête, sans comprendre. Après un instant d'hésitation, il sortit le couteau de sa poche et le mit devant elle sur la table. Il lui révéla qu'il s'agissait d'une vieille arme crétoise des palikares[1], utilisée de père en fils dans la lutte contre les Turcs, et qu'il avait reçue de son grand-père. Il le remit dans sa poche quand les jeunes Français dont l'attention avait été attirée firent mine de se rapprocher ; et il se leva pour aller régler l'addition au comptoir, car le garçon trop occupé ne réagissait pas quand on lui faisait signe.

Je n'ai rien appris sur lui, seulement sur son couteau, pensa Jessica. Le vin la rendait indifférente. Elle recula sa chaise, se leva à son tour et se dirigea vers la source. Les touristes français formaient, sur le fond vert, des taches bariolées, vibrionnantes et caquetantes.

"Dépêchons-nous de monter avant que les autres arrivent." Elle saisit par la manche Niko Stéphandidakis qui l'avait rejointe. Il se dégagea doucement. Ils grimpèrent par un sentier raide vers les ruines du temple. Jessica se traînait comme si elle avait eu des jambes en plomb. Des pierres, encore des pierres, toujours des pierres. Le soleil avait maintenant complètement disparu derrière les nuages qui s'amassaient au sommet des montagnes.

"C'est la Pythie", dit Niko Stéphandidakis en désignant une statue de femme assise, sans tête et sans bras, dans une tunique plissée.

Jessica regarda à peine : est-ce que je dois m'extasier, pourquoi, tout est en morceaux. Elle passait devant des autels en ruine, devant des blocs de pierre couverts d'inscriptions, elle écoutait le son de sa voix, pas ce qu'il disait. Ils vinrent s'asseoir entre les colonnes robustes du temple d'Apollon, un souffle d'air montait des profondeurs du ravin qui s'ouvrait en face d'elle. Elle contemplait le gouffre bleu-vert avec un frisson de plaisir. Il faut que j'aie une photo de lui, quelle idiote je suis d'avoir laissé mon appareil à l'hôtel. Elle tambourinait avec ses talons contre le marbre. Elle vit arriver la colonne montante des Français entre les oliviers. La voix de leur guide, une femme au chapeau de paille rose, lui parvint. *"Et ici on entre dans le Hiéron d'Apollon pythien, l'enclos sacré, jadis entouré d'un mur*

1. Nom donné aux combattants de 1821, dans la guerre d'indépendance contre les Turcs.

ou peribolos, *percé de plusieurs portes... on va maintenant suivre la grande voie sacrée, bordée d'autels, d'ex-voto et de trésors*[1]*...* "

Jessica se leva d'un bond. "Venez, venez, dit-elle, agitée, qu'est-ce qu'on doit voir encore ? On peut aller plus haut ?"

Le sanctuaire s'étageait sur la pente en de multiples petites terrasses. On accédait à la partie supérieure par des sentiers qui serpentaient entre les bois d'oliviers, dans un fouillis de figuiers, de lauriers et de mûriers. Dans le théâtre d'Apollon, un groupe de gens à l'air sérieux, avec des livres et des blocs-notes, étaient assis comme sur les bancs d'un collège. Un vieux monsieur faisait un cours, en arpentant l'*orchestra* de long en large. Jessica escalada les rangées de gradins comme elle aurait monté un escalier. Elle haletait et geignait sous l'effort, mais aussi parce qu'elle ressentait dans le ventre une pesanteur douloureuse, mais elle ne pouvait pas rester en place. Elle eut le sentiment d'être sortie de son corps : elle vit une créature bizarre, nommée Jessica Manning, dans une jupe fripée et un corsage douteux, avec des mèches rousses collées sur le front et les joues, le visage cramoisi et mouillé de sueur, qui, tout en gambadant et en agitant les bras, piquait un fou rire et, dans un accès d'euphorie, courait à perdre haleine au milieu des ruines de ce sanctuaire consacré à un dieu que personne ne vénérait plus.

Il a un rapport avec le soleil, Apollon, mais le soleil est parti, et on étouffe encore ici, pensa-t-elle. Ses idées se brouillaient. Elle jeta un coup d'œil en arrière, cherchant Niko Stéphandidakis, mais elle ne vit devant elle que les profondeurs du ravin, maintenant violettes. Il était encore en bas, dans le théâtre, un point dans l'immensité. Jessica mit ses mains en porte-voix : "Je ne suis pas ivre !" cria-t-elle. Il leva les yeux mais ne répondit pas.

Je suis morte de honte, il doit me trouver débile, une idiote mal élevée, une écervelée. J'ai mal au ventre, comme si j'allais être indisposée, mais c'est impossible, c'est trop tôt. Tout ceci est ridicule, j'ai quand même l'habitude de boire du vin. Elle voulut redescendre à la même allure qu'elle était montée, mais au lieu des pierres grises, avec les herbes et les petites plantes qui poussaient dans les interstices et les lézardes, elle avait maintenant devant elle

1. En français dans le texte.

l'immense entonnoir de vide compris entre les montagnes. A la douleur qu'elle ressentait au ventre s'ajouta un fourmillement : angoisse de tomber, envie de sauter. Le troupeau des Français avait investi le temple d'Apollon. Ici, dans le pronaos ou *prodomos*, les murs portaient des devises des sept sages : "Rien de trop", "Connais-toi toi-même..." Jessica avait une envie folle de hurler : Mais arrête tes conneries, vous n'avez donc pas d'yeux pour voir, de corps pour sentir ? Ici, tout est "trop" pour un être humain, trop grand, trop profond, trop vertigineux, comment un individu pourrait-il "se connaître" ? Il peut tout juste se poser la question "qu'est-ce qu'un homme ?" et détaler à toutes jambes parce qu'il ne sait pas quoi répondre.

Niko Stéphandidakis lui demanda si elle était fatiguée, si elle ne préférait pas retourner à l'hôtel, on s'inquiétait d'elle, peut-être.

"Qu'ils me cherchent, je m'en fous", dit brutalement Jessica. Mais au même instant, elle était prête à éclater en sanglots. Elle cherchait à gagner sa confiance et ne faisait rien d'autre que le rebuter par son comportement puéril ou grossier. Elle voulait faire impression sur lui, mais elle était presque certaine qu'il la trouvait insupportable. Elle, la vraie Jessica, n'avait rien à voir avec cette contrefaçon qui avait usurpé son physique et sa voix depuis qu'ils avaient pénétré dans le sanctuaire. Il n'y avait pas que le vin, même si elle avait bu deux grands verres. Les contours de son moi, de ce à quoi elle s'identifiait, avaient cédé, mais comment et sous quelle force ? Tandis qu'elle marchait en silence à côté de Niko Stéphandidakis sur un nouveau raidillon, elle eut un soupçon fulgurant : la créature étrangère, redoutée et haïe, qui avait pris la place de son moi, la Jessica qu'elle pouvait observer mais qu'elle ne voulait pas être, c'était la fille de ses parents, la Jessica Manning en qui elle reconnaissait et son père et sa mère. Elle avait vu, un jour, la radiographie d'un œuf contenant deux embryons de poulet : dans leur prison ovale, les futurs poussins formaient deux ombres imbriquées l'une dans l'autre, impossibles à distinguer, une masse informe mais qui remplissait complètement l'œuf. La Jessica indésirable était comme cet œuf, il n'y avait en elle de la place pour rien d'autre que pour les ombres floues de son père et de sa mère, lourdes comme du plomb en elle, inextricablement mêlées. Où était passé le vrai moi, l'inaliénable moi, fragile, léger comme une plume, le fétu de paille qui était son seul point d'ancrage ? Elle se sentait maintenant gonflée de partout, vaseuse et molle, planant à demi, retranchée du monde et de ses difficultés derrière un rempart de bravade qui signifiait : Tu me prends comme je suis ou tu laisses ; elle savait que son père (avec ou sans alcool, mais avec, en général) aimait cet état parce qu'il était alors déchargé des soucis et des responsabilités ; mais en même temps, elle ressentait en elle tous les tumultes d'un courant où se mêlaient l'insatisfaction, l'apitoiement sur soi-même, le besoin d'imposer sa volonté à tout prix, et qui ne trouvait à s'exprimer que dans la propension à agresser autrui, à éreinter et à chicaner d'une manière exaspérante, et là, elle reconnaissait un trait essentiel de sa mère.

Elle souhaitait que Niko Stéphandidakis vît en elle une jeune fille, une femme, dont la présence compterait pour l'homme qu'il était, mais elle savait aussi qu'il ne pouvait pas la voir ainsi, pas sous la forme idéale correspondant pourtant à l'authentique Jessica, version retouchée de ce qu'elle voyait quand elle se regardait dans son miroir ; ce qu'il voyait, c'était l'autre, la pseudo-Jessica, mal dégrossie, avec sa silhouette d'adolescente grandie trop vite, ses jambes de sauterelle, son visage un peu large et pâle, couvert de taches de rousseur, et sa crinière rebelle, cuivrée aux racines mais rouge carotte aux pointes. Elle se rendit compte qu'elle avait une drôle de dégaine et qu'elle agitait les bras en marchant, mais elle ne pouvait faire autrement, elle n'osait pas être comme Bérénice par exemple. Elle continuait à avancer à grandes enjambées sur le sentier, à côté de Niko, une tentation folle l'envahissait, elle aurait voulu se cramponner à lui et par des baisers et des morsures l'obliger à la désirer. Ils traversèrent un petit bois de pins et arrivèrent au stade, une arène longue et étroite, ceinturée d'un talus où affleuraient encore des vestiges de gradins. Dans les ruines d'une porte triomphale, les mauvaises herbes et les ronces proliféraient. Le vent se leva tout à coup et fit gémir le faîte des arbres sur la pente. Le ciel était gris.

"Est-ce qu'il va pleuvoir ?" demanda Jessica. Elle trouvait lugubre et triste ce stade désert sous le ciel bas.

"Le vent va chasser les nuages, dit Niko Stéphandidakis. En général, le ciel se couvre l'après-midi, mais à cette époque de l'année, il ne pleut presque jamais."

Jessica s'adossa contre l'une des niches en ruine de l'arc de triomphe démantelé. Elle se concentra sur ce qui se passait en elle, sur les tiraillements douloureux dans son bas-ventre. Pas maintenant, pas ici, pensa-t-elle, paniquée, je n'ai rien prévu. Niko Stéphandidakis lui décrivait les jeux en l'honneur du dieu. Et en même temps, il mimait les gestes d'un discobole, d'un aurige.

"Pourquoi allez-vous en Crète ?" demanda Jessica. Il se tut au milieu de sa phrase et tourna lentement la tête vers elle. Elle eut peur de l'avoir contrarié, de l'entendre dire que cela ne la regardait pas. Il haussa les épaules, mais ce mouvement parut signifier de la contrariété et un constat d'impuissance plutôt que de l'indifférence. "Je vais chez moi, voir ma famille." Il ne dit plus rien ensuite ; son attitude suggérait la passivité, mais elle savait qu'il était sur ses gardes, qu'il répondrait quand il le voudrait bien. Les pins se balançaient dans le vent. Jessica eut l'impression que le stade était rempli d'ombres, une foule immense de gens morts depuis longtemps. C'étaient eux qui s'élevaient d'entre les rochers comme une vapeur, une nébulosité, et obscurcissaient le soleil. Les touristes français arrivaient par le sentier de la pinède, en jacassant comme des perruches. Ils pénétrèrent sur la piste du stade mais ils ne purent chasser le silence gris qui plombait l'air, ils durent eux-mêmes baisser la voix, comme leur guide, qui commençait à donner ses explications, perchée sur un socle de marbre.

Niko avait dit que plus haut, il n'y avait plus rien à voir, mais Jessica escalada le talus et s'enfonça sous les arbres. Elle cueillit une figue où elle planta les dents, mais le fruit n'était pas mûr, le goût en était amer. Elle cracha sur ses doigts poisseux et les essuya à sa jupe. Elle eut soudain envie d'éclater d'un grand rire sauvage. Comme il était ridiculement mince, quelle protection dérisoire c'était, ce vernis reçu au pensionnat ! Vues depuis les montagnes de Delphes, les années parisiennes semblaient aussi lointaines et irréelles que l'enfance en Amérique. Il ne restait rien qu'un vague souvenir, comme l'écho d'une vie antérieure, des chambres et des salles de cours de l'Institut pour jeunes filles, de la cour pavée, de la porte cochère de style rocaille où étaient sculptées les armoiries d'une famille éteinte, du parc avec l'allée de châtaigniers et les haies bien taillées. Elle revit en pensée les taches de clarté qui bougeaient sous les frondaisons, les bogues piquantes sur le sol et les façades grises des autres maisons, derrière le grand mur hérissé de tessons. Elle avait marché sous les arbres, en donnant des coups de pied dans les feuilles et le gravier, désespérée de la perte de Bérénice. En voyant les statues délabrées du jardin, les Dianes lépreuses, les Flores couvertes de moisissures vertes, elle avait compris combien elle avait été attachée à sa sœur. Elle n'avait pas eu d'autre recours dans son enfance que Bérénice, l'indolente, précoce, mystérieuse Bérénice. Même si elles ne partageaient pas la même chambre à l'internat et avaient des amies différentes, il existait pourtant entre elles un contact permanent, des clins d'œil complices d'un bout de la table à l'autre, des échanges furtifs à voix basse dans le couloir, des promenades dans le jardin aux récréations, le tout couronné par leur solidarité, pendant les vacances familiales. Mais cette Bérénice avait disparu brutalement de la vie de Jessica sans laisser de traces. Inconsciemment, Jessica s'était retranchée derrière sa sœur pour ne pas devenir adulte. Même les choses dont elles n'avaient pas discuté ensemble, elle les voyait à travers la présence de Bérénice. Elles étaient liées l'une à l'autre, assignées l'une à l'autre par le destin, sans s'aimer particulièrement. Bérénice considérait Jessica comme une gamine qui n'avait pas encore été initiée aux mystères de la féminité, comme un jeune poulain, une tête de linotte, tour à tour drôle et agaçante. Jessica se sentait rejetée par la personne de Bérénice et en même temps attirée par elle. Elle n'avait aucune critique précise, voire consciente à formuler, pour cela, Bérénice était trop un prolongement énigmatique, fascinant d'elle-même, à moins qu'elle ne fût, elle, l'élément immature d'une unité où Bérénice jouait le rôle dominant. Quand la vie lui enleva Bérénice, elle se retrouva seule devant le monde, devant le désordre des choses. Mais elle ne pouvait pas être seule. Maladroitement, elle crut trouver sa parade dans un comportement capricieux qui conforta ses parents, Bernard et Bérénice dans l'idée qu'ils se faisaient de la puberté. Par dépit, elle joua le rôle qu'on lui attribuait en en rajoutant, les autres n'y virent que du feu, et elle devint de plus en plus seule.

Elle sursauta en entendant des voix au-dessus d'elle, sur l'escarpement rocheux. Les jeunes Français qu'elle avait vus au café grimpaient à travers le bois en s'esclaffant et en parlant très fort. Elle comprenait chaque mot. Ils cherchaient un endroit élevé d'où ils pourraient photographier un certain endroit du paysage. "Ce n'est pas ici, nous sommes allés trop loin, le guide a parlé d'un sentier après la fontaine de Castalie.

— Mais regarde, ça vaut tout de même le coup, ces rochers, là, les Phédriades, on dirait deux genoux. Vachement intéressant, une montagne qui a la forme d'une géante renversée sur le dos qui ouvre son giron...

— Mais de plus près, ça doit être encore plus évident. La Terre, notre Grande Mère. Allons-y, *il faut voir ça, c'est formid...*[1]

— Attendez, je dois..."

Celui qui marchait en tête, déjà redescendu à mi-chemin, cria quelque chose aux deux autres. Jessica entendit un léger clapotement sur les rochers. La tête lui tournait, elle s'adossa au figuier, les mains pressées sur son bas-ventre, lourd et douloureux. Elle sentit entre ses cuisses quelque chose de poisseux et de chaud. Elle eut une sueur de panique, elle aurait pu pleurer de honte. Pour elle, la menstruation était toujours quelque chose d'horrible, un trouble-fête, une marque d'impuissance. Elle n'avait jamais compris comment Bérénice en sortait plus mûre, plus sûre d'elle-même. Elle se sentait incertaine, diminuée. La douleur et la chaleur lui donnaient la nausée. Elle regarda en bas, à travers le feuillage. Niko Stéphandidakis était assis sur le talus du stade, en train de fumer. Il m'attend, il pense que c'est exprès que je me suis enfoncée sous les arbres. Je ne peux pas le rejoindre dans cet état, je ne peux pas l'appeler, je dois regagner l'hôtel avant que ça ne se remarque. Elle s'enfonça à l'aveuglette dans les broussailles et n'en émergea qu'au tournant surplombant le stade. Niko était toujours là, immobile, à regarder les touristes qui déambulaient par petits groupes. Est-ce qu'il se demande seulement où je suis ? se dit-elle. Elle avait envie de crier et de taper du pied et d'arracher les feuilles des arbres dans une rage impuissante qu'elle retournait contre elle-même. Elle redescendit aussi vite qu'elle put, par un autre sentier, en serrant les cuisses instinctivement, elle dépassa le niveau du théâtre et, toujours plus bas, traversa les ruines qui entouraient le temple. Il y avait maintenant d'autres touristes, en groupes ou solitaires,

1. En français dans le texte.

qui passaient lentement devant les colonnes, les blocs de marbre et les vestiges de murs. Jessica remarqua que sa démarche bizarre, empruntée, attirait l'attention. En jurant entre ses dents et en pleurant, elle s'enfuit vers la grand-route.

Elle passa le reste de l'après-midi à aller et venir sous les arbres, devant l'hôtel, ou à la sortie du village, près de la source, dans l'espoir de rencontrer de nouveau Niko Stéphandidakis. Elle ne savait pas comment elle lui expliquerait le fait qu'elle était partie, mais peu lui importait, à vrai dire. Sa peur de ne pas le trouver était plus forte que sa gêne. Elle s'était lavée, avait mis des vêtements propres. Elle se sentait molle et si faible qu'elle pouvait à peine tenir sur ses jambes mais elle continuait à déambuler devant les petites maisons blanches qui, à la réouverture, se révélèrent être des boutiques à souvenirs. De part et d'autre des portes grandes ouvertes et sur les façades étaient accrochés des tapis bariolés tissés localement, des vêtements, des sacs de toile, rouge sang, vert mousse, ocre jaune. Les cafés étaient remplis d'hommes ; les femmes et les enfants, portant des cruches et des seaux, allaient vers la source et en revenaient.

Mrs Manning était assise dans le vestibule de l'hôtel, en train d'écrire des cartes postales aux innombrables et fantomatiques amis et connaissances que, bon an mal an, elle pensait devoir tenir au courant des étapes du voyage d'été. Le portier et le gérant la regardaient sans rien dire, avec un mélange de gravité et de curiosité quand, de temps à autre, elle écrasait une mouche ou une guêpe. Vers le soir, Manning fit son apparition, le teint blafard, l'humeur massacrante. Il se fit apporter un whisky sous les arbres. Jessica vint s'asseoir près de lui, déçue jusqu'aux larmes d'avoir attendu pour rien. En silence, ils regardèrent la “parade” du soir sur la route en contrebas. Les guirlandes d'ampoules étaient allumées dans les arbres, les tables étaient dressées pour le dîner. Bernard et Bérénice firent à leur tour leur entrée, comme des acteurs qui n'entrent en scène que lorsque tous les feux du théâtre sont allumés. En silence, ils dînèrent tous les cinq. Mrs Manning semblait avoir pris le parti d'ignorer sa fille et son gendre. Mais Jessica remarqua que sa mère s'irritait secrètement de l'air insolent et provocateur de femme comblée qu'avait Bérénice et du comportement de Manning qui, tournant à demi le dos aux autres convives, la mine renfrognée, le nez dans son assiette, mangeait avec ses doigts sans se gêner et trempait des morceaux de pain dans la sauce tomate. Sous le coup de l'énervement, Mrs Manning buvait un verre de vin après l'autre, contrairement à son habitude. Deux touches de vermillon lui tamponnèrent les pommettes. Ses ongles pianotaient nerveusement sur le bord de la table, Jessica s'agitait sur sa chaise, scrutant continuellement la route, mais elle ne vit nulle part Niko Stéphandidakis.

Après le dîner, il y eut encore davantage de monde dehors. Les habitants de Kastri se promenaient devant l'hôtel pour voir les étrangers. De la musique folklorique sortait des cafés et des restaurants. La lune se leva derrière les montagnes. Dans le lointain, les lumières d'Itéa, un village de pêcheurs, scintillaient.

Jessica allait et venait dans la grand-rue, elle ne pouvait soutenir cette tension qu'en marchant. Elle regardait à l'intérieur des salles de café, faiblement éclairées, dans les boutiques de souvenirs encore ouvertes. Et puis elle marcha encore plus loin, jusqu'à la partie plus tranquille de la route, là où les lampes étaient éteintes et où les gens, sur leurs balcons ou sur le pas de leur porte, parlaient à mi-voix dans la fraîcheur du soir. Elle se sentait perdue, comme une sourde-muette, parce qu'elle ne pouvait pas se faire comprendre, parce qu'elle ignorait la langue dans laquelle elle aurait pu s'enquérir de Niko Stéphandidakis. La route s'interrompit brusquement entre deux maisons, devant la gorge du Pleistos, un gouffre rempli de clarté lunaire et de ténèbres. Un chien aboya, tout près. Jessica revint vers l'hôtel. Son père n'était plus là, elle ne vit pas davantage Bernard et Bérénice. Mrs Manning était assise à une petite table, un peu tassée sur elle-même, une cigarette entre les doigts. Elle avait l'air hébétée, étrange. Les clients de l'hôtel se faisaient rares sous les arbres garnis d'ampoules électriques.

Au bout de la rue, il y avait un attroupement. Jessica s'approcha. On faisait de la musique dans la taverne. Sur le sol, entre les treilles, on avait dessiné un cercle à la craie. En costume d'evzone, un homme dansait ; il sautait, tournait sur lui-même, s'accroupissait, ses longues manches blanches et le gland de son bonnet virevoltaient. Derrière lui, trois jeunes hommes suivaient ses évolutions. L'un d'entre eux était Niko Stéphandidakis. Il avait posé ses bras sur les épaules des deux autres et, en pivotant sur ses hanches, il balançait la jambe alternativement à droite et à gauche, en suivant la cadence. Des mèches de cheveux noirs tombaient sur son front, il y avait un éclat sur son visage, ses yeux brillants ne quittaient pas l'evzone qui tournoyait dans le cercle avec maestria, léger comme une plume, pirouettant sur ses talons, les bras dressés au-dessus de la tête. Les musiciens, installés sur des chaises de cuisine à l'entrée du jardin, avec guitare, violon et lyre, jouaient de plus en plus vite, le rythme devenait frénétique. Les clients assis sous les tonnelles et les badauds, au bord de la route, tapaient du pied et frappaient dans leurs mains.

Jessica se fraya un chemin à travers l'attroupement, jusqu'au pied du petit mur chaulé, devant la taverne. Son cœur battait, ses lèvres étaient sèches. Elle était fascinée comme elle ne l'avait jamais été par le spectacle de la virilité, de la sauvagerie domptée, de la rude douceur, présentes dans la musique, le corps des danseurs et l'atmosphère elle-même. Jessica espérait quelque chose, tendue de tout son être ; le sentiment violent d'une liberté, d'un affranchissement total, s'était emparé d'elle et, en même temps, elle se sentait curieusement sans défense, prête à s'abandonner à l'étrange et captivante nouveauté. Pour la première fois de sa vie, elle vivait cette menstruation sans répulsion secrète, sans se rebiffer. C'était un aspect de sa condition, une partie de son identité, cela avait un sens. Elle n'avait plus mal, la fatigue s'était dissipée. Elle était là, au milieu des gens de Kastri, comme l'une des leurs. Elle frappait dans ses mains et tapait du pied à l'unisson. La musique s'arrêta brusquement, les danseurs s'immobilisèrent, essoufflés.

"Niko !" cria Jessica, mais il ne l'entendit pas. Il vint s'asseoir avec l'evzone et les deux autres jeunes gens à une table, sous une tonnelle, où se trouvait déjà tout un groupe de Grecs. Jessica le suivit, en traversant la taverne bondée, et lui toucha le bras. Il lui donna une poignée de main, la saluant d'un sourire, mais ses yeux étaient indifférents, comme s'il se rappelait à peine où et quand ils s'étaient rencontrés précédemment. Son verre embué était rempli d'un liquide laiteux qui sentait l'anis.

"Ne partez pas, restez encore demain", insista Jessica. Il répondit en grec, avec un sourire, et secoua la tête. Les autres le regardèrent.

"Je vais demander à mes parents si on peut partir demain matin pour Athènes, continua Jessica, comme ça, vous arriverez à temps." Les mots tombaient d'eux-mêmes de sa bouche, elle ne les contrôlait pas, et elle se moquait qu'il y eût des témoins et de ce qu'ils pourraient penser. Le guitariste joua une série d'accords et commença à chanter d'une voix claire et sonore. L'evzone fit signe à ses partenaires. Niko Stéphandidakis suivit les autres, sous les applaudissements, et rejoignit le cercle tracé sur le sable, en quelques souples foulées. Jessica se détourna, elle voulut fuir la taverne quand elle aperçut, à deux pas, Bernard et Bérénice qui l'observaient en silence, un peu surpris et avec une légère commisération, comme depuis qu'ils voyageaient ensemble.

"Ne fais pas l'enfant, dit Bérénice, presque sans remuer les lèvres, quand Jessica fut près d'eux. Ne te jette pas à la tête de ce garçon. D'ailleurs, ici, ils ne dansent qu'entre hommes, c'est de *l'art pour l'art*[1] pur et simple." Elle pressa son épaule nue contre le bras de Bernard, glissant vers lui un regard langoureux qui prétendait en dire long (mais c'est de la frime, se dit Jessica). Les pendants d'oreilles achetés à Thessalonique sonnaient sur ses joues.

"Va donc te coucher, tu as l'air d'avoir sommeil", dit Bernard, sur un ton ennuyé dont la nonchalance amicale voulait exprimer un intérêt fraternel. Jessica les aurait volontiers giflés tous les deux, elle aurait balayé de la table les verres remplis (là aussi) de ce lait anisé, elle aurait voulu, en serrant les poings de rage impuissante, crier qu'elle ne se jetait à la tête de personne, qu'elle ne faisait pas l'enfant, qu'elle ne pouvait pas agir autrement parce qu'il y avait urgence. Mais elle n'esquissa aucun geste dans leur direction, elle ne put proférer aucun mot. Elle se faufila le long des gens qui regardaient les danseurs et traversa le groupe des badauds amassés à l'extérieur de la barrière. Elle courut jusqu'à l'hôtel Apollon. Sa mère était toujours assise à la table, immobile. Elle jeta un œil vitreux sur Jessica qui, hors d'haleine, se laissa tomber sur une chaise à côté d'elle.

"Partons pour Athènes demain matin, maman, je t'en supplie." Mrs Manning continua de regarder fixement devant elle, elle répondit d'une voix hostile et geignarde : "Pourquoi ? L'hôtel est correct et, au moins, il ne fait pas trop chaud dans ces montagnes. Je me plais bien ici, est-ce

1. En français dans le texte.

que j'ai le droit de me sentir bien quelques jours ? J'ai dit à ton père que je voulais rester ici pour le moment. Je ne bougerai pas d'un pouce." Elle avait la langue pâteuse. Jessica la regarda attentivement pour voir si elle était réellement ivre. Quand il était en colère, Manning accusait sa femme de boire en cachette : "C'est bien à toi de dire ça, toi qui picoles en douce, au lit, dans ta baignoire, aux cabinets si ça te chante ; moi, au moins, je fais ça ouvertement, sans me cacher", mais les filles n'avaient jamais pris leur mère en flagrant délit, au cours des voyages d'été.

"Où est papa ? demanda Jessica.

— Je t'interdis d'essayer d'obtenir quelque chose de lui derrière mon dos. Tu m'entends ? Tous les mêmes. Vous conspirez tous contre moi. Vous l'avez toujours fait. Je n'ai rien oublié, rien du tout. Tu es son chouchou, et tu le sais, tu le sais fichtrement bien. Je t'avertis, je ne me laisserai pas marcher sur les pieds. Il y a des limites. Je partirai d'ici quand je voudrai. Quand je voudrai, tu m'entends, quand *moi*, je voudrai." Elle jouait nerveusement avec le fermoir de son sac et regardait Jessica avec des yeux battus.

"Maman, s'il te plaît..., commença Jessica, impuissante.

— Je n'ai jamais droit à rien avec vous, personne ne m'accorde un moment de repos, accorde-moi aussi quelque chose pour une fois", répéta Mrs Manning, sur un ton d'amertume et de dépit, le timbre de sa voix avait quelque chose d'irréel, comme si c'était un automate qui parlait. Jessica prit peur. Elle avait tour à tour craint, haï ou plaint sa mère, mais jamais encore elle n'avait douté de sa qualité d'être humain. Mais la créature qui était assise comme un mannequin maléfique sous les lampions, elle ne la reconnaissait pas et elle ne voulait pas avoir affaire à elle. Elle marcha en direction de la musique qui résonnait au bout de la route. A mi-chemin, elle s'arrêta, en proie à l'hésitation. D'une boutique encore éclairée sortit une femme qui avec un sourire engageant fit un geste en direction des tissus bariolés.

"Non, non", dit Jessica, machinalement. Elle se retrouva près du groupe de spectateurs, devant le jardin de la taverne. Cette fois, elle n'osa pas appeler Niko Stéphandidakis. Elle resta à regarder la danse jusqu'à ce que les gens rentrent chez eux et qu'on éteigne les lumières des tonnelles. L'air vibrait encore de la passion sauvage des refrains et du martèlement des pieds. Les touristes qui étaient venus à la taverne s'en retournaient par petits groupes à l'hôtel. Bernard et Bérénice passèrent devant elle sans la voir. Sous la lanterne de la façade, les musiciens, l'evzone et les trois danseurs, parmi lesquels Niko Stéphandidakis, comptaient de l'argent qu'ils se partagèrent. Les hommes prirent congé du patron et des serveurs et sortirent en discutant. Jessica s'avança à la barrière.

"Hello", dit-elle, la voix enrouée de confusion. Elle eut une peur atroce pendant un instant qu'il la plante là, sur la route. Mais il dit au revoir aux autres qui continuèrent leur chemin sans se presser, et il vint vers elle. "Est-ce que ma mère ne vous a pas donné suffisamment, cet après-midi ? Dites-le, je vous en prie." Jessica nouait ses doigts pour essayer de maîtriser le tremblement de ses mains. Il fit non de la tête. Sous la lune, son visage avait l'air d'un masque énigmatique et sévère.

"C'était assez, plus qu'assez, un beau cadeau. Et voici mon cadeau à moi..." Il sortit un paquet de sa mallette de cuir et le lui tendit. Elle resta là, le paquet à la main, sans bouger. Elle finit par déchirer le papier qui emballait le cadeau. C'était un sac en tissu, comme ils en avaient tous, sur la route, un sac carré, à rayures, avec une longue courroie. Dans la pénombre, elle ne pouvait pas bien distinguer les couleurs, elle vit seulement du blanc et du noir. Elle fut gênée et ressentit du déplaisir.

"Pourquoi avoir dépensé votre argent, le vin, cet après-midi, et maintenant ceci, vous devez aller en Crète ?"

Il eut un geste pour protester : "Delphes est une usine, une industrie nationale. Pour un pauvre Grec itinérant, il y a toujours quelque chose à gagner quand il parle anglais ou français et qu'il sait danser. La visite des ruines ne coûte rien mais seuls les groupes qui sont passés par une agence de tourisme ont un guide avec eux. Il arrive de temps à autre que vienne ici quelqu'un qui n'est ni archéologue ni étudiant et ne promène aucun livre avec soi. Il nous est difficile d'invoquer les ombres d'Ajax, Hector, Ulysse, Œdipe, Périclès ou Socrate pour faire plaisir aux étrangers, mais il nous reste nos evzones, la musique des bouzoukis, nos danses et les beaux tapis d'Arakhova."

Les commerçants avaient rentré leurs marchandises et mis les panneaux de bois devant les portes et les fenêtres. Les murs blancs réfléchissaient la clarté lunaire. Jessica se tourna vers le paysage nocturne, grandiose et silencieux, avec ses monts titanesques et le ravin du Pleistos, rempli à ras bord d'une lumière d'argent.

"Ne nous prenez pas pour de pauvres diables. Faire des cadeaux est un luxe qu'aucun Grec ne se refuserait. Avez-vous vu aujourd'hui le long du chemin des enfants affamés et des gens sombres ? Non, les enfants riaient et souhaitaient la bienvenue, et les adultes sont trop fiers pour se plaindre, ils vous auraient offert leur dernier quignon de pain si vous aviez fait appel à leur hospitalité. Mais peut-être que vous n'avez pas regardé les gens, comme la majorité des étrangers qui viennent ici. Nous autres Grecs, nous n'existons pas à côté des colonnes brisées, des tessons de poterie et des grands noms du passé. On ne nous prend pas au sérieux ou on nous oublie. Les temples et les statues appartiennent au monde entier, et comment nous voit-il, le monde ? Les Grecs des champs, comme une poignée de culs-terreux et de bergers arriérés, et les Grecs des villes, comme de la canaille levantine. Tout le monde connaît les noms de Metaxas et d'Onassis parce qu'ils puent le scandale et le sensationnel. Et celui de Venizélos, parce qu'il est trop grand pour être oublié. Mais que savez-vous de Kanaris et de Karaiskakis, de Mavrocordatos, de Kolokotronis ? Que savez-vous des Grecs d'aujourd'hui ? La guerre n'est pas finie en Grèce, loin de là. Depuis 1945, il y a davantage de Grecs qui ont été tués dans la lutte contre d'autres Grecs que contre les Italiens ou les Allemands. Vous ne le saviez pas, sans doute ? La Grèce morte est portée aux nues, l'Hellade vivante est un sacré problème, alors on préfère ne pas en parler." Niko Stéphandidakis s'était exprimé avec passion, en lançant la main en avant. Il se reprit, d'un geste prompt et violent comme s'il voulait balayer quelque chose. "Ah, regardez bien la lune, les montagnes et les oliviers, dit-il soudain, plus calme, comment savoir si, en fin de compte, ce que vous cherchez tous est ici ou pas ? Il est temps de nous dire adieu. Bon voyage. *Yassou*, ce qui veut dire : salut, bonne chance, merci pour l'amitié. *Yassou* Jessica."

Jessica s'accrocha à la main qu'il lui tendit. Elle essaya de dire quelque chose, mais aucun mot ne sortit de ses lèvres.

"Je dois m'en aller, dit Niko Stéphandidakis gentiment. Le camionneur qui m'emmène est stationné sur la *plateia*, il part dans une heure. Allez dormir."

Il lui tapota doucement l'épaule comme pour l'inciter à se mettre en route. Elle se laissa conduire dans la direction de l'hôtel. Dans l'obscurité du village endormi, une lampe blanche brillait au-dessus de l'entrée, comme le contrepoint terrestre de l'astre qui brillait là-haut.

Il répéta : *"Kallinichta, yassou*[1]*"*, quand ils furent devant la porte ouverte. Le portier dormait, la tête dans les bras, sur une des tables du vestibule. Jessica passa le seuil en hésitant. Elle se retourna et vit disparaître Niko Stéphandidakis à foulées rapides et silencieuses, sur la route ascendante. Elle l'appela mais il ne l'entendit pas. Le portier se réveilla. Il la salua et resta près de l'escalier, somnolent, pendant qu'elle montait à l'étage. Dans le couloir, il lui sembla que ses semelles restaient collées au sol à chaque pas. Elle entendit soudain la voix de sa mère, sonore et geignarde : "Et pourquoi n'aurais-je pas le droit de faire ce que tu te permets, toi ? Pourquoi me refuses-tu ce que tu accordes à ces filles, à toutes ces filles, y compris ta propre fille ?"

Manning poussa un juron et répondit quelque chose que Jessica ne put comprendre.

"Non, je ne m'en irai pas, glapit Mrs Manning, je ne veux pas partir. Je ne te lâcherai pas. Pourquoi n'es-tu plus jamais gentil pour moi ? Sois gentil, Nicky, sois gentil encore une fois, comme jadis." Ses mots se perdirent dans un bredouillement rauque. Jessica écoutait, malgré elle, mais incapable de s'en aller ou de se boucher les oreilles. Elle avait oublié que son père s'appelait Nicky, que sa mère l'appelait ainsi, quand elles étaient encore petites, sa sœur et elle. L'image d'un grand jardin vert en été surgit, elle revit la balancelle aux coussins multicolores, suspendue par des chaînes à son dais d'étoffe, sa mère dans une robe légère sans manches, son père en uniforme (il était en permission). Son père était allongé sur la balancelle, sa mère assise au bout, en train de fumer et de parler continuellement, de sa voix forte, un peu froide : Nicky ceci, Nicky cela. Oh Nicky, avant que j'oublie. Puisque tu es là, Nicky… Entre parenthèses, Nicky, il faudra que tu penses…

Plus tard, ce nom n'était plus jamais venu sur les lèvres de Mrs Manning.

Elle a trop bu, elle n'est plus elle-même, pensa Jessica. Elle entendit son père rugir : "Fous-moi la paix !" Puis il y eut

1. "Bonne nuit, et adieu."

un bruit sourd, comme celui d'une chute. Mrs Manning se mit à pleurer et à déverser un flot de reproches entrecoupé de cris inintelligibles. Assez, ça suffit, murmura Jessica, s'adressant à elle-même, à ses parents, au monde entier. Elle passa devant une rangée de portes, cherchant la chambre où elle devait dormir mais elle en avait oublié le numéro. Elle s'arrêta, indécise, quand elle reconnut une petite table avec un cendrier, appuyée contre le mur. Elle ouvrit doucement la porte. Le clair de lune entrait à flots par les portes du balcon. Jessica vit le désordre qu'elle avait laissé l'après-midi, après s'être changée, valise ouverte, vêtements et objets de toilette pêle-mêle sur le lit. Dans l'autre lit, près du balcon, une femme dormait. Ses cheveux noirs et longs étaient répandus sur l'oreiller. Elle avait les mains croisées sur la poitrine. Ses pieds maigres sortaient du drap à moitié repoussé. Dans la lumière blême, on aurait dit une morte. Jessica n'osa pas regarder l'étrangère. Elle commençait à mettre un peu d'ordre dans ses affaires quand soudain elle entendit dans le lointain – était-ce à l'intérieur de l'hôtel ou au-dehors ? – un son perçant, un sanglot, un appel, si bref qu'elle n'eut pas le temps de s'interroger sur sa nature. Elle alla au balcon, son cœur battait la chamade. Ce cri nocturne résonnait encore dans sa tête. Elle était là, l'oreille aux aguets, surplombant ce monde immobile rempli de clarté et de ténèbres. Etait-ce sa mère, ivre et perdant tout contrôle sur elle-même, qui avait poussé cette plainte misérable, un "Nicky" humiliant, ou bien sur la *plateia*, en amont, quelqu'un avait-il appelé "Niko !" pour signifier le départ ?

Jessica grelottait comme si elle avait froid. La profondeur, l'espace immense qui s'ouvrait devant le balcon l'attiraient de mille doigts invisibles. "J'arrive, j'arrive", répondit tout son être aux sommets silencieux, aux troupeaux d'arbres du ravin, à la route blanche qui brillait.

Elle rentra dans la chambre, prit le sac jeté sur le lit et y mit quelques vêtements. A la clarté de la lune, elle griffonna quelques mots sur un morceau du papier d'emballage qu'elle déposa sur l'oreiller de son lit. A côté de la femme endormie, une pendulette de voyage indiquait une heure moins dix. Sans perdre un instant Jessica ouvrit la porte, suivit le couloir, descendit l'escalier. Le portier dormait. Une fois dehors, elle commença à courir sur la route qui montait en direction de la place du village.

NIKO STÉPHANDIDAKIS

La lettre de Crète qu'avait reçue Niko Stéphandidakis avait été écrite par l'un de ses cousins : "... Niko, reviens le plus vite possible, ta sœur Stéphania s'est fait enlever, on sait par qui, mais le vieil homme dit que c'est à toi de régler l'affaire. Il a eu l'intention de te maudire et de te déshériter parce que tu es resté si longtemps sans donner de tes nouvelles, mais si tu reviens maintenant, il changera peut-être d'avis. Ce que je t'écris doit rester entre nous..."

Niko déchiffra non sans peine les grosses lettres pâteuses sur la feuille où son cousin avait d'abord tracé des lignes avec application. Ce jour-là, Niko se trouvait à la terrasse d'un café, à Thessalonique, et attendait Iannulis ; ils avaient fixé un rendez-vous à cet endroit dans le courant de l'après-midi. Niko venait juste d'arriver dans la ville ; il s'était d'abord rendu au bureau de poste, pour expédier les documents qui devaient parvenir à Katsov. La lettre de Crète l'attendait en poste restante depuis bientôt deux mois. Il respira plus largement : c'était une chance, la lettre tombait à point, lui facilitait ce qu'il avait depuis longtemps décidé de faire dès qu'il serait à Thessalonique. Il s'était senti coincé, mais l'occasion de sortir de l'impasse, qu'il avait cherchée en vain depuis quelque temps, se présentait soudain.

Il replia la mince feuille de papier bleu et la mit dans sa poche quand il vit arriver Iannulis. Ils ne s'étaient pas attardés au café car Iannulis voulait se rendre aussi vite que possible à l'adresse indiquée par Katsov. C'était dans un faubourg, une petite rue tranquille bordée d'acacias. Un mur à hauteur d'homme, passé à la chaux, séparait les maisons de la rue. Iannulis, qui, à son habitude, connaissait exactement tous les détails, entra sans hésiter dans un jardin et frappa à une porte, selon un signal convenu. Dans une pièce dont les stores restaient baissés bien que le soleil fût presque couché, des hommes étaient assis. Iannulis présenta Niko aux deux hommes qui devaient l'accompagner à Chypre.

Tout se déroula comme Niko l'avait déjà vu dans des réunions précédentes. Les gens et les mots étaient identiques. Sans perdre de temps à parler de choses qui ne concernaient pas leur affaire, Iannulis en vint tout de suite aux plans. Ils se rendraient à Athènes tous les quatre, de préférence séparément, et se retrouveraient à l'endroit convenu pour recevoir les documents et les instructions nécessaires. Niko comprit que ce n'était pas le moment d'aborder ce qu'il avait sur le cœur. Il devait attendre d'être seul avec Iannulis. Tard dans la soirée, ils se rendirent à l'endroit où ils devaient dormir. Iannulis s'était arrangé avec une connaissance, le propriétaire d'un hôtel pour voyageurs de commerce, à la sortie de la ville. Ils dormiraient dans la cour, sur les tables et les chaises installées dans la rue pendant la journée et qu'on rangeait les unes à côté des autres à l'intérieur, pour la nuit. Niko aurait voulu parler à Iannulis, mais celui-ci, couché en chien de fusil, lui tournait le dos, immobile, et il ne répondit pas quand Niko l'appela.

Sur le matin, le portail donnant sur la rue s'ouvrit en grinçant et une voiture pénétra dans la cour intérieure. Niko savait que les autres étaient sur le qui-vive, comme lui : un contrôle ? Seulement des touristes. Iannulis se racla la gorge et cracha sur le sol ; c'était une réaction de détente, mais aussi parce qu'il s'énervait dès qu'un certain type d'étrangers arrivait dans les parages. Niko suivit les nouveaux venus du regard quand ils montèrent l'escalier extérieur en file indienne. Il descendit de la table où il s'était couché et marcha vers la voiture, une Citroën, sale et couverte de poussière. Le jour se levait. Quelques travailleurs agricoles qui avaient dormi sur leurs charrettes à bras se préparaient à repartir, en discutant à mi-voix. Plus tard, depuis la balustrade du premier étage, le patron de l'hôtel vint les avertir qu'il y aurait un contrôle des gendarmes. Niko, Iannulis et les deux autres filèrent par une porte dérobée qu'on leur avait indiquée à l'avance. Iannulis avait encore des choses à régler en ville. Niko traîna en rond avec les deux autres, mais il avait la tête ailleurs. Iannulis et Niko se retrouvèrent à l'heure de la sieste dans la cour intérieure. Niko estima le moment venu. Il sortit la lettre de sa poche. Iannulis écouta attentivement, sans le regarder, et finit par dire :

"Ainsi, tu veux d'abord aller en Crète pour cette histoire de famille ? Note bien que je m'abstiens de juger. Je sais que vous autres Crétois, vous avez coutume de vous entretuer pour des affaires d'honneur de ce genre. Tu n'as pas besoin de me dire que tu désapprouves de telles pratiques. Tu n'as pas encore rompu tes liens avec ta famille, et tu te sens obligé de te mêler de cette histoire. Supposons que nous acceptions. Cela signifie que tu arriveras à Chypre quelques semaines après nous.

— Je ne sais pas si j'irai à Chypre, Yorgos.

— Première nouvelle ! Tu aurais dû prévenir Katsov. Tu as accepté la mission.

— Je n'ai eu cette lettre qu'hier. Et il n'a jamais été question d'accepter ou pas, on m'a fait savoir que je devais aller à Chypre, un point c'est tout.

— La vérité, s'irrita Iannulis, c'est que tu en as assez, tu veux te tirer.

— Tu connais parfaitement ce que je pense, je ne t'ai jamais rien caché. Tu sais tout de mon passé.

— Tu fais bien de me le rappeler maintenant. Je ne suis pas Katsov, moi. Lui, il aurait tout de suite trouvé les mots adéquats, désertion et trahison. Qu'arrive-t-il chez vous, dans ce cas ?" Iannulis se tourna vers les deux autres, qui eurent un haussement d'épaules.

"Je suis sûr que tu trouveras facilement quelqu'un pour me remplacer, ici ou à Athènes, dit Niko.

— Ce n'est pas la question. Je peux trouver une centaine d'hommes qui nous rejoindront, toutes affaires cessantes. Mais je n'aurais jamais pensé que toi, tu te défilerais.

— Je ne me défile pas. Je n'ai jamais fait partie du groupe de Katsov, tu le sais bien, Yorgos. Tu voudrais que je m'engage assez pour ne plus pouvoir faire machine arrière. Je fais machine arrière avant qu'il ne soit trop tard.

— J'espère que tu réalises la connerie que tu es en train de faire, dit amèrement Iannulis. Aurais-tu oublié tout ce que j'ai essayé de t'apprendre pendant ces trois ans ? Elle t'a pourri jusqu'aux moelles, la clique des monarcho-fascistes d'Athènes ! Tu crois que tu penses en homme libre, mais tu es rempli de méfiance, de préjugés et d'angoisse. Ne le nie pas, tu es empoisonné.

— Je ne suis ni sourd ni aveugle. Je veux juger par moi-même. Je me suis fait une opinion à Athènes, et je me suis fait une opinion chez Katsov.

— Oui, oui, c'est ça." Visiblement émotionné, Iannulis se mit à tambouriner sur la table avec le stylo sorti de sa poche. "Tu as ton idée sur nous comme tu as ton idée sur la bande de Kolonaki[1], à Athènes. Dans quel coin vas-tu flairer maintenant ? Du côté des libéraux de Plastiras et de Venizélos ? Si ça continue, tu vas te balader de droite à gauche toute ta vie.

— Je ne peux pas te dire ce que je vais faire parce que je ne le sais pas moi-même, répondit Niko, avec des gestes impétueux. Peut-être que je me rendrai compte que je me suis trompé et que tu avais raison. Et dans ce cas, je saurai toujours te retrouver, Yorgos.

— Il se pourrait que ce soit trop tard. Ecoute-moi bien, Crétois stupide et entêté que tu es...

— Chut, pas si fort", coupa l'un des hommes avec un signe de tête en direction des deux étrangers qui descendaient l'escalier. Ils se dirigèrent vers la voiture, qui démarra quelques instants plus tard.

"Disons les choses autrement, reprit Iannulis plus calme. A la place de «stupide» et «entêté», mettons irresponsable et criminel, Niko Stéphandidakis. L'avenir de la Grèce pourrait dépendre aussi de toi, la dignité des Grecs pourrait reposer dans tes mains, comme ça (il brandit ses poings tendus à la face de Niko) mais tu fous cet avenir en l'air, tu craches dessus, tu ne veux pas servir la Grèce.

— La Grèce, toujours «la Grèce» !" Niko eut à son tour un geste véhément. "Mais qu'est-ce que c'est, «la Grèce» ? Tout le monde n'a que ce mot à la bouche. Chez Mme Dimitropoulou, à Athènes, ils disent «la Grèce», mais ils parlent de Londres ou Washington, et quand Katsov dit «la Grèce», il veut dire Moscou.

— Quand je dis «la Grèce», je veux dire la Grèce !"

Iannulis abattit son poing sur la table.

"Assurément, je n'ai aucune raison de douter de ta bonne foi (Niko lui tendit la main, mais Iannulis se détourna). Ne fais pas celui qui ne veut pas comprendre, Yorgos. Nous avons discuté nuit et jour de ces choses. Je ne crois pas en Katsov.

1. Quartier résidentiel d'Athènes.

— Qui parle de *croire* ? répliqua sèchement Iannulis. La question est qu'il faut choisir à un certain moment, parce qu'il faut agir. Je ne demande pas des idéalistes, je veux des hommes d'action. Débattre à propos de Katsov n'a aucun sens. Ce qui m'intéresse, c'est sa méthode. J'espérais qu'à la longue il t'apprendrait à être pragmatique. Je me suis visiblement trompé : tu veux «croire», tu veux être «transporté» ! Va cultiver l'olivier et garder les chèvres dans ta montagne de Crète.

— Je te dis que je ne sais pas ce que je vais faire. Je dois trouver ma route. Mais ça ne veut pas dire que nous ne pouvons plus être amis."

Niko avança sa chaise vers Iannulis et le regarda fixement. Les deux autres types ne bronchaient pas, comme étrangers à l'affaire. Ils étaient entraînés à être là, sans s'en mêler.

"Tu ne peux me servir à rien." D'un geste brusque, Iannulis remit dans sa poche le stylo avec lequel il avait joué nerveusement. "L'amitié ? Celui qui est prêt à me suivre inconditionnellement dans ma lutte pour la dignité de la Grèce est mon ami. Tu es libre de faire ce que tu veux, je ne te retiendrai pas. Je mettrai Katsov au courant. Quelles en seront les conséquences, je l'ignore.

— Vous pouvez me faire confiance."

Iannulis haussa les épaules. "Je ne me base pas sur des bonnes paroles, je me base sur ce que je constate. Or je constate que pour toi, tout est plus important que Chypre et l'*enosis*[1]. A se demander si tu es un Grec..."

Puis il se détourna de Niko qui, après une dernière tentative pour se disculper des griefs qui lui étaient faits, se leva et alla se promener dehors, le long des cafés, des échoppes et des garages. Il était déçu et furieux parce que Iannulis l'avait laissé choir purement et simplement, sous prétexte qu'il n'était plus bon à rien, et surtout il lui en voulait pour cette dernière accusation, à savoir que le sort de Chypre le laisserait froid. Mais en même temps, il se sentait secrètement coupable. Je ne peux pas agir autrement, répétait-il à mi-voix, en se parlant à lui-même. Pendant trois ans, j'ai participé de mon plein gré. J'ai le droit de dire "non" si je le veux et quand je le veux. Je me retrouve

1. "L'union", désignant le rattachement de Chypre à la Grèce revendiqué par des organisations helléniques à partir de 1950.

au point mort, je n'ai pas avancé. Quand il regagna l'hôtel vers le soir, Iannulis et les deux autres avaient disparu. Niko eut un sourire, mais son cœur se glaça. Iannulis avait préféré ne pas prendre de risques.

Il passa encore une nuit dans la cour intérieure, bien que le patron, qui lui aussi avait ses raisons vraisemblablement, se fût montré nettement moins conciliant que la première fois. Près de la station-service, en face, Niko avait vu qu'on lavait la Citroën des étrangers. Le garagiste le renseigna : ces gens allaient à Athènes. Niko s'arrangea pour être là avant l'aube et il se posta sur le trottoir, en face de l'hôtel. Il observa les étrangers pendant qu'ils réglaient la note. Comme tous les voyageurs, ils avaient quelque chose d'un peu bizarre, ils étaient à la fois sûrs d'eux et fragiles. Alors il aborda le plus âgé des deux hommes et lui demanda de le prendre en stop. Il ne s'était pas vraiment attendu à une réponse favorable.

Il avait pris en pleine figure la réaction de Iannulis. Pendant des années, il avait cru qu'il connaissait bien cet homme, il s'était imaginé que Iannulis était son ami. Il devait maintenant admettre qu'en réalité, il ne savait rien de lui. Leurs conversations intimes, leurs périples communs, leur collaboration, tous ces faits indissociables dans l'esprit de Niko de l'image de Iannulis n'avaient donc pas de signification véritable. Il avait le sentiment d'être trahi et dépossédé. Mais par qui et de quoi ? Niko ne pouvait rien reprocher à Iannulis. Iannulis ne lui avait rien fait miroiter, rien promis, il travaillait au but qu'il s'était fixé selon la ligne qu'il s'était tracée. Il avait admis Niko dans son entourage, l'avait introduit dans le monde où lui-même vivait et opérait, s'était intéressé à lui dans la mesure où Niko lui avait paru devoir servir.

Dans la voiture des Américains, il ne pouvait s'empêcher de penser que peut-être c'était lui qui avait voulu, à tout prix, considérer Yorgos Iannulis comme un ami et un mentor, tandis que l'autre s'était contenté de lui offrir la chance que Niko semblait rechercher. Il avait rencontré Iannulis à Athènes, à l'époque où il errait comme une âme en peine, après avoir obtenu son congé de Mme Dimitropoulou. Il faisait des petits boulots pour survivre, transporter des cageots aux halles, vendre des billets de loterie, des friandises aux terrasses des cafés, dans les parcs, sur les places, servir de guide aux touristes anglophones. Il mangeait et dormait dans le vieux quartier populaire, grouillant de monde, un labyrinthe de ruelles avec des bazars et des échoppes, rempli d'une musique bruyante et d'une odeur d'immondices. Il rencontrait tant de gens différents au cours de la journée qu'il avait, en fait, l'impression de ne connaître personne. Il fréquentait surtout un groupe de jeunes Arméniens, chômeurs comme lui et perpétuellement en quête de l'occasion qui leur assurerait le gîte et de quoi manger pour deux ou trois jours. En discutant avec eux (depuis leur prime enfance, c'étaient des déracinés, des persécutés, des crève-la-faim), Niko perdit définitivement le peu d'indulgence qu'il avait gardé à l'égard du milieu de Mme Dimitropoulou. Il venait de connaître une nouvelle période de vagabondage de plusieurs jours, sans un sou vaillant en poche, et s'était assis sur une chaise en fer, sous les ombrages de la place de la Constitution. Un homme qui lisait son journal, à quelque distance, lui demanda du feu et lui offrit une cigarette. Ils se mirent à parler des articles qui depuis peu (c'était en 1951) faisaient grand bruit dans le journal que lisait Iannulis, *Eleftheria*, l'organe des partis du centre. On y révélait les agissements d'un syndicat clandestin d'officiers aux fondements fascistes, dévoilé par hasard. "Tiens, regarde", dit Iannulis en montrant à Niko la photocopie d'une lettre publiée par le journal. Niko lut ; il s'agissait d'une recommandation aux leaders du syndicat : "… il faut créer une section spéciale chargée de liquider tout opposant à notre combat et traître à la patrie…"

"Regarde, là, répéta Iannulis, l'homme qui a signé était à l'époque l'un des seconds du maréchal Papagos – le candidat numéro un pour les élections, le grand homme providentiel qui doit sortir la Grèce de la crise… Prête bien l'oreille, et tu entendras le moteur de la dictature qui recommence à chauffer. Voilà le résultat de la guerre civile. Nous en sommes revenus au point où nous étions il y a dix ans. C'est une tragicomédie sans équivalent."

Ils parlèrent pendant des heures de politique et, tout en discutant, ils se dirigèrent vers les quartiers du vieux centre où demeurait aussi Iannulis. Ils fixèrent un nouveau rendez-vous. Niko comprit plus tard que Iannulis s'était, entre-temps, renseigné sur son compte. Il avait un réseau étendu d'amis et de relations dans ce quartier. Ils se virent régulièrement ; Niko lui raconta ce qu'il avait fait jusqu'alors, il lui parla de son désir d'action politique, il avait vingt ans, il s'exprimait sans retenue et avec fougue devant cet homme plus âgé, surgi comme par magie sur sa route, et qui lui semblait incarner la complexité confondante qui caractérisait la situation de la Grèce à cette époque. Iannulis avait un visage émacié et fermé, les cheveux gris, il n'était pas grand, mais donnait l'impression d'être coriace. Il portait un éternel complet bleu marine à rayures, élimé et un peu étriqué comme s'il s'agissait du costume d'un autre. Il parlait peu de lui : il avait été instituteur dans un village de Thessalie, avait dirigé pendant la guerre la section locale de l'EAM[1], ce qui lui avait valu d'être arrêté en 1948 par les troupes gouvernementales et déporté dans le camp de Markonissos. Il avait été libéré deux ans plus tard, un cadavre ambulant, parce qu'il avait pu faire la preuve qu'il n'avait jamais été membre d'une organisation communiste.

"J'ai eu le temps de réfléchir en transportant sans raison des pierres et du sable d'un côté à l'autre de ce rocher désert, et j'en suis venu à la conclusion que si un jour j'étais libre, je rejoindrais ceux qui luttent le plus efficacement contre une société cynique qui ignore systématiquement les intérêts des petites gens. *Laocratia*[2] pour une Grèce unifiée, voilà le but de ma vie. Pour toi, la *laocratia*, ce n'est peut-être qu'un mot, pour moi, ça a été une réalité tangible durant quelques années. Le village d'où je viens est une pauvre bourgade perchée dans la montagne. Les habitants sont de petits paysans et des bergers. Des gens qui avant la guerre étaient totalement illettrés dans leur majorité, qui ne possédaient rien à part quelques chèvres et quelques lopins d'une terre stérile. Des gens qui dépendaient du pouvoir athénien aussi inaccessible que chimérique, d'une bureaucratie mille fois plus ténébreuse encore, d'un essaim de politiciens répandus dans les campagnes et les petites villes. Bien malin qui pouvait s'y retrouver. La moindre démarche, la plus simple du monde, donnait lieu à des tracasseries insensées. J'en ai été témoin et je peux t'assurer que les gens préféraient laisser faire, supporter l'arbitraire et l'injustice plutôt que de suivre la prétendue «voie officielle», quel que soit le problème à régler.

Et puis, il y a eu la guerre. Et soudain nous avons eu le Front national de libération ; à l'origine, un réseau de

1. Front national de libération grecque, à dominante communiste.
2. Suprématie du peuple.

résistance, d'accord, mais qui s'est développé à la vitesse de l'éclair et qui est devenu le germe de la *laocratia*, l'autogestion par le peuple. Les mesures prises par l'EAM, touchant l'administration et la justice au plan local, le système d'imposition et l'exploitation des terres, ont été décidées dans l'urgence, sous la pression des événements, je ne le nie pas, le tout était assez primitif, de quoi faire ricaner juristes ou économistes, peut-être, mais quelle importance les maladresses et les erreurs ont-elles, comparées au résultat, l'impact qu'a eu sur les gens le fait d'avoir voix au chapitre ? Je te le dis tout net : ce qui a été semé par l'EAM dans les deux tiers du pays ne pourra plus jamais être éradiqué.

Les gens ont goûté à la liberté et à l'autonomie, ils ont changé. Leur lutte contre le «nouvel» ordre que voulaient imposer les nazis est devenu synonyme de lutte contre «l'ordre ancien» de la Grèce. Ceux qui, après la guerre, ont voulu restaurer l'ordre ancien se sont heurtés à une résistance furieuse. Ils n'ont pas réfléchi, ils n'ont pas écouté les voix du peuple, ils n'ont pas regardé autour d'eux, dans les bourgades et les villes, ils ont cru régler le problème d'une seule phrase : tous des communistes ! A bas les communistes ! et ils ont sorti leurs mitraillettes. Les communistes étaient partie prenante dans l'EAM, c'est vrai. Mais à qui la faute, si nous avons appris des communistes le b.a.-ba de la démocratie ? A qui la faute si les gens qui souhaitent que le peuple prenne en main son destin se jettent aveuglément dans les bras du communisme ? Je te le répète, nous n'avons pas le choix. Aussi longtemps que personne n'est prêt à nous accorder ce qui nous manque, nous devons nous-mêmes chercher à l'acquérir par les moyens qui ont le plus de chances d'aboutir. Les communistes nous ont montré le chemin une première fois. Ils luttent en partie avec les mêmes armes que nous, ne l'oublie pas. Soyons réalistes et pensons à l'essentiel..."

A l'époque, en 1951, Niko avait écouté parler Iannulis avec une excitation croissante. Il avait entendu le récit de toutes les atrocités commises par les troupes gouvernementales dans les bourgs et les villes : les hommes torturés, les femmes violées, les enfants arrachés à leurs mères, déportés par cars entiers pour recevoir ailleurs l'éducation qui ferait d'eux de bons citoyens respectueux de l'autorité. Ces histoires faisaient pendant à celles qui sortaient de la bouche de Mme Dimitropoulou : là aussi, des têtes coupées et présentées au peuple, des villages détruits, des filles déshonorées et des enfants enlevés ; la différence, c'était qu'en l'occurrence, les criminels s'appelaient "anarchistes", "bandits", "slavo-communistes". Niko était si monté, à l'époque, contre le cercle Dimitropoulou qu'il était enclin à adopter comme seule vraie la version que Iannulis donnait des événements. Iannulis n'avait-il pas été un témoin oculaire, n'avait-il pas perdu sa femme et ses enfants dans une opération de représailles ? Niko ne voulait pas et ne pouvait pas soumettre les opinions de Iannulis à l'examen critique. Il avait adopté sans réserve la devise de ce dernier : "C'est tout l'un ou tout l'autre." Il se réjouissait d'avoir trouvé un but.

Plus tard, alors qu'ils étaient déjà depuis des mois avec Katsov, à la frontière bulgare (c'était le quartier général à partir duquel ils opéraient sous des formes diverses, surtout dans le milieu des planteurs de tabac du Nord), il commença à changer d'avis. Il se reprochait de douter parfois de Iannulis, de le soupçonner d'une forme dangereuse d'opportunisme, mais il devint de plus en plus difficile pour Niko de se joindre à n'importe quelle action, d'adhérer à n'importe quelle décision. Est-ce que Iannulis est moins intelligent qu'il ne le semble, ou infiniment plus subtil qu'il ne veut le paraître, à moins qu'il ne soit dur, sans scrupules et faux comme pas un ? Niko se torturait avec ces questions ; plus il voyait Iannulis avec Katsov, plus il les écoutait parler ensemble, moins il comprenait son ami. La bonne entente qui existait entre Iannulis et lui ne faisait que compliquer les choses.

Yorgos Iannulis lui avait ouvert des mondes dont il ne soupçonnait même pas l'existence. Dans son village, à l'école et à la maison, Niko avait appris par cœur une poignée de textes d'écrivains grecs, classiques et contemporains, il connaissait une foule d'histoires sur les saints et les héros populaires ; plus tard, à Héraclion et à Athènes, il avait lu surtout des journaux et des magazines, et avait grappillé les connaissances qu'offre la grande ville : dans les cafés, les cinémas, au bordel, et dans le lacis des ruelles et des impasses. Il n'était pas "cultivé", et n'avait pas lui-même conscience de ses lacunes. Entre deux actions, Iannulis prit la peine d'initier systématiquement Niko au savoir ; l'avalanche de noms, de faits, d'informations touchant la philosophie, la religion, les sciences humaines, les techniques, en dehors de ce que lui-même avait appris dans les cafés, lui donnait le vertige. Iannulis avait une valise pleine de livres qui tombaient en lambeaux à force d'avoir été lus et relus.

"Comment peux-tu t'engager dans une cause si tu n'as pas la moindre idée de ce qu'il y a derrière toi ou devant toi ?" répétait Iannulis, en haussant ironiquement les sourcils, quand, dans une conversation, il tombait sur une lacune dans les connaissances de Niko. Au début, de telles remarques avaient piqué le garçon au vif, parce qu'elles réveillaient en lui un vieux sentiment de culpabilité et de devoir à l'égard de son grand-père, un sentiment dont il pensait s'être débarrassé. Il ne voulait pas qu'on lui rappelle son passé, le village de Crète, la carrière brillante d'intellectuel fixée pour lui une fois pour toutes. Il avait été cinq ans à l'école primaire, c'était tout, la possibilité de faire des études supérieures appartenait bel et bien au passé.

Sans enthousiasme excessif, il entama le programme de lecture que Iannulis lui traça. Mais dans les montagnes de Thrace, les occasions de se distraire étaient rares. En outre, cette "étude" lui fournissait une bonne excuse pour échapper aux cours de formation idéologique de Katsov, dont il se lassa vite. Peu à peu, il n'eut plus à se forcer. Il fut pris, entraîné par ses lectures. Il lut les auteurs classiques et les poètes grecs modernes, il lut tous ceux qui, au fil des siècles, s'étaient faits les chantres de la lutte pour la liberté, il lut des ouvrages d'histoire et de politique, des livres sur l'art et la nature, et il se sentit devenir différent, plus complet, il sentait qu'il se réalisait d'une manière nouvelle. Quoi qu'il advînt, jamais il n'oublierait qu'il devait cela à Iannulis. Mais ce développement eut aussi pour conséquence de l'éloigner de Iannulis. Il fit le constat qu'à partir des mêmes bases, il pouvait arriver à d'autres conclusions que Iannulis.

Les Américains qui l'avaient pris en stop le remplirent d'un mélange d'étonnement, d'irritation et de pitié. Il n'était pas en mesure de comprendre ces gens. Ils avaient fait des milliers de kilomètres pour venir en Grèce, et une fois arrivés, ils semblaient en proie à une insatiable agitation. Ils voulaient quelque chose mais ils ne savaient pas quoi. Ils regardaient autour d'eux mais ne voyaient rien. Leurs poches étaient remplies d'argent mais ils n'en réalisaient pas la valeur. Ils avaient tout mais n'étaient pas heureux. Sous leur assurance et leurs grands airs, ils étaient aussi impuissants que des aveugles ou des sourds-muets dans un environnement dont ils ne comprenaient rien. Après avoir voyagé un jour entier avec eux, Niko se dit qu'ils étaient contents de l'avoir comme interprète, consciemment ou pas. Il en ressentit du plaisir et une secrète fierté. Puis il se reprocha cette vanité puérile. Evidemment ils te méprisent, et pourtant ils t'utilisent, pensa-t-il. Voilà bien la maladie endémique du Grec : vouloir à tout prix démontrer son sens de l'hospitalité et en même temps se vexer du moindre signe d'arrogance de la part de l'étranger.

Niko avait toujours su qu'il devrait quitter le village. Il n'y aurait pas de travail pour lui quand il serait en âge de travailler. Son grand-père était d'avis que Niko devait rester à l'école le plus longtemps possible : il avait l'esprit vif, étudier était un honneur, un privilège, le vieil homme était prêt à consentir tous les sacrifices. Niko fut envoyé très tôt à l'école. Alors que les autres enfants de son âge, presque des bambins encore, aidaient leur mère à la maison et dans les champs, portaient de l'eau, menaient les mules, gardaient les chèvres, Niko quittait la maison dès l'aube pour se rendre à l'école la plus proche, dans un bourg au bord de la vallée de Mesara, une demi-heure pour y descendre, presque une heure pour remonter, et entre ces allées et venues, toute la journée, année après année, saison après saison, les leçons qui, faute d'un local scolaire, étaient données tantôt dans l'église, tantôt dans la mairie.

La période qui s'écoula entre sa cinquième et sa dixième année apparut plus tard à Niko comme un condensé d'images formées à partir d'impressions quotidiennes presque identiques. La descente et la remontée sur le sentier muletier qui, en hiver et au début du printemps, était boueux et glissant à cause de la pluie ou inondé par les eaux de ruissellement tandis qu'à la saison sèche, un nuage de poussière ocrée s'envolait sous les semelles ; les pentes caillouteuses couvertes de bosquets épineux où broutaient les troupeaux et, plus bas, les oliveraies aux grands arbres centenaires ; la perspective familière sur la vallée entourée de montagnes et de collines, le massif du Psiloritis dominé au centre par le mont Ida dont le sommet, au gré des saisons, est enneigé, nappé de brume ou dénudé, d'un gris jaunâtre ; les excavations noires, tout en haut, que formaient les grottes, nettement visibles de loin par temps clair ; et de l'autre côté de la vallée, les contours du Diktè, plus flous et plus bleus que le reste du paysage.

A travers champs et vignobles, il arrivait au village, un groupe de maisons blanchies à la chaux, autour d'une place, avec une église, un *kapheneion*[1], un abattoir et un magasin qui faisait alimentation et quincaillerie. Il y avait aussi un arrêt pour l'autocar qui, une fois par jour, reliait Héraclion à Timbaki, sur la baie. L'été, quand on faisait classe dans l'église, par le porche grand ouvert, sur le coup de midi, Niko voyait arriver et repartir le car. Longtemps à l'avance, les futurs passagers se rassemblaient sur la place, avec des paniers, des sacs et des ballots. A l'approche du véhicule déglingué qui arrivait par la grand-rue en cahotant dans un nuage de poussière, tous s'amassaient sur le bas-côté de la route ; du *kapheneion* on apportait le courrier, les voyageurs montaient et descendaient, ceux qui avaient des messages à transmettre se pressaient autour du conducteur. Niko était avec les autres enfants dans l'église, sur une des chaises prêtées par l'un ou l'autre, au début de la leçon, ou, faute de siège, assis par terre, dans le coin qui avait été réservé à la classe, le plus loin possible de l'iconostase. Les ornements de la grille, les lampes de cuivre et d'argent suspendues au bout de longues chaînes brillaient dans l'ombre. Il y avait un va-et-vient de fidèles, principalement des femmes ; parfois le pope entrait et ressortait par une porte latérale. Les enfants étaient serrés les uns contre les autres ; ceux qui n'avaient pas de table ou de banc devant eux écrivaient sur leurs genoux ou avaient posé leur cahier sur le sol. Ceux qui avaient conquis une chaise dominaient les têtes rondes et rasées de leurs condisciples qui, de leur côté, avaient vue sur les talons nus et sales posés sur le barreau des chaises. L'institutrice, une jeune Athénienne timide qu'on regardait au village avec des sentiments mêlés (pouvait-on, le cœur léger, confier à une femme le soin de faire la classe ?), faisait de la discipline, corrigeait les fautes, distribuait les quelques manuels de lecture que possédait l'école, dictait pendant des heures vers par vers, ligne par ligne, les poèmes et les textes de prose que les enfants devaient apprendre par cœur. Il flottait dans l'église une odeur d'encens, de brins de basilic et de vêtements usagés.

1. Petit café.

Niko ne pouvait pas séparer ses souvenirs d'école des autres expériences de son enfance. Les textes, les problèmes, les noms géographiques ou historiques s'inscrivaient sur fond de vie quotidienne, étaient rehaussés par les impressions visuelles et auditives qu'il y associait. Il ne pouvait pas faire le détail : les choses de son enfance constituaient un tout indivisible. Les descentes vers la plaine et les remontées, les leçons, le village de l'école, les gens qu'il connaissait, les choses qu'il vivait ne faisaient qu'un avec le "petit" village, le village "du haut" où lui-même vivait, avec la maison où il était né et avait été baptisé.

La maison se trouvait au bord d'un sentier de chèvres, dans une cour plantée de figuiers et d'oliviers, une maison crépie de blanc avec un escalier extérieur menant à la salle du haut, et un toit en terrasse. Niko pouvait se rappeler chaque lézarde, chaque irrégularité dans les murs de cette première maison, celle d'avant la destruction, il connaissait la forme des pavés ronds, jointoyés de chaux, à demi enterrés au pied du mur de clôture. La maison était un prolongement de lui-même, à moins qu'il ne fût, comme tous les autres, une partie vivante de la maison. Toute la famille, les enfants, les parents et le grand-père, vivait dans trois pièces, deux en bas et une à l'étage ; la quatrième pièce était divisée en deux par une clôture à claire-voie, d'un côté étaient parquées les bêtes et de l'autre il y avait les jarres contenant les réserves. L'odeur de crottin, de cuir et de fumée, et, l'hiver, de terre mouillée, qui passait par tous les joints ; les châssis des lits et les paillasses rangées le long des murs durant la journée et masqués par des couvertures à rayures ; les murs blanchis à la chaux (chaque année, avant la Pâque, Niko participait au chaulage), couverts d'images et de photographies symétriquement accrochées : des jeunes mariés, des cousins et des oncles en uniforme, des illustrations en couleurs découpées dans des revues, et une série de vieux portraits de héros de la guerre d'indépendance contre les Turcs : Korakas, Daskalogiannis, Melikoutis, Kazanis, Xopatera ; l'armoire à linge, les étagères avec les verres, les assiettes et tous les autres ustensiles ménagers dans la pièce où il dormait avec ses parents, son frère et ses sœurs ; les sols de terre battue, humides en hiver, l'eau de pluie qui ruisselait le long des murs, à travers le toit en pisé. L'agitation continuelle des femmes dans la maison : balayer, filer la laine, tisser des étoffes pour les couvertures et les vêtements, faire la navette de la maison au lavoir en transportant des paniers ou des ballots de linge sale, cuisiner sur un feu de charbon de bois sous un appentis, dans la cour, pétrir et cuire le pain (la gravité avec laquelle sa mère, après avoir façonné un pain, faisait une petite croix du pouce sur l'envers de la miche – le caractère sacré du pain, sa signification profonde leur avaient été inculqués très jeunes, à lui et aux autres, laisser tomber des miettes, gaspiller du pain étaient passibles de punition), confire les fruits, fabriquer du fromage de chèvre, des galettes d'orge, de la *tsikoudia*[1], et sans parler de mille autres travaux à l'extérieur, dans les champs, dans les vignes et les oliveraies qui s'étageaient sur les pentes, l'arrosage, la cueillette, le désherbage, le ramassage du bois. Pendant les congés et après l'école, Niko aidait aux travaux, il allait chercher de l'eau, faisait boire les bêtes ; à la saison des récoltes, il apportait le casse-croûte aux moissonneurs sur l'aire de battage, il secouait les séchoirs où étaient étalés raisins et figues, mais il devait toujours agir plus ou moins en cachette parce que son grand-père préférait le voir s'exercer à lire et à écrire, et apprendre par cœur des textes de la littérature nationale. Le dimanche et les jours fériés, on mangeait dehors aussi longtemps que le temps le permettait, sous le caroubier (en octobre, on en gaulait les fruits à l'odeur douceâtre très pénétrante), les hommes et les adolescents autour des tables, servis par les femmes et les enfants, les discussions et les rires, tandis que chacun allait et venait gaiement, les chansons et les improvisations à tour de rôle de *mantinadas*[2], et puis les joutes verbales, bruyantes, interminables et passionnées, avec répliques alternées, bons mots et fleurs de rhétorique ; les polémiques passionnées : plaider, justifier, argumenter, passe-temps fascinant, mieux, besoin vital qui ne trouvait vraiment à se satisfaire qu'en nombreuse compagnie, au cours des virées périodiques au *kapheneion* du village du bas, quand les hommes se retrouvaient entre eux, ou après le service religieux, le dimanche et les jours de fête. Ecouter pendant des heures, adossé aux pieds d'une chaise ou contre les jambes du père, de l'oncle, du frère aîné ; écouter les débats et les controverses sur la politique d'Athènes, sur les mesures

1. Eau-de-vie de rafles de raisin.
2. Sorte de chanson crétoise.

prises par le gouverneur général, les souverains et les édiles ; sur les techniques d'irrigation et d'amendement des terres ; sur l'extermination de la *dakos*[1], fléau des oliviers ; sur la création possible de coopératives, l'acquisition de machines, la qualité des moissons ; sur les événements de la vie locale, les vendettas et les conflits, les arrangements, les questions familiales, l'instruction et l'éducation ; sur la construction de nouveaux logis, les mariages arrangés pour les filles ; sur les faits divers du journal ; sur des questions religieuses, philosophiques et morales, le tout truffé de discours, d'improvisations et d'anecdotes.

Le grand-père de Niko avait toujours et partout le dernier mot. D'abord, il écoutait en silence, attentivement, les différents orateurs, en les fixant de ses yeux clairs, sans ciller, penché en avant, les mains croisées sur la crosse de sa canne ; et puis tous les regards se tournaient vers lui, et on attendait. Il était le patriarche de la communauté et avait plus d'influence que le pope. Il le savait et acceptait la chose avec une dignité bourrue, sans jamais omettre toutefois de se montrer crétois de vieille souche et bon chrétien : si le pope était présent, alors Emmanuel Stéphandidakis lui laissait la place d'honneur, et le dernier mot, s'il s'agissait d'un débat. Le pope, qui avait secrètement peur du puissant septuagénaire, n'abusait pas de son privilège. En outre, personne ne pouvait mieux que le vieillard faire l'apologie des traditions et des valeurs, plaider en faveur du respect de soi-même et de l'identité grecque, du sentiment patriotique : après tout, l'Eglise orthodoxe ne tenait-elle pas aux mêmes choses, depuis la nuit des temps ? Même les individus connus pour leurs idées progressistes s'inclinaient – fût-ce avec une mimique expressive ou un sourire qui signifiait : "Certes, d'accord, soit, bien sûr, c'est un fait, nous le savons bien, mais…" – devant les sentences énoncées avec lenteur et gravité par Stéphandidakis, parce qu'elles sortaient de sa bouche ; le pope, relativement nouveau venu au village, ne disposait pas d'un tel prestige personnel.

Pour Niko, les discours et les déclarations de son grand-père, au-dehors comme à la maison, étaient les rivets qui avaient soudé ensemble les expériences et les impressions

1. Mouche de l'olivier.

de sa jeunesse. Dès qu'il avait été en âge de comprendre, il avait su que son grand-père était l'autorité, la référence absolue. Les adultes et les enfants le respectaient et l'écoutaient. Il dormait dans le seul vrai lit que possédait la famille, un lit en fer avec un oreiller, sur l'*anogi*[1] où étaient accrochés les portraits des héros de la liberté. C'était là son domaine, un coin où personne n'avait le droit de venir sans sa permission, même pas les fils encore célibataires qui partageaient sa chambre. Quand il ne pouvait pas s'installer dehors, il s'asseyait avec sa canne entre les jambes, légèrement penché en avant, dans l'encadrement de la porte grande ouverte qui donnait sur la cour, mais la majeure partie de l'année, sa chaise était placée sous le figuier, à côté de la maison. De temps à autre, il hélait quelqu'un d'une voix forte, donnait des ordres, distribuait avertissements et semonces, signalait des oublis ou des fautes, réclamait à boire ou à manger. Les visiteurs étaient conduits vers lui en premier, il ne se passait jamais rien dont il ne fût informé, personne ne prenait une décision sans avoir demandé son avis. Il était le seul à décider. Même ses deux fils aînés qui vivaient en Amérique lui écrivaient régulièrement pour le consulter, recueillir son approbation à propos de choses qu'ils entreprenaient là-bas. Il les dirigeait tous, il donnait le ton, aussi longtemps qu'il était en vie, il était le chef et chacun dans la famille devait lui obéir. Les autres membres du clan qui ne vivaient pas au village reconnaissaient son autorité au même titre que ceux qui vivaient avec lui. De temps en temps ils venaient lui apporter des présents et rendre compte de leurs actes. Il était craint mais admiré. Toute la famille était extrêmement fière de lui.

Il venait de Sfakia, depuis toujours berceau de l'héroïsme crétois. Il pouvait se rappeler la révolte contre les Ottomans en 1866, il s'était battu au cours des insurrections de 1878, de 1889, de 1895 et de 1897, il avait vécu la tyrannie d'Omar Pacha et les massacres de La Canée et de Sitia, il avait participé à la formation de la résistance pour une Crète libre dans des réunions qui se tenaient dans des écuries, dans des grottes ou des cloîtres isolés et avait connu le jour historique de la libération de décembre 1898. Debout, vibrant d'émotion et d'enthousiasme, la main droite levée,

1. Etage supérieur.

il avait coutume d'entonner l'hymne de la liberté, après avoir raconté l'événement :

Surgie des plaies récentes
De la terre sacrée,
Notre Crète sanglante,
Jaillit la Liberté.

Elle accole la Gloire
De laurier couronnée,
Elle parcourt la montagne,
Ranimant les cités

Des coups de feu éclatent,
Saluant son arrivée !
La terre s'illumine
D'une intense clarté.

Le clairon d'une voix
Résonne sur l'Ida :
"Salut, île vaillante,
Crète libre, salut !"

Niko connaissait toutes les histoires du passé littéralement par cœur. Comme les autres, il écoutait, bouche bée, tendu, traversé par de violents sentiments de colère, de haine, de honte, de chagrin, de fierté ou de triomphe, les témoignages sur les cruautés, les humiliations et les victoires, ainsi que le récit des faits historiques transmis de génération en génération, sur l'occupation égyptienne sous Méhémet Ali, l'exécution par pendaison, en 1833, de quarante Crétois qui avaient fait une démonstration pacifique, les massacres de femmes, d'enfants et de vieillards dans la grotte de Milato, la destruction de la ville de Lassithi, la lutte entre le Turc Mustafa Pacha et Hadji Michalis Talianos, la mort sous la torture de Daskalogiannis en 1717, les noces de sang de Da Molini, la résistance contre les conquérants vénitiens et génois au Moyen Age.

Pendant les veillées d'hiver, serrés en cercle autour d'un brasero dont le rougeoiement se reflétait sur le visage de ceux qui étaient assis au premier rang, les membres de la famille, les voisins, les habitants du village se sentaient unis à cette race héroïque de leurs ancêtres, ils devenaient conscients du sang qui coulait dans leurs veines et étaient remplis d'un amour violent pour leur île pauvre et nue, longuement martyrisée, qu'ils entendaient leurs hommes politiques nommer sans rire “le sixième continent”. Son grand-père lui parlait d’Eleuthérios Venizélos, ce fils de la Crète qui était un Grec de notoriété mondiale, dont la vie, un an à peine après sa mort en exil, tournait à l’épopée : des anecdotes le concernant, des citations de ses discours couraient dans les cafés, mais pas trop fort, parce que c’était l’époque de l’*Archigos*[1] Metaxas.

L’image de son grand-père dominait la jeunesse de Niko Stéphandidakis. Il n’était rien, ne possédait rien, sinon par la grâce de ce puissant vieillard, encore grand et robuste et qui se tenait si droit qu’il dépassait ses fils. Il avait des moustaches raides et neigeuses qui encadraient les coins de sa bouche mais il portait les cheveux ras sous le foulard de soie noire soigneusement noué autour du front. Ses yeux bleu clair étaient profondément encaissés entre pommettes et sourcils, l’arête du nez saillait fièrement. Depuis qu’il ne travaillait plus, il portait jour et nuit ses plus beaux vêtements, une veste ornée de passementeries et un large pantalon plissé confectionnés dans un drap ancien très résistant, une chemise rayée, des bottes hautes et, en guise de ceinture, une écharpe d’où sortait un long couteau dans son étui d’argent, selon la tradition des palikares. Quand Niko était enfant, tous les hommes de la famille portaient encore le costume traditionnel, mais fait d’un drap ou de cotonnade de moindre qualité, parce qu’on ne pouvait plus acheter le tissu d’origine. D’ailleurs ils n’auraient pu se l’offrir. Leur vie était d’une sobriété confinant à la pauvreté, même s’ils appartenaient aux gens les plus prospères de la région.

Le brouhaha des voix mâles, dans sa tête, tard le soir, au *kapheneion*, quand il s’endormait sur la table ; le bruit des pas, des chaises qu’on tire, le tintement des verres et des tasses, le cliquetis des perles d’ambre ou de bois que les hommes laissaient glisser entre leurs doigts tout en parlant. S’il essayait d’ouvrir les yeux, ivre de fatigue, il entrevoyait l’éclat jaune des lampes à huile accrochées dans les arbres, devant le café, la réflexion de la lumière sur les murs blancs, à l’intérieur du local, là où se trouvait le comptoir devant lequel se pressaient des hommes en train de discuter en gesticulant ; certains jouaient aux cartes ou au trictrac, ou encore lisaient le journal, mais la plupart étaient lancés

1. Titre porté par le général Metaxas, équivalent grec de Duce ou Führer.

dans de fougueuses discussions et frappaient la table, leur poitrine ou celle du voisin du plat de la main. De temps à autre, on s'échauffait, on sortait les couteaux ou on commençait à se tabasser avec des cannes ou des chaises, les combattants roulaient sur les tables, sur le sol. Tous se levaient pour participer, pour lancer encouragements ou injures. Une querelle d'ordre privé dégénérait en affrontement politique, la confrérie des buveurs, café, ouzo ou raki, se scindait en deux camps âprement dressés l'un contre l'autre. Généralement, quand on agitait la menace des gendarmes, les gens rentraient chez eux, par petits groupes, et continuaient à se chamailler, à crier, à argumenter dans l'excitation ; le patron du café, redoutant de voir son commerce fermé par les autorités et de se retrouver lui-même en prison pour avoir toléré des bagarres, balayait les verres cassés, les débris de chaises et éteignait les lumières.

Plusieurs fois, Niko avait pu constater qu'une telle tempête s'apaisait aussi vite qu'elle s'était levée ; son grand-père s'interposait entre les combattants, tambourinait de sa canne sur le sol et criait : “Avez-vous fini, bande d'imbéciles ! N'avez-vous donc pas un grain de bon sens ou de dignité dans le corps ? Qui sommes-nous, des populistes, des libéraux, des républicains, des démocrates, ou des Crétois ?” En appeler à l'identité crétoise ne manquait jamais son effet mais attirait aussi une réplique, qui tombait tôt ou tard : “Emmanuel, tu as travaillé et combattu ta vie durant pour l'*enosis*. La Crète est une partie de la Grèce, les affaires de la Grèce sont aussi nos affaires. Calcule le nombre d'entre nous qui ont combattu dans la guerre contre les Bulgares, et en Macédoine, en 1912, contre les Turcs, et en 1914 et en 1919 contre Kemal Pacha, non pas en tant que Crétois mais en tant que Grecs. Tu n'y peux rien : nous sommes tout autant concernés par ce qui se passe à Athènes. Dans l'affaire de Chypre, crois-tu que c'est uniquement en Crétois que nous avons réagi ? Tu as été le premier à te prononcer en faveur du Comité national ; te souviens-tu comme tu as attaqué Venizélos, quand il a déclaré que Chypre était l'affaire des Britanniques ? N'est-ce pas notre affaire à tous si la Grèce est une pétaudière ? Tout Grec n'a-t-il pas le droit de choisir la façon dont il entend combattre le désordre ?”

Niko savait que son grand-père ne supportait pas d'être mis en échec. A ces objections, il répondait par un dernier argument, solennellement énoncé d'une voix forte : qu'on lui cite un seul Grec, en désaccord avec le parti au pouvoir, qui, sous Metaxas, ait eu, ne serait-ce qu'une fois, la possibilité de "choisir". Les prises de bec au bistrot ne faisaient qu'aggraver la division, à un moment où il était vital de rester unis. Il n'y avait pas d'arme plus efficace contre le désordre que la fierté et la détermination des vrais chrétiens ; qui oserait prétendre que les Crétois n'avaient pas fait la preuve, au cours de ces siècles d'oppression, qu'ils étaient des chrétiens extrêmement combatifs, formant un exemple stimulant et un espoir pour tous les opprimés du reste de la Grèce ? Or, les bons chrétiens sont unis dans leur foi, ils ne se divisent pas. Dès l'enfance, Niko avait eu le sentiment que par la grandiloquence impressionnante du ton, son grand-père cherchait à faire diversion : en réalité, il n'était pas si sûr de lui. En vitupérant la division, le vieil homme avait raison, il était convaincant, sa sincérité était communicative, il arrivait à toucher jusqu'aux plus bagarreurs. Mais sa conclusion sur les "chrétiens" était du vent, un morceau de rhétorique, et chacun le savait. Son appel à l'union qui résonnait comme un cri d'alarme éveillait la sympathie, interpellait chacun ; sa question "qui sommes-nous, les partisans d'un tel, ou des Crétois ?" résumait le problème qui vivait en chacun ; l'enjeu de cette partie dépassait la politique ou la Crète, mais personne n'était en mesure de formuler nettement quelle partie se jouait et quel en était l'enjeu.

Emmanuel Stéphandidakis en appelait au cœur, à un désir profond de fraternité : la notion de "Crétois", depuis des siècles chargée, colorée par un face-à-face avec la mort, la torture, la persécution, suggérait immanquablement un lien encore plus fondamental qu'aucun d'entre eux ne pouvait définir. Mais le mot "chrétien" en appelait à autre chose qu'au patriotisme, éveillait un sentiment de culpabilité, semait le trouble, l'inquiétude, introduisait une ambiguïté. Les acclamations, les accolades, les poignées de main semblaient ne pas devoir finir à l'issue du discours de Stéphandidakis, mais c'était un enthousiasme auquel ne croyait vraiment aucun des assistants ; le vacarme et les gesticulations étaient à la mesure des réticences inavouées, les réactions "spontanées" étaient plus ou moins du théâtre, les gestes et les mots convenus chassaient l'émotion authentique. Niko sautait et criait avec les autres, jeunes et moins jeunes, soulagé parce que la bagarre était finie, mais pourtant déçu parce que, dans le silence qui suivait les acclamations, on revenait sur terre. Niko savait fort bien, chaque fois qu'il applaudissait et faisait chorus avec la masse des habitués, que ces démonstrations d'amitié, que ces slogans : "Vive la Grèce !" ou "Haut les cœurs, les chrétiens !" ne satisfaisaient personne, c'était du vent, du bruit, on brassait de l'air, mais demain ou après-demain, les mêmes gars se taperaient dessus pour les mêmes raisons. Ils en étaient tous conscients, mais ils jouaient le jeu, soir après soir.

Niko ne critiquait pas, c'était normal apparemment, il ne pouvait concevoir qu'il en fût autrement. A peine s'il s'étonnait en secret que les adultes, et surtout le vieux sage qu'était son grand-père, n'aient pu trouver de remède à une situation qui semblait titiller et irriter chacun, comme une épine qui a pénétré sous la peau et donne une infection. Les discussions et les réflexions politiques des adultes du village, en bas comme en haut, formèrent l'arrière-plan de ses jeunes années. Il était trop jeune pour avoir sa propre opinion, il n'écoutait la plupart du temps que d'une oreille, mais ce qu'il retenait était suffisamment important, tous les événements et les expériences de la vie quotidienne en étaient accompagnés.

Tout avait un goût, une odeur de politique. Les fêtes du village, les repas de noce, les enterrements se déroulaient sur fond de politique. Les moindres faits domestiques prenaient du relief pour Niko, se doublaient d'un autre sens parce qu'ils étaient liés à des impressions de discussions enflammées ou de palabres interminables, chez lui ou chez d'autres villageois, le soir, dans une pièce bondée, plongée dans la pénombre, où, dans un coin, une lampe à huile jetait son éclat jaune, ou encore dehors, pendant ou après le travail, à l'ombre des arbres bordant la route, en plein champ, ou au *kapheneion*. Quand la broche où rôtissait le mouton tournait lentement et que les morceaux d'abats enfilés sur des tiges grillaient sur la braise ardente, on entendait, en contrepoint des gouttes d'huile tombant sur le feu, grésiller et crépiter les noms de Metaxas, de Nikoloudès, de Maniadakès, et celui du roi Georges, ce souverain étranger qui cautionnait l'autorité de ces hommes. La brioche de mariage, décorée de dessins de fleurs et de fruits, était posée sur la table, au milieu des jeunes mariés et des convives, tandis que les esprits s'échauffaient à propos d'arrestations, de questions d'argent et de nouvelles interdictions. Les danses et les chants n'étaient pas seulement accompagnés par les instruments de musique.

Fillette, fraîche comme l'eau pure,
Mince et droite comme le cyprès,

chantaient les invités en dansant, chacun ayant posé les mains sur les épaules de son voisin, mais une pointe de tension et de révolte vibrait dans la mélodie. La distribution des *kolouria*[1] à l'église, après les funérailles d'un parent, ne diffusait pas seulement l'odeur du pain frais, elle avait des relents d'inquiétude et d'insatisfaction. Dans la période de jeûne précédant la Pâque ou Noël et au mois d'août, le ressentiment contre l'oppression croissante du régime tenaillait les estomacs, pire que la faim. Pendant la procession du Vendredi saint, quand les flambeaux et les cierges brûlent autour du bard recouvert de feuilles et de fleurs sur lequel est transporté symboliquement le corps du Christ afin d'être enseveli, pendant la messe pascale de minuit et le lendemain, lorsque adultes et enfants portent des œufs teints en rouge et échangent la bonne nouvelle : "Christ est ressuscité ! Il est vraiment ressuscité !", au cours de ces fêtes, les plus solennelles de l'année pour toute la communauté, on ne prenait pas seulement le deuil pour la mort du fils de Dieu et les promesses échangées de résurrection et de vie n'engendraient aucune joie, en dépit de l'enthousiasme de tous les participants. La timide institutrice fut pendant un temps au centre de l'intérêt lorsqu'un jour, après l'arrivée du courrier, sur la place, près de l'autocar, elle avait annoncé d'une voix forte et sanglotant presque d'excitation qu' "Athènes" avait interdit la lecture dans les collèges de l'*Antigone* de Sophocle, de l'oraison funèbre de Périclès et de certains fragments de Thucydide : les grands auteurs du passé, des Grecs libres, pouvaient inspirer la révolte !

Depuis l'âge de six ou sept ans, Niko savait qu'à l'extérieur du cocon familial, au-delà du déroulement familier du quotidien, du cercle des voisins, amis et connaissances, du village, de l'école et du café, le chaos guettait, avec des dangers, des tentations et du mensonge inextricablement mêlés à ce monde réel, solide et limpide en apparence,

1. Petits pains.

qu'il pouvait voir, entendre, sentir et toucher. Ce paysage de montagnes, le sol sur lequel il marchait, s'asseyait, se couchait, où il pouvait creuser des trous avec ses mains et ses pieds, les arbres aux ombres changeantes, l'odeur du caroubier, des buissons et des herbes sur les collines, le bruit des cascades, le bêlement des chèvres, le claquement des sabots des mules sur le sentier rocailleux, quoi de plus familier ? Il ressentait une douleur, comme si son cœur allait éclater, quand il essayait de réaliser qu'il y avait autre chose, une sorte de réalité seconde, derrière les maisons et les étables, les oliveraies et les champs, sous les visages et les gestes des gens qu'il connaissait, derrière les journaux aux lettres imprimées à l'encre bleue et l'autocar qui apparaissait et disparaissait. Les gens et les choses avaient une autre vie, mystérieuse. Il y avait un monde pour naître et mourir, travailler, rire, apprendre, discuter, se plaindre, lutter, faire des affaires, avoir des soucis, mais derrière, dessous, ou peut-être magiquement imbriquée dans la trame du quotidien, se trouvait une autre réalité comparable à un gouffre qu'éclaire de temps à autre une lumière fulgurante : une fraction de seconde, des formes, des contours y deviennent visibles, on voit et on ne sait pas ce qu'on a vu, et il vous en reste à jamais un sentiment d'angoisse pour l'inconnu.

Plus tard, quand Niko Stéphandidakis, en transit quelque part entre Athènes et la frontière, au nord de la Thrace, repensa à sa jeunesse, il se rappela surtout cette conscience vague de l'ambiguïté des choses, annonçant l'inquiétude que lui avait apportée la maturité. Ce qui ne signifiait pas qu'il était devenu un solitaire, séparé des autres, un élément étranger dans la famille et la communauté du village. Il vivait parfaitement intégré, il avait sa place, son travail, ses devoirs, et il en était pleinement conscient. Il n'oublierait jamais combien il était impatient d'avoir dix ans, car à cet âge, il aurait le droit, comme son grand-père, son père Roussos, ses oncles, son frère aîné et ses cousins, de dire son mot dans les affaires familiales, on lui demanderait son avis à propos de l'achat ou de la vente des terres, du bétail, des récoltes, à propos du mariage des filles, il pourrait accompagner les jeunes qui allaient donner une sérénade au village, et, si du moins il avait quelque chose de pertinent à dire et qu'il pût intervenir dans la discussion des hommes, il aurait le droit d'ouvrir la bouche au *kapheneion*.

Mais même avant ses dix ans, sa vie était remplie du matin au soir. En plus des travaux à la maison et à l'école, il y avait mille et un jeux avec les autres garçons. L'après-midi, ils se postaient à la sortie du village pour attendre l'autocar qui revenait de Timbaki. Ils faisaient la course avec lui, dans les cris et les rires, mais animés d'une volonté farouche de gagner : ils galopaient à sa hauteur en faisant des bonds pour frapper les vitres, ou ils couraient derrière le véhicule, selon la saison asphyxiés par un nuage de poussière ou aspergés par la boue qui giclait sous les roues. A l'arrêt, ils se pressaient autour de l'assistant du chauffeur, qui ouvrait le capot et trifouillait dans le moteur. Il s'appelait Costa, il était maigre et souple parce qu'il montait et descendait sans arrêt et qu'il devait se tortiller dans tous les sens au milieu des passagers pour contrôler les billets et encaisser le prix du voyage. Le chauffeur était gras et nerveux ; tout le temps que durait l'arrêt, il restait campé sur son siège, sous l'icône, la mascotte et le rameau bénit, à jurer et à crier, à houspiller Costa, à supplier les passagers de se hâter et, entre-temps, il donnait les dernières nouvelles. Si un pope, un étranger ou quelqu'un de l'administration se trouvait dans l'autocar, il dirigeait la descente et la montée des passagers en faisant une démonstration d'autorité plus appuyée que de coutume, et deux fois plus vite : par Dieu tout-puissant et la Sainte Vierge, il n'avait pas que ça à faire, ces messieurs devaient se rendre à Héraclion ou Hagia Varvara, ce trou perdu ne devait pas se prendre pour le nombril du monde, si on ne se pressait pas un peu, il allait démarrer sans attendre, maintenant, tout de suite ! Costa, tu m'entends ! Et puis il y avait quotidiennement, à l'arrêt, l'idiot du village, Mavromuri, qui, en échange d'une cigarette, racontait une blague, et si la tabatière ne sortait pas assez vite, se répandait en sinistres prédictions, mi-figue mi-raisin, à l'adresse du chauffeur et de Costa. Les garçons écoutaient, ravis et excités, c'était tous les jours la même chose, et pourtant différent.

Il y avait encore un jeu dont ils ne se lassaient pas. Ils couchaient une planche sur le châssis d'une vieille voiture d'enfant et se rendaient avec l'engin à l'endroit où la grand-route était en pente. Allongés à tour de rôle sur la planche ou accroupis deux par deux, ils dévalaient la côte à vitesse croissante, en manœuvrant l'engin avec leurs bras et leurs pieds qu'ils laissaient traîner dans la poussière pour freiner. Ils jouaient aussi à lancer des cailloux ou des olives prématurément tombées. Si on tuait un animal à l'abattoir de la *plateia*, ils s'attroupaient, à l'ombre des arcades ; les jours de marché, ils traînaient ou se mettaient à courir entre les tas de fruits, les chèvres, les poulets et les cochons, et devant les étals de poteries, de sucreries, de peignes, de miroirs et de vêtements. Si le pope bénissait la première pierre d'une nouvelle maison, si le jour des prières avant la récolte, on aspergeait les champs d'eau bénite, ils étaient là, comme tout le monde d'ailleurs. Pour Mardi gras, ils traînaient dans les rues du village un épouvantail grandeur nature fait de vieilles hardes, de bouts de bois et de paille ; le dernier jour de l'année, ils promenaient un bateau de saint Basile, qu'ils avaient fabriqué en carton. S'ils n'étaient pas le soir avec leurs pères au *kapheneion*, ils jouaient à cache-cache ou à la guerre au milieu des promeneurs.

Niko avait participé de bon cœur. Les idées étranges qui lui venaient parfois au sujet de la mystérieuse duplicité du monde, il les gardait pour lui. Il avait calculé qu'il y avait deux possibilités : ou bien tous les gens pensaient comme lui et, dans ce cas, le fait qu'ils ne disaient rien de ce qu'ils sentaient prouvait qu'il s'agissait bien de quelque chose dont il ne fallait pas parler, quelque chose qu'on devait accepter comme une donnée naturelle de l'existence, ou bien il était le seul à élucubrer de la sorte et, dans ce cas, il était de son devoir de se taire – des bizarreries de sa part risquaient d'entamer la respectabilité et l'honneur de sa famille, il lui appartenait d'éviter ça.

Parfois, il se demandait si ses idées n'avaient pas un rapport avec les démons et les esprits malins qui se cachaient dans les montagnes, selon de vieilles légendes, avec les vampires qui attaquaient et torturaient les bergers et les voyageurs, avec le loup-garou ou le *kalikantsaros*[1] hirsute qui sévit dans le pays entre Noël et la fête des Rois. Mais d'un autre côté, il n'y croyait pas, c'était des histoires de bonnes femmes, même si les arbres et les buissons, sur les collines solitaires, avaient des formes tortueuses de diables aux aguets et que souvent, sous la surface d'une source ou d'un ruisseau, on crût voir bouger les ombres des génies des eaux.

1. Sorte de lutin, de farfadet.

Il ne lui venait pas à l'idée de confier ses sentiments à son aïeul. Certainement pas au vieillard, qui aurait été la première personne à lui rappeler ses devoirs en tant que membre de la famille Stéphandidakis. Il pouvait s'imaginer la réaction qu'aurait eue son grand-père en l'occurrence : comme lorsqu'il le chapitrait en lui recommandant de bien travailler à l'école car plus tard, il pourrait aller au lycée, et qui sait ? peut-être devenir docteur, ou juriste comme Venizélos, en tout cas, un homme instruit, et c'était un grand honneur pour lui-même, mais aussi pour sa famille, et cela voulait dire qu'il pourrait réclamer une grosse dot quand il voudrait se marier. Le grand-père prenait alors entre ses mains la tête de l'enfant et la tournait en direction de l'image pieuse représentant saint Basile, symbole vénéré de l'instruction, tenant le livre, le parchemin et l'encrier. Avec le même mélange d'intransigeance et de secrète fierté, son grand-père aurait ignoré la question concernant l'angoisse qu'inspirait quelque chose d'aussi vague et indéfinissable que ces brusques intuitions, et en guise de réponse, il aurait en pesant ses mots raconté l'histoire d'un héros du passé dont les actes avaient largement démontré qu'il était un vrai chrétien et non un barbare superstitieux.

Le meilleur ami de Niko s'appelait Manoli Mavrochidis. Il habitait le village du haut, comme lui. Sa famille était presque aussi grande que celle de Niko. Sur la base d'une amitié d'un demi-siècle avec le grand-père défunt de Manoli, le vieux Stéphandidakis se considérait plus ou moins comme le protecteur des Mavrochidis. De plus, il était le parrain de Manoli. Du moins quand Niko était enfant, il avait presque autant d'influence dans cette famille que dans la sienne. Niko et Manoli se considéraient comme des parents. Tout indiquait d'ailleurs qu'ils le deviendraient. Ils avaient tous les deux des sœurs cadettes ; de temps à autre, sur un mode mi-sérieux, mi-plaisant, il était question de futurs mariages entre Niko et Aréthusa Mavrochidis, et entre Manoli et Stéphania Stéphandidakis. Niko allait tous les jours à l'école avec Manoli ; dans les jeux de groupe, ils formaient équipe tous les deux. Ils gardaient les chèvres ensemble et quand ils devaient mener les ânes, ils marchaient côte à côte ou l'un derrière l'autre, en échangeant remarques et plaisanteries, essayant de s'atteindre mutuellement ou de toucher les bêtes avec les joncs qu'ils utilisaient comme badines. Ils avaient leurs cachettes, de vieux oliviers tordus où ils se dissimulaient pour ne pas être vus des passants, nichés dans le feuillage ou au creux du tronc, des buissons, des rochers et surtout, tout en haut, sur l'escarpement surplombant le village, une grotte découverte par hasard, rien de plus qu'une sorte de fissure dans le sol, mais assez large et profonde pour que deux gamins puissent s'y croire dans une chambre souterraine bien à eux ; l'entrée, masquée par un buisson, n'était connue que d'eux seuls. Quand ils étaient à l'intérieur, ils pouvaient voir à travers les branches le village, le chemin qui y descendait et tout le paysage environnant ; en outre, ils contrôlaient le sentier grimpant dans la montagne qui, juste au-dessous de leur tanière, formait un coude au flanc de la pente abrupte. Ils s'identifiaient aux vieux héros crétois mais, plus souvent encore, ils interprétaient, avec la fougue qu'autorisait l'absolue liberté de l'endroit, le rôle de résistants au régime de Metaxas : hommes importants, bannis d'Athènes, pourchassés jusque dans ces montagnes sauvages pour leurs idées démocratiques, ils avaient l'armée et la police aux trousses, des espions les guettaient dans chaque village, s'ils étaient pris, c'était la mort ou l'internement à vie sur une petite île de la mer Egée.

C'est de cette cachette qu'avant tous les autres, ils virent arriver l'étrangère. Elle montait un âne mené par l'un des fils du pope. Elle se tenait à califourchon, ce qui montrait immédiatement, si on ajoutait ses vêtements clairs et son grand chapeau blanc, que ce n'était pas une Grecque. Derrière elle, à distance, trottinait un deuxième âne, chargé de valises et d'une boîte en bois plate, et d'un chevalet qui ressemblait à celui qui supportait le tableau noir, dans l'église. Niko et Manoli étaient sortis de leur trou et avaient dévalé aussi vite que possible le versant rocheux. En poussant le cri habituel des âniers : *"Sté ! Sté !"*, ils avaient pris le deuxième âne sous leur coupe, Niko tenait la bride et Manoli donnait de petits coups sur l'arrière-train de l'animal. Grâce à eux, la distance entre les deux ânes se combla. Ils pouvaient désormais regarder à leur aise la femme étrangère. Elle n'était plus de la première jeunesse, mais si remarquablement belle qu'ils ne pouvaient en détacher les yeux. A cause de ce visage et parce qu'elle se tenait si droite, ils en oublièrent ce qu'il y avait d'inhabituel dans sa posture, et surtout l'impudeur des jambes dénudées jusqu'au-dessus du genou. Elle se tenait des deux mains à la selle et par-dessus l'épaule lança en souriant un regard aux deux garçons. Son visage était d'un brun mat, sous l'ombre du chapeau, de fines rides sillonnaient sa peau, mais elle avait de très grands yeux gris qui brillaient d'un éclat mouillé comme ceux des enfants ; son regard vif et pétillant les embarrassait et les attirait en même temps. Ils comprirent qu'elle les avait jaugés d'un seul coup d'œil, de la tête rasée aux pieds poussiéreux, bien plus, qu'elle savait ce qu'ils pensaient et qu'elle s'amusait de leur curiosité.

"Qui est-ce, d'où vient-elle, que vient-elle faire ici ?" demanda Manoli au fils du pope, qui n'avait guère envie de faire profiter deux gamins de son savoir, il attendait le grand moment où, au cœur du village, devant la maison de Stéphandidakis par exemple, au milieu des villageois ébahis, il présenterait l'étrangère. Son père aurait voulu s'en charger, mais il venait d'être appelé au chevet d'un mourant ; il avait essayé de convaincre l'étrangère d'attendre son retour, il serait là aussi vite que possible, mais la femme n'avait pas jugé nécessaire de l'attendre, ce qui vexa le pope et surprit son fils : ces étrangers sont toujours pressés sans raison ! Mais l'honneur lui revenait maintenant à lui, fils du pope, de conduire l'étrangère au village, un véritable événement ! Les étrangers étaient rares ; de temps à autre, on en apercevait dans l'autocar, en direction des ruines de Phaïstos ou sur le chemin du retour, mais ils ne descendaient jamais. La femme semblait vouloir s'installer dans la région. On avait l'impression qu'elle transportait tout ce qu'elle possédait avec elle. Elle était assise, très droite, sur la selle, se balançant doucement au pas de sa monture, et elle regardait autour d'elle, un sourire sur les lèvres et les yeux brillants, comme si elle était au paradis alors qu'elle se trouvait à des lieues de son pays, de sa famille, de ses amis, dans un endroit où elle n'était jamais venue. Elle regardait les oliviers, les collines et les montagnes de ce regard vif et pénétrant, elle s'imprégnait de tout, et elle était heureuse, on pouvait le voir.

Quand la petite caravane approcha des premières maisons du village, Niko et Manoli laissèrent l'âne chargé des bagages pour courir vers le village, en dépit des cris de protestation du fils du pope. C'est ainsi qu'Elina était arrivée chez eux, saluée par les villageois que la curiosité attirait. Personne ne songeait au souper, ce soir-là.

On se réunit dans la cour de Stéphandidakis, parce que c'était là qu'il y avait le plus de place, et on fit cercle autour de l'étrangère, assise sous l'arbre, à côté du vieil homme. Elle connaissait quelques mots de grec, mais se bornait à dire "bonsoir", "merci" et "que Dieu vous protège". Le pope, arrivé à dos d'âne, prit la parole ; c'était son heure de gloire, Emmanuel Stéphandidakis lui-même devait lui céder la place. La dame venait de France, un pays qui passait généralement pour la moins cupide des grandes puissances se mêlant du sort de la Grèce ; elle était peintre ; de tous les pays du monde, elle avait choisi la Crète, et dans toute la Crète, précisément cet endroit pour y vivre et y travailler pendant quelques années, peut-être pour toujours. L'étrangère approuva d'un sourire et d'un battement de paupières, cette fois-là, et toutes les fois que le pope répéta son histoire au cours de la soirée. Elle se tenait immobile, les mains croisées sur ses genoux, auprès d'Emmanuel Stéphandidakis, lequel posait parfois une question ou interpellait l'un des assistants pour bien montrer que cette maison était la sienne, mais généralement, il gardait le silence, penché sur sa canne, un pli entre les sourcils.

Il y avait beaucoup de mèches grises dans les cheveux de l'étrangère et quand on s'approchait d'elle, on voyait bien qu'elle était déjà assez vieille, cinquante ans, comme elle l'avait dit elle-même, mais son regard était vif, et sa taille mince et droite. Sa personne n'inspirait pas la méfiance. Elle n'était pas là depuis une demi-heure que les présents de bienvenue affluaient de droite et de gauche, de la confiture, une tranche de pastèque, un verre de *tsikoudia*. Les enfants touchaient à la dérobée ses habits, les hommes et les femmes l'observaient avec complaisance. Les familles les plus importantes du village se disputèrent l'honneur de l'héberger, tant qu'elle n'aurait pas décidé si elle se faisait construire une maison, comme elle semblait l'envisager, et à quel endroit. Vers minuit, escortée par les villageois qui portaient ses bagages, elle se dirigea vers la maison des Mavrochidis.

Dès le premier jour, Niko avait compris que son grand-père était le seul habitant du village à regretter l'arrivée de l'étrangère. Il concédait qu'elle était aimable et tranquille, mais elle ne connaissait pas le pays et ses coutumes, elle n'était pas chrétienne, ce n'était même pas une de ces papistes hérétiques qui se signent des cinq doigts. C'était moins ce qu'elle faisait ou ne faisait pas – car il fallait admettre qu'elle ne voulait pas choquer – mais il lui suffisait d'être elle-même pour attirer l'attention et avoir une influence sur les gens. Des semaines, des mois après son arrivée, on commentait encore ses faits et gestes. Elle ne pouvait faire un pas sans qu'on sût où elle allait et pourquoi. Les enfants et les adultes la suivaient, l'abordaient ou l'observaient à distance. En plus des parents et des connaissances des habitants, on vit arriver au village des gens des alentours qui n'y avaient jamais mis les pieds.

Emmanuel Stéphandidakis s'irritait de cet intérêt persistant pour l'étrangère. Il espérait qu'elle repartirait, quand elle aurait griffonné assez de feuilles de papier et barbouillé assez de toiles, avec des traits et des couleurs censés représenter la vallée de Mesara, les montagnes, les arbres, les maisons et les gens. Il ne voyait son travail qu'incidemment et en passant, car il jugeait indigne de lui montrer ouvertement de l'intérêt. Il était perplexe, il avait plus ou moins l'impression qu'on se moquait de lui, ce qu'il voyait ne lui plaisait pas, mais alors pas du tout, et pourtant il ne pouvait dire pourquoi. Il était sûr qu'il n'y avait pas un villageois pour comprendre mieux que lui ces dessins et ces peintures ; il s'irritait de l'admiration respectueuse manifestée par tous, qui n'était que l'aveu d'une incapacité et d'une incompétence à juger. Souvent il se demandait : Mais qu'est-ce que j'ai contre cette femme ? Elle ne fait pas de mal, elle n'est pas arrogante. Il récapitulait tous les traits de son caractère et de son comportement qui forçaient l'estime. A la fin, il tambourinait rageusement sur le sol de sa canne en criant : Et malgré tout, je ne l'aime pas !

Cette femme avait une aura, un rayonnement indéniable, mais d'après lui, ce qui émanait d'elle ne convenait pas à son sexe et à son âge. Elle le contrariait, comme une fausse note blesse l'oreille, ou comme dérangent des couleurs qui jurent entre elles. Ce n'était pas seulement son aplomb d'étrangère, sa détermination et son indépendance d'esprit, ou encore le fait qu'elle n'eût ni mari ni enfants et qu'elle eût reconnu ouvertement ne pas savoir ce qu'étaient devenus les membres de sa famille, tant du côté paternel que maternel : ce qui était tout de même inouï ! Ce n'était pas non plus parce qu'elle portait des vêtements clairs et des jupes courtes, ou parce qu'elle prenait le car pour aller nager dans la mer, à Timbaki. Pas davantage parce qu'elle s'intéressait à peine à tout ce qui est supposé être l'affaire des femmes, parce qu'elle se promenait dehors à toute heure du jour et de la nuit, qu'elle allait au café, seule femme au milieu des hommes, qu'elle assistait à une messe ou passait devant des chapelles ou des icônes sans se signer ; ces choses étaient pardonnables dans une certaine mesure, parce qu'elle était étrangère, païenne, et ne savait pas ce qu'elle faisait. Ce qu'il avait contre elle, c'était tout ça, et bien plus encore. Emmanuel Stéphandidakis se maudissait d'être incapable de dire précisément ce qu'il lui reprochait.

Niko avait été témoin de discussions passionnées à ce sujet entre son grand-père et des membres de la famille ou de la communauté du village. Il remarqua que beaucoup de gens qu'il avait toujours connus comme soumis à la volonté du vieux Stéphandidakis semblaient prendre un secret plaisir à défendre et louer l'étrangère. Par sa présence, elle sapait l'autorité du vieillard, sans le savoir et sans l'avoir voulu. Elle ne maîtrisait pas assez bien le grec pour pouvoir parler avec les gens d'autre chose que de banalités quotidiennes, et elle ne se mêlait jamais de leur vie privée, pas plus que des affaires locales ou de politique. Personne n'aurait pu l'accuser de prendre parti, d'afficher des choix, mais elle était là, et c'était assez. Son mystérieux prestige augmentait de jour en jour.

Niko était confronté à ce déroutant paradoxe : chacun respectait et honorait le vieil homme, était fier de lui, le craignait, mais en même temps, on était en train de comploter contre lui, et cette conspiration, dont personne ne parlait, apportait de la satisfaction. L'étrangère semblait incarner cette résistance tacite. Niko y participait lui-même en toute conscience. Il devait à son grand-père obéissance et dévouement absolus, mais avec un bizarre sentiment de liberté, d'autant plus excitant qu'il s'y mêlait un sentiment de culpabilité, il suivait l'étrangère quand il la rencontrait ou se faufilait dans les bosquets pour la regarder travailler, quand elle s'asseyait quelque part avec ses couleurs, ses pinceaux et ses fusains. Il épiait les gestes nerveux de sa main et, s'il la voyait de face, il observait le va-et-vient des yeux vifs et concentrés entre la feuille ou la toile et le modèle. Parfois, elle regardait fixement devant elle, le bras tendu, ou bien penchée en avant, le dos courbé, elle éliminait à l'aide d'un grattoir ou d'une plume quelque chose qui ne lui plaisait pas. Il lui arrivait aussi de raturer ou de déchirer ce qu'elle avait fait, et alors elle restait immobile, la tête dans les mains.

Les premiers mois, Niko n'était jamais le seul à la suivre. Quand il revenait de l'école, à la fin de l'après-midi, et qu'il apercevait sa jupe claire à l'ombre d'un arbre ou sous le grand parasol arrimé à un bâton qu'elle emportait généralement avec elle, les troupeaux paissaient toujours dans son voisinage, et les petits bergers étaient plus nombreux que de coutume, les adultes trouvaient à s'occuper de préférence dans les oliveraies situées en amont, dans la colline, et s'ils revenaient d'un champ, d'une plantation ou d'une commission quelconque, ils choisissaient le chemin longeant l'endroit où elle était installée.

Niko savait ce qu'elle peignait, cette étrangère ; plus d'une fois, il s'était approché si près qu'il avait pu voir la toile. Il comprenait que ces traits et ces taches se combinaient pour représenter une vue des sommets, de la vallée large et profonde, ou des arbres, oliviers, cyprès, chênes-lièges, mais tout était différent de ce que les yeux percevaient, les choses familières semblaient remplies de cet élément énigmatique et terrifiant dont il sentait la présence parfois, mais qu'il ne pouvait définir. Les troncs et les branches d'arbres s'élançaient du sol en se tordant, inquiets, désespérés ou possédés d'une joie sauvage, les montagnes vivaient, on aurait dit que la terre bougeait. La lumière et l'ombre, la couleur avaient une signification, elles figuraient l'indicible, les esprits de la montagne, les génies des eaux et d'autres encore, il en avait l'intuition même si cela dépassait son entendement. Il comprit que l'étrangère était une initiée, qu'elle voyait derrière les choses, comme lui le temps d'un éclair, et que c'était douloureux, pour elle aussi. Cette découverte le rapprocha de la femme d'une manière particulière. Quand son grand-père dit que l'étrangère ferait bien de partir, Niko détourna la tête et se tut. Le vieillard avait tort et raison à la fois, cette femme était un mal et un bien, et lui, Niko, devait honorer son aïeul sans pour autant désavouer l'étrangère.

Passé le premier hiver, les gens du village s'habituèrent à sa présence et chacun l'appela par son prénom, Elina, comme si elle avait habité là depuis toujours. Le pope vint bénir les fondations de sa maison neuve – elle avait prévenu tout sentiment d'embarras et de gêne en demandant elle-même l'*agiasmos*[1]. Chacun était conscient qu'elle le faisait par courtoisie et par considération pour le village, mais on s'en réjouit, c'était la preuve qu'elle se sentait chez elle. Elle pouvait désormais raisonnablement converser avec les gens et connaissait le nom de chacun ; certes, elle faisait encore des fautes en parlant, mais on en riait et on plaisantait, elles redoublaient le plaisir. A la mauvaise saison, elle s'était mise à porter des vêtements de laine sombre, comme les autres femmes, elle allait régulièrement à la fontaine pour chercher de l'eau et pour laver son linge, aidait chez les Mavrochidis à faire la cuisine et à cuire le pain, et apprit à tisser et à filer la quenouille, à l'étonnement et à la satisfaction de chacun : était-il Dieu possible qu'à son âge elle n'en fût pas encore capable !

Maintenant qu'elle était en mesure de raconter sa vie, même si c'était en cherchant ses mots et en s'aidant de dessins, on lui posa mille questions sur tout ce qu'elle avait vu et entendu. Elle avait longtemps vécu en France, mais n'y était pas née. Elle venait d'un pays du Nord, encore plus haut que les grands champs de bataille que se rappelaient ceux qui avaient combattu durant la guerre de 14-18 ; plus haut même que Rotterdam, ce port où relâchait périodiquement le cargo sur lequel était embarqué comme matelot un parent d'un des villageois. Elle avait fait de grands voyages et parlé avec des gens aux quatre coins du monde. On l'enviait et on la plaignait à la fois ; elle avait le privilège de la connaissance et de la liberté, mais en contrepartie, comme elle était seule, sans maison, sans famille ! Cette image d'une âme solitaire allant de pays en pays éveillait bien peu de jalousie chez les auditeurs, plutôt une pitié étonnée. Quelquefois, saisi par l'émotion, l'un ou l'autre des assistants, prenant sa mandoline ou sa lyre, entonnait une cantilène de circonstance, quand on se réunissait le soir, après le travail, dans la cour des Mavrochidis ou des Stéphandidakis ; tous les autres reprenaient à l'unisson, en regardant Elina ; ils lui offraient spontanément ce chant comme une marque de sympathie mais affirmaient, à travers lui, leurs convictions les plus profondes :

Je n'envie personne pour ses vignobles et ses vergers,
J'envie seulement celui qui n'a pas à quitter son foyer
Et de tous j'envie le plus celui qui a des frères et des neveux

1. Cérémonie de bénédiction.

Avec qui pleurer, avec qui se réjouir,
Quoi qu'il advienne, chacun épaule l'autre...

Le 29 octobre 1940, tôt le matin, les cloches se mirent à sonner dans le village du bas. *"Polèmos !"* "La guerre !" Ce cri fut lancé sur la *plateia* par quelques hommes gesticulants, sortis précipitamment de la mairie. Des nouvelles d'Athènes venaient de tomber à la radio. Les Italiens avaient fini par déclarer la guerre et avaient franchi la frontière albano-grecque. Toute la journée, il régna un remue-ménage et une excitation indescriptibles, comme si on préparait une fête. Chacun était dehors ; le café était plein à craquer ; sur la place, la radio hurlait si fort qu'on comprenait à peine ce qui se disait. Du haut du balcon, le maire s'adressa à ses concitoyens : "Ils ont osé, ces salauds de macaronis, ils se sont dit : Les Grecs nous laissent torpiller leurs vaisseaux à Tinos sans protester[1], on peut être à Athènes en deux temps trois mouvements... Mais ils se trompent ! Quand l'heure est grave, le sang des Grecs ne saurait mentir ! Nous n'en ferons qu'une bouchée de ces fiers-à-bras gominés qui ont triomphé en Abyssinie, nous les refoulerons hors des frontières et nous les flanquerons à la mer, les petits copains de Mussolini..."

Niko et Manoli se trouvaient présents. Comme les autres, ils s'égosillèrent à se casser la voix, en hurlant des injures contre les Italiens, des protestations de foi et des encouragements à la Grèce.

Puis, dans l'abattoir municipal, le grand-père de Niko, monté sur un billot, tint le discours suivant : "Les Crétois ne seront pas en reste, personne ne pourra jamais dire que nous, les Crétois, n'avons pas été au premier rang dans le combat contre les oppresseurs. N'est-ce pas sur cette terre que la Liberté a fait verser le plus de sang ? Acclamons nos parents qui sont au front et prions pour eux..."

On agita les bras et les cannes, on fit avec les doigts le signe de la victoire, un formidable hourra s'éleva : "Vive la Crète ! Vive la Grèce ! Vive la Liberté ! Vive..." et suivirent tous les noms des hommes du village ou des bourgades voisines qui étaient sous les drapeaux. Parmi eux, le père de Niko, son frère et deux de ses cousins.

1. Le 15 août 1940, les Italiens torpillèrent le croiseur grec *Le Hellè* dans le port de Tinos ; le gouvernement d'Athènes choisit d'ignorer l'incident.

Les femmes s'étaient regroupées et discutaient fébrilement sous les arbres, près de la fontaine. Niko les dépassa pour suivre un groupe d'hommes qui retournaient écouter la radio. Il aperçut Elina, un peu à l'écart, appuyée contre un mur. Il lui lança un *"Polèmos !"*, ne sachant trop que dire à cette femme aux yeux gris inquiets. Elle hocha la tête : "Vous aussi ! Pauvre Grèce. La guerre est une chose épouvantable, Niko.

— Mais nous les vaincrons. Nous les flanquerons à la mer !" Niko lui jeta un regard étincelant, son *philotimo*[1] était blessé, elle n'avait pas besoin d'avoir pitié de sa patrie. Puis il réalisa soudain qu'elle parlait ainsi parce que la France, où elle avait vécu, et cet autre pays, au nord, où elle était née avaient été attaqués, vaincus et occupés. C'était normal qu'elle éprouve du chagrin, de la honte, de l'humiliation, de l'angoisse, elle n'était pas grecque. Il se rappelait qu'au début de l'été, ils s'étaient souvent réunis autour d'elle pour commenter les nouvelles de la guerre en Europe. Les gens du village étaient surpris et secrètement déçus que les grandes puissances occidentales n'aient pas résisté plus longtemps et plus farouchement à l'envahisseur allemand, qu'elles n'aient pas chèrement vendu chaque maison, chaque arbre, chaque mètre carré de sol. Mais Elina semblait trouver plus important qu'il y ait eu le moins possible de sang versé. Et en ce jour de sainte excitation, elle était là à les plaindre tous, et il sentit pour la première fois combien elle était différente, et qu'il était plus que jamais du côté de son grand-père qui avait prononcé des paroles si fières et si viriles sur la mort et la liberté.

Dans les semaines qui suivirent, ils eurent abondamment l'occasion de prouver à Elina que ses craintes n'étaient pas fondées, même si tous les respectaient, par sympathie pour elle. La contre-offensive des Grecs se révéla un triomphe sans égal. Niko écoutait chaque jour les nouvelles, en serrant les poings d'excitation, les yeux brillants et les lèvres sèches. Incapable de tenir en place, il sautait et trépignait ; quelle importance si les soldats grecs avaient peu d'armes ou des armes médiocres, si leurs uniformes étaient dépenaillés, si certains devaient marcher pieds nus, s'il leur fallait transporter leur misérable barda à dos d'âne ou de cheval (tout cela ne faisait pas l'objet de communiqués officiels, mais ils étaient au courant, tout le monde était au

1. Son amour-propre.

courant, les nouvelles vont vite, même arrivant d'Epire) ; ce qui comptait, c'était le moral, le courage, la détermination, et ces soldats en avaient à revendre, et ils n'étaient pas les seuls, les hommes, les femmes et les enfants des villages du Nord étaient pareils. A Metsovo, la ville qui commandait la route de la Thessalie, la clef qui ouvrait le reste de la Grèce, le point stratégique le plus sensible, l'endroit crucial, les Grecs l'emportèrent sur la prétendue invincible division Julia, entre parenthèses composée de chasseurs alpins, les carabiniers, sur lesquels on ne tarissait pas d'éloges mais qui se révélèrent d'incroyables crétins, parce qu'ils n'avaient pas jugé utile d'occuper les hauteurs autour de Metsovo. Dans la nuit du 10 au 11 novembre, des régiments d'evzones arrivèrent de Macédoine, prirent position sur les collines dominant les Italiens, les habitants des villages voisins leur montèrent dans la nuit, par des sentiers muletiers, des armes, des munitions et du ravitaillement. Dès qu'il fit jour, les evzones fondirent comme des aigles sur les chasseurs alpins, les mirent en déroute, les repoussèrent vers la frontière et au-delà, les refoulant en Albanie, d'où ils étaient venus, avec leur grande gueule et leurs fanfaronnades.

Aussi longtemps qu'il vivrait, jamais Niko n'oublierait ces journées, l'ivresse de cette victoire ; ceux du village pleuraient et criaient de joie, un peu surpris, tout de même, de la tournure des événements ; on ne parlait que de ces soldats qui avaient chassé les Italiens jusqu'en Albanie pour leur donner une leçon, pour les flanquer à la mer. Là où les grands pays avaient échoué, la Grèce avait réussi ; après des siècles d'esclavage et d'anarchie, elle faisait sa rentrée dans l'histoire de l'Europe, elle s'y taillait une place. Au *kapheneion*, il était question d'un prestige nouveau pour la Grèce, d'un changement de gouvernement, d'élections (Metaxas mourut en janvier) ; brusquement, des choses auxquelles personne n'avait osé croire ces dernières années semblaient possibles.

Avec leur grotte comme QG, Niko et Manoli jouaient à "Metsovo" ; armés de branches ou de bâtons en guise de fusils-mitrailleurs, ils dévalaient les collines en poussant le cri de guerre des evzones : *"Aera ! Aera*[1] *!"* et fonçaient sur les petits pâtres ou les gosses envoyés aux commissions qui passaient sur la route. Mi-effrayés, mi-complices

1. "File, décampe d'ici."

du jeu, les uns et les autres détalaient sans attendre en hurlant.

Cette année-là, la première de la guerre, Niko eut dix ans. Cet événement ardemment désiré ne le transforma pas d'un jour à l'autre comme il l'avait espéré et attendu. Il n'était plus considéré comme un enfant mais il comprit qu'il dépendait uniquement de lui d'être plus qu'un enfant. L'anniversaire n'avait rien à voir là-dedans. Il devait mûrir, dans sa tête et dans ses actes. On l'y aida dans la vie courante. Maintenant que son père, son frère et deux de ses cousins étaient sous les drapeaux, on lui confia plus de travail qu'avant ; il avait sa part de responsabilité dans la famille. Il lui arrivait de jouer encore mais il réprimait autant que possible cette tentation, de peur, s'il y cédait, de paraître plus gamin qu'il n'était. Son grand-père voulut aussi, pour la première fois, qu'il observe strictement le jeûne pendant le carême et qu'il s'aguerrisse dans tous les domaines. Il devait apprendre à se dominer, à supporter la faim, le froid et toutes sortes de désagréments.

C'était sa mère qui, de tous, avait le plus changé dans son comportement à son égard et il lui en était reconnaissant. De sa prime enfance à sa dixième année, elle l'avait, comme les autres petiots de la maisonnée, tour à tour câliné ou grondé (plus souvent grondé que câliné, les dernières années) mais il se rendait compte qu'il n'était pour elle qu'un de ces petits êtres dépendants qui n'avaient pas droit à la parole, même si elle était visiblement fière de lui parce qu'il apprenait bien à l'école et parce qu'il était le favori du vieil homme. Avoir un garçon gentil, mignon et en bonne santé, c'est une chance pour une mère, mais une joie bien fragile, comparable à la possession d'un champ ensemencé, d'un verger en fleurs : source d'espoir mais en même temps d'angoisse, car aucun mortel ne connaissait l'issue des choses, la récolte pouvait être mauvaise, l'arbre frappé par la foudre ou victime d'une maladie, et alors ? Il était présomptueux d'être trop heureux ou trop fier. Ce qu'un enfant savait et pouvait, c'était la nature qui le lui avait donné, c'était un don de Dieu et il n'y était pour rien. C'est seulement ce que l'adolescent, l'homme aurait acquis par ses propres forces, seulement ce qu'il serait devenu parce qu'il le voulait, l'usage qu'il faisait des dons qu'il avait reçus qui pouvaient accroître son honneur et son bonheur, ainsi que ceux de la famille à laquelle il appartenait.

Maintenant que Niko était sorti de l'enfance et entré dans la phase où il pourrait travailler à s'accomplir, il commença à compter pour sa mère en tant que personne. Le ton sur lequel elle lui parlait était plus de la camaraderie que de la semonce ou de la moquerie affectueuse. Après l'école, il l'accompagnait maintenant souvent dans les champs et dans les jardins, il l'aidait à sortir à mains nues de gros cailloux du sol aride qu'il fallait défricher, il portait les olives au moulin du village du bas, menait l'âne lourdement chargé au marché. Lui-même se comportait différemment à l'égard de sa mère, et en avait conscience. Elle était une femme, il devenait un homme. Spontanément il adoptait à son égard la manière d'être de son grand-père et des autres hommes : il était patient, gentil, à la fois compatissant et respectueux, plein d'une bienveillance amusée ; il ne lui serait pas venu à l'esprit de la contredire ou d'être insolent, elle avait droit à son aide, obéir signifiait travailler ensemble, une autre relation entre parents et enfants était pour lui impensable. Il veillait aussi sur ses sœurs ; seule l'aînée, Marinio, bonne à marier, osait se moquer de lui. Il fut heureux, cet hiver-là, son cœur était à l'unisson du Psiloritis qui semblait trouer le ciel de ses crêtes encapuchonnées de neige. Il faisait sienne une *mantinada* qu'on chantait à la ronde :

La montagne dresse sa tête fière,
Même s'il neige éternellement.
Même si le roc ploie sous le faix,
Il demeure des milliers d'ans.

Niko écoutait désormais d'une autre oreille les conversations des hommes, à la maison et au *kapheneion*. Il comprenait que la passion des soldats qui se battaient encore en Albanie n'était pas seulement dirigée contre l'ennemi. S'émanciper de la domination des Italiens était une chose, la liberté pour laquelle ils luttaient était d'une autre nature. C'était la guerre, la progression des unités en Albanie était stoppée, la frontière de la Bulgarie devait grouiller d'Allemands, des troupes anglaises débarquaient, et pourtant le pays fut traversé de part en part d'un frémissement, quelque chose fermentait sous la croûte hivernale d'attentisme et de méfiance.

Niko perçut la gravité de la situation à travers les conversations des hommes. Quelque chose allait se passer, mais personne ne savait encore quoi et comment, tous sentaient seulement que l'ordre contre lequel ils s'étaient dressés pendant des années, chacun à sa manière, dans la mouvance de différents partis politiques, était en train de vaciller. Les troupes avaient refoulé un danger au-delà de la frontière albanaise, mais d'autres dangers menaçaient, derrière leur dos, dans leur foyer, au cœur même de l'Hellade ; en combattant ou en s'associant au combat par la pensée, les soldats, les civils et les paysans l'avaient perçu ; ils ne réalisaient pas encore clairement la situation et les conséquences possibles, rien n'était formulé mais tout était déjà nettement perceptible, comme répandu dans l'air en même temps que les premiers signes du printemps, l'odeur de neige des ruisseaux gonflés, le parfum des amandiers en fleur sur les collines. Le 25 mars, on célébra la fête nationale avec un faste inhabituel : les sonneries des cloches, les services religieux, les discours du maire et du pope, les banquets et les danses sur la *plateia* créaient une atmosphère que Niko n'avait pas encore connue. Il se promenait avec les autres dans le village comme grisé : les chants des jeunes filles, les bonds et le martèlement des pieds des danseurs, l'odeur de mouton grillé et les petites rasades qu'on lui offrit à droite et à gauche lui montaient à la tête et il crut que son cœur allait éclater de fierté, d'excitation et d'amour pour la patrie quand, montée sur une estrade devant la mairie, l'institutrice déclama un poème dans lequel la Grèce, s'éveillant d'un sommeil hivernal, prenait elle-même la parole, comme un être vivant.

Le 6 avril, les troupes allemandes pénétrèrent en Grèce du Nord par les frontières de la Bulgarie et de la Yougoslavie. Les gens du village célébrèrent la Pâque cette année-là dans l'angoisse et la crainte. Ils se pressaient à minuit dans l'église décorée où flottait un lourd parfum d'encens, de fleurs d'oranger et d'herbes aromatiques ; sur les peintures de l'iconostase, les saints et les archanges, aux visages noircis par le temps, regardaient les fidèles de leurs grands yeux en amande, le pope entra dans l'église obscure par la porte centrale, un cierge allumé dans la main droite, et prononça d'une voix forte la formule que Niko avait toujours entendue : "Venez, prenez la lumière de la Lumière éternelle et adorez le Christ, ressuscité des morts !" Puis le pope transmit le cierge aux fidèles ; le psalmiste entonna son chant, les cloches sonnèrent et tous reprirent en chœur : "Christ est ressuscité !" On s'embrassa en échangeant la nouvelle que Christ était ressuscité, oui, vraiment ressuscité, et puis Niko rentra au village du haut, au milieu des siens et des voisins. Selon la coutume, les enfants tenaient des bougies et allumèrent des pétards, mais on n'avait pas le cœur à faire la fête. Une rumeur soucieuse remplaçait les chants et les rires.

Le 23 avril, on apprit que l'armée grecque avait capitulé en Albanie. Les hommes ne seraient pas traités en prisonniers de guerre mais seraient renvoyés chez eux après avoir été désarmés. Le reste des unités qui s'étaient battues aux Thermopyles et dans l'isthme de Corinthe, le roi Georges, le gouvernement et une partie du corps expéditionnaire anglais arrivaient en Crète. Un bateau transportant des blessés ramena aussi le père de Niko, Roussos. Il avait perdu la jambe droite dans la bataille du Péloponnèse. Emmanuel Stéphandidakis accueillit son fils sans dire un mot ; un unijambiste était un invalide, un inutile, un mort vivant. Quant au frère de Niko, on apprit plus tard qu'il avait été tué.

Pendant quelques semaines, la Crète fut un refuge, un centre d'accueil, une passerelle entre le pays occupé et l'Afrique du Nord où se trouvaient les Alliés. Le 20 mai, des milliers de soldats allemands furent parachutés sur la Crète. Au village, sur les pentes de l'Ida, seuls parvinrent des échos du combat acharné dont l'île fut l'enjeu, du choc insensé entre ceux qui tentaient de s'implanter et ceux qui voulaient les en empêcher. Douze jours plus tard, la Crète (et avec la Crète, toute la Grèce) était aux mains des Allemands.

L'intérêt manifesté par la jeune Américaine avait amené Niko à montrer ses cicatrices. Il l'avait immédiatement regretté quand les autres, ce Français insolent qui ne levait pas le petit doigt et la jeune femme, s'en étaient mêlés. Aux yeux de Niko, la plus jeune des filles n'était qu'une enfant ; il se demandait même, à certains moments, si elle était tout à fait normale ; elle avait des mouvements brusques, secouait la tête sans arrêt, uniquement, semblait-il, pour faire valser de droite à gauche sa crinière rousse. Tantôt elle écarquillait farouchement les yeux et dilatait ses narines, comme si elle allait protester, se mettre à hurler, se livrer à quelque acte sauvage. L'instant d'après, elle replongeait en elle-même, s'isolant dans une sorte de rêverie ; elle avait l'œil éteint et morne, elle semblait totalement désarmée. A la voir ainsi, on se disait que si on l'avait fait descendre, elle serait restée là, au bord du chemin, jusqu'à ce qu'on revienne la chercher.

Niko l'observait avec étonnement. Les bergères des montagnes du Nord, souvent niaises et timides, étaient des créatures vivantes, chaudes et aussi vraies que la terre, les arbres et les brebis crottées qu'elles gardaient. Au cours de ses randonnées entre le QG de Katsov et les villages des montagnes, Niko avait parlé et plaisanté avec des petites de ce genre, s'était reposé auprès d'elles et, parfois, s'était permis des libertés avec l'aguicheuse précoce, qui en prenait à son aise avec les règles strictes de la famille ou de la communauté du village. Il retrouvait en elles l'éternel féminin ; à cause de leurs réactions prévisibles, leur différence, leur altérité restaient dans des limites qu'il considérait comme naturelles, c'est pourquoi il se sentait en pays de connaissance avec elles.

La jeune Américaine était sauvage et farouche comme un animal captif qui, paniqué, tire sur la corde, ses yeux brillaient d'un éclat perçant, mais sans une étincelle de coquetterie ou de lucidité ; ou bien c'était une grande fille mollasse, plongée dans un état de somnolence, d'absence, une poupée de chiffon, une chose, comme si elle n'était pas faite de la même substance que lui et les autres qu'il connaissait. Il y avait des moments où un torrent de paroles sortait de sa bouche ; l'instant d'après, elle était aussi hébétée que si elle n'avait pas su compter jusqu'à dix. Niko sentait qu'elle se frottait à lui, de temps à autre, avec des mouvements presque imperceptibles, et qu'elle touchait sa manche sans s'en apercevoir. Il la regarda pour deviner ses intentions, mais elle ne l'avait pas fait exprès, elle ne savait rien d'elle-même. Elle lui faisait pitié, elle n'était ni protégée ni aidée par les autres. Rien ne cimentait cette famille : l'homme n'avait aucune autorité sur sa femme et sur ses enfants, la femme n'était pas une mère, les jeunes n'honoraient pas leurs parents.

Pas un n'avait le respect de soi-même. Les jeunes mariés exhibaient sans pudeur leur désir réciproque, comme des animaux en rut. Pourtant, la femme était plus froide qu'elle ne voulait le paraître, pensa Niko en la regardant. Il sentait que cette apparence sensuelle, ces mouvements langoureux, ces postures lascives étaient de la frime ; elle promettait plus qu'elle n'était en mesure de tenir, et elle était la propre victime de ce malentendu, parce qu'elle n'y pouvait rien. Ces deux-là s'engouffraient dans le plaisir, ils se donnaient le change en se tripotant sans arrêt, selon l'usage occidental pour lequel Niko ressentait un secret mépris. Il méprisait le Français qui ne savait pas se contrôler et l'Américain, le gros balèze, qui ne pouvait pas s'affirmer, incapable d'inspirer autorité ou affection, parce qu'il était si peu viril bien que taillé comme une armoire à glace. La plus vieille, en revanche, avait le sang chaud sous la glace ; dans ce corps maigre et flétri brûlait le feu qui manquait à sa beauté de fille, malgré ses seins, ses hanches et sa bouche pulpeuse. Niko comprit que la mère l'ignorait ou le traitait quasiment comme un sauvage, parce qu'elle sentait, de toutes les fibres de sa féminité insatisfaite, avide mais contrariée dans ses appétits, qu'il l'avait devinée. Elle se connaissait mal et se serait pendue plutôt que d'admettre la vérité. Niko percevait en elle un feu qui la desséchait et la rongeait douloureusement ; c'est pourquoi il avait pitié d'elle, mais il savait aussi qu'il pourrait la haïr et la craindre. Il lui avait offert une pastèque, lors de l'une des haltes, autant pour la consoler que pour la punir de son attitude insolente ; le gros fruit rond et juteux était un signe, un symbole ; mais elle venait d'un autre monde, elle ne savait rien des secrets des choses, elle s'était coupée de la nature, le beau fruit rond ne lui dit rien, et elle n'avait pas compris son geste.

La jeune Jessica faisait l'intéressante ; elle avait besoin de paroles aimables, elle voulait qu'on s'occupe d'elle. Il la trouva curieuse et apeurée, elle lui fit l'effet d'un jeune animal, un agneau ou un chiot qui, encore mal assuré sur ses pattes, folâtre et naïf, part dans toutes les directions sans comprendre ce qui l'entoure. Patiemment il lui expliquait tout : le nom des montagnes et des bourgades, les curiosités de la région, ce qu'était ceci, à quoi servait cela. Après une demi-journée de voyage, ils formèrent un îlot de chaleur humaine au milieu de la morosité ambiante. Ses questions sur l'Olympe lui rappelèrent une foule de souvenirs sur Iannulis, Katsov et tous ceux qu'il avait connus dans le Nord, sur les combats qui s'étaient livrés entre les troupes gouvernementales et les vieux “élasites[1]”, et, des

1. Membres de l'ELAS, armée populaire de libération nationale grecque.

années plus tôt, ceux qui avaient opposé les partisans aux Italiens et aux Allemands. Sans réfléchir, il lui avait montré ses cicatrices, une marque de confiance à l'égard de cette étrangère qui au moins le traitait en égal, comme un être humain ; mais quand les autres lancèrent un regard où se lisait un mélange de curiosité et de dégoût, il comprit brusquement que ce geste, en réalité, ne s'adressait pas à eux, et pas davantage à cette fillette. Ce qu'il avait essayé de refouler tout au long du trajet revenait en force, la colère, la déception, le sentiment de culpabilité, le chagrin liés à Yorgos Iannulis et à tous les problèmes qui surgissaient derrière la silhouette de l'homme lui-même.

Le geste passionné de découvrir son bras disait à Yorgos et à tout ce qu'il représentait : "Tiens, regarde, je ne suis pas un lâche, si j'ai décidé de partir, ce n'est pas par peur du danger ou pour me dérober à mes responsabilités, vous n'avez pas le droit de me mépriser." En répondant au Français : "Oui, chez nous, les enfants aussi se sont battus", il se rendit compte que dans son désir de se justifier, il affirmait quelque chose d'inexact, à strictement parler. Esbroufe gratuite ! Il ne s'était pas battu, c'était son grand-père qui avait raconté cette histoire, corroborée rétrospectivement par tous les membres du village qui pourtant connaissaient la vérité puisqu'ils étaient là : Niko Stéphandidakis aurait attaqué les Allemands, alors qu'en vérité, fou d'angoisse devant ce qui menaçait son père, sans savoir ce qu'il faisait, il s'était jeté en avant. Niko Stéphandidakis s'est jeté sur les Allemands qui ont abattu son père. Il avait entendu cette histoire si souvent qu'il avait fini par y croire lui-même. Ces cicatrices lui avaient donné le sentiment secret de sa propre valeur, plus tard à Héraclion et à Athènes. Chacun pouvait voir qu'il avait été blessé, il n'était pas un simple paysan de la montagne, inculte et sans expérience. Il avait remarqué que ces cicatrices étaient à peu près la seule chose qui n'avait jamais déclenché chez Yorgos une réaction de persiflage, d'impatience ou de scepticisme. Yorgos ne mettait pas en doute cet acte héroïque parce qu'il avait suffisamment vu d'enfants blessés ou tués pendant la guerre civile, alors qu'ils combattaient comme des adultes.

Dans la voiture des Américains, Niko comprit brusquement une chose : il avait voulu faire impression sur Yorgos parce qu'il se sentait mis à l'écart, exclu comme un non-combattant, et qu'il en avait honte. Il voulait être accepté par Yorgos. Même maintenant, alors qu'il voyageait avec ces étrangers, il était encore si plein de cette rupture avec Yorgos qu'involontairement il avait de nouveau attiré l'attention sur ses cicatrices. Il eut honte et s'en voulut, et en voulut à ces étrangers qui l'avaient pris avec eux, mais qui ne s'occupaient pas plus de lui que s'il avait été une bûche. Cette indifférence surtout l'ulcérait. Il pinça les lèvres et regarda farouchement devant lui. Il se demanda s'il ne descendrait pas au prochain village, Servia, il n'avait pas envie d'accepter des faveurs qui lui étaient accordées de si mauvaise grâce, mais d'un autre côté, plus loin il irait, mieux ça vaudrait. Les Américains n'avaient visiblement aucune notion des nuances qui, dans les relations entre Grecs, rendent certaines choses faciles, d'autres impossibles ; inutile d'insister sur son "honneur", ils ne savaient sans doute pas ce que le mot signifiait ici. Comme s'ils débarquaient de la lune ! Il n'avait aucune raison de ne pas tirer parti de la situation, même s'il les méprisait pour ce qu'il ne pouvait appeler autrement que leur absence d'humanité.

Il vit que la jeune fille dans son coin le regardait timidement et l'air tendue. Il lui sourit pour la rassurer, elle n'avait pas un mauvais fond, après tout. Ses pensées en revinrent à Yorgos Iannulis et aux conséquences de sa décision de quitter Katsov et son groupe. Il ne pouvait supporter que Yorgos subordonne son amitié à l'adhésion à une idéologie. Il refusait de croire qu'un lien qui avait donné un contenu à sa vie pendant trois ans puisse être rompu brusquement par l'autre, sans un signe de regret, seulement parce que Niko n'était pas disposé à accepter inconditionnellement ce que Yorgos appelait la "méthode" de Katsov. Il devait s'agir d'un malentendu, pensa-t-il. Yorgos doit savoir comment j'ai pris cette décision et pourquoi. Il songea soudain que Iannulis n'avait peut-être pas osé parler librement parce qu'il y avait deux témoins. Si Niko avait vu juste en voulant croire que Iannulis n'utilisait l'organisation de Katsov qu'à des fins personnelles, alors Yorgos savait aussi, sans aucun doute, qu'il ne pouvait se fier à personne dans le Nord. Et le fait qu'après leur conversation dans la cour intérieure de l'hôtel, à Thessalonique, Yorgos n'ait pas cherché à avoir un entretien en tête-à-tête avec Niko pouvait être une preuve supplémentaire de sa lucidité. Il s'était montré hostile et distant, vraisemblablement par prudence. A cette idée, Niko s'enfiévra, il sut qu'il ne pourrait pas aller en Crète avant d'avoir rencontré encore une fois Yorgos Iannulis. Il se rappelait l'adresse donnée la veille, où les hommes devaient se rencontrer à Athènes. Certes, il était possible qu'ils aient changé l'endroit du rendez-vous. Quoi qu'il en soit, il essaierait de trouver Yorgos dès qu'il serait à Athènes.

Cette perspective le calma un peu ; il se mit à discuter avec la jeune fille et, toutes les fois que cela fut nécessaire, il servit d'interprète et de coursier. Il aida les Américains à trouver des chambres à Lamia, s'occupa du père qui, ivre mort, malade comme un chien, secoué de vomissements, avait mis sens dessus dessous le petit hôtel où il passait la nuit, avec ses râles et ses hoquets. Durant le trajet vers Lamia, Niko s'était pris à espérer pouvoir conduire cette voiture au moins une fois. L'Américain conduisait correctement, mais il n'était pas sûr de lui, sans doute parce qu'il n'avait pas l'habitude de la montagne ; il perdait patience dans les routes en lacets, il devenait nerveux et agressif. Au cours des haltes, Niko avait suggéré, à plusieurs reprises, qu'il pourrait relayer l'Américain au volant, mais l'autre n'avait pas compris ou avait fait semblant. En tout cas, Niko serait arrivé plus vite à Athènes s'il avait demandé à un des camionneurs qui allaient dans cette direction de le prendre en stop. Plus vite il serait à Athènes, plus il aurait le temps de trouver un petit job. Il devait encore gagner le prix de son billet pour la Crète.

Mais quand il apprit que le Français n'avait pas son permis, il ne put résister à la tentation. Au service de Mme Dimitropoulou, il lui était arrivé de conduire une Citroën. Il en oublia presque les circonstances de son voyage et la mauvaise humeur de la compagnie ; ceci était un intermède, une partie de pur plaisir. Lorsqu'il eut arrêté la voiture devant le meilleur hôtel de Kastri, au-delà du site archéologique de Delphes, la femme de l'Américain lui glissa dans la main une poignée de billets de banque, à son grand étonnement et à son vif déplaisir. Il n'avait pas besoin de recompter pour savoir qu'il s'agissait d'une jolie somme, environ trois cents drachmes, ridiculement excessive à ses yeux. Il avait failli lui rendre l'argent dans un mouvement de fierté outragée ; il avait rendu service aux Américains, certes, mais, parce qu'ils l'avaient pris en stop de Thessalonique à Lamia, et que conduire avait été pour lui un plaisir, non une corvée, il refusait d'être payé ; en outre, il crut remarquer que la femme semblait satisfaite de lui donner de l'argent ; sans doute parce qu'elle démontrait ainsi, une fois pour toutes, sa supériorité sur lui, pauvre Grec à moitié sauvageon. Mais il s'était immédiatement rendu compte qu'il avait dans sa main le prix d'un billet de pont pour la Crète, peut-être même plus que ça. Ce qui signifiait qu'il n'avait pas à perdre un jour et qu'il pouvait s'embarquer sur le premier bateau en partance. Il décida de garder l'argent, mais l'amertume gâchait l'aubaine. Il aurait été heureux si la somme lui avait été remise d'une autre façon, si la femme avait su ménager sa fierté. La fierté, ne dirait-on pas un luxe qu'un Grec ne peut pas se permettre ? pensait-il avec dépit, tout en grimpant la rue du village, déserte dans la chaleur de midi. C'est peut-être ainsi, mais moi, je n'ai rien d'autre. Il posa sa main sur son cou, à l'endroit de la cicatrice. Fier, répéta-t-il à mi-voix, fier. Niko Stéphandidakis est fier de son acte héroïque. Niko Stéphandidakis a certainement des raisons d'être fier de tout ce qu'il a réalisé depuis qu'il a reçu ce coup de baïonnette. Niko Stéphandidakis, ce fier enfant de la Crète, petit-fils d'un fier aïeul… le garçon promis à devenir célèbre et instruit, ou du moins riche, généreux, faisant le bien autour de lui… ou, à défaut, un honnête travailleur, aide et soutien des siens…

Bien qu'ils n'aient pas vu de leurs yeux les agents secrets britanniques déguisés en bergers (ils avaient quitté le village de nuit, guidés par Michali, le frère aîné de Manoli), tous savaient, les villageois comme les habitants des bourgades voisines dans la montagne et la vallée, que les Anglais s'étaient installés dans une grotte située plus haut, sur les pentes de l'Ida. En outre, plusieurs hommes avaient déjà participé au transport de colis que la RAF avait largués par erreur au mauvais endroit : des conteneurs de vivres et de munitions, des ballots de couvertures et de vêtements. Etant donné que dans chaque village, des gens avaient des parents ou des relations parmi les partisans ayant pris position dans la montagne ou parmi d'autres groupes de résistants, on avait assez rapidement établi le contact avec les agents anglais qui se trouvaient à ce moment-là quelque part au-dessus de Lassithi, sur les pentes du Diktè. Leurs contacts dans la population locale s'étaient employés à récupérer le ravitaillement parachuté, mais cela n'avait pas été une mince affaire. Niko était au courant de tout car au village, depuis le débarquement des Anglais en 1942, on ne parlait que de leurs activités en général, et spécialement de leurs efforts pour unir les différents groupes et partis en une résistance crétoise.

En outre, Niko était directement renseigné par Manoli. Les Mavrochidis, leurs parents et amis dans la région participaient activement à la résistance. Ils avaient joué un rôle important dans le repérage et le transport des colis parachutés qui avaient atterri çà et là. Qu'une partie des vivres et des vêtements se soit évaporée en chemin, c'était à prévoir, les Britanniques étaient suffisamment avertis des mœurs du pays pour ne pas s'en étonner, ce qui ne pouvait que renforcer la compréhension mutuelle, mais après un certain nombre d'expériences, on se mit tacitement d'accord qu'en toutes circonstances, les armes et les munitions seraient livrées au QG des agents britanniques, où qu'il se trouve, dans une grotte, une cabane de berger ou quelque part au village dans la maison d'un notable.

C'est alors qu'on découvrit que des réseaux communistes s'étaient emparés d'un certain nombre de caisses contenant des fusils et des cartouches et qu'ils refusaient de les rendre. Leurs arguments étaient archiconnus : au début, les communistes avaient collaboré parce qu'ils étaient considérés et traités par les agents britanniques sur un pied d'égalité avec les autres groupes ; mais depuis quelques mois, ils avaient senti qu'on se méfiait d'eux, ils constataient une nette réticence à leur égard, dans les réunions et les discussions. Ils disaient qu'ils avaient compris pourquoi le vent avait tourné : ces Anglais se souciaient moins d'organiser la résistance contre l'occupant nazi que de préparer, pour l'après-guerre, un climat favorable à leur pays et à leur politique méditerranéenne, et dans ce climat, apparemment, il n'y avait pas de place pour les partisans d'une démocratie populaire grecque. L'incident des caisses confisquées attisa de nouveau les oppositions qui, avant l'arrivée des Anglais, ne comptaient pour rien, comparées à la haine générale et à l'angoisse qu'inspiraient les Allemands. Le monde se scinda de nouveau en une droite et une gauche, avec un centre tiraillé. A la moindre occasion, les passions se déchaînaient, avec plus de violence encore qu'auparavant, parce que chacun sentait que l'enjeu était plus grave.

Pendant ce temps, les Anglais étaient à l'abri dans leur grotte, avec un groupe de partisans venus des quatre coins de l'île leur servant d'agents de liaison et de commissionnaires. Niko était monté à plusieurs reprises, en compagnie de Michali et Manoli, pour apporter de l'eau potable. Il y avait toujours des volontaires pour cette expédition, chacun ayant bien envie d'aller jeter un œil là-haut, mais le frère de Manoli répétait à satiété que la curiosité pouvait être fatale à tous. Un homme accompagné de quelques enfants et de deux ou trois mules pouvait, sans trop attirer l'attention, monter plus haut que les zones où les bergers faisaient habituellement paître leurs troupeaux. Niko se sentait privilégié. Mais d'un autre côté, il était ennuyé que son grand-père fît bien comprendre à tout un chacun que le contact avec les hôtes importants qu'abritait l'Ida était, pour ce qui concernait le village du haut, le monopole des familles Mavrochidis et Stéphandidakis. Niko savait bien qu'il devait la faveur d'accompagner Michali davantage à son amitié avec Manoli qu'au respect de Mavrochidis pour son grand-père.

Il aurait aimé dire qu'en réalité, apporter de l'eau à dos de mulet ne signifiait pas grand-chose ; chaque fois, ils devaient attendre, Manoli et lui, relativement loin de la grotte ; ils auraient été incapables de distinguer les Anglais au milieu des autres, parce qu'ils portaient tous une cape de berger et des bottes hautes. Les garçons n'avaient jamais rien vu ou appris au sujet de la station de radio qui était censée se trouver là. Mais Niko put constater que son grand-père attachait plus d'importance à ces expéditions que lui-même, qu'elles avaient pour lui la couleur des intrigues et des conspirations d'autrefois, et qu'elles augmentaient son autorité auprès des villageois – du moins le croyait-il –, conforté dans cette idée par le père de Niko, Roussos, qui passait ses jours assis, son moignon de jambe étendu devant lui sur une chaise, ou clopinant entre deux béquilles, chez lui ou aux abords de la maison, assommé par le désespoir, incapable de se résigner à l'amputation qui le rendait inutile.

"Tu as treize ans, tu sais déjà mieux lire et écrire que moi, et tu es au service des Anglais, contre l'ennemi", répétait Roussos à Niko, et le grand-père intervenait à l'arrière-plan, le doigt levé : "Tu es du sang des héros, les héros de Skafia", et le garçonnet, maigrichon dans ses culottes courtes et sa chemise effrangée, se redressait crânement devant les deux hommes qui comptaient le plus dans sa vie ; ses yeux allaient de l'un à l'autre, du père, qui était devenu la moitié d'un homme en perdant sa jambe, au grand-père qui lui avait toujours paru plus qu'un homme.

"Tu ne nous dis pas tout ce que tu sais, mais c'est bien, c'est même très bien, même si tu dois comprendre que tu peux faire confiance à un vieux guerrier", disait le grand-père, avec un hochement de tête, en fixant Niko de ses yeux clairs. Niko ne pouvait se résoudre à avouer qu'il n'avait rien à cacher. Des bruits couraient dans la région à propos d'enfants qui n'avaient accompli que des missions extrêmement dangereuses ; ils avaient été choisis en fonction de leur jeunesse qui écartait les soupçons. Niko pouvait lire dans les yeux de son aïeul et de son père qu'ils espéraient secrètement qu'il faisait partie des élus, et qu'ils en attendaient Dieu sait quoi. Certes, Manoli et lui avaient bien songé à proposer leurs services, que ce soit aux Anglais ou à des groupes de francs-tireurs qui se déplaçaient dans la montagne, ils étaient prêts à tout, mais d'un autre côté, ils étaient convaincus qu'on les aurait trouvés trop jeunes et trop inexpérimentés, et les plans en restèrent là.

C'est alors qu'il se produisit presque en même temps deux événements qui n'avaient rien à voir l'un avec l'autre, mais qui constituaient ensemble un signe avant-coureur de la catastrophe qui devait frapper le village à la fin de l'été 1943.

Un jour que Niko descendait la colline derrière le village, en tirant une chèvre rétive au bout d'une corde, il aperçut Elina sous le figuier, près de sa maison. Elle était maintenant presque semblable à toutes les paysannes entre deux âges, avec sa jupe noire et son tricot à manches longues, son fichu sur la tête. Presque, car sa manière de regarder et de bouger restait différente, Niko le constatait chaque fois, même s'il était habitué à elle, même s'il savait, avec les autres villageois, qu'elle vivait comme eux, qu'elle avait renoncé délibérément à se différencier. Il y avait des années qu'on ne l'avait pas vue dehors, avec son chevalet ou son carnet à dessin. Comme tous ceux qui ne possédaient pas de champs, elle travaillait maintenant chez les autres, en échange d'huile d'olive, de farine et de fruits, et pour le reste, elle tricotait et tissait des étoffes. Elle soignait les malades, aidait les femmes à accoucher, on faisait souvent appel à elle, depuis que le docteur et l'infirmière se montraient encore plus rarement qu'avant dans la région, vu la situation troublée. Elle avait des livres dans lesquels on trouvait des choses qu'une sage-femme diplômée d'Athènes n'aurait pas su mieux faire. "Va chercher Elina, vite !" Niko avait l'habitude. C'était pour lui une image familière : Elina veillant près d'un lit, bandant une plaie, penchée sur une casserole d'eau bouillante, berçant un enfant malade. Quand il fut assez près pour qu'elle l'aperçût, il la salua, non pas familièrement ou avec désinvolture, comme il aurait salué Chryssi, Pankratia, Maria ou une autre femme (personne ne saluait ainsi Elina, elle restait l'étrangère qu'on ne pouvait comprendre et connaître comme l'un des siens), mais avec un peu d'hésitation, sur la réserve.

"*Yassou, pai ! Niko !* lui lança-t-elle en lui faisant signe. Viens ici !" Il s'approcha en traînant sa chèvre. Elle le regarda et lui demanda tout à trac, sans considérations préliminaires sur la situation, le temps qu'il faisait ou les gens du village (et ce côté direct était l'un des traits qui révélaient infailliblement sa différence) : "Tu veux me rendre un service ?"

Elle lui fit signe d'entrer. Niko attacha la chèvre au tronc du figuier et la suivit à l'intérieur de la maison. Il était déjà venu quelques fois, mais chaque fois qu'il passait le seuil, il éprouvait un petit choc, comme une légère bourrade sur la poitrine ou le front. Dans la pièce, il y avait exactement les mêmes choses que partout, un divan qui servait de lit, une table, deux chaises, la grosse cruche à eau. Au-dessus du lit était accrochée une icône avec une petite lampe, il comprit que c'était pour inspirer confiance. L'aspect inhabituel ne tenait pas aux objets eux-mêmes, mais à la manière dont ils étaient disposés dans la pièce. Sur la table était posé un vase en verre contenant du feuillage, il y avait quelques livres sur une étagère, devant le lit, sur le sol, la même couverture rayée rouge et noir que sur le lit. Niko n'avait jamais vu de pièce qui ressemblât à celle-ci. Il regardait autour de lui, à la fois intimidé et curieux, tandis qu'elle marchait prestement vers la porte de la remise qu'elle ouvrit toute grande. Dans la pénombre du réduit s'empilaient des papiers et des cadres tendus de toile sur lesquels il l'avait vue peindre jadis. Elle les montra.

“Enlève-moi tout ça et brûle-le. Sans en parler à personne.”

Les choses s'étaient passées ainsi. Elle ne lui avait pas laissé la possibilité de s'étonner ou de poser une question. Quand elle le vit hésiter, se balançant d'un pied sur l'autre, elle dit très vite : “J'y suis décidée. C'est de la camelote sans valeur. Emporte tout ça maintenant ou reviens le chercher. Et va le brûler plus loin.”

Il avait pensé : Elle pourrait se chauffer avec… pourquoi n'en fait-elle pas un feu elle-même ? Mais elle devait savoir ce qu'elle voulait. Le lendemain, il emporta le chargement en plusieurs fois dans un sac qu'il tirait sur la pente ; puis il s'accroupit au milieu des broussailles et sortit une à une les toiles et les esquisses. Il les retrouvait donc, les arbres sauvages, immobiles ou possédés, les buissons qui jaillissaient de terre en se tordant comme des langues de feu, les flancs palpitants des montagnes, la mer bleue, les roches ocrées, les arbres noirs, argentés ou vert cru ; il retrouvait les maisons blanches, la chapelle du village, chaque fois différents, vus d'en haut, d'en bas ou sous un autre angle, ou bien encore comme dans les hallucinations que donne la fièvre, enchevêtrés, penchés dans tous les sens, barrés d'ombres violettes et noires comme de l'encre. Et là, c'était, simplement dessiné au crayon, le visage des gens qu'il connaissait, la vieille Chryssi, Janni, et Manoli, Kalliopi, Dionisios et Michali, et pour finir son propre grand-père, vu de profil, quand il regardait fixement devant lui, appuyé sur sa canne. Plus il se penchait sur ces images, moins il se résignait à les brûler. Surtout les portraits et les représentations du village, de la plaine et des montagnes. Jeter tout ça aux flammes, c'était un acte de violence, une sorte de crime, un geste magique qui aurait attenté à la vie et à la prospérité des sujets représentés. Il ne pouvait pas non plus ignorer complètement les volontés d'Elina. Pour finir, il remit dans le sac ce qu'il trouvait beau ou ce qu'il n'osait détruire en aucun cas, et il emporta le sac dans sa tanière. Il fit brûler le reste sous des herbes sèches et des ordures. Puis il retourna chez Elina. Elle était dehors, occupée à teindre des écheveaux de laine dans un bain de plantes. Elle s'interrompit quand il vint se poster à côté d'elle, et elle lui lança un regard, par-dessus l'épaule.

“J'ai allumé un feu”, dit Niko. Il savait qu'il ne disait pas toute la vérité, mais il ne mentait pas non plus. Il était embarrassé et évitait son regard, mais en même temps, il estimait qu'il avait agi comme il devait. C'était sa faute à elle, après tout, s'il ne comprenait pas pourquoi elle voulait brûler ces peintures et ces dessins. Elle retint son souffle et ses épaules se rétractèrent imperceptiblement, comme si elle encaissait un coup.

C'était son idée, mais maintenant que c'est arrivé, elle a mal, pensa Niko. Elle lui fit cadeau des crayons neufs, d'une règle et d'un compas. Le reste serait pour l'école, plus tard, lui dit-elle.

Niko la remercia et descendit le chemin aussi vite qu'il put.

Le deuxième événement eut lieu à peu près en même temps. Du village du bas arriva la nouvelle qu'un réseau communiste avait été démantelé par les Allemands dans un des bourgs de la vallée et qu'à cette occasion, une partie des armes parachutées par les Anglais et détournées par les maquisards venaient d'être confisquées. Des prisonniers avaient avoué qu'il y avait en circulation d'autres fusils et des munitions en plus grand nombre et que les agents anglais se cachaient quelque part sur les pentes de l'Ida. Les Allemands envoyèrent immédiatement des patrouilles fouiller la région. Un soir, on aperçut des lueurs d'incendie dans la plaine, personne n'eut besoin d'en demander la cause. Le frère de Manoli courut prévenir les Anglais. Manoli lui-même fit irruption, hors d'haleine, au milieu du groupe en train de discuter devant la maison de Stéphandidakis, avec ce cri : "Niko, il y a un sac fermé dans la grotte !

— Tais-toi !" hurla Niko, hors de lui. Il vit son grand-père se dresser et son père tendre le cou, bouche bée, pour mieux écouter. Plus tard, il avait compris que pour eux, et surtout pour le vieillard, les rêves étaient devenus réalité et les espoirs certitude : à cause de ses équipées dans la montagne, Niko avait été pris dans le réseau et gardait cachée une partie des armes apparemment soustraites à temps aux communistes. Niko réalisa par la suite que son grand-père, ignorant comme tout le monde l'emplacement de leur cachette, l'avait eu à l'œil au cours de cette courte nuit agitée (Niko dormait maintenant auprès du vieil homme dans la chambre du haut) et l'avait suivi lorsque avant l'aube, quand il pensait n'être vu de personne, Niko s'était glissé hors de la maison pour voir si le sac était toujours là.

Le soleil était à peine levé quand un paysan qui habitait un peu en aval accourut : la patrouille allemande venait d'arriver au village du bas, toutes les maisons étaient fouillées, le maire, le pope, le patron du café et d'autres hommes devaient aller à la mairie pour y être interrogés. Il donna les noms de ceux qui étaient déjà partis dans la nuit, par précaution. Deux d'entre eux se trouvaient au village d'en haut et avec quelques autres, ils filèrent aussi vite qu'ils purent dans la montagne, par les sentiers de chèvres. Un peu plus haut, il n'y avait plus de villages, seulement les huttes où campaient les bergers ; au-delà de cette zone, ils pouvaient se cacher pour attendre la suite des événements.

Toute la matinée, le village fut sur le qui-vive. Niko, Manoli et un groupe de garçons se postèrent dans des arbres d'où ils pouvaient surveiller le sentier tortueux qui menait au village du bas. Vers midi, la patrouille fut en vue, vingt soldats commandés par un officier, qui grimpaient péniblement, arc-boutés à la pente, fusil à la main. Les garçons descendirent des arbres et coururent vers le village.

"Vingt ?" dit Emmanuel Stéphandidakis, assis devant sa maison, sa carabine sur les genoux, entouré des femmes, des enfants et des hommes âgés qui n'étaient pas partis. "Vingt ? De mon temps, en compagnie de trois ou quatre gaillards résolus, embusqué au bon endroit, j'ai descendu trois fois plus de Turcs. Si vous étiez courageux… mais ceux que j'aurais pu employer, Pepi Antonakis, Socrates Tsoundakis, Leftheri Khaniolakis et Michali Mavrochidis, ont décampé. J'en prends à témoin Dieu, tous les saints et la Vierge, vous discutaillez jour et nuit sur ce qu'il faudrait faire, vous vous volez dans les plumes pour un mot, et aujourd'hui que nous avons la chance de démontrer ce que peuvent des hommes qui sont unis, allumer la mèche dans la poudrière et faire de la Crète le berceau de la victoire, vous vous défilez. Vingt soldats, et qui ne connaissent même pas les lieux. Nous pouvons les attirer dans un guet-apens un peu plus haut dans la montagne. Quand j'étais encore *kapetanios*[1] en 1917, à Askifou…

— Emmanuel Stéphandidakis, range ton fusil", dit Elina, qui se trouvait parmi les femmes, un enfant dans les bras.

1. "Commandant", chef d'une bande de soldats irréguliers en guerre contre les Turcs.

Le vieillard tourna brusquement la tête vers elle. Niko le vit trembler de colère.

“Et pourquoi donc, femme ? Mon fusil fait partie de moi comme mes mains et mes yeux. C’est mon droit le plus strict de parler à l’ennemi une arme à la main.

— Ils ne le comprendront peut-être pas. Ils vont croire que tu les provoques. C’est dangereux.

— Je n’ai jamais fui le danger. En Crète, ce n’est pas la coutume. On a peut-être un avis différent en Europe, d’où tu viens…

— Ce n’est pas le moment de chercher querelle à Elina, coupa Stavros Mavrochidis, le père de Manoli. Ecoute plutôt ce que disent les enfants, les Allemands arrivent. Laisse-moi répondre à leurs questions. Tu as le sang trop vif, Emmanuel. Nous devons nous conduire calmement, nous tenir tranquilles, en pensant à ceux qui sont partis, à mon fils Michali. Que crois-tu obtenir en les défiant du regard, le fusil à la main ?”

Stéphandidakis se mit debout, cracha sur le sol, et en redressant le menton, sans daigner regarder un seul des assistants, il disparut derrière la maison. Les chiens du village, qui n’avaient cessé d’aboyer furieusement, allaient et venaient en courant sur la route. La patrouille apparut dans le tournant. Les soldats tenaient maintenant leur arme sous le bras, le doigt sur la détente, et ils regardaient à droite et à gauche, entre les arbres et les maisons. Les poules détalaient devant eux en caquetant. Les soldats étaient couverts de poussière et de sueur, ils avaient déboutonné le col de leur veste. L’officier au visage mince et blême qui avait le commandement cria “Halte !” quand la patrouille arriva près de la fontaine. Il but le premier, suivi des autres. Quelques soldats se soulagèrent contre le mur du lavoir. Les gens du village, regroupés devant la maison de Stéphandidakis, regardaient la scène en silence. Ils n’avaient encore jamais vécu une expérience semblable mais avaient suffisamment entendu parler de ce qui s’était passé ailleurs pour savoir ce qui pouvait arriver.

Les choses se déroulèrent à peu près comme ils le prévoyaient : les soldats firent des perquisitions dans les maisons, l’officier vint s’asseoir sur la chaise d’Emmanuel Stéphandidakis sous le figuier, appela son guide et interprète, un marchand de bestiaux aux yeux peureux, vivant au village du bas, qui se tenait en retrait, et l’interrogatoire commença. Stavros était le porte-parole ; il avait une explication pour tout : celui-ci était parti à la recherche de sa chèvre qui s'était enfuie, celui-là était en visite dans sa famille, à Vori, un troisième avait des affaires à régler à Hagios Nikolaos. Non, personne dans le village n'appartenait à une organisation, ils étaient bien trop loin de tout, ils ne connaissaient aucun de ceux que nommait l'interprète, ils n'avaient jamais vu d'Anglais. Stavros parlait tranquillement. C'était un homme frêle, au visage basané. Il avait longtemps travaillé au port d'Héraclion et passait pour un "citadin" parce qu'il ne portait pas les culottes bouffantes et les bottes. L'interprète, sans lever les yeux, traduisait les réponses qui parurent satisfaire les Allemands. Les soldats se reposèrent une heure sous les grands oliviers, derrière la maison des Stéphandidakis. Ils ordonnèrent aux femmes de tuer et de faire rôtir des volailles, de leur apporter du pain. Au milieu de l'agitation générale, Niko cherchait son grand-père de tous côtés. Le vieillard avait disparu. Roussos qui se trouvait dans la salle du haut était sûr qu'il n'était pas rentré. Personne n'avait vu le vieillard depuis qu'il était parti en colère. Quand les Allemands eurent mangé et bu, ils décidèrent de se remettre en route. Ils voulaient inspecter les grottes situées plus haut dans la montagne. Au-dessus du village, le sentier devenait si étroit et si difficile, obstrué par de gros rochers et raviné par les eaux de ruissellement provenant de la fonte printanière des neiges, que les soldats durent monter en colonne. Juste au pied d'un escarpement rocheux, peu élevé mais tombant à pic, le sentier faisait un coude. Suivre le sentier obligeait à contourner l'escarpement. La grotte de Niko et de Manoli, située un peu plus haut sur la pente, surplombait l'endroit. Les premiers Allemands apparurent, cherchant des points d'appui sur la roche (le sentier était à cet endroit particulièrement raide et caillouteux). Tout aussitôt on entendit des détonations suivies de cris. Dépassant les hommes qui s'étaient immobilisés, l'officier se précipita, pistolet en main, en direction de l'angle formé par l'escarpement. Il y eut une nouvelle détonation. L'officier recula, cassé en deux, et vint s'adosser à la roche. Il lança un ordre. Les deux soldats en tête de la colonne montèrent à l'assaut en s'aidant des mains et des pieds.

Niko avait assisté de loin à toute la scène ; en compagnie des autres villageois, il avait vu les Allemands disparaître derrière les arbres qui masquaient la colline à la sortie du village. Dès que les coups de feu avaient retenti, les femmes s'étaient réfugiées dans les maisons en emmenant leurs enfants.

"Dieu me pardonne, mais ça doit être Emmanuel", dit Stavros en se signant. Les hommes et les adolescents firent de même. Ils étaient consternés, personne ne savait que faire.

"Mais où est-il donc, ce vieux fou ?" demanda Stavros avec désespoir. Niko fit un bond en avant, comme s'il avait été piqué. Manoli le regarda, effrayé, mais aucun des deux ne dit rien.

"Oui, que le ciel nous protège, il est devenu fou, il joue au *kapetanios* comme au temps des Turcs. Et il a fait mouche ! On va tous y passer !" Christos Konios, qui avait de la famille habitant plus loin que le village du bas, les regarda les uns après les autres, appela ses fils, deux garçons de l'âge de Niko, et dévala la pente, aussi vite qu'il put, en se laissant tomber et en sautant à travers les oliveraies et les bosquets, avec dans son sillage ses fils qui zigzaguaient dans un nuage de poussière ; en un rien de temps, ils avaient disparu derrière les arbres. Il n'y eut pas d'autres coups de feu. Les Allemands redescendirent lentement. Ils n'étaient plus que dix-huit. L'officier et les deux soldats devaient être soutenus par les autres.

"Ceux qui veulent fuir, c'est le moment ou jamais", dit Stavros.

Tel avait été le prélude à l'horreur, par un jour limpide et chaud, dans une senteur de foin séché.

Marchant derrière les autres, Niko retourna au village ; il sentait sous ses pieds le sable brûlant et voyait jouer la lumière sur le feuillage argenté des oliviers bordant le chemin. Autour de lui, il percevait la présence du paysage familier, les collines à la végétation rare, les cimes grises et dénudées du Psiloritis, mais tout avait changé en un instant, comme si ce décor ne le concernait plus, il était étranger, lointain, ne signifiait plus rien, comparé aux coups âpres de son cœur, comparé à l'angoisse qui lui serrait la gorge, après les mots de Stavros.

Au village, il n'y avait plus personne dehors. Ici et là, un visage de femme se montrait dans l'entrebâillement d'une porte ou dans l'embrasure sombre d'une fenêtre. Autour des réchauds, les casseroles et les pots dans lesquels on avait préparé le repas gisaient épars, les chiens et les pourceaux cherchaient des restes de nourriture, surtout sous les arbres où s'étaient assis les soldats. Les enfants qui gardaient les chèvres étaient partis dès qu'on avait entendu les coups de feu. Chacun rentra chez soi, comme en s'étant donné le mot, poussé par le sentiment d'une apocalypse prochaine. La mère de Niko, ses sœurs et ses cousines se trouvaient avec les petits, auprès de son père, dans la pièce du premier étage, devant le mur aux icônes éclairé par la lampe à huile. Les femmes priaient à voix haute la *Panayia*[1], implorant secours et miséricorde.

“Le vieil homme est grand, et nous sommes des lâches et des faibles, dit amèrement Roussos. Je pense comme lui, et je n'ai pas peur, mais je suis inutile. Si seulement j'avais encore une chance de mourir pour la liberté.”

Ils n'avaient pas eu le temps de méditer ces paroles. Déjà des coups ébranlaient leur porte et les portes des maisons voisines, des soldats poussaient tous les habitants, hommes, femmes et enfants qui se trouvaient au village, vers l'esplanade que formait le chemin devant la source, le lavoir et la chapelle, à l'ombre d'un platane et de quelques cyprès. L'officier avait le bras droit tenu par des guenilles déchirées à la hâte, sa veste était maculée de sang. Il n'était plus pâle mais gris, ses lèvres pincées en un trait mince. Il s'appuyait sur l'épaule d'un jeune homme aux cheveux jaunes, aux yeux pâles et inquiets, dont le visage ruisselait de sueur. Le jeune homme portait en bandoulière une boîte à pansements. L'interprète, tout tremblant, se tenait à la droite de l'officier. Il traduisit les questions de l'Allemand qui retenait sa respiration sous l'effet de la douleur : qui a tiré, d'où, combien d'hommes sont postés là-haut, qui est responsable ? Personne ne répondit. Trois fois, les mêmes questions furent posées ; sans résultat. Alors, l'officier désigna quatre hommes que les soldats firent sortir du groupe. On les aligna dos au mur, le long de la chapelle. Roussos Stéphandidakis était du lot. Il avait perdu ses béquilles en chemin et il devait s'agripper des deux mains au mur qui était derrière lui. Il lança un “Vive la liberté”. La mère de Niko tomba à genoux en gémissant, Niko poussa un cri et fit un bond en avant, sans savoir s'il voulait se jeter devant son père ou sur les soldats qui mettaient en

1. La Sainte Vierge.

joue ; on le saisit à bras-le-corps, il mordit rageusement à travers l'étoffe d'un uniforme dans quelque chose de mou, mais il y eut comme un éclair, il ressentit une douleur aiguë d'abord au bras, puis à la nuque. Il chancela et perdit connaissance.

Quand il revint à lui, la première chose qu'il entendit fut un cri inhumain, qui semblait monter de la géhenne, un hurlement d'une sauvagerie atroce. Il ouvrit les yeux et rencontra le visage d'Elina qui, agenouillée près de lui, pressait quelque chose sur son cou. Un liquide tombait goutte à goutte sur son visage, il en éprouva la saveur salée sur ses lèvres. Les larmes d'Elina coulaient ininterrompues et il sentit tout son corps trembler comme si elle avait froid et essayait de ne pas claquer des dents. Il était couché sur le sol, au milieu d'un groupe de femmes en pleurs et d'enfants qui se serraient étroitement les uns contre les autres. Les femmes geignaient et gémissaient d'une manière étrange et, derrière, un feu jetait sa lumière vive dans l'obscurité, car la nuit était tombée. Droit au-dessus de sa tête, Niko vit quelques étoiles scintiller au ciel – mais ces impressions diverses furent chassées de sa conscience par ces hurlements effroyables qui semblaient si proches. Niko essaya de bouger, il se rendit compte alors que son bras était emmailloté dans un bandage. Elina se pencha un peu plus sur lui.

"Qu'est-ce que c'est, qui fait ça ? demanda-t-il.

— Stavros, Stavros", dit Elina, en bégayant comme si elle était ivre ; elle tremblait si fort qu'elle pouvait à peine parler. Niko voulut se redresser, mais elle le repoussa. "Ils torturent Stavros. Il n'a pas parlé. Au nom du ciel, où est donc ton grand-père ?

— Je ne le trahirai pas", dit Niko. Un frisson lui traversa tout le corps. Il ne reconnaissait pas la voix de Stavros dans ce cri atroce.

"Mais Manoli... est-ce que Manoli est au courant ?

— Lui non plus ne parlera..." Alors Niko réalisa que Stavros était le père de Manoli, et que Manoli devait se trouver tout près, avec les autres, les hommes et les garçons, obligé d'assister à la scène. Il se tut et fondit en larmes pour la première fois depuis sa petite enfance. Il eut honte et voulut cacher son visage, mais dès qu'il tourna la tête, il ressentit une vive douleur au cou. Il ferma les paupières, en serrant les mâchoires, en se disant qu'il s'agissait d'un mauvais rêve, mais il eut alors l'impression de n'être qu'une oreille : les gémissements, les prières et les pleurs des femmes autour de lui et les hurlements de Stavros résonnaient dans toutes les fibres de son corps. Après une éternité, le silence se fit soudain ; puis il y eut d'autres éclats de voix que l'interprète traduisit d'une voix pâteuse et geignarde. Le cercle des femmes et des enfants s'ouvrit. Elina souleva prestement Niko de terre et l'emporta dans ses bras, en le pressant contre sa poitrine. "Ne regarde pas", lui murmura-t-elle, mais il regarda, il fallait qu'il regarde, malgré la brûlure qu'il ressentit au cou en se débattant contre son étreinte protectrice. C'était juste avant l'aube, les étoiles brillaient encore faiblement au ciel qui pâlissait. Il y avait des tables et des chaises au milieu de la rue. Niko vit les hommes du village, les mains liées derrière la nuque, les soldats, et derrière, au pied du mur de la chapelle, quatre corps, et puis, ligoté au tronc du platane…

Dans la période qui suivit ces événements, on parla tellement de ce qui s'était passé (comme s'il était impossible désormais de parler d'autre chose) que Niko fut informé de tout ce qu'il n'avait pas vu et entendu, comme s'il y avait assisté. Pendant qu'il était couché, terrassé par la fièvre due à sa blessure, dans la maison d'Elina où s'étaient réfugiés les femmes et les enfants, muets de terreur et de chagrin, on avait transporté sur un brancard au village du bas l'officier qui était inconscient après avoir perdu beaucoup de sang. Les Allemands avaient réquisitionné les ânes du village (on ne devait plus les revoir) pour évacuer les deux cadavres et les deux soldats blessés. C'était le jeune Allemand aux cheveux jaunes qui semblait commander désormais. On s'attendait à l'exécution de tous les hommes présents car il semblait improbable qu'Emmanuel Stéphandidakis pût se livrer de son propre chef. Plus tard, quand tout fut fini, le vieil homme avait été très clair à ce sujet : "S'ils avaient indiqué le chemin, s'ils avaient seulement essayé de me capturer, j'en aurais abattu autant que j'avais de cartouches."

Le pire n'était pas arrivé. Chacun savait qu'Elina avait joué un rôle dans l'histoire, d'une manière ou d'une autre. Comme elle refusa d'en parler, on en fut réduit à des conjectures. On l'avait vue, pendant cette fatale journée, malgré l'interdiction de circuler, se rendre auprès du nouveau chef de la patrouille qui portait une boîte contenant des médicaments. Elle lui avait parlé dans sa langue et l'avait persuadé de l'accompagner jusque chez elle. Les femmes et les enfants étaient restés à l'extérieur. Niko avait gardé le vague souvenir d'un visage penché sur lui, aux yeux peureux et bordés de rouge. L'Allemand lui avait fait une piqûre contre la maladie qu'on attrape quand une plaie est souillée par une saleté. Il y avait eu aussi une conversation entre Elina et le soldat, incompréhensible pour Niko, les répliques fusaient à ses oreilles, il avait eu l'impression qu'elle se disputait avec lui, d'abord, et puis qu'elle le suppliait. Que lui avait-elle dit ? Personne d'autre ne fut torturé ou exécuté par la suite. L'Allemand fit arroser d'essence les maisons de Stéphandidakis et de Mavrochidis ainsi que les oliviers et les buissons aux alentours (les soldats avaient remonté des bidons du village du bas). Toute la nuit, l'incendie se déchaîna dans les sifflements et les crépitements, car le feu s'était propagé aux maisons voisines. Les gens du village avaient assisté en silence au désastre. Après quoi, les Allemands étaient partis.

Le pope arriva sur son âne pour le service funèbre. Dans l'église étaient alignés cinq cercueils étroits. Les gens se tenaient près des décombres noircis et encore fumants, près des tas de débris qu'on avait balayés. Entre les moignons calcinés des arbres, derrière ce qui avait été sa maison, Emmanuel Stéphandidakis réapparut. Il s'était dirigé droit vers Elina, assise avec les pleureuses, et l'avait désignée comme la cause de tout le mal ; non seulement elle avait eu, pendant des années, une influence si mauvaise que la fierté et le courage crétois avaient fondu comme neige au soleil, mais de plus ses maudits barbouillages, indignes d'une chrétienne, avaient attiré la catastrophe sur le village. Les armes et les munitions destinées aux alliés de la Grèce dans cette guerre n'avaient rien à voir dans l'histoire : c'était la faute de ces représentations diaboliques du village et de ses habitants s'il avait risqué sa propre vie, là-haut, et celle de ses concitoyens.

"Brûlez-la, et son œuvre de sorcière avec elle, comme on a brûlé nos maisons et nos arbres."

Elina s'était levée, et l'avait nommé assassin, assassin de Roussos, assassin de Stavros et des autres, assassin par la faute d'un sens de l'honneur déplacé et d'une stupide fierté.

“Dieu m’en est témoin, j’ai tiré dans la conviction que le sang de la Crète se ferait entendre…

— Il y aurait eu un massacre, si le chef de la patrouille n’avait préféré les flammes aux mitraillettes…”

C’était comme si chacun se sentait secrètement coupable de ce qui était arrivé, comme si chacun avait honte de sa propre faiblesse. Ce qu’Emmanuel Stéphandidakis avait perdu en prestige au fil des années, il le regagnait par son action solitaire qui le posait en défenseur de l’honneur crétois face aux Allemands. Mais, par ailleurs, on ne pouvait faire jouer à Elina le rôle de bouc émissaire. Chacun comprenait que la destruction des maisons et des arbres était le prix que le village avait dû payer pour la vie des hommes et des jeunes gens du village. Personne ne voulut savoir ce qui s’était dit précisément entre Elina et l’Allemand, quand il avait fait à Niko la piqûre antitétanique. Elina s’interposait entre leur communauté et quelque chose d’abominable, un gouffre de souffrances dépassant l’imagination, une zone fatale et interdite. Juste après le drame, les villageois n’eurent qu’une idée vague de la chose, tout semblait refoulé au fond de la conscience. Mais ils savaient instinctivement qu’ils ne pouvaient pas se retourner contre Elina, pas plus que contre le vieil homme qui incarnait les valeurs de leur passé. La discorde entre cette femme et Emmanuel Stéphandidakis les concernait tous, c’était leur problème, inextricablement lié à la souffrance causée par les morts et la ruine.

Couché sur un matelas, dans la pénombre de la maison d’Elina, aussi longtemps qu’il eut de la fièvre, Niko était témoin de tout ce qui se passait. Ceux qui n’avaient plus de maison vivaient dans des abris faits de piquets, de branches et de morceaux de toile, comme des gitans ou comme les paysans qui bivouaquent dans les champs à la saison des moissons. Chacun exprimait ouvertement chagrin, doutes et soucis, chacun était concerné par le sort de tous. Transi de honte, Niko vit le sac qu’il avait caché dans la grotte, rapporté par Manoli et les autres. Mais Elina ne dit mot sur le fait qu’il n’avait pas exécuté ce qu’elle lui avait demandé. Les gens se pressaient autour d’elle quand elle sortit du sac les tableaux et les croquis. Des cris de surprise et de douleur fusaient, quand on reconnaissait une maison, un bosquet disparu ou le visage d’un des morts, Roussos,

Dionisios. Elina déclara qu'elle quitterait immédiatement le village, si telle était la volonté générale.

Emmanuel Stéphandidakis parut se désintéresser de Niko, ou ne vint pas voir son petit-fils parce qu'il refusait de se montrer dans les parages de la maison d'Elina. Le vieil homme s'était installé chez Christos Konios, qui, le lendemain du drame, était retourné au village et ne savait désormais comment réparer sa désertion. L'un après l'autre, tous ceux qui s'étaient réfugiés dans la montagne avant l'arrivée de la patrouille descendirent à leur tour de leurs cachettes. Les nouvelles des événements s'étant rapidement diffusées, les parents et les amis qui habitaient les bourgs voisins arrivèrent à pied ou à dos d'âne pour voir de leurs yeux et entendre de leurs oreilles. Ce fut un va-et-vient continuel de visiteurs apportant des dons aux victimes ; inlassablement, les villageois faisaient le récit de ce qu'ils avaient vécu. Durant ces journées, Niko avait remarqué pour la première fois qu'un bruit commençait à courir selon lequel il se serait jeté sur les Allemands qui allaient abattre son père. Son grand-père, qui tenait évidemment l'histoire de seconde main, avait été le premier à répandre cette version des faits que tout le monde parut soudain cautionner. On amenait les visiteurs auprès de Niko pour le congratuler. Niko ne savait lui-même que penser : il était gêné d'être porté aux nues pour un acte héroïque qu'il n'avait pas accompli, mais d'un autre côté, l'idée que de telles rumeurs circulaient à son sujet et qu'on y prêtait foi lui donna confiance en lui.

Si son grand-père s'était mis dans la tête qu'il s'était conduit héroïquement, lui, Niko, pouvait difficilement lui en vouloir. Emmanuel passait désormais ses journées comme autrefois, assis au bord du chemin, entouré d'un groupe d'hommes. Il n'allait plus au village du bas, c'était inutile puisque le village du bas venait à lui. Il se sentait à nouveau le seigneur et maître des lieux, ce qu'il trouvait tout naturel. Quand il apprit que les gens ne voulaient pas laisser partir Elina, il fit clairement comprendre que cette femme avait cessé d'exister pour lui. Si on prononçait son nom devant lui, il crachait par terre. Il avait interdit aux femmes et aux filles de sa famille d'adresser la parole à Elina (ce qu'elles faisaient quand même, quand il ne les voyait pas) ; quant à Niko, aux premiers signes de rétablissement, il le fit transporter auprès de lui, dans la maison de

Konios. Niko dut attendre longtemps une parole, un geste montrant ce que son grand-père pensait de lui. Obstinément, le vieil homme répétait à qui voulait l'entendre l'histoire de Niko attaquant les Allemands (à mains nues, avec ses dents et avec ses ongles !). Niko réalisait combien l'enjeu était important pour Emmanuel lui-même : le vieillard sentait que son honneur et celui de la famille étaient entamés, Niko était le point faible de la ligne de défense : il fallait consolider l'ouvrage. Quand Niko fut complètement rétabli, son grand-père lui remit, d'une manière plus ou moins solennelle, en présence des connaissances et des familiers, l'un de ses deux couteaux de palikare. Le cœur n'y était pas tout à fait, c'était plutôt un geste théâtral destiné à souligner le prestige du nom des Stéphandidakis. Mais Niko n'avait pas envie de rire ; ce présent signifiait des nuages noirs à l'horizon. Il pensait qu'une bonne raclée aurait été plus facile à supporter que ce baroud d'honneur désespéré qui contenait secret mépris et déception de la part du vieillard.

L'hiver fut rude et difficile, cette année-là. Il y avait pénurie de place et trop de bouches à nourrir. Les garçons dont la présence au village n'était pas indispensable partirent. On avait appris que les Anglais avaient organisé des commandos sur la totalité de l'île ; selon la rumeur, la guerre n'allait pas durer. En compagnie de Michali Mavrochidis qui faisait le messager pour différents groupes de francs-tireurs, Niko et Manoli louèrent leurs services comme muletiers et coursiers durant les mois d'hiver dans la région montagneuse s'étendant de la plaine d'Omalos à Kharakas. Le danger était limité, ils ne remarquèrent rien ou presque des combats, mais les déplacements continuels, les discussions à propos des messages radio captés sur les récepteurs clandestins ou des ordres des agents anglais leur donnaient l'impression qu'ils participaient à l'action.

Ce qui marqua le plus Niko, ce fut un grand rassemblement dans les collines surplombant Viannos, où se rendirent les chefs de parti et les différents réseaux de maquisards, avec leurs sympathisants. Il y avait environ trois cents hommes, dépenaillés, habillés en bergers et en paysans, affublés de vieux uniformes de soldats grecs, et armés jusqu'aux dents. Michali désigna ceux qu'il connaissait ; Niko regardait de tous ses yeux. Il vit de près le fameux colonel Plevres, le chef des nationalistes, et Bandouvas, avec ses troupes de bergers et de montagnards, deux Anglais déguisés en Crétois, des déserteurs allemands en uniforme, et Bodias le boiteux, le chef des communistes. En plein air, entre les rochers, on fit rôtir de la viande de chèvre, un vrai festin, et puis commencèrent les discours qui parlaient d'union, de coopération, de fraternité et d'action commune, entrecoupés d'acclamations, d'embrassades et d'applaudissements. L'un des Anglais prit aussi la parole dans un grec hésitant et difficile à suivre ; s'adressant à la foule attentive et tendue, il déclara d'une voix qui se perdait dans l'espace que les Alliés ne se mêleraient pas de la politique intérieure grecque, que les Grecs devraient prendre en main leur propre destin et que quiconque collaborait avec les Alliés pouvait compter sur l'aide des Alliés. Quand l'Anglais eut disparu, de violentes discussions éclatèrent de tous les côtés. On se quitta dans une ambiance nettement moins festive qu'à l'arrivée.

Au printemps, Niko retourna au village pour aider aux travaux des champs. Il y trouva un changement important et énigmatique. Celui que les gens appelaient alors et continuèrent d'appeler le *Germanikos* avait rejoint le village. De temps à autre, il se montrait, avec des yeux fous et craintifs, en marmonnant des propos décousus. Chacun savait qui il était, bien que ses cheveux jaunes fussent devenus gris et que la démence eût déformé ses traits. C'était un paria, sa folie en faisait un intouchable, n'était-ce pas la pire des punitions qui puisse frapper un mortel ? Personne ne lui adressait la parole, personne n'évoquait son nom. Nul ne s'aventurait aux abords de ses tanières, dans la montagne. Quand on l'apercevait près de la maison d'Elina (c'est là qu'il venait en général), on se tenait à distance. Si on le rencontrait, on passait son chemin aussi vite que possible, en détournant les yeux et en se signant ; seuls les petits enfants l'observaient curieusement de loin, un peu comme ils regardaient l'ours enchaîné qu'un montreur amenait de temps à autre au village du bas, les jours de foire. La première fois que le *Germanikos* était venu au village, Emmanuel Stéphandidakis avait voulu le tuer, convaincu que Dieu et les saints du paradis lui offraient cette occasion de se venger. Mais Elina avait dit que l'homme était fou, ce dont elle se doutait depuis le jour fatal. Personne, assurément, n'aurait pu la contredire. Le *Germanikos* parut abruti, inoffensif, aussi le laissa-t-on aller à sa guise, quand Stéphandidakis eut renoncé malgré lui à sa vengeance (un fou ne fait pas un bon adversaire). Depuis lors, le fou passait pour être la propriété d'Elina. Elle semblait le comprendre et pouvait parler avec lui, elle savait de lui ce que les villageois préféraient ignorer, par une crainte superstitieuse. Elle dit qu'il avait fui ses compatriotes ; aussi le considérait-on comme un déserteur et on ne le trahissait pas. Elle avertissait quand il était dans une phase d'agitation ; ainsi, dès qu'il était signalé dans le secteur, les villageois surveillaient les versants des collines pour déceler une fumée éventuelle.

Niko s'habitua aussi vite que les autres au *Germanikos*. Quand il voyait la maigre silhouette voûtée, dans ses hardes de berger, vagabonder furtivement ici ou là – il arrivait aussi fréquemment que le *Germanikos* disparût des semaines entières –, Niko avait peine à croire qu'il s'agissait du même individu qui se tenait derrière le commandant de la patrouille pendant qu'on suppliciait Stavros, le même qui avait fait incendier les maisons et les arbres, le lendemain matin. Puis ces images s'estompèrent. Le fantôme qui disparaissait dans les broussailles ou derrière un arbre à l'approche des gens, qui, le corps tressaillant comme une bête affamée, mangeait sur le seuil de la maison d'Elina, était un être radicalement différent du soldat blond à l'allure juvénile avec sa boîte à pansements en bandoulière. Ce soldat, et avec lui ce qu'il avait signifié pour sa vie, Niko l'oublia, et en cela aussi, il réagit comme les autres habitants du village.

Le village semblait maintenant constitué de deux mondes nettement séparés, le monde d'Emmanuel Stéphandidakis avec ses vrais hommes et ses femmes soumises, et le monde d'Elina, qui accueillait tout ce qu'un être humain cherchait à cacher ou à refouler dans la vie courante, le monde des douleurs de l'enfantement et des peines de cœur, des soucis qui rongent, des angoisses nocturnes, des déchirements intérieurs. Mais c'était un monde secret ; pour y avoir accès, il fallait dépasser les confins du quotidien, ce monde n'existait que dans les pensées et les sentiments des gens et ne se dévoilait pas en public. La maison d'Elina était la dernière maison du village. Les premières années, on avait plus ou moins évité cette maison par gêne, désormais, on se tenait à l'écart pour des raisons plus difficiles à formuler. La crainte d'être mal vu d'Emmanuel Stéphandidakis jouait bien un rôle, mais n'était pas la raison principale, car chacun éprouvait pour Elina tendresse et respect. Le *Germanikos* parut l'incarnation d'un interdit ; c'était un être marqué : à la fois exclu de la communauté des hommes et protégé par une puissance supérieure. D'autre part, ce que les gens avaient toujours vu comme "l'altérité" d'Elina, surtout sa participation au deuil, à la douleur et à la faiblesse humaine, sa connaissance de la face obscure de leur vie, semblait maintenant se confondre avec les apparitions imprévisibles du fou. Elle devint encore plus étrangère pour eux et en même temps si intimement unie à ce qu'il y avait de plus secret chez chacun qu'elle fit vraiment partie du village, même si on pouvait avoir parfois l'impression du contraire, dans la mesure où elle n'était plus invitée aussi spontanément au sein des familles. Dans le monde de Stéphandidakis, il ne pouvait y avoir avec elle de contacts "innocents". Mais justement parce que la distance entre elle et les autres s'était accrue sensiblement, elle avait acquis une influence plus grande que jadis, à soigner les malades, consoler les affligés et assister les femmes en couches.

Telle était la situation quand la guerre prit fin en Crète. Niko travaillait avec ses cousins, sa mère et ses sœurs sur les lopins de terre qui leur appartenaient, mais il savait bien qu'il était de trop au village. Il devait partir. Son grand-père lui avait dit qu'il n'était plus question d'aller à l'école et de poursuivre des études. La famille était même trop pauvre pour faire des offrandes. La priorité, c'était de marier les filles. Niko était prêt à partir, il le désirait même, il voulait prouver qu'il était un homme et qu'il pouvait vivre sa vie. Son grand-père envisagea toutes les possibilités : il était confus et irrité de ce qu'en raison des temps et des circonstances défavorables, il ne pût contacter de vieilles relations susceptibles d'aider le garçon. Il ne voulait pas admettre, et Niko pas davantage, qu'il n'était pas resté grand-chose des beaux rêves d'avenir qui avaient enchanté l'enfance de son petit-fils.

Quand Niko eut quinze ans, son grand-père lui annonça qu'il avait trouvé pour lui du travail et un toit chez un parent à Héraclion. Emmanuel Stéphandidakis avait à la ville un cousin éloigné qui tenait un café ; il lui avait écrit pour lui demander d'aider Niko à trouver du travail. La réponse venait d'arriver : Christos Stéphandidakis avait besoin d'un serveur. Dans la mesure du possible, Niko pourrait aussi continuer ses études. On mit dans un sac ce qu'il avait de vêtements, avec un poulet et un pot de confitures destinés à Christos. Il prit congé du village comme s'il partait pour l'autre bout du monde. Le voyage dura un jour entier, car du fait de la guerre, l'état des routes était pire que jamais ; à chaque arrêt de l'autocar, il y avait une réparation à effectuer. Niko était assis à l'arrière, sur une banquette cahotante, serré au milieu des autres passagers. Les montagnes s'estompèrent dans le lointain ; ils entrèrent dans une région vallonnée, où s'étendaient à perte de vue des vergers et des vignes. Soudain Niko vit la mer scintiller entre deux versants. L'autocar entra dans Héraclion par la porte d'un mur fortifié haut et épais. Les rayons du soleil couchant éclairaient des rues bordées de monceaux de décombres. L'autocar s'arrêta sur une place, devant une grande église. Christos avait envoyé son fils chercher Niko. C'était un adolescent de dix-sept ans environ, élancé, avec une jolie figure de fille. "Niko Stéphandidakis ? Est-ce qu'il y a un Niko Stéphandidakis dans le car ?" criait-il, en ayant l'air de pouffer de rire. Niko se fraya un passage à travers les passagers qui descendaient et se nomma. En l'examinant de la tête aux pieds, l'adolescent se mit alors à hurler : "Hé, *kombaros*[1], salut ! Comment vas-tu, héros des montagnes ? Mais oui, je les vois, tes cicatrices ! Le vieil Emmanuel nous a tout raconté sans épargner un détail, ne t'en fais pas ! Il paraît que tu t'es jeté comme un lion, toutes griffes dehors, sur les Allemands qui venaient d'exécuter ton père. Nous autres, à Héraclion, nous n'avons pas eu la chance de voir une chose pareille !"

Niko pâlit de colère et de gêne. Justement parce que la chose ne lui paraissait pas un acte héroïque de sa part, ce sarcasme le piqua au vif. Dès les premiers instants, il se sentit mal à l'aise dans la compagnie de ce garçon aux yeux railleurs, qui tortillait des hanches et ne pouvait ouvrir la bouche sans pouffer comme les gamines qui veulent se faire remarquer. Son prénom était Michali, mais il se faisait appeler Micky. Niko l'observait à la dérobée pour tenter de découvrir pourquoi il trouvait ce cousin – au deuxième ou troisième degré, peu importait – si antipathique.

1. Mon compère.

Le café de Christos était situé en plein centre-ville, à l'angle d'une place où se dressait une fontaine flanquée de lions de pierre. Christos était replet et grisonnant. Niko n'avait encore jamais vu quelqu'un avec des yeux aussi froids et désabusés. Comme son fils, il était vêtu à la dernière mode, pantalon de couleur claire et chemise aux manches relevées, et il portait des souliers de toile à bouts vernis. Quand Christos sortait en ville, il se coiffait d'un panama et tirait des bouffées d'un fume-cigarette. On avait les manières de la ville chez ces cousins, et Niko en était impressionné. La maîtresse de maison trônait comme une grande dame sur un sofa, dans un salon garni de fauteuils et de tableaux au mur, où elle recevait ses visiteurs. On attribua à Niko un lit dans une souillarde attenante à la cour intérieure. Christos lui donna également des vêtements neufs qu'il devait mettre quand il servait au café. Pour de multiples raisons, il ne fut plus question d'études. Niko douta *a posteriori* que la chose eût été aussi nettement convenue que son grand-père semblait le croire. Christos lui dit que la besogne ne manquait pas, où diable voulait-il trouver le temps de suivre des cours, d'ailleurs, il avait passé quatorze ans, personne ne pouvait l'obliger à aller encore à l'école, savoir lire et écrire suffisait amplement au simple citoyen.

"A quoi te serviront tes livres, *kombaros* ?" ironisait Micky. (Il appelait toujours Niko par ce mot un tantinet démodé et campagnard.) "Il y a d'autres manières pour gagner de l'argent plus facilement et plus vite."

De tels propos excitaient l'impatience de Niko frustré de n'avoir encore rien accompli pour sa famille et son pays. Il n'avait pas d'actions héroïques à son crédit et il ne deviendrait jamais un savant. Gagner de l'argent ? Si on ne possède rien, comment se montrer généreux ?

Très tôt le matin, Niko balayait le sol et sortait les tables et les chaises dans la rue. Puis il faisait la navette entre le comptoir du café et les magasins et bureaux du quartier, en transportant des tasses de café turc et des verres d'eau glacée sur un plateau oscillant au bout de trois cordes. Il faisait aussi les commissions pour Christos et sa femme, allait poster des lettres, achetait les journaux, lavait les verres et la vaisselle dans la souillarde ; pendant la sieste, il était dans le café ou dehors pour veiller au grain. En fin d'après-midi et le soir, le café était si rempli qu'il n'avait pas le temps de penser à autre chose qu'à servir, essuyer et débarrasser les tables. Une serviette sur le bras et un crayon derrière l'oreille, il courait d'un client à l'autre, sous les guirlandes d'ampoules blanches. Il aimait la rumeur du café, les lumières et les odeurs de cuisine de la place, la musique bruyante qui sortait des échoppes et des cafés, les badauds qui flânaient. C'était ça, la vie ! C'était là que battait le cœur du monde, et il était tout près. Ce dont il entendait discuter du matin au soir, ce qu'on pouvait lire dans les journaux et les pamphlets, c'était tout de même autre chose que ce qui occupait les esprits dans son village. Il lui arrivait d'aller au cinéma avec Micky et les autres garçons, au *Minos* ou au *Candia*, en hiver dans la salle, l'été, dehors, à la belle étoile. Il n'était encore jamais allé au cinéma de sa vie et suivait, rouge d'excitation, toutes les péripéties dramatiques et sentimentales. Micky et ses copains avaient toujours de l'argent en poche, ils achetaient des cigarettes et des friandises sans compter. On ne s'embêtait pas à Héraclion si on le voulait : ils mirent Niko dans la confidence.

Depuis des années, la pédophilie donnait lieu à un commerce florissant. Les Allemands avaient montré un grand intérêt pour les garçons, et les Anglais avaient pris la relève : les amateurs d'éphèbes ne manquaient pas, parmi les officiers de Sa Majesté britannique. Micky raconta comment se passaient les fêtes et les parties fines, comment se fixaient des rendez-vous. Les petits malins pouvaient se faire autant d'argent de poche qu'ils voulaient, ils étaient couverts de cadeaux ; il y avait même des garçons qui avaient voyagé jusqu'à Athènes et plus loin encore, aux frais d'une grosse légume. "Hé, *kombaros*, viens donc avec nous pour une fois, histoire de blaguer, je te présenterai à mon pote le commandant." Niko finit par accepter, poussé par la curiosité. Son honneur ne supportait pas de se faire traiter de péquenot naïf par Micky. Un soir, Micky le conduisit à travers un dédale de ruelles, au cœur de la vieille ville, vers une maison isolée au milieu des ruines. Outre un groupe d'officiers, un homme d'affaires athénien et un type qu'on disait comédien et qu'on appelait Phokion, il y avait des jeunes que Niko avait déjà rencontrés dans la compagnie de Micky. Une grosse femme brune, à l'air bougon, apporta des boissons et des friandises ; dans un coin, trois musiciens jouaient des airs de danse sans s'arrêter. Niko s'ennuyait ferme, les conversations et les plaisanteries lui échappaient puisqu'il ne comprenait pas un mot d'anglais et si quelqu'un prenait la peine de l'impliquer dans la conversation, il n'en était guère avancé puisqu'il ne connaissait ni les gens ni les situations dont on parlait. Il regardait autour de lui et se promenait en rond dans la maison qui était vaste et ancienne, avec des balcons et des terrasses. Chacun pouvait circuler à sa guise dans les différentes pièces de la maison. Alors que, dans un recoin, il observait un groupe en train de discuter (en fait, ces types n'avaient rien de particulier à ses yeux, le commandant de Micky était un vieux chauve, le businessman athénien, un gros fat à l'air bonhomme, comme il en voyait déambuler des dizaines tous les jours sur la place devant le café), le comédien Phokion vint vers lui. "Ils parlent du Mouvement de la jeunesse grecque. Tu n'en fais pas partie ?" demanda-t-il. Un rictus retroussa sa lèvre supérieure sur ses dents ; avec ses yeux caves et ses pommettes saillantes, il ressemble à une tête de mort, pensa Niko. "On a besoin de solides gaillards dans ton genre. Tu viens des montagnes de la région de Mesara, n'est-ce pas ? Je connais bien le coin." Depuis que Niko avait quitté la maison, c'était la première fois qu'il avait l'occasion de parler de sa province. Il oublia l'endroit où il se trouvait, il oublia aussi la répulsion que lui avait inspirée l'acteur, au début de la soirée, avec sa démarche furtive, sa façon de courber légèrement l'échine, et surtout ses grosses mains voraces. Niko respira plus librement, il avait été sur ses gardes en permanence, on ne sait jamais, mais il était maintenant clair que Phokion, qu'il aimât ou non les garçons, ne cherchait pas à l'empaumer. La conversation revenait constamment sur le Mouvement de la jeunesse. "Ça ne te dit rien ? Si tu te décidais, je pourrais te mettre en relation avec le chef, un ingénieur des docks, qui entraîne les jeunes avec la police. C'est beaucoup plus, infiniment plus qu'un passe-temps. Tu peux servir ton pays, et quel jeune Grec dans la fleur de son âge n'en aurait pas envie ?"

Niko dut convenir que c'était ce qu'il souhaitait. Il prenait les verres que lui tendait régulièrement Phokion et il les vidait, tout en parlant, sans faire attention à ce qu'il buvait. Il n'avait jamais goûté à ces boissons de l'Ouest. Il se sentit d'abord léger, puis sa tête s'alourdit d'une manière presque intolérable. Comme à travers un brouillard, il perçut des choses qui n'avaient pas de lien apparent. Un des officiers allait et venait dans la pièce, torse nu, et sur sa poitrine pendait une plaque d'identité au bout d'une chaîne ; la pièce était remplie d'un épais nuage de fumée ; Micky et ses amis riaient fort ; on se mit à chanter, à pousser des chaises, le commandant essaya d'apprendre quelques pas de sirtaki ; des gens s'absentaient puis revenaient après un certain temps, la grosse femme entrait et sortait avec son plateau, en grommelant, l'air hostile. Phokion n'arrêtait pas de parler et Niko répondait sans savoir ce qu'il disait, les mots éclataient sur ses lèvres comme de grosses bulles épaisses.

Le lendemain matin, il se réveilla dans son lit, dans la souillarde, il ne put se rappeler comment il était rentré. Il trouva quelques billets de banque pliés dans la poche de son pantalon. Qui les lui avait donnés et pourquoi ? Il lui en coûta beaucoup de poser la question à Micky. Ce dernier haussa les épaules et se mit à rire. L'incertitude rendait Niko furieux. Il se maudissait, se reprochait sa stupidité, était en proie à une continuelle agitation. Voilà où il en était, lui qui avait rêvé de réaliser des prouesses ! Il essaya de s'imaginer la réaction de son grand-père, si ce dernier venait à apprendre ce qui s'était passé. Il se rappelait le mépris et les reproches du vieil homme, quand il avait pris la défense des peintures d'Elina. Mais savoir que son petit-fils avait passé la nuit à boire dans une maison où des garçons se prostituaient serait pour Emmanuel Stéphandidakis une raison suffisante pour l'égorger de ses propres mains.

Peu de temps après, Niko fut abordé par Phokion, alors qu'il s'était arrêté à un coin de rue pour écouter un groupe d'hommes en train de débattre. A sa demande, Niko marcha en compagnie de Phokion en direction des quais ; il serrait les poings dans ses poches – s'il apparaissait que c'était ce type qui lui avait donné de l'argent, il lui volerait dans les plumes. Le comédien eut l'air de deviner ses pensées et dit, sans préambule, doucement et vite, qu'il avait tout de suite compris que Niko n'en était pas... Il était aussi au courant à son sujet, il savait d'où provenaient ses cicatrices... Oui, les Boches s'étaient conduits comme des bêtes, là comme ailleurs... et le pire, c'était que la guerre n'était pas finie, même si les Allemands avaient été vaincus et chassés... On pouvait s'attendre à tout. On aurait presque souhaité le retour des Boches, ces salauds, qui au moins avaient toujours joué franc jeu, qui s'étaient comportés comme les ordures qu'ils étaient, de telle sorte que chacun voyait immédiatement à qui on avait affaire... Avec les Anglais, par exemple, c'était autre chose... toujours des gentlemen, toujours corrects et fair-play... et entre-temps... enfin, Niko avait pu constater par lui-même à quoi ces messieurs occupaient leurs loisirs... en politique, c'était la même tactique, une politesse glacée ou le numéro du *jolly good fellow* pour la frime, mais en pratique, si ça les arrangeait, implacables et sans scrupules, ou alors d'une perfidie telle que le brave M. Tout-le-monde ne pouvait en croire ses yeux et ses oreilles...

"Vous avez bu et mangé avec eux dans la maison", répliqua Niko sèchement. Pourquoi ce type lui racontait-il tout ça, une seule chose l'intéressait, comment cet argent était venu dans sa poche. Le comédien s'arrêta et leva solennellement deux doigts.

"Je te le jure, je ne suis pas un ami des Anglais. Je suis viscéralement patriote et je remplis seulement mon devoir de Grec en venant là. Tu peux le comprendre ? Si tu es pauvre et que tu veuilles de l'argent, ne te vends pas comme giton à ces soi-disant protecteurs, va cirer des chaussures ou mendier, ou alors gagne ta vie d'une manière honorable en servant la Grèce..."

Niko sortit les billets de sa poche et les brandit sous le nez de Phokion. Le comédien se mit à rire en découvrant sa denture chevaline et hocha la tête : "Garde-les, ils sont à toi, tu n'as pas à rougir de la manière dont tu les as reçus. Ce n'est pas moi qui t'en fais cadeau, mais de bons patriotes dont le cœur se révulse quand ils voient comment de jeunes Grecs se vendent pour du chocolat, des cigarettes et une poignée de devises étrangères.

— Mais que puis-je faire ?" s'emporta Niko. Il était partagé entre deux sentiments contradictoires, le besoin de se réhabiliter à ses propres yeux et aux yeux d'autrui, et l'aversion que lui inspirait le comédien malgré ses belles paroles. Ils faisaient les cent pas sous les peupliers blancs de la place de la Liberté, au milieu des autres promeneurs nocturnes.

"Vous m'avez parlé du Mouvement de la jeunesse, dit Niko. Comment y entrer ?"

Phokion obliqua dans une rue qui menait au port. Pendant qu'ils marchaient sur le boulevard dont la chaussée était toujours en mauvais état, la mer déferlait au pied des jetées dans un bruissement léger ; au loin, les pinceaux lumineux des phares tournoyaient dans la nuit bleue. Le comédien dit : "Regarde, c'est là qu'on entraîne les jeunes garçons – tu n'es jamais venu voir ? Ce sont de vrais petits soldats. On dit qu'on va les enrôler prochainement pour aider la police et l'armée à ratisser la région pour débusquer les rouges, ces bandits... d'ailleurs avec l'accord complet des Anglais qui décident désormais ici en ce qui concerne ce genre d'affaires...

— Ratisser la région ?" demanda Niko.

Un trémolo vibra dans la voix de Phokion : "Tu sais bien de quoi il s'agit ? Nous sommes libérés, mais la guerre n'est pas finie. Tu n'as pas l'impression de vivre au bord d'un volcan, tu ne penses pas que ce qui nous menace est pire qu'un tremblement de terre ? Là où tu vivais, au-dessus de Vori, tu n'étais tout de même pas coupé du monde au point d'ignorer que les rouges sont responsables du chaos actuel. Ils n'ont pas accepté le verdict des urnes, ils ne veulent collaborer avec personne, ils abusent de la misère et de l'incertitude pour embrigader les gens en leur promettant leur paradis communiste..."

Quelque peu ébranlé, Niko répondit qu'il lisait les journaux et écoutait les discussions, il n'était ni sourd ni aveugle.

"Tes parents, tes amis dans la montagne sont en danger, par des discours subversifs on sème la confusion dans leur esprit, on les empoisonne, dans l'avenir ils seront peut-être massacrés, et pas seulement eux, toute la Grèce va sombrer si les vrais patriotes ne réagissent pas... Des garçons courageux comme toi peuvent rendre de grands services à la Grèce... Je te conduirai demain ou après-demain, quand tu voudras, à mon ami l'ingénieur."

Plus tard, allongé sur son lit dans la souillarde, Niko réfléchit à ce qu'il avait entendu. Il brûlait du désir de se rendre utile, de faire ses preuves. Il savait que s'il s'était fié à Phokion ou avait éprouvé de la sympathie pour lui, il aurait déjà accepté sa proposition. Mais il n'aimait pas cet homme, il y avait quelque chose de flou, d'équivoque dans son comportement et ses paroles. Il avait toujours éprouvé un respect un peu distant pour le Mouvement de la jeunesse, quelque chose en lui refusait d'admettre que le leader d'un tel mouvement pût recruter des jeunes selon la méthode de Phokion. Il était nerveux, ces jours-là, incapable de se concentrer sur son travail plusieurs heures de suite. Il se faisait continuellement semoncer par son patron pour ses négligences et ses absences subites. Mais Niko n'y pouvait rien, il devait marcher. Il y avait dans la ville une atmosphère fiévreuse, tendue ; surtout en fin d'après-midi et le soir, les rues et les places du centre étaient le théâtre de rassemblements et de bagarres. Niko écoutait, marchait dans les manifs. Souvent, il allait au port et contemplait la mer qui s'étendait à perte de vue, tantôt d'un bleu éblouissant, tantôt verdâtre et écumante quand elle était fouettée par la bourrasque. Il avait l'impression d'être poussé jusqu'à l'extrême bord de son île, il voulait aller plus loin. Phokion surgissait partout où il se trouvait, dans la rue, au café, parfois accompagné de jeunes auxquels il tenait les mêmes discours enflammés qu'à lui, Niko, la première fois. Niko vint aussi voir le Mouvement de la jeunesse ; il regarda les exercices et les jeux d'adresse auxquels se livraient les garçons sous la direction de l'infatigable ingénieur. C'était un spectacle insouciant et joyeux qui attirait un nombreux public.

Trois semaines plus tard, sur la place de la Liberté, on montra au peuple massivement accouru la tête de Bodias, le leader des communistes. Fixée à la hampe d'un drapeau, ce n'était plus qu'une chose noirâtre et sanguinolente. La police montait la garde près du drapeau. Les soldats qui avaient participé à la traque dansaient et sautaient autour du poteau et tiraient des coups de feu en l'air. Parmi la foule, Niko écouta les discours du commissaire de police et du directeur de l'école. Niko revit la vallée, au-dessus de Viannos, le festin en plein air des partisans, et au milieu de ses hommes, le torse barré d'une giberne et une étoile à son bonnet, le même Bodias dont la tête ballottait désormais en haut d'un mât comme une pauvre guenille. Niko suivit le flot qui avançait, et Phokion était de nouveau là, haussant le col pour mieux voir. Quand il aperçut Niko, il sourit largement, brandit ses mains nouées au-dessus de sa tête comme un boxeur qui vient de remporter son combat et, montrant d'un geste large le trophée accroché à la hampe, il leva les sourcils d'un air interrogateur. Le dégoût et l'angoisse s'étaient emparés de Niko, sans qu'il sût pourquoi ; il savait qu'exhiber les têtes de ses ennemis était une vieille tradition et il était prêt à admettre que la liquidation de Bodias servait les intérêts de la Grèce, mais son cœur battait à grands coups, la sueur lui coulait dans le dos, il ressentait de l'effroi et de la tristesse et, par-dessus tout, le désir d'échapper à cette masse. Toutes les rues étaient pleines de gens survoltés, les jeunes du Mouvement se forçaient le passage vers la place en chantant et en criant, il y avait des torches, des drapeaux, on scandait des slogans. Micky et ses copains le dépassèrent, ils lui crièrent de venir avec eux mais il fit non de la tête. Puis il fut embarqué dans une bande de jeunes hommes et il se retrouva avec eux dans un bordel d'une ruelle obscure, derrière les remparts. Ils s'étaient moqués de lui, l'avaient excité par jeu et ensuite avaient feint de vouloir le mettre dehors, comme s'ils se faisaient du souci pour lui. Niko avait posé l'argent de Phokion sur la table, avait bu du vin, et enfin, pour la première fois, il avait payé une femme, qui n'était plus de la première jeunesse, avec des peignes multicolores dans ses cheveux huilés. Après, il s'était senti plus calme et, d'une certaine façon, il avait réparé son honneur. Il rentra au café à travers des rues désertes, où des chiens et des chats fouinaient dans les détritus et les papiers gras, avec l'odeur de la foule qui stagnait entre les façades. A l'angle de la place de la fontaine aux lions, juste en face du rideau de fer qui fermait le café de Christos, il rencontra Phokion qui s'en revenait avec un groupe d'hommes et de jeunes gens bien découplés, riant et plaisantant.

"Hé, Niko !" cria Phokion. Il lui passa son bras sur les épaules et, en s'appuyant sur lui d'une manière confidentielle, il lui souffla au visage une haleine qui puait le vin et la bière : "Que dis-tu de tout ça ? C'est un grand jour ! Vive la patrie ! Tout est superbement réglé ! On a mis la tête de Bodias au frigo, chez un boucher, et demain soir, le petit drapeau sera de nouveau hissé au sommet de son mât, d'après ce que j'ai entendu dire. C'est la bonne méthode. As-tu entendu une seule protestation ? Quatre-vingt-dix pour cent des gens sont fous d'enthousiasme. Ce que tout le monde aurait voulu faire est enfin arrivé. Quant aux autres, ils n'osent pas ouvrir la bouche. Alors ? Quand est-ce que tu t'engages dans le Mouvement de la jeunesse ?"

Niko se dégagea et balança un coup de poing à Phokion qui s'écroula. Quelques-uns de ses compagnons se jetèrent sur Niko.

Il ne savait pas lui-même pourquoi il se battait, ses adversaires pas davantage, qui couraient sur la place en tous sens et poussaient des cris de guerre. Phokion s'était remis sur ses jambes en titubant. "Surveillez-moi ce gars, c'est de la graine de traître. Dans ses montagnes, les bandits et les rebelles pullulent. Petit salopard, charogne", hurlait le comédien tout en essayant d'arrêter le sang qui lui pissait du nez. Christos et Micky sortirent du café en pyjama ; partout les persiennes et les portes s'ouvrirent. Après des menaces, des palabres et une nouvelle échauffourée, Phokion fut emmené par ses amis. Christos poussa Niko à l'intérieur du café.

Niko tira sa paillasse hors du réduit. Pendant les nuits chaudes, l'odeur des latrines situées juste derrière la souillarde était intenable. Dans la cour intérieure, sous des lauriers-roses étiques, il regardait les étoiles. Je ne vais pas rester là, songeait-il, je ne suis plus un gosse, je dois gagner de l'argent, être indépendant.

Soudain, il eut une chance de partir, et la proposition vint du coin le plus inattendu. Un jour, Christos le fit appeler dans ce qui lui servait de bureau, une petite pièce derrière le café. Il était assis à son bureau sur lequel un grand ventilateur tournait lentement, de droite à gauche et de gauche à droite. Sans regarder Niko, il lui fit une proposition sur un ton amical inhabituel : des parents à lui avaient un hôtel à Athènes, ils pouvaient l'employer. Si Niko était d'accord, il devait partir par le premier bateau. Lui, Christos, réglerait la chose avec Emmanuel Stéphandidakis et la famille au village. Niko comprit immédiatement les raisons de l'offre de Christos. On voulait se débarrasser de lui. Si le bruit courait qu'il était politiquement suspect, ils auraient des ennuis, et Christos avait choisi la solution qui épargnait tout le monde, toutes les parties pouvaient être satisfaites.

Niko acquiesça d'emblée. Il avait l'impression que de l'autre côté de la mer, à Athènes, il deviendrait enfin adulte ; c'est là qu'il vivrait, travaillerait, serait un homme.

Il partit peu de temps après, un après-midi, accompagné par Christos lui-même, qui lui avait arrangé son voyage, non sans peine, grâce à des relations. Niko monta à bord *in extremis* ; sur le pont, il se fraya un passage, à travers les rangs des passagers, jusqu'au bastingage, pour jeter un dernier regard au port, à la ville, à la silhouette de Christos, impeccable dans son costume clair, avec panama et lunettes de soleil, qui s'éloignait lentement sur le quai.

Athènes lui apparut dans une vision éblouissante, d'un blanc aveuglant à travers les brumes de chaleur, avec le profil flou des montagnes de l'Attique en arrière-plan. Le bateau entra lentement dans le port du Pirée sur une mer d'huile. Niko, son balluchon à la main, attendait sur le pont au milieu d'une foule compacte. En raison des émeutes et des bagarres incessantes, on avait renforcé les contrôles dans le port, la police militaire était partout. Niko fut gagné par l'agitation et l'excitation des gens qui l'entouraient.

Ce fut enfin son tour de descendre la passerelle. Il fit claquer ses semelles sur le quai et huma l'odeur de poussière brûlante, d'huile et de poisson. Il baignait dans une rumeur confuse de voix et de bruits urbains, il était seul dans un monde qu'il ne connaissait pas. Christos lui avait donné un papier où figuraient l'adresse de l'hôtel et un plan de la ville. Il déambula longuement dans le quartier du port, en regardant, questionnant, écoutant ; il regarda le nom des rues, observa grands bâtiments et cafés, et il finit par trouver une ligne de tram qui conduisait au centre.

La ville le prit et l'engloutit. Il se promena jusqu'à la fin de l'après-midi, trop étonné et subjugué pour sentir la faim ou la fatigue. Puis il se décida à chercher l'hôtel. Ce dernier était situé dans une rue tranquille derrière le Musée national. C'était une maison crépie de blanc ; au-dessus de la porte était suspendu un globe de verre mat portant l'inscription *Nea Kriti*[1]. Dans le couloir, assise dans une sorte de guérite en bois qui ressemblait au guichet d'un cinéma, il y avait une jeune femme potelée. C'était Irini Mandakis, la propriétaire de l'hôtel, une parente de Christos. Elle reçut Niko aimablement, avec une curiosité un brin moqueuse, mais un intérêt maternel dans la voix. Elle frappa dans ses mains pour appeler, un vieil homme descendit l'escalier en traînant les pieds. Elle l'envoya chercher dans un restaurant du quartier une portion de loukoum et un café et sortit d'un placard une bouteille d'ouzo et deux verres. Niko mangea à côté d'Irini dans sa guérite en bois, elle fumait et n'arrêtait pas de parler en remuant constamment : elle caressait son chignon épais, touchait ses boucles d'oreilles, se grattait le cou ou le dos, lissait les plis de sa robe. Derrière elle, il y avait une étagère avec des crochets numérotés auxquels étaient suspendues des clefs lestées d'une balle

1. *La Crète nouvelle.*

de caoutchouc. A l'hôtel *Nea Kriti*, on ne pouvait que dormir, dit Irini, elle ne pouvait offrir d'autres prestations, c'était elle qui faisait tout, avec son frère Mandisos, le vieux type et sa femme, mais ces deux-là ne valaient pas tripette, c'est pourquoi elle avait engagé Niko. De mars à septembre, il y avait pas mal de passage, du moins si la situation politique rendait possible la venue des étrangers ; on voyait surtout des Anglais et des Américains qui s'intéressaient au musée et aux autres antiquités, des professeurs, des écrivains, ce genre de touristes. Niko devait participer au nettoyage et faire les courses, entre autres.

Même si Niko détestait son travail, principalement parce qu'il ne sortait quasiment plus de l'hôtel, une certaine solidarité avec l'exigeante mais joviale Irini, son frère Mandisos et les deux vieilles fourmis ouvrières lui rendait la vie supportable. L'atout d'Irini, c'était l'hygiène accordée aux normes occidentales. Les chambres et les couloirs devaient être balayés et passés à la serpillière quotidiennement, les escaliers cirés, les toilettes désinfectées. Sa propre personne et son environnement immédiat se caractérisaient par un chaleureux négligé ; elle sentait la sueur, la poudre de riz et l'ail, l'ourlet de ses robes noires était toujours effiloché, elle marchait sur des talons élimés. Elle ne soignait sa toilette que lorsqu'elle sortait, pour aller à l'église ou, le soir, en compagnie de Mandisos, s'asseoir au café ou dans un jardin public. Mandisos était un garçon adipeux, un peu maladif, mais intelligent et avec le sens des affaires ; c'est lui qui tenait la comptabilité.

Comme Irini et Mandisos, Niko était fier de l'hôtel ; mais comme eux, il le considérait en même temps comme quelque chose d'étranger à lui. En unissant leurs efforts, ils maintenaient la maison dans un état qui était apprécié par des étrangers. Les Grecs y descendaient rarement ; et exceptionnellement, parce qu'on lui avait recommandé l'hôtel ou qu'il avait été attiré par le nom, un compatriote venu de Crète. Cela créait une atmosphère particulière, comme s'ils vivaient sur une île, au milieu d'un monde familier et pourtant isolé. Pendant son travail, Niko s'accoudait régulièrement à la fenêtre pour regarder dehors, mais il n'y avait rien à voir de l'autre côté du terre-plein central qui séparait la chaussée en deux, rien que la façade du Musée archéologique national et les arbres du jardin attenant. A heure fixe, les étudiants de l'Ecole polytechnique se promenaient dans le quartier, de temps à autre passait une voiture, un marchand ambulant, c'était tout ; mois après mois, il régnait dans le quartier une somnolence paisible, visiblement appréciée des étrangers qui rentraient étudier dans leurs chambres, livres et dossiers sous le bras. Niko s'instruisait un peu à les fréquenter. Il apprit essentiellement quelques mots d'anglais et acquit, sur les tessons de poterie et les vieilles pierres, des connaissances qui devaient lui servir dans l'avenir, quand il lui faudrait gagner sa vie en faisant le guide indépendant pour les touristes.

Plus tard, quand il repensa à son séjour à l'hôtel, il lui sembla qu'il avait passé son temps à ramper sur le sol avec sa serpillière et ses chiffons ; le motif d'un carreau de faïence, noir avec de vagues fleurs jaunes, et une forte odeur de chlore et de cire devaient, sa vie durant, lui rappeler irrésistiblement ces couloirs et ces chambres. Ce qu'il haïssait par-dessus tout, c'était évacuer les eaux usées des lavabos dans des récipients en zinc pleins à ras bord qu'on pouvait à peine soulever.

Au rez-de-chaussée, dans un réduit obscur, la vieille femme passait ses jours à laver et repasser les draps. Son mari et elle étaient des paysans de la Thessalie du Nord, des réfugiés, dit Irini. Comme Niko, ils travaillaient pour le gîte et le couvert. Ils étaient extrêmement silencieux, comme s'ils vivaient dans l'angoisse permanente de s'attirer des ennuis en parlant. De leur côté, Irini et Mandisos semblaient grandement apprécier que les deux vieux soient muets sur ce qu'ils avaient vécu avant d'arriver à Athènes. Si Niko s'attardait plus que de coutume dans le réduit où travaillait la femme ou s'il était occupé avec l'homme dans les couloirs, Irini venait jeter un œil. Elle était inquiète mais ne répondait jamais directement aux questions de Niko.

"Les contrôles sont stricts, dit-elle seulement, on nous a mis en garde contre l'hébergement des réfugiés du Nord ; ils disent que tout ce qui vient de là-bas est slavo-communiste. J'ai pris ces deux chez moi parce que j'ai eu pitié d'eux, ils étaient à la rue, épuisés, malades, et en plus ils sont vieux... mais je ne veux pas avoir d'ennuis."

Entre-temps, de l'automne 1947 au printemps 1948, il y eut une série d'offensives des troupes gouvernementales et de contre-offensives des rebelles en Thrace, en Thessalie, en Roumélie, dans les montagnes du Pinde et du Grammos. Les journaux, survoltés, étaient remplis de nouvelles contradictoires ; un jour, le bruit courait que les *andartes*[1] marchaient sur Athènes, le lendemain qu'ils avaient subi une défaite décisive. Les gouvernements se succédaient ; les tensions entre les chefs des différents partis, les conseils stratégiques et les aides que donnaient les Américains fournissaient matière à d'inépuisables commentaires. Niko dévorait les nouvelles ; impatient, il sentait qu'il y avait de l'électricité dans l'air, mais il lui fallait sortir pour en apprendre davantage.

Irini et Mandisos Mandakis étaient des gens exceptionnels en ce sens qu'ils s'intéressaient à peine à la politique. Mandisos lisait les nouvelles sportives ou financières, Irini feuilletait des magazines féminins aux couvertures bariolées. Ils voulaient gagner le plus d'argent possible le plus rapidement possible, mais ils étaient encore loin du compte, ils devaient d'abord rembourser la dette contractée pour mettre sur pied leur établissement. Une fois qu'ils auraient amassé un petit magot, ils retourneraient à Héraclion pour y ouvrir un hôtel pour touristes. Le frère et la sœur étaient déjà venus à Athènes avant la guerre, en tant que commis chez un bistrotier de leurs parents. Ils avaient connu des périodes de vache maigre, leur dégoût de la politique s'enracinait surtout dans l'expérience de la faim, de la pauvreté et de la précarité qu'ils avaient connue. Une série de dévaluations radicales de la drachme avait transformé leurs économies en une liasse de papiers sans valeur. Goutte d'eau qui avait fait déborder le vase. Tout ce qu'ils avaient vu et vécu jusqu'alors fusionna dans leur souvenir en une grosse tranche d'amertume : la terrible période de pénurie pendant la guerre, quand des camions sillonnaient la ville pour ramasser les cadavres des gens morts de faim, les grèves de masse, les manifestations, les exécutions, l'injustice.

Pour finir, Mandisos et Irini avaient été témoins de ce qui s'était passé en ce fameux jour de décembre 1944, qui avait sonné le début de la guerre civile. Irini était la seule à lui répondre parfois, quand Niko posait une question. Ce n'était pas les événements en eux-mêmes qui l'intéressaient, elle mélangeait tout. Ce qui l'avait marquée, ce qu'elle n'oublierait jamais plus, c'était des instantanés de douleur humaine : une femme, hurlant, s'arrachant les cheveux de désespoir, penchée sur le corps de son mari exécuté d'une balle et,

1. Rebelles.

quelque part dans un fossé des faubourgs, un petit cadavre d'enfant ; un groupe de prisonniers aux yeux pleins d'une haine impuissante ; le mouvement de houle d'une foule en panique, des mares de sang sur le pavé, des corps piétinés, des cris et des larmes, un homme à genoux au milieu de la chaussée, pressant ses mains contre son ventre, des camions qui passaient en trombe, avec leur chargement d'individus agrippés les uns aux autres, surveillés par les miliciens.

"Oh ! Dieu du ciel !" répétait Irini, en se tordant les mains. A un certain point, ses récits devenaient incohérents, elle revoyait en pensée l'Athènes d'alors, elle ressentait de nouveau l'angoisse, la pitié, la colère qui s'étaient emparées d'elle : "Oh, Dieu du ciel, quelle misère, je ne veux plus parler de tout ça, j'en rêve encore, chaque nuit, c'est déjà assez terrible. Pourquoi est-ce qu'ils ne nous fichent pas la paix, pourquoi n'avons-nous jamais la paix ?"

Mandisos, lui, se bornait généralement à hausser les épaules. "En quoi cela peut-il t'intéresser ? demandait-il à Niko. On ne peut pas te dire ce qui s'est passé exactement et comment. Je ne vais pas m'en faire pour ça. Je sais que je ne peux rien empêcher. Le mieux, c'est de s'occuper de ses propres affaires. Je ne demande qu'une chose : qu'on passe entre les gouttes, cette fois encore ! Et maintenant, ça suffit, je ne veux pas de ce genre de conversations dans cette maison. Irini, essuie-toi les yeux, contrôle-toi un peu. Ce sont les étrangers qui nous font vivre, la police nous a à l'œil, rapport à nos sympathies politiques, tu sais comment ça se passe, une imprudence et ça te coûte toute ta clientèle, ta boîte, et tu te retrouves à la rue."

Quand Niko avait un jour de congé, il flânait autour du grand parc du Zappeion, ou dans les rues très fréquentées qui rayonnaient autour de la place Omonia. Il pouvait rester des heures à regarder les gens attablés aux terrasses des grands cafés sur la place Syntagma ou sur les grands boulevards au pied de l'Acropole. Voilà donc ce qu'on appelait des citadins, des gens du beau monde. Dans l'ensemble, ils étaient bien sapés, pleins d'assurance, assis à leurs petites tables avec un journal, buvant un café, une *vissinada*[1] ou un verre d'ouzo, jouant avec leurs gosses. Aimerait-il devenir comme eux, un fonctionnaire aux complets bien coupés, avec de l'argent en poche ? Oui et non. Il aurait bien voulu

1. Sirop de griotttes.

gagner beaucoup d'argent pour envoyer régulièrement une coquette somme à son village, bien sûr moins importante que ce qu'envoyaient ses compatriotes émigrés en Amérique, qui offraient, eux, des écoles et des hôpitaux aux villages où ils étaient nés, mais tout de même assez pour faire creuser par exemple un nouveau puits, ou pour acheter des charrues ou d'autres machines agricoles, en tout cas, suffisante pour acheter des habits et des souliers pour tout le monde, et peut-être pour faire un grand banquet avec des agneaux à la broche, des *kokoretsi*[1], des pâtisseries et du vin. Si ça pouvait arriver, il se réhabiliterait aux yeux de son grand-père. Il ne s'abandonnait jamais longtemps à de telles pensées. Son amour-propre le démangeait, de temps à autre, rêvasserie gratuite et puérile qui ne durait pas.

Les hommes et les jeunes de son âge avec qui il lui arrivait de se promener crachaient parfois sur le sol quand ils passaient devant les cafés chic bondés, pour afficher leur mépris de ceux qui étaient assis là, ces bourgeois bien nourris qui se permettaient les produits de luxe importés, qui avaient des emplois, des salaires, des maisons : qui, parmi ces privilégiés, se préoccupait du sort des moins favorisés, qui s'informait encore du pourquoi et du comment des choses et osait regarder la situation en face sans se leurrer volontairement ? Niko scrutait le public comme s'il s'attendait à ce que ces élus se distinguent d'une manière ou d'une autre par un signe mais il voyait seulement des hommes et des femmes, jeunes et vieux, gros et maigres, taciturnes ou exubérants, qui remuaient leurs boissons, achetaient des pistaches et des friandises, surveillaient leur progéniture du coin de l'œil, discutaient avec leurs parents et amis, lisaient, chassaient distraitement les mouches, plongés dans leurs pensées. Mais pourtant, à dire vrai, il préférait les autres, ceux qui comme lui, dans des fringues minables, observaient de loin, ceux dont le seul luxe était des souliers bien cirés et peut-être une fleur à la main, à respirer de temps à autre. Si on avait soif, il y avait toujours une gorgée d'eau fraîche quelque part, si on ne pouvait oublier son estomac creux, un marchand ambulant vous vendait une tranche de pastèque ou un épi de maïs grillé pour trois fois rien. Niko se sentait solidaire de la foule des flâneurs qui remplissaient les rues le soir.

1. Tripes en brochette.

Il avait dix-sept ans, était robuste, en bonne santé, débordant d'énergie. La chemise élimée se tendait à craquer sur son torse et son dos ; quand il faisait chaud, le soir, il la portait largement ouverte, avec les manches retroussées jusqu'au coude. Il aimait marcher sur les trottoirs comme il l'avait vu faire aux autres jeunes de son âge, lentement, avec nonchalance et pourtant le jarret tendu, les mains sur les hanches, dévisageant les jolies filles d'un regard noir et brûlant. Il voyait bien qu'elles répondaient par des regards non moins avides, le jaugeant d'un coup d'œil, de la tête aux pieds. Elles le croisaient en le frôlant, dans la foule qui se pressait aux terrasses des cafés et dans les jardins publics. Il risquait des compliments au passage, des déclarations. Il espérait un miracle, faute de mieux. Celles qui enflammaient son cœur étaient d'ordinaire dûment chaperonnées, filles ou sœurs d'hommes qui veillaient au grain. Il ne pouvait joindre l'élue de son cœur que par les regards et les pensées. Toutes ces passions impossibles, d'un instant, d'un soir, avaient le même décor, l'atmosphère lourde d'une soirée d'été, le ciel plein d'étoiles, les arbres comme des silhouettes de carton, d'une blancheur irréelle dans la lumière crue des guirlandes électriques, le bruit confus de centaines de voix et des pieds des promeneurs glissant sur le macadam et les pavés, les odeurs de la ville, essence, ail et huile d'olive surchauffée. Il suivait quelquefois une jeune fille qui avançait lentement dans les rues noires de monde, en compagnie de sa famille, de ses amies, ou l'observait à distance, si elle faisait partie d'un groupe de consommateurs assis à une terrasse. Quand elle avait compris qu'il était là pour elle, et si elle le trouvait à son goût, il savait qu'il pouvait compter, du moins aussi longtemps que cela durait, sur des œillades complices, sur le jeu charmant, chaste ou capricieux, des épaules, des mains, de la chevelure. Plusieurs fois, il avait suivi l'élue de son cœur jusqu'à la maison où elle habitait, il avait cherché à la revoir, ne fût-ce que de loin. Mais c'était inutile, il connaissait et respectait le code, un garçon comme lui n'avait aucune chance, pas une seule. Quant aux amours de rue, il n'avait pas d'argent pour ça.

Chaque fois qu'il le pouvait, il allait à Paleon Phaliron ou à Neon Phaliron, ou vers une autre plage. En maillot de bain, il ne craignait personne, il sautait et courait dans les vagues déferlantes, participait aux jeux de plage, flânait du côté des cafés et des petits restaurants avec des copains et des copines d'un jour, d'un soir. Accoudé à une barrière, il regardait les gens danser dans les nouvelles boîtes fréquentées par de nombreux Américains et d'autres étrangers ; il humait l'odeur alléchante du poisson frit et des petits pâtés. Dans l'obscurité tiède, au bord de l'eau, sous un arbre ou un auvent de branches de pin, dans un coin retiré, entre les cabines d'un établissement de bains, il connaissait certains soirs un plaisir hâtif avec une fille dont il ne se rappelait ensuite même pas le visage, des filles de grandes villes, aux conceptions modernes, qui avaient une vie libre, travaillaient ou faisaient des études, essayaient tous les moyens de s'arracher à ce qu'elles appelaient l'arriération des Grecs. En réalité, Niko ne faisait pas partie de ces clans d'initiés qui se retrouvaient sur les plages, le temps d'une saison, pour s'adonner ensemble à un joyeux libertinage, mais quand il arrivait, il était pris dans le cercle. Personne ne lui demandait d'où il venait, s'il avait de l'argent, ce qu'il avait fait et quel était son but, il était jeune, il savait nager et lutter, c'était suffisant.

C'est peut-être pendant ces heures de liberté sur la plage que Niko conçut l'idée de chercher un autre travail. Non pas parce qu'il trouvait indigne de lui de balayer, de passer la serpillière et de charrier des cuves d'eau sale (s'il était resté dans son village, il n'aurait pas eu la possibilité de faire le difficile), mais ce qui lui aurait semblé là-bas la chose la plus naturelle du monde lui paraissait à Athènes du temps perdu et un gaspillage de ses chances. S'engager dans la guerre civile, que ce soit dans la guérilla des montagnes ou dans les troupes gouvernementales, n'était pas une option pour lui : d'abord, parce qu'il ne savait pas de quel côté était le bon droit, et ensuite parce que, quel que soit le parti qu'il choisirait, il lui faudrait tirer sur des compatriotes, des Grecs qui parlaient la même langue que lui. Quelque chose en lui se révulsait et se rebiffait à cette idée. Mais que faire d'autre ? Des milliers de jeunes étaient au chômage, qui, comparés à lui, étaient savants, instruits et avaient leurs diplômes en poche. Il était prêt à accepter n'importe quoi, s'il avait seulement la possibilité de quitter *Nea Kriti*.

Il en parla enfin avec Irini et Mandisos. Il leur fit bien comprendre qu'il leur serait éternellement reconnaissant pour leurs bons soins, mais qu'il ne pouvait pas rester plus longtemps auprès d'eux, sans revenus et sans perspectives d'avenir. Mandisos ne comprit pas, ou fit semblant de ne pas comprendre. "Qu'est-ce que tu veux de plus, tu es nourri et logé, par les temps qui courent, ce n'est pas rien !..."

Non seulement Irini le comprit, elle, mais elle le précéda même sur la voie des projets et de ce qui en découlait. Plus Mandisos désapprouvait la chose, en grommelant que ce départ allait nuire à la bonne marche de l'hôtel, plus Irini soutenait fougueusement Niko, comme si elle avait enfin l'occasion de s'insurger ouvertement contre l'avarice de Mandisos et sa manie de se mêler de tout (car Niko le savait, elle en avait souffert).

Elle arrangea une rencontre entre Niko et Aristéides Youkis, qui était domestique et chauffeur chez une dame de la bourgeoisie. Ce Youkis avait lui-même une allure de rentier. Il se faisait vieux et cherchait un assistant. Irini avait chaudement recommandé Niko, semblait-il, car, bien qu'il y eût d'autres candidats sur les rangs, au dire d'Aristéides, ce dernier se déclara prêt à prendre Niko à l'essai. Certes, les gages n'étaient pas mirobolants au départ, mais en contrepartie, Niko recevrait une formation. Irini lui fit cadeau d'une mallette en cuir laissée à l'hôtel par un client. Mandisos avait une figure renfrognée et renifla bruyamment quand Niko vint leur dire au revoir, mais Irina était radieuse, toute contente du rôle qu'elle avait joué dans l'affaire.

"Ne nous oublie pas, viens aussi souvent que tu voudras, bonne chance, réjouis-toi, réjouis-toi", répétait-elle.

C'est ainsi que Niko déménagea vers les beaux quartiers situés derrière le Palais royal, où se trouvait la demeure de sa nouvelle patronne, dont il avait entendu parler comme de "la dame de Patras".

La dame de Patras s'appelait Daisy Dimitropoulou. Elle était âgée, entre soixante-dix et quatre-vingts ans, et elle avait l'allure et l'autorité de la reine mère des mythes anciens. Elle descendait d'une famille d'armateurs et de commerçants qui avait joué un grand rôle au début du XIXe siècle dans la guerre d'indépendance contre les Turcs. Son arrière-grand-père avait été un ami de Lord Byron.

Depuis toujours, la famille était anglophile : Mme Dimitropoulou elle-même avait reçu une partie de son éducation en Angleterre, comme ses sœurs et ses tantes. Elle possédait des terres dans le Péloponnèse, une maison à Patras où son mari avait été banquier, et une villa dans le quartier chic d'Athènes, Kolonaki.

Dans sa jeunesse, elle avait beaucoup voyagé à l'étranger ; désormais, elle se déplaçait d'une maison à l'autre, avec une escorte de domestiques et de membres de sa famille qui habitaient chez elle.

Pendant le temps qu'il fut à son service, Niko la vit assez peu, mais même si elle ne se montrait pas, tout ce qui arrivait dans la maison portait sa marque ; même invisible, elle était omniprésente. Si elle apparaissait en personne, chacun retenait son souffle. Elle s'annonçait de loin, par le son de sa canne sur le dallage de marbre.

Une fois par semaine, elle convoquait le personnel dans la pièce dite "salle du petit-déjeuner", de style anglais. Sur un rang, Aristéides, les femmes de chambre, la cuisinière, le jardinier et Niko l'attendaient. Mme Dimitropoulou prenait place dans un grand fauteuil en rotin, pestait à haute voix contre la douleur qui tenaillait ses membres raides, faisait apporter puis enlever des coussins. Elle était généralement vêtue d'une robe sac grise, avec un fichu noué en turban sur la tête et des sandales de rabane aux pieds, mais ses petites mains ridées et griffues étaient couvertes de bijoux qui jetaient mille feux à chacun de ses gestes. Quand elle était enfin installée à son aise, elle commençait à parler à une vitesse incroyable, en pointant le bout de sa canne sur l'un ou sur l'autre. Elle semonçait, donnait des ordres, critiquait ; elle n'était jamais contente, ou faisait comme si, parce qu'elle pensait que son autorité y gagnait. Elle avait un visage fripé, grisâtre, aux traits durs, ses yeux mobiles brillaient comme ceux d'un oiseau. Ils avaient tous peur d'elle, dans la maison, et lui obéissaient sans broncher.

Mme Dimitropoulou remplissait Niko d'étonnement, d'un sentiment composé à parts égales de respect et de rébellion. Elle ressemblait à son grand-père, mais elle était moins naïve que le vieil homme. Sa fierté, son arrogance et sa conscience de classe étaient soigneusement cultivées. Elle trouvait naturel d'avoir des privilèges, non pas parce qu'elle croyait réellement qu'elle était meilleure que les autres (elle parlait non sans cynisme de la "canaille humaine identique sur tous les points du globe, mauvaise, ambitieuse, cupide)", mais parce qu'elle considérait naissance, richesses et puissance comme des faveurs de la destinée. Elle et sa famille avaient tout eu, d'autres rien. C'était ainsi. Inutile de s'y appesantir. Elle faisait des dons énormes à des œuvres de bienfaisance, du moins quand elle avait confirmation que pas une seule drachme ne serait versée à ceux qu'elle appelait des rebelles et des bandits. Elle présidait une association féminine qui faisait fabriquer et vendre des broderies et des tapisseries nationales, elle siégeait au Comité d'aide aux réfugiés du Nord, au Comité d'aide aux victimes de tremblements de terre ; elle jouait un rôle de premier plan dans l'action engagée pour faire revenir en Grèce les enfants enlevés et déportés en Yougoslavie et en Bulgarie. Une fois par an, en août, elle se rendait à Tinos, pour le pèlerinage traditionnel de la Vierge, elle fréquentait assidûment les églises et les cloîtres, respectait toutes les fêtes religieuses. Niko était persuadé qu'au fond d'elle-même, Mme Dimitropoulou était une mécréante, que le sort des pauvres, des défavorisés et des persécutés lui importait peu. Elle perpétuait une tradition, par une forme de fierté ; elle pouvait se permettre de tout faire selon les normes. Plus tard, Niko eut l'idée que, peut-être, elle se sentait secrètement coupable de la corruption, du népotisme, des malversations et des trafics qui sévissaient dans son milieu et qu'elle voulait apaiser sa conscience par sa générosité. A l'époque où Niko était à son service, des gens de sa famille furent régulièrement impliqués dans des affaires de corruption. Elle ne tolérait pas dans sa maison les journaux qui dévoilaient les scandales, mais, naturellement, le personnel jasait.

Le malaise et le sentiment de révolte qu'il éprouvait à *Nea Kriti* revinrent plus forts que jamais. Sa place non plus n'était pas là, il le savait. A chaque fois que Mme Dimitropoulou recevait la visite du seul petit-fils qui lui restait et d'un neveu, deux jeunes gens élancés, en uniforme, l'un capitaine de l'armée de terre, l'autre inspecteur de police, Niko pensait aux antécédents de ces hommes dont il enviait secrètement la position privilégiée, l'aisance avec laquelle ils évoluaient, la carrière qui s'ouvrait à eux. Se pouvait-il qu'ils aient dû tout cela au fait qu'ils descendaient de vieilles familles conservatrices, que leurs pères, leurs oncles et les autres mâles de la famille avaient été opportunistes, corrompus et l'étaient encore, et qu'ils appartenaient à une mafia d'ex-collaborateurs, de trafiquants enrichis par le marché noir et de spéculateurs, soucieux de leurs seuls intérêts ?

Le beau Diomèdes, avec sa fine moustache noire, la taille bien prise dans sa tenue kaki (il avait donné à Niko quelques vieux battle-dress pour travailler dans le garage), avait été, ce n'était un secret pour personne, nommé à son poste par son oncle le général, un ami de Metaxas, déjà connu avant la guerre comme un sympathisant des nazis et un populiste, partisan d'une dictature militaire. Pendant la guerre, cet oncle avait combattu avec les Allemands contre les partisans, et aujourd'hui, sans avoir perdu une once de prestige ou d'honneur, il était à nouveau bien en selle. L'autre oncle, un armateur dont le capital placé à l'étranger se montait à plusieurs millions, finançait les études, les dots et les frais de représentation d'au moins une douzaine de gens apparentés aux cercles du pouvoir, et il avait offert à chacun de ses neveux, Diomèdes et sa sœur Tassia (qui vivait avec Mme Dimitropoulou), une rutilante voiture américaine, en contournant tous les règlements et les conventions concernant l'importation des biens. Niko lavait et astiquait ces petites merveilles, partagé entre l'admiration et l'amertume.

C'était de ces gens, qu'il servait, et de leurs pareils que dépendait le sort de la Grèce ! Ils avaient le pouvoir, ils dirigeaient l'opinion publique et l'appareil de l'Etat. Dans les journaux, les magazines et les brochures qui échouaient dans les chambres des domestiques, Niko pouvait lire noir sur blanc qu'ils se considéraient comme les véritables protecteurs de la Grèce, les défenseurs de la "civilisation occidentale engagée dans sa guerre contre les steppes de Russie", "les champions de la démocratie". Mais leurs ennemis, les *andartes* des montagnes, se disaient aussi les défenseurs de la démocratie.

Quant aux gens normaux, ceux qui n'ont ni argent ni influence à perdre en traitant avec les Anglais et les Américains, et qui ne veulent pas davantage se battre avec la guérilla, quels sont leurs droits et leurs conditions de vie ? pensait Niko. Les gens qu'il voyait, quand il marchait dans les rues d'Athènes, sur les places, dans les jardins publics, semblaient former une majorité, mais pourquoi ne se faisaient-ils pas entendre ? Les petits fonctionnaires besogneux, les commerçants qui devaient fermer boutique faute d'approvisionnement, les ouvriers qui vivaient au jour le jour, les chômeurs de toutes catégories, les réfugiés, la masse inquiète et misérable des femmes et des hommes qui n'ont qu'un seul souhait : la paix, la sécurité, l'égalité des chances, ceux-là étaient véritablement importants.

Mme Dimitropoulou n'était pas corrompue, Niko en aurait mis sa main au feu. Elle était nantie et hautaine, et en dépit de sa culture et de son expérience cosmopolite, d'une certaine façon, elle avait l'esprit étroit, il le sentait, même s'il ne pouvait pas dire ce qui n'allait pas. Mais elle avait de la droiture, une certaine grandeur, elle n'était pas hypocrite, elle n'avait pas deux poids et deux mesures. Elle défendait ses convictions, elle était prête à se sacrifier héroïquement s'il le fallait. Elle ne se posait pas de questions, elle n'en éprouvait pas le besoin, les choses étaient simplement comme elle les voyait, un point c'est tout.

Elle estimait qu'il était de son devoir de réfléchir périodiquement à la situation politique en présence de tous les gens qui vivaient dans la maison, personnel inclus, ne fût-ce que pour entretenir l'esprit de vigilance et la conscience de l'identité grecque. Elle tolérait les questions, encourageait les gens à en poser, mais Niko se rendit compte rapidement que toute réserve ou critique irritait prodigieusement la vieille dame.

"Mais qu'est-ce que j'entends, que dis-tu là ! Tu es contaminé, tu pues le pastis Rizo et la «Grèce libre» !" criait-elle en martelant le sol du bout de sa canne. Niko s'agaçait de ses jugements à l'emporte-pièce visant tout ce qui ne s'inscrivait pas dans les strictes limites de son champ intellectuel, mais il lui pardonnait immédiatement ses réflexions les plus ridicules, en raison de sa fougue, parce qu'elle n'était ni sournoise ni lâche, pas davantage méchante ou cruelle.

Il éprouvait également un certain respect pour son petit-fils, Diomèdes. Il ne doutait pas du courage et de la foi patriotique du jeune officier. Chez bon nombre de ces messieurs dans leurs belles tenues avec leurs barrettes de décorations sur la poitrine, il n'y avait que l'air de martial, mais Diomèdes, du vif-argent, rapide comme l'éclair, lui semblait incarner ce qu'il avait le plus admiré depuis son enfance. Diomèdes s'était particulièrement illustré au Grammos, selon les dires de tous. Il était pénétré de sa valeur, mais non pas d'une manière déplaisante. Niko reconnaissait tout de suite la classe dans l'allure, dans l'expression sévère du jeune homme. Il était fier de lui d'une certaine façon, comme s'il s'agissait d'un membre de sa propre famille ; il lui était d'autant plus pénible de réaliser que s'il n'adhérait pas aveuglément et inconditionnellement aux idées de ce jeune homme et à son mode de vie, il se retrouverait fatalement en face de lui.

Diomèdes était très actif sur le plan politique. Il ne parlait que de ça. Niko aurait pu faire un livre avec tout ce que déclarait Diomèdes sur le sujet, d'un ton posé, sûr de lui, quand il venait rendre visite à sa grand-mère, seul ou avec des amis. Niko attrapait au vol, en servant à table, en conduisant ou en se livrant à d'autres besognes, quelques bribes de ces phrases qui se gravèrent dans sa mémoire sous la rubrique "opinions de D. D.". C'était le contrepoint de ce qu'il entendait dans les rues et les parcs d'Athènes.

"Les coalitions gouvernementales formées sur une base large sont une absurdité, et dangereuses de surcroît. Nous n'avons que faire de premiers ministres libéraux du type Sophoulis, lequel non seulement n'a pas osé affronter les rouges, mais, notons-le, veut encore accorder l'amnistie aux rebelles et offrir aux déserteurs internés à Markonissos la chance d'une rééducation !"

"La démocratie en Grèce est une farce ; nous ne sommes pas mûrs en tant que nation pour ce système. Nous avons besoin d'une poigne de fer, d'une direction résolue. Discipline, ordre, efficacité, ce sont des vertus militaires. Donnez-nous un chef d'Etat qui sorte des rangs de l'armée : on fait ça, on ne fait pas ça, sans discuter. Toute cette prétendue liberté d'expression est vaine, seuls en profitent les communistes qui sèment leur propagande à tout va, ici et à l'étranger."

"Tôt ou tard ce sera la guerre. Selon moi, reculer ne sert à rien. Même si une autre guerre civile doit signifier la fin de la Grèce, je préfère cette idée à cette illusion de paix que nous avons actuellement. Regarder en face la possibilité d'une guerre est la meilleure garantie pour une paix mondiale dans l'avenir."

"Nous avons achevé la formation des milices de gardes nationaux. Le nombre des volontaires dépasse nos espérances. Mais ce n'est pas assez, nous devons poursuivre nos efforts jusqu'à ce que nous disposions d'une armée solide, sur laquelle nous puissions compter pour anéantir les bandits, les chasser hors de nos frontières et assumer la glorieuse et grandiose mission de la Grèce."

Niko avait souvent entendu Mme Dimitropoulou, s'il s'agissait de "donner un exemple" au cours de ses allocutions au personnel, évoquer l'éducation on ne peut plus sévère et spartiate reçue par son petit-fils : il s'était endurci le corps et l'âme comme il sied à un jeune Grec, et s'était préparé, sans mollesse et concession, à cultiver son *philotimo*, à préserver l'honneur de la Grèce. Mais d'autres sources disaient que Diomèdes, en campagne, se démenait fiévreusement, était nerveux et tendu, qu'il avait des accès de rage au cours desquels il injuriait et querellait ses hommes. Rien ne semblait plus éloigné de ce jeune homme guindé dans son uniforme kaki, se comportant en parfait gentleman à la table de Mme Dimitropoulou, chez qui la joie et l'approbation se traduisaient tout au plus par un sourire pour ainsi dire concédé du bout des lèvres, et les émotions ou la critique soit par un pianotement des doigts sur le bord de la table soit par un léger coup de badine ou de gants sur le pli du pantalon. Il y a peut-être un rapport entre les deux, pensait Niko. Peut-être aussi fallait-il trouver ici les raisons de son admiration comme de l'irrépressible sentiment de révolte qu'il éprouvait envers Diomèdes.

Et puis il y avait la petite-fille de Mme Dimitropoulos, Tassia. Des années plus tard, quand il pensait à elle, il semblait à Niko que la vie affluait plus fort dans son corps et dans sa tête. Certains rythmes et mélodies, des senteurs et des couleurs et des formes de la nature évoquaient son image : sa silhouette mince, son fin visage fier avec une bouche comme un fruit et de grands yeux ovales comme en ont les déesses sur les vases antiques. Le parfum de fleurs inconnues émanait de ses épais cheveux noirs qu'elle coiffait toujours autrement : un jour, relevés très haut par des peignes d'argent ; le lendemain, répandus sur les épaules en une cascade de boucles, ou bien encore noués en un chignon bas sur la nuque. Ses mouvements et ses gestes vivaient dans les rêves de Niko ; bien qu'il ne l'eût plus revue depuis des années, il se réveillait parfois avec la sensation qu'elle venait de passer devant lui, avec sa démarche légère, son ample jupe de soie se balançant sur ses hanches et ses jambes ; il croyait entendre encore le clic-clac de ses talons, le tintement des nombreux anneaux minces qu'elle portait comme bracelets ; le souvenir doux-amer de son regard, de son sourire, de la manière dont bougeaient ses épaules quand elle marchait, restait à le torturer, et à la lisière du sommeil et de la veille, le sentiment dominant qui avait fait de sa vie chez Dimitropoulos à la fois un enfer et un paradis, ce mélange de fierté ulcérée et de désir, l'envahissait de nouveau.

Dans la voiture des Américains, il avait pensé plus fort que jamais à Tassia, ou plutôt à la Tassia qui occupait son esprit depuis son départ d'Athènes, l'aristocratique et assurée Tassia, mille fois plus désirable par sa réserve que cette jeune mariée américaine qui se donnait tant de mal pour séduire et qu'il trouvait vulgaire parce qu'elle semblait s'offrir en permanence. Tassia était une princesse, comparée à ces étrangères soi-disant émancipées, une princesse hautaine qui marchait sur le dos des esclaves, mais intouchable sous la cuirasse de sa dignité qui avait la dureté du diamant. Ce que Niko avait essayé vainement d'oublier à Athènes, dans la compagnie des filles (qu'il allait voir quand il pouvait payer, comme les autres garçons de son âge), s'imposait à son esprit comme la norme, face à la médiocrité américaine : la distinction altière de Tassia, droite et éblouissante comme une colonne.

Malgré les années passées avec Katsov dans les montagnes, tout ce qu'il avait entendu dire et tout ce que lui-même avait pensé à propos de gens comme les Dimitropoulou, il ne pouvait condamner Tassia. Ses idées et sa manière de vivre lui semblaient injustes, mais elle restait pour lui le prototype de la femme grecque, fière, belle et courageuse. Il était convaincu que jamais Tassia ne trahirait la Grèce, ni en paroles ni en actes. Le moment venu, elle saurait se détourner avec dégoût de tout ce qui menaçait son identité grecque. Elle serait alors capable d'un geste grandiose, pourrait, s'il le fallait, en silence et fièrement mettre fin à ses jours, plutôt que de subir un outrage. Le sentiment que telle était sa vraie nature sous son vernis de jeune fille mondaine et gâtée par la vie faisait d'elle la femme la plus séduisante et la plus désirable. Penser à elle était l'échappatoire, dans ce milieu de tractations froides et clandestines.

Il l'avait une fois conduite au bal de l'ambassade d'Angleterre et avait attendu à côté de la voiture jusqu'à ce qu'elle rentre à la maison. Elle descendit les marches du perron comme une héroïne de théâtre, une Phèdre ou une Antigone, apparition surnaturelle et tragique, forçant le respect par sa beauté. Elle était vêtue de blanc, ce soir-là, et portait au bras gauche un large bracelet ayant la forme d'un serpent. Avec elle un parfum précieux de bois de santal, d'amandes et de roses entra dans la voiture. Pendant le trajet, Niko avait rêvé d'une révolution, d'un séisme, d'une catastrophe soudaine qui aurait détruit pour de bon l'ordre, ou le désordre, existant et aurait rendu possible la possession de cette femme. Il haïssait furieusement les jeunes officiers et les hommes d'affaires qui fréquentaient la maison des Dimitropoulou. Tassia appartenait à ces représentants de l'autorité et de la puissance, elle était là pour parler et plaisanter avec eux. Lui, Niko Stéphandidakis, vivait dans un autre monde à ses yeux à elle. Non qu'elle fût désagréable avec lui, au contraire ! Au cours de la nuit pascale, en rentrant du service religieux de l'église Hagios Giorgios sur le Lycabette, alors que les préparatifs pour le repas du lendemain battaient leur plein dans la maison, elle alla de l'un à l'autre et embrassa chacun sur les deux joues : "Christ est ressuscité, il est vraiment ressuscité."

Il frémit quand ses lèvres fraîches effleurèrent sa joue, sans doute surtout parce qu'il savait que ce baiser ne signifiait rien pour elle qu'un rituel pascal. Lors des grandes occasions, quand elle avait des hôtes, surtout des étrangers, Mme Dimitropoulou faisait régulièrement exécuter des danses et des chants folkloriques, par beau temps, sur la terrasse, à l'arrière de la maison. Des joueurs de cithare et de violon venaient, ainsi qu'un professionnel pour mener la danse. Tous ceux qui savaient danser dans la maison le *kalamatianos*[1], le *tsamikos*[2], devaient participer. Tassia se promenait en costume régional, elle en avait plusieurs, celui de l'Attique, de l'Eubée, de la Thrace, avec de petites médailles sur le front et autour du cou, et un boléro richement brodé et des jupes colorées. Elle était plus belle que jamais dans ces vêtements folkloriques, trouvait Niko, elle semblait aussi moins inaccessible. La musique faisait briller ses yeux ; parfois elle participait à la ronde des femmes. Niko s'abandonnait avec fougue à la danse, il savait qu'il était bon danseur et qu'on le regardait. Il savait que Tassia avait plaisir à le voir danser et cette idée l'enflammait. Il dansait pour elle, exprimant sa passion refoulée dans ses pas et ses mouvements, il la regardait droit dans les yeux quand il se trouvait près d'elle. Elle lui rendait son regard, en souriant, coquette, il était ivre de bonheur mais en

1. La danse de Calamata (à sept temps).
2. Danse de la Grèce continentale (à trois temps).

même temps ne se faisait pas d'illusions, c'était la musique et la danse qui faisaient battre le cœur de Tassia, pas lui. Elle criait : "Bravo, Niko !" et applaudissait, mais le lendemain, le quotidien reprenait ses droits, elle redevenait la belle inflexible, d'une amabilité qui ne voulait rien dire et le blessait au tréfonds de l'âme. C'est à cause de Tassia et de Diomèdes que Niko avait fini par quitter Mme Dimitropoulou. Il ne se passa rien d'extraordinaire, il n'avait pas eu à se plaindre de quoi que ce soit, bien au contraire. Mais il avait réalisé à un certain moment qu'il ne pouvait et ne voulait pas continuer à vivre ainsi. Il se surprit à avoir des pensées ou des paroles hostiles pour ces gens auxquels il n'avait rien à reprocher, sinon qu'ils étaient ce qu'ils étaient. Une envie furieuse de liberté le prit, il voulut se retrouver avec les autres, les sans-nom.

Alors il y eut le vagabondage, la vie dans la rue, la chasse aux expédients pour survivre, l'attente désœuvrée au bord des trottoirs, les petits boulots éphémères trouvés à grand-peine : décharger, faire le colporteur, guider les touristes (il fallait s'accrocher pour que ça rapporte quelque chose). A cette époque, il avait rencontré pour la première fois Yorgos Iannulis. Un monde nouveau s'ouvrit devant lui, le monde de Katsov et des montagnes du Nord, arides et étouffantes l'été, glaciales et humides l'hiver, le monde de la formation, de la camaraderie masculine, un monde clandestin, qui avait choisi l'illégalité, dans des baraquements et des tentes, un monde qu'il trouvait étrange et en fait non grec.

Après avoir conduit la famille américaine à l'hôtel Apollon, Niko monta sur la colline dominant Kastri pour s'allonger à l'ombre d'un bouquet d'oliviers, mais l'aridité de l'air l'empêcha de dormir. Appuyé sur un coude, il contempla le ravin du Pleistos et la plaine d'Itéa devant lui. Le soleil scintillait sur les cimes de milliers d'arbres dans le lointain. Les sommets des montagnes roussâtres et grises se dessinaient avec netteté sur le ciel. Il avait comme des élancements de douleur cuisante chaque fois qu'il songeait à Yorgos Iannulis. Mais il ne voulait pas se laisser distraire parce qu'il voulait comprendre pourquoi il se sentait coupable et avait honte devant cet homme, pourquoi il ne pouvait supporter d'être méprisé par lui. Ses doigts cherchaient dans le sable des petites pierres qu'il faisait rouler sur la pente.

Dans la chaleur de midi, non loin de ce lieu divinatoire où les Anciens venaient chercher la vérité, il vit soudain clair en lui-même. Il faut croire que l'évidence était sous-jacente à sa conscience depuis des semaines, des mois. Son comportement à l'égard des étrangers pouvait être destiné à Iannulis, mais tout ce qu'il avait dit et fait ces dernières années à l'attention de Iannulis était en réalité destiné à son grand-père, le patriarche crétois, dont il n'avait jamais osé s'émanciper, contre qui il n'avait jamais osé s'insurger. Il devait convenir qu'il n'avait jamais agi d'une manière indépendante, même s'il en avait eu l'illusion. En suivant Yorgos Iannulis, il ne s'était jamais libéré de l'autorité de son grand-père. Sa réticence grandissante à l'égard de Iannulis avait été comme la première lueur à l'horizon qui précède le lever du soleil. L'attitude de rejet de Iannulis l'avait blessé, parce que dans son for intérieur il savait bien qu'il n'était ni libre ni indépendant. Il se dressa sur son séant, sous les oliviers tordus et secs, et eut un geste brusque comme s'il avait été piqué par un insecte. La vérité dardait ses rayons aussi cruellement que l'azur flamboyant au-dessus de sa tête. Il serait seulement libre et indépendant quand il comprendrait pourquoi il agissait comme il le faisait, surtout quand il ne se sentirait plus secrètement coupable de se révolter, de désobéir, de se dégager d'un vieux et vénérable lien. La position qu'il avait défendue depuis des mois devant Iannulis, qui équivalait à dire non à Katsov, venait de son cœur, de sa tête, il n'en reniait pas un mot : mais s'il doutait pourtant de son bon droit, c'est qu'il y avait une cause plus profonde, il s'en rendait compte désormais.

En dépit de ses vagabondages, qui l'amenaient à choisir tantôt ceci, tantôt cela, tout au long de ces années, il était resté le "petit-fils", un membre immature et sans voix d'une famille dominée par le père de son père. Sa vie de nomade avait été une forme de révolte, sans doute, mais non pas une réelle émancipation parce qu'il n'avait jamais réalisé contre qui et contre quoi il se rebiffait. Spontanément, il s'était toujours rapproché de ceux qui, à ses yeux, incarnaient "l'autorité". Il était désormais en mesure d'identifier ce qui était chez lui une réaction type : se tirer, aller voir ailleurs, quand la pression sur son moi devenait insupportable. Mais il fichait le camp comme un gamin indocile, révolté et pourtant secrètement apeuré, espérant ne pas avoir gaspillé tout le capital d'indulgence sur lequel il pouvait compter. Il n'avait jamais accepté jusqu'au bout les conséquences de ses décisions. Il avait quitté la Crète avec l'idée qu'il trahissait le vieil homme mais qu'il ne serait pas totalement rejeté pour autant ; il ne pouvait pas concevoir que par son départ, il perdrait sa place au sein de la famille et du village. Il avait demandé son congé à Mme Dimitropoulou, mais pendant les années qu'il avait passées avec Iannulis, il avait dû constater que tout ce qu'il entendait ou voyait ou même ce qu'il faisait ou pensait, il le mesurait involontairement aux normes en vigueur chez les Dimitropoulou ; de quoi être exaspéré, car il ne voulait rien éprouver d'autre que de la révolte à l'égard de la clique de Kolonaki et de ce qu'elle représentait. Maintenant il avait rompu avec le groupe de Katsov, mais dans sa manière d'agir avec les Américains, il s'était surpris en permanence à réagir ou à interpréter les choses d'une manière qui aurait reçu la bénédiction de Katsov. Il chercha dans sa poche la lettre de Crète, et cette lettre aussi avait joué pour lui un rôle différent de celui qu'il feignait de lui attribuer. La lettre lui avait donné l'occasion d'esquiver quelque chose qu'il ne voulait pas, mais pourquoi précisément cette lettre et son contenu tombaient-ils à pic ?

Niko déplia la feuille de papier et la posa sur ses genoux. Tout en promenant machinalement ses yeux sur ce qui était écrit, absorbé dans ses pensées, il avait conscience de l'espace qui s'étendait devant lui, du paysage baignant dans une lumière crue et des bruits vagues qui montaient du village de Kastri, dans la torpeur de l'après-midi. Il se gratta la tête et le dos, non sous l'effet d'une démangeaison, mais poussé par une agitation intérieure, comme s'il pouvait se débarrasser ainsi de ce qui le gênait et l'asticotait. Oui, il le savait, ce n'était plus la peine de jouer plus longtemps à cache-cache avec lui-même : la lettre avait sur lui l'effet d'un appel, d'un ordre, parce qu'elle le ramenait à l'intérieur du territoire de son grand-père. La lettre n'était pas un sauf-conduit vers la liberté, au contraire. Il obéissait d'instinct à l'ordre inclus dans cette lettre : Reviens, reprends ta place, fais ton devoir. Ce qui sortait de la lettre était plus fort que lui, plus fort que les expériences des années d'errance, plus fort même que Yorgos Iannulis. Le vieil homme appelait, même si c'était par le truchement d'un tiers, et lui, Niko, devait venir. Il avait vingt-cinq ans, il pensait connaître la vie, il croyait qu'il était devenu sage à travers les revers et les aléas du chemin, un adulte autonome, mais il avait suffi d'un moment de lucidité pour que tout s'écroule et qu'il se voie tel qu'il était en réalité : un petit garçon qui n'avait pas le courage de s'affirmer comme une personne indépendante et responsable face à son aïeul. Au fond de lui, il croyait toujours à la légitimité intangible de la domination du vieil homme.

Il se releva d'un bond, n'en pouvant plus de rester là. Chaque seconde d'attente dans la somnolence de l'après-midi au-dessus de Kastri était une torture. Mais il savait aussi que les choses étaient ainsi et pas autrement : il ne pouvait pas écarter les montagnes, il ne pouvait pas à la vitesse de la pensée se transporter à Athènes ou en Crète. Il se sentit petit et insignifiant dans le paysage, impuissant à réaliser ses désirs. Durant cette heure passée sous les oliviers, il avait fait un grand bond intérieur, passant d'un état devenu étriqué à un nouvel état auquel il devait encore donner vie, auquel il devait insuffler sa passion et son énergie avant qu'il ne se sente vraiment comme né une seconde fois. Il se libérait de Yorgos Iannulis, de Mme Dimitropoulou, de son grand-père, mais il savait que ce sentiment ne deviendrait authentique et inhérent à son moi que lorsqu'il aurait démontré par des actes, des paroles, un comportement, qui il était en réalité. Il s'étonnait encore que cette révélation ne soit pas venue plus tôt, quand il était encore dans les montagnes du Nord sous l'influence de Katsov, dans un état de tension et de révolte secrète entretenu par tout ce qu'il voyait et ce qu'il entendait. A ce moment-là déjà, sans doute s'était-il libéré de tout ça sans en avoir conscience ; son adieu à Iannulis avait été un geste instinctif, maintenant il devait pour ainsi dire rattraper le retard qu'il avait sur lui-même. Il savait ce qu'il avait à faire : sans appréhension, rendre compte de ses actes à ceux qui jusqu'à présent avaient dominé sa vie.

Il descendit le versant de la colline. Un sentier étroit menait à l'arrière d'un pâté de maisons. Une femme, assise à l'ombre d'un arbre, triait des grappes de raisin "destinées à l'hôtel", lui dit-elle. Elle lui tendit une lourde grappe : Tu n'es pas d'ici ? d'où viens-tu ? es-tu venu pour des affaires ou ton plaisir ? as-tu des amis ou des parents à Kastri ? Il bavarda un instant avec elle, appuyé contre un petit mur.

Plus tard il marcha lentement vers la grand-route. Il aperçut la jeune Américaine devant la petite chapelle, à la sortie du village. Il eut pitié d'elle, elle semblait si vulnérable et si petite dans sa solitude. Sa soudaine clairvoyance lui donnait un sentiment de force et de richesse, comme s'il pouvait en offrir une partie à un être faible et incertain. L'énergie qu'il ne pouvait convertir sur-le-champ en une discussion avec Iannulis ou une explication d'homme à homme avec le patriarche fut canalisée en direction de Jessica. Il commença à sourire, esquissa le geste de tendre la grappe de raisin avant même que l'adolescente ne l'eût aperçu.

Quand ils eurent déambulé dans les ruines pendant un certain temps, il se rendit compte qu'elle n'écoutait pas ce qu'il disait. Elle se moquait des ruines. Il lui jetait un coup d'œil de temps à autre avec un sentiment de désappointement étonné : comment pourrait-il faire plaisir à cette jeune étrangère, que voulait-elle ? A un moment donné, quand il l'aida à sauter d'un tas de rochers, il vit son visage de tout près, rouge et moite de sueur, son regard avait un éclat fixe, elle avait la bouche entrouverte. Pendant le court instant où elle se laissa glisser entre ses bras, son regard parut se fixer sur lui comme une ventouse, avec passion et désespoir, dans un abandon aveugle. C'est donc ça, pensa-t-il avec commisération, mais en même temps irrité moins contre la jeune fille elle-même que contre son passé, ses parents, ses proches, ses compatriotes, l'environnement où elle était devenue ainsi. Ce qui se pressait ainsi contre lui, c'était la vie à l'état brut, dans son impuissance, déboussolée et sans frein. Ce matériau cherchait un soutien, un guide, voulait être ordonné.

Son premier mouvement fut le recul : cela ne me concerne pas. Que lui importait la petite étrangère ? Ceux qui en avaient la responsabilité ne se souciaient pas d'elle. Ses yeux avides demandaient plus qu'une caresse ou quelques mots gentils, ils quémandaient des paroles de consolation décisives, du bonheur, la reconnaissance de sa valeur, une raison de vivre. Niko résistait avec sa raison à cet appel qu'acceptait et comprenait son cœur. Ainsi partagé, il la guida à travers les sanctuaires délabrés, réfléchissant à un mot, un geste qui pourrait donner du courage à l'adolescente. Mais il ne trouva rien ; tantôt il considérait comme un poids sa présence à ses côtés, tantôt, à la voir anxieuse et passive, il en avait le cœur serré.

Il se mit à songer à sa sœur Stéphania. A chaque pas, son devoir lui devint plus clair, le sentiment de sa responsabilité plus fort en lui. Après tout, c'est à lui qu'elle avait été confiée. Par sa longue absence, avait-il fui ses devoirs envers elle ? Il ne pouvait pas se représenter son visage, n'avait même aucun souvenir de la petite fille qui l'avait regardé partir en silence avec de grands yeux, neuf ans plus tôt. Il n'avait jamais songé à elle en tant que personne durant tout ce temps, elle était pour lui un membre de la famille, englobée naturellement dans les sentiments mélangés de fidélité et de compassion agacée qu'il vouait à ses parents et à son village natal. La nouvelle qu'elle avait suivi un suborneur avait produit peu d'impression sur lui, il en eut soudain conscience. Il était déjà si détaché des mœurs crétoises qu'il n'avait ressenti ni colère ni étonnement, bien qu'il sût ce que la nouvelle impliquait : que Stéphania s'était dressée contre la volonté de la famille, que son choix s'était porté sur un étranger inacceptable. Niko s'en moquait pas mal, à vrai dire. N'importe quelle nouvelle venue de Crète, lui signifiant son rappel, aurait eu pour lui la même fonction. Mais maintenant qu'il se traînait dans les ruines, comme un touriste au milieu des autres, ces étrangers qui vouaient un culte incompréhensible et ridicule à ses yeux aux vieilles pierres, il vit clairement qu'il se rendait en Crète pour décider du sort de Stéphania. Son grand-père attendait de lui un certain comportement, la défense de l'honneur et de la tradition, mais Stéphania, elle, qu'attendait-elle ?

Il regarda la jeune Américaine que personne ne protégeait, ni son père, ni le mari de sa sœur. Il n'y avait pas eu de femme pour lui transmettre les secrets de la féminité. Elle errait sans but dans un désert. Stéphania n'était pas comme ça, sûrement. Elle était peut-être amère, désespérée, d'une fierté révoltée, peut-être allait-elle à la rencontre du malheur les yeux grands ouverts, peut-être acceptait-elle résignée ce qui devait arriver. Mais il était sûr qu'elle était résolue, qu'elle n'était pas inconsistante : elle savait ce qu'elle faisait, ce qu'elle voulait, elle n'était pas floue et versatile comme cette jeune Américaine. Pendant qu'il grimpait derrière Jessica sur les sentiers étroits, il en eut assez, se tut et se mit à penser avec impatience à son départ, cette nuit-là. Parler avec Iannulis, retourner en Crète pour montrer à son grand-père qu'il était un homme. Et puis trouver du travail. Il ne savait pas encore quoi et où, mais il était prêt à tout accepter. Il voulait se fixer désormais.

Il avait constaté tout à coup que la jeune fille était partie. Il l'avait cherchée mais ne l'avait trouvée nulle part entre les ruines. Il se reprocha d'avoir pensé à autre chose. Il avait failli aux lois de l'hospitalité, c'était impardonnable. Il l'avait laissée tomber d'une manière ou d'une autre, il voulait la retrouver et lui faire comprendre qu'il regrettait. Il retourna au village et, dans une des boutiques pour touristes, il acheta un sac en tissu. Il fut soulagé, en un sens, de s'être débarrassé d'une partie de l'argent que la mère de la jeune fille lui avait donné.

Aux premières heures du jour, ils arrivèrent en vue d'Athènes. Niko était assis sur ses talons, le dos appuyé contre la paroi de la cabine du chauffeur, et voyait les pins, les oliviers et les petites maisons blanches des environs de Daphni défiler devant lui. Mais Jessica Manning s'était mise debout et regardait la ville qui s'étendait sur les collines nues et poussiéreuses dans la lumière rose du matin. Niko se demandait comment il allait la persuader de continuer son propre chemin à Athènes. Il pouvait la conduire à un hôtel, au consulat des Etats-Unis ou à l'agence de voyages Cook sur la place Syntagma. "Je vais aussi à Athènes", lui avait-elle lancé, hors d'haleine, en montant dans le camion, à Kastri. Plus tard, alors qu'ils étaient à mi-chemin, après Thèbes, elle s'était tournée vers lui dans l'obscurité, avec ses cheveux qui lui flottaient sauvagement dans la figure, et, face au vent, avait crié : "Je veux rester avec toi, je vais avec toi en Crète !" Niko avait parlementé jusqu'à Eleusis mais rien n'y fit. "Je ne veux pas retourner, je ne retournerai pas, j'ai assez d'argent", répétait-elle avec obstination.

Le camion s'arrêta dans un des faubourgs, près des halles, entre des monceaux de pastèques et de tomates. Le jour était complètement levé, la rue était déjà très animée. Comme convenu, Niko aida le camionneur à décharger. Tout en travaillant, il jetait de temps à autre un coup d'œil sur la jeune fille, un peu comme on surveille un bambin ou un animal domestique. Elle était au bord de la route à la circulation intense, tout près des rails de tram, dans cette attitude rêveuse et maladroite qui la caractérisait ; elle bougeait ses pieds de temps en temps ou secouait sa crinière, et elle balançait doucement au bout de la sangle le sac de tissu qu'il lui avait donné et qui était gonflé de tout ce qu'elle y avait mis. Quelqu'un lui avait offert une tomate, elle y mordait distraitement, tout en regardant autour d'elle les employés des halles qui s'interpellaient bruyamment, les maraîchers et les camionneurs. Quand Niko eut fini, le chauffeur les emmena prendre quelque chose dans un café, ce qui mettait un terme naturel à l'accord qu'ils avaient conclu, mais Niko ne voulait pas s'attarder à discuter, il était nerveux, il ne devait pas perdre de temps. Il poussa Jessica dans un tram bondé ; ils descendirent à la place Omonia, en plein centre. La jeune fille eut faim. Niko acheta quelques sandwichs à un kiosque. Piétons, autobus et taxis déferlaient des rues qui convergeaient vers la place. Le soleil était déjà chaud. "Ecoute-moi, dit Niko, il y a un hôtel qui n'est pas cher, à deux pas d'ici, je connais les patrons, ils viennent de Crète comme moi, ils s'occuperont de toi…

— Non, non !" Elle l'agrippa par la manche et le regarda en écarquillant des yeux désespérés. "Je n'irai à cet hôtel que si tu viens avec moi, tu ne dois pas me laisser seule.

— Mais j'ai beaucoup de choses à faire, et je pars demain matin pour la Crète", répondit Niko, en protestant vigoureusement des deux mains. Ils stationnaient sur le pavé de marbre, au milieu de la foule des passants, des badauds discutant, attendant, lisant les nouvelles, des vendeurs de journaux, des colporteurs et des cireurs de chaussures.

"Je ne veux pas rester toute seule, je veux aller avec toi où que tu ailles", répétait l'adolescente.

C'est ainsi que commença sa quête de Iannulis à travers Athènes. Niko connaissait l'art de se faufiler prestement au milieu des gens qui musardaient sur les trottoirs ; il traversait les rues les plus animées en bondissant et en évitant habilement les voitures. Jessica ne pouvait pas le suivre. Elle réagissait lentement, elle se fatiguait vite et souffrait de la chaleur ; elle s'arrêtait pour regarder une vitrine, l'éventaire d'un kiosque de fleuriste, la terrasse d'un café. La bride d'une de ses sandales cassa. Niko l'emmena chez un cordonnier qui leur offrit de s'asseoir et alla chercher un café. Ils étaient dans le vieux quartier de Plaka, l'endroit où Iannulis avait coutume de fixer ses rencontres était tout proche. Quand la sandale fut réparée, ils continuèrent.

Niko conduisit Jessica dans une impasse derrière des maisons, dominées par la masse pierreuse, jaune et gris, de l'Acropole. Il désigna l'Acropole et proposa à Jessica d'aller voir les temples ou de s'asseoir quelque part à l'ombre ("tu as tout Athènes à tes pieds, là-haut"), il reviendrait la chercher. Mais elle refusa. Bon, qu'est-ce que ça peut faire après tout si elle est là quand je parlerai à Yorgos, de toute façon, elle ne comprend pas un mot de grec. Il s'était résigné à l'idée qu'il ne se débarrasserait pas d'elle ce jour-là.

Ensemble ils marchèrent, dans la fournaise des ruelles aveuglantes (le soleil était maintenant au zénith), en montant et en redescendant dans le lacis des ruelles et des bazars. Ils attendirent longtemps à l'endroit habituel mais Yorgos et ses compagnons ne se montrèrent pas, ils avaient visiblement choisi un autre lieu de rendez-vous. Niko s'y était préparé : par expérience personnelle, il connaissait trop bien la situation de clandestin pour ignorer que l'autre ne pouvait prendre aucun risque. Mais par ailleurs, sa disparition l'irritait car elle signifiait que Yorgos ne lui faisait plus confiance. Il se mordit rageusement les lèvres et se dit à voix haute qu'il saurait bien retrouver Yorgos. Ils achetèrent des épis de maïs grillés à un marchand ambulant et puis ils retraversèrent la moitié de la ville en direction du quartier situé à mi-chemin du Pirée, là où Niko avait vécu jadis et où il soupçonnait Iannulis d'avoir ses planques. En compagnie de Jessica, il fit le tour des adresses où avaient habité d'anciennes relations de Iannulis ; il avait oublié la majorité des noms mais il pouvait se rappeler dans quelles rues, dans quelles maisons ou quels cafés il était venu avec Yorgos lui-même ou pour affaire le concernant. Toujours flanqué de Jessica qui marchait maintenant sans rien dire à côté de lui, Niko cherchait obstinément la trace de Iannulis. Partout d'interminables palabres, comme on pouvait s'y attendre, avec préambules, digressions et circonlocutions d'usage, et, pour finir, le verre de l'amitié, pour sceller la confiance. Certains avaient disparu, ou se trouvaient à leur travail et ne se montrèrent qu'après toutes sortes de difficultés. Tout le monde n'était pas disposé à donner des informations, mais Niko sut assez rapidement que Yorgos Iannulis avait été signalé dans le quartier.

Il tint bon : il devait retrouver Yorgos et il le retrouverait. Et il le retrouva dans une taverne arménienne, au fond d'une ruelle pleine d'échoppes. Il était déjà tard, l'adolescente marchait comme une femme soûle, ses yeux clignaient de fatigue et Niko devait la tenir par le bras. Assis sur des chaises alignées devant la taverne, des hommes discutaient, mais à l'intérieur, il n'y avait personne, à l'exception de Yorgos et de ses hommes. Niko poussa doucement la jeune fille sur une banquette et se dirigea vers les autres. Ils l'avaient vu dès qu'il avait franchi le seuil, vraisemblablement ils étaient au courant que Niko cherchait Yorgos. Ils le regardèrent sans rien dire, Niko prit une chaise et vint s'asseoir à côté de Iannulis qui faisait glisser son *komboloi*[1] entre les doigts de sa main gauche. On entendait le cliquetis léger des perles.

"Que me veux-tu ? demanda Iannulis. Est-ce que tu me cherches pour m'annoncer que tu es revenu sur ta décision ? Tout le reste ne m'intéresse pas. Je te le dis tout net pour que tu ne perdes pas ton temps.

— Je n'accepte pas que tu me retires ton amitié seulement parce que je n'agis pas exactement comme toi, voilà ce que je voulais te dire en premier, répondit Niko, sur un ton plus agressif qu'il ne l'aurait voulu, dans la mesure où son interlocuteur restait si impassible. Tu vas à Chypre pour travailler à l'union, pour organiser la résistance contre les Anglais et mettre sur pied des réseaux, mais tu y vas comme agent de Katsov. Je commence à savoir ce que veut Katsov : l'union, d'accord, mais d'un genre particulier. La liberté et l'autonomie n'y ont pas de place. Je ne comprends pas comment tu peux choisir ce camp. Pour moi, je ne veux pas."

Iannulis haussa les épaules.

"Tu crois savoir ce que tu ne veux pas. Mais le problème, c'est que tu ne sais pas ce que tu veux. Pendant trois ans je t'ai observé pour voir ce que tu avais dans le ventre. Je t'ai accordé plus de temps et d'attention qu'à tous mes élèves ou amis réunis, et même à mes compagnons du camp de Markonissos. Je t'ai traité comme mon fils – j'en avais deux, comme tu sais, qui ont été abattus comme des chiens en 1948 par les troupes gouvernementales. Oui, quelquefois, j'ai eu l'impression de me retrouver en toi, plus jeune, avec une vitalité toute neuve, comme si tu m'étais envoyé pour que je reprenne confiance dans l'avenir, comme si tu étais

1. Chapelet.

le signe que ma vie ne serait pas ensevelie sans avoir servi à quelque chose. Et voilà que tu viens pleurnicher sur l'amitié perdue, ne me fais pas rire, Niko Stéphandidakis ! Le goût de telles sensibleries m'est passé depuis que je sais par expérience ce que les hommes sont capables de faire endurer à d'autres hommes. Si tu veux tout savoir, dans la tête et dans le cœur, je n'ai plus qu'une passion : *laocratia*. Et elle exclut tout le reste, y compris l'amitié. Ne viens pas me dire que tu ne l'as pas su depuis le début ! Aurais-tu oublié le nombre de fois où tu m'as juré tes grands dieux que tu étais d'accord avec moi, que toi aussi, tu voulais mettre ta vie au service de cette cause ? Au départ, je n'avais guère confiance en toi. Les jeunes s'enflamment comme de l'amadou pour n'importe quoi, une femme, une politique, le jeu, peu importe, mais rien n'est plus éphémère que cet engouement. Tu paraissais plus constant. J'ai repris espoir. Des garçons dans ton genre sont rares dans ce pays. Ils sont indispensables. J'ai fait ce que j'ai pu pour t'aider. Tu manquais de confiance en toi, tu ne savais rien. L'an passé, j'ai commencé à me faire du souci. Tu restais bloqué à un certain stade. Il n'y a que deux catégories de gens qui sont intéressants pour la cause : ceux qui savent que poser des questions et y répondre n'est pas ce qu'on attend d'eux et qui obéissent au doigt et à l'œil, et ceux qui pensent vite et loin et vont droit au but fixé. Tout ce qui se trouve entre les deux est bon à jeter. Tu te poses trop de questions pour obéir comme les braves types qui me font confiance et ne discutent pas mes ordres, mais tu n'es pas assez perspicace pour comprendre ce qui est en jeu. Ton comportement et tes questions en sont la preuve.

— Tu parles beaucoup, Yorgos, mais mon sentiment me dit que tu parles faux, dit Niko, et d'après moi, parler faux, c'est avoir l'esprit faux ou mentir. Tu joues un double jeu : ou bien tu dupes Katsov ou bien tu abuses ceux que tu t'apprêtes à organiser, à Chypre, et qui désirent une tout autre forme d'*enosis* que celle que Katsov a en vue. Parlons clair, Yorgos, tu travailles pour Katsov et ce qui est derrière lui, ou bien pour l'*enosis* comme la conçoivent les hommes et les femmes de ce pays ? Et si c'est le cas, comme je l'espère – je ne peux pas m'imaginer qu'il en soit autrement –, ne vois-tu pas dans quelles eaux troubles tu godilles ?"

Iannulis se pencha sur la table et fit tourner le verre posé devant lui. Il avait l'air vieux et fatigué, avec son regard éteint et les rides qui se creusaient des ailes du nez aux commissures des lèvres. Son visage était aussi gris que ses cheveux, sous la lumière crue. Il hocha la tête en pinçant les lèvres.

"Tu es naïf, dit-il. A quoi bon discuter avec toi ? Des mots comme sincérité ou mensonge au sens commun n'ont pas leur place ici. Tu n'es pas concerné par les choses que je recherche, ta vie n'est pas impliquée. Quand je t'ai rencontré, il y a trois ans, tu errais comme une âme en peine, frustré, agité, sans but. Rien n'a changé. Tu es resté le même, curieux de ce que tu ne connais pas, prêt à te lancer dans n'importe quelle aventure, à goûter à tout..." Iannulis aspira bruyamment et jeta un coup d'œil par-dessus son épaule en direction de la jeune fille assise sur la banquette, près de l'entrée. "Parler faux, dis-tu ? En réalité, ce que tu voudrais me jeter à la figure, c'est que je pense mal ou que je mens. Mais le problème, c'est que tu ne peux pas ou que tu ne veux pas comprendre que c'est toi le fautif, avec ton incapacité à te dévouer complètement à une cause dont les enjeux dépassent le petit bonheur personnel d'un certain jeune Crétois et l'opinion qu'il se fait de sa personne. Trop de Grecs te ressemblent : tout feu tout flamme, la langue bien pendue, la gesticulation héroïque... Vous voyez la vie comme une partie de trictrac, comme une interminable discussion au café du Commerce. Non parce que vous n'avez jamais souffert, mais parce que vous oubliez la souffrance en un clin d'œil, parce que vous considérez ce qui vous arrive comme un coup du sort qui vous est destiné à vous et aux vôtres, comme une épreuve personnelle, et non comme une souffrance qui affecte les hommes dans la société des hommes, non comme des abus criants qu'il faut dénoncer, des malheurs qu'on doit prévenir. C'est pourquoi je te le répète : toi et tes pareils, vous n'êtes pas concernés par les choses qui donnent un sens à ma vie. Inutile de discuter plus longtemps. Tu me bassines avec tes jérémiades de morveux...

— Je suis un morveux parce que je ne me fais pas avoir par la propagande de Katsov et que je me méfie même de toi, tant que tu n'as pas défini clairement ta position ? s'emporta Niko. Je suis un morveux en refusant d'agir si j'ai mes doutes ? Je t'ai suivi avec empressement chez Katsov, pour être initié à ce qu'ils appellent là-bas «l'engagement pour la paix». J'ai bien écouté toutes ces leçons sur la liberté et les droits de l'homme. Mais à un moment donné, j'ai compris que j'étais formé pour devenir un agitateur au service de la politique soviétique. Je ne le veux pas, et c'est pourquoi je m'en vais."

Iannulis ramassa prestement le *komboloi* de la table et le remit dans sa poche.

"Il y a trois ans, tu étais aussi monté contre les monarchistes de la maison Dimitropoulou que tu l'es aujourd'hui contre Katsov. Qui sait, tu as peut-être conçu un regain de sympathie pour les gens de droite, entre-temps… Ce serait compréhensible, n'est-ce pas la seule façon de ne pas être un hors-la-loi dans la Grèce d'aujourd'hui ?

— Non. Katsov, pour moi, c'est fini. Mais je ne veux pas davantage des autres. Il y a autre chose que la droite et la gauche. C'est mon droit d'avoir une opinion personnelle.

— Pourquoi es-tu resté dans le Nord, après avoir touché du doigt que les objectifs du bureau de Katsov ne te convenaient pas ? Tu aurais pu te libérer sans trop de peine si tu le voulais à tout prix.

— Je suis resté dans le Nord à cause de toi, parce que nous étions amis et que je pensais que tu avais tes raisons pour vouloir rester chez Katsov. Je ne pouvais pas imaginer que tu aies voulu réellement d'un Bulgare pour nous dire à nous, Grecs, comment nous devions réaliser notre union…

— Katsov n'est pas bulgare, il est originaire de la Thrace, tu le sais bien, dit Iannulis d'un ton las.

— Non, un Bulgare." Niko martela légèrement la table du poing. "Un Grec qui prétend œuvrer pour la liberté de la Grèce n'a pas besoin de se cacher sous un nom bulgare et d'aller prendre ses ordres à Sofia. L'an passé, je m'attendais à ce que tu me dises à tout instant : Viens, Niko, je me suis assez promené dans le coin, je sais ce que je voulais savoir, on s'en va. Mais tu ne disais rien, je ne savais plus à quoi m'en tenir à ton sujet.

— Katsov s'est battu au Grammos en 1948, comme officier de liaison entre notre guérilla et Sofia, donc, c'est vrai, ce n'était pas désintéressé, mais c'est un aspect de l'affaire. L'autre aspect, qui pèse plus lourd pour moi, c'est qu'il s'est battu aux côtés d'hommes qui, sans avoir jamais rien fait contre Athènes, avaient vu leurs villages rasés, leurs femmes et leurs enfants massacrés par une racaille armée pour l'occasion par le gouvernement afin d'exécuter la sale besogne…" Iannulis s'étrangla presque sous le coup de l'émotion, ses yeux s'embuèrent de larmes, il serra les poings en tremblant. “Pour moi et des milliers d'autres qui ont connu des situations semblables, des hommes comme Katsov ont été des sauveurs. Ce qu'il voulait rejoignait en partie ce que nous voulions. Et au moins, j'ai vu des actes de la part de Katsov, et c'est beaucoup dans un monde où on pérore dans le vide et où on se tire dans les jambes…”

Niko fut touché. Il aurait voulu répondre à la démonstration de Iannulis avec une émotion égale, pour montrer son amitié. C'était comme s'il voyait Iannulis pour la première fois : un être qui avait besoin, pour continuer à vivre, d'aller droit vers un but, un homme à la lisière de la vieillesse dans son complet râpé aux manches élimées, un solitaire, un exclu. L'idée lui vint que peut-être Iannulis n'osait pas affronter le doute. Il chercha ses mots pour lui faire comprendre combien cette prise de conscience les rapprochait, mais il s'opéra en Iannulis comme une transformation à vue, ce dernier reprit son expression fermée, son regard sombre et soupçonneux. “J'ai discuté si souvent avec toi de tout ça”, dit-il en haussant les épaules. Il se renversa sur sa chaise et fixa les insectes qui voltigeaient autour de la lampe. Le garçon apporta deux verres d'eau avec des glaçons et emporta les verres vides. Niko vit qu'il avait aussi posé un verre à côté de la jeune Américaine. Elle dormait, tassée contre la paroi, des mèches folles dans la figure. Son sac était tombé à terre.

“Tu parlais de la liberté et de la souveraineté telles que la souhaitent les hommes et les femmes de ce pays, dit Iannulis lentement. Mais peux-tu imaginer une seule forme d'action prétendue légale, visant exclusivement à assurer la liberté, l'autonomie et le bien-être des gens du peuple, qui ne soit condamnée à l'échec, du fait des préjugés, de la méfiance, de l'indifférence, du laxisme, de l'égoïsme et des chamailleries intestines de tout ce qui fait la pluie et le beau temps aujourd'hui à Athènes ? Le peux-tu, Niko Stéphandidakis ? Parle, si tu le peux.

— Je ne prétends pas le savoir”, répondit Niko. Il était ulcéré par le ton désabusé et las de Iannulis et en même temps il aurait voulu briser le mur qui les séparait. “J'ai toujours eu honte d'avoir si peu appris. Mais si tu ne m'avais pas instruit et si tu ne m'avais pas donné tes livres à lire, j'aurais peut-être avalé toutes les théories de Katsov, qui sait ? pour avoir l'impression d'être une moitié d'intellectuel, un initié, comme tu voudras. Mais par tout ce que j'ai appris avec ton aide, il m'est apparu clairement que la vraie culture, c'est autre chose. Même si de ce point de vue, je ne vaux pas cher, je suis au moins sûr d'une chose : je ne veux pas qu'on me force à être ce que je ne veux pas. Je sais seulement qu'il est préférable de savoir qu'on ne sait pas, plutôt que de se mettre dans les brancards au service de quelqu'un ou de quelque chose, comme le mulet doté d'œillères qui fait tourner la meule. Je t'accorde que la Grèce libre n'existe pas encore, qu'elle doit naître. Mais je pense qu'elle doit naître de la volonté des gens qui vivent et travaillent dans ce pays et qui ne réclament que le droit d'être eux-mêmes dans les meilleures conditions d'existence possible. La Grèce est-elle condamnée à être un bastion de l'OTAN contre l'Union soviétique ou un avant-poste du communisme en Méditerranée ?... Est-il impossible de concevoir une Grèce qui ne soit ni une colonie ni un fortin pour les étrangers, n'existe-t-il aucune autre voie ? J'ai toujours pensé que tu soutenais cette autre voie."

Le coude appuyé sur la table, le menton dans la main gauche, Iannulis baissait les yeux, comme s'il réfléchissait. Niko attendait, crispé. Ils se faisaient face, en silence. C'est donc fini, pensait Niko, nous ne pouvons plus parler. Il sait ce que je veux dire, mais il se défile, volontairement. S'il est un agent de Katsov, qu'il le dise ! Je ne le trahirai pas. Se méfie-t-il à ce point de moi, ou me juge-t-il idiot ?

"Tu as fait le voyage jusqu'à Kastri avec ces Américains", dit soudain Iannulis. Niko aurait été surpris si Iannulis n'avait été parfaitement au courant. "Pourquoi as-tu emmené la fille avec toi ? Voilà un exemple de ce que je disais : il faut que tu touches à tout ce qui est étranger, que tu te jettes dans n'importe quelle aventure ! Voilà que tu traînes avec toi cette Américaine, comme si c'était la chose la plus naturelle du monde. Sa famille la laisse vagabonder avec toi ? Que sait-elle de nous ?

— Rien. Elle ne comprend pas un mot de grec ; de plus, c'est encore une gamine, elle ne comprend rien, il n'y a rien à craindre d'elle."

Iannulis leva les sourcils. "Que comptes-tu faire ? Courir derrière les jupons, étrangers de préférence, ils se laissent plus facilement rattraper... ? Tu estimes sans doute que ta virilité n'a pas eu son compte, là-haut dans le Nord ?"

Niko réagit violemment : “Tu te moques de moi, tu n’as pas le droit de m’insulter. Si cette fille m’a accompagné à Athènes, ça ne regarde personne, c’est son affaire. Je suis venu pour te parler de ce qui nous concerne, toi et moi…

— Mais il n’y a rien, il n’y a plus rien qui nous concerne tous les deux, Niko, dit Iannulis. Même si tu me proposais maintenant de nous accompagner à Chypre, je refuserais. Tu n’es pas encore mûr pour agir en homme. Pour me comprendre, il te faudra peut-être passer par un enfer d’injustice et d’incompréhension ou être bouleversé jusqu’aux moelles par la souffrance d’autrui. Va en Crète, je te l’ai déjà dit à Thessalonique, va labourer ton lopin dans la montagne, récolter tes olives et ergoter au *kapheneion* sur les mérites ou les défauts de tel ou tel politicien ou de tel ou tel parti… Si des ennemis surgissent un jour, vous pourrez toujours sortir vos couteaux et vos pétoires en grinçant des dents et couper les nez et les oreilles. Vos ancêtres ont vécu ainsi, chichement, pourquoi te donnerais-tu plus de peine qu’il n’est nécessaire pour ne pas crever de faim ? Les hommes qui changent le monde sont d’une autre trempe.”

Niko eut un geste d’impuissance. “Je suis prêt à défendre mes idées, mais je ne veux forcer personne à penser comme moi. S’il le faut, je mourrai pour la liberté, mais je ne veux pas semer la terreur parce que des types comme Katsov peuvent exploiter à leur profit notre désir d’*enosis*…”

Iannulis se leva. Les hommes qui attendaient devant le café firent de même. La déception déferla dans le cœur de Niko comme un torrent de lave en fusion. Il avait posé ses mains sur la table, paumes tournées vers le ciel.

“Je n’ai jamais pensé que je pouvais changer le monde. Je veux voir et entendre tout pour comprendre les gens et les choses, et ce qui arrive autour de moi. Nous sommes restés trois ans ensemble, tu me connais. Le fait que tu me traites aujourd’hui avec mépris et indifférence parce que je ne suis pas d’accord avec toi prouve que tu considères la politique comme plus importante que l’amitié, et à mes yeux, ce n’est pas humain.”

Iannulis hocha la tête avec un sourire et fit un signe pour prendre congé.

“Peut-être que je suis ton ami plus que tu ne le crois. Peut-être que je ne vais pas te laisser tomber. Il semble aller de soi que l’amitié doive apporter de la joie, mais ce n’est pas si naturel que ça. Parce que je suis ton ami, je te souhaite du sang et des larmes, Niko Stéphandidakis.

— Triste souhait !” Niko ne put en dire plus, sa voix s'étouffa dans l'indignation et l'amertume. Il se détourna. Sur le seuil, Iannulis ajouta : “Je te conseille, dans ton intérêt, de renvoyer la gamine à sa famille. *Sto kalo*, Niko. Au revoir.”

Niko ne se retourna pas. Il ne rendit pas le salut. Il entendit décroître le bruit des voix et des pas. On rentrait les chaises qui étaient dehors. Les mots de Iannulis le faisaient trembler d'émotion. Du sang et des larmes ! Etait-ce cela, la fin de l'histoire ?

“Viens, dit-il, en secouant doucement le bras de la jeune fille, viens, nous allons à l'hôtel.”

Elle ouvrit les yeux et regarda autour d'elle, l'air de ne pas savoir qui elle était et où elle était.

“Viens”, répéta Niko. Il ramassa le sac et aida l'adolescente à se mettre debout.

Elle le suivit en silence, encore endormie. Le garçon qui avait rentré les chaises tira le verrou derrière eux. La lune brillait dans un ciel bleu acier, il y avait un vent tiède. La marche réveilla tout à fait Jessica. Elle s'arrêta brusquement, comme choquée, et fixa sur Niko des yeux écarquillés. Il pensa comprendre ce qui l'ennuyait. “Ce n'est pas grave, dit-il, rassurant, tu pourras retourner à Kastri, demain, ou téléphoner.”

Elle secoua farouchement la tête et s'agrippa à son bras : “Je ne veux pas retourner à Kastri, je veux aller avec toi en Crète.”

Niko ne répondit pas, mais eut un mouvement des épaules, des bras et des mains comme pour dire : A ton aise, c'est toi qui décides, tu dois savoir ce que tu fais.

Il se tut, parce qu'il était conscient que dans son for intérieur il aurait été pourtant soulagé si elle avait renoncé à l'accompagner. A chaque fois qu'elle avait parlé du voyage en Crète, durant la journée, comme s'il allait de soi qu'ils continuent ensemble, il avait senti la mauvaise humeur et l'impatience le gagner. Il avait été distrait de sa rencontre imminente avec Iannulis pour s'occuper de ce nouveau problème : comment la faire changer d'avis ? Mais après la discussion qu'il venait d'avoir, sa fierté lui interdisait de décourager la jeune fille. Pourquoi ne viendrait-elle pas avec lui ? Pourquoi ne s'occuperait-il pas d'elle ? L'attitude de Iannulis le remplissait d'amertume. Je suis un Grec, un homme libre, je choisis mes compagnons comme je le veux, quand je le veux, personne ne peut me l'interdire. Pourquoi me forcerait-on à donner au compte-gouttes mon aide ou mon amitié ? La vraie misère, c'est de ne plus pouvoir se permettre cette générosité-là. Mais par ailleurs, il savait bien que ces nobles pensées ne résolvaient rien. La jeune fille et lui mettraient le pied en Crète, et après ? Mais le moment n'est pas encore venu, se dit-il. On verra bien.

"Ton père doit être à ta recherche, dit-il, il a peut-être prévenu la police.

— Non, pas du tout, j'ai laissé un mot expliquant que je continuais toute seule, que je donnerais de mes nouvelles quand ils seraient à l'hôtel de Grande-Bretagne, à Athènes, où sont retenues des chambres. Bien sûr que je ne vais pas les rejoindre, mais je leur écrirai ou je leur enverrai un télégramme.

— Viens, il est temps d'aller dormir", il lui tendit la main comme pour l'aider à franchir une fissure du sol – les ombres des maisons semblaient de vrais trous noirs dans la rue éclairée par la lune. Mais elle bondit vers lui, lui passa le bras autour de la taille et se pressa contre lui. Il sentit son cœur battre à grands coups contre son flanc.

"Tu es tout ce qui me reste, je n'ai rien au monde que toi, je sais que ça a l'air idiot, mais je n'y peux rien, tu dois rester avec moi."

Elle se cacha le visage au creux de son épaule et se mit à marcher, pressée contre lui comme un enfant peureux et fatigué. On entendait l'écho léger de leurs pas entre les murs des maisons. Ici et là, des gens étaient encore assis, ou debout, devant leurs portes, à regarder le clair de lune, en bavardant.

"Viens, viens", répétait Niko, machinalement, comme pour la consoler et la rassurer. Il sentait son haleine chaude à travers le tissu de sa chemise, elle s'appuyait lourdement sur lui. Ce qu'elle lui avait dit ne l'avait pas surpris, mais maintenant que c'était dit, on ne pouvait plus l'ignorer et cela changeait la situation. La manière dont les choses pouvaient tourner dans une vie d'homme le laissait pantois. Il était là, lui, Niko Stéphandidakis, en train de marcher avec à son bras une fille dont il ignorait l'existence trois jours plus tôt. Juste au moment où il s'était partiellement libéré de la dépendance qui avait marqué sa jeunesse, au moment où il était en route vers la Crète pour affronter l'épreuve ultime, la rencontre avec son grand-père, maintenant qu'il devait se montrer dégagé de tout lien, il se trouvait brutalement dans une situation imprévue, nouvelle pour lui et confondante, en tant que soutien et providence de cette malheureuse petite Américaine. Tout le jour, sa présence l'avait agacé et impatienté, il l'avait considérée comme une charge, un boulet tombé du ciel qui entravait sa marche sans raison, mais maintenant qu'il la portait littéralement, que sa tête pesait lourd sur sa poitrine et que l'impuissance et le complet abandon qu'exprimait l'attitude de l'adolescente lui devenaient quasiment tangibles, il en était ému aux larmes. Il n'était pas amoureux d'elle, jamais il ne pourrait la désirer, elle lui était étrangère de corps et d'âme, mais il fut impressionné par cette attitude crâne et intransigeante qui revenait à dire : Me voilà. Un être qui est capable de tout oublier, soi-même, sa fierté, son honneur et tous ses liens, pour se donner ainsi, mérite le respect ; on ne peut que l'aimer, même s'il est fou, on ne peut pas décevoir une telle confiance. Comme on guide un aveugle, on protège un enfant, on honore un vieillard, on doit aussi naturellement assumer toutes les conséquences d'une confiance sans limites quand on la croise sur son chemin. Quoi qu'il arrive, aussi longtemps qu'elle voudrait rester avec lui, il ne pouvait pas l'abandonner.

Irini Mandakis bâillait dans sa guérite, l'air endormie, quand Niko et Jessica passèrent le seuil de *Nea Kriti*. Elle ne put en croire ses yeux, joignit les mains, embrassa et étreignit Niko, le contempla de la tête aux pieds avec un plaisir évident, mais derrière ses exclamations et ses questions, Niko crut déceler une certaine réserve et une inquiétude qui n'avaient pas trait à sa personne. Il lui raconta sans mentionner les détails qu'il avait travaillé dans le Nord et qu'il retournait provisoirement en Crète. Irini dit qu'elle les hébergerait pour la nuit mais que si Jessica voulait une chambre, il faudrait qu'elle paie un petit quelque chose et que, dans tous les cas, elle devrait remplir le registre des étrangers. "Mandisos y tient, la police est pointilleuse aujourd'hui, je ne veux pas d'ennuis, on ne peut pas se le permettre."

Pendant que Niko aidait Jessica à remplir le formulaire compliqué, Irini les fixait de son regard noir et tranquille. Elle releva pour la énième fois en un chignon ses mèches qui lui pendaient dans la figure comme jadis et, pour finir, elle les précéda dans l'escalier, en invitant d'un geste Jessica à la suivre. Niko souhaita bonne nuit à la jeune fille, mais elle le tint par la manche. Ils montèrent à la suite d'Irini, empruntèrent le couloir aux carreaux noir et jaune. Niko respira l'odeur familière d'encaustique et hocha la tête en riant.

"Tu ne me laisses pas tomber ? murmura Jessica. Sinon, je ne vais pas me coucher, je reste assise en bas. Tu ne partiras pas sans moi ? Tu me promets que tu ne partiras pas pendant que je dors ?"

Niko le lui promit. En se retournant sans cesse vers lui, Jessica entra dans la chambre où attendait Irini. Niko se dirigea vers l'endroit où il avait coutume de dormir, quand il travaillait à *Nea Kriti*, pendant la saison chaude, une terrasse au rez-de-chaussée, derrière la maison, à la belle étoile. Il venait de s'allonger, la tête sur sa mallette, quand Irini s'approcha, en pantoufles de feutre. Elle posa une petite assiette de friandises et un verre d'eau à côté de lui. "T'as encore ce vieux truc ?" Elle donna un petit coup de pied à la mallette. "Elle est mineure ? Qu'est-ce qu'elle fait ici toute seule ? Comment tu l'as rencontrée ? Où allez-vous comme ça ?"

Elle s'assit sur ses talons, à côté de lui, le dos appuyé au mur. L'inévitable étui à cigarettes turques fit son apparition. Niko répondit aussi bien qu'il put à ses questions. Quand il dit que Jessica voulait l'accompagner en Crète, Irini eut un petit claquement de langue.

"Sans que ses parents soient au courant ? Il n'y a pas si longtemps, il y a eu toute une histoire ici, tu l'as peut-être vu dans le journal ? Une jeune Française qui était dans un camp de vacances à Corfou est partie avec un garçon d'ici, ils étaient à Vouliagméni, la police a dû venir la chercher, et le garçon est en prison pour détournement de mineure, en plus une étrangère… Fais attention !

— Je ne l'ai pas enlevée. Elle en aura peut-être vite assez, qu'est-ce qu'il y a à faire chez nous, au village ? Elle peut repartir par le premier bateau si elle le veut", dit Niko, mais il n'était pas lui-même convaincu de ce qu'il disait.

Irini semblait ne pas avoir sommeil. Elle commença à soulager son cœur à propos de Mandisos, qui allait se marier. "Avec un tendron, une fille d'ici, qui ne veut pas, absolument pas quitter Athènes, ses parents ne veulent pas non plus qu'elle aille en Crète… Que va-t-il advenir de notre projet d'hôtel ? Nous avions déjà réuni une jolie somme, les affaires ont bien marché ces dernières années avec tous ces étrangers, encore deux ou trois ans d'économies et nous aurions pu partir ; mais maintenant Mandisos veut garder la moitié de l'argent pour lui et vendre cette maison, son futur beau-père a un travail pour lui. Qu'est-ce que je deviens dans tout ça ? Il me dit que je peux rester avec lui, mais il n'en est pas question. La petite ne fera certainement rien de ses dix doigts, c'est une poupée de luxe, une demoiselle de la ville, et c'est moi qui devrais trimer jour et nuit, et pour quoi, je vous le demande ?" Irini s'excitait, sa voix s'assombrit, prit un accent geignard, elle se balançait sur ses talons, frémissante de colère. "Nous avons toujours tout fait ensemble depuis notre enfance, je l'ai soigné, j'ai travaillé pour lui, est-ce que c'est ma faute si je n'ai pas trouvé de mari ? Il dit qu'il ne peut pas attendre plus longtemps, mais qu'en penses-tu, Niko, est-ce que tu te marierais, toi, avant ta sœur ?"

Niko faisait des efforts pour écouter mais il était si fatigué qu'il ne pouvait tenir les yeux ouverts. Il s'assoupissait régulièrement, réveillé en sursaut par la voix rauque d'Irini qui continuait à chuchoter. "On en a encore quelques-uns à l'hôtel qui partent pour la Crète demain, un Hollandais avec trois jeunes, mais pas ses fils, c'est un prof de lycée ou de fac, ou quelque chose dans le genre… Il faudra que tu arrives tôt au Pirée, demain matin, les bateaux sont combles actuellement…

— Oui", dit péniblement Niko, sa langue ne lui obéissait plus, il avait le sentiment d'être aspiré dans un tunnel obscur. Et puis il entendit de nouveau Irini, et il n'aurait pu dire si elle avait parlé longtemps et de quoi. "Ce serait une solution, qu'est-ce que tu en penses, on pourrait s'y mettre tous les deux, moi je connais toutes les ficelles du métier et toi, tu l'apprendrais vite…

— Quoi ?" L'effort qu'il devait faire pour penser était douloureux, il refit surface péniblement.

"Il n'y a qu'un seul hôtel moderne à Héraclion, et il est trop cher pour la plupart des étrangers, à part les Américains. Nous pourrions louer une maison…"

Alors Niko réalisa de quoi elle parlait. Du coup, il se réveilla complètement. Ses mots déclenchèrent en lui des réactions en chaîne. Irini était tout excitée, le plan lui était soudain venu à l'idée, pendant qu'elle était assise à côté de lui et songeait sous quelle forme elle pourrait éventuellement l'aider pour sa traversée vers la Crète, elle continuait à broder, on ne pouvait plus l'arrêter. "Que dirait Mandisos, si on faisait ça ? Il serait furieux, je ne serais plus là, mais je le comprends, il ne retrouvera plus jamais quelqu'un pour l'aider et le soutenir comme je l'ai fait..."

Niko perçut de la satisfaction dans sa voix. "Une chose comme ça, ça se discute", dit-il lentement. Il comprenait que sa motivation principale était le désir de narguer Mandisos, de lui faire voir que même sans lui, elle était capable de mener à bien le projet de leur jeunesse. Les regrets que devait éprouver Mandisos deviendraient intolérables si Irini réussissait. Niko connaissait trop Irini pour ne pas savoir qu'elle mobiliserait toute sa ténacité, sa ruse et son énergie s'il manifestait le moindre signe d'intérêt pour le projet. Il se dit qu'il ferait bien d'examiner sérieusement cette nouvelle possibilité. Mais il ne voulait pas se laisser acculer par l'impatience d'Irini et sa rancune contre son frère. Il constata qu'il était arrivé à *Nea Kriti* à un moment crucial. Toutes les émotions refoulées d'Irini se donnaient libre cours, n'était-il pas, en fin de compte, apparenté à un parent de sa famille, elle le considérait comme quelqu'un de sa race, qui lui tombait du ciel après toutes ces années. Pour la calmer et parler d'autre chose (il voulait de toute façon avoir le temps de réfléchir à l'affaire), il lui raconta pourquoi il se rendait en Crète.

"Ah ! soupira Irini, en évoquant d'un geste d'invisibles esprits. Encore une histoire stupide, quelle misère quand même, tout ça... les gens tombent amoureux, et voilà, finis les liens familiaux, finis les devoirs envers les plus proches parents, fini tout ce qu'on a bâti ensemble...

— Tu es vieux jeu, Irini, dit Niko en riant, pour la taquiner, tu plairais à mon grand-père !

— Comment, vieux jeu ? Je vois les choses comme elles sont. Prends l'exemple de Mandisos. Mets-toi à ma place... Chaque mot de la proposition que je t'ai faite est sérieux. J'ai un peu d'argent, je veux monter mon affaire, je ne veux pas d'un étranger comme associé, mais d'un parent – car c'est bien ce que tu es, n'est-ce pas ? Appelle ça être «vieux jeu», mais nous sommes au monde pour aider ceux qui nous sont le plus proches... A condition que je sois sûre que je peux compter sur toi, que tu ne vas pas disparaître à la première occasion avec ton Américaine… Vous êtes ensemble ?

— Mais non, dit Niko, agacé.

— Vous les hommes, vous êtes bien tous les mêmes. Il faut vous protéger contre vous-mêmes. Ecoute-moi, si tu fais ce que je t'ai demandé, tu ne le regretteras pas, je partagerai tout avec toi comme je l'aurais fait avec Mandisos, oui, tu seras mon frère, à partir de maintenant, Niko…

— C'est une belle, une magnifique proposition, mais je ne peux pas décider avant…"

Irini lui coupa la parole. "Méfie-toi, les parents de la gamine vont penser que tu l'as enlevée. Tu sais comment ça se passe, il faut être très prudent avec ces étrangers, les Grecs sont toujours les boucs émissaires quand il arrive quelque chose… Si j'envoie un télégramme à Kastri, ils pourront venir la chercher…

— Ne t'en mêle pas, je t'en prie, Irini. Je sais ce que je fais.

— C'est ça… Tu vas de nouveau vagabonder à droite et à gauche, tu ne penseras plus à moi et à mon plan, je sais bien ce qu'il en est. Il y a trois ans, tu as disparu d'Athènes, sans un mot, sans une carte pour ta vieille copine Irini – enfin, c'est du passé. Tu dois te débarrasser de cette petite, Niko, sois raisonnable…

— Laisse-moi… Je veux dormir, Irini", supplia Niko.

Irini se leva et écrasa son mégot sous sa semelle. "D'accord, dors. Je vais veiller sur toi, et faire en sorte que tu n'oublies pas mon plan. Tu n'as pas de travail et je n'ai pas d'associé. Nous avons besoin l'un de l'autre…"

Le lendemain, Irini avait effectivement arrangé bien des choses. Elle fit venir pour le Hollandais et ses compagnons un taxi qui pouvait transporter un nombre supérieur de passagers, si bien que Niko et Jessica profitèrent du voyage vers Le Pirée. Il fut convenu que Niko ferait l'interprète dans toutes les formalités à accomplir au port. "N'oublie pas ce que je t'ai dit, renvoie-la chez ses parents" : Irini le quitta sur ces paroles. Elle resta sur le seuil de *Nea Kriti*, à agiter la main, le front soucieux.

Niko regardait avec curiosité ces gens du Nord. Le plus âgé était un grand maigre, avec une grosse tête et des lunettes. A première vue, il semblait entre deux âges, il y avait quelque chose de sec et d'incolore dans son physique, mais une fois qu'on était habitué, on voyait qu'il devait être encore assez jeune : des jambes blêmes mais musclées sortaient du short, ses cheveux n'étaient pas gris, mais d'un blond fade. Il répondait dans un anglais que Niko eut du mal à comprendre. Il savait que lui-même roulait trop les *r*, mais ce type faisait juste l'inverse. Il commet sans doute d'autres fautes que moi, pensa Niko, surpris et amusé, c'est drôle que nous ayons tous les deux besoin d'une autre langue pour nous comprendre.

Sur le quai, c'était une effarante bousculade. Une foule bruyante et gesticulante se pressait pour franchir le portillon de la barrière qui séparait du quai où était amarré le bateau. Les porteurs, chargés de bagages, forçaient la voie pour les voyageurs qui s'en étaient remis à eux. Par-dessus les têtes, on se passait des paniers remplis de volailles et de fruits, des matelas, des sacs, des paquets. Au bureau de la compagnie maritime, Niko était allé retirer les billets destinés au professeur et aux jeunes gens, et avait réussi, non sans peine, à obtenir pour lui et Jessica une place sur le pont. Il se fraya un chemin à travers la foule en dépassant tout le monde et, brandissant les billets, il cria à l'intention des officiers de police postés à la barrière que cinq touristes étrangers arrivaient et qu'il fallait les laisser embarquer immédiatement. A contre-courant d'une file de porteurs qui redescendaient au pas de course pour trouver de nouveaux clients, ils montèrent à bord par l'étroite passerelle.

Sur le pont, la confusion était encore plus grande. Les meilleures places, sur les bancs, près des écoutilles et du bastingage, étaient déjà prises, surtout par des familles avec de jeunes enfants, qui transportaient tous leurs biens avec elles. Niko réussit à trouver un coin libre pour ses compagnons de traversée (il était incorrigible, décidément, voilà qu'il se sentait de nouveau des obligations de maître de maison, à l'égard de ces gens dont il avait fait la connaissance quelques heures à peine auparavant !). A chaque fois que son regard glissait sur les trois jeunes Hollandais, il éprouvait un secret étonnement : deux d'entre eux étaient déjà des hommes, mais ils avaient un comportement puéril. Un jeune Grec aurait été plus soucieux de sa dignité. Ces Européens qui voyageaient en été étaient d'un genre spécial, visiblement ils restaient immatures et insouciants plus longtemps ; ils avaient davantage d'argent, pas de tracas, leur vie devait être très différente. Le plus jeune des garçons était plus sérieux, il avait le regard triste et contrarié, il ne parlait pas beaucoup, les autres le laissaient à l'écart d'une certaine manière. Cet homme, ce professeur, ne l'aime pas, pensa Niko. C'est pourtant quelqu'un de savant et de perspicace, ne voit-il pas que le jeune garçon est un être normal, sans arrogance, qu'il regarde les choses en face ? Ses propres réflexions l'impatientèrent, il secoua la tête et les épaules comme s'il voulait se débarrasser de quelque chose. Il s'accouda au bastingage et contempla le port et les quais, il écouta la rumeur produite par des centaines de voix différentes, des bribes de conversations, des mots d'adieu, des reproches et des injures, des disputes, des formules de conjuration, des pleurs d'enfants et les cris des colporteurs vantant leur marchandise.

Puis le bateau se dirigea lentement vers l'avant-port, en passant entre les presqu'îles d'Etioneia et d'Aktè. Il regarda les ferries et les cargos qui étaient ancrés tout autour, toutes ces cheminées et ces mâts, ces coques grises, blanc sale, rousses et brunes, et les embarcations plus légères, les petits voiliers et les barques de pêche se balançant au gré de l'eau étincelante ou fourmillant entre les rives. Depuis la côte jusqu'au Pentélique, l'Hymette et l'Aigaleo, Le Pirée et la ville d'Athènes s'étendaient sous ses yeux comme un mirage.

Niko salua mentalement la ville et tous ceux qu'il y avait connus. Ce fut comme si un voile se déchirait devant ses yeux, il comprit soudain pourquoi il allait en Crète Non pour se plier à un ordre éternel, pour accepter comme incontournables la superstition, la mentalité arriérée e étriquée, la pauvreté, mais pour faire la preuve qu'il n'était pas nécessaire de semer la terreur et la révolution pour changer le monde, pour démontrer qu'il était possible sans violence de libérer les gens de modes de vie dépassés. Il avait parcouru la Grèce du nord au sud, avait beaucoup vu et entendu, il pouvait mettre en garde contre les dangers de la politique du café du Commerce, plaider pour la discussion raisonnable, pour des plans et des actions qui seraient profitables au village du bas et à celui du haut, pour la nécessité de tenir compte des mille et une inventions et techniques concernant l'irrigation et l'exploitation des sols. Tenir un hôtel avec Irini, aller à Chypre ? Les deux lui semblaient également chimériques, vus du haut du bastingage, tandis qu'il contemplait la cité vibrante de lumière et de chaleur sous le ciel d'un bleu pur. Sauf au nord-est, sur les montagnes, où des nuées d'orage s'amoncelaient.

LUCAS GOSSCHALK

Lucas Gosschalk, professeur de lettres classiques, dut convenir que ce jeune homme (ce Crétois, quel était son nom déjà, Papandakis, Karandakis, Stépandakis ?) leur avait trouvé, aux garçons et lui, les meilleures places possible, compte tenu des circonstances : à l'ombre d'une bâche formant auvent, ils pouvaient s'adosser à un panneau d'écoutille et se trouvaient non loin du bastingage. Pendant qu'ils se défaisaient de leur sac à dos et s'installaient, ce Grec décidément très serviable était même venu apporter une chaise pliante en toile qu'il avait été chercher sur un des ponts réservés aux passagers de première classe. Devant tant d'obligeance, Gosschalk fut embarrassé, se demandant si le Grec s'attendait à un pourboire. Ce n'était pas sûr. Il avait d'abord eu l'impression que le jeune homme était un employé de l'hôtel, puis il se mit à en douter. Le Grec posa la chaise près de lui et alla s'asseoir un peu plus loin, à côté de la jeune Américaine. Gosschalk était intrigué par le couple que semblaient former la jeune fille et le Grec (dont la tenue miteuse ne voulait rien dire, ce n'était pas un vagabond).

La fille, elle, portait des vêtements bien coupés, visiblement onéreux mais sales ; elle n'avait pas l'air d'une routarde, encore moins d'une touriste ; elle était assise, jambes repliées, adossée à un tas de barils, silencieuse et timide, et cherchant constamment du regard son compagnon, comme si la présence de ce dernier était la seule chose qui puisse la rassurer. Lui ne tenait pas en place, par nature ou parce qu'il était nerveux ; à tout instant, il se relevait brusquement, adressait à sa compagne un petit signe apaisant et disparaissait dans la foule bruyante qui grouillait sur le pont. La fille restait près de leurs bagages, une mallette cabossée et un sac de tissu coloré. De temps à autre, elle en sortait un petit miroir et se regardait fixement, en écarquillant les yeux, et passait à la hâte un peigne dans ses cheveux. Le jeune homme revenait avec une tranche de pastèque, un verre d'eau. Un peu plus tard, il lui apporta la même chaise pliante qu'à Gosschalk. Gosschalk observait le couple, non par curiosité (ces deux-là l'intéressaient à peine) mais parce qu'il n'avait pas l'énergie de faire autre chose.

Il n'en pouvait plus, la chaleur avait fini par le terrasser ; durant toute une semaine, ils avaient été en route, les garçons et lui, du lever du soleil jusqu'au soir, très tard, même aux heures les plus chaudes de la journée, pour ne pas perdre un seul instant. Ils avaient parcouru des centaines de kilomètres dans des autocars ou des wagons étouffants, gravi des dizaines de collines, escaladé des rochers, arpenté les champs de ruines, les rues d'Athènes. Dans la touffeur des nuits trop courtes, se tournant et se retournant dans son lit, quand l'épuisement physique l'empêchait de trouver le sommeil, il avait pleinement réalisé ce qu'il y avait au fond d'absurde dans ce voyage. En trois semaines, il devait s'acquitter d'une double tâche : voir et assimiler pour son propre compte ce qu'il voyait tout en servant de cicérone aux garçons, visiter les grands sites obligés et chercher, derrière le classicisme de façade, le substrat, les racines, le monde primitif disparu vers lequel allait essentiellement son intérêt. Même ce voyage, qui d'une certaine manière couronnait une phase de sa vie et marquait le début d'une nouvelle étape, n'était qu'en partie consacré à ce qui l'occupait. Rien n'est parfait ; toujours et partout, il faut qu'il y ait cette fichue division intérieure, pensa-t-il. Il se pencha et posa sur ses genoux le lourd sac de voyage.

Tout en détachant les courroies de la partie supérieure, il chercha du regard les trois garçons. Il finit par les apercevoir près du bastingage, dans la cohue des passagers, des parents et amis venus prendre congé et des porteurs. Le bateau ne partirait sans doute pas à l'heure. Il regarda sa montre, le départ aurait dû être imminent, mais de nouveaux groupes de voyageurs chargés de bagages, cornaqués par des porteurs vociférants, continuaient de traverser le pont, en rangs serrés ; des chèvres, des poulets aux pattes entravées étaient hissés dans des paniers, par-dessus le bastingage : les préparatifs battaient encore leur plein. Entre le bord inférieur de la toile et les têtes des passagers regroupés devant le bastingage, Gosschalk apercevait, embrasées par le soleil, les façades jaunes, blanches ou gris sale des bâtiments du quai, les cheminées des bateaux et les mâts, et une bande de ciel chauffée à blanc. Il posa les pieds sur le bord du panneau d'écoutille et se mit à fouiller dans son sac ; entre les objets de toilette, il sentit sous ses doigts la couverture glacée du cahier à spirale sur lequel il prenait des notes. Il le sortit, referma le sac qu'il posa à côté de sa chaise. Le cahier contenait des notes destinées à un essai critique qu'il se proposait d'écrire un jour – peut-être la base d'une future thèse. La première page du cahier numéroté "I" (en chiffres romains) était blanche, à l'exception de deux mots tracés à l'encre rouge d'une écriture un peu penchée : *Les Déesses*.

Au fil des ans, le sujet était devenu à ce point une partie de lui-même qu'il aurait eu la plus grande difficulté à en donner un résumé, à la demande d'une tierce personne. "Le pieux mensonge d'Eleusis", c'était court, mais c'était du chinois pour les profanes. *Les Déesses* devant constituer la réfutation de tous les cultes initiatiques, présents, passés ou futurs, il ne pouvait en aucun cas encourir le soupçon d'être à l'origine d'une nouvelle et nécessaire initiation. Il lui arrivait de mesurer, avec une pointe d'amertume, l'ironie du sort qui le contraignait à expliciter son sujet. Pour argumenter son rejet des mystères réservés à des élus, il se trouvait dans l'obligation, dès qu'il se mettait à parler de ses travaux, d'"initier" sur-le-champ qui voulait s'informer ! Il avait (naturellement !) tenté d'instruire les garçons. Au lycée, depuis toujours, ce futur "essai" était l'attribut du professeur Gosschalk.

"Les déesses dont je vous parle sont Déméter et sa fille Perséphone ou Coré, connues dans la mythologie grecque, l'une comme déesse de l'agriculture et de la civilisation, l'autre comme déesse de la croissance végétale. Deux divinités très anciennes, probablement d'origine crétoise. Déméter et Coré sont sans conteste des figures primitives de la Grande Mère, la divinité tellurique, qui était également crétoise, principe de fécondité et de récolte, de naissance et de mort, incarnation du cycle du vivant. Le culte de la Terre Mère était destiné à tous sans exception, il était universaliste ; il suffisait de naître pour avoir part à la Grande Déesse et à ses dons.

Sur le continent grec, des éléments et des coutumes minoens importés par les Achéens influencés par la religion crétoise se mélangèrent à la culture des Doriens qui était foncièrement différente. A Eleusis, en Attique, sans doute à partir du VIIe siècle avant Jésus-Christ, on a célébré le culte des déesses de la terre, Déméter et sa fille Coré. Ce culte est le plus ancien et le plus considéré des religions à mystères de la Grèce antique. L'hymne homérique à Déméter qui nous est parvenu a trait à ce culte, et raconte comment Déméter cherche sa fille qui a été enlevée par Hadès, le dieu des Enfers.

Déméter, la Proscrite, qui, en gémissant, erre sur la terre à la recherche de son enfant (les cultures dépérissent, il n'y a plus de récoltes), est accueillie par les habitants d'Eleusis. Quand ils reconnaissent en elle une déesse, ils lui construisent près de la source Kallichoros un temple où elle se retire. Courroucée, elle prive la terre de ses dons jusqu'à ce que Zeus obtienne d'Hadès que Perséphone ait le droit de vivre les deux tiers de l'année près de sa mère, en passant le reste aux Enfers. En signe de reconnaissance, Déméter fonde à Eleusis, là où sa fille lui a été rendue, les rites orgiaques et les mystères sacrés. La signification en est la résurrection. Pour devenir pleinement homme, il faut mourir d'une mort symbolique et renaître. Déméter et Perséphone, ou plutôt Coré, je préfère la nommer ainsi, président à cette mort et à cette résurrection. A la nature, à la communauté des hommes, Déméter offre perpétuellement une vie nouvelle. Coré donne à chaque individu sa vie personnelle qui commence à la naissance et finit avec la mort. Les deux déesses, *to theo*, comme on les nommait dans l'Antiquité, mettent l'être humain, par le moyen des mystères, en situation d'avoir part, de son vivant, à une existence supérieure, meilleure. Elles incarnent l'épanouissement de la connaissance intuitive que peut avoir l'homme des principes qui déterminent sa condition.

Mais voyez comment se développe Eleusis : on s'éloigne toujours plus de la vénération directe, ouverte, de la Grande Déesse qui résume le sort de tous les mortels, la vie et la mort, le corps et l'esprit, le mortel et l'immortel, pour tendre vers une doctrine voilée, apanage des seuls initiés, vers des rites, des cérémonies réservés à des élus. A mesure qu'il se soustrait aux principes immédiats de la vie que sont la procréation et la mort, le culte fondamental devient de plus en plus ésotérique, il se transforme en une affaire d'initiés, une chapelle de plus en plus exclusive et hiérarchisée avec des révélations de première, deuxième et troisième catégorie, et des rites d'une complication croissante.

Cérémonies annuelles destinées aux Athéniens, les mystères, auxquels les membres d'un clergé à l'organisation complexe initiaient tous ceux qui répondaient à certaines conditions, ne faisaient pas partie de la religion grecque traditionnelle. Un citoyen athénien (ou un Athénien d'adoption) ne pouvait participer aux mystères que s'il avait subi les rites de passage. Les cultes officiels de la *polis* étaient célébrés en plein air alors que les mystères se déroulaient à huis clos, comme une liturgie secrète. Tous les mystères, et particulièrement ceux d'Eleusis, imposaient aux initiés la loi du silence ; la *polis* protégeait le sacré ; la profanation était punie de la peine de mort. Rien n'a jamais transpiré du moment crucial d'une initiation, preuve de l'emprise qu'avait le mystère sur les imaginations. Le culte ne comportait pas de sacrifices sanglants, il n'était pas non plus une «doctrine» au sens strict, mais consistait en des pratiques symboliques dont le moment culminant était sans doute l'ostension d'un épi de blé ou de tel autre objet sacré. Les fidèles en contemplation devenaient des *epoptes*, ce qui veut dire des «voyants». Nous connaissons mal le sens et le contenu des mystères d'Eleusis. On présume que les adeptes espéraient gagner leur part d'immortalité.

Mon intention est d'analyser, le moment venu, dans un essai ou une étude plus approfondie, les changements qui ont progressivement affecté aussi bien les figures des deux déesses Déméter et Perséphone que le culte qui leur était dédié. Il y a naturellement un lien entre le passage de la dyade Déméter-Coré, déesses telluriques de la fécondité, à la dyade Déméter-Coré comme divinités tutélaires de l'âme et de l'immortalité, et le passage d'une communauté primitive de type matriarcal à une société patriarcale, d'une vie rustique non réglementée à une vie urbaine organisée avec toutes les conséquences politiques et économiques que cela implique.

Un savant comme Rüssel soutient que la communauté des initiés était entièrement autonome et n'entretenait aucune relation avec la société civile. Pour ma part, je suis persuadé qu'un tel lien existe ; je voudrais essayer de démontrer que dans ce besoin de clandestinité, de formalisme, de mysticisme qui semble s'exprimer de plus en plus nettement au cours des siècles dans les mystères d'Eleusis, le citoyen sublime un sentiment croissant d'impuissance face aux problèmes que pose la vie en société. Je conteste également l'opinion de certains qui considèrent les mystères d'Eleusis, avec leur message de salut, de réconciliation, de purification et de résurrection, etc., comme des précurseurs du christianisme. Pour ma part, je vois plutôt dans la figure et le message du Christ une réaction contre le formalisme et l'hermétisme des mystères. Qu'une telle réaction fût déjà en train de fermenter dans le monde antique se laisse deviner à travers des paroles de Philon d'Alexandrie : «Pourquoi, ô mystes, vous enfermer dans la nuit et ne rendre service qu'à quelques-uns, quand vous pourriez rendre service à tous les hommes en révélant au grand jour ces bonnes et utiles choses, afin que tous aient la possibilité de participer à une vie meilleure et plus heureuse ?» Selon moi, cette connexion profonde, souterraine, entre l'attirance pour le mystère réservé à des initiés et l'impuissance à assumer la vie dans sa réalité s'est manifestée depuis deux mille ans, un peu partout et à de multiples reprises... Il suffit de considérer la prolifération des clans, coteries, associations, syndicats, partis, chapelles, sectes par lesquels notre Occident soi-disant chrétien cherche à satisfaire ce besoin d'initiation...

Ce qui m'occupe, voyez-vous, je vais essayer de vous le résumer en quelques mots : comment, où et à quel moment les déesses ont-elles dû assumer un nouveau rôle et quelles ont été les conséquences pour la vie de l'homme occidental, sur le plan matériel et spirituel... ?"

Quand Gosschalk en était arrivé à cette phase de son discours, généralement ses élèves de première ou de terminale le considéraient avec des yeux ronds, un brin tendus, abasourdis ou s'ennuyant ferme. Dès qu'il s'en apercevait, Gosschalk coupait court en disant que le sujet était de toute façon trop compliqué pour se prêter à une vulgarisation. Il faut être initié !, pensait-il alors et il maudissait son époque et le monde dans lequel il vivait, où il n'y avait plus de mots pour désigner les réalités essentielles de la vie, où l'on devait se battre avec une incohérence frisant la démence ou avec des abstractions, ingénieuses mais froides et stériles. Parfois, il se laissait entraîner par son sujet au point d'oublier où il était et à qui il s'adressait, il ne se contrôlait plus, les formules de ses carnets de notes s'échappaient de ses lèvres et allaient se perdre dans un local rempli d'adolescents occupés à leurs petites affaires, bavardant ou attendant la sonnerie d'un air morose.

Gosschalk feuilleta ses notes ; les paragraphes courts, rédigés au fil du temps avec des encres de couleurs différentes, lui procuraient une satisfaction d'ordre esthétique. Au milieu de la cacophonie ambiante, du remue-ménage, des odeurs pour la plupart pénétrantes, dans la chaleur qui semblait stagner sous la toile en une couche molle et étouffante, il relut distraitement quelques passages.

Comme il se penchait pour prendre le paquet de tabac rangé dans une poche latérale du sac à dos, une enveloppe avec des photos tomba du cahier. Il se baissa pour la ramasser : il s'agissait des photos que les garçons avaient fait développer à Athènes et qu'ils étaient allés chercher le matin même, juste avant de partir. Les premiers rouleaux étaient consacrés principalement à l'Acropole. Gosschalk étala les photos sur ses genoux : des colonnes, encore et toujours, blanches sur un ciel qui paraissait plus sombre en comparaison, ou comme des ombres chinoises, noires sur fond blanc. Et sur ce cliché, c'était lui, cet insecte à longues pattes, au pied de ces troncs de pierre, le visage reflétant une expression mi-étonnée, mi-hostile. C'était Marten Siebeling qui avait pris la photo, et en renâclant d'ailleurs, car il avait son viseur braqué sur autre chose quand Derk-Jan et Evert, ayant épuisé leur pellicule, l'avaient obligé à immortaliser Gosschalk devant le Parthénon. Gosschalk fixait la photo, envahi d'un sentiment étrange. Qu'est-ce que le temps, qu'est-ce que l'espace, pensait-il, il suffit que je regarde cette photo pour me retrouver là, et tout ce que j'avais en tête à ce moment-là, je peux m'en souvenir sans effort. Peut-être parce que c'est un moment rare qui a été fixé sur ce cliché, un de ces moments qui sont un nœud vital, un point où se croisent toutes les lignes ?

"Nous y voilà", avait dit Gosschalk, sur un ton faussement négligent, quand ils vinrent s'asseoir sous la colonnade, du côté ombre, après avoir fait le tour du Parthénon. Il s'adossa à une robuste colonne, enleva son chapeau de paille et se mit à éponger son visage et son cou. Les cannelures du fût s'imprimaient dans sa peau, à travers la chemise. Ce contact lui procura une jouissance intense. Il était là, enfin, le rêve était devenu réalité. Il ôta ses lunettes et en clignant des yeux, il contempla les colonnes de bas en haut. La lumière de midi accusait toutes les irrégularités du marbre, les creux, les saillies et les fissures mais cette usure et les dégradés de teintes qui en résultaient, du blanc au gris, de l'ivoire au bistre, et surtout les lignes légèrement incurvées donnaient aux colonnes un dynamisme incroyable. Gosschalk avait l'impression d'être emporté sur les ailes d'un oiseau géant qui prenait son essor. Très haut, au-dessus de sa tête, entre deux linteaux, resplendissait le bleu cobalt du ciel.

Avec cette photo sous les yeux, à bord de ce paquebot encore ancré au Pirée, il eut le sentiment de revivre cet instant inoubliable pour lui, cette étape décisive de sa vie, au point que les rêveries et les pensées du moment resurgirent comme d'une source profonde. Les trois garçons qu'il accompagnait s'étaient assis sur le bord du stylobate, à quelques mètres de lui. Evert Wisse et Derk-Jan Van Delden, qui avaient passé le bac un mois plus tôt, de futurs étudiants en lettres classiques, parlaient à voix basse. Ils sont apparemment sous le coup de ces dimensions, de cette lumière, de cette présence impressionnante, se réjouit Gosschalk. Ce moment effaçait bon nombre de petits contentieux qui existaient entre lui et ses ex-élèves. L'insolence et la suffisance que Gosschalk croyait déceler chez ces jeunes gaillards sous une attention certes respectueuse (il passait pour "érudit") mais en même temps ironique (il était persuadé qu'ils le trouvaient un peu ridicule, voire pitoyable) étaient étouffées. Ils devaient faire le lien entre l'impression que produisaient sur eux ces merveilles architecturales et ce qu'il avait essayé de leur apprendre au cours de ces deux ou trois ans de lycée. D'un seul coup formidable, l'Acropole assenait sur le crâne de ces garçons (Gosschalk aimait à les nommer ainsi pour souligner qu'ils étaient à mi-chemin entre l'enfance et l'âge adulte) la valeur et le sens de ses cours ; son prestige était enfin reconnu, à cette minute et en ce lieu. N'était-ce pas à lui qu'ils devaient d'avoir été préparés à une telle expérience ? Pour l'avoir écouté avec scepticisme et en riant sous cape, ils n'en étaient maintenant que plus subjugués.

En un sens, ils venaient de faire, sur l'Acropole, amende honorable pour la manière dont ils avaient saboté son introduction historico-culturelle (un cours de niveau universitaire, rien à voir avec le lycée !) pendant la traversée de Marseille au Pirée. Bien sûr, il aurait pu profiter de leur préférence affichée pour les bains de soleil sur le pont en compagnie d'un groupe d'étudiantes françaises pour se consacrer à ses propres travaux. Mais se retrouver aussi libre que s'il avait voyagé seul par incapacité à capter l'attention d'un auditoire le piquait au vif. Il avait décidé d'établir un programme, et matin et soir, pendant quatre jours, il avait réuni pour quelques heures ses ex-élèves dans la salle à manger des passagers de troisième classe où on étouffait un tantinet, car elle était située presque à fond de cale.

"On voit davantage quand on sait à l'avance ce qu'on va voir, avait-il argumenté, vous ne retrouverez peut-être pas une chance pareille, réfléchissez-y ; et n'oubliez pas qu'on a fait tout ça pour vous." Ils l'avaient écouté (c'était un voyage d'études, après tout !), mais – il en était sûr – ne l'avaient pas davantage estimé pour la rigueur avec laquelle il suivait son programme, bien au contraire. Pendant qu'il parlait de Mycènes, de Tirynthe, d'Olympie, de Delphes, de Cnossos et de Phaïstos, tous ces sites qu'ils devaient visiter, et qu'il faisait circuler cartes et photographies, à plusieurs reprises il avait failli expédier les garçons sur le pont, afin de pouvoir se retirer dans un coin tranquille avec ses *Déesses*. Il s'étonnait et s'irritait de ne pas le faire, de ne pas pouvoir le faire. Les instants où il se prenait en flagrant délit d'inconséquence et d'hypocrisie se multipliaient. Le sentiment de ne pas être honnête, de jouer un rôle était des plus pénibles, juste au moment où il commençait à croire à sa propre intégrité et s'attendrissait même sur le fait qu'il faisait contre mauvaise fortune bon cœur.

Il n'avait pas besoin de se raconter qu'il entreprenait ce voyage uniquement comme mentor, pour initier de futurs étudiants à la culture de la Grèce antique. L'intérêt pédagogique de la chose, qu'il avait fait valoir au proviseur, aux collègues et aux parents des élèves concernés, n'était qu'un prétexte. Il en avait besoin pour apaiser sa conscience. Il abandonnait sa mère, malade et impotente dans son fauteuil roulant, il quittait la femme qu'il avait courtisée depuis plus d'un an au moment où elle allait devenir sa maîtresse : il ne pouvait se justifier à ses propres yeux qu'en arguant de la richesse de l'expérience pour de futurs étudiants en langues anciennes. Si la même chance s'était offerte à lui après son baccalauréat, Dieu seul sait comment les choses auraient tourné pour lui ! Un voyage de ce type pouvait être décisif pour toute la suite de la carrière. Mais à vrai dire, ces considérations ne diminuaient en rien son sentiment de culpabilité.

Son attitude à l'égard des jeunes gens était également ambivalente. Du matin au soir, jusqu'à une heure tardive, il se montrait infatigable ; quand il ne faisait pas de cours sur les sites qu'ils allaient visiter, il discutait avec eux, jouait aux échecs ou à la canasta, était d'humeur joviale, mais au fond, il était irrité et amer. Il avait droit, lui, à un "voyage d'études", à condition d'être tout à la fois précepteur, moniteur de jeux et professeur. Quand il pensait à ce qu'il aurait voulu, à ce qui aurait dû être : travailler et réfléchir sans être dérangé et se plonger dans le monde des *Déesses*... Mais les garçons ne l'aidaient guère à se poser en martyr. Il savait qu'il était superflu de vouloir les occuper, ils ne désiraient que leur liberté. Le seul qui s'ennuyait peut-être un peu, c'était le numéro trois, celui à qui on n'avait pas demandé de venir, Marten Siebeling – et justement, de celui-là, Gosschalk ne voulait pas s'occuper.

Gosschalk regardait la photo prise par Marten comme si elle était teintée par leur méfiance et leur antipathie réciproques. Bonté divine, ça n'aurait pas pu être pire, c'était précisément ce gosse qu'il avait sur les bras pour ce voyage. Voilà ce qu'on appelait l'ironie du sort : il était parti pour échapper, pendant quelques semaines, à un vrai sac de nœuds sur le plan personnel : sa relation avec la femme mariée dont il voulait faire sa maîtresse – et maintenant le hasard voulait que le fils de cette femme, au dernier moment, sans l'avoir voulu et contre la volonté de Gosschalk et des autres garçons, s'était joint au groupe par la faute de cet imbécile de Siebeling (le père).

Le doigt de Marten avait appuyé sur le déclencheur et l'image de Gosschalk, *via* l'objectif, s'était fixée sur la pellicule. Il était assis avec les genoux repliés, le dos contre le marbre chaud et cannelé. Une petite brise montait du paysage environnant l'Acropole. Il sentait autour de lui la fraîcheur protectrice du majestueux sanctuaire. Il avait poussé quelques soupirs profonds, comme pour se libérer de la tension qui l'avait habité pendant la traversée de France en

Grèce. Enfin, il se trouvait dans le temple de la déesse qui personnifiait pour les Anciens sagesse et équilibre. Au faîte de l'escarpement s'élançaient les colonnes, le Parthénon semblait planer au-dessus du reste, l'Idée, cristallisée dans le marbre, tenait la Nature sous sa loi. Nulle part au monde ne se trouvait un monument plus impressionnant qui exprimât la volonté humaine et la capacité de l'homme à sublimer. Gosschalk se souvenait qu'à cette pensée, il avait eu un sourire entendu. Ce qu'il cherchait, lui, c'était la vraie figure de la déesse travestie par l'idéalisation ; il ne s'intéressait ni à Athéna Polias ni à Athéna Promachos, dont les statues géantes chryséléphantines avaient jadis dominé le temple et son vestibule, mais à la déesse plus ancienne, la divinité primitive qui n'avait pas encore de nom, mère de la cité et toute-puissante protectrice de la terre, qui avait sans doute eu des autels sur le promontoire avant que ne soient construits les sanctuaires de marbre. La déesse qu'il espérait trouver, son Athéna à lui, n'était qu'une des formes multiples de la Grande Mère ; elle était la fécondité, la déesse qui donne la vie, celle qui avait offert l'olivier aux hommes, celle qui était accompagnée de la chouette, oiseau nocturne symbole de l'inconscient et du chaos depuis l'origine des temps. Il avait eu le sentiment physique de sa présence dans les cariatides de l'Erechthéion et dans les statues votives polychromes des femmes et des vierges qu'il avait vues au musée de l'Acropole, dans la salle consacrée à la statuaire archaïque. A moitié endormi par la chaleur et la fatigue, il avait laissé dériver ses pensées. Ils étaient restés certainement une bonne heure à l'ombre de la colonnade.

Au-delà de l'esplanade rocheuse couverte de blocs de marbre, plus loin que le petit temple de la Victoire aptère et des Propylées, s'étendait à leurs pieds la cité d'Athènes, dont les maisons blanches, jaunes et roses s'étalaient à perte de vue sur les collines, dans une bruine de poussière scintillante. L'heure de la sieste était passée, les touristes affluaient à la poterne Beulé, dans un brouhaha de voix et de piétinements. Devant le Parthénon, les photographes professionnels en blouse blanche flânaient sur l'esplanade, avec leurs appareils montés sur des pieds en bois, les vendeurs de pistaches, de bonbons et de bouquets de fleurs proposaient leurs marchandises. “Il est temps de partir, voilà les hordes qui arrivent”, avait dit Gosschalk en faisant la grimace. Mais les garçons lui signifièrent par de grands gestes qu'il devait rester à cet endroit. "On va prendre une photo de vous !" cria Derk-Jan. Gosschalk tourna la tête et vit Marten, au pied des marches, en train de manipuler son appareil, un vieux modèle télescopique. C'était tout Siebeling, ça, donner à son fils un engin de cet acabit, pratiquement inutilisable. Le garçon avait levé les yeux, l'air contrarié, il était pris au dépourvu. Les autres l'avaient rejoint : "Allez, vas-y, ton rouleau n'est pas fini, prends une belle photo de M. Gosschalk, on la fera agrandir et on l'offrira au bahut, un superplan !"

Gosschalk rangea les clichés dans l'enveloppe. Cette image de lui-même devant le Parthénon l'avait mis de mauvaise humeur. L'irritation et la répugnance dressaient une barrière entre lui et *Les Déesses*, la résolution qu'il avait adoptée ces derniers jours, stimulé par tout ce qu'il avait vu et vécu, volait en éclats. Il y avait une demi-heure à peine, il avait sorti son carnet de notes de son sac, plein de nouvelles espérances. Ce voyage serait-il, malgré tout, un rendez-vous avec *Les Déesses*, une rencontre hors du temps et de l'espace avec les réflexions destinées à nourrir l'essai critique ? L'envie de travailler qu'il avait connue jadis, des années auparavant, s'empara de nouveau de lui. S'il n'y avait eu avec lui que Derk-Jan et Evert, il aurait retrouvé cette ancienne ardeur. Mais la présence de Marten Siebeling le freinait. Depuis qu'ils avaient quitté Marseille, il n'avait cessé de rendre le garçon responsable de sa propre incapacité à oublier ce qu'il laissait derrière lui, en Hollande, à goûter le plaisir de l'instant, comme il se l'était promis. Je n'aurais pas dû l'emmener, se dit-il, irrité contre lui-même, en fermant le cahier. *Les Déesses* : pour l'heure, ce titre soigneusement calligraphié lui sortait par les yeux. J'aurais dû dire à Siebeling quand nous étions à Marseille : Occupe-toi de ton fils, c'est toi qui es parti en voyage avec lui, pas moi, et si tu as changé tes plans, ça ne me concerne pas. Il savait naturellement qu'il n'aurait pas pu dire non, un sentiment de culpabilité l'avait poussé à s'encombrer de ce compagnon de voyage. Il avait beau se répéter qu'au fond Marten n'y pouvait rien, il avait pris le garçon en grippe, et au fil des jours il se trouvait de nouvelles bonnes raisons pour cela. Il n'arrêtait pas de penser à la situation de conflit dans laquelle Marten, sans le vouloir et à son insu, était partie prenante. Sans le vouloir, à son insu ?

Gosschalk n'en était pas si sûr, et c'était peut-être pour cette raison qu'il était injuste envers le garçon.

Gosschalk savait bien, en son for intérieur, que les choses n'auraient pu se passer autrement. A supposer qu'il ne l'eût pas déjà accepté, il en avait maintenant confirmation : c'était encore et toujours la répétition de cette fichue situation, la sempiternelle hésitation entre deux options contraires. La division intime, l'insatisfaction faisaient partie de sa nature. Et ses éclairs de lucidité ne changeaient rien à l'affaire : il en voulait à Marten Siebeling de son propre écartèlement. Le garçon était son bouc émissaire.

Gosschalk chercha Marten des yeux. Naturellement, le garçon se trouvait comme d'habitude un peu à l'écart des autres, comme s'il ne faisait pas partie du groupe. Le Grec qui les avait aidés à embarquer lui désignait quelque chose, sur le quai. La jeune Américaine les rejoignit. Marten se mit à trifouiller une fois de plus son appareil photo antédiluvien.

Gosschalk et les deux garçons qui venaient de passer leur bac avaient voyagé de Rotterdam à Marseille en compagnie de Marten et de son père. Gosschalk savait que Siebeling emmenait son fils dans le sud de la France pour les vacances ; comme ami de la famille, il était au courant de tout ; étant donné les circonstances, voyager ensemble allait de soi. Il n'ignorait pas que ce qui importait pour Siebeling, c'était moins de passer des vacances avec son fils que de faire des recherches dans les archives de Marseille. Il savait aussi que Siebeling se passionnait pour une certaine affaire de famille. Certes, il s'était demandé si ce voyage serait réellement une partie de plaisir pour le garçon, mais il n'en avait pas moins été très surpris quand Siebeling, une fois à Marseille (le bateau pour Le Pirée ne partait que dans deux jours), lui avait instamment demandé de bien vouloir se charger de Marten : les recherches qu'il avait projetées se révélaient infiniment plus compliquées et absorbantes qu'il ne l'avait cru ; pour être franc, le gamin le gênait et ne profiterait pas lui-même de ce séjour, et bien entendu, il n'était pas question de renvoyer Marten à la maison.

Les choses s'étaient donc passées ainsi. Gosschalk avait dû dire oui, rageant intérieurement de s'être fait avoir. Il se rendait compte que la manière dont Siebeling larguait son fils avait dû blesser et décevoir le garçon. Marten s'était donc embarqué avec eux, sans mot dire, à contrecœur, avec son sac à dos acheté à la dernière minute.

Marten avait dû sentir dès le début qu'il était de trop. Derk-Jan et Evert trouvaient que ce gamin, qui ne connaissait rien à la Grèce et à l'Antiquité, était un trouble-fête. Gosschalk avait ses raisons pour vouloir se passer de lui : le pouvoir singulier de Marten sur sa mère, l'attachement de la femme à son fils avaient gêné Gosschalk, à plus d'un titre, au cours des derniers mois. Marten lui-même n'ayant pas la moindre envie de les accompagner, la situation était des plus pénibles. Leur comportement à son égard était marqué par l'agacement ou l'indifférence. Après quelques jours, ils s'étaient habitués à sa présence mais il n'y eut pratiquement pas de changement dans leur attitude. Il y avait en lui un je-ne-sais-quoi qui empêchait les deux aînés de le prendre sous leur aile protectrice, et le traiter en égal leur était également impossible. Si Gosschalk s'était montré amical, il est probable qu'Evert et Derk-Jan auraient suivi, mais Gosschalk était incapable d'avoir une attitude spontanée et objective à l'égard du fils de Jurien et de Rina Siebeling. D'ailleurs Marten se tenait ostensiblement à l'écart. Il ripostait du tac au tac quand on se moquait de lui ou restait de marbre.

Intrigué, Gosschalk l'observait de temps à autre : le garçon était-il véritablement blindé ou était-ce une façade ? Les deux autres étaient parfois méchants. Les plaisanteries d'Evert et de Derk-Jan dévoilaient une cruauté à demi inconsciente, mais Gosschalk se rendait compte qu'elles étaient moins blessantes en réalité que son attitude à lui, moins brutale mais plus délibérée.

Sur la route d'Eleusis, en traversant les pins de Daphni dans la lumière éclatante de la Voie sacrée, Gosschalk avait craint que l'emplacement des mystères n'ait conservé une étrange séduction, quelque chose d'aimable ou d'éblouissant ou encore un charme secret émanant du sol qui l'aurait fait plier devant l'idée des initiations. Mais la petite ville était d'une laideur à pleurer, poussiéreuse, avec une maigre végétation ; les cheminées des savonneries dominaient les toits, le soleil dardait ses rayons implacables sur les collines pierreuses et nues, les ruines étaient dépourvues de la poésie d'un site comme Olympie ou Delphes.

Evert et Derk-Jan en eurent vite assez de déambuler sur ce plateau sans ombre entre des morceaux de colonnes bêtement alignés et des statues très mutilées. Ils traînaient la jambe et étaient somnolents après leur virée nocturne dans les tavernes athéniennes, les mélodies populaires leur trottaient dans la tête, ils fredonnaient des bouts de refrains en essayant d'imiter le timbre nasal d'un chanteur grec. Gosschalk finit par les prier d'arrêter.

Il ne fut pas fâché de les voir grimper sur le talus dominant la grotte et chercher un coin ombragé entre les buissons et les arbres bas. Il les entendit parler, pouffer de rire. Il ne pouvait pas comprendre ce qu'ils disaient, mais à la manière dont ils riaient, tout pleins d'une excitation secrète, il devina de quoi il était question, de filles, bien sûr, et du reste… Toujours la même chose, pensa-t-il, hargneusement, ce sont de jeunes animaux. Espèce de faux jeton, se dit-il à lui-même en donnant un coup de pied dans un reste de statue, et toi, tu ne sens donc rien ? N'as-tu pas l'impression d'être ici comme une éponge sèche plongée dans l'eau ? Sous le large bord de son chapeau de soleil, il observait les jeunes gens. Allongés sous un pin parasol, ils chantonnaient, bavardaient, s'esclaffaient de temps à autre, ou se mettaient à chahuter mollement. Les murs de la chapelle et le clocher étaient aveuglants de blancheur sur le ciel bleu. Je crève de jalousie devant ces gaillards, ils ont la vie devant eux ; pour eux, tout ne fait que commencer. Gosschalk leur tourna le dos et, en traversant les ruines des fondations du sanctuaire, il se dirigea vers le musée de plein air ; un belvédère offrait une vue sur la baie de Salamine. Marten Siebeling était assis sur le piédestal d'un tombeau et lançait de petites pierres sur la cime des arbres, de l'autre côté du parapet.

“Eh bien, dit Gosschalk du ton un peu forcé sur lequel il s'adressait toujours au jeune garçon, dans la mer qui est devant toi, la flotte athénienne a battu les Perses en 480 avant Jésus-Christ.”

Marten tourna les yeux vers lui mais ne dit rien. Gosschalk s'essuya une fois de plus le visage avec son mouchoir.

“Tout ça, ça ne t'intéresse pas du tout, ou quand même un peu ?” demanda-t-il tout en pensant : Et si je m'arrêtais d'embêter ce gamin, est-ce que je m'acharne uniquement sur lui pour avoir une nouvelle confirmation qu'il me déteste ? Car il me déteste, il n'y a pas de doute. D'instinct, parce que, pour le reste, il ne sait rien. A moins que… Marten traînait dans la maison, le soir, quand Gosschalk était chez les Siebeling, ou il faisait ses devoirs à la table du coin repas, à moins de dix mètres de l'endroit où se jouait entre sa mère et Gosschalk le petit jeu des avances et des refus, des attentes et des dérobades, des atermoiements et des manœuvres de séduction. Ils parlaient de choses permises, avaient une conversation de gens cultivés qui se connaissent si bien qu'ils se comprennent sans effort. Mais Gosschalk savait que ses regards le trahissaient, que l'attitude de Rina involontairement en disait long.

Parfois, il croisait le regard du garçon qui les observait, sous la clarté de la lampe. Déjà il se cuirassait contre Marten en l'évaluant d'un œil critique : ça n'est pas grand-chose, un petit poseur dans ses tenues zazoues, un de ces blancs-becs grandis trop vite et déboussolés ; il est froid et insolent avec moi ; fiston, tu essaies de te hausser du col, mais au fond, tu n'es qu'un petit garçon qui a peur que je lui prenne sa maman… Mais tout de suite après, Gosschalk se disait : Et s'il en était autrement ? Marten n'avait pas l'air spécialement attaché à ses parents, il semblait vouloir conserver une certaine distance. Pourtant, Gosschalk ne pouvait se départir du sentiment que Marten "gardait" son père et sa mère.

Si elle n'a pas encore décidé si elle couchera ou non avec moi, ce n'est pas à cause de Siebeling mais à cause du gamin, s'était répété Gosschalk dans ces moments tendus où il avait essayé d'entraîner Rina Siebeling dans une véritable liaison. Il en croyait Marten capable. Ce n'était pas l'époux mais le fils, son rival.

Sur la terrasse d'Eleusis, cette évidence s'imposa de nouveau. Sans Marten, tout serait réglé entre Rina et moi, pensa-t-il, elle se sent coupable vis-à-vis de lui. Mais pourquoi a-t-il autant d'influence sur elle ? C'est un fils unique ; moralement, elle s'est cramponnée à lui pendant toutes ces années, elle a cherché en lui ce qu'elle ne trouvait pas en Jurien, elle lui a donné ce qu'elle refusait à Jurien. Elle est incapable de s'extérioriser, voilà pourquoi tout ceci a des racines profondes et coriaces. Et ce garçon qui domine ainsi sa mère, qui est-il ? En a-t-il lui-même conscience ? Oui, naturellement. Il sent que je suis son ennemi. Tu as réussi jusqu'à présent, pensa Gosschalk, jusqu'à présent, tu as réussi à t'insinuer entre elle et moi, même quand tu ne l'as pas délibérément cherché. Il suffit que tu rentres du lycée plus tard que d'habitude pour qu'elle envisage tout de suite l'accident comme une punition à ses louches pensées, il suffit que tu claques la porte, que tu te lèves brusquement de table ou que tu talonnes les marches de l'escalier pour que je lise sur son visage : Que se passe-t-il, qu'est-ce qu'il a, pourquoi fait-il ça ? Quoi que je lui dise, elle ne faisait plus attention à moi dès que tu pénétrais dans son champ de vision. Mais c'est bien fini, je te le jure. Je vais te montrer qui de nous deux est le plus fort. Je ne me laisserai pas faire par un morveux de ton espèce. Elle doit choisir maintenant. Il est hors de question de continuer ainsi.

Le garçon avait tourné son visage vers la baie d'un bleu profond qui étincelait sous la lumière de midi. Les falaises rocheuses et l'île de Salamine se dressaient sur l'eau, brun et gris, avec des buissons et des arbres clairsemés. Une brume de chaleur tremblotait au-dessus des pâtés de maisons blanches. Les replis de fumée montaient des cheminées d'usine.

Il fait comme si je n'étais pas là, comme si je n'existais pas, pensa Gosschalk, ulcéré. S'il quittait les lieux maintenant sans lui avoir adressé la parole, le garçon pourrait s'imaginer l'avoir congédié, lui Gosschalk, qui était son aîné ! Gosschalk estima que ce truc (feindre une passivité supérieure) utilisé à maintes reprises par Marten au cours de la traversée, quand visiblement il n'avait pas envie de parler ou d'écouter, avait fait long feu. Je vais lui donner une leçon. Oui, littéralement. Gosschalk ne put retenir un sourire amer à la pensée que seul son savoir-faire de professeur lui procurait une certaine autorité sur le garçon.

"Viens, dit-il tout haut, tu vas attraper une insolation si tu restes ici. Il faut bouger. Demain, je t'achèterai un chapeau. Je n'ai pas envie qu'il t'arrive quelque chose. Tu n'as pas besoin de montrer en permanence ta tête bouclée aux populations. Viens avec moi et je vais t'en apprendre sur cette terre que tu foules. Une terre chargée d'histoire, tu peux me croire. Et tu es verni, car ce n'est pas tous les jours qu'un élève de quatrième entend des choses pareilles !"

Gosschalk vit se dilater les narines de Marten. Maussade, le garçon poussa un soupir de résignation.

"Allez, répéta Gosschalk, lève-toi et suis-moi."

Marten s'exécuta, avec une lenteur éloquente. Alors Gosschalk refit tout le circuit, en s'arrêtant systématiquement devant chaque ruine du site, histoire de s'offrir une petite vengeance raffinée. Livide, la sueur lui perlant au front, Marten marchait en silence à ses côtés.

Lucas Gosschalk n'avait jamais vu son père qu'alité, sur le canapé du séjour ou sur une chaise longue, dans la véranda. Il se rappelait ces jambes impotentes sous la couverture ou le plaid, ces mains osseuses aux ongles blancs qui tâtaient avec circonspection la tranche d'un livre, cette voix sourde aux intonations de prédicateur que Lucas haïssait par-dessus tout, ce vocabulaire : "se comprendre les uns les autres", "s'adresser à l'humain dans l'homme", "vivre la rencontre de sa vie".

Sur prescription maternelle, Lucas n'approchait son père qu'avec précaution ; restant debout à son chevet ou assis sur une chaise en face de lui, il se tenait immobile, autant que possible, écoutant patiemment, baissant la voix pour parler, évitant de raconter tout ce qui pouvait énerver ou irriter son père. "Lucas est adorable, il est si gentil pour son père, si patient", aimait répéter sa mère devant autrui. Mais lui, il n'avait jamais droit à une marque de satisfaction de la part de sa mère ; au contraire, pour elle, on n'était jamais assez délicat, assez prudent.

Il pestait intérieurement. Il aurait voulu avoir un père robuste, en bonne santé, un solide gaillard avec des épaules et des mains larges, au rire sonore, aimant boxer et lutter, un père avec qui on fait du vélo et qui vous emmène sur les terrains de sport. Et si la faiblesse physique était inévitable, au moins un père avec une intelligence implacable, un savant aux formules décisives, un inventeur, un pionnier de l'intellect. Mais il trouvait que son père était aussi médiocre que maladif ; dans ce corps fragile, un esprit sans vigueur. Son goût puéril pour certains romans d'aventures de sa jeunesse – entre autres Paul d'Ivoi, Jules Verne et Karl May – était d'autant plus ridicule. Sur le rayon inférieur de la bibliothèque placée à côté du lit du malade se trouvait, à portée de main, une pile de ces volumes, dans leurs vieilles reliures bariolées. Lucas ne voyait jamais son père qu'avec un livre de Kaj Munk, de Romain Rolland, de Martin Buber ou de Karl Barth. Le plus pénible, c'était le fait que son père lise cette littérature pour la jeunesse en cachette, qu'il en rougisse. Et pire encore, le moment où son père, pris en flagrant délit, refermait prestement le livre et disait, avec un petit sourire supérieur destiné à minimiser la chose, en tapotant de l'index sur la couverture : "Tu devrais lire ces histoires, Lucas, elles sont faites pour toi, je les ai toujours gardées à ton intention. Les héros aiment en découdre, certes, mais ils ont un idéal, ils sont chevaleresques, courageux, prêts à tout... J'ai retrouvé ces livres par hasard, je ne les avais pas ouverts depuis mon enfance."

Toujours la même rengaine, il semblait oublier que ce "hasard" se répétait. Par la suite, Gosschalk s'était souvent demandé pourquoi il refusait à son père ces plaisirs innocents, cette évasion dans des aventures hautes en couleur et d'un romanesque naïf, dans des rêves de liberté et de force physique. Parce qu'il se juge au-dessus de ça, étant plus âgé et plus sage. Parce qu'il me fait des reproches et parle de brutalité quand je me suis bagarré avec les autres, que j'ai chahuté et me suis sali, alors qu'il trouverait magnifique de me voir, silencieux, dans un coin, participer aux échauffourées, aux exploits les plus fous de tous ces héros de papier. Lucas aurait bien voulu les lire, ces histoires, mais son opposition à son père était telle qu'il ne pouvait se forcer à y jeter un œil. Plus son père insistait, plus il se retirait dans sa coquille. Ce sentiment d'agacement et de secret mépris pour son père avait empoisonné sa jeunesse. Toute la vie de la maison tournait autour du malade, c'était lui la référence absolue, il fallait toujours et partout tenir compte de lui en priorité. Sa mère soignait et dorlotait son père comme s'il avait été un enfant. Mais lui, Lucas, elle ne l'avait jamais gâté ainsi. Du plus loin qu'il se souvînt, toutes les pensées, tous les gestes de sa mère allaient à cet homme couché dans son lit ou sa chaise longue. Elle se penchait sur lui, elle était à ses petits soins ; en toutes circonstances, elle lui dispensait son temps et son attention.

Plus tard, Lucas réalisa que lui-même n'avait jamais été un enfant mais, depuis toujours, un petit homme responsable, se situant non sous l'autorité de sa mère, mais à ses côtés, à un niveau où il remplissait tout naturellement une partie de ses tâches à elle. Cela ne l'avait-il pas rempli de fierté et de joie ? Peut-être en avait-il donné l'impression quelquefois. Sa mère du moins l'avait cru. Pendant toute sa jeunesse, il avait entendu la même rengaine : Lucas est le protecteur, le remplaçant de son pauvre père, le soutien et la consolation de sa mère. Il pouvait s'imaginer être l'homme de la maison, mais il n'en avait jamais ressenti de satisfaction. Après la mort de son père (il avait alors douze ans), la situation n'avait pas changé.

Sa mère s'en remettait à lui pour de menues choses, était dépendante de lui pour de petits travaux domestiques, mais en réalité, c'était elle qui régentait et elle le lui faisait sentir en permanence, tout en faisant montre, par amour pour lui, de maladresse féminine et d'impuissance sociale. Elle ne le gâtait pas, elle ne lui donnait jamais une parcelle des soins et de la tendresse qu'elle avait réservés à son père ; elle partait du principe que puisqu'elle devait élever son fils toute seule, elle devait l'endurcir. Elle ne pouvait lui rendre de plus grand service, pensait-elle, qu'en refusant de le "materner". Spécialement pendant les difficiles années de lycée, elle ne s'occupa pas de lui, lui donnant le sentiment d'être un étranger. Pour survivre, il avait fait de son mieux à l'école, travaillant plus dur que les autres, cachant son ambition et son désir de se mettre en valeur sous un masque de sérieux et de maturité. Il eut la satisfaction de constater que sa mère l'acceptait sans réserve dans ce rôle. Il en rajouta, pour avoir le plaisir de l'entendre dire avec une nuance d'inquiétude dans la voix : "Tu travailles trop, il faut que tu te promènes, que tu fasses du sport, que tu sortes avec des amis, tu exiges trop de toi-même."

Il répondait en haussant les épaules avec désinvolture : "Maman, tu n'y connais rien, ne t'occupe pas de ça…", mais il jouissait de son triomphe. Il savait qu'elle se rengorgeait, qu'elle concevait pour lui du respect, de l'admiration. Il se montrait un homme, non en vertu de son bon vouloir à elle, mais par ses propres moyens, il la dominait et, au fond de son cœur, elle ne souhaitait rien d'autre. C'était une manière de le soumettre à l'épreuve que de lui dire : Sors donc, amuse-toi, repose-toi, etc. Mais elle ne s'attendait pas à ce qu'il obtempère. S'il l'avait fait, il serait redevenu un petit garçon, serait repassé sous son autorité et sa férule pédagogique.

Ainsi, il trouvait chez lui une certaine compensation aux déceptions que lui valait son attitude au lycée. Il acquit la réputation d'élève "polar", chassant les bonnes notes ; on le soupçonna de fayoter auprès des professeurs. Il aurait supporté la méfiance et l'étonnement agacé de ses condisciples (considérant plutôt comme une insulte la déférence servile de quelques imbéciles notoires) s'il avait été le premier incontesté de sa classe. Mais il ne l'était pas et ne le serait jamais, il se connaissait assez pour l'affirmer. Il y en avait toujours qui raflaient des dix-neuf et des vingt, qui avaient de l'intuition, des éclairs de génie. Le constat était accablant pour Lucas : il apprenait ce qu'il devait apprendre et même plus, il savait tout mais d'une manière ou d'une autre, il ne le savait pas bien. Il ne s'agissait pas d'assimiler la matière ou d'apprendre vite par cœur. Les réponses que faisaient certains élèves aux questions des professeurs, une dissertation réussie, l'exposé de l'un d'entre eux lui faisaient douloureusement prendre conscience que, hormis comprendre et retenir, il y avait autre chose en jeu, quelque chose qui jouait le rôle essentiel dans une évaluation. Il fallait ajouter un élément personnel, c'était là le secret. Les mots et les concepts formaient une sorte de code, l'important était ce qu'il y avait derrière, ce qu'on voulait signifier. Une interprétation personnelle était déterminante. Lucas avait l'impression d'être quelqu'un qui joue au "jeu du froid et du chaud". Il ne "brûlait" jamais, il était toujours "tiède", il tournait autour du but avec circonspection mais ne trouvait jamais la cachette et ce qui était caché.

Il n'était pas le seul, naturellement. La majorité des élèves appartenait au groupe des ignares, il pouvait toujours se consoler à la pensée qu'il comprenait toujours mieux qu'eux ; il savait au moins qu'il ne savait rien, la majorité ne va jamais aussi loin ; mais il ne pouvait s'en satisfaire ; sa situation à mi-chemin entre la horde des imbéciles (c'est ainsi qu'il nommait les élèves moyens) et les "initiés" le frustrait. Il s'efforçait de découvrir si ces deux ou trois oiseaux rares (le professeur de la discipline en question en faisait parfois partie, mais cela n'allait pas de soi) étaient conscients de leur situation privilégiée, s'ils se reconnaissaient mutuellement, s'il existait une relation entre eux et de quelle manière elle s'exprimait. A leur place, pensait-il, il serait constamment à l'affût des indices marquant une égalité, des signaux de reconnaissance. Il percevait bien de l'amitié, de la camaraderie, parfois de la rivalité, mais jamais de signes d'une fraternité d'esprit consciente. Il crut déceler au moins un point commun entre ces "initiés" : à savoir leur commisération, leur mépris ou, pire encore, leur indifférence à son égard.

Se faire valoir, cela arrivait chez lui, devant sa mère. Il la dépassa de la tête et des épaules, elle devint, au sens propre, toute petite devant lui. Il commença à porter des culottes longues, se rasa, sa voix passa dans les graves.

Quand il eut dix-huit ans, sa mère lui dit : "Tu commences à ressembler à ton père quand il était jeune."

Il réprima un cri de protestation, puis se planta devant un miroir : non, ce n'est pas le cas, conclut-il. Et parce qu'il n'y avait pas l'ombre d'une ressemblance avec les traits paternels, la remarque de sa mère lui fit plaisir. Il comprit qu'elle avait cru voir une ressemblance parce qu'elle reconnaissait maintenant son autorité. Elle commença à s'occuper de lui comme elle ne l'avait jamais fait, elle lui apporta son petit-déjeuner au lit, elle chercha à devancer ses désirs. Lucas sut que c'était la preuve de sa victoire, mais il n'ignorait pas les dangers de la situation. Il ne céderait pas, ne faiblirait pas. C'est lui désormais qui refusait de se laisser dorloter. Il n'était ni infirme ni malade, il ne retomberait pas sous sa coupe de cette manière. Il lui montrerait qu'il était radicalement différent de son père, il lui ferait voir ce qu'étaient la force, la santé et le potentiel intellectuel.

Après son baccalauréat, il s'inscrivit à la faculté de Leyde, en lettres classiques. Il ne prit pas de chambre dans cette ville. Il faisait la navette entre Rotterdam et Leyde. La pièce prolongée d'une véranda où son père se tenait jadis fut aménagée pour lui. Il mit au grenier les livres d'éthique et de théologie exécrés, donna à un chiffonnier les romans d'aventures aux dorures passées.

Il bûchait dur à sa table de travail, dans cette pièce vénérable et silencieuse, qui n'avait rien d'une chambre d'étudiant typique. C'était plutôt le bureau d'un professeur d'université, avec ses rideaux sombres, sa tapisserie foncée, ses hautes bibliothèques garnies d'ouvrages spécialisés (tout son argent y passait). Il avait délibérément évité les contacts avec les filles quand il était au lycée. Il s'était persuadé que cela n'en valait pas la peine, que c'était du temps perdu ; en réalité, il redoutait d'être éconduit et ridiculisé. Les quelques jolies filles qui fréquentaient le lycée n'avaient que l'embarras du choix : Lucas ne pouvait rivaliser avec les garçons qui se mettaient sur les rangs comme partenaires pour la danse et le sport. Par conséquent, il ne chercha jamais à avoir une relation ; les filles auprès desquelles il aurait pu avoir ses chances ne l'intéressaient pas, elles étaient insignifiantes, non désirables. Avec une sorte de jouissance amère, il acquit une réputation de misogyne. Sous ce masque d'indifférence et d'invulnérabilité, il pouvait se permettre de reluquer à son aise.

A la fac, cette situation menaça de se reproduire. Les filles qu'il trouvait séduisantes sur les bancs des amphis étaient pour la plupart plus ou moins fiancées, elles faisaient partie d'un groupe, d'un cercle. Elles étaient plus faciles à approcher que des lycéennes, mais elles étaient aussi plus critiques, plus mûres, venant de milieux aisés, ayant reçu une bonne éducation, des filles privilégiées et revendiquant à bon droit leur émancipation, mais d'un autre côté déjà conditionnées à être les représentantes d'une certaine catégorie sociale, futures épouses de docteurs, de juristes, de députés et de banquiers.

Lucas noua des relations avec des vendeuses, des infirmières, des serveuses. Pour ce faire, il s'organisa. A la pause de midi, il allait manger un sandwich dans certains restaurants et cafétérias ; il prenait les trains de banlieue, allait au cinéma, se promenait le dimanche après-midi dans les rues commerçantes et, l'été, passait son temps libre à la plage. La foule et la vulgarité ambiante suscitaient sa répugnance, mais en même temps, il ressentait l'excitation du chasseur. Il n'était pas intéressé par les types de filles se faisant remarquer ou trop faciles, bien qu'il souhaitât quelque initiative et une sensualité sans complications. Sa préférence allait à une certaine catégorie de femmes qui évoquaient la douceur, une féminité maternelle. La plupart du temps, elles étaient plus âgées que lui. Avec une sorte de masochisme étrange, il se plongea dans l'univers des magazines féminins. ("Du café, du thé, un biscuit, un petit cassis, Luuk ?" Le chemin de table au crochet, la Madone stylisée en verre mat sur la cheminée, la table à thé patinée à l'ancienne, les confidences sur : ma mère, mon père, ma sœur, le cousin de mon beau-frère, mon chef de rayon, l'infirmière en chef, le patron, ma meilleure amie.)

Il se moquait de lui-même, plus tard, dans son bureau : la vie sentimentale de Lucas Gosschalk était une farce. Lui qui, mieux que quiconque, savait ce que signifiaient la beauté des formes et la noblesse de l'esprit, lui qui désirait si passionnément l'équilibre libérateur entre le corps et l'âme, devait se colleter avec des tonnes de kitsch pour avoir sa portion d'extase. Un mauvais goût d'autant plus incurable qu'il était l'expression d'un bon fond. Dinie, Annie, Truus, Cobie, Rie ! Quelle consternante uniformité ! Quand, après quelques rendez-vous en ville, une sortie au cinéma ou au café, une promenade à la campagne, elles lui cédaient (généralement elles étaient trop flattées par ses attentions pour opposer une longue résistance), il cherchait rapidement l'occasion de terminer l'aventure de façon décente.

Il cachait soigneusement ses passades à sa mère. Parfois, il tentait de s'analyser : pourquoi devrait-il rougir de ses liaisons ? Après tout, il n'était pas marié avec sa mère. Dans des instants pareils, sa vie lui apparaissait en toute clarté : il se voyait, la pipe à la bouche, installé derrière le bureau (où jamais il n'avait vu son père s'asseoir) ; sa mère s'occupait de lui avec dévotion et fierté, comme les femmes de sa génération avaient coutume de servir et d'honorer le chef de famille, le responsable, celui qui gagnait le pain quotidien. Il réalisa qu'il avait commencé à chercher des aventures quand il avait eu le sentiment d'avoir assuré sa place dans la maison. Courait-il après les femmes pour souligner qu'en dépit des apparences contraires, il n'était pas marié avec sa mère ? Et d'où venait ce besoin de clarifier ce qui allait de soi ?

Sa mère le poussait de temps à autre à inviter une jeune fille "du cours", mais ce n'était pas de bon cœur, il s'en rendit compte ; elle le fait, pensa-t-il, pour arriver à savoir par ce biais si je mijote quelque chose sur ce plan. Devant des amis ou connaissances, il l'entendait quelquefois emboucher la trompette pour louer sa retenue en ce domaine : "Lucas est extrêmement sérieux, il veut d'abord terminer ses études, acquérir une situation stable, il ne peut encore rien offrir à une femme, ce n'est pas quelqu'un qui s'engagera à la légère comme tant de jeunes de nos jours !..."

Sa mère se tenait assise très droite quand elle parlait ainsi, ses yeux brillants vous défiaient : Que personne ne s'avise de nous critiquer, mon fils et moi, sur notre manière de vivre ! Tout en parlant, elle jouait avec sa broche, un bijou en or où les dents de lait de Lucas avaient été serties comme une rangée de perles. A chaque fois qu'il la voyait trônant ainsi, face à ses visiteurs, avec une certaine arrogance méfiante comme si elle était attaquée, le même sentiment ambivalent l'envahissait : du respect pour son courage de femme (relativement) seule dans la vie, de l'attendrissement devant toute sa personne, avec les détails familiers, la broche, les deux alliances à sa main droite, ses robes unies, ses cheveux gris, ses petits pieds effilés résolument posés en équerre, même au repos ; mais en même temps, la haine et l'angoisse le submergeaient : c'était une figure dominatrice, elle lui laissait la première place en apparence car, en réalité, c'était elle qui avait le pouvoir, et elle ne le céderait pas aussi longtemps qu'elle vivrait.

Il n'y pouvait rien, il lui en voulait. Quand j'avais besoin de toi, tu n'as pas voulu te donner, et maintenant que je n'ai plus besoin de toi, tu veux me retenir, pensait-il quand il était assis en face d'elle, à table, et qu'il percevait sous le masque de la sollicitude maternelle un petit sourire satisfait. Il envisageait parfois de quitter la maison et de louer une chambre en ville. A côté de ses études, il lui faudrait chercher un travail pour pouvoir joindre les deux bouts. S'il abordait ce sujet, sa mère pâlissait, elle le fixait avec des yeux soucieux et méfiants. Elle ne voulait pas comprendre. Ces conversations (ou plutôt ces scènes de ménage) se déroulaient toujours de la même manière, ou à peu près.

"Mais Lucas, que se passe-t-il, tu n'es donc pas heureux ici ?

— J'aimerais avoir mon indépendance, maman, rien de plus normal…

— Mais tu es complètement libre. Je ne me mêle de rien. Tu peux faire ce que tu veux. Tu as une chambre superbe. Quel jeune dans ta situation peut se permettre la même chose… Evidemment, ça ne doit pas être drôle pour toi d'avoir la compagnie d'une vieille femme sotte… Mais je ne pensais pas que j'étais une charge pour toi. Je ne demande rien. J'essaie seulement de te rendre la vie aussi facile que possible. Je ne pense qu'à toi. L'important, Lucas, ce sont tes études, ton avenir…"

Et elle continuait sur ce ton, en caressant sa broche. Ses yeux brillaient d'excitation et de larmes contenues. Lucas ne mit jamais ses projets à exécution. Comme si ces petites scènes domestiques lui donnaient satisfaction.

Lucas Gosschalk ne s'était jamais intéressé à la politique. La politique n'existait qu'en vertu de la formation de ces cliques et de ces clans qu'il abominait comme responsables de tout le mal. Il méprisait les hommes politiques : propagandistes bornés, martelant un message dont ils ne mesuraient pas eux-mêmes la portée ; démagogues habiles, travaillant pour leur propre intérêt – à la tête de tous les partis, on retrouvait ce type d'hommes, quant au reste, c'était partout et toujours le troupeau des gogos, secrètement anxieux et incertains, auxquels s'ajoutaient les suiveurs indifférents. Quand on a bien lu Thucydide et Tacite, on ne s'en laisse pas si facilement conter sur les prétendues "données nouvelles" de la situation contemporaine. Il lisait les journaux avec un sourire sarcastique. Pendant ses études, il fréquentait un café où il avait pris l'habitude de lire des quotidiens de tendances très diverses. Ce qu'il constatait à propos des différences et des ressemblances ne faisait que conforter son opinion : tout se résumait à une rivalité entre des groupes d'intérêts, à un jeu réservé aux adultes leur permettant d'assouvir leur volonté de puissance et leurs pulsions sécuritaires, tous leurs besoins de vilipender ou de louanger. A un certain moment, les émotions déchaînées allaient trop loin, c'était comme un raz-de-marée. Emportés par le flot de passions incontrôlables, les gens se tapaient dessus et se massacraient une fois de plus au nom de la liberté et de la justice. Merci bien, très peu pour moi, pensait-il ; non sans orgueil et un peu amer, il se disait, avec une pointe d'amusement, que rester en marge comme il le faisait était un brevet de supériorité intellectuelle, la preuve qu'il était majeur et vacciné.

Lucas Gosschalk se retira dans son propre univers. Quand il ne donnait pas de cours au lycée ou n'avait pas de leçons particulières chez lui, il se plongeait, avec toute la concentration dont il était capable, dans certains sujets qu'il n'avait abordés que superficiellement pendant ses études, mais qui continuaient à l'attirer au fil du temps. Chez des érudits comme Nilsson, Otto, Picard, Bachofen, Frazer et Neumann, il avait rencontré des hypothèses et des théories qui occupaient continuellement son esprit. Le noyau en était la *MAGNA MATER*, et ce qu'impliquait cette notion hier et aujourd'hui.

Après avoir terminé ses études, il avait obtenu des heures d'enseignement dans un lycée classique. Il pensa qu'il était temps de penser à lui-même. Il voulait naturellement faire sa thèse de doctorat. La suite dépendrait d'un certain nombre de facteurs. Il espérait surtout se faire un nom en publiant régulièrement. Sur ce point, son ambition était illimitée.

A la fin de l'été 1939, alors qu'il n'enseignait que depuis peu, ce fut la guerre. Il n'avait pas accompli de service militaire en raison d'une vue déficiente ; il ne fut pas non plus mobilisé. Ce qu'il avait considéré comme un emploi provisoire devint, par la force des circonstances, son métier, la source de revenus indispensable pour les faire vivre, lui et sa mère, blessée dans les bombardements de la ville, en mai 1940, et restée invalide. Comme des enseignants étaient entrés dans la clandestinité pendant l'Occupation, il eut la possibilité d'élargir progressivement son horaire d'enseignement au sein de son établissement. Il donnait aussi des cours particuliers, autant qu'il le pouvait. L'infirmité de sa mère coûtait une fortune. C'était son devoir de lui procurer ce dont elle avait besoin, que ce fût ou non la guerre : des opérations, une infirmière à domicile, des fortifiants, tous les soins médicaux et un certain confort. Après la Libération, il comprit à quel point il s'était implanté au lycée. Il était devenu indispensable, non pas en premier lieu par des qualités exceptionnelles (ce n'était pas un pédagogue et les élèves ne l'aimaient pas vraiment), mais surtout par un concours de circonstances : il était jeune, il travaillait dur, l'un des professeurs de lettres classiques n'était pas revenu, l'autre était souvent en congé de maladie, si bien que Gosschalk devait faire, pour ainsi dire, des cours simultanés dans deux classes, et grâce à son sens de l'organisation, il s'en sortait bien. La mort dans l'âme, il se rendait compte que son projet de thèse était repoussé d'année en année, il n'avait plus de temps à consacrer à ses propres recherches, il ne pouvait plus s'offrir le luxe d'une vie uniquement consacrée à l'étude.

Dans cette période d'après-guerre où tout était cher, sa mère fut plus que jamais à sa charge. Il commença également à réaliser qu'il n'était inséré nulle part, socialement parlant. Que représentait le corps enseignant d'un lycée municipal ?

Il était à peine question d'un lien entre les professeurs, la convivialité se résumait à quelques échanges superficiels dans la salle des profs, à quelques visites entre collègues de même discipline qui avaient des "atomes crochus". D'ailleurs, la majorité d'entre eux étaient mariés, ce qui les classait immédiatement dans une autre catégorie, en ce qui concernait Gosschalk.

Par principe, Gosschalk n'appartenait à aucun parti politique, à aucune Eglise. Il persévéra dans cette attitude méfiante et secrètement méprisante.

Après la guerre surtout, il fut approché, à plusieurs reprises, par des gens engagés qui avaient fait sa connaissance par hasard et qui tentèrent d'éveiller son intérêt pour le groupe auquel ils appartenaient. Naturellement, il refusa chaque fois. Il cultivait son isolement, il en tirait une forme de satisfaction. Il lui arrivait d'avoir un doute : et si c'était l'histoire de l'œuf et de la poule ? sa méfiance à l'égard du groupe ou son incapacité à fonctionner dans une structure élargie, à s'intégrer ? Mais bien vite, il faisait taire cette petite voix intérieure, il refusait d'être piégé, d'être la dupe de cet instinct, purement et simplement humain, qui pousse à s'agréger aux autres, pour en retirer l'illusoire bénéfice de se sentir important, protégé ou influent. Mon intellect me préserve, pensait-il avec amertume, c'est toujours ça, je peux raisonner.

Mais les moments les plus difficiles, c'était quand cette confiance en lui l'abandonnait à son tour. En général, cela se produisait lorsque, après avoir trimé pendant des semaines pour le lycée, il essayait de se concentrer de nouveau sur *Les Déesses*. Les idées qu'il avait tournées et retournées dans sa tête, qu'il savait devoir constituer la toile de fond valorisante pour des besognes secondaires mais nécessaires, semblaient s'évanouir en fumée, il n'en restait rien ; ce qui avait semblé original, voire provocateur, devenait banal, incohérent ; il ne pouvait comprendre comment il avait été assez présomptueux pour croire à une "trouvaille" quand, à y regarder de plus près, il ne restait qu'un texte étique et sans vigueur. Assis à son bureau, il avait les yeux dans le vide, le mot "intellect" tintait ironiquement à ses oreilles : si je possédais réellement la dose d'intelligence que je m'attribue, il y a longtemps que j'aurais écrit *Les Déesses*, d'une manière ou d'une autre, elles existeraient sur papier, je ne me serais laissé arrêter par rien ni personne !

Il continua à penser aux *Déesses*. Les fruits les meilleurs mûrissent lentement, se disait-il, attendons qu'ils tombent tout seuls. Bien qu'il eût le sentiment de ne pas être à sa place dans le milieu enseignant, au cours de ces années d'après-guerre, il commença à concevoir certaines ambitions pour sa carrière au lycée. Le proviseur partait à la retraite. Traditionnellement, la fonction revenait à un professeur de lettres classiques. Gosschalk estima qu'il avait ses chances. Vu les candidats potentiels, il ne pouvait s'imaginer une autre solution. Pendant des mois, il eut au moins cette plaisante perspective en tête. Mais on prit quelqu'un de l'extérieur, un didacticien connu, qui avait écrit une grammaire latine. Comme lot de consolation, Gosschalk fut nommé censeur.

Après quelques heures, rester sur le pont lui devint insupportable. Le soleil déclinait, le vent s'était levé, mais la chaleur demeurait étouffante. On pouvait à peine remuer, et il était encore moins question de se promener. Les familles grecques, grouillantes de marmots, qui allaient passer des vacances en Crète, formaient des îlots vivants dans un archipel de caisses, de valises, de paniers, de meubles hétéroclites. Dans un coin, il y avait un groupe de jeunes, de différentes nationalités, pour la plupart venus d'Asie Mineure ou d'Europe du Sud-Est ; en tenue de randonneurs, c'était le type de jeunes voyageurs aguerris, aventureux et malpropres. Le regard de Gosschalk était attiré par deux garçons maigres, au teint foncé, des frères ou des amis intimes ; l'aîné avait un visage grêlé, répugnant, l'autre le traitait avec respect et sollicitude. Tous ces jeunes étaient allongés ou assis les uns contre les autres, plutôt apathiques ; ils jouaient aux cartes, fumaient ou farfouillaient dans leurs maigres bagages. Un haut-parleur invisible diffusait une musique folklorique criarde, une mélodie après l'autre.

Parti en reconnaissance, Gosschalk réussit à conquérir une place, entre une bouche d'aération et le bastingage, où ils pouvaient s'asseoir, les garçons et lui, un peu à l'écart de la cohue. Ils étendirent leurs blousons sur le sol.

"Regardez bien, dit Gosschalk, le soleil est presque couché, nous allons voir la mer devenir «couleur de vin». *Oinops*[1], l'éclat rouge du couchant sur le bleu foncé de la mer donne le pourpre, la couleur du jus de la vigne. Regardez, regardez bien…"

Les garçons écarquillaient les yeux pour découvrir le phénomène.

"Je ne vois rien, dit Marten Siebeling, soudainement prosaïque, la mer est mauve, tout au plus, je n'ai jamais entendu parler d'un vin mauve."

Gosschalk sentit l'irritation monter en lui. Il savait que le garçon avait raison, que la couleur légendaire n'était pas

1. "Qui a la couleur du vin", épithète homérique appliquée à la mer.

visible à cet instant. Il avait voulu suggérer aux garçons qu'il voyait une mer rouge foncé, qu'il y avait une mer pourpre. Il savait aussi pourquoi : une fois de plus, cette anxiété secrète, est-ce qu'ils voient par hasard ce que je ne vois pas, ce que je devrais voir si j'avais les yeux pour ça ? Il avait voulu les devancer, pour qu'il n'y ait aucun doute : c'était bien lui qui le premier aurait vu les vagues pourprées. Il avait envie de jurer, parce qu'il ne savait plus ce qui était pire : avoir tort ou constater qu'il passait à côté de l'expérience.

"Homère ne voulait-il pas désigner ce vin très foncé, presque noir ? continua Marten. Il arrive que la mer soit vraiment de cette couleur. Je croyais que beaucoup de vins grecs étaient noirs."

Il pourrait bien avoir raison, pensa Gosschalk (pestant intérieurement contre l'image romantique et fausse qu'il s'était faite du couchant rouge sur les flots bleus). Où a-t-il pêché ça ? Oui, je pense qu'il a raison. En Crète, un certain vin n'est-il pas appelé *mavros*, "noir" ? Une mer couleur de vin, des eaux sombres par conséquent. Il lança un coup d'œil oblique à Marten Siebeling qu'il voyait de profil, avec son regard farouche sous les cils courts et épais, sa petite bouche pincée. Est-il en train de se payer ma tête, n'est-il pas au fond de son cœur fichtrement content de m'avoir rivé mon clou ?

"Vous avez entendu ce que vient de déclarer notre spécialiste d'Homère, de la quatrième A", dit-il en s'adressant à Evert et Derk-Jan qui, comme il s'y attendait, ne prenaient pas au sérieux la remarque de Marten sans encouragement de sa part.

Le soleil avait disparu derrière l'horizon ; dans l'air du soir, les contours des montagnes de l'Attique, du Péloponnèse et des îles côtières s'estompaient de plus en plus, le bateau glissait à la rencontre de la nuit. La mer bouillonnait sous le vent, avec de hautes vagues qui se brisaient sur les flancs du navire dans une explosion d'écume. Les étoiles commençaient à briller dans le ciel bleu foncé.

On alluma des lampes sur le pont, mais il n'y avait pas assez de lumière pour qu'on puisse lire. Gosschalk prit son cahier, quelques livres, une pipe et descendit dans une sorte de cabine qu'il avait repérée dès son arrivée à bord. Il trouva difficilement une place entre des hommes qui mangeaient et parlaient, des mères avec des nourrissons dans les bras, des enfants chahuteurs ou somnolents, des joueurs de trictrac, des gens qui lisaient les journaux et quelques vieux paysans crétois en costume traditionnel, immobiles, silencieux, regardant fixement devant eux.

Il faisait chaud entre les banquettes de cuir et les cloisons de bois ; ça sentait l'ail, le caoutchouc et la viande bouillie. En outre, l'intérêt des gens qui l'entouraient gênait Gosschalk ; s'il levait les yeux de son livre, il voyait tous les regards se braquer sur lui, curieux, méfiants, ou avec cette petite lueur annonçant qu'on va faire la causette. Mais il n'avait pas envie de parler, il connaissait ces conversations, ce jeu interminable de questions-réponses se déroulant au milieu des rires et des hochements de tête approbateurs, et les doigts qui claquent d'impatience, les gesticulations, les discussions volubiles quand il s'agit de trouver le mot juste pour faire comprendre quelque chose à l'étranger. Ce qui l'intéressait, lui, Gosschalk, dépassait complètement tous ces gens ; ils le regardaient avec étonnement, quand il parlait du but de son voyage : Eleusis, la culture minoenne, la Grande Mère. *"Poli archea"*, remarquaient-ils poliment, avec un sourire, et un geste d'indulgence.

"Oui, il s'agit de très vieilles choses, de choses disparues." Gosschalk sentait qu'ils étaient secrètement surpris et amusés, un brin apitoyés ; partout, la réaction était la même. Il lui suffisait, à cet instant, de ne pas prendre un air trop sévère pour qu'ils se rapprochent, se penchent vers lui, lui offrent à manger ou à boire, lui montrent les photos de leurs enfants et des autres membres de leur famille, l'accablent de questions sur sa maison, son travail, les raisons pour lesquelles il n'était pas marié, pour lesquelles il venait en Grèce, son opinion sur la situation politique, sur le plan Marshall, etc.

Il sortit un stylo bille de sa poche, ouvrit le cahier sur ses genoux et se mit à lire, sourcils froncés, mimant la concentration (ce qui signifiait : Ne pas déranger ! ici, on étudie).

Il relut le passage sur la probable origine crétoise des mystères d'Eleusis, qu'on pouvait déduire de la forme minoenne des vases destinés aux libations, les *kernoi* ; le passage sur l'origine du nom "Crète", dérivé du mot grec *krateia*, la déesse forte, toute-puissante ; sur la hache de sacrifice minoenne, composée des croissants de la lune montante et descendante, symbolisant à la fois la force créatrice et le pouvoir destructeur de la Grande Déesse.

Sur le culte qui lui était dédié de l'Egypte à l'Inde, de l'Asie Mineure jusqu'au cœur de l'Afrique, sur ses différentes formes, déesse de la terre, de la chasse, de la guerre, de la mort sanglante et de l'angoisse sexuelle.

Sur son ambivalence dans la religion minoenne, sur Déméter comme accomplissement des dons de la terre, nature nourricière et giron fertile, et comme mère des morts, car la terre reprend ceux qui sont nés d'elle (les défunts qu'on inhumait portaient le nom de *Demetreioi* dans l'Antiquité).

Sur Déméter Pyrophore, celle qui fonde les villes, et sur Déméter Thesmophore, celle qui organise la cité et donne à la communauté son unité et ses lois.

Sur Déméter qui dispense la santé et les remèdes, qui unit dans le mariage l'homme et la femme, qui invente les jeux et les compétitions sources de plaisir physique et de détente spirituelle.

Sur Déméter-Gaïa comme épouse de Poséidon, mère des plantes et des animaux, sur Déméter-Rhéa qui s'unit à son fils Zeus et fut enceinte de Perséphone en qui elle naquit une seconde fois.

Sur Déméter-Erinyes à la tête de cheval, et sur Déméter-maîtresse d'Iasion sur le champ crétois trois fois labouré…

Il relut ainsi des centaines de notes, de remarques, de plans pour de futurs chapitres, des citations de Malten et de Picard, de Meautis et d'Otto, de Kern, Kirsten, Demargne, Rüssel et Thode, Briffaut, Murray, Fustel de Coulanges, sans oublier les anciens, Eschyle, Platon, Homère, Proclus, Philon d'Alexandrie, Aristide, Eudoxie, Diodore de Sicile, Pindare, Olympiodôre, Lydos…

Gosschalk avait rencontré Rina Siebeling de la manière la plus naturelle. Elle avait remplacé temporairement une collègue de chimie en congé de maladie. Gosschalk avait fait sa connaissance en salle des professeurs. En plus d'une compétence professionnelle reconnue, c'était une jolie femme, bien habillée, un oiseau rare dans ce milieu où la gent féminine était représentée par une prof de gym taillée en athlète, une angliciste prématurément flétrie et incolore et une biologiste aux cheveux gris du type mère poule.

Gosschalk ne savait ce qui l'étonnait et le fascinait le plus en Rina Siebeling : la combinaison de l'intelligence et de l'élégance, ou sa manière d'être amicale tout en sachant garder une certaine distance. Elle mettait en salle des professeurs une ambiance que Gosschalk n'avait encore jamais connue. La voir assise, ses longues jambes fines croisées l'une sur l'autre, très droite, dans une posture naturelle et gracieuse, quand elle allumait posément une cigarette (elle fumait continuellement) ou tournait les pages d'un livre ou d'un cahier, le remplissait d'une émotion esthétique.

Elle cultivait la sobriété. Elle ne portait ni bijoux ni fanfreluches, son maquillage, si elle se maquillait, était discret. Gosschalk n'était pas un expert en toilettes féminines, la mode l'amusait ou l'agaçait tour à tour (il y voyait là aussi une forme du désir d'"initiation", du besoin de la femme, cette fois, d'être informée, de faire partie du cercle) mais il percevait bien la maestria de Rina Siebeling en ce domaine, à travers l'harmonie des lignes et des teintes, dans le raffinement des détails. En gris acier, noisette ou beige (avec un seul accent de couleur donné par la ceinture, le sac ou les souliers), une simplicité et une retenue parfaites la rendaient unique. Ses cheveux plats couleur miel soulignaient la forme de sa tête. Dans le fin visage brillaient des yeux d'un gris lumineux surprenant. Elle ne riait jamais aux éclats, mais les commissures de ses lèvres closes se retroussaient légèrement. Gosschalk fut surpris d'apprendre qu'elle avait passé la quarantaine, il ne lui aurait pas donné plus de trente-cinq ans.

Il savait qu'elle avait un fils au lycée, qui se trouvait alors en cinquième. Il avait cherché l'occasion d'observer ce garçon. Aucune ressemblance, jugea-t-il d'emblée. Le fils était aussi négligé que la mère était soignée. Il portait un jean serré qui lui moulait les fesses, on avait l'impression qu'il n'allait jamais chez le coiffeur. Les yeux peut-être… Le garçon passait pour être silencieux, renfermé, trop sérieux pour son âge. Il est différent, avait conclu Gosschalk. Une certaine méfiance, un sentiment d'hostilité à l'encontre du fils de Rina Siebeling avaient pointé en lui. Peut-être avait-il alors réalisé pour la première fois qu'il était amoureux d'elle. Il avait mis un terme à la liaison peu satisfaisante qu'il entretenait avec l'infirmière de sa mère. Cela créa des problèmes car la jeune fille ulcérée donna sa démission sur-le-champ et il dut trouver une remplaçante au pied levé. Sa mère le plaignait : “Comme tu es occupé, comme je te donne du souci” et il s’irritait à la fois de ces tracas, qui lui prenaient un temps précieux, et de sa propre hypocrisie, parce qu’il acceptait sans broncher la gratitude contrite de sa mère.

Il ne put travailler aux *Déesses* durant cette période. Ses pensées l’entraînaient loin de ses livres et de ses dossiers ; il cherchait le moyen d’entrer en contact avec Rina. Il avait aperçu quelquefois Siebeling quand il venait chercher sa femme au lycée, et il avait réuni, par des voies différentes, des informations sur l’homme de l’arrière-plan. Ce qu’il apprit confirma son impression. Siebeling était également chimiste et travaillait pour une usine située en dehors de la ville. Il était très occupé, souvent absent. Dans l’intimité, à ce qu’il semblait, c’était un individu introverti, rêveur, d’une santé fragile. Quelqu’un lui apprit aussi que le ménage n’allait pas fort, que ces deux-là restaient ensemble à cause du garçon, s’accordant pour le reste une mutuelle liberté. Gosschalk avait des raisons pour le croire : tout coïncidait, la mise un peu négligée, le visage insignifiant, un regard absent, une politesse de routine à l’égard de sa femme, avec des gestes exécutés trop vite et dans l’indifférence pendant les courts instants où la voiture était stationnée devant le lycée, apparemment un bonjour tout aussi routinier, qu’on ne pouvait pas entendre parce que la portière s’était refermée tandis que la voiture démarrait.

Un jour, ils étaient sortis du lycée ensemble : ils s’étaient retrouvés près du vestiaire, en salle des professeurs ; par hasard, ils terminaient ce jour-là à la même heure. Il l’avait aidée à mettre son manteau, avait vu de près un éclat d’argent dans ses cheveux et avait respiré le frais parfum de fougère qui montait de ses vêtements. En lui glissant son manteau sur les épaules, il avait su avec certitude qu’il ne négligerait aucun moyen pour avoir cette femme. Les aventures petites-bourgeoises, l’amour, sans passion, sans ivresse, qu’on fait entre la table à thé et le dressoir, sur un divan, le tapis devant la cheminée, tous rideaux tirés, lampes allumées, chut ! attention aux voisins, papa et maman sont en bas, quand ce n’est pas la logeuse… il en avait la nausée. Rina Siebeling incarnait à ses yeux quelque chose qu’il lui arrivait d’éprouver quand il travaillait à ses *Déesses* : quelque chose de supérieur au quotidien, un parfum de grandeur, la suggestion d’une profondeur mystérieuse dissimulée derrière le réel. Rina était une femme qui se cachait, qu'il n'était pas si facile de comprendre, pensait-il, cela la rendait d'autant plus désirable, du moins pour lui, car il avait entendu des collègues (des ploucs, de pauvres types sans un brin d'imagination) prétendre qu'elle était froide et dure comme du marbre.

Ce jour-là, il était sorti du lycée avec elle, plus que jamais sensible à sa démarche souple et mesurée, à la façon dont elle posait ses pieds menus en descendant les degrés du perron. La voiture attendait le long du trottoir. Siebeling ouvrit la portière sans sortir de la voiture. Brusquement, elle s'était retournée vers Gosschalk en lui proposant de le déposer un peu plus loin. C'est ainsi qu'avait commencé leur relation au dehors du lycée.

Gosschalk devint vite un familier de la maison Siebeling. C'était sa maison à elle, on le voyait au premier coup d'œil, elle avait imprimé sa marque ; les meubles sobres, la décoration stricte mais de bon goût, les couleurs froides et monochromes étaient, sans conteste, le reflet de sa personnalité, son style. Siebeling déambulait dans cette maison comme un étranger ; Gosschalk découvrit ensuite qu'il avait à l'étage un bureau dans lequel il pouvait se retirer. Gosschalk dînait avec eux, passait pour le thé ou pour prendre un verre le soir, jouait aux échecs avec Siebeling, discutait avec le couple, ou avec elle, quand Siebeling n'était pas là. Il fumait en sa compagnie, dans cette pièce sévère et lumineuse qui était à son image. La conversation languissait relativement vite ; paradoxalement, il discutait plus facilement avec Siebeling. Il y avait une tension croissante entre Rina et lui ; il savait qu'elle savait et qu'elle connaissait ses plans. Il ne se déclarait pas, parce qu'elle était plus âgée que lui et qu'il la considérait comme une femme expérimentée, il attendait un signe de sa part pour passer à une intimité plus grande. Avec l'infirmière et les autres, c'est lui qui avait pris l'initiative, du moins au début, dès qu'il les voyait consentantes. A quoi bon tourner autour du pot plus que nécessaire, on gaspillait du temps ; fignoler les choses, dans ces cas-là, ce n'était pas son but, pas plus que son attente. D'ailleurs, son choix se portait d'instinct sur des femmes qui lui laissaient la direction des opérations amoureuses, répondant ainsi à ses vœux secrets. Avec Rina, il n'envisageait pas de brusquer le mouvement ; il avait le sentiment qu'il l'outragerait en anticipant sur ce qu'il pensait devoir arriver.

Il était clair que Siebeling et Rina avaient chacun leur vie. Mais Gosschalk ne put découvrir pourquoi ils s'étaient ainsi éloignés l'un de l'autre. Incompatibilité d'humeurs, de caractères ou différend touchant à un aspect plus essentiel de la personnalité ? Quand il était chez eux, Gosschalk observait souvent Jurien Siebeling à la dérobée : un curieux homme, silencieux tout à coup, l'air maussade et fatigué, pessimiste, ou au contraire fringant comme un jeune homme, montrant un vif intérêt pour les sujets les plus divers. Il aimait la musique (ce qui était rare pour quelqu'un de sa partie, nota Gosschalk), il lisait beaucoup ; dans son bureau étaient accrochées quelques belles toiles. Il avait une passion particulière pour la peinture. Rina au contraire refusait toute décoration. Gosschalk vit là un nouveau sujet de discorde profonde. Le comportement de Siebeling à l'égard de Rina intriguait Gosschalk. Il avait l'impression qu'il s'était passé quelque chose entre ces deux-là, par la faute de Siebeling, quelque chose que Rina n'avait jamais pu pardonner ou oublier. Une infidélité ? Tout allait bien en apparence, les époux se conduisaient en bons camarades, remplis de courtoisie mutuelle, mais il suffisait d'ouvrir l'œil pour comprendre que sous ce vernis de sportivité, leur vie commune était inconsistante. Siebeling lui faisait penser à son propre père, il n'aurait su dire pourquoi.

Il eut l'impression que Siebeling s'en remettait à Rina en tout ; mais était-ce de la paresse, de l'indifférence ou une capitulation volontaire devant les goûts et les conceptions de Rina, Gosschalk ne pouvait trancher. Rina lui semblait une parfaite maîtresse de maison, faisant régner sans effort l'ordre autour d'elle, vaquant à ses tâches sans ostentation, mais elle était le contraire de la "brave ménagère" à l'horizon limité ; c'était une intellectuelle, avec l'allure d'une femme du monde, son élégance glacée n'avait absolument rien de petit-bourgeois. A une époque où il pensait ne rien devoir autant haïr qu'une ambiance à base de meubles de style patinés à l'ancienne, avec un cachemire (ou son prétendu équivalent contemporain) drapé sur la cheminée, des chaises en rotin et des plantes vertes à tiges tombantes sur une suspension de treillis laqué blanc, il respirait plus librement chez Rina, elle le stimulait, même si parfois la conversation grippait un peu. Il se plaisait à la regarder, quelle que fût son attitude, comme on contemple un beau vase ou une épure japonaise, à suivre ses gestes quand elle versait à boire ou fumait une cigarette.

Il ne se faisait pas d'illusions, ce n'était pas une femme chaleureuse, spontanée ou passionnée, certes, mais il savait aussi que ce n'était ni du dévouement ni de la sollicitude qu'il recherchait chez elle en priorité. Il la désirait surtout parce qu'elle était différente, biseautée comme un cristal, parce qu'elle était belle et d'une réserve mystérieuse. Il brûlait de connaître le visage qu'elle dévoilerait dans l'étreinte. Il ne pouvait se départir de l'idée qu'elle avait beaucoup à révéler. Mais en même temps, il avait secrètement peur d'elle. Elle lui était supérieure, d'une certaine manière, et à la vérité évoluait bien au-dessus de ses terres à lui, mais il refoula cette pensée, il ne devait pas se laisser intimider. Ce n'était pas une novice, bien sûr, elle jouait le jeu à sa façon, il n'aurait ses chances que s'il donnait l'impression d'en connaître les arcanes. Cette idée le contrariait, car il devait admettre (une fois de plus !) qu'il faisait figure d'outsider. En vérité, il n'avait pas la moindre idée de la manière dont elle envisageait les choses, et en vertu de quelles règles elle entendait faire mûrir leur relation. Il prit conscience qu'il était très peu sûr de lui devant cette femme. Quand il était avec elle, c'était lui qui parlait généralement, de tout ce qui lui venait à l'esprit, et aussi des *Déesses*. Elle écoutait, faisait une remarque de temps à autre, mais restait dans l'ensemble sur la réserve. Pourtant, il était convaincu qu'elle s'intéressait à ses travaux.

Rina semblait nourrir du ressentiment contre le mythe fondateur éleusiate, contre le couple divin mère-fille, c'était clair. Chaque fois qu'il évoquait le lien entre les deux déesses, leur symbiose magique, Rina se durcissait, imperceptiblement, comme se rebiffant à l'intérieur. Elle ne comprenait pas le sens du couple Déméter-Perséphone. La mère des semailles et la récolte de blé, le principe de fécondité et le fruit, passe encore. Mais Déméter renaissant perpétuellement en Perséphone, Perséphone trouvant en Déméter son origine et sa fin pour l'éternité ? Comment, pourquoi ? Gosschalk voyait Rina froncer les sourcils, avec un regard quasi douloureux. Il comprit, au cours de la énième discussion de ce type, qu'elle supportait ce sujet à l'évidence pénible pour elle uniquement parce que l'orientation de ses travaux était iconoclaste, démystificatrice. Gosschalk se montrait hostile envers les rites éleusiates, et Rina devait penser que cette hostilité visait également les deux déesses qui étaient les piliers d'Eleusis.

Gosschalk comprit soudain que Rina cesserait de s'intéresser, oui, qu'elle essaierait de faire dériver la conversation vers d'autres sujets quand elle se rendrait compte qu'il ne se proposait nullement de renverser les idoles, bien au contraire ! Il était convaincu qu'il touchait maintenant du doigt un aspect du passé caché de Rina. Qu'une femme aussi raisonnable eût des réactions irrationnelles à propos d'un ancien mythe devait avoir une relation avec ce qu'il nommait le "secret de Rina", dans un accès de romantisme dont il souriait lui-même. Il s'efforça de circonscrire le problème selon les méthodes scientifiques éprouvées : induire ce qui ne se laisse pas saisir directement à partir du plus grand nombre d'observations relevées dans la périphérie immédiate de ce qu'on cherche. Il n'en fut guère avancé. Rina n'aimait pas parler d'elle. Elle avait perdu ses parents quand elle était toute petite et avait été élevée par ses grands-parents paternels ; elle avait fait des études de chimie et rencontré Jurien Siebeling dans le laboratoire où elle travaillait. Le garçon, Marten, était né des années plus tard, quand elle avait plus ou moins renoncé à l'espoir d'avoir des enfants. Elle donnait ces informations avec parcimonie, pendant leurs conversations. C'est de Siebeling que Gosschalk apprit l'essentiel.

Un soir, Rina étant partie pour une réunion, Gosschalk décida de s'en aller à son tour, car à ce stade de sa relation avec Rina, il n'avait guère envie de rester en tête-à-tête avec son époux. En outre, il s'imaginait que Siebeling, qui depuis quelque temps semblait se dérober à la conversation, ne serait pas fâché de retrouver sa liberté. Mais Siebeling insista pour qu'il reste. L'idée lui traversa l'esprit que cette invitation cachait quelque chose : que savait Siebeling au juste, voulait-il lui parler sans témoins ? Il lui semblait que la situation était absurde pour tous les deux. Il décida de rester, attendant, un peu crispé, de voir comment l'autre allait aborder le sujet. Mais Siebeling se mit à parler de tout autre chose, avec enjouement et spontanéité, vu son caractère. Ils firent une partie d'échecs, écoutèrent de nouveaux disques. Siebeling ne partageait pas non plus ce goût avec Rina qui affirmait ne pas aimer la musique. Gosschalk observait Siebeling plongé dans la musique, les yeux clos, la tête appuyée dans les mains. Il s'abandonne, il se laisse aller maintenant qu'elle est partie, pensa Gosschalk, rejette-t-elle la musique parce qu'il s'y livre corps et âme ? La musique, apparemment, avait attendri Siebeling ; il servit un verre de vin et fit mine de ne pas voir que Gosschalk voulait partir. Il se sent seul, il recherche la compagnie, se dit Gosschalk. Il connaissait ce sentiment mais trouvait tragique qu'un homme puisse réagir de cette façon, alors que son fils dormait à l'étage. Siebeling avait ce garçon, merde, il avait un fils comme raison de vivre, donc un avenir. Gosschalk n'avait pas de sympathie pour Marten Siebeling mais à cet instant, il eut presque envie de prendre le parti du gamin contre le père, il sentit son cœur se gonfler de la même irritation et de la même révolte que lorsqu'il pensait jadis à son propre père. Siebeling lui avait déjà donné l'impression de ne pas beaucoup s'occuper de son fils, ou alors avec une distraction qui rappelait à Gosschalk la chaise longue, le plaid et les mains blêmes. Siebeling n'avait même pas l'excuse d'être malade.

Ils en vinrent à parler de Rina. Siebeling alla plus loin dans les confidences que Gosschalk n'aurait pu l'imaginer, lui-même se livra un peu trop. Même si le sujet était de nature à le passionner, la situation était déplaisante. Le mari en train de s'épancher devant le futur amant de sa femme ! Visiblement, Siebeling n'avait pas le moindre soupçon sur les intentions de Gosschalk. Cet égocentrisme borné était la chose qui irritait le plus Gosschalk ; il pensa de nouveau à son père, ce qui ne l'incitait guère à plus d'indulgence. Siebeling parla sans s'arrêter, sous le coup de l'émotion, il était clair qu'une tension longtemps refoulée se débondait en mots. Ce qu'apprit Gosschalk dépassait de loin ses spéculations les plus audacieuses. Il s'était attendu à une histoire assez banale d'infidélité, de malentendu, de rancune. Mais c'était un drame romantique de première catégorie.

Derrière Rina et Jurien se dressait le fantôme grandeur nature d'une femme disparue, la mère de Rina, qui, jeune encore, avait fui un mariage dans lequel ses talents de peintre risquaient de s'étioler. Elle avait mis en scène sa fuite pour faire croire à un accident ou un suicide (on retrouva ses vêtements sur la plage, si bien qu'on la crut noyée), mais des années plus tard, elle avait quand même donné de ses nouvelles. Elle menait une vie médiocre d'artiste, dans le sud de la France. Elle avait plus tard cherché à entrer en contact avec sa fille qui allait alors sur ses vingt ans, mais Rina s'était sentie trahie (avec raison, pensa Gosschalk) et avait refusé de rencontrer sa mère ou de lui écrire, ce qui avait été non pas la fin mais le commencement des problèmes. Gosschalk sourit *in petto* : quel motif bizarre de mésentente entre mari et femme ! Des années plus tard, à Paris, Siebeling avait vu des peintures de son énigmatique belle-mère dans une exposition. Il savait déjà ce qui s'était passé, par des lettres, des papiers de famille et des entretiens avec un ami d'enfance de cette femme (il avait mené une enquête, en dehors de Rina, qui ne voulait rien savoir), mais à la vue de ces toiles, son intérêt se réveilla plus fort que jamais, oui, confessa-t-il à Gosschalk, depuis cet instant, il avait été littéralement possédé par le désir d'en savoir plus sur la vie et la personnalité d'Eline Breskel (elle signait de ce nom, son nom de jeune fille).

"Un talent fascinant", dit-il, penché vers Gosschalk. Il s'excitait, ses yeux brillaient, on aurait dit un autre homme. "Dans mon bureau, j'ai une toile d'elle, je ne l'ai pas accrochée, Rina ne l'aurait pas supporté. Mais je n'ai pas pu m'empêcher de l'acheter ; dès que je l'ai vue, j'ai su que je devais l'avoir. Mais Rina ne me l'a jamais pardonné."

Il emmena Gosschalk dans son bureau et sortit d'une armoire un tableau emballé dans un drap. Gosschalk eut sous les yeux une œuvre effectivement très spéciale : à première vue, c'était un paysage représentant un petit manoir XVIIIe, dans un parc ou un bois, avec à l'arrière-plan un nu féminin qui prenait la fuite. Mais vu de plus près, l'ensemble n'avait rien d'idyllique, au contraire, les murs de la maison étaient poreux, spongieux, en pleine décomposition, les fleurs et les feuilles du jardin ressemblaient à des plaies, des ulcères, des tumeurs, les arbres du fond étaient pétrifiés et carbonisés. La femme en fuite semblait habitée d'une peur panique. Gosschalk examina attentivement le tableau, malgré sa répugnance pour tout ce qui avait trait à Siebeling, bien moins à cause des qualités techniques, estimables sans plus, qu'en raison de quelque chose d'autre, d'indéfinissable, dont cette toile était l'expression en peinture.

"Qu'est-ce que ça représente ? demanda-t-il, sans pouvoir détacher ses yeux du tableau.

— *Aréthuse fuyante*, dit Siebeling. C'est le titre. Cette maison existe, c'est là que Rina a vécu dans son enfance. Je la connais, j'y suis allé. Rina l'avait héritée de ses grands-parents mais elle n'a jamais voulu y habiter. Quand nous nous sommes mariés, la maison était vide, abandonnée.

Une demeure étrange, féerique et fantomatique à la fois. Bonté divine, quelle impression elle m'a faite ! Avant la guerre j'ai passé une période de convalescence dans le village voisin. Je me promenais tous les jours dans le parc, dans le bois. Je suis entré dans la maison. D'une manière ou d'une autre, elle était habitée par la présence d'Eline. Le manoir s'appelle Breskel. J'ai mis sur papier tout ce que j'ai ressenti à ce moment-là. Je devais m'en libérer. Je te ferai peut-être lire ça un jour. Plus tard, Rina a vendu la maison. On l'a transformée en séjour pour colonies de vacances ou quelque chose comme ça. Elle, je veux dire Eline, ne la reconnaîtrait pas. Ce n'est plus la même maison."

"Elle", "la maison". La manière dont Siebeling parlait de cette femme inconnue, disparue depuis si longtemps, était éloquente. Gosschalk éprouvait en le regardant une sympathie teintée d'ironie : Oui, mon petit vieux, je connais ça, tu as attrapé le virus de l'enquête, de l'investigation, tu veux savoir, c'est une soif qui ne s'étanche jamais. Mais il plaignait aussi Rina, parce que ce n'était pas une rivale en chair et en os, un métier absorbant ou un idéal qui lui avaient pris son mari, mais le fantôme de sa propre mère. C'est gratiné, pensa-t-il, sarcastique. Siebeling est possédé par un être qui *n'existe pas*, qui ne peut jouer aucun rôle dans sa vie ; il n'est pas question pour lui de chercher à la joindre, car si cette femme vit encore, elle est âgée et il n'y a sans doute aucune affinité entre elle et Siebeling. Que lui veut-il ? C'est parce que tout cela relève d'un sentiment irraisonné qu'il s'y accroche. Il est envoûté. Il a les yeux rivés sur le passé, sur le monde imaginaire d'un artiste et en oublie sa femme qui est à côté de lui.

Gosschalk éprouvait rancune et mépris à l'égard de l'homme qui pouvait négliger une femme comme Rina pour fantasmer sur une inconnue et sur l'onirisme délétère d'une peinture tenant du Douanier Rousseau et de Max Ernst, à la fois naïve et raffinée.

Si au moins Siebeling avait eu un projet précis, mais non, il se laissait flotter au gré de ses rêveries et de ses humeurs. C'était son jardin secret, rien de plus.

"Tu pourrais écrire une biographie sur Eline Breskel, ou une étude sur son œuvre, dit Gosschalk exprès, pour bousculer cette inertie. Tu pourrais en tout cas essayer d'en apprendre plus sur elle. Tu ne sais même pas où elle est et si elle vit encore." Siebeling répondit gravement.

"J'y ai songé plus d'une fois. Mais je dois penser à Rina.

— Parce que tu crois que tu penses à elle, actuellement ? riposta Gosschalk. Tu caches cette peinture dans une armoire et tu n'en parles jamais. Tu t'imagines épargner Rina, mais est-ce bien le cas ? Excuse-moi, mais même pour un étranger comme moi, il est clair que tu mènes ta propre vie. Rina ne peut ignorer ce qui t'obsède, c'est impossible. Tout ça, c'est du flan."

Siebeling, qui avait de nouveau enveloppé sa peinture, s'immobilisa, absorbé dans sa réflexion. Il se mordit les lèvres et hocha la tête.

"Tu as raison, dit-il enfin. Peut-être bien que je ne suis pas sincère. J'ai essayé de chasser toute cette histoire de ma tête jadis, mais sans succès. Rina est au courant, bien sûr. Depuis des années, je fais comme si je tenais compte de ses sentiments, mais nous ne sommes dupes ni l'un ni l'autre. Tu as raison, Gosschalk. C'est absurde.

— Bon, après tout, ça ne me regarde pas", dit Gosschalk qui regrettait déjà sa sortie. Il avait déclenché un processus, mais ne pouvait prévoir ce qui allait se passer ensuite, ce qui le mettait mal à l'aise. Siebeling continuait à hocher la tête distraitement comme s'il avait enfin pris une décision. Avant qu'ils ne sortent de la pièce, il saisit la main de Gosschalk : "Tu n'as pas à te sentir gêné. Je te suis reconnaissant." Nous voilà bien, pensa Gosschalk. Un tel revirement soudain, ce ton pénétré, sérieux ne lui disaient rien qui vaille.

Depuis que la glace était rompue, Siebeling semblait saisir toute occasion de parler en tête-à-tête avec Gosschalk. Tout y passait : les renseignements qu'il avait réunis non sans peine sur Eline Breskel et son œuvre, la difficulté de ses rapports avec Rina due, selon lui, à l'intransigeance de cette dernière vis-à-vis de sa mère. Il montra à Gosschalk fort étonné des dossiers, des cahiers remplis de poèmes, de réflexions, de fragments de récit, de notes pour un journal intime. Cet homme avait raté sa vocation d'écrivain ! L'écluse une fois ouverte, le flot des confidences ne tarissait pas. Gosschalk ne se sentait pas à l'aise dans cette situation nouvelle, il aurait préféré que Siebeling lui témoigne de l'indifférence ou de l'antipathie. C'est un homme seul, sans amis, il me ressemble, pensa-t-il, sauf que moi, je ne me livre pas ; très peu pour moi de mendier de l'amitié ou de la compréhension auprès du premier venu, je me bats, j'ai du ressort, j'attaque de front le petit confort intellectuel, l'assurance que donne la prétendue compétence, j'ai au moins mes défenses, mais Siebeling n'a rien d'autre que ces histoires de bonne femme sur une vieille maison des bois et une artiste en qui il voit le croisement d'une nymphe et d'un sylphe.

Gosschalk nota que Rina s'étonnait de l'intérêt soudain, presque jaloux, de Siebeling à son égard. Il constata également, non sans irritation, que cette intimité nouvelle le faisait baisser dans l'estime de Rina. Elle évitait toute allusion à ce que Siebeling et Gosschalk avaient pu se dire, et elle brisait la conversation au moment où Gosschalk lui semblait dériver vers la confidence. Elle paraissait plus réservée, davantage sur ses gardes, et cela le rendait furieux.

"Tu t'entends bien avec Jurien ces derniers temps", lui dit-elle un jour, comme incidemment. Il la connaissait assez pour savoir qu'elle signifiait : Tu es passé dans son camp. Tu vas me juger sur mon attitude à son égard. Etc.

Il eut parfois l'impression qu'elle l'épiait, avec un brin d'anxiété et de méfiance dans le regard.

Un soir, elle avait dû sortir pour poster des lettres. Il l'avait accompagnée. En revenant, ils avaient fait un détour par le jardin public. On était dans les premiers jours du printemps, mais le temps était doux pour la saison. Sur l'étang flottait une légère brume. Rina s'était soudain mise à parler d'elle-même, de sa jeunesse solitaire chez ses grands-parents (qui parurent à Gosschalk des gens plutôt rigides et secs), de son père qui était mort en Indonésie, dans un accident, au cours d'une patrouille (il était officier), alors qu'elle était encore enfant. Dans sa voix perçait l'amour emporté et aveugle qu'elle avait eu pour un homme qu'elle devait considérer comme trahi, scandaleusement abandonné. Gosschalk ne l'avait encore jamais entendue parler avec autant d'émotion. Etait-ce à cause de l'entourage, des arbres, de l'obscurité, se sentait-elle plus libre que chez elle, maintenant qu'il ne pouvait distinguer ses traits bien que marchant à ses côtés ? Certes, il s'agissait bien de confidences, mais Gosschalk sentait dans ses propos surtout de la colère et un plaidoyer : elle parlait pour se justifier, elle doutait de lui, ne sachant plus dans quel camp il se situait, se voyant bernée.

Si je ne me déclare pas maintenant, je la perds pour de bon, se dit-il. Il passa son bras sous le sien.

"Rina", commença-t-il, avec douceur, sur un ton qui en disait long. Il sentit qu'elle se raidissait. Elle s'arrêta. Elle ne se déroba pas, elle ne joua pas l'incompréhension.

"Non.

— Non ? Mais pourquoi, Rina ? De ta part, je ne m'attends pas à des raisons conventionnelles.

— Je ne peux pas, à cause de Marten.

— Qu'a-t-il à voir là-dedans ?

— Tout. Pour moi, tout.

— Mais tu le veux. Je sais que tu le veux.

— Il ne s'agit pas de moi.

— Il ne s'agit que de toi, essentiellement de toi.

— Mais non (elle se dégagea et se tourna vers l'étang noyé de brume). Je ne t'ai jamais encouragé. Je ne me le serais pas pardonné. Je pensais… que tu n'attendais rien de moi, que tu comprenais la situation. Il vaut peut-être mieux que tu ne viennes plus.

— Mais tu avais plaisir à me voir.

— Oui, mais je ne veux pas aller plus loin.

— Ecoute-moi, dit vivement Gosschalk, écoute-moi avant de proférer encore des contre-vérités. Regarde ta vie, Rina, regarde ce que tu es. Je vais te dire ce que tu es. Tu es la parfaite «grande dame», maîtresse de soi jusqu'au bout des ongles, la plus représentative des femmes. Ton mari, ton fils, les gens que tu vois tous les jours s'en contentent peut-être. Pour moi, ce n'est pas suffisant. Ce qui m'intéresse, c'est celle que tu es réellement. Inutile de te forcer devant moi au calme et à la dignité, tu n'as pas besoin de prendre la pose, ce que je veux avant tout, c'est connaître ton vrai visage.

— Mais je ne prends pas la pose, dit Rina, en s'écartant un peu plus de lui.

— Nous sommes attirés l'un vers l'autre, tu ne peux pas le nier, il n'y a pas de raison pour que nous n'allions pas jusqu'au bout, continua Gosschalk, piqué au vif par son expression fermée, son refus d'admettre qu'il avait raison. Rina, ça n'a pas de sens. Jurien et toi, vous ne vivez plus maritalement, et ton fils n'a rien à voir avec ta vie privée. Une liaison entre nous n'a pas à changer quoi que ce soit, je ne te demande pas de quitter Jurien et Marten…"

Rina laissa échapper comme un sanglot. Elle repoussa la main qu'il voulait poser sur la sienne.

"Assez. Tu ne sais pas de quoi tu parles. Je te répète que ce n'est pas possible, que je ne le veux pas et ne le voudrai jamais. Si la relation que nous avons eue jusqu'à présent ne te convient pas, va-t'en, laisse-moi tranquille. Je ne t'ai rien promis.

— Mais que diantre, Rina, une femme comme toi sait à quoi s'en tenir quand un homme la fréquente comme je l'ai fait ces derniers mois ! S'il était vrai que tu ne voulais pas, tu aurais trouvé un prétexte pour faire cesser mes visites bien plus tôt. J'ai attendu assez longtemps. Je ne te laisserai pas jouer à ce petit jeu avec moi. Je te consacre tout mon temps ; pour toi, je néglige mon travail, je ne suis presque jamais à la maison avec ma mère… Tu ne vas pas te débarrasser de moi comme ça !"

Elle restait immobile, les bras croisés, les mains crispées sur ses manches, comme si elle avait froid. Elle hocha lentement la tête, cherchant ses mots.

"Tu ne me comprends pas. Je ne *peux* pas.

— Je ne te comprends que trop bien, s'emporta Gosschalk. Tu as peur de ressembler à ta mère en prenant un amant."

La phrase lui avait échappé avant qu'il se fût rendu compte de ce qu'il disait. Il oubliait, à cet instant, que l'idée l'en avait déjà effleuré, mais au silence qui suivit ses paroles, il sut qu'il avait vu juste.

Rina se remit à marcher, fuyant instinctivement, en direction des lampadaires signalant au loin la route, le trafic, les gens. Il la rattrapa et resta à sa hauteur. Elle marchait tête baissée. Le gravier du sentier crissait sous leurs pas.

Quand ils furent arrivés à la grille, il lui prit le bras.

"Rina, il faut d'abord qu'on s'explique. Je n'ai pas voulu te blesser."

Ils se firent face, de nouveau. Avec précipitation, presque en chuchotant, elle dit : "Elle me répugne. Quand je pense à elle, j'en suis malade. C'est peut-être ridicule à tes yeux, mais je n'y peux rien. C'est une névrose, un traumatisme, les spécialistes ont bien un mot pour parler de ça. Mais c'est incurable, je peux te l'assurer. Il ne peut y avoir aucun lien entre quelqu'un qui choisit son camp et moi. Jurien et moi, nous n'avons plus rien à nous dire, depuis que je sais ce qu'il pense au fond. Pour moi, il y a longtemps que je n'exige plus rien. Je ne désire qu'une chose : que Marten reste en dehors de tout, qu'il n'ait pas à en souffrir, jamais. Savoir se contrôler, j'aurai au moins appris ça dans ma vie. C'est la seule défense contre la lâcheté, la bassesse, la trahison. C'est aussi la seule chose que je puisse faire pour Marten.

— Mais le monde ne se réduit pas à ce gosse, Rina ! Pense à toi-même, tu ne peux pas vivre ainsi.

— Et pourquoi pas ? dit-elle fièrement. Mes grands-parents, mon père ont bien vécu ainsi. Elle ne nous a pas laissé le choix.

— Tu exagères. Tu grossis tout, la faute de ta mère, tes propres réactions, tes devoirs à l'égard de Marten.

— C'est possible, mais c'est mon seul luxe. Jurien m'y contraint.

— Jurien exagère aussi. Vous vous montez la tête l'un l'autre.

— Il t'a tout raconté. Tu répètes ce qu'il dit. Tu trouves son attitude plus compréhensible que la mienne.

— Jurien ne m'intéresse pas, c'est toi qui m'intéresses, et je vais te le prouver."

Dès lors, Gosschalk crut savoir ce qu'il avait à faire. Pour reconquérir la confiance de Rina, il évita désormais Siebeling, lequel, absorbé par son travail et ses propres tâches, parut ne rien remarquer. Un soir, au début de mai, Gosschalk passa voir Rina ; elle avait de la visite, il ne resta pas longtemps. Alors qu'il remettait son manteau, dans l'entrée, Siebeling descendit l'escalier.

"Monte un instant, j'ai quelque chose à te dire."

Siebeling avait retrouvé la trace de l'artiste disparue. Il venait enfin de recevoir une réponse de la mairie de Marseille, la ville où avait séjourné Eline Breskel, dans tous les cas, jusqu'en 1935. A la mairie, on disposait d'un certain nombre d'informations, il y avait un dossier du tribunal où son nom était mentionné ; elle avait été impliquée dans un procès. Siebeling voulait se rendre à Marseille pour consulter le dossier. La piste parut bien mince à Gosschalk.

"La question est de savoir si de cette manière, tu peux arriver à découvrir si elle vit encore, et où, dit-il en haussant les épaules. A quand remonte l'affaire dont traite le dossier ? Tu apprendras quelques détails sur son passé, c'est tout.

— Soit, dit Siebeling, mais c'est déjà pas mal. Je me fais sans doute des illusions sur ce que je peux atteindre. Mais au moins, je peux me baser sur quelque chose.

— Et Rina ?" Gosschalk ne put s'empêcher d'aborder le sujet. "Tu ne peux pas la laisser complètement en dehors ? Quel service penses-tu lui rendre en jouant au détective ? Tu dis toi-même qu'elle refuse toujours d'être mêlée à l'affaire, qu'elle ne veut rien savoir. A quoi ça rime, tout ça ? Après tout, c'est sa mère, pas la tienne."

Siebeling haussa les sourcils.

"Tu me surprends, dit-il. Je te ferai remarquer que c'est toi qui m'as montré mon inconséquence. J'ai compris qu'il était lâche et absurde de vouloir tout garder pour moi. Je veux jouer cartes sur table. Nous ne pouvons pas faire comme si Eline Breskel n'existait pas ou n'avait jamais existé. J'avais tort de vouloir rechercher un *modus vivendi*. Ne pas parler de ce qui m'obsède, c'était esquiver les problèmes, pas les résoudre.

— Mais tu es fou de perdre ton temps dans une entreprise pareille, s'emporta Gosschalk (surtout parce qu'il s'en voulait d'avoir inspiré l'idée à Siebeling et parce qu'il redoutait l'effet produit sur Rina). Tu n'as pas à t'en mêler ! Elle a disparu, elle voulait disparaître. Elle est peut-être morte aujourd'hui !"

Pendant qu'il parlait (pas fâché au fond d'avoir pour une fois l'occasion de s'énerver contre Siebeling), ce dernier, penché sur son bureau, lui tournant à moitié le dos, traçait des lignes, en offrant l'image exemplaire de l'obstination tranquille. Au mur, derrière lui, était accroché le tableau représentant la fuite d'Aréthuse, symbole éloquent de son changement d'attitude – Gosschalk l'avait vu d'emblée.

"C'est ce que je disais moi aussi, jadis : elle voulait disparaître, elle est morte pour nous, répondit Siebeling, mais j'ai changé d'avis : Eline Breskel n'est pas seulement une femme qui a abandonné son mari et son enfant Dieu sait pour quelle raison, c'est aussi un grand peintre, elle appartient à notre monde. Je suis d'ailleurs persuadé qu'elle vit encore. Après la guerre, on a vu d'elle des œuvres récentes. Je me tiens informé des expositions, surtout en France. Tiens, regarde, il n'y a pas longtemps, j'ai reçu le catalogue d'une galerie d'art de Lyon : Eline Breskel, *Paysage aux oliviers*, *Maison et peupliers*, *Le Figuier*. Elle est quelque part dans le Midi. Je vais la retrouver.

— Bon, supposons que tu la retrouves. Et après ? Que comptes-tu faire ? La ramener avec toi ? La mettre en cage ? Elle aura peut-être une nouvelle lubie, l'envie de rencontrer Rina, et tu sais ce qu'en pense Rina. As-tu songé à tout ça ? C'est de la folie.

— Ecoute, dit Siebeling en pesant ses mots, à toi, je peux le dire, Gosschalk, puisque ce sont tes paroles qui m'ont fait réfléchir, il y a quelques mois. Tu nous connais, tu es au courant de l'arrière-plan de toute l'histoire. Tu me demandes pourquoi je cherche Eline Breskel, je te réponds que je le fais pour Rina, oui, précisément pour elle. Notre mariage est fichu ou, pire, il n'a jamais existé. Rina est une femme incomplète, il lui manque quelque chose, je ne sais comment dire... Elle n'a pas eu de mère ; par révolte et par désespoir, elle a pris pour modèle l'image d'un père qu'elle a à peine connu, lui aussi... Elle est repliée sur elle-même, inhibée, mutilée moralement, Gosschalk, ou si tu préfères, comme une plante à qui il a manqué un «tuteur» pour grandir. Peu importe. Si elle pouvait rencontrer cette femme, sa mère, la voir comme un être de chair et de sang, avec ses passions, avec ses défauts mais aussi sa vérité fascinante... si elle pouvait renoncer au mur de haine et de répulsion qui la sépare de la vie, de sa mère, de moi aussi... Personne n'arrivera à la convaincre que sa mère n'est pas un monstre. Elle doit voir Eline en personne, de ses propres yeux. C'est le seul moyen."

Gosschalk comprit que Siebeling n'en démordrait pas. Il vit briller une lueur fanatique dans l'œil d'un homme en apparence si terne et si placide. Bonté divine, pensait-il en écoutant Siebeling, il choisit le chemin le plus détourné, la méthode la plus compliquée qu'on puisse imaginer. C'est la mère qui doit réussir là où lui-même a échoué. S'il avait réellement possédé Rina, en tant que femme, au profond de sa chair, il aurait pu la rendre "complète", comme il dit. Mais il n'a pas pu, et le voilà qui projette sur Rina sa propre impuissance. Elle voit en sa mère la Grande Putain, et lui se met à son tour en quête de cette femme qui doit tout arranger d'un coup de baguette magique ! Cet imbécile a gâché toutes ses chances. Il ne sait pas ce qu'une femme veut, ce dont elle a besoin. Moi, je le sais, et parbleu, je vais essayer de sauver ce qui peut encore l'être. Mais dans le même temps, une petite voix têtue ironisait quelque part en lui : Prétentieux, frimeur, don Juan à la manque, qu'est-ce que tu en sais ? C'est à cause de toi que le conflit entre Siebeling et Rina s'est durci. Es-tu préparé aux conséquences ? Il essaya de les évaluer : si Rina avait l'impression que Siebeling avait pris la décision d'aller à Marseille après l'avoir consulté, il perdrait la confiance de Rina ; si elle pensait qu'il n'y était pour rien, elle se rapprocherait encore plus de lui.

Il ne tarda pas à apprendre, de la bouche de Rina, l'essentiel sur le voyage projeté par Siebeling. Elle était abasourdie parce que Jurien avait parlé d'emmener Marten avec lui.

"Que dois-je faire ? Je pense que Marten est ravi et il ne comprendrait pas que je cherche à le retenir. D'ailleurs, je ne vois pas comment je pourrais le faire. Il faudrait tout lui raconter, et c'est impossible. Sous quel jour lui apparaîtrait alors Jurien ! Je ne dois pas enlever à Marten le respect qu'il a pour son père, il ne faut pas qu'il perde sa confiance en Jurien… Et je ne veux pas qu'il entende jamais parler… d'elle. Si nous sommes contaminés, lui doit rester en dehors. Je veux que lui au moins soit heureux, et libre…"

Parfait, elle vient chercher des conseils et de l'aide auprès de moi, pensa Gosschalk, rassuré. "Jurien fera peut-être chou blanc. Toute l'histoire est plutôt surréaliste, dit-il, cherchant à plaisanter.

— Si Marten a le moindre soupçon, il trouvera son père ridicule." Rina écrasa sa cigarette, ses doigts tremblaient. "A moins qu'il ne soit influencé par Jurien. Je ne sais ce qui est pire. Dans un cas, il sera déçu et malheureux, et dans l'autre…

— Mais comment peux-tu empêcher ce garçon d'accompagner son père ? Mon Dieu, Rina, ne te complique pas tant la vie !

— C'est elle qui gagne, c'est elle !" lança Rina dans un cri. Gosschalk l'observa avec attention. Elle ressemblait à peine à la femme impassible qu'il croyait connaître, ses mains tremblaient, son regard était assombri par la colère et le désespoir. "Elle m'a tout pris, elle a détruit ma vie. Je ne la laisserai pas me prendre mon enfant. Si Marten est déçu par son père, elle en sera responsable. Marten est le seul dans cette maison à n'avoir jamais rien su. Comment Jurien peut-il me faire ça ? Il sait pourtant ce que cela signifie pour moi. Il fut un temps où il semblait comprendre, il m'avait dit qu'il comprenait, c'était juste avant la naissance de Marten… mais ensuite, tout a changé. En dépit de ce qu'elle a pu faire, elle compte mille fois plus que moi à ses yeux ; elle, il la prend en considération… Et maintenant il entraîne Marten dans sa sphère à elle, il va lui sacrifier Marten. C'est intolérable. Je ne pardonnerai jamais à Jurien, jamais."

Ils étaient assis côte à côte sur le canapé du salon. Ils étaient seuls dans la maison. Il était environ huit heures, par un beau soir de mai. Gosschalk se pencha et posa la main sur le genou de Rina, qui avait croisé les jambes. Puis, d'une caresse appliquée, sans la quitter des yeux, il lui prit la cheville. Elle ne bougea pas ; il sentit tout son corps se raidir.

"Ce n'est plus le moment de tergiverser, commença-t-il doucement (il pensait : Je dois lui imposer ma volonté, je le dois). Nous savons tous les deux de quoi il retourne. Ne perdons pas de temps, Rina. Regarde-moi."

Un frisson la parcourut ; elle hésitait, visiblement partagée par des désirs contraires. Elle fit mine de vouloir dégager son pied, mais Gosschalk ne la lâcha pas. Brusquement elle tourna son visage vers lui. Il ne lui connaissait pas ce regard, un regard désemparé, incertain. Il fut surpris, mais une légère angoisse s'insinua également en lui : il avait regardé, l'espace d'un instant, derrière le masque froid et déterminé de la femme assise à côté de lui et, pour tout dire, il n'était pas préparé à ce qu'il avait vu. La liaison de première classe qu'il s'était promise : illusions ! Il aurait voulu, en se reposant sur son expérience à elle, jouer les conquérants, les amants de haut vol ; son espoir, son attente étaient qu'elle lui aurait rendu ce rôle possible par son tact, en se donnant au bon moment. Il était désormais au pied du mur : c'était lui qui devait prendre l'initiative. Elle était désarmée, prisonnière d'une attitude qui était devenue une seconde nature. A lui de la guider pas à pas sur la voie de la reconnaissance de ses propres désirs.

En tenant la cheville de cette femme, il s'était alors demandé : Est-ce que je l'aime ? Sous ses doigts, à travers la texture fine du bas, il sentait la peau ; dans la chair tiède, quelque part, il percevait un battement sourd, nerveux, sous l'épiderme, une tension. Il se reprocha l'hypocrisie de sa secrète désillusion : il savait en réalité depuis des mois qu'il ne devait pas chercher la vraie Rina dans la belle créature maîtresse d'elle-même mais dans la femme timide et réservée en dépit de son aisance étudiée. Il vit aussi la pièce où ils se trouvaient, sa pièce à elle, avec d'autres yeux. Tout ce côté mesuré, austère, ce refus méthodique de la couleur et de l'ornement n'étaient pas (il en eut brusquement la certitude) l'affirmation tranquille de soi : "Voilà ce que je suis", mais une révolte, une protestation inspirée par l'appréhension et le sentiment d'être sans défense face à la séduction trompeuse de tout ce qui était intense, bariolé, baroque. Cette pièce n'était pas l'expression de sa personnalité, elle était la négation d'autre chose. Et Gosschalk pensait savoir de quoi il s'agissait : la sensualité des couleurs, l'expressivité des formes, l'anarchie étourdissante mais fascinante du tableau accroché dans le bureau de Siebeling. Eline Breskel, qui l'avait peint, avait observé et rendu sur sa toile la beauté alliée à une laideur repoussante. L'emportement, la violence de ses réactions ne faisaient aucun doute. La haine de cette vitalité qui la menaçait, contre laquelle elle se révoltait, avait mené Rina un peu trop loin sur le chemin opposé, elle avait banni systématiquement toute couleur et toute exubérance.

Le contact de cette cheville fine et nerveuse sous ses doigts fit comprendre à Gosschalk pour la première fois quelle signification prenaient pour Rina des termes comme "aventure sentimentale", "amant", "sexualité", quelles résistances ils appelaient en elle. Il ne devait pas s'attendre à ce qu'elle assume et maîtrise la situation ; il ne fallait pas compter non plus sur une complaisante passivité. Elle coucherait avec lui parce qu'elle était exaspérée par l'attitude de Siebeling, éventuellement pour lancer un défi tardif à cette mère, ou parce que le besoin d'épanouissement physique, à la lisière de la ménopause, parlait plus fort que sa volonté. Avec Rina, il ne pouvait être question d'une flamme passagère, d'un intermède plaisant. Si elle était véritablement amoureuse de lui, ce serait très sérieux. Renoncer à sa retenue physique et morale signifiait pour elle renoncer à toutes ses défenses, à tous ses appuis. S'il prenait Rina, ce serait lourd de conséquences. Il n'avait jamais encore aussi clairement vu la chose qu'à cet instant, dans cette pièce qui dans la pénombre (ils avaient oublié d'allumer les lampes) prenait les teintes d'un sépia sur du papier gris. Tout ce qu'il dirait et ferait désormais serait décisif. La caresse qu'il avait osée décidait à elle seule de l'avenir de leur relation : ce serait tout ou rien. S'il avait pris la main de Rina, il aurait pu s'en sortir de mille manières, mais ce geste-là l'engageait, justement parce que c'était à Rina qu'il avait affaire, ou bien à poursuivre résolument ou bien à prendre congé pour de bon.

Il ne voulait pas renoncer à elle : il lui avait déjà consacré trop de temps et de soins, et elle était trop intéressante pour cela. Il aurait eu le sentiment d'un échec, s'il n'avait pas achevé ce qu'il avait commencé. Rina était devenue pour lui le symbole de ce qu'il avait désiré dans sa vie sans l'obtenir. Elle incarnait une nouvelle phase, son passage du milieu vague où il avait grandi vers la liberté de l'esprit. Elle représentait pour lui, si étonnant que cela puisse paraître, le monde des *Déesses*, elle était la double incarnation de la femme mûre et de la vierge, Déméter et Coré, qu'elle le sût ou non, qu'elle le voulût ou non. Posséder cet aspect de son être signifiait aussi avoir accès au secret des déesses, à la renaissance. Comme un phénix, il ressusciterait des cendres de l'impuissance et de la culpabilité qui l'avait toujours tenaillé.

Mais, d'un autre côté, la Rina qui se dévoilait à lui relevait de l'humanité bien plus qu'il ne l'avait jamais cru possible, c'était une femme à problèmes. En devenant son amant, il se trouverait personnellement impliqué. Un lien se créerait entre eux, par la force des choses, qui supposerait inévitablement une certaine dose d'infidélité à son travail. *Les Déesses* en souffriraient. Une fois de plus, il s'était laissé embarquer dans une situation contradictoire. L'émancipation dont Rina était l'instrument supposait une autre forme de dépendance, tandis que sa vie dans la maison familiale, ses aventures décevantes, le désert autour de son moi lui garantissaient la liberté de s'occuper de ses *Déesses*.

Je me fais toujours avoir, se dit-il. A cet instant, le bruit d'une porte qui claque retentit dans la maison. Rina dégagea son pied et se mit debout. Elle était choquée, il le remarqua à la manière dont elle écoutait.

“Qu'est-ce que c'est ? demanda Gosschalk, plus déconcerté par la brusquerie de sa réaction que par le claquement de la porte. Le vent ? Tu disais pourtant qu'il n'y avait personne d'autre à la maison.

— Marten est peut-être rentré de la piscine.” Elle pressait sa main contre sa joue, dans un geste de réflexion soucieuse. “Il a dû croire que j'étais sortie, parce qu'il n'y a pas de lampe allumée. Il est directement monté dans sa chambre. Je vais l'appeler.

— Pourquoi ? demanda Gosschalk qui s'était levé à son tour et la retenait. Laisse ce garçon tranquille. J'ai à te parler, Rina.

— Marten a l'habitude que je l'avertisse quand je suis à la maison. Il trouvera étrange que je ne me sois pas manifestée.

— Tu reçois quelqu'un. Je viens ici tellement souvent, il n'a pas de raison de s'étonner."

Gosschalk s'agaça de la voir inquiète : bonté divine, pourquoi avait-elle le sentiment qu'elle devait se justifier devant son fils ? Elle se tourna vers lui, il vit un éclair dans ses yeux.

"Tu ne connais pas Marten. Il y a des choses sur lesquelles il compte, même s'il n'en parle jamais. Nous pouvons si peu pour lui, Jurien et moi. Ne comprends-tu pas que ma vie, c'est ça, faire en sorte que Marten se sente protégé ?

— Es-tu donc si sûre de lui donner ce sentiment de sécurité ? demanda Gosschalk. Il me semble suffisamment indépendant. Ce gosse est peut-être très différent de ce que tu crois, Rina...

— Je sais exactement qui est Marten. Je..."

Gosschalk ne lui laissa pas terminer sa phrase. Il ne voulait pas que l'image du fils se glisse entre eux tangiblement. Il l'attira à lui et l'embrassa, un long baiser impérieux et dur, parce qu'il avait peur, au fond, qu'elle lui échappe.

Rina renversa la tête ; un instant, elle le fixa, avec un regard troublé, le rouge aux pommettes. Elle passa machinalement la main sur ses cheveux, avala sa salive, plissa le front, les yeux dans le vague. Il la lâcha mais resta tout près d'elle. Avec un sentiment de triomphe, il put constater qu'elle ne se détournait pas ni ne s'éloignait.

"Ah, et puis après, qu'est-ce que ça peut faire ? murmura-t-elle en haussant les épaules, comme si elle se parlait à elle-même. Je n'attends rien, je n'espère rien. Les gens comme moi ne sont pas faits pour... pour l'amour.

— Mais tu es jeune encore, répliqua Gosschalk, sur le même ton.

— Non, je suis vieille, j'ai peut-être toujours été vieille (elle hocha la tête)... Je ne peux rien donner. Je n'ai pas pu donner à Jurien ce qu'il cherchait. Il m'a toujours reproché d'être froide. Crois-moi, je ne suis pas bonne... à ça.

— Je n'en crois rien", dit Gosschalk, en l'attirant à lui de nouveau.

Elle restait immobile, appuyée contre lui ; il sentit, sous la frange lisse, l'arrondi de son front contre le sien. Ils étaient de la même taille. Il fit glisser ses mains le long de son dos, de ses hanches. Ce qui l'avait si souvent irrité et gêné chez les autres femmes, ces irrégularités que formaient, sous l'étoffe, les bretelles de soutien-gorge, les jarretelles, l'attendrirent chez elle. Il vit que Rina, pareillement, devait sa ligne parfaite, sa minceur souple, la jeunesse de sa peau, de ses cheveux, à de petits secrets, de petits trucs. Mon Dieu, comme il les plaignait, ces femmes qui cherchaient à se faire valoir et à se rassurer en recourant à des trompe-l'œil ; elles ne voyaient même pas où était leur réel pouvoir. C'était comique et tragique à la fois. Toutes, les jeunes comme les vieilles, elles accordaient trop d'importance à l'accessoire. Sa mère dissimulait anxieusement les postiches donnant du gonflant à des cheveux qui s'éclaircissaient et elle serait morte de honte s'il avait laissé paraître qu'il connaissait son secret. Dépendantes de futilités qui les rendaient vulnérables, mais à leur insu, impossibles à détrôner sur des terres où lui-même se savait quémandeur et vassal : telles étaient les femmes. Et Rina ? La bouche contre son cou, il se remit à parler, lui demandant tout bas où et quand ils pourraient enfin se rencontrer sans être dérangés.

"Non, non, c'est impossible… c'est impossible", répéta Rina, mais elle ne se dégagea pas.

Elle supporte mes mains sur elle, elle accepte mes baisers, ce qui n'est pas rien pour une femme comme elle, ça veut dire que d'ores et déjà elle se rend, pensa Gosschalk. Une excitation qui lui était familière refoula l'attendrissement et les scrupules qu'il avait éprouvés pendant un temps. De plus, la passivité de Rina l'agaçait ; sans se l'avouer, il attendait tout de même qu'elle collabore. Et cette fois, il ne voulait pas partir avant qu'elle ait donné une réponse nette, il devait savoir à quoi s'en tenir.

"Rina, dit-il encore, en l'entraînant vers le canapé.

— Laisse-moi du temps, laisse-moi réfléchir, pas comme ça, pas ici", murmura-t-elle.

La pièce était maintenant si obscure que même de tout près, il ne distinguait ses yeux et ses lèvres que comme des ombres sur son visage. Derrière les vastes baies, dans la rue, les arbres profilaient leurs silhouettes sur l'écran uniforme du ciel nocturne. Derrière Rina, il voyait les contours des objets s'effacer à demi dans la pièce. "Rina, Rina", murmurait-il machinalement, tout en continuant ses caresses. Sous l'enveloppe fragile de cet autre corps, il pouvait presque sentir l'effervescence, la chaleur du sang. La voilà qui s'abandonnait, cette femme fière, réservée jusqu'à la froideur, si longtemps inaccessible. Mais dans cet abandon même, elle se montrait sans doute trop maladroite, trop pudibonde. Il voulut lui suggérer les préliminaires amoureux dont il avait l'habitude avec des partenaires moins timorées et qu'il en était venu à considérer comme indispensables. Mais elle ne put ou ne voulut le comprendre. Ce fut comme s'il était face au vide, il fut pris de vertige : elle n'allait pas à sa rencontre, il devait poursuivre, tout reposait sur lui ; il le voulait sans le vouloir ; il savait qu'avec Rina dans ses bras, il approchait de sa minute de vérité.

A cet instant, la porte donnant sur le coin repas du grand séjour s'ouvrit, la lumière fut allumée, Marten se dirigea vers la table. Gosschalk ne réagit pas immédiatement, encore trop saisi par la découverte qu'il venait de faire et ce qu'elle signifiait, mais Rina le repoussa. Ils étaient assis en pleine lumière, silencieux ; ils n'étaient pas en mesure de nier quoi que ce soit. Rina semblait même trop égarée pour remettre de l'ordre dans sa chevelure ou dans ses vêtements froissés. Gosschalk avança machinalement la main vers le paquet de cigarettes qui se trouvait sur la table basse, il se racla la gorge comme pour dire quelque chose. Le garçon était à quelques mètres d'eux et les regardait. Personne ne parlait. Gosschalk cherchait une parade, il avait le sentiment que c'était à lui de sauver la situation : blaguer, reconnaître la vérité ou lancer une contre-attaque fulgurante du genre : “Fous le camp, ceci ne regarde que nous, ta mère et moi” ? Il était dans un état second, à la lisière du self-control et de l'égarement, son esprit était brouillé ; il ne pouvait se guider sur l'attitude de Marten ; sous la lampe, le garçon présentait un visage lisse et impénétrable, inexpressif comme ces bustes antiques qui, sans être des portraits, ne sont déjà plus idéalisés.

Gosschalk s'aperçut, bien qu'il ne regardât pas de ce côté, que Rina serrait les poings sur le canapé. Son corps dégageait encore la chaleur que ses caresses avaient éveillée mais elle-même n'en avait plus conscience ; tassée sur elle-même, crispée, elle focalisait tout son être sur son fils, guettant un mot, dans une attente impuissante.

Marten prit les livres et les cahiers qu'il avait déposés sur la table et quitta la pièce comme il était entré, rapidement et sans bruit sur ses semelles de crêpe. Ils l'entendirent sortir de la maison.

Rina se mit à sangloter, sans verser de larmes, une plainte aiguë, hoquetante, presque enfantine sortit de sa gorge ; elle se renversa de côté sur le canapé et martela les coussins de ses poings. Gosschalk posa la main sur ce corps qui tremblait mais elle le repoussa brutalement, elle gémissait comme en proie à une douleur intolérable : "Mon Dieu, Marten, oh mon Dieu ! il nous a vus, jamais je ne pourrai justifier ce que j'ai fait, je l'ai trahi, je l'ai abandonné…

— Rina, ce n'est pas vrai, dit Gosschalk, calme-toi, voyons ensemble ce qu'il faut faire…"

Mais Rina ne voulait rien entendre. Elle se tourna vers lui comme une furie, farouche et désespérée. "Va-t'en, laisse-moi tranquille, au nom du ciel, laisse-moi, je ne veux pas parler, tu sais bien ce que je pense, je te l'ai dit. Va-t'en, va-t'en !"

Naturellement, il était parti, amer, humilié. Plus tard, il lui avait téléphoné, mais elle avait réagi sèchement, avec cette maîtrise de soi qui formait une cuirasse sans défaut. Elle refusa de parler de ce qui était arrivé, comme si elle avait peur qu'il l'oblige à agir contre son gré. Son demi-abandon à elle, sa victoire incomplète à lui perturbèrent leur relation. Ils ne savaient plus ce qu'ils devaient se dire. Siebeling ne pensait qu'à son voyage, en outre il devait terminer un travail, il semblait ne pas avoir remarqué la tension qui régnait dans la maison. Gosschalk observa Marten et en arriva à la conclusion que le garçon n'avait rien pu voir de bien extraordinaire ; au moment où il avait constaté que Marten se trouvait dans la pièce, ils étaient assis l'un à côté de l'autre comme ils le faisaient si souvent, il leur était arrivé plus d'une fois de causer dans la pénombre, et ce n'était pas non plus la première fois que Marten était entré et sorti, l'air plus ou moins absent. Il trouvait d'autant plus décevant que Rina cherchât désormais à se retrancher derrière un problème qui n'en était pas un. C'était la période du bac. Il était très pris. Durant quelques semaines, il n'eut pas le temps de venir chez les Siebeling. Il n'était pas fâché d'avoir cette excuse. Il se disait qu'il ne voulait pas lui courir après, cela n'aurait pas le moindre sens.

A la suite d'une conversation avec les deux futurs étudiants en lettres classiques qui faisaient partie des candidats au bachot, Gosschalk vit, sans qu'il ait pu retrouver ensuite comment l'idée avait surgi, se concrétiser un projet de voyage en Grèce lancé un jour comme une plaisanterie. Il s'était accroché à l'idée, poussé par un désir subit de liberté, il s'était renseigné, avait communiqué son enthousiasme aux jeunes plutôt sceptiques au départ. Un oncle d'Evert Wisse avait des connexions en France avec une compagnie de transports maritimes et pouvait se procurer des billets à tarif réduit. Gosschalk s'étonna lui-même de la manière dont il menait les choses. Une force montant du plus profond de lui avait pris la direction des opérations. Il était entraîné. Il aspirait à ce voyage qui allait le délivrer de cette situation embarrassante : de sa mère qui souffrait en silence, de Rina intraitable et figée. Quand l'affaire fut réglée, il y avait des semaines qu'il ne l'avait pas vue. L'enseignante que Rina avait remplacée était rentrée depuis quelque temps, Rina ne venait plus au lycée.

Gosschalk avait trouvé une nouvelle infirmière pour sa mère, quelqu'un de très compétent à qui il pouvait confier sa mère en toute tranquillité, mais il fut de plus en plus évident que la vieille dame se sentait négligée et laissée pour compte ; elle restait assise dans son fauteuil, silencieuse et abattue, quand il entrait dans sa chambre. L'infirmière était une femme mûre, maigre, dynamique, efficace ; pour la première fois dans la longue série des gardes-malades, un type dont le pouvoir de séduction sur Gosschalk était quasi nul. Sa mère avait sans doute déduit de ce choix, bien plus que de tout autre indice, combien il s'était détaché d'elle et de la maison. Elle ne pouvait même plus se féliciter qu'il cherchât à satisfaire sa libido dans l'enceinte du territoire qu'elle régentait depuis son lit de malade.

Il en avait par-dessus la tête de cette situation. Il voulait partir, loin de sa mère, loin de Rina, loin de cette existence frustrante. Il se persuada qu'un changement radical d'atmosphère, surtout s'il allait en Grèce, était le stimulant dont il avait besoin pour terminer son étude. Une fois qu'il aurait achevé *Les Déesses*, il en était sûr, il serait un autre homme. Finir ce travail, c'était l'émancipation réelle, l'entrée tardive mais d'autant plus triomphale dans l'âge adulte et l'accomplissement de soi. Il n'avait plus rien à attendre de sa mère et Rina, en un certain sens, l'avait laissé tomber.

Un soir, il se rendit chez les Siebeling dans l'intention de dire à Rina qu'elle avait gagné, qu'il garderait ses distances désormais et pour toujours. Rina vint lui ouvrir ; pour la première fois, elle ne put cacher l'intensité de son émotion en le revoyant. Elle lui apprit qu'il était désormais certain que Siebeling et Marten se rendraient ensemble dans le Midi, c'était le désir du garçon qui semblait se rapprocher de son père ; Rina y voyait la preuve qu'il ne lui faisait plus confiance. Elle dit qu'elle s'était battue mais que maintenant elle n'y pouvait plus rien, elle ne voulait plus lutter, elle avait lutté toute sa vie.

"Il y a eu beaucoup de changement", dit-elle, en le regardant bien en face ; son visage semblait rajeuni, les traits étaient moins accusés, comme si elle avait déposé un masque. "Je serai seule à la maison pendant les grandes vacances."

Il comprit le message. Le sentiment d'un nouvel échec, plus misérable encore, l'accabla quand il entreprit de lui expliquer qu'il partait en voyage.

A la nuit tombante un vent fort se leva, il y eut du roulis, la mer grondait. Les passagers qui étaient sur le pont descendirent plus nombreux dans la cabine. Pâles et silencieux, ils étaient assis sur les bancs, des enfants avaient vomi, une vieille femme, assise en face de Gosschalk, était renversée en arrière, immobile, la main aux doigts écartés pressée contre son visage. Gosschalk grimpa non sans peine l'étroite échelle métallique qui menait au pont avant. A la faible lumière des lanternes qui se balançaient sur le pont, il vit des corps enroulés dans des couvertures et des manteaux allongés entre les panneaux d'écoutille et les tuyaux. A travers les rafales il perçut des bribes de musique. On chantait du côté des routards. Evert, Derk-Jan et Marten se trouvaient avec les autres, ainsi que le jeune Grec et l'Américaine. Les constellations semblaient monter et descendre dans le ciel, une écume argentée éclaboussait le haut de la coque. Le guitariste était le jeune au visage grêlé, coiffé d'un fez, que Gosschalk avait déjà remarqué dans l'après-midi. Comme alors, son copain ou son frère était assis sur ses talons, à côté de lui.

Ils chantaient en duo. Leurs voix étaient tantôt douces et mélancoliques, tantôt rauques et désespérées, comme un appel au secours. Gosschalk enfila son blouson et vint s'asseoir non loin du groupe, mais à l'écart. Personne ne parlait, tous semblaient absorbés dans le chant. "Ah… aaaah !" gémit le duo ; les autres commencèrent à frapper dans leurs mains en cadence, les Hollandais aussi étaient gagnés par le rythme. Soudain sortie de l'ombre, une fillette maigrichonne, âgée tout au plus de douze à treize ans, s'avança dans le cercle, vêtue d'une robe de cotonnade qui claquait au vent sur son corps. Elle leva les bras au-dessus de sa tête et se mit à danser, ou plutôt à exécuter des pas sur place ; seules ses hanches se balançaient, ses épaules tressautaient, ses nattes brunes sautillaient sur ses reins. Devant cette impudeur naïve, Gosschalk sentit le sang lui monter à la tête. Il observa les physionomies des spectateurs à la lueur des lanternes ; il vit des yeux et des dents qui brillaient, tous frappaient dans leurs mains et tapaient du pied comme des possédés, des cris communicatifs étaient poussés. *"Aman ! Aman !"* cria le jeune Crétois, assis sur ses talons au premier rang. L'Américaine, qui avait posé ses bras sur les épaules du garçon, bougeait au rythme de la danse sans s'en apercevoir.

La danseuse était une enfant, mais elle représentait aussi une pulsion primitive, sa danse disait le désir spontané du corps, un défi à la mort ; sa danse chassait la peur du noir, de la mer et de la tempête ; elle faisait se rétrécir l'immensité de ténèbres et d'étoiles entourant le navire aux dimensions de ce point précis, sur le pont, devenu une terre, un nœud de vie, par la magie des mouvements. Gosschalk jura à mi-voix sous le coup de l'émotion ; une gamine impubère, laide et maigre, sous ses yeux, rendait un culte à la Grande Déesse. Il était témoin, il vivait cet instant. Il frappa dans ses mains, tapa des pieds comme les autres ; il sentit, avec un frémissement de libération indicible, qu'il se dépouillait de ce moi tracassier qui était son lot quotidien. Il renversa la tête, comme une bête qui hurle à la lune, et poussa avec les autres le long cri qui servait de refrain : "Aaaah ! a… ah" ! On n'entendait qu'une seule voix. Il se balançait, il chantait et riait, c'était une ivresse, une griserie sans le vin, l'extase sans l'étreinte. Il avait rompu ses amarres, tout devenait possible. Le Crétois sauta dans le cercle, il dansait lui aussi, une main sur la hanche, avec un mouchoir flottant au vent dans l'autre main. Il semblait vouloir bondir jusqu'aux étoiles, frappait ses pieds l'un contre l'autre en sautant. "Bravo, bravo !" cria Gosschalk qui ne se contenait plus ; il ne put se rappeler comment les choses s'étaient passées, le jeune homme avait fait un geste dans sa direction, avant de savoir ce qui lui arrivait, il tournait à son tour, ses pieds esquissaient des pas, ses bras des mouvements que le Lucas Gosschalk du quotidien n'aurait jamais pu imaginer ou exécuter, il se sentait emporté et poussé par la cadence, le chant, par le vent, la nuit, le mystérieux dynamisme de l'univers.

La voix d'un des garçons lui parvint : "A la bonne heure, monsieur Gosschalk !" Gosschalk, c'est moi, pensa-t-il ; il réalisa où il était et ce qu'il faisait, mais ce délicieux sentiment de liberté et de délivrance le remplissait encore.

"Vous ne l'auriez pas cru, hein ! lança-t-il d'une voix forte, en essayant de faire claquer ses doigts à l'instar du Grec. Faites comme moi !" Mais en prononçant ces mots, il sentit sa joie refluer, il n'était plus aussi léger que la plume.

Il s'obligea à s'arrêter ; sous ses pieds, le pont montait et descendait. "Vous pensez sans doute que je me donne en spectacle, dit-il aux garçons.

— De toute façon, vous ne savez pas danser", dit Marten. Gosschalk sortit du cercle et regagna l'obscurité, près du bastingage. Il était convaincu que les garçons le trouvaient ridicule, et Marten certainement. Quant aux autres, les étrangers, on ne pouvait savoir, car personne ne s'occupait de lui, tous les regards étaient fixés sur le Grec et la fillette qui chacun à sa manière, elle à l'orientale, lui à la grecque, transmuaient la musique en mouvements. J'ai fait le gugusse en sautant avec eux, le pitre, pensait Gosschalk, furieux et dépité, parce que effectivement il ne savait pas danser, parce que les garçons avaient été témoins de cet accès de délire. Il se sentait volé, trompé. Au cours de cet intermède inexplicable *a posteriori* et proprement stupéfiant, il s'était senti apparenté au vent, à la mer, à tous les êtres vivants, il s'était oublié lui-même, heureux comme jamais il ne l'avait été. Pourquoi cet état ne pouvait-il durer ? Du fond de sa mémoire surgit le souvenir du sentiment identique d'être mis dans son tort et de vouloir se rebeller ; longtemps, longtemps déjà, cette douleur l'avait envahi ; il y avait longtemps, il avait été aussi brutalement arraché à la jouissance de ne faire qu'un, d'être partie d'un tout de la manière la plus naturelle du monde. Ce qu'il éprouvait sur le pont d'un bateau grec au milieu de la mer Egée semblait un écho de ce passé douloureux dont il n'avait pas un souvenir conscient.

Il promena son regard sur le cercle des gens assis ou accroupis. Ses garçons s'étaient moqués de lui ou avaient été gênés, mais les autres, ces Méditerranéens, étaient moins inhibés, il était presque sûr qu'ils avaient apprécié à sa juste valeur sa participation maladroite qui était un hommage spontané du moi aux grandes forces de la Nature, ils les connaissaient, même s'ils en avaient oublié le nom. Pendant que la danse continuait, il réalisa que ces gens étaient différents, en un sens plus complets ; le jour, il les regardait un peu de haut pour leur insouciance irresponsable et leur humeur capricieuse, leur indolence, mais dans le monde nocturne, ils étaient infiniment moins démunis et incertains que lui. Qu'en pensaient les trois garçons ? Parce qu'ils n'étaient pas encore adultes, étaient-ils plus proches de tout ça, se rendaient-ils compte d'un manque, d'un déficit ? Dans leurs concerts de jazz, leurs jam-sessions (que Gosschalk ne manquait pas de traiter avec une condescendance légèrement ironique), ils pouvaient se défouler à fond. Eux-mêmes prétendaient qu'à la différence des vrais accros du swing, ils savaient faire la part des choses et gardaient la tête froide : pas question de se défoncer jusqu'à l'extase, il était seulement agréable, et utile de surcroît, de se laisser aller de temps à autre. Gosschalk s'était toujours étonné de ce comportement raisonnable par rapport à quelque chose qui recelait pour lui une menace énorme et une séduction illimitée ; maintenant il enviait cette capacité qu'avaient les jeunes de participer puis de se reprendre, sans perdre la face.

Un cri perçant stoppa net la musique. La jeune Américaine avait jailli du cercle des spectateurs et agressait la petite danseuse. La fillette se débattait en hurlant plus de frayeur que de douleur, car l'Américaine frappait dans le vide des mains et des pieds, et secouée de sanglots, impuissante, tentait d'attraper au vol les nattes de sa victime. Le navire avait plus ou moins modifié sa course et le vent redoublait de violence sur le pont. Indignés, des routards prirent le parti de la jeune Levantine et menacèrent l'Américaine mais le jeune Crétois sut la calmer. La discussion fut animée pendant quelque temps encore, le jeune au fez et au visage grêlé surtout se faisait l'interprète de l'incompréhension et de la colère de son clan. Pour finir, chacun chercha un abri contre le vent. Le Grec disparut avec la jeune Américaine qui pleurait à chaudes larmes. Gosschalk et ses compagnons de voyage s'installèrent tant bien que mal, derrière des ballots arrimés au pont par des cordages ; à la réflexion, cette solution leur parut préférable à une descente dans le local du bas plein comme un œuf et puant le vomi, la sueur, l'huile de moteur et les relents de cuisine.

Gosschalk ne put dormir. Il repassait dans sa tête ce qu'il venait de vivre et l'attitude explosive de la jeune étrangère. A propos de cette dernière, Evert et Derk-Jan avaient tout bonnement parlé d'hystérie. "Elle est scotchée à ce Grec, c'est une drôle de fille, elle ne supporte pas qu'il s'intéresse à quelque chose ou à quelqu'un d'autre, et bien entendu, elle a été jalouse de cette petite Turque ou Arménienne." Gosschalk l'admettait, mais il n'était pas sûr que la jalousie ait visé en premier la femme dans la petite danseuse. L'Américaine avait été déconcertée par le flot d'émotions complexes qui l'envahissait ; elle avait subitement mesuré le vide qui la séparait du monde où cette danse était la vraie réalité ; un sentiment d'impuissance l'avait déchirée et s'était traduit par un acte d'opposition aveugle, le même sentiment qui, un instant auparavant, avait poussé Gosschalk à sa tentative de participation. Les deux grands avaient parlé encore un peu de la jeune Américaine à qui ils trouvaient une vague ressemblance "en moins bien" avec une actrice française, style Saint-Germain-des-Prés, qui tenait à l'écran des rôles d'adolescente à problèmes. "Elle est timide, ou renfermée, ou légèrement demeurée, difficile de se faire une idée exacte."

Marten Siebeling ne disait rien. Couché en chien de fusil, il dormait, ou faisait comme si.

Gosschalk entendait la mer rugir et gronder autour du bateau. La colère de Poséidon, pensa-t-il, et il s'imagina la flotte d'Ulysse, la flotte des Grecs cinglant vers Troie sur cette mer bouillonnante et ténébreuse. Mais ces visions superficielles s'évanouirent et il se retrouva seul avec lui-même.

Il se sentait honteux et impuissant ; il fit le bilan de sa vie. Qu'avaient été les années écoulées ? Un balancement perpétuel entre des voies différentes, un jeu mesquin de la demi-mesure, une gamme de petites émotions, allant de ce qu'il jugeait positif – la capacité à prendre du recul, à être vigilant – au carrément négatif, ses doutes et ses incertitudes. Jamais une passion dévastatrice, jamais une douleur où se perdre, jamais un chamboulement total de son être d'où il sortirait régénéré. D'où *Les Déesses* ! Ce fut comme une illumination ; il en eut le vertige.

Il était incapable de conquérir, de posséder, il devait être possédé. Il aurait tant voulu être accueilli et dorloté. Mais le monde autour de lui gardait une indifférence souveraine, il lui souriait du sourire engageant et énigmatique des statues archaïques de la Grande Déesse. Et lui se sentait irrésistiblement attiré, il aurait voulu s'offrir en sacrifice, en échange d'un peu de tendresse. Mère, me voici, prends-moi, berce-moi... Mais mère ne l'avait jamais pris dans ses bras, ne l'avait jamais dorloté, jamais, elle n'avait pas le temps, elle devait s'occuper de père, l'invalide à vie, l'éternel enfant – et Lucas était contraint, pour le restant de ses jours, de choisir entre deux solutions pour si possible forcer son attention : la défier, la dominer (ce qu'il ne pouvait faire justement) ou la servir, lui être agréable. Sa propre mère, sa mère de chair et de sang, il avait encore la possibilité de l'esquiver, il pouvait toujours user de compromis à son égard... mais on ne jouait pas à ce petit jeu avec la Grande Mère, la Déesse. Il vit le sujet d'études qui l'occupait depuis tant d'années, *Les Déesses*, brusquement démasqué en pleine lumière comme une expression, parmi tant d'autres, de la nostalgie humaine du Giron maternel, de la Nuit originelle, de la bienheureuse Inconscience : désirs éperdus de ce XXe siècle. Il n'était donc qu'un homme de son époque, un intellectuel occidental vivant dans la hantise de l'*ubris*[1], tenaillé par des sentiments d'impuissance, fatigué de penser, malade de solitude, révolté contre la barrière de cérébralité s'interposant entre lui et l'Autre, cette forme plus vraie de la vie. Il était sanglé dans son enveloppe vulnérable, lui, l'homme civilisé, européen, citoyen néerlandais de la tête aux pieds (malgré son rejet et sa défiance envers cette espèce), souffrant du mal typique de sa classe, de son milieu, qui consiste à fuir la réalité. Et le symptôme de tout cela, très explicite maintenant qu'il voyait clair en lui-même et dans la situation : *Les Déesses* soudainement dévaluées à tout jamais à ses yeux.

Il renversa la tête en arrière, cherchant son souffle ; autour de lui, au-dessus de sa tête, les étoiles tanguaient au firmament bleu sombre, la Voie lactée formait une traînée de sable étincelante, c'était presque comme s'il avait vue sur un coin d'éternité. Le vent se déchaînait ; Gosschalk entendait les cordes et les voiles détachées fouetter le bastingage. Des crêtes d'écume s'éclairaient ici et là sur la mer invisible. Ceux qui étaient restés sur le pont dormaient, tapis derrière tout ce qui pouvait ressembler à un abri.

Traversé d'un frisson, Gosschalk replia ses jambes sous son imperméable. La Déesse se vengeait pour un forfait sans nom dont il s'était rendu coupable à son insu. La Déesse le frappait d'impuissance d'une manière infiniment plus

1. L'excès, la démesure, punis par les dieux dans la religion antique.

subtile qu'une mère dominatrice ou une maîtresse exigeante n'auraient pu le faire, la Déesse le tenait à sa merci corps et âme, elle l'obligeait à mettre à son service toutes ses aptitudes intellectuelles et spirituelles. Par elle il accédait au transcendantal. Son effort pour clouer au pilori les mystères d'Eleusis en tant que mascarade, instrument de pouvoir et simagrées destinées à assoupir les consciences, qu'était-ce d'autre ? A Eleusis, les déesses Déméter et Perséphone étaient honorées d'une manière purement nominale, elles semblaient au cœur du rituel, mais en réalité, il se passait là quelque chose qui, plus tard, atteindrait un apogée, sur le plan de l'ascèse, de la mortification et du reniement de la chair et de la matérialité. Condamné à la dualité par le seul fait de sa nature humaine, Gosschalk semblait entraîné dans un processus de destruction et de métamorphose qui lui échappait. Vivant cette expérience avec l'intensité d'un cauchemar, au milieu de cet univers chaotique de ciel, d'eau et de vent, Gosschalk se sentait entraîné vers une Crète mystérieuse, formant un seuil ancestral entre des époques, des mondes, des civilisations différents. Ce qui lui arrivait le dépassait, il n'était plus maître de la situation. Quelque part, au fond de lui, surgit une angoisse qu'il avait refoulée ; il la reconnut sans pouvoir la contrôler ; il aurait voulu la repousser loin de lui et se venger de son impuissance.

Gosschalk avait toujours eu des sentiments ambivalents pour sa ville natale, Rotterdam. Il s'irritait, surtout devenu adulte, du caractère un peu vulgaire de la cité, de son pragmatisme sans fantaisie, mais il devait aussi admettre qu'il était sensible à sa puissance, à une certaine grandeur que lui donnait une inépuisable énergie. Il aimait cette ville parce que, entre sa dixième et sa dix-septième ou dix-huitième année, il avait déambulé dans les rues, sur les quais ou du côté de Kralingen et de Schiedam, longeant les fossés, à travers les prairies ou en suivant les chenaux des ports intérieurs. Il avait ressenti jusqu'à un certain point un sentiment de plénitude et d'élargissement qui n'était pas assouvi à la maison. La ville l'avait entraîné dans un courant vital, la ville était hospitalière et indifférente à la fois ; sur le Blaak[1]

1. Grande artère du quartier d'affaires.

et les Boompjes[1], le boulevard du Coolsingel, la Mathenesserlaan, il était anonyme et donc libre. La maison familiale était située dans le centre, non loin de l'hôtel de ville, qu'il avait vu construire enfant ; en donnant la main à sa mère ou à la domestique, pour se rendre vers les rues commerçantes, il était passé devant, tous les jours, quand il y avait encore les échafaudages. Leur maison était ancienne, située entre deux immeubles de bureaux. Par la lucarne du grenier, à l'arrière, au-dessus des toits, Lucas apercevait dans le lointain les mâts, les cheminées et les grues de la rive de la Meuse et des bassins du vieux port.

Il comprit combien il était attaché corps et âme à sa ville, non pas froidement mais dans un accès d'angoisse sidérante et de rage, quand, le 14 mai 1940, les bombardiers allemands apparurent dans le ciel clair, quand les murs, les toits, la chaussée crachèrent du feu, de la fumée, des gravats, de la poussière dans un grand chaos. Il avait fait descendre sa mère (en la tirant ou en la portant dans ses bras, il ne savait plus au juste) et ils venaient de sortir de la maison quand une deuxième explosion fendit les murs. La façade s'écroula dans un déluge de pierres, de morceaux de bois et d'éclats de verre. Plus tard, bien plus tard seulement, il avait contemplé cette coupe transversale de la maison familiale, les planchers ployant sous le poids des débris, les lambeaux de papier peint, les plaques de crépi carbonisé. Dans un nuage de poussière et de fumée, il avait cherché à tâtons sa mère qui avait lâché sa main quand s'était produite l'explosion. Il la trouva gisant à terre, frappée dans le dos par une poutre qui s'était effondrée. Elle gémissait doucement, mais elle ne le reconnut pas. Il n'avait pas réalisé à ce moment-là que le sang coulait de blessures superficielles qu'il avait au front et au cou, il n'avait ressenti aucune douleur.

"Maman, maman, dis quelque chose, maman, réponds-moi !" Il essaya de la redresser en la prenant par les épaules, mais c'était un poids mort. La bouche ouverte, elle regardait devant elle avec des yeux vides. Dans le vrombissement continu des avions, les bombes explosaient tout près ou plus loin avec un grondement sourd, des foyers d'incendie s'allumaient partout, l'air était noir de fumée.

1. Quai de Rotterdam dit "les Petits Arbres", qui devait son nom à ses tilleuls et fut détruit pendant la dernière guerre.

Gosschalk percevait, dans le fracas des explosions, des bribes de bruits divers, des cris, le hurlement des sirènes. Il voulut soulever sa mère, mais elle lui glissa entre les bras, inerte, en gémissant toujours. Il l'allongea sur le sol et se mit à marcher ; il trébuchait, tombait sur les décombres qui jonchaient la rue. De tous côtés, la chaleur des flammes l'assaillait. Un piano, un poêle, des meubles brisés, un cheval mort. Des gens, avec des enfants dans les bras, avançaient d'une démarche chancelante, chargés de quelques biens.

"Au secours, cria Gosschalk, au secours, ma mère est grièvement blessée !"

Personne ne répondit, il y eut une nouvelle explosion assourdissante, des débris furent projetés dans l'air ; secouée de soubresauts, la ville parut vomir du feu et des gravats. Il voulut retourner à l'endroit où il avait laissé sa mère, mais il vit qu'il ne retrouvait pas son chemin, tout était changé. En criant et en appelant comme un fou, il avait cherché dans les immeubles en flammes, à travers des nuages de fumée et de poussière ardente.

Il était trop désespéré pour songer à s'abriter ; par la suite, rien ne l'avait plus surpris que d'être revenu sain et sauf auprès de sa mère, après ce cheminement sous un déluge de débris et de pierres, entre des bâtiments qui s'effondraient. Elle se trouvait à l'endroit où il l'avait laissée. Réunissant ses forces, il l'avait soulevée de terre ; sa tête pesait mollement sur son épaule. Des flammes jaillissaient des maisons et toutes sortes de projectiles continuaient à pleuvoir ; l'un tomba si près qu'un souffle torride jeta Gosschalk à genoux, avec sa mère dans ses bras. La maison, ses livres n'avaient plus aucune importance pour lui. Il ne pensait qu'à une chose, sauver sa peau et mettre en sécurité ce fardeau inerte, sa mère – il n'osait même pas se demander quelles blessures elle avait, il n'osait pas la regarder, ses vêtements sentaient le brûlé. Péniblement, pas à pas, en toussant, aveuglé par la fumée et la poussière, parfois tassé derrière un pan de mur pour s'abriter, parfois couché entre les décombres en protégeant sa mère de son corps, il avait progressé sur un sol qui grondait à chaque frappe, sans savoir exactement où il allait et depuis combien de temps il marchait.

Il avait marmonné sans discontinuer : Mais bon Dieu, quelle barbarie, mais bon Dieu, quels salauds, mais bon Dieu, comment est-ce possible… Il avait trébuché sur des cadavres ; il avait vu des lambeaux de vêtements, des paquets informes suspendus dans un enchevêtrement de poutres et de tiges métalliques tordues, entre des monceaux de gravats. C'était les images dont il devait se souvenir plus tard. Mais combien de temps avait duré sa marche, s'il avait rencontré d'autres gens, comme lui terrorisés, il ne le savait plus. Soudain il prit conscience que les bombardements avaient cessé. Dans un silence singulier, avec une stupéfaction sans bornes, il entendit chanter des oiseaux : ce bruit semblait impossible, insensé. On entendit de nouveau hurler les sirènes et les gens envahirent les rues, venant de partout, allant dans tous les sens, se frayant un chemin à travers les ruines, comme les fourmis dont on a dérangé la fourmilière.

Gosschalk avait de nouveau demandé du secours pour sa mère, mais les réponses qu'on lui fit dans la confusion étaient incohérentes. On lui indiquait tel endroit, tel autre, un poste de la Croix-Rouge devait se trouver à proximité, des ambulances devaient arriver ; d'autres le regardaient fixement comme s'ils ne comprenaient pas ce qu'il disait. Reprenant sa mère dans ses bras, Gosschalk avait continué à marcher d'un pas mal assuré. Au coin d'une rue, ou plutôt de ce qui avait été une rue, il avait vu ce *Sanitäter*[1], celui qui devait rester pour toujours "l'Allemand" dans son esprit, le premier ennemi avec lequel il s'était trouvé nez à nez depuis le début de la guerre. Il ne put jamais se rappeler s'il en avait vu d'autres ; de toute la situation, il ne gardait qu'une seule image, celle de ce type avec son brassard blanc frappé de la croix rouge. Campé au milieu des décombres qui couvraient le sol, le *Sanitäter* contemplait l'incendie monstrueux qui, une centaine de mètres plus loin, ravageait, en sifflant et en crépitant, ce qui avait été le port aux Vins et les chantiers navals. Gosschalk n'avait d'abord vu que cette croix rouge, il avait, en lançant des appels inarticulés, rassemblé ses dernières forces pour porter sa mère jusqu'à cet emblème qui promettait le salut. C'est quand il fut tout près qu'il reconnut le vert-de-gris et la forme du casque et des bottes – et, plus choquant encore, qu'il vit le visage convulsé, brillant de sueur, comme celui d'un épileptique ou d'un exorciste vaudou en transe,

1. En allemand dans le texte, soldat ou gradé faisant partie d'un bataillon sanitaire dans un régiment de l'armée allemande.

les yeux révulsés et la bouche ouverte, c'était un masque de douleur et de jouissance, effrayant dans sa nudité... En le voyant, Gosschalk avait alors réellement compris ce qu'était la situation.

La réalité s'était imposée à lui dans toute sa force : la ville détruite, les morts, l'invasion. Il était au milieu des décombres avec le corps de sa mère dans ses bras. Après l'avoir enfin conduite à un hôpital, il erra à travers la ville, à moitié fou, pendant des heures, il ne pensait qu'à une chose, retrouver ce *Sanitäter* et le tuer, cette brute qu'avaient fait jouir l'incendie de la ville de Gosschalk, les blessures de la mère de Gosschalk. Bien sûr, il ne l'avait pas retrouvé, ni alors, ni au cours des quatre années de guerre. Les autres Allemands, en qui il ne reconnaissait pas ce visage dément et mouillé de sueur, ne l'intéressaient pas. Ensemble, ils étaient "l'ennemi", une idée abstraite. Mais ce *Sanitäter*, ce malade haletant, il le haïssait avec une haine d'autant plus vive qu'il compensait ainsi son impuissance.

Gosschalk se leva, il ne pouvait se reposer avec ce vent qui transperçait ses vêtements ; le roulis du navire, l'odeur forte de goudron, d'huile de moteur lui donnaient la nausée. Il resserra les pans de son imperméable et se mit à faire les cent pas, autant que possible, sur le pont déserté. Il scrutait la nuit dans l'espoir d'apercevoir vaguement au loin les lumières de La Canée, mais il ne vit que les étoiles et l'écume luminescente à la surface des vagues. Il était transi jusqu'aux os. Pour finir, il n'y tint plus. Il enjamba le cordage qui fermait l'escalier montant au pont supérieur et se traita d'imbécile pour ne pas y avoir pensé plus tôt. Il se mit à l'abri, derrière des panneaux de bois vitrés, et il alluma sa pipe. Il n'était pas seul d'ailleurs. Dans une courbe du couloir longeant la paroi blanche des cabines, il y avait deux personnes allongées sous des journaux. Gosschalk ne put distinguer leurs visages car la lumière était trop faible sur le pont. Il se détourna instinctivement. On n'espionne pas des gens qui dorment. Il n'aurait pu dire le temps qu'il avait passé là, appuyé contre le bois, à fumer en essayant de se reprendre, quand il entendit un bruit de journaux froissés. Un instant plus tard, le jeune Grec était à ses côtés, il se roulait une cigarette en prenant du tabac dans une boîte posée en équilibre sur son genou, et il demanda du feu à Gosschalk. Ils restèrent ainsi quelque temps silencieux, côte à côte. Gosschalk n'était pas fâché d'avoir de la compagnie. Le pont désert, le mugissement du vent et de la mer, la loupiote sinistre, tout semblait redevenu normal, maintenant qu'il y avait quelqu'un à côté de lui.

"Et la jeune fille ? demanda Gosschalk en désignant de la tête la silhouette endormie sous les journaux.

— Elle a honte", dit le Grec, avec un sourire et un geste qui semblaient effacer l'incident de la danse. Gosschalk, peu désireux d'en parler parce que trop impliqué lui-même, changea de sujet. Il demanda au jeune homme comment il se faisait qu'il parlait aussi bien anglais, et comprit que le Grec ou Crétois (il s'appelait Stéphandidakis mais pria Gosschalk de l'appeler Niko, c'était son prénom) avait guidé des touristes pendant un certain temps. Ce n'était pas sa profession, d'ailleurs, il se rendait en Crète pour des affaires privées.

Ce que Gosschalk avait voulu éviter jusqu'ici, engager une conversation avec les autochtones pour d'autres motifs que demander son chemin ou quelque chose de ce genre (cela ne menait à rien, pensait-il, on peut à peine se comprendre, on en revient toujours à un échange de banalités gentillet et maladroit), il se le permettait avec Niko par un besoin de contact humain ; en partie en anglais, en partie en grec moderne, il commença à poser toutes sortes de questions à propos de leur voyage en Crète. Il avait l'intention de faire le tour de l'île en une semaine avec les garçons, tantôt à pied, tantôt en autocar ; comment étaient les routes, les liaisons, pouvait-on arriver à tel endroit, et en combien de temps ? Mais les réponses du jeune Crétois restaient vagues. Gosschalk eut l'impression qu'il ne savait presque rien, il connaissait à peine son propre pays. Peut-être cela tenait-il au fait qu'il parlait un grec populaire, tandis que la langue de Gosschalk se rapprochait de la *khatharevoussa*, le grec officiel. C'est seulement lorsqu'il fut question de Phaïstos et des grottes du mont Ida que Niko Stéphandidakis s'anima un peu : il connaissait bien cette région, son village était situé sur le versant de l'Ida, il fallait le traverser pour se rendre à Camarès, l'endroit à partir duquel on pouvait accéder à la grotte où Zeus avait vu le jour, selon la légende. Gosschalk, auquel ses recherches préalables avaient appris que l'excursion demandait les services d'un guide expérimenté, mû par une inspiration subite, demanda au jeune homme s'il était intéressé – ils avaient déjà fait connaissance, leurs routes s'étaient déjà rejointes en partie.

Niko Stéphandidakis parut hésiter un peu puis hocha la tête : il ne pouvait accepter, il devait se rendre aussi vite que possible dans son village ; de plus, il n'était monté qu'une ou deux fois plus haut que Camarès, et il y avait longtemps. Mais devant ce refus, Gosschalk se persuada alors qu'il devait arriver à convaincre le jeune homme de les accompagner. Il avait entendu dire (et, depuis, l'expérience l'avait confirmé) qu'en Grèce, il fallait miser sur ses relations, on obtenait beaucoup plus et on était plus assuré d'une aide fiable qu'avec des contacts noués au petit bonheur. Niko Stéphandidakis était désolé mais persistait dans son refus quand soudain son visage s'éclaira, il avait trouvé une solution. Il offrit à Gosschalk de l'accompagner lui et ses étudiants jusqu'à son village et, là, de leur trouver un bon guide auprès d'amis et de parents. Plein d'obligeance et d'allant, il établit un plan de voyage, le lendemain, tôt le matin, ils devaient prendre le car pour Vori...

En fait, Gosschalk aurait voulu rester un jour ou deux à Héraclion pour visiter Cnossos et Mallia à partir de cette ville. C'était au tour du jeune Grec d'insister pendant que Gosschalk hésitait. Après avoir discuté, ils se mirent d'accord ; Gosschalk irait d'abord visiter le musée d'Héraclion et Cnossos (une première approche), éventuellement il pourrait jeter un coup d'œil aux ruines de Phaïstos après l'arrivée à Vori, et ensuite, en compagnie de Niko Stéphandidakis et de la jeune Américaine, il continuerait à pied par la montagne. Au retour, à partir d'Héraclion, on pourrait consacrer encore quelques jours à visiter d'une manière plus sérieuse les ruines des palais minoens. Selon le jeune Crétois, on pouvait se loger au village, et on trouverait un guide à coup sûr. Gosschalk eut l'impression que Niko Stéphandidakis ne s'était pas déclaré prêt à différer d'un jour entier son propre voyage par simple complaisance envers des étrangers.

Les gars dans son genre ne sont jamais pressés, se dit Gosschalk, mais il dut reconnaître qu'il y avait une légère envie sous cette ironie : il aurait volontiers donné quelque chose pour un peu de cette mentalité qui traitait "demain" et "plus tard" avec autant d'insouciance et de naturel. Il supposa que le jeune homme trouvait agréable de voyager en leur compagnie ; il avait peut-être été question de montrer à l'Américaine les curiosités touristiques. Elle s'était retournée dans son sommeil ; des journaux s'étaient envolés et tournoyaient dans un coin, sous un escalier métallique, avec des bruissements d'oiseaux qu'on chasse. Elle respirait la bouche ouverte, comme un petit enfant, ses cheveux dénoués bougeaient au vent. Gosschalk demanda qui elle était et d'où elle venait, mais il se heurta à une réticence de la part du Crétois généralement plus bavard. Gosschalk, qui soupçonnait une sorte de romance, n'insista pas ; d'ailleurs, peu lui importait. Il avait hâte d'être au matin, il était glacé jusqu'aux os et n'arrêtait pas de déglutir pour dissiper un sentiment nauséeux.

Niko Stéphandidakis se tenait immobile, près du bastingage. Il ne semblait souffrir ni du vent, ni du froid, ni de la fatigue. Il scrutait avidement la nuit, l'air tendu. Son attitude exprimait plusieurs choses : son endurance physique le libérait tout naturellement du navire ballotté sur la mer ; il réfléchissait, l'air concentré, mais était en même temps réceptif, par tous ses sens, à la nuit, à la mer et au vent, et il veillait sur la jeune fille endormie. Gosschalk tourna en rond quelque temps en battant la semelle. D'autres gens firent leur apparition sur le pont, des ombres floues et somnolentes. A l'orient, le ciel pâlit. La sirène du bateau hurla. Dans la lumière grise de l'aube, les contours de montagnes se dessinèrent vaguement. La Crète ! se dit Gosschalk. Il redescendit sur le pont inférieur.

Au début de la matinée, le navire jeta l'ancre au port de La Canée. Gosschalk et les garçons, d'une humeur de chien après une nuit blanche et mourant de faim, se dirigèrent, dès qu'on eut baissé la passerelle, vers un des cafés du port pour y prendre un petit-déjeuner à base de café noir épais et de morceaux de pain dur. Le soleil était encore caché derrière les montagnes, la mer et le ciel avaient la couleur de la nacre. Les passagers venus d'Athènes emplissaient les cafés. Les radios déversaient leurs décibels : à un bout de la rue, des marches militaires de la fin du siècle dernier, à l'autre bout, la gymnastique du matin.

Gosschalk aurait souhaité visiter la ville de La Canée, située à six ou sept kilomètres plus loin, ainsi que la tombe de Venizélos sur l'Acrotiri[1] (le navire devait rester deux heures au mouillage), mais le car était parti pendant qu'ils

1. Promontoire près de La Canée.

prenaient leur petit-déjeuner. Il ne leur resta rien d'autre à faire que de traîner sur la route qui traversait la plaine, parmi les lopins cultivés, les jardins et les mares d'eau saumâtre. A l'arrière-plan, les contreforts dressaient leurs escarpements dénudés. Un peu plus tard, ils remontèrent à bord et, accoudés au bastingage, ils regardèrent l'animation du quai. Le jeune Stéphandidakis était resté en bas, à parler avec ses compatriotes, lancé dans une vive discussion. La jeune Américaine était invisible. Le pont avant était pour ainsi dire désert, chacun était descendu à terre ou se trouvait dans sa cabine. Gosschalk laissa les garçons près du bastingage et chercha un coin abrité derrière un tas de barils. Il étendit son imperméable sur le pont et s'allongea.

Il fut tiré du sommeil par la brûlure impitoyable du soleil. Il entendit sous lui la trépidation du navire, on avait donc repris la mer. Il ouvrit les yeux, la chaleur lui fit tourner la tête. Le navire suivait la côte de très près : des rochers gris-brun, sauvages et nus, avec des criques profondes et des grottes à fleur d'eau.

Un peu plus tard, éprouvant le besoin de se dégourdir les jambes, il avait enjambé une nouvelle fois la barrière de corde que les passagers grecs respectaient d'une manière étonnante. Vu que personne ne l'arrêtait, il s'était promené dans tout le navire, sur les ponts réservés aux passagers des première et deuxième classes. Il y avait beaucoup d'étrangers, remarqua-t-il, une poignée d'Anglais, faisant bande à part et s'ignorant entre eux, parmi lesquels le classique vieux gentleman en blazer Cambridge et pantalon de flanelle, une pipe à la bouche et le *Times* à la main ; une demi-douzaine d'Allemands ou de Scandinaves, rougis par le soleil, en tenue sportive négligée, avec des shorts trop courts, occupés avec des caméras, des jumelles, des cartes dépliées ; et un groupe important de Français, visiblement des amateurs de vieilles pierres, des hommes et des femmes d'âge mûr, sous la houlette d'un ecclésiastique. Gosschalk aperçut des brochures et des atlas de voyage qui lui étaient familiers. Les Français formaient un demi-cercle, sur le pont arrière, autour du prêtre. Une discussion était engagée. Gosschalk en capta quelques échos. Ce qu'il entendit le fit ricaner rageusement. Il avait l'impression d'être confronté à une caricature de lui-même en face de ses élèves. Mais ce n'est pas le même ton, pensa-t-il avec agacement, et les questions et les réponses sont d'une autre nature, je fais très attention à ne pas prendre ce foutu ton aimablement didactique, et Dieu merci, mes garçons ont l'air un peu plus intelligents. Comme si je ne m'y attendais pas ! C'est bien la kyrielle de clichés, de lieux communs que véhicule une vulgarisation de l'Antiquité classique.

"*Dites-moi, mon père*[1]... est-il vrai que dans l'Antiquité les temples étaient polychromes et non pas blancs, *dommage*, je ne peux m'imaginer ces belles colonnes que blanches comme neige, nobles et pures..."

Oui, certes, c'est un choc, un traumatisme pour toutes ces dames et ces messieurs bien convenables, préparés, par la lecture et le commentaire de morceaux littéraires et philosophiques soigneusement choisis et par de beaux livres d'images, à l'Antiquité idéale, impassible et harmonieuse, les blanches colonnes, le sublime, la clarté cristalline de l'esprit, l'équilibre avec un E majuscule, etc. et qui, tout frémissants, voyaient soudain se lever un coin du voile : du sang, de la fumée, des couleurs barbares, le chaos et les forces énormes de la fécondité, de l'instinct génésique, des pulsions de vie qui revendiquent leur place sous l'harmonieux classicisme. *Dommage ! Incroyable*[2] *!* Gosschalk, en repensant à son expérience de la nuit précédente, eut un frisson et un goût amer dans la bouche. Heureux ceux qui ne savent pas. Il se retourna, s'appuyant le dos au bastingage, et regarda le groupe. Il savait qu'il se contemplait dans un miroir déformant. Voilà ce qu'il avait été, il n'y avait pas si longtemps encore, malheureusement, et quelque part, bon Dieu, il l'était resté. Il aurait tout donné pour se sentir définitivement différent, plus mûr, plus sage que cette bande de disciples qui écoutaient dévotement en prenant des notes, le front soucieux ; plus mûr, plus sage que leur gourou, s'imaginant tout savoir, assis bien droit sur sa chaise de toile, mains jointes, face levée, yeux mi-clos, qui répondait longuement, en pontifiant aimablement.

Gosschalk n'arrivait pas à s'éloigner du groupe des Français. Il était furieux contre lui-même, car ces gens ne l'amusaient pas, il aurait dû pouvoir se moquer de leur sérieux de collégiens. Mais non, ils le fascinaient, ils éveillaient en lui des sentiments de honte et de culpabilité, de haine aussi, parce qu'à leur manière, ils étaient des initiés ou

1. En français dans le texte.
2. En français dans le texte.

s'imaginaient l'être, parce qu'ils étalaient, avec une provocation inconsciente, leur contentement d'appartenir à une chapelle.

Maintenant, je m'en vais, se dit Gosschalk. A cet instant, le mot "Eleusis" retentit. Il avait été prononcé par une femme osseuse, à la chevelure noire de madone, qui portait en pendentif une grosse croix byzantine.

"Ah ! dit le prêtre, en ouvrant tout grands des yeux approbateurs et en pointant son index sur la femme. *Ah, voilà*[1] *!*"

Ce fut un brouhaha, tout le monde se mit à parler en même temps. La femme osseuse se tenait devant l'ecclésiastique avec des gestes d'imploration et lançait vers les autres des regards qui signifiaient : N'est-ce pas ? Le prêtre sortit d'un attaché-case posé à côté de sa chaise une liasse de feuillets manuscrits qu'il se mit à parcourir. Sous les bravos et les cris d'approbation, tous rapprochèrent leurs chaises. Le prêtre toussota deux ou trois fois derrière sa main et commença sa lecture d'une voix douce et unie.

En se glissant le long du bastingage, Gosschalk se retrouva juste derrière lui. Il vit que des membres de l'assistance le toisaient d'un air indigné, mais il défia leurs regards, sans broncher. Il ne se laisserait pas intimider. C'était son sujet à lui. Il avait le droit d'écouter toute opinion émise sur Eleusis (*Elefsis*, disait le prêtre en accentuant la dernière syllabe). Gosschalk se sentait bouillir d'impatience. Une fois encore cette ambiguïté ! Ce qu'il devait faire, à cet instant, c'était, avec détachement, les yeux fixés sur la côte, écouter comme un agent secret espionnant pour la cause adverse, comme un opposant irréductible déguisé. Pas un mot, pas un regard ne devaient laisser paraître qu'il eût ne serait-ce qu'une idée de ce que racontait ce type en soutane du haut de sa tour d'ivoire. Ces contre-vérités flagrantes, ces théories obsolètes, ces commentaires orientés, il devait les écouter sans qu'un muscle de son visage tressaillît. Mais Gosschalk bouillait intérieurement, il n'avait pas d'autre envie que de démasquer toute la bande : des falsificateurs, des poules mouillées qui niaient la réalité. Il aurait voulu interrompre le prêtre, lui chercher querelle, l'obliger à admettre, en lieu et place de sa "sainte mère Déméter" et de sa "sainte vierge Perséphone", la Grande Déesse dans toute la crudité de sa nature.

1. En français dans le texte.

Oui, il n'y avait pas de doute : il reconnaissait dans la voix de l'orateur le ton de "l'initié", assuré et prudent à la fois car profondément convaincu de toucher à des valeurs sacrées. Le sentiment d'être un groupe d'"élus" grandissait de minute en minute dans son auditoire.

Niko Stéphandidakis et la jeune Américaine avaient rejoint Gosschalk et les trois garçons dans le courant de la matinée. Le groupe des randonneurs se tenait un peu à l'écart ; ils ne semblaient pas avoir oublié la sortie explosive de l'Américaine, la nuit écoulée. Gosschalk trouva bizarre que ces gens à moitié orientaux, au tempérament ardent, n'aient pas de compréhension pour quelque chose qui frôlait le *crime passionnel*[1]. Il eut l'impression que leur réserve concernait surtout l'élément occidental. Il ne s'agissait pas d'hostilité, plutôt d'une sorte de défiance.

Jessica ne parlait pas beaucoup. Elle donnait des réponses laconiques si on lui demandait quelque chose. Gosschalk la trouvait ennuyeuse, sotte et passive. Il s'agaçait de sa tenue, ce qu'il avait coutume d'appeler le genre "Miss Toulouse-Lautrec", cette jupe ample à rayures, avec un bout de jupon en dentelle qui dépassait, ce caraco vert "artiste", boutonné sur le devant, et la coiffure, avec une frange et ce drôle de plumet dressé sur le crâne que formaient les cheveux attachés par un ruban de velours. Uniforme de rigueur pour des adolescentes cosmopolites aux prétentions bohèmes ! En tout cas, une mode qui avait de quoi séduire une jeune Américaine ayant "découvert" Paris. Non sans malignité, il constata qu'elle n'aimait pas partager son Crétois avec les autres.

Juste avant d'accoster à Héraclion (le navire commençait à virer et tous les passagers se pressaient à tribord pour voir la ville dont les maisons aux tons pastel s'étageaient sur la côte ocrée), Niko Stéphandidakis prit Gosschalk à part et lui demanda si la jeune fille pouvait passer la nuit à l'hôtel, avec lui et les garçons. Quant à lui, il se débrouillerait pour trouver un lit quelque part. Voilà les ennuis qui commencent, pensa Gosschalk. Il répondit évasivement : on déciderait en fonction des circonstances. Le débarquement prit moins de temps qu'il ne l'aurait cru, chacun semblait

1. En français dans le texte.

n'avoir qu'un désir : mettre pied à terre le plus vite possible, et les membres de l'équipage s'activaient avec une bonne coordination. Après avoir attaché leurs sacs à dos, Gosschalk et les garçons, suivis par Niko et la jeune fille, entrèrent dans la ville embrasée de soleil, en longeant des bâtiments et des maisons modernes jaunes et blanches. Le Crétois s'arrêtait constamment pour regarder autour de lui. Quand il avait quitté Héraclion en 1947, c'était partout des ruines, disait-il, en essayant avec des gestes de faire comprendre la différence. Dans les boutiques et les cafés obscurs ou sur la mince bande d'ombre bordant un côté de la chaussée, les habitants regardaient passer les voyageurs qui débarquaient.

L'heure de la sieste était terminée, mais il faisait encore trop chaud pour vaquer à ses occupations ou s'asseoir dehors. Le centre d'Héraclion semblait un labyrinthe de rues étroites en pente. Gosschalk connaissait le nom de quelques hôtels, à Athènes, il avait aussi acheté un plan de la ville qui ne les avança guère. Ils se retrouvaient toujours au même endroit. Pendant que Gosschalk consultait son plan et parlait avec Niko, les trois garçons et la jeune fille se mirent à l'ombre. Silencieux, rouges et suants, ils s'appuyaient contre un mur ou s'asseyaient sur les sacs à dos. La fille s'éventait avec un journal plié. Gosschalk remarqua avec irritation qu'ils faisaient la tête. Lui aussi, il avait ses vêtements qui lui collaient à la peau, il n'avait qu'un désir, boire et s'allonger nu dans de l'eau froide, mais non, il devait donner l'exemple de la maîtrise de soi, il avait pour tâche de leur trouver un toit. Trois des hôtels affichaient complet et le quatrième, le plus moderne et le meilleur de l'endroit, relevait d'une catégorie qui était au-dessus de leurs moyens. Les garçons insistèrent : "Allez, seulement pour une nuit, monsieur, arrêtons-nous là, y en a marre…" mais Gosschalk refusa, c'était lui qui tenait les cordons de la bourse, il avait calculé soigneusement les dépenses quotidiennes pour ne pas être confronté à de mauvaises surprises, tout pouvait arriver, après tout. Et ils repartirent. Derrière Gosschalk, les autres marchaient sans rien dire et en traînant les pieds : c'était leur manière de le critiquer. Seul Niko Stéphandidakis semblait frais comme un gardon, le regard vif et fureteur, il ne donnait aucun signe de fatigue. Ils se retrouvèrent dans le quartier du port. Gosschalk sentit alors qu'il n'en pouvait plus et dit : "Je n'irai pas plus loin pour l'instant." Dans un angle droit que formait le mur du quai se trouvait une taverne.

Les brindilles tressées qui protégeaient la terrasse du soleil frémissaient et bruissaient sous le vent léger. Derrière une balustrade scintillait une mer bleu-vert ; l'onde déferlant sur les rochers exerçait une irrésistible séduction, promettant fraîcheur et soif apaisée. Niko Stéphandidakis prit l'initiative de partir seul à la recherche d'un gîte pour la nuit et il assura en riant que tout irait bien. Gosschalk le vit s'éloigner rapidement, d'une démarche légèrement bondissante, sur la chaussée du boulevard sur laquelle flottait en tremblotant une couche d'air translucide et compacte. A l'ombre et dans le vent, ils se ressaisirent. Au-delà de la terrasse couverte, la ville, la mer et les collines à l'arrière-plan brillaient dans la lumière de l'après-midi avec des couleurs violentes, du blanc, du brun et du turquoise. Jessica Manning n'était pas tranquille, ses yeux se portaient tout le temps à l'endroit où Niko avait disparu entre les maisons. Elle est avec nous, pensa Gosschalk, comme on est dans la salle d'attente d'une gare, en compagnie d'étrangers, nous tournant à moitié le dos, en train de tripoter nerveusement la poignée de son sac coloré. Elle n'avait pas, décidément, l'assurance de l'Américaine moyenne, et elle s'intéressait à peine à ce qui l'entourait. Quand Gosschalk lui passa ses jumelles pour voir les vestiges des fortifications vénitiennes, elle les porta machinalement à ses yeux. S'il lui demandait quelque chose, elle réagissait par *"yes"* ou *"no"* ou *"I don't know"*. Sur sa relation avec Niko, il n'obtint d'elle qu'une très courte phrase : *"I've just met him*[1]*."* Gosschalk renonça.

Evert et Derk-Jan aperçurent des nageurs entre les rochers en bas qui plongeaient pour pêcher des bêtes – à moins que ce ne fût des plantes – qui ressemblaient à des bogues de châtaigne, hérissées de piquants. Ils sortirent leurs maillots de bain de leurs sacs et se mirent en quête d'un endroit où ils pourraient descendre jusqu'à l'eau. Marten Siebeling resta avec la jeune fille, accoudé à la balustrade. Gosschalk les entendit parler français ensemble. Petits frimeurs, pensa-t-il, en se moquant. L'aveugle et le paralytique. Il repoussa sa chaise et se renversa en arrière, les yeux clos, écoutant le bruit de la mer sur les rochers. C'était la Crète, enfin.

1. En anglais dans le texte : "Je viens de le rencontrer."

Mais il ne sentait rien de ce qu'il s'était imaginé éprouver. Nulle question d'épanouissement spirituel, d'élan nouveau, au contraire. Il doutait de lui-même, de ses *Déesses*. Sa vie avec sa mère, sa relation avec Rina, ses recherches, son travail de professeur, ses *Déesses* : purs châteaux de cartes, édifices compliqués et vains bâtis sur un précipice, il avait pris tout cela pour du vrai, mais désormais ses yeux s'étaient dessillés et il voyait la réalité en face : c'est-à-dire lui-même, balançant au bord du néant, du chaos. Il allait avoir quarante ans, il était dans la force de l'âge comme on dit, mais en fait, il n'avait pas encore vécu, si "vivre" était savoir où se situer et être en mesure de distinguer, en permanence, la vérité du mensonge. Il en était maintenant arrivé au point où il devait se familiariser avec l'idée que tout tournait autour de quelque chose de très différent de ce qu'il avait considéré jusqu'ici comme l'essentiel. Et quel était cet essentiel ? La relation personnelle qu'on entretient avec la réalité. Parce que chez lui, une relation aussi fondamentale était inexistante, parce qu'il n'était pas capable d'en construire une qui fût satisfaisante ou au moins d'explorer les possibilités, il avait meublé sa vie avec des occupations et des sentiments d'occasion.

Il retombait sur un sol intérieur aussi dur que le sol de la Crète sous ses pieds. Il ne pouvait pas revenir en arrière, il devait aller jusqu'au bout de cette clarification le concernant, lui et la situation où il se trouvait. Un sentiment de révolte et d'impuissance monta en lui : il n'avait pas voulu ça, c'était exactement l'opposé de ce qu'il s'était imaginé de ce voyage. En pensant échapper à ses problèmes, il se les était mis sur le dos pour toujours. Ce qu'il avait quitté dans la précipitation et le dégoût, la ville, l'école, sa mère, Rina, son passé, lui apparut l'espace d'un instant comme un paradis perdu. Là, au moins, il avait pu croire en lui-même et en ce qu'il faisait ou, plus exactement, il avait toujours trouvé des portemanteaux pour accrocher ses doutes. Ici, sur cette île brune et sèche, il était seul avec lui-même dans une solitude totale, sans merci, il ne pourrait jamais plus revenir vers le Gosschalk qu'il avait été.

Il se leva de sa chaise de fer inconfortable. Niko Stéphandidakis se tenait devant lui, la mine réjouie, les dents étincelantes : il avait trouvé un petit hôtel dans le quartier du port, Jessica pouvait également y dormir, "s'ils voulaient bien le suivre".

Après une nuit pleine de rêves inquiets dans la chambre étouffante en dépit des trois fenêtres grandes ouvertes (à quatre, ils avaient dû partager une chambre, puisque la jeune fille devait dormir seule ; Gosschalk n'avait pu fermer l'œil depuis l'aube parce que Marten Siebeling était éveillé ; en sachant que le gamin le regardait, il ne pouvait pas se rendormir, tout simplement), il eut le sentiment que le musée des Antiquités rempli de trésors mondialement connus allait lui redonner la sérénité, allait le réconcilier avec ses *Déesses*.

Je suis dingue de me laisser ébranler comme ça, s'était-il dit à lui-même en se rasant, je délire ou quoi ? C'est à cause de la chaleur, du voyage, mais maintenant c'est fini, il faut que ça finisse.

En approchant du musée, il ne se possédait plus d'impatience. Il passa sous le portique aux piliers pseudominoens peints en rose, avec le sentiment de vivre un sommet de son existence. Dans le grand vestibule dominaient les teintes archaïques, le bleu clair, l'ocre rouge, le blanc. Tout était vide et silencieux. Précédant les garçons, Gosschalk se précipita dans la première salle ; il passa sa langue sur ses lèvres sèches. Là étaient les vitrines contenant des trésors sans pareils, uniques au monde, les sceaux d'ivoire et de pierres semi-précieuses sur lesquels étaient gravées les images de la Déesse comme protectrice des arbres ou maîtresse des animaux sauvages ; les figurines votives représentant des prêtresses, les statuettes de la déesse aux serpents, les représentations en céramique de la Grande Mère coiffée des symboles sacrés, cornes et oiseaux. Où qu'il aille, où qu'il se tourne, il la rencontrait, Celle qu'il cherchait et fuyait, haïssait et adorait en même temps.

"Bah, le reste n'est que chimères ! grommela-t-il, penché sur les vitrines. Que m'importent la prétendue réalité, le monde entier !" Il avait sous les yeux tout ce qui lui inspirait de l'intérêt, les attributs de la souveraineté terrestre de la Déesse, le Taureau, symbole de la Force sacrifiée, les autels en forme de cornes, les haches sacrées et le signe secret du Labyrinthe. Mais cette vague d'enthousiasme reflua, il se rendit compte brusquement qu'il se trouvait dans une salle silencieuse, aux lumières tamisées, au milieu de vitrines remplies de vieux objets de faïence, de bronze et d'or, qui n'avaient plus de sens parce qu'ils n'étaient plus en usage, parce que le monde où ils avaient été réels avait disparu aussi irrémédiablement que l'Atlantide.

Gosschalk se voyait là, mais prit aussi conscience de la présence des trois garçons qui tournaient en rond et parlaient bas. Dans un effort désespéré pour ranimer l'ivresse des premiers instants, il se mit à donner des explications. Il retourna à l'entrée et fit pour les garçons une visite guidée.

Mais dans la salle du haut, devant les fresques en relief de Cnossos et de Phaïstos, couleur bordeaux, ocre et vert océan, sur lesquelles les dames de cour minoennes aux seins nus, les éphèbes du "jeu au taureau", la "Parisienne" avec son ruban coquettement noué dans la nuque et le "Prince aux fleurs de lys" brillaient, étrangement lointains, il ne put se contenir plus longtemps. La colère que lui inspiraient son impuissance et son échec se déchargea sur Marten Siebeling qui, durant la visite, était toujours resté en arrière et n'apparut en haut de l'escalier que lorsque les autres avaient déjà parcouru la moitié de la salle.

"Si tu n'es pas foutu d'avoir la politesse de nous suivre et d'écouter avec les autres, casse-toi ! Va causer dehors avec ta copine l'Américaine, de Saint-Germain-des-Prés, de queues de cheval, de culottes de clown et autres fariboles puisque c'est ce qui vous intéresse apparemment. Je ne peux plus supporter ta petite gueule indifférente et tes grands airs, tu m'entends, j'en ai assez. On t'a refilé à moi, je n'y peux rien, mais tu te fais remarquer le moins possible, compris ? Tu fais comme les autres, si je dis quelque chose, tu écoutes, tu restes avec le groupe, que tu comprennes ou pas de quoi il s'agit, et maintenant, ça suffit !" Il vit Evert hausser les sourcils, Derk-Jan se détourner d'un air gêné, ce qui le rendit encore plus furieux. Il avait franchi une limite en agissant ainsi envers Marten ; jusqu'à présent, les deux aînés avaient choisi son camp, mais il sentait maintenant qu'ils le critiquaient : Marten n'avait pas demandé à venir, qu'est-ce que ça pouvait bien faire s'il restait en arrière, du moment qu'il n'embêtait personne ? Gosschalk se détourna brusquement et entra dans les autres salles du premier étage où était exposée la statuaire des périodes classique et hellénistique. Mais il ne vit rien, à la vérité, sa tête résonnait de coups sourds, il avait la bouche amère.

MARTEN SIEBELING

Marten Siebeling avança d'un pas, jusqu'à la fin du sentier, à l'endroit où la paroi rocheuse plongeait à pic dans un petit ravin. Il dominait les nuages minces ; légers comme un voile de brume, ils dérivaient sous lui, comme des taches claires sur le fond sombre du ravin. Par-delà la chaîne ondulée des collines située en contrebas, il apercevait la plaine de Mesara brûlée par le soleil de midi. Sur les versants, la terre était d'un brun rougeâtre, aride, la végétation rare ; seulement dans le lointain, près de Phaïstos, les bois d'oliviers faisaient des ombres sur le sol. Le ciel débordait d'une lumière blanche et bouillante qui semblait couler le long des pentes. Au-dessus de la vallée, un air épais et vitreux tremblotait. De l'endroit où se trouvait Marten, on avait l'impression que le sol lui-même, assoiffé, se soulevait et s'abaissait comme une poitrine haletante.

Derrière Marten, l'Ida dressait vers le ciel ses pics jumeaux. Les buissons desséchés bruissaient sous le vent venu de la mer qui n'atteignait jamais le plateau, mais qui, tous les jours, soufflait vers la montagne de minces anneaux de nuages autour des sommets les plus élevés.

Marten ne bougeait pas. Le soleil lui brûlait la nuque, mais la brise faisait bouger ses cheveux sur son front, ce qui lui donnait, malgré tout, une sensation de fraîcheur. Sa chemise, qui, durant l'ascension, était plaquée sur son corps comme une guenille mouillée, se gonflait par intervalles et un frisson le parcourait. Il avait l'impression que, quand il le voudrait, il pourrait s'envoler et planer comme un oiseau au-dessus des profondeurs qui s'étendaient devant lui. Dans le vacillement de cette lumière blanche, les éminences rocheuses, au-dessous, lui semblaient tantôt se rapprocher, tantôt s'éloigner.

L'air était plein de bruits ténus. Dans le lointain, on entendait bêler les moutons qui paissaient sur les versants ; un morceau de roche roula sur la pente avec des rebonds ; près du campement des bergers, on entendait des voix. Marten ne comprenait pas ce qui se disait, mais il distingua le débit lent de Gosschalk, la voix aiguë d'Antonakis, le guide, et les rires d'Evert et de Derk-Jan. Les sons et la lumière fusionnaient et lui donnaient le vertige ; il ferma à demi les paupières, mais l'impression s'amplifia.

Qu'ont-ils encore à rire ? pensa-t-il, il se mordit les lèvres pour ne pas fondre en larmes, les larmes insidieuses de colère et de faiblesse qui lui brûlaient régulièrement les paupières depuis l'excursion à Cnossos. Ils peuvent être contents d'eux, ils m'ont pris comme tête de Turc, mais je ne vais rien laisser paraître. Pas question de leur donner ce plaisir.

Pendant toute la durée du voyage, y compris la journée à Héraclion, il avait fait bonne figure, malgré le caractère exceptionnel de sa situation dont il était conscient en permanence, et bien que les autres lui aient fait sentir à tout instant qu'il était un boulet, qu'ils le traînaient avec eux contre leur gré. Il avait tenu le coup, il y avait eu assez de choses à voir, à vivre. Gosschalk et les deux autres pensaient peut-être qu'il s'ennuyait pendant la traversée de Marseille à Athènes et au cours de toutes ces visites à des sites archéologiques et historiques importants dont il ne savait rien ou pas grand-chose, en premier lieu parce que ce n'était pas encore au programme, et ensuite parce que cela ne l'intéressait pas tellement.

Pendant que Gosschalk faisait un cours et dissertait à n'en plus finir avec Evert et Derk-Jan, à propos des Thermopyles, de Chéronée, de Marathon et de Salamine, de Sparte, des Atrides, de Mycènes, de Delphes et d'Apollon, du culte de Dionysos et, bien sûr, d'Eleusis, Eleusis encore et toujours Eleusis, Marten n'avait pas perdu son temps. Il aimait regarder les gens et écouter ce qu'ils disaient, il les observait pour savoir s'ils étaient "vrais" ou si on avait encore affaire à des comédiens, à des imposteurs. "Qui se ressemble s'assemble" : cette idée était aussi valable dans un environnement étranger, comme il put le vérifier ; sans beaucoup d'efforts il était régulièrement entré en contact avec des gens qui avaient dû sentir pourquoi il restait avec eux. C'est ainsi qu'entre les activités inscrites au programme (s'il restait en arrière trop longtemps et trop loin au point que son absence se remarque, Gosschalk le rappelait à l'ordre avec son amabilité coutumière), il avait fait connaissance avec des gens qui l'intéressaient beaucoup plus que des croquis, des cartes, des discussions diverses, des ruines ou des œuvres d'art un peu ou très abîmées.

Le jeune pianiste et sa femme qui se rendaient de Marseille à Beyrouth. Lui gardait des gants toute la journée pour protéger ses mains et elle, efficace, forte et tenace en dépit de ses robes largement décolletées et de ses talons aiguilles, le protégeait du reste du monde. Chacun les trouvait ridicules ; s'ils se montraient quelque part, on les suivait d'un regard critique. Marten les avait aidés à transporter des chaises d'un pont à l'autre et leur avait parlé à plusieurs reprises. Il les aimait bien, ils osaient être eux-mêmes, réservés, allergiques aux futilités, terriblement sérieux quand il s'agissait des choses qu'ils considéraient comme vraiment importantes : son travail ; et, dans leurs rapports personnels, ingénus et tendres comme les amoureux de Peynet. (Marten avait couvert les pages de son agenda scolaire avec des images de Peynet.)

Il y avait le Grec qui était venu en France pour une prothèse, une jambe artificielle. Dans son pays, ces choses étaient réservées aux seuls invalides de guerre, et lui, c'était comme civil qu'il avait perdu sa jambe quand on lui avait tiré dessus. Marten ne sut jamais ce qui s'était passé au juste, car le Grec et lui ne purent échanger que quelques mots dans un français très approximatif, mais il trouvait sympathique cet homme aimable, silencieux et modeste, soutenu par ses béquilles ; animé par un certain sentiment de solidarité, Marten aimait rester auprès de lui, assis ou debout, pendant un temps ; ils n'avaient pas besoin de se parler.

La vieille femme de l'hôtel, à Athènes, avec son visage ridé et intensément triste. Il l'avait saluée chaque fois qu'il l'avait croisée dans la maison : *"Kallimera, kallispera*[1]*"*, et une fois, comme il jetait par hasard un œil dans le réduit où elle était en train de repasser, elle était venue à lui, avait pris sa tête dans ses mains et l'avait embrassé sur les deux

1. "Bonjour, bonsoir".

joues. Il était allé chialer aux toilettes, tant le geste l'avait bouleversé.

A Tirynthe, quand ils attendaient le car pour Pyrgos et que Gosschalk et les autres étaient partis voir les ruines une fois de plus : le couple de paysans et leur petit garçon d'environ sept à huit ans qui s'était blessé à la tête en tombant et qu'on emmenait chez le docteur. La mère tenait un linge pressé sur la plaie pour arrêter l'hémorragie, le père portait l'enfant qui était livide de douleur et d'effroi mais ne se plaignait pas. Marten lui avait donné une orange qu'il avait dans sa poche et ensuite, en se collant un morceau d'écorce sur les dents, il s'était mis à faire des grimaces, il n'avait rien trouvé d'autre pour amuser le petit garçon. D'abord, les parents avaient baissé les yeux avec gêne, et puis ils s'étaient enhardis et avaient essayé de lui faire comprendre par gestes comment l'enfant était tombé. Ils étaient aussi "vrais" qu'un individu peut l'être, et Marten les aimait tous les trois, le cœur serré, parce que tout cela ne devait durer que quelques instants.

Mais les expériences se succédaient : l'ouvrier de Volos avec qui Marten avait parlé à Livadia, pendant que Gosschalk et les autres, près de la source Kria, s'interrogeaient gravement pour savoir si c'était bien ici, le fleuve Léthé des Anciens, le fleuve qui apporte l'oubli. L'homme, rond, joyeux et disert, avait raconté ce qu'il avait vécu pendant la guerre, et avait mimé chaque situation en accompagnant sa pantomime d'un bruitage expressif : "Pan ! pan ! *Germaniki, polèmos*[1], paf, pan, pan ! *Helleniki*[2] pan, pan ! *Germaniki kaputt* !" De la même façon, il avait décrit les tremblements de terre de l'année précédente à Volos, il avait montré des photos de sa femme et de ses enfants qui devaient vivre sous la tente tant que leur maison n'était pas reconstruite.

Au cap Sounion (Gosschalk était intarissable sur Poséidon et les Petites Panathénées), il y avait eu ce juge grisonnant, un Grec très digne qui s'abritait du soleil sous un parapluie, et qui, assis à l'écart sur un tambour de colonne, contemplait la baie. Son métier, qui consistait à enquêter sur des vols de moutons et des querelles de voisinage, quelque part en province, lui faisait prendre des vacances.

1. "Les Allemands, la guerre".
2. "Les Grecs".

"La justice est très forte et les hommes sont si faibles – ce n'est pas facile de réconcilier ces deux-là", disait-il à Marten en souriant malicieusement, dans un français lent aux *r* roulés. Marten aurait aimé se promener avec le vieux monsieur au parapluie noir sur les collines couvertes de pins, le long de la côte, mais il dut prendre congé de lui, trop tôt. Le Grec resta tranquillement assis, le regard tourné vers la mer bleue et écumante, il avait tout son temps.

Et puis les deux jeunes Arméniens à bord du navire pendant la traversée vers la Crète. L'aîné, le guitariste, grattait les cordes avec passion tandis que son compagnon, toujours assis à côté de lui, le regardait avec respect et dévotion et lui touchait parfois la manche dans un geste tendre.

Pour Marten, Niko Stéphandidakis et Jessica Manning appartenaient à la même catégorie de gens. Il se sentait attiré par eux, même s'il ne savait rien d'eux. Il trouvait agréable d'être en leur compagnie. Quand il avait appris que Gosschalk avait modifié le programme de telle sorte qu'ils feraient un bout de chemin avec le Grec et la jeune fille, il avait été réellement content, à l'opposé des deux autres garçons quelque peu vexés parce que Gosschalk avait tout combiné sans les consulter. Gosschalk, qui avait été distrait et maussade pendant toute la traversée, et qui – assez bizarrement – tout à coup ne prenait presque plus la peine de faire une introduction aux visites, ne s'arrangeait pas.

Gosschalk avait pu constater, pensa Marten, que grâce à sa relation avec Jessica et Niko, lui, Marten, n'en était guère affecté, à l'opposé des deux autres garçons qui trouvaient, eux, que leur mentor les laissait choir ostensiblement. A dire vrai, Marten commençait à se réconcilier avec ce voyage qui lui avait été imposé par son père. Peut-être que ce serait chouette, malgré tout. S'il n'y avait pas eu ce salaud de Gosschalk. Marten avait pensé que Gosschalk cesserait de s'acharner sur lui s'il persistait à ne pas réagir. Mais à Héraclion, qu'est-ce qu'il avait pris ! Ça avait commencé la nuit, à l'hôtel. Ils avaient couché à quatre dans une chambre, dans des petits lits de fer alignés comme dans un internat. Marten s'était réveillé de bonne heure, il faisait encore nuit. Il s'était assis dans son lit et regardait les étoiles dans l'encadrement d'une des fenêtres grandes ouvertes. Au loin, il entendait la mer. Des fragrances de poisson, d'épices et de fruits étaient apportées par la brise nocturne. Soudain Gosschalk commença à s'agiter comme un beau diable, à tousser avec irritation : "Mais couche-toi, bon Dieu, siffla-t-il entre ses dents, il fait nuit noire, qu'est-ce que tu as à espionner comme ça ?"

Marten s'était allongé de nouveau, sans mot dire. Il y avait, dans la voix de Gosschalk, quelque chose qu'il ne connaissait pas encore. Jusqu'à présent, quand Gosschalk se moquait de lui ou le réprimandait, il y avait une logique là-dedans, c'était toujours pour une raison ou pour une autre, ses cheveux, sa manie de rester à l'écart, une autre fois, c'était une remarque qui trahissait son ignorance ou au contraire (ce que Gosschalk avait, semble-t-il, plus de peine à avaler) justement le fait que Marten savait ou avait compris quelque chose. Mais l'explosion qui eut lieu cette nuit-là, dans ce petit hôtel du quartier du port d'Héraclion, ne rimait à rien, c'était un accès de rage absurde. Il m'aurait tordu le cou, pensa Marten. Le matin, Gosschalk, distrait et renfrogné, avait traîné les trois garçons à travers la ville, dans le dédale des rues et des venelles où la veille ils avaient tourné en rond à la recherche d'un gîte pour la nuit ; mais désormais ils pouvaient tout voir avec d'autres yeux : les maisons qui formaient, sous le ciel éblouissant, des aplats de lumière et d'ombre nettement tranchés, les églises et les mosquées, les bastions datant de la domination vénitienne, la fontaine (à sec) de Morosini. Gosschalk ne disait presque rien, traînant les pieds dans la poussière.

Une fois au musée, Gosschalk eut l'air de récupérer un peu, il faisait d'ailleurs plus frais. Pensant qu'il valait mieux ne pas être trop près de Gosschalk, Marten marchait lentement derrière, à une certaine distance des autres. Mais juste comme il était moins sur ses gardes et se disait que, quand même, tous ces objets archaïques exposés en vitrine avaient une présence étonnante dans les salles, Gosschalk s'en prit brusquement à lui. Ce n'était pas tant ce qu'il disait : Marten voyait surtout les veines gonflées aux tempes, dans le cou, les mains tremblantes. Quelque chose ne tournait pas rond chez Gosschalk. Evert et Derk-Jan devaient l'avoir remarqué aussi. "Il est vachement fatigué, il devrait se reposer aujourd'hui, dirent-ils plus tard, comme ça, on ira nager."

Mais Gosschalk semblait incapable de ralentir le rythme. Après avoir mangé à la hâte du mouton avec des tomates et du pain dans une gargote étouffante et être allés chercher leurs sacs à l'hôtel, ils marchèrent vers la place d'où devait partir le car pour Cnossos. Niko et Jessica se trouvaient là, comme convenu, à attendre près du kiosque où on vendait des billets. Dans le car, il y avait un gros prêtre barbu qui puait l'oignon. A peine l'avait-il aperçu que Niko Stéphandidakis lui sauta au cou. Pendant tout le trajet, jusqu'à Cnossos, les deux hommes n'arrêtèrent pas de bavarder d'une manière très animée et les autres voyageurs se penchaient pour écouter et poussaient des exclamations. Niko dit à Gosschalk que c'était le pope de son village ; il annoncerait leur arrivée pour le soir même. A l'entrée d'un chemin asphalté qui montait entre des collines basses, ils durent descendre du car. Marten suivait, avec Niko et Jessica.

Gosschalk courut droit à l'entrée du palais qu'on entrevoyait au bout d'une allée ombragée de cyprès et d'arbres d'essences diverses. Un flot de touristes, les bras chargés, sortit d'une boutique de souvenirs installée sur le site des fouilles. Ils remontèrent dans des cars et partirent. Le soleil était au zénith, les pierres brûlantes dégageaient une chaleur de four, on entendait chanter les cigales dans les grands arbres bordant le plateau rocheux. Hormis Gosschalk et les trois garçons, Niko et Jessica, il n'y avait plus aucun visiteur entre les restes des constructions basses. Une ouverture obscure béait ici et là, une colonne peinte en rouge foncé et en noir se dressait, trop intacte et trop rutilante pour ne pas surprendre. Des marches à monter puis à descendre, un petit passage souterrain, un escalier menant à des terrasses à droite, des caves à gauche, la salle du trône de Minos, la salle des doubles haches, des cours intérieures, des bains et des portiques… si ce n'était pas ça le Labyrinthe, qu'était-ce donc ? Dans le silence épais et soporifique de l'après-midi, le palais délabré, cet étagement de murs bas troués de couloirs sombres, avait quelque chose de sinistre et d'oppressant. En file indienne, comme des oies, ils marchaient dans ce qui restait de cette centaine de pièces relativement petites. Gosschalk faisait le guide mais il n'était pas en forme.

Il ignorait Marten d'une manière si ostensible que Derk-Jan et Evert, qui avaient pourtant l'habitude de la chose, se retournèrent en faisant des mimiques qui signifiaient : On peut dire que ça ne va pas du tout aujourd'hui ! Marten savait déjà à quoi s'en tenir depuis qu'ils étaient sortis du musée, ce matin-là (impossible de s'y méprendre !) mais on avait tellement couru pour aller chercher les sacs, manger un morceau, attraper le car, qu'il ne lui avait pas été difficile de faire comme si cela lui était égal. Dans les ruines de Cnossos, il fut traité comme l'idiot du village ; quand Gosschalk donnait une explication, il s'adressait à tous, y compris Niko et Jessica, d'une manière explicite, sauf à Marten ; quand il faisait circuler une brochure ou une illustration, il l'oubliait exprès – il empêchait même les autres d'impliquer Marten en leur distribuant personnellement les documents qu'il récupérait ensuite. Marten vit Niko le regarder à plusieurs reprises comme s'il se demandait ce qui se passait. D'ailleurs, Niko semblait être ailleurs ; il s'arrêtait régulièrement, plongé dans ses pensées et rongeant l'ongle de son pouce, ou il fixait les collines ocrées entre les colonnes d'un portique ; avec un soupir d'impatience, il se penchait pour ramasser une poignée de terre qu'il respirait, puis faisait glisser la terre entre ses doigts.

Que le Crétois eût la tête ailleurs, Marten n'avait qu'à regarder Jessica pour en avoir confirmation. Dès que Niko ne s'occupait plus d'elle, s'écartait d'elle, dès qu'il était visiblement occupé par quelque chose qui n'était qu'à lui, quelque chose qui faisait qu'il était à la fois présent et absent, elle semblait démontée et ne s'intéressait plus à ce qui l'entourait. Marten n'en était pas surpris. Niko était quelqu'un à qui on pouvait faire confiance, il ne portait pas de masque, il était là, et de plus, pensa-t-il en voyant traînasser une Jessica un tantinet rêveuse, pourquoi devrait-on être au fond intéressé par ce tas de ruines criblé de puits et de corridors, retapé à droite et à gauche et passé au badigeon par les soins de ce bon vieux Sir Arthur, de telle sorte qu'on avait parfois le sentiment de se trouver dans un night-club délirant, dans le hall d'une salle de spectacle ou quelque chose de ce genre ?

Plus ils marchaient, plus Marten renâclait, il donnait des coups de pied contre les murs, sifflait entre ses dents, parce qu'il ne savait pas quelle attitude prendre ; il avait la gorge nouée et ne cessait d'avaler sa salive ; à la fin il fut convaincu que s'il ne faisait pas immédiatement quelque chose d'insensé, il allait exploser. A un endroit où bifurquaient couloirs et escaliers, il avait pris un autre chemin sans que personne ne l'ait remarqué. Il s'était caché dans un coin sombre et il avait attendu jusqu'à ce que les autres passent devant lui. Il avait alors poussé un rugissement sauvage, qui, sans aucun doute, avait produit son effet. Ils avaient sursauté, effrayés, même Gosschalk, oui, surtout Gosschalk. Marten avait surgi de sa cachette en hurlant : *"Hic habitat Minotauros*[1] *!"*, en faisant les cornes dans leur direction. Seul Derk-Jan avait joué le jeu, en feignant d'engager le combat contre le monstre. Evert trouvait la plaisanterie idiote, la jeune fille et Niko regardaient en souriant, mais en étrangers ignorant de quoi il retournait vraiment. Gosschalk continua son chemin sans dire un mot. La plaisanterie n'était qu'un pétard mouillé. Marten se traîna, amer et impuissant, derrière les autres. De temps à autre, il criait une remarque qu'il trouvait lui-même parfaitement débile, mais il ne pouvait tenir sa langue.

Ils s'attardèrent devant les magasins aux jarres de terre cuite hautes comme des hommes. Gosschalk avait beaucoup de choses à raconter sur les cérémonies souterraines, les rites de conservation du grain, sur les sacrifices de taureaux destinés à accroître la fécondité de la terre. Le même petit jeu se répéta : un croquis explicatif, griffonné par Gosschalk, passa de main en main mais finit en boulette avant d'arriver à Marten. Comme s'il n'existait pas. Marten enfila le couloir étroit sur lequel débouchaient tous les magasins. Dans un coin, il y avait encore une jarre, la plus grosse de toutes. Marten se hissa jusqu'au col et se laissa glisser à l'intérieur par la large ouverture. C'était idiot, il s'en rendait compte, mais il ne pouvait pas faire autrement. Il s'accroupit dans les flancs obscurs à l'odeur de moisi et attendit, le cœur battant, plein de malignité amère et de hargne. Les autres arrivèrent. Gosschalk frappa à petits coups sur la jarre en disant : "Etonnant, ce que ces *pithoi* pouvaient contenir d'huile, de grain ou de miel... A propos de miel, il y a une légende sur Glaukos, un fils du roi Minos, un petit gourmand, à n'en pas douter... Un jour, il disparut du palais. On le chercha partout et on finit par le retrouver dans une jarre de ce type, étouffé dans le miel, la tête en bas..."

"Mômannnn !..." hurla Marten à l'intérieur de la jarre, imitant le timbre rauque et geignard d'un gosse des faubourgs, et encore une fois : "Au s'cours, mômannn... !" quand il regarda par-dessus le bord de la jarre avec une

1. En latin dans le texte : "Ici habite le Minotaure !"

expression quasi paniquée. Il se trouva nez à nez avec un Gosschalk méconnaissable. Avant qu'il ait eu le temps de réaliser ce qui se passait, il reçut une gifle qui lui fit voir trente-six chandelles, et puis une autre. Il entendit Jessica pousser des "oh !" effrayés et plaintifs. Il resta comme pétrifié dans le *pithos*. Personne n'avait l'air de trouver ça drôle.

"Mais quel crétin tu fais !" murmura Evert. Niko escalada avec agilité le flanc pansu de la jarre et en s'agrippant au rebord, par-derrière, il aida Marten à s'extirper de sa cachette. Après cet incident, l'ambiance était définitivement gâchée.

Dans le car qui les ramenait à Vori, Marten était resté la tête appuyée sur les bras, il sentait l'empreinte de la main de Gosschalk brûler sur ses joues ; il savait que chacun devait le voir, d'ailleurs, il était plus qu'évident qu'il y avait de l'eau dans le gaz. Gosschalk s'était assis à l'avant, tout seul, et regardait fixement devant lui, sans bouger. Quand ils étaient descendus au carrefour, à l'endroit où un chemin tournait vers Phaïstos, Gosschalk avait déclaré sèchement qu'il ne voulait emmener qu'Evert et Derk-Jan pour cette courte et provisoire reconnaissance du terrain.

Ils s'éloignèrent à travers les bois d'oliviers sur des ânes que leur louèrent des gamins. Niko, Jessica et Marten restèrent assis sur le bord de la route. L'impatience de Niko devenait manifeste, il lançait des olives desséchées en direction des troncs d'arbres, de l'autre côté de la route. Marten comprit, d'après ce qu'il disait à la jeune fille, que Niko brûlait d'arriver à son village situé à une heure de marche de Vori, dans la montagne. Comme ils avaient soif, ils allèrent boire un verre d'eau dans un petit café situé près de l'arrêt du car. Les poules se promenaient en rond sur le sol de terre battue, un essaim de mouches et de guêpes bourdonnait autour des deux carafes du comptoir contenant du sirop ou de la liqueur ; sur des chaises rangées le long du mur, des gens attendaient, avec des paniers et des balluchons, l'arrivée d'un car en provenance de la direction opposée.

Niko Stéphandidakis, qui ne pouvait rester en place et sortait constamment sur la route, signala enfin l'arrivée de Gosschalk et des deux autres. Ils étaient revenus à pied parce qu'ils s'étaient fait rouler par les petits âniers qui leur avaient loué les montures au prix fort. Gosschalk était bien décidé désormais à ne pas renouveler l'expérience pour arriver au village de Niko, mais celui-ci jura ses grands dieux qu'ils pourraient trouver des ânes à Vori pour une bouchée de pain. Ils marchèrent jusqu'au village qui se trouvait un peu plus loin. Niko rencontrait constamment de vieilles connaissances, hommes, femmes et enfants venaient vers lui et c'est au milieu d'une foule compacte qu'ils gagnèrent la place du village. Pendant que Niko parlait, serrait des mains, donnait des accolades, Gosschalk, Evert et Derk-Jan faisaient des courses, en prévision de la randonnée prévue, du pain, du fromage, des boîtes de lait condensé, des sardines, dans une boutique où l'on vendait de tout, apparemment, des souliers, du savon, des bassines en zinc et des sous-vêtements. La discussion à propos des ânes reprit, et après des tractations à n'en plus finir, sous l'œil de plus en plus intéressé de la population locale, Jessica eut droit à une monture.

Il faisait presque nuit quand, escortés par tout un groupe (Niko était en grande conversation avec divers villageois), ils commencèrent à gravir le sentier étroit. Ils avaient marché environ cinq cents mètres quand une demi-douzaine d'ânes, poussés par des jeunes au milieu de cris et de rires, surgirent derrière eux : c'étaient des montures destinées à Gosschalk et à ses compagnons. Gosschalk s'indigna du procédé : on voulait lui forcer la main et, après un échange plus que vif avec Niko, il renvoya les muletiers. Niko était visiblement offensé ; il soutint que le trajet durerait ainsi bien plus longtemps, et qu'il était mieux, pour des étrangers venant loger au village, de faire leur entrée sur des ânes. Les gens qui les accompagnaient discutaient entre eux sur un ton où étaient perceptibles étonnement et critique ; ils se tenaient à distance de Gosschalk qui ne cachait pas la contrariété que lui inspirait cette escorte. Marten aurait préféré tourner les talons, fuir loin de Gosschalk, loin de cette humeur massacrante dont il était responsable sans le vouloir. Si seulement il avait eu une possibilité de s'échapper et de rentrer chez lui, mais il était rivé aux autres, il n'avait pas d'argent, il était sur une île, il était dépendant de Gosschalk qu'il méprisait.

Trop fatigués pour regarder autour d'eux, ils étaient arrivés tard dans la soirée au village, en réalité un hameau, quelques maisons seulement ; ici et là des lumignons rougeâtres oscillaient entre les arbres, des chiens sortaient de partout en aboyant. Un groupe de gens les attendait dans l'obscurité ; au milieu des cris et des palabres, on les conduisit dans une maison où se tenait assis à une table, près de la lumière d'une lampe à huile, un vieillard décharné qui s'avéra être le grand-père de Niko Stéphandidakis. L'échange des compliments d'usage ainsi que le règlement des questions concernant l'hébergement pour la nuit et le guide qui devait les accompagner avaient pris des heures. Dans l'obscurité, en trébuchant sur des pierres, des racines d'arbres, sur les bosses du sol, ils étaient enfin parvenus à destination. C'est seulement le lendemain matin, au réveil, que Marten avait compris où il était. Evert et lui étaient couchés sur des bancs, durs et étroits, sous une treille où pendaient quelques grappes, le sol blanchi à la chaux était le toit en terrasse d'une maison. Grimpant par une échelle, Niko vint les chercher. On leur donna du pain, des gâteaux d'orge et du lait de chèvre sous les arbres devant la maison. Le vieil homme était assis sur le seuil. Marten vint lui serrer la main, il avait les doigts froids et secs. Il ne détachait pas son regard de Niko et laissait tomber quelque chose, de temps à autre, d'une voix nasillarde.

On vit Jessica, cheveux au vent, arriver en courant sur la pente entre les oliviers et trébuchant dans sa course. Elle avait craint que Niko ne fût peut-être parti avec les autres, sans elle. Son visage s'éclaira quand elle l'aperçut.

"Voilà Jessica", dit Marten. Elle vint s'asseoir à la table, sur l'une des chaises de paille délabrées, et se mit à peigner ses cheveux. Elle raconta qu'elle avait dormi chez une vieille femme, dans la dernière maison du hameau, là-haut, et elle montra du doigt l'endroit où le sentier formait un coude et disparaissait entre les arbres.

"*Funny old woman, speaks English and French*[1].

— Comment est-ce possible ?" demanda Marten, curieux. Jessica haussa les épaules. C'est bien elle, songea Marten. Moi, j'aurais tout de suite demandé le pourquoi des choses, mais elle, elle s'en fiche. Il chercha Gosschalk du regard. Evert le renseigna : "Il est avec Derk-Jan et le guide, là-bas, il y a une source ou quelque chose dans le genre."

Le vieil homme se leva brusquement, se racla la gorge, cracha et rentra dans la maison. Niko le suivit mais revint quelques instants plus tard en se mordant les lèvres. Partout

1. En anglais dans le texte : "Drôle de vieille femme, elle parle anglais et aussi français."

des groupes d'enfants, souriant timidement, restaient à les observer, et un peu plus loin, du côté des autres maisons, des femmes sortaient pour jeter un coup d'œil dehors, de temps à autre. Une jeune fille se dirigea vers la table sur laquelle elle posa une coupe de raisins. Elle sourit et lança un regard en coulisse vers Niko. Il lui posa une question, elle lui répondit et, par-dessus la tête des autres, il y eut un échange de propos dont la tonalité semblait grave et intime. Elle avait un visage rond et doux, avec des yeux sombres, elle portait un corsage blanc et une jupe noire de pensionnaire, mais ses cheveux étaient relevés en chignon et elle avait des boucles d'oreilles, on pouvait lui donner aussi bien vingt-cinq que quinze ans.

Marten nota que Niko la regardait chaque fois qu'elle se détournait, que Jessica avait remarqué ce manège et en prenait ombrage. Un peu plus tard arriva un jeune homme replet, dans une sorte d'uniforme d'agent de police. C'est lui que Niko semblait attendre. Ils allèrent parler un peu à l'écart, sous les arbres, en élevant la voix et avec des gestes appuyés. Apparemment, ils n'étaient pas d'accord. La jeune fille qui avait apporté des raisins voulut dire quelque chose, mais le jeune homme la repoussa brutalement. En hésitant et en se retournant constamment, elle se dirigea vers la maison d'où elle était venue.

"Allons rejoindre Gosschalk et Derk-Jan, dit Evert, on devrait partir d'un moment à l'autre, c'est un sacré bout de chemin jusqu'à Camarès ; on est déjà en retard, il va faire drôlement chaud."

Jessica se leva en même temps qu'eux, son visage était découragé et effrayé. Marten comprit qu'elle se sentait délaissée. Il se passait quelque chose qui avait un rapport avec le retour de Niko Stéphandidakis. On devait reconnaître qu'elle était bien seule au milieu de gens qu'elle ne connaissait pas, dont elle ne parlait pas la langue, elle devait se sentir aussi peu à son aise que lui dans la compagnie de Gosschalk. Elle s'était fourrée dans une drôle de situation, autant qu'il pouvait en juger, et il se demandait comment elle s'en sortirait. Elle était sûrement un peu fêlée, mais sympathique aussi, il n'aurait pu dire pourquoi, peut-être parce que, tout en ayant l'air de planer, elle était à sa manière si incroyablement déterminée, si fidèle à ses choix. "Bon Dieu, Marten, grouille !" cria Evert dans le lointain. Il a peur que Gosschalk ne se fiche en pétard, mais quoi qu'il arrive, ce sera le cas, avait pensé Marten, fataliste. Il lui fallait quitter Jessica qui, pour se donner une contenance, creusait la terre de la pointe de ses souliers. Elle avait croisé les mains dans le dos, sa tignasse cuivrée rutilait au soleil levant dont les rayons obliques se coulaient entre les arbres. Niko Stéphandidakis et l'autre type parlaient de plus en plus fort, on les entendait nettement, même plus loin, près de la source, là où Gosschalk était en train de répartir dans les sacs à dos les provisions qu'ils avaient achetées la veille. Le guide, un petit homme brun aux jambes torses, avec une bille de clown, qui s'appelait Antonakis, attendait patiemment qu'ils fussent prêts à partir. Gosschalk ignora totalement Marten, il fit comme s'il n'existait pas. Evert et Derk-Jan semblaient trouver à leur tour que les choses allaient trop loin. "Présente-lui des excuses, merde, fais quelque chose", conseilla Evert à un moment donné. Marten pinça les lèvres. Ce n'était pas demain la veille… S'ils savaient tout ce qu'il y avait derrière, ils n'oseraient pas lui faire pareille proposition. Mais il ne pouvait pas éclairer leur lanterne. Ils s'imaginaient naturellement que c'était une simple question d'amour-propre, que, par son entêtement, il rendait impossible toute solution au problème et donc que tous pâtissaient de la situation. Ils lui en voulaient et, au moment crucial, ils choisiraient le camp de Gosschalk. Il y aurait de l'eau dans le gaz jusqu'à la fin.

Gosschalk parlait beaucoup, sur un ton quasi normal, insupportable par cette affectation même. A mesure que le soleil montait dans le ciel, les gens sortirent de leurs maisons et se dirigèrent à l'endroit où Niko et l'autre étaient en train de discuter. Il y avait de la tension dans l'air, de l'inquiétude, même pour des gens complètement étrangers, c'était perceptible. Quand Gosschalk et les garçons avec leurs sacs à dos revinrent vers la maison de Niko, en suivant Antonakis, ils durent se frayer un passage à travers les rangs serrés de témoins qui se mêlaient à la discussion avec des remarques et des exclamations. Le vieil homme, appuyé sur sa canne, écoutait lui aussi, sur le seuil de sa porte. Il disait quelque chose, de temps à autre, d'une voix haut perchée et tremblante, et secouait son index en guise d'avertissement. Etant donné les circonstances, on prit congé d'une manière un peu forcée, même si chacun fit de son mieux pour rester aimable et courtois. En outre, il apparut que Niko et son grand-père refusaient tout dédommagement pour la nuitée et le petit-déjeuner ; ils considéraient cela comme de l'hospitalité, ce qui embarrassait visiblement Gosschalk, qui n'avait rien à offrir en échange, même pas un couplet de remerciement un peu étoffé, pour cela, il manquait trop d'à-propos. Marten rongea son frein quand Gosschalk protesta et insista, le portefeuille à la main. Le vieillard secouait la tête en silence, pour signifier qu'il refusait. Niko réagissait plus impatiemment, en répétant qu'ils étaient ses hôtes. Jessica était assise sous les arbres et recueillait machinalement dans sa jupe des feuilles et des brindilles. De temps à autre, elle regardait le groupe d'un œil farouche à travers le rideau de ses cheveux.

Marten alla vers elle.

“Ils parlent de moi ? demanda-t-elle, avec des lèvres tremblantes.

— Je ne sais pas, dit Marten, qu'est-ce qui te fait croire ça ?

— Le vieil homme ne m'aime pas, il me regarde d'un sale œil.

— Combien de temps penses-tu rester ici ?

— Aussi longtemps que Niko.

— Mais il habite ici !”

Elle secoua la tête, obstinée. “Il n'a pas dit qu'il resterait.”

Gosschalk avait serré des mains, ils allaient enfin se mettre en route pour de bon. “Au revoir, dit Marten à Jessica, nous repasserons par là.” Il s'était retourné pour lui faire des signes aussi longtemps qu'il avait pu l'apercevoir, immobile, sous les arbres. Loin derrière les autres (seul le guide s'était retourné de temps à autre), il avait grimpé jusqu'au campement des bergers, où ils devaient manger et se reposer.

Qu'ont-ils encore à rire ? pensa-t-il, tandis qu'il regardait droit devant lui, à travers un brouillard de larmes, en direction des monts bleutés à l'horizon. Il avait froid, à cause du vent. La plaine baignait dans la couche d'air vibrante comme au fond d'une eau peu profonde. Il entendit qu'il y avait une sorte de querelle entre le guide Antonakis et les bergers, une dispute mi-sérieuse, mi-feinte. Dans cette polyphonie à trois, la seule expression qu'il captait, déclinée sur tous les tons, c'était *“Ni Za !”*, par Zeus, par Dieu ! Gosschalk et les garçons éclataient de rire à tout bout de champ, sans doute comprenaient-ils ce qui se disait. Personne ne l'appelait pour qu'il rejoigne le groupe. Il était exclu et rien ne changerait jusqu'à leur retour en Hollande parce que aucun changement n'était possible, il le savait. Il ne s'apitoyait pas sur lui-même, mais il ressentait une rage et une douleur qui lui nouaient la gorge. Quel gâchis ! Comment en était-on arrivé là ? Il ravala ses larmes, pas question de chialer.

C'est aussi l'heure de vérité, pensa-t-il. J'ai toujours su qu'un jour il faudrait que je me débrouille tout seul. A la maison, ce n'était pas si difficile. Il avait ses affaires, ses occupations. Même quand on a le blues, on peut au moins se rabattre là-dessus. Au début du voyage avec Gosschalk et les autres, ça allait encore. Les derniers jours, il avait eu Niko et Jessica. Maintenant, il ne pouvait compter que sur lui-même. Drôle d'endroit pour faire le point, au sommet d'une montagne, à l'autre bout du monde, pensa-t-il avec une grimace de chagrin en direction de l'espace vibrant de lumière et de couleurs lointaines, tandis qu'il léchait les larmes qui coulaient sur son visage. Je ne me laisserai pas faire, ils ne m'auront pas, ni Gosschalk, ni mon père, ni ma mère, Gosschalk avec ses vexations, ma mère avec ses airs distants, mon père et ses cachotteries.

Un soir, au printemps, il faisait ses devoirs quand son père était entré et était resté debout, sans mot dire, près de la table. Marten avait d'abord pensé qu'il s'intéressait à son travail, mais quand il leva les yeux, il vit que son père ne lisait pas par-dessus son épaule, il était plongé dans ses pensées, il regardait dans le vide, comme d'habitude, son regard était pour ainsi dire tourné vers l'intérieur. Ce regard d'aveugle gênait Marten. C'était comme s'il surprenait sans le vouloir un secret que son père voulait garder pour lui, quelque chose qui ne concernait personne d'autre. Marten ne bougea pas, garda les yeux baissés. Il rougit d'irritation : que se passait-il donc ? Il n'avait pas remis à temps le capuchon de son stylo, l'encre allait sécher. Il ressentait comme des piqûres d'épingle dans le cou et les jambes, sous l'effet de la gêne. Si sa mère avait été là, elle se serait levée et serait sortie. Plus d'une fois, il l'avait vue quitter la pièce brusquement quand son père, l'air absent, semblait plongé dans un monde fermé à tout autre que lui. Mais Marten ne pouvait se soustraire à la fascination qui l'envahissait dès qu'il voyait que son père était "parti".

La question lancinante revint une fois de plus : à quoi pensait son père, qu'est-ce qui gênait sa mère, pourquoi ces deux êtres qui lui étaient le plus proches étaient-ils séparés par une zone de solitude ? Il savait qu'il était le seul lien entre eux, qu'ils se rencontraient en lui, mais cette idée lui pesait, lui donnait le sentiment d'avoir part d'une manière ou d'une autre à leurs difficultés, d'être responsable de leur état d'esprit. Toujours et partout, ce poids pesait sur ses épaules. C'était le monde à l'envers. Dans les brochures pédagogiques, on pouvait lire que les parents devaient soutenir leurs enfants. Chez lui, c'était l'inverse. Il avait l'impression que ses parents cherchaient à se rassurer auprès de lui. Il suffisait qu'il se conduise normalement, paraisse gai et naturel pour qu'ils se disent : Tout va bien, nous n'avons rien à craindre. Marten savait que s'il avait laissé paraître ses problèmes, il aurait plongé ses parents dans un désarroi sans fond, ils n'auraient su que faire, leur vie en aurait été déboussolée. Il ne pouvait jamais s'appuyer sur eux, l'idée même n'avait aucun sens, il sentait plutôt que ses parents s'appuyaient sur lui. Il en avait ras le bol, parfois, de cette situation.

Si leur dépendance par rapport à lui avait été le produit d'un laisser-aller, ou d'une sorte de jeu, ou encore d'une de ces théories pédagogiques tombées sur la tête, il aurait pu au moins faire quelque chose, sa révolte les ramènerait à la raison, ils changeraient peut-être de comportement. Mais le pire, c'était qu'ils se conduisaient ainsi inconsciemment, par pure faiblesse, et l'idée de leur impuissance désespérait Marten. De voir son père immobile, silencieux, à côté de la table, poussait Marten à la révolte : "Laisse-moi libre ! Laisse-moi être moi-même !" hurlait une voix intérieure. Ce que dit son père alors avait été aussi inattendu, aussi libérateur qu'un miracle.

"Marten, j'ai pensé à quelque chose. Quand tu seras en vacances, on devrait faire un tour. Tu aimerais aller dans le midi de la France ?"

Plus tard seulement, alors qu'ils dînaient tous les trois, Marten réalisa qu'il n'avait pas été dit expressément que sa mère était du voyage. Il n'y avait pas fait attention dans la mesure où ils partaient toujours tous les trois pendant les grandes vacances. Il demanda : "Maman vient aussi ?" Sa mère posa son regard sur lui, puis sur son père, il vit se rétrécir imperceptiblement la pupille dans le gris de l'iris.

"Tu l'emmènes à Marseille, Jurien ?" Sa voix était posée, comme toujours, mais Marten, qui depuis longtemps ne se laissait plus abuser par les apparences, capta une triple harmonique dans le ton qui disait le regret, la blessure, le défi.

"Oui, je l'emmène à Marseille, répondit son père. Puisque tu ne veux pas y aller. Il y a dix ans que tu refuses, je suppose que tu n'as pas changé d'avis… à moins que… ?

— Je n'ai pas changé d'avis, tu ne te trompes pas."

Ils se fixèrent, par-dessus la tête de Marten. Comme d'habitude, il se trouvait dans ce champ de haute tension entre les deux adultes. Il savait quelle question sa mère s'abstenait de poser, par fierté : Est-ce vrai que tu veux partir avec ton père, sans moi ?

Il ignorait l'origine du conflit entre ses parents. Il ne savait pas qui avait tort ou raison. Généralement, il choisissait le parti de sa mère, parce qu'il estimait que son père était sourd et aveugle aux émotions qui étaient perceptibles en dépit du contrôle qu'elle exerçait sur elle-même. Il lui arrivait de penser que si son père avait fait plus d'efforts, montré davantage de bonne volonté, un rapprochement entre ses parents aurait été possible. Puis il en douta. Son père n'était pas spécialement un homme heureux non plus. Au fil des ans, il eut l'air de plus en plus distrait, égaré, ses cheveux grisonnèrent. La fatigue ne pouvait en être la seule raison. La politesse mutuelle, la vie régulière et ordonnée ne protégeaient pas de la lumière froide qui semblait pénétrer toute chose.

Quand Marten se posait la question : Qu'est-ce qui est pire, des parents ultra-sévères ou un père et une mère qui auraient aussi bien pu ne pas être là parce que rien ne rayonne d'eux ?, il ne savait quoi répondre. Ce qui l'irritait le plus dans ses parents, c'était qu'ils ne laissaient jamais rien paraître devant lui. Ils étaient toujours présents, ils ne l'abandonnaient jamais, là n'était pas la question. Mais il n'avait aucune prise sur eux. La famille n'existait que grâce à sa présence, sans lui, son père et sa mère se seraient séparés, il en était sûr. C'étaient, tous les deux, des gens qui connaissaient leurs devoirs ; en outre, Marten semblait incarner quelque chose que ni l'un ni l'autre n'osaient ou ne voulaient renier.

Leur attitude à son égard était ambiguë : ils ne l'avaient jamais traité comme un enfant et, en même temps, ils le tenaient à l'écart de tout, c'est-à-dire à l'écart des choses qui le concernaient et qu'il aurait voulu ou dû savoir. Peut-être justement parce qu'ils n'osaient pas se livrer sur le plan personnel, ni dans un sens négatif ni dans un sens positif, ils discutaient avec lui, en profondeur et abondamment, des sujets les plus variés qui se situaient hors de la sphère intime. A la maison, on lisait différents quotidiens ; de plus ils étaient abonnés à des périodiques nationaux ou étrangers touchant tous les domaines, ainsi qu'à des magazines spécialisés. Marten s'était demandé comment ils auraient tenu ensemble, durant toutes ces heures, sans cette montagne d'imprimés.

Quand ils étaient tous les trois, le soir ou le dimanche (ce qui n'arrivait pas très souvent car chacun avait ses occupations), ils se plongeaient dans la lecture. Ainsi, on avait toujours matière à converser quand on passait à table ou pour les moments où on ne pouvait ni lire ni se taire. Ils étaient réunis ou séparés sur la base de sujets complètement impersonnels, quoique souvent passionnants et importants. Il n'était question d'un véritable lien ou d'une controverse entre eux que dans leurs discussions et débats ; tantôt Marten adoptait le point de vue de son père contre sa mère, pour une raison ou une autre, tantôt sa mère et lui étaient d'accord contre son père. Les dernières années, il était arrivé plus souvent que Marten défende une opinion s'écartant de celle de ses parents, de telle sorte qu'ils se retrouvaient ensemble contre lui, ce qui lui faisait tout drôle. Marten avait la curieuse impression que tous les trois, ils parlaient pourtant des choses qui leur tenaient à cœur, qui les obsédaient, dans une sorte de langage codé. En apparence, on s'entretenait de sujets neutres, relevant souvent du domaine scientifique, mais en réalité, ils parlaient de tout autre chose, en réalité, ils se libéraient dans ce type de conversations de ce qui les préoccupait ou les obsédait dans la vie quotidienne. Marten avait remarqué que lui-même pouvait s'emporter d'une manière excessive à propos de quelque chose, uniquement parce qu'à ce moment-là, il était vexé, déçu ou blessé pour des raisons qui n'avaient rien à voir avec le sujet dont on parlait. Il avait parfois l'impression que dans le feu de la discussion il approchait de la "vérité" de ses parents. Mais il avait beau ouvrir grands ses yeux et ses oreilles, il ne pouvait briser cette ultime, mince et pourtant impénétrable membrane séparant ce qu'ils voulaient paraître et ce qu'ils étaient.

Cette idée le révoltait et le rendait furieux, il avait l'impression qu'on se moquait de lui. Il aurait préféré une franche dispute avec eux, une raclée paternelle, il aurait préféré une mère casse-pieds ou toujours sur son dos, si les choses avaient été claires, si seulement il se passait quelque chose, si ces deux-là avaient révélé des traits de caractère qui, si détestables ou honteux qu'ils fussent, étaient au moins humainement compréhensibles. Mais il avait beau chercher dans sa mémoire, il n'avait jamais rien connu d'autre que cette vie uniforme à trois, sans heurts et sans couleurs, sans que soient marquées les différences fondamentales dans leur trio : ils vivaient comme s'il n'y avait eu entre eux aucune différence de génération, de sexe, d'expérience, comme s'ils appartenaient à une race d'individus asexués et célibataires, par hasard réunis sous le même toit. "Voilà mon père et ma père. Mon père, ma mère", se répétait-il parfois, mais ces mots ne déclenchaient aucune émotion, ne lui apportaient aucune satisfaction. Que ces deux-là l'aient engendré lui paraissait parfaitement incompréhensible. Ils lui faisaient penser à ces figurines que des bricoleurs ont mises dans des bouteilles : un travail minutieux, d'une extrême précision ; elles semblent solides et trompeusement vraies, mais on ne peut les toucher, ce n'est pas non plus l'objectif. Il avait surtout ce sentiment quand ils dînaient tous les trois, autour de la table ronde, dressée par sa mère avec tant de goût et de sens pratique ; il y avait des napperons individuels sous les assiettes et les plats qui pouvaient aller au feu ; chacun avait son petit *set*, y compris le sel et le poivre ; sur le bois clair vernissé, chacun avait son carré bien délimité ; on n'avait pas besoin de se passer les plats pour ainsi dire : son père mangeait sans sel, sa mère suivait un régime, et pour lui, de la nourriture robuste. Les gens qui passaient dans la rue et jetaient un regard dans cet intérieur hollandais devaient être agréablement surpris : un dîner qui avait de la classe, dans un décor moderne et clair, le père, la mère et le fils assis à table comme dans la vitrine d'un magasin de meubles branché. Mais Marten avait parfois l'envie de passer la tête à la fenêtre et de dire aux éventuels passants jaloux ou admiratifs : "Tout ça, c'est du bidon, mesdames et messieurs, nous sommes en cire, nous sommes des automates parlants, la nourriture que vous voyez est peinte sur nos assiettes. On dirait du vrai, mais ne vous faites pas avoir !"

Marten se sentait vieux, plus vieux que son père et sa mère. Il les observait en silence, secrètement sidéré : comment était-il possible que de soi-disant adultes puissent vivre – ou fassent comme si – dans le faux en permanence ? Ils ne savaient même plus eux-mêmes que leur monde n'était pas vrai ; il n'existait rien d'autre pour eux que leur vie édifiée sur des quarts, des moitiés de mensonges, voire des mensonges entiers, sur des phrases, des conventions et du cinéma.

Non pas qu'ils fussent conventionnels au sens courant du terme, certes pas, ils étaient trop intelligents pour ça. On aurait même dit qu'ils ne possédaient rien d'autre que leur intelligence toujours alerte, lucide et pénétrante. Cet intellect était un monde en soi et, en dépit de son niveau, non moins étriqué, pensait quelquefois Marten, que le monde des prétendus petits-bourgeois. Quand il était enfant, il avait lu un conte d'Andersen où il était question d'un garçon qui vivait dans le palais de la Reine des Neiges ; tout y était blanc, clair, glacé, brillant, il n'y avait pas un brin de vie, aucune trace de couleur, et jour après jour le garçon n'avait rien d'autre à faire que de composer une mosaïque avec des éclats de glace. C'était cette dernière image qu'il revoyait surtout, il y pensait quand ils étaient tous les trois à parler : ce que ses parents lui donnaient pour qu'il s'occupe, c'était des bouts de glace, de la vie congelée. Ils trouvaient cela très normal, ils auraient sans doute été très surpris s'il s'était plaint – à moins que ?... Sur le plan matériel, rien ne manquait à la maison, tout était rangé et réglé dans le moindre détail, et de plus il jouissait d'une liberté que ne possédait aucun autre garçon ou fille de sa connaissance. L'embêtant, c'est que ce qui lui manquait ne pouvait s'exprimer. Il y avait un vide là où il aurait dû y avoir un sentiment de plénitude.

En grandissant, il s'en rendit compte de plus en plus : ses parents étaient toujours aussi vigilants dans leur comportement envers lui, mais ils le croyaient naturellement plus naïf qu'il n'était. Il comprit qu'il devait y avoir un lien entre le manège de son père qui faisait les cent pas, là-haut, dans le bureau, ses moments d'absence et de lassitude résignée, et l'attitude de sa mère qui se rongeait nerveusement les ongles quand elle pensait que personne ne la voyait (elle réparait sur-le-champ les dégâts éventuels, elle avait des mains parfaitement soignées, peut-être pour effacer toute trace de culpabilité ?). Marten savait que ses parents ne dormaient plus ensemble depuis des années, ils avaient chacun leur chambre et, en parfaites autruches, ils faisaient comme si c'était la chose la plus naturelle du monde, comme si tous les couples vivaient ainsi. Marten était aussi au courant des toiles enveloppées que son père gardait dans un placard et qu'il sortait parfois en les posant une à une sur une chaise pour les contempler. Marten l'avait surpris à plusieurs reprises. Dans ces cas-là, son père se comportait comme un gamin pris en faute, le regard fuyant, l'air gêné. Marten avait honte de son père à cet instant. Il avait fini par comprendre que sa mère détestait ces peintures. Son père n'en parlait jamais. Le jeu en valait-il la chandelle ? Qu'avait donc ce hobby de son père pour irriter à ce point sa mère, pour faire sursauter son père quand Marten le surprit un jour absorbé dans sa contemplation ? Marten n'avait jeté qu'un coup d'œil à ces peintures, il était prêt à dire qu'elles étaient "bonnes", mais que ces couleurs, ces lignes, ces arbres, ces montagnes et tutti quanti puissent ainsi exciter deux adultes, provoquer en eux des réactions aussi contradictoires, cela le dépassait. Il ne comprenait absolument pas non plus que le conflit puisse porter sur les toiles elles-mêmes, il y avait naturellement quelque chose derrière. C'était comme pour les conversations de table, ils n'osaient se relâcher qu'à propos de choses accessoires.

Ainsi se déroulait son quotidien, dans la compagnie de ces deux êtres qu'il observait avec un mélange de pitié, d'agacement, de désespoir et de résignation. Il ne se passait rien d'extraordinaire. Au lycée, il suivait à peu près, sans faire beaucoup d'efforts car rien ne l'intéressait vraiment. Il n'était bon qu'en langues, en anglais et en français, peut-être grâce aux magazines qu'on recevait à la maison et aux films qu'il voyait régulièrement.

Cette année-là, en cinquième, il avait eu une petite amie – une camarade de classe. Ils allaient à la piscine et au cinéma ensemble, faisaient à bicyclette, ensemble, le trajet entre la maison et le lycée. Ils étaient de la même taille, avaient la même silhouette gracile, elle était coiffée à peu près comme Marten et portait comme lui un pantalon et un pull. De loin, il ne devait pas être facile de savoir si on avait affaire à deux garçons ou à deux filles. Cette ressemblance donnait à Marten un étrange sentiment de fierté et d'attendrissement. Nous sommes jumeaux, disaient-ils. A la piscine, pendant le trajet à vélo, ils chahutaient sans ménagement, cherchant à se damer le pion mutuellement, d'une façon amicale mais impitoyable ; s'ils étaient chez lui, dans sa chambre, ou dans sa chambre à elle, à faire leurs devoirs ou à écouter des disques, ils s'embrassaient et flirtaient, mais sans devenir fleur bleue, gravement concentrés sur les réactions de l'autre. A la fin de l'année scolaire, la mère, divorcée, se remaria et elles déménagèrent dans une autre ville. Marten trouva nul que sa relation avec sa copine se termine de cette façon. Ils s'entendaient fichtrement bien tous les deux.

"P'tite sœur, mon pote, vieille branche, mon jumeau", dorénavant, il n'aurait plus personne à qui dire ça. Il quitta son amie, ulcéré, non pas contre elle, mais contre toute la situation : elle était partie de son côté, avec sa mère qui avait enfin réussi à mettre le grappin sur un nouveau type – Dieu sait comment les choses allaient tourner – et lui restait en plan, dans cette maison où entre-temps s'était développée une nouvelle péripétie.

Que M. Gosschalk soit tombé amoureux de sa mère pendant la courte période où elle avait donné des cours de chimie au lycée, Marten l'avait compris assez rapidement. D'abord il avait trouvé ça grotesque : mais qu'est-ce qu'il s'imaginait, ce type ? Est-ce qu'il s'était seulement regardé ? Il devait quand même bien sentir que ça ne marcherait pas. Tu vas te casser le nez, mon ami, pensait Marten, moqueur, chaque fois qu'il trouvait Gosschalk à la maison, ou bien elle ne remarquera rien, ou bien elle va le rembarrer de telle sorte qu'il ne saura plus où se mettre. Quand elle était en colère, sa mère pouvait repousser les gens d'une manière hautaine et glacée. Marten ne restait pas dans les parages, il n'avait pas envie de croiser Gosschalk. Il remarqua que son père se faisait aussi le plus discret possible, ce qui n'étonna pas Marten, car il trouvait que la seule attitude pensable, en l'occurrence, était l'indifférence ou l'expectative amusée. Plus tard, il se demanda si son père s'était rendu compte de ce qui se passait. Peut-être pas, peut-être n'avait-il rien remarqué. Quand Marten vit que non seulement sa mère ne semblait avoir aucune objection contre les visites de Gosschalk, mais que, de surcroît, elle ne laissait pas d'en être impressionnée (cela se voyait à sa nervosité mal camouflée avant la venue de Gosschalk et à sa distraction après son départ), il ne sut que penser. Il sentit à la fois du mépris et de la déception (mais qu'est-ce qu'elle lui trouve, à ce type ?) et, d'un autre côté, une sorte d'attendrissement ébahi (nom d'une pipe, elle l'aime !). Si elle devait tomber amoureuse (et pourquoi pas après tout ? c'était normal), elle aurait pu trouver mieux que ce type qui avait l'air d'avoir avalé son parapluie ! Ce qui ne veut pas dire qu'un type raide comme la justice ne peut pas être sympathique, si sa raideur et son assurance sont "vraies".

Mais Gosschalk n'était pas net. Ceux qui étaient ses élèves au lycée disaient qu'il était très fort, une encyclopédie ambulante, il savait tout, ce n'était pas un prof "facile". Il était plus singulier que sympathique. Les filles lui trouvaient un regard de séducteur, froid et ironique en même temps, mais Marten pensait que c'était pure imagination, il ne voyait rien de semblable dans le regard de Gosschalk. Peut-être fallait-il être une fille pour ça. Gosschalk donnait à Marten l'impression de s'appuyer sur sa réputation pour se hausser du col : Place ! c'est moi que voilà, je suis rudement savant, bien trop bon pour vous tous. Il n'étalait pas ce savoir, mais il prenait une expression secrètement apitoyée et légèrement amusée comme s'il ne perdait jamais de vue qu'il était entouré d'une bande de demeurés. Marten pensait que peut-être ces grands airs, touchant un domaine dont elle ne savait rien (la culture classique n'était pas spécialement son truc), avaient subjugué sa mère, elle avait du respect pour la compétence, pour une approche scientifique des choses.

Mais plus il réfléchissait à la situation, plus Marten était convaincu que sa mère n'était pas aguerrie contre l'idée qu'un homme puisse songer à elle comme un homme songe à une femme qu'il juge séduisante. Peut-être n'aurait-elle jamais accordé un iota d'attention à Gosschalk s'il n'avait pas rappliqué tous les jours. Et naturellement ce type n'aurait jamais osé faire ça s'il y avait eu entre le père et la mère de Marten ne serait-ce qu'un semblant de relation conjugale normale. Elle qui, dans la vie quotidienne et dans son métier, se comportait avec tant de calme et d'assurance avait été déstabilisée par l'insistance de Gosschalk. Elle est encore jeune, c'est une belle femme, pensa Marten. Peut-être qu'elle l'avait elle-même oublié. Mon père se conduit comme une vieille noix, elle n'a rien à attendre de lui. Marten prit conscience que peut-être sa mère se réjouissait secrètement de ce qui arrivait. Il la regarda comme s'il la voyait pour la première fois, il ne put en croire ses yeux. Il y avait parfois quelque chose de juvénile en elle qu'il n'avait encore jamais vu, il s'en attendrit, c'était comme si elle luttait pour arracher ce masque qu'il avait toujours détesté. Elle se comportait presque comme d'habitude, mais il y avait de petits détails : ne se croyant pas observée, elle se recoiffait parfois en jetant un coup d'œil à la fois furtif et critique au miroir, ou bien elle déplaçait les vases de fleurs dans le salon et regardait constamment sa montre à la dérobée.

Il arrivait que Marten aille ouvrir quand Gosschalk sonnait chez eux. Il le regardait à travers le rideau de l'imposte avant de tirer la targette. Gosschalk avait une manière d'attendre sur le trottoir qui agaçait prodigieusement Marten : se balançant sur ses semelles, du talon à la pointe, les mains derrière le dos ou dans ses poches, le menton pointé vers le haut, sifflotant entre ses dents d'une manière quasi inaudible, les yeux dans le vide, le chapeau négligemment rejeté en arrière sur ses cheveux filasse, à la façon d'un étudiant. Il traitait Marten, à cette époque, avec une indifférence bienveillante, mais le garçon sentait couver la critique, il était sûr que Gosschalk, d'après ce qu'il avait dû entendre raconter sur lui, le trouvait sot, paresseux et bizarre. Il pouvait s'imaginer avec précision ce que ça donnerait le jour où il aurait Gosschalk comme professeur.

Les conversations entre Gosschalk et sa mère étaient pour Marten horripilantes au possible. Quand il faisait ses devoirs dans la salle de séjour, à l'arrière, il ne pouvait se concentrer sur ses livres. Ils étaient là, à échanger des curiosités comme s'ils faisaient une partie de badminton, avec des réflexions malicieuses et de grands exposés sur les sujets qui constituaient leur spécialité respective. Il les espionnait de loin, mais ils faisaient comme s'ils étaient parfaitement à l'aise, comme si ces conversations, avec les cigarettes et la tasse de thé sous la main, représentaient l'accomplissement de leurs désirs les plus vifs. Quand sa mère se levait pour verser à boire ou pour aller chercher quelque chose, Gosschalk la suivait des yeux. C'était alors une autre histoire, pensait Marten, narquois ; il sentait venir dans sa direction le regard oblique de Gosschalk et baissait la tête avant d'être pris sur le fait. Sa mère aussi regardait

Gosschalk en douce, d'un coup d'œil rapide et d'une surprenante intensité, quand elle ne se savait pas vue par lui. Marten trouvait que tout ce manège était d'une idiotie et d'une hypocrisie indescriptibles. Qu'ils couchent ensemble, une bonne fois, que sa mère parle de divorce si nécessaire, qu'elle et son père se fassent des scènes à ce sujet, que l'ambiance soit tout bêtement exécrable à la maison, une fois exhumée la misère, une fois exprimées sans détour les quatre vérités.

Quelle absurdité, pensait-il, quand il évaluait la situation : son père, qui ne soupçonnait rien ou jouait les autruches, là-haut, dans son bureau, sa mère discutant avec Gosschalk en bas, s'efforçant de préserver coûte que coûte cette illusion de "bons amis" et rien d'autre, et lui, Marten, déambulant dans la maison comme une âme en peine, obligé en toutes circonstances de faire celui qui n'a rien compris. Ils étaient assis ou erraient dans la maison, chacun enfermé dans ses soucis, mais ils présentaient au monde l'image immuable de la famille moderne et sportive, unie par des liens intelligents, à la fois solides et flexibles. Certes, il n'aurait pas aimé que sa mère ait une relation avec Gosschalk, mais d'un autre côté, cela aurait peut-être été comme quand un glaçon se met à fondre ou que quelque chose qui était mort revit. Plus les choses duraient, plus il était furieux contre Gosschalk.

C'est alors que son père mit sur le tapis ce projet de voyage. Ils iraient d'abord à Marseille, et puis ils feraient un tour sur la Riviera et en Provence. Marten eut de quoi nourrir de nouvelles réflexions. Ce n'était pas un hasard, naturellement, si son père faisait cette proposition. Ils étaient toujours partis tous les trois, ou pas du tout. Cette fois, son père tenait bon, bien que sa mère refusât de partir. A cause de Gosschalk, évidemment. Son père savait-il quelque chose, cela le gênait-il, cherchait-il à se rapprocher de lui ? Peut-être avait-il épuisé ses capacités de résistance, peut-être allait-il enfin, lui aussi, enlever son masque et laisser voir qui il était. Marten comprit que le fait qu'il accompagne son père indisposait terriblement sa mère. Elle ne peut pas le supporter, parce qu'elle se sent coupable, pensa-t-il, elle sent que tout va exploser et cela lui fait peur, elle pense qu'elle peut encore, peut-être, y faire quelque chose, elle voudrait que nous continuions à jouer comme nous l'avons toujours fait. Mais si elle espérait qu'il dise non à son père pour elle, il devait la décevoir. La perspective du voyage le calmait, il avait le sentiment qu'une solution l'attendait au bout.

Les semaines précédant les grandes vacances, il n'avait pas été plus souvent en compagnie de son père et, en fait, il ne se passa rien de particulier, mais il vit que son père se réjouissait à l'idée du voyage, et il interpréta ceci comme un signe de confiance. Il fut moins gêné du fait que sa mère se tienne à distance, se montre nerveuse à son égard. Il ne pouvait en être autrement, cette apparence d'unité devait voler en éclats, une fois pour toutes. Il choisissait, pour le moment, le parti de son père, parce que ce dernier, au moins, avait fait un pas dans la direction du changement, parce que, pour ainsi dire, il lui avait tendu la main. C'est ainsi que Marten voyait le voyage projeté : une reconnaissance mutuelle. Quelle que soit l'issue, au moins, il se passait quelque chose. Ce serait un début ou une fin.

Un soir, en entrant dans le salon, il trouva sa mère et Gosschalk assis côte à côte sur le canapé, dans l'obscurité. Sa première pensée fut qu'ils venaient de faire l'amour. Il fut envahi par des sentiments contradictoires, une envie folle de frapper Gosschalk au visage et, en même temps, un soulagement : enfin ! Mais à y regarder de plus près, les choses se présentaient différemment : le lendemain, Marten fut persuadé que c'était "fini" entre Gosschalk et sa mère. Sa mère était insupportable, elle semblait ne pouvoir réagir qu'en se mêlant de ses affaires d'une manière inhabituelle ; toutes les trois minutes, elle venait le trouver pour des futilités et, quand ils étaient assis l'un près de l'autre, il sentait son regard continuellement posé sur lui. Il pensa qu'elle cherchait du réconfort parce qu'elle se sentait humiliée ; il le comprit et détesta Gosschalk pour cette raison. Une question lui brûlait les lèvres : "S'il te plaît, viens avec nous dans le Midi…", mais il ne dit rien, il n'était pas certain que la demande soit judicieuse, à la vérité sans doute pas.

Une fois, il la trouva en bas, les yeux dans le vague, en train de se ronger les ongles de la main droite. Marten remarqua quelque chose d'inhabituel dans son apparence. Elle portait une robe sombre, avec un grand col blanc, qu'elle avait coutume de mettre l'été. Ce col, Marten ne l'avait jamais vu que d'une blancheur immaculée et empesé. Elle le détachait de la robe et le lavait, avant qu'il ne soit plus irréprochable. Cette fois, derrière, au bas de la nuque, on pouvait voir une ligne douteuse border l'étoffe. Marten ne pouvait en détacher ses yeux, pénétré d'un sentiment étrange. Plus que tout, ce relâchement à l'égard de son apparence lui sembla un signe du désarroi dans lequel était plongée sa mère.

"Qu'as-tu, que se passe-t-il donc ? demanda-t-il, contre toute logique, car lui poser pareille question n'avait aucun sens.

— Rien, mais rien du tout, que vas-tu imaginer ?" Elle rougit et se mit à parler, avec un naturel affecté, de choses qui n'avaient rien à voir avec la question et qui ne l'intéressaient pas.

Un autre soir, il se lavait les dents quand il reconnut sa manière légère de frapper à la porte. Elle n'entrait jamais à l'improviste dans sa chambre, après lui avoir dit bonne nuit.

En pyjama, pieds nus sur le lino, il la fit entrer. Elle ouvrit et referma un à un les tiroirs de sa commode pour examiner son linge. Elle parla de compléter les sous-vêtements, en prévision des vacances, enfila les chaussettes sur son poing pour voir s'il y avait des trous. Marten assistait à cette comédie en silence. Elle savait mieux que lui quels vêtements il avait et si ses chaussettes étaient trouées ou non. Comme incidemment, vint alors sa question : "C'est sûr, ce voyage ? Je veux dire, tu en as vraiment envie ?

— Oui, répondit très vite Marten, oui. J'ai terriblement envie de partir avec papa."

A nouveau, elle accusa le coup, en rougissant : "C'est bien vrai ?

— Mais naturellement", dit Marten. Il essaya de croiser son regard, mais elle l'évita. Le même petit jeu se répéta les jours suivants. Elle ne formulait jamais des objections concrètes, n'avançait rien de consistant, ce n'était que quelques vagues remarques qui trahissaient son opposition. Il fut rempli de hargne : pourquoi ne pouvait-elle se montrer fair-play, pourquoi vouloir gâcher les choses pour son père et pour lui ? A un moment donné, il n'y tint plus : "Mais arrête, maman, au nom du ciel !"

Il vit qu'elle lui en voulait énormément. Dans les semaines précédant leur départ, elle se montra froide et réservée comme jamais. Il trouva ça vraiment moche de sa part, et s'endurcit contre elle.

Dans le train à destination du Sud, Marten était resté presque tout le temps dans le couloir, allant d'une vitre à l'autre. Pendant qu'Evert Wisse et Derk-Jan Van Delden se plongeaient dans le programme du voyage et que son père et Gosschalk faisaient une partie d'échecs sur un échiquier portatif, Marten regardait défiler les paysages étrangers, quelque peu grisé par les couleurs et la lumière. De nouvelles étendues se déployaient en permanence, comme les parties d'un éventail lentement ouvert. Des villes, des bois, des collines, des rivières apparaissaient et disparaissaient à l'horizon ; s'étendant à flanc de coteau, des champs de céréales mûres, d'un jaune ou d'un blanc éclatants, devinrent des vignobles ; des hêtres et des peupliers cédèrent la place à des cyprès et des ormes aux troncs tachetés, les terres de labour à des roches de calcaire grisâtre, couvertes de buissons de lavande et de genêts ; le ciel aussi connaissait des métamorphoses, des formations de nuages différentes apparurent des profondeurs du ciel quand le soleil se mit à décliner. Pour Marten, tout cela ne faisait qu'un : les couleurs et les formes de ce monde méridional, la vitesse du train, la perspective de ces quelques semaines en compagnie de son père. Il avait surmonté la déception et l'irritation causées par cette étape à laquelle s'associait provisoirement Gosschalk. Une fois à Marseille, les autres devaient aller de leur côté.

Marten regarda les cimes des chênes verts et des cyprès rabougris qui poussaient sur la pente ; de chauds parfums d'herbes aromatiques arrivaient par vagues jusqu'à lui. Il s'assit sur le sol. Il n'avait pas envie de se retourner. Il entendait les moutons qui broutaient dans la garrigue mâchonner bruyamment. Les voix s'étaient tues. Gosschalk lisait sans doute, et les autres devaient prendre des photos. Il regarda les ombres des nuages glisser au-dessus de la vallée, mais ce qu'il avait devant les yeux en réalité, c'était la chambre d'hôtel, à Marseille, où son père était resté. Il revoyait chaque recoin de cette chambre sombre et malpropre aussi précisément que s'il y avait vécu pendant des années. Les bouquets de fleurs de la tapisserie passée n'étaient plus que des taches brunâtres, les rideaux et le tapis de table étaient couverts de chiures de mouche. Le fil de la lampe de chevet était retenu par un clou au-dessus du lit ; à l'endroit où la poire électrique touchait le mur, le papier était roussi. La fenêtre donnait sur une cour intérieure, un puits sans soleil d'où montait une odeur d'ail et de poisson frit, tandis que des voix de femmes criardes se répercutaient de mur en mur. Déjà, que son père ait choisi l'hôtel où Gosschalk et les garçons étaient descendus pour attendre le départ de leur bateau avait paru une sale idée à Marten. Il n'oublierait jamais ces deux abominables jours, la chaleur et la puanteur du quartier du port, la chambre étouffante, les draps douteux, et surtout l'étrange comportement de son père qui, dès le premier jour, avait disparu dans l'après-midi, sans dire où il allait et pourquoi, après l'avoir poussé, lui Marten, à l'intérieur du café où les trois autres, fatigués de leurs visites touristiques, consultaient cartes et plans devant un express ou un Pernod. Ensuite, il s'avéra que son père s'était rendu au tribunal pour y consulter des archives, il avait pris des notes et rangé le tout dans un dossier. Il avait gardé ce truc avec lui toute la soirée. A chaque fois qu'ils s'asseyaient quelque part au cours de leur randonnée dans la ville, il avait compulsé ses papiers, l'air distrait. Marten avait demandé de quoi il s'agissait, mais n'avait pas reçu de réponse directe.

Quand il se réveilla le lendemain matin, son père était déjà assis à la table bancale avec tout son bazar. Sur un mur aveugle de l'autre côté de la cour, d'anciennes affiches étaient partiellement déchirées, les lambeaux qui restaient se fondaient avec la surface du mur ; seules quelques lettres, vagues comme des ombres, étaient encore visibles sur la pierre grise.

"C'était quoi, l'inscription, là ?" demanda Marten à voix haute, surtout pour déranger son père absorbé en lui-même, le sortir de cet état. Il fallait qu'il dise quelque chose, peu importait quoi. Cette histoire de lettres, ce fut la première chose qui lui vînt à l'esprit. Son père jeta un coup d'œil distrait par la fenêtre. La réponse se fit attendre. Enfin il sourit, un sourire bizarre, trouva Marten, un sourire rempli d'un contentement secret.

"Je ne pourrais pas te le dire. Tu aimerais bien le savoir, hein ? Ça t'intrigue ?"

Marten ne put trouver d'explication à l'avidité avec laquelle son père s'emparait de la question. Un peu déconcerté, il haussa les épaules. Son père continuait à le regarder intensément.

“Ce qui n’est pas complet est fascinant. Tu ne trouves pas ? A travers un fragment, un morceau, c’est le tout qui attire. Cela peut tourner au supplice… Peut-être es-tu comme moi. Toute ma vie, je me suis senti attiré par des choses que j’avais à peine entrevues. Il y a en moi une forme d’imagination romanesque, de la graine de détective. Essayer de reconstituer une image globale à partir de fragments, de morceaux recueillis ici et là, c’est ma passion. Est-ce que tu comprends ça ?”

Ainsi, sous le coup de l’émotion, pas rasé, ses cheveux gris en bataille, bizarrement accoutré d’une chemise sans col dont les pans flottaient sur son pantalon, son père semblait un tout autre homme. Marten vit qu’il avançait la main vers le dossier. “Qu’est-ce que tu as là, de quoi s’agit-il ?” demanda-t-il. Pendant ce voyage, tout devait être mis sur le tapis, y compris le secret de ces papiers. Surplombant l’ouverture de la cour intérieure, le soleil brillait haut dans le ciel au-dessus de leur tête et, en bas, on entendait des voix et des bruits de vaisselle, plus loin, au-delà des murs et des toits, c’était la rumeur de la ville. Tout semblait possible dans l’intimité de cette chambre. Marten vint s’asseoir en face de son père, sur l’autre chaise. N’était-ce pas le lieu et l’instant pour commencer à se parler à cœur ouvert ?

“Je ne peux rien te dire… C’est une… affaire personnelle. J’ai promis à ta mère que tu resterais en dehors.”

Tiens donc ! s’enflamma Marten, voilà le hic ! C’est une histoire qui les concerne tous les deux. C’est pourquoi elle ne voulait pas que j’aille avec lui. “S’il y a dans ces paperasses quelque chose qui puisse expliquer le climat pourri à la maison – et par là je veux dire que votre mariage est de la frime, que toute notre vie familiale est de la frime –, alors tu n’as pas le droit de me tenir à l’écart”, dit-il. Son cœur battait si violemment qu’il crut qu’il allait étouffer. Son père le fixait, bouche bée. “Ta mère t’a parlé avant notre départ ?” demanda-t-il enfin, lentement. Marten se mordit les lèvres. Dorénavant, il ne répondrait plus. Ils se méfiaient l’un de l’autre, ses parents, ils avaient peur l’un de l’autre, peur qu’il les fasse jouer l’un contre l’autre.

“Ecoute, Marten, cela n’a rien à faire avec toi”, poursuivit son père. Ce ton soucieux eut justement pour effet d’exaspérer Marten. Il se leva et commença à s’habiller. Je ne vais pas lui lâcher les pompes, pensa-t-il, amer, je vais l’obliger à me révéler de quoi il s’agit.

Son père continuait à tourner autour de lui, inquiet et désemparé. Marten put voir qu'il n'osait presque plus toucher au dossier. Quand ils furent sur le point de quitter la chambre, son père laissa tomber : "Je trouve grave, très grave, ce que tu viens de me dire. Je n'avais aucune idée de la manière dont tu percevais les choses. Cela complique tout. Il faut que je réfléchisse. Je ne peux pas en trois minutes décider de l'attitude à adopter. Je ne m'y attendais pas du tout… Il y a si peu d'occasions…

— Mais alors pourquoi sommes-nous là ?" grommela Marten, buté. Choqué, son père le regarda fixement.

"Je peux seulement t'assurer que je… que je… ne vais pas laisser la chose de côté. Mais je dois réfléchir… il y a d'autres choses qui… Je cherche des solutions… pour des problèmes différents. Ce n'est pas simple. Si je pouvais tout te dire, tu comprendrais quelle prudence, quelle patience… crois-moi."

Mais Marten n'avait pas l'intention de "croire" quoi que ce soit. Ses parents n'avaient cessé de miser sur son ignorance ou sa loyauté. D'aussi loin qu'il s'en souvienne, ils ne faisaient rien d'autre que de demander silencieusement : Crois-moi, tout ira bien… crois-moi, nous faisons de notre mieux… Il vit que son père était au pied du mur. Mais il n'y avait pas d'autre voie que la franchise s'ils voulaient se parler. Que son père n'en ait eu nullement l'intention, Marten en eut la preuve, plus tard dans la soirée, quand l'idée ahurissante de l'envoyer en Grèce avec les autres prit corps de minute en minute. Il n'en avait jamais eu l'intention, pas un instant.

Ces vacances ensemble, c'était encore de la frime, une vilaine entourloupe, pensa-t-il. Son père lui avait proposé ce voyage parce que lui-même voulait à tout prix se rendre à Marseille pour Dieu sait quelles mystérieuses affaires dont sa mère était au courant et qu'elle désapprouvait. Parce que son père, semblait-il, n'osait pas dire à sa femme : Je fais ce que je veux, j'y vais quand même, c'est comme ça et pas autrement. Peut-être même parce qu'au fond de lui-même il n'était pas sûr d'avoir raison, il l'avait impliqué, lui Marten, dans l'histoire : Viens avec moi, mon garçon, tu n'aurais pas envie de venir pour une fois avec ton père ? Mais son père pouvait se passer de sa compagnie, surtout depuis qu'il avait fait comprendre qu'il n'était pas si naïf. Pendant que son père se trouvait avec Gosschalk au café en train de discuter ce nouveau plan, Marten s'était enfermé dans la chambre. Il ne savait pas s'il devait éclater en sanglots ou en injures. Il marchait de long en large, en donnant des coups de pied contre les lits ou en martelant le mur de son poing. Il était aussi furieux contre lui-même pour avoir été aussi crédule, pour s'être fait avoir. Au lieu d'être sur ses gardes, il s'était fait embobiner comme un bleu, il avait vu, derrière la proposition de son père "nous devrions partir tous les deux", le besoin d'un rapprochement. Il n'avait eu que ce qu'il avait cherché, c'était sa faute, il s'était montré stupide. Voilà ce qui arrive quand on fait confiance à un adulte, on est floué, manipulé, humilié. Le sang lui monta à la tête quand il revit les visages surpris de ces élèves de terminale qui ne témoignaient pas d'une compassion excessive. Que devaient-ils penser, ces types, il était largué comme un simple colis. Le lendemain, à la même heure, il serait en partance pour la Grèce.

Sur la valise de son père se trouvait l'attaché-case contenant le fameux dossier. Marten le sortit. Il y avait une masse de documents variés, de vieilles lettres également, la copie d'un extrait des archives de la mairie de Marseille. Il ne savait pas exactement lui-même ce qu'il s'attendait à trouver, le tout avait à peine l'air mystérieux. Il lut un passage par-ci par-là, mais n'apprit rien de particulier. Son père, apparemment, était en train de recopier des fragments d'un dossier judiciaire. Pour autant qu'il pût lire ce français officiel, il était question de galeries d'art, de tableaux et de quelqu'un qui était parti sans laisser d'adresse. Il s'en fichait pas mal ! Des tableaux ! Ceux qui étaient enveloppés dans de vieux draps, au fond du placard dans le bureau de son père. Quel rapport pouvait-il y avoir avec eux, avec des hommes et des femmes ? Il ne vit là qu'une nouvelle duperie – son père qui essayait de différer les explications en frimant avec son hobby. Peut-être était-ce aussi cela qui exaspérait sa mère. Marten était penché sur le dossier, les yeux lui brûlaient, il ne lisait plus, il ne ressentait rien d'autre que cette houle intérieure de colère et d'amertume. Il ne voulait pas rester ici avec son père, ce dernier l'aurait-il supplié, leur voyage était de toute façon gâché ; il ne voulait pas non plus rentrer chez lui car il n'avait pas envie que la même histoire se répète avec sa mère ; d'ailleurs, il ne pouvait pas davantage lui faire confiance. Donc partir avec Gosschalk ? Avec Gosschalk ?

On ne lui avait pas demandé son avis, tout était réglé d'avance. Cette question qu'il s'était ironiquement posée, presque en pleurant d'indignation, n'était pas apparue *a posteriori* aussi sotte qu'elle en avait l'air. Voyager avec Gosschalk n'était pas une partie de plaisir en ce qui le concernait.

Sur la pente, en contrebas, il y avait des buissons bas avec un feuillage épineux. Sous l'ombre des branches, quelque chose bougeait continuellement, une petite chose blanche qui voletait. Marten l'avait remarqué dès le début, il avait pris cette tache claire et mobile pour un bout de papier emporté par le vent, pour un reflet du soleil, mais en fixant son attention, il vit qu'il s'agissait d'un papillon prisonnier d'une mince toile d'araignée dont la trame était en quelque sorte tendue sur le buisson. Il resta assis, les bras croisés sur les genoux, mais le battement des petites ailes l'obsédait. Où qu'il posât les yeux, cette vibration éperdue restait fixée sur sa rétine. Il commença par se demander depuis combien de temps l'insecte s'était débattu pour se libérer et combien de temps encore cela durerait avant qu'il ne soit épuisé. Les buissons avaient poussé dans des fissures de la paroi, surplombant le ravin. Marten regarda autour de lui en quête d'une branche ou d'un bâton, mais il n'y avait pas d'arbres dans les parages. Il lança quelques pierres en direction du buisson dans l'espoir de déchirer la toile. De la poussière s'envola, dans un bruit de feuilles froissées, mais le papillon continua à battre désespérément des ailes. Marten n'y tint plus, il était malade de rage devant ce filet diaboliquement tendu aux mailles si solides.

En s'agrippant d'une main aux buissons les plus hauts sur la pente, il se laissa glisser de quelques pas le long du versant à pic. En se penchant en avant, il creva du pied la toile d'araignée. "Vas-y, imbécile", dit-il au papillon qui, dans la confusion du moment, ou pour toute autre raison, ne comprit pas d'emblée qu'il était libre, et il balança le pied pour chasser l'insecte.

Le buisson mort auquel il se suspendait à demi céda sous son poids dans un nuage de poussière, et Marten bascula dans le vide.

Il s'éveilla parce que quelqu'un le touchait. Il ne sut pas immédiatement où il était. A l'hôtel, à Héraclion ? Il n'aurait pas fait aussi sombre et l'odeur n'aurait pas été la même. Il sentit l'étoffe rugueuse d'un coussin sous sa joue. Quand il remua la tête, il y eut comme un crissement à l'intérieur de l'enveloppe, une odeur forte de plantes lui entra dans les narines. Il ouvrit les yeux et vit des tresses d'oignons suspendues aux solives. Sous une planchette dorée, une petite lumière vacillait… Il y avait eu (mais quand ?) une vieille femme qui lui avait parlé sur un ton apaisant. Il voulut rejeter les draps. Une douleur aiguë se propagea à travers le bras du bout des doigts au creux des omoplates. La peau du dos lui brûlait.

"Na, na, na[1]*"*, fit une voix en signe d'encouragement. Ce n'était pas la femme, ni Gosschalk, ni l'un des garçons. Il se rappela alors qu'il était seul.

Il tourna la tête. Un homme le regardait avec des yeux clairs écarquillés dans un visage bronzé. Un regard fixe et éteint, comme celui d'un aveugle. Mais cet homme, lui, pouvait voir. La preuve en était la manière dont il défaisait le pansement et examinait les plaies sur le dos et les épaules de Marten. Quand le garçon, malgré les gestes précautionneux de l'autre, se crispa sous la douleur, la même voix rauque murmura de nouveau : *"Wie, Bub ? Schmerzen, eh*[2] *?"*

Un Allemand ? Il portait une chemise à rayures sur une culotte bouffante de paysan, sale et reprisée. Il était aussi brun qu'un Crétois. Mais ces yeux pâles et ces cheveux courts, d'un blond cendré, décolorés par le soleil…

La perplexité de Marten augmenta. Il se mordit les lèvres pour ne pas crier. L'autre, avec des gestes sûrs et précis, enleva rapidement de la peau les couches de gaze collées par le sang coagulé. Marten fixait le réseau de craquelures causé par la sécheresse sur le mur chaulé, mais restait vigilant, attentif à chaque geste, à chaque regard de l'homme qui était maintenant agenouillé près du lit. Marten ressentait dans le pied droit, par intervalles, des élancements de douleur. Il se pliait aux indications que lui donnaient des signes, des sons, il bougeait le bras ou la tête, relevait le drap, se tournait comme il pouvait sur le côté. Il avait honte de la répulsion que lui inspiraient ces yeux pâles, cette odeur de sueur, l'haleine qui sentait l'ail et les mains moites qui le pansaient. Quand il fut recouché sur le dos, il

1. En allemand dans le texte : "Du calme, du calme…"

2. En allemand dans le texte : "Alors, mon petit gars, ça fait mal, hein ?"

hasarda une question : *"Arzt*[1] *?"* Il n'y eut pas de réaction. Marten réfléchit ; à bord, il avait appris une liste de mots en grec moderne. *"Iatros ? Iatros*[2] *?"* répéta-t-il.

L'homme courbé à côté du lit, qui rassemblait les pansements sales, se figea brusquement. Son regard devint vitreux. Sur le front, à la limite des cheveux, les gouttes de sueur se multiplièrent, on aurait dit qu'elles jaillissaient des pores. Soudain il se redressa, il étira ses bras maigres et se mit à lever et abaisser les bras frénétiquement, comme s'il battait des ailes. Tel un grand oiseau loqueteux, il se pencha sur Marten.

"Ikaros, Ikaros heisse ich, ich bin Ikaros, Ikaros, Ikaros[3]*"*, répéta-t-il, en jetant trois fois ce cri rauque. Ses yeux pâles s'attachaient au garçon comme à une proie. *"Ikaros, Ikaros."*

Le cœur de Marten se mit à battre. C'était un Allemand, pas un Grec parlant allemand.

Il comprit que l'homme était fou. Il n'eut pas peur, mais un sentiment de pitié lui noua la gorge, lui coupa le souffle.

Une ombre s'allongea dans la pièce. La vieille femme se tenait sur le seuil de la porte. Elle dit quelque chose que Marten ne comprit pas. Il ferma les yeux pendant que les deux autres parlaient, il entendit au bruit de leurs voix qu'ils sortaient.

Il se rappelait maintenant la descente sur le sentier de montagne, d'abord il avait été porté par Antonakis et un autre, sans doute l'un des bergers, ou Gosschalk ; ensuite, on l'avait mis sur un âne. Il n'avait aucune idée du temps qui s'était écoulé depuis. La petite lampe, là, cela faisait une éternité qu'il la voyait brûler, chaque fois qu'il ouvrait les yeux. La vieille femme était souvent venue à son chevet pour le faire boire ou lui essuyer le front. Il ne pouvait pas se rappeler cet Allemand. Il savait que Gosschalk et les garçons étaient partis. Le tenait-il de quelqu'un ou les autres étaient-ils venus lui dire au revoir ? Je me suis cassé la figure au bon moment, pensa-t-il, ils sont débarrassés de moi, et moi, je suis bien tranquille ici.

Il déglutit, il avait un sale goût dans la bouche. Tout à coup, il lui vint à l'esprit que Niko Stéphandidakis et Jessica

1. En allemand dans le texte : "Docteur ?"
2. "Docteur ? Docteur ?"
3. En allemand dans le texte : "Icare, Icare, c'est mon nom, je suis Icare, Icare, Icare."

devaient se trouver dans les parages. Il voulait les voir, leur parler. La chambre fraîche aux murs blanchis et rugueux, au sol de terre battue, ressemblait à l'intérieur d'une grotte. Un contrevent fermait la fenêtre. Par la porte ouverte, il vit briller au soleil une bande de terre rougeâtre et les feuilles basses d'un arbre. A côté de la porte, des vêtements et un chapeau de paille étaient accrochés à des clous.

Il entendit un bruit de couvercle qui claque. La vieille femme entra avec une marmite qu'elle posa sur la table. Elle se retourna et le regarda.

"Bonjour, mon garçon", dit-elle quand elle vit qu'il ne dormait pas. Marten ne put en croire ses oreilles. Elle s'adressait à lui dans sa langue. Elle avait prononcé les mots lentement, avec une pause curieuse entre "bonjour" et "mon garçon", comme si les sons ne lui étaient pas familiers. Mais elle n'avait pas un accent étranger. Ses lèvres brunes et fendillées dessinaient un sourire. Un fichu noir cachait son front jusqu'aux sourcils, encadrait sévèrement ses joues, les coins en étaient noués sur le menton. Elle vint s'asseoir sur un tabouret près du lit, genoux écartés, les mains reposant dans le creux de sa jupe de laine.

"Ne pose pas de questions, dit-elle avec sa voix basse et enrouée. Surpris ? Fais comme si tu trouvais ça normal. C'est d'ailleurs normal. Mais pas un mot aux autres ! Que ça reste un secret entre toi et moi.

— Oui, madame", dit Marten, comme si cela allait de soi. Son sourire devint plus large, mais elle n'en dit pas plus. Marten la regarda, tout lui semblait si familier. Elle se pencha et tapota doucement la couverture à l'endroit de son genou.

"Tout le monde m'appelle Elina. Toi aussi."

Je rêve ou quoi ? se dit Marten. Tout était pareil et pourtant complètement différent. Il était étranger dans cette maison et pourtant il se sentait chez lui, il était curieux mais sans impatience.

"Tu as faim ?" demanda-t-elle. Elle se leva et prit un bol sur la table. Marten ferma les yeux, avec un soupir venu du fond de son être comme un long frémissement. Il entendit la femme aller et venir sur ses semelles de corde, tapoter une cuillère sur le bord de la marmite. L'odeur de la soupe lui fit tourner la tête. Un instant plus tard, elle se pencha sur lui et le saisit sous les bras. Elle agissait avec précaution mais il sentit qu'elle était assez forte pour le soulever si elle le voulait. Il respira par la bouche en serrant les dents sous l'effet de la douleur qu'il avait dans l'épaule et le dos.

"Rien de cassé, dit-elle en hochant la tête, peau abîmée, des égratignures.

— Mais ma jambe ?

— La cheville est tordue. Un peu de patience.

— Il n'y a pas de docteur ?"

Ses lèvres s'étirèrent de nouveau en un rire silencieux. A chaque fois qu'il voyait ce sourire, il avait le sentiment d'être tout près d'une vérité.

"Pas ici. A Hagia Varvara… ou alors, à Héraclion. J'ai pensé que tu préférais rester ici. Je m'occupe de toi. Autrement… ce professeur et les autres, dans un hôtel. Ou tu dois aller à l'hôpital. Mais il n'y a pas de place, je pense. Tu n'as rien de grave. La fièvre est tombée."

Marten pouvait s'imaginer le tableau, si les autres avaient dû interrompre momentanément leur voyage, voire définitivement, pour le soigner. Il revit la chambre d'hôtel dans le quartier du port à Héraclion, avec les quatre lits alignés. Gosschalk…

"Tu préfères ne pas être avec lui, dit la vieille femme.

— Comment le savez-vous ?

— Tu as parlé dans tes rêves." Elle lui mit une cuillère dans la main gauche et avança le bol de soupe à sa portée. "Mange maintenant."

La soupe avait un goût fort et étrange. Il y avait des haricots, des tomates et de la viande dedans, de grosses taches rondes d'huile d'olive flottaient à la surface du bol. Il eut un haut-le-cœur, mais elle l'incita à manger. Elle prit un quignon de pain qu'elle brisa pour qu'il trempe les morceaux dans la soupe.

"Qu'est-ce que j'ai dit ?" demanda Marten, inquiet et provocant. Elle se pencha et le regarda droit dans les yeux, de son vieux regard, gris et pénétrant.

"Pourquoi voulais-tu tomber de la montagne ?"

Alors que Marten allait ouvrir la bouche pour dire qu'il trouvait que c'était une drôle de question (qui "voudrait" avoir un accident ?), il réalisa, estomaqué, que ce n'était pas aussi idiot. Elle avait raison, il "voulait". Un sentiment de culpabilité l'oppressa.

"Si cela ne tenait qu'à moi, j'aurais voulu me casser le cou.

— C'est ça, dit Elina, mais tu vis, tu as de la chance." Elle se mit à rire et tapa dans ses mains. "C'est aussi une chose que je sais. Tu as de la chance, répéta-t-elle, avec une joie enfantine, comme s'il s'agissait d'une bonne plaisanterie.

— Peu m'importe de vivre ou pas, rétorqua Marten, amer. La vie ne vaut rien.

— Tu dis ça parce que tu ne veux pas devenir un être humain. Tu ne veux pas, parce que tu n'oses pas.

— Je suis un être humain et c'est nul." Marten s'entendit prononcer sa phrase non sans emphase, mais il devait répondre sur ce ton, pour contrer les paroles de la femme.

"Tu n'es pas né en tant qu'être humain, tu dois travailler à le devenir.

— Je sais, mûrir, devenir adulte. Des contes de fées pour les ados montés en graine."

Marten se renversa en arrière sur les coussins. Elle emporta le bol.

"Etre majeur ne veut pas dire qu'on est adulte. C'est un malentendu. Beaucoup deviennent vieux sans jamais avoir été des êtres humains.

— Le monde entier est rempli de gens de cette sorte, réagit vivement Marten, que peut-on faire contre ça ? Comment vivre ? "

Il voulut se tourner vers elle. "Aïe ! la vache !" Il vit comment elle répétait silencieusement son juron. Ses lèvres dessinaient ce curieux sourire tout en remuant.

"Je ne sais pas. Il n'y a rien d'autre à faire que d'essayer et de persévérer.

— C'est une drôle de conversation que nous avons !" dit-il, pensif, allongé sur le dos. Un engourdissement agréable l'envahissait. Dehors, la lumière ruisselait, il entendait le caquètement des poules, le frémissement du feuillage agité par le vent. Dans la chambre plongée dans la pénombre, il faisait frais. Sur la planchette, devant la fenêtre au volet clos, étaient rangés quelques pots.

"Qu'est-ce que c'est ? Ça sent bon.

— Du basilic. Pourquoi une «drôle de conversation» ?

— Je trouve normal de parler de cette façon pendant que je suis ici, mais je sais que si j'étais ailleurs et avec quelqu'un d'autre, je trouverais ça bizarre. Ou plutôt, corrigea-t-il, je ne pourrais pas croire à la sincérité de mon interlocuteur, des gens comme ça n'existent pas. Tout est bidon. Ce que je trouve drôle, c'est que maintenant je pense autrement."

Elle appuya son index brun et ridé sur la poitrine de Marten.

"Bidon ? Je ne connais pas ce mot. Je ne l'ai jamais entendu.

— De la triche, de la duperie, dit Marten. Personne ne sait ce qui est bien ou mal, ce qui doit arriver ou pas dans le monde, comment être un homme, ou comment vivre, et pourtant tous les gens sont intarissables sur le sujet, l'un dit ceci et l'autre le contraire, ils font tous comme s'ils connaissaient le fin mot de l'histoire et pendant ce temps-là, c'est le bazar partout. Voilà ce que c'est, «du bidon»."

Elle se leva, en prenant appui des deux mains sur ses genoux. Elle se dirigea vers l'encoignure et en sortit un morceau de papier. Sans un mot, elle le lui présenta, à hauteur des yeux. Marten se reconnut, dessiné à la craie rouge. C'était sa tête couchée sur l'oreiller. Ses yeux étaient fermés, il dormait. Ce n'était pas son visage tel qu'il le voyait quand il se regardait dans le miroir. C'était, étrangement, lui-même comme il se sentait être. Il regarda longuement le dessin puis la vieille femme.

"Je l'ai fait hier, dit-elle. Regarde : ce garçon est seul, plein de révolte, de fierté, à la fois malheureux et plein d'attentes, il voudrait être mort parce qu'il ne sait pas qu'il a le courage de continuer."

Quand il tendit la main vers la feuille, elle fit un pas en arrière et déchira le dessin.

"Pourquoi faites-vous ça ? C'était bon, fantastique même.

— Je ne l'ai fait que pour te le montrer. Maintenant tu l'as vu.

— Qu'est-ce que j'ai dit en rêve ?

— Tu n'as pas besoin d'avoir honte devant moi. Moi aussi, j'ai haï mon père, ma mère, moi-même et le monde entier. Oh, que oui !"

Il sembla que la forme et la texture du visage brun et ridé devenaient floues, les contours s'estompèrent ; à travers cette sorte de métamorphose, quelqu'un le regarda qu'il connaissait très bien, qui était dans son camp, qui était un prolongement de lui-même, dans le passé ou dans le futur, peu importait.

"Qui êtes-vous ? demanda-t-il.

— Ce n'est pas rien, cette question (elle hocha la tête en souriant, avec ses yeux gris perçants, elle ressemblait à un vieux hibou)... Quelqu'un qui essaie de devenir un être humain. Et pour le reste, Elina, tout simplement.

— Je suis tombé de la pente parce que j'aurais bien voulu balancer Gosschalk dans le vide, dit Marten en haussant brusquement le ton.

— Eh bien, maintenant, tu vas te remettre très rapidement, dit-elle avec un clin d'œil.

— Quel jour est-on ? Depuis combien de temps je suis ici ?

— On t'a amené ici hier soir. Je pense que ce monsieur et tes amis viendront te rechercher après-demain.

— Je serai en état de les accompagner ?"

Elle haussa les sourcils, en lui jetant un regard oblique :

"Si tu ne veux pas, reste ici jusqu'à ce qu'ils aient fait leur excursion."

Elle prit un balai dans un coin et se mit à balayer après avoir aspergé le sol. Marten l'observait.

"Cet Allemand, dit-il soudain, cet homme qui se prend pour un oiseau... ? Icare ?

— Il y a une légende, Icare voulait voler et s'était confectionné des ailes, mais il s'est approché trop près du soleil, et la cire a fondu... Alors il s'est écrasé...

— Est-ce que l'Allemand pense vraiment qu'il... ?

— Quelquefois", dit Elina. Elle fronça les sourcils. "Tu dois dire à la jeune Jessica qu'elle ne doit pas avoir peur de lui. Ce n'est pas bon pour lui quand il voit que quelqu'un a peur de lui.

— Vous êtes la vieille femme qui habite la dernière maison du village, s'écria Marten (il n'en revenait pas de ne pas l'avoir réalisé plus tôt). Jessica est chez vous ?

— Je suis «tu», il faut me tutoyer. Je vais appeler Jessica, elle s'est sauvée quand elle a vu qu'il venait ici.

— Il n'est pas médecin ? Il habite aussi avec... toi ?

— Il était infirmier, autrefois, dans les troupes allemandes d'occupation. Il n'a pas toute sa tête. Tu peux te laisser soigner par lui sans appréhension. Il sait très bien panser les plaies. Il n'habite pas ici. Il lui arrive de dormir ici, l'hiver, quand il fait très froid, mais autrement, il est quelque part dans la montagne. Actuellement, Jessica couche là (et elle désigna de la tête une porte à côté de l'encoignure) et moi aussi. Tu es dans mon lit.

— Je peux bien dormir par terre", dit Marten, gêné.

Elle se mit à rire :

"Mais bien sûr, demain ou après-demain. Reste tranquille. Pense à ta cheville. Ah !" Elle mit ses mains devant sa bouche et secoua la tête. "Tu ne peux pas savoir comme c'est étrange, il y a bien quinze, vingt ans que je n'ai pas parlé cette langue.

— Mais comment…", commença Marten.

Elle mit son doigt sur ses lèvres :

"Chut ! ce n'est pas important."

Elle sortit. Il l'entendit appeler : "Jessica ! Jessica !"

Jessica vint s'asseoir, tout près de la porte, sur l'une des chaises délabrées. Apathique, elle regardait dehors. La lumière de l'après-midi pénétrait à flots dans la pièce. Avant de partir, Elina avait dit qu'il fallait garder la porte fermée pour maintenir la fraîcheur à l'intérieur. Mais Marten n'aimait pas cette pénombre et Jessica avait oublié le conseil, semblait-il. Tassée sur elle-même, elle secouait régulièrement la tête, faisant valser d'une épaule à l'autre la masse de ses cheveux mouillés de sueur, frottant ses semelles sur les barreaux de la chaise. Elina lui avait rappelé ce qu'elle avait à faire, outre tenir compagnie à Marten : entre autres, aller chercher de l'eau, laver les vêtements sales qui s'entassaient sur le panier à ouvrage, mais elle n'avait envie de rien. Ses pensées tournaient en rond autour d'un seul point.

"Niko est parti." C'était la première chose qu'elle avait dite à Marten, en arrivant près du lit. "Il est parti chercher sa sœur."

Elle savait maintenant en gros ce qui se passait au village, et en fit le récit abondant à Marten. Elle ne pouvait parler de rien d'autre. Marten avait de la peine à suivre son débit rapide et nerveux, et lui coupait la parole constamment pour poser des questions.

Le jeune homme en uniforme avec qui Niko avait discuté avait été fiancé, ou quelque chose comme ça, avec la sœur de Niko. Mais elle, elle en aimait un autre, et quand le grand-père de Niko s'était opposé, elle s'était enfuie avec son ami. La sympathie de Jessica allait exclusivement à la jeune fille. Le couple se trouvait quelque part dans la montagne depuis des mois. Niko était d'avis qu'ils devaient se marier maintenant, mais l'autre, l'ex-fiancé, le grand-père et toute une bande d'hommes du village ne voulaient pas en entendre parler. Jessica avait compris qu'ils s'en prendraient à Niko si ce dernier ne ramenait pas sa sœur. Jessica craignait désormais que Niko ne revienne pas si sa sœur refusait de retourner avec lui. On en était presque venu aux mains, le premier jour. Niko lui avait dit qu'elle devait rester chez la vieille femme. Personne ne s'était montré hostile envers Jessica, mais elle pouvait tout de même constater que les gens reprochaient à Niko de l'avoir amenée au village.

Marten, qui s'essayait à la position assise en grimaçant de douleur, la regardait de temps à autre ; il aurait aimé pouvoir dire quelque chose pour lui montrer qu'il comprenait ses soucis.

"Quand est-ce que Niko va revenir ? demanda Jessica, en tirant sur le devant de son corsage et en soufflant dans l'échancrure. Je voudrais prendre un bain, mais il n'y a nulle part de l'eau ici. Tu penses que c'est loin, là où il est allé, dans la montagne ? Je crois que la vieille, elle, elle le sait. Il est venu ici pour lui parler avant de partir. Je n'ose pas lui poser de questions. Tu as une idée de ce qu'elle est ? Mais j'ai moins peur d'elle que de l'homme aux cheveux jaunes qui est venu te faire un pansement. Je ne pourrais pas supporter qu'il me touche."

Marten chercha ses mots pour lui expliquer ce qu'Elina avait dit de l'Allemand. Jessica avait sorti un foulard de son sac et chassait les mouches et les guêpes qui envahissaient la pièce. Soudain, elle se pencha et regarda dehors. Elle n'écoutait plus ce que disait Marten.

"La voilà ! Elle a encore cette fille avec elle.

— Quelle fille ?" demanda Marten.

Elle ne répondit pas mais à l'expression de son visage, Marten comprit brusquement de qui il s'agissait.

"Elles discutent, elles ont l'air excitées."

Jessica poussa sa chaise sur le seuil de la porte. Elle passa la tête au-dehors, pour mieux voir. Son profil, marqué de taches de rousseur, avec son nez en trompette et des lèvres d'enfant, se détachait nettement à contre-jour.

"Elle est tout le temps là. Elle ne m'aime pas. Elle veut avoir Niko. Je la trouve moche. Elle a une moustache.

— Tu es jalouse", dit Marten en français, pour plaisanter.

Jessica enroula le foulard autour de sa main, le déroula, se mit à faire des nœuds si serrés que la soie en crissait.

"Peut-être. Je m'en fiche. Il est à moi.

— C'est toi qui le dis.

— Tu n'es qu'un sale gamin, dit-elle (sa voix s'étrangla et elle se détourna de lui, absorbée à défaire les nœuds de son foulard). Je me demande pourquoi je parle avec toi.

— Excuse-moi."

Marten était embêté. Quelque chose dans son attitude lui disait qu'elle était à bout de nerfs. "Parle-moi plutôt de Paris, Jessica.

— Non. Paris, je m'en fiche. Je me fiche du monde entier."

Elina entra. Elle avait l'air grave.

"Qui est-ce ? demanda Jessica, en désignant la route, d'un mouvement de la tête.

— Aréthusa, dit la vieille femme. Aréthusa Mavrochidis.

— Est-ce que Niko est de retour ?"

Elina fit non de la tête. Elle déposa sur la table le panier qu'elle portait et en sortit un moule rond, peu profond, contenant une tourte. Des olives noires grasses luisaient sur la pâte. Elle couvrit la tourte d'un linge, contre les mouches.

Jessica vint chuchoter à l'oreille de Marten : "Il s'est passé quelque chose. Demande-lui." Marten commença en hollandais : "Est-ce vrai que Niko…"

De la table devant laquelle elle se tenait toujours, Elina leur jeta un regard qui glissa de Jessica à Marten et vice versa. "Mais c'est Babel, ici, coupa-t-elle ironiquement mais sans un sourire, avant que Marten ait pu finir sa phrase. Parlons anglais. Le frère d'Aréthusa, Manoli Mavrochidis, le gendarme, est parti avec quelques autres sur les traces de Niko." Elle soupira, le front soucieux.

"Quelles sont leurs intentions ? demanda Jessica, crispée.

— Je pense qu'ils ne font pas confiance à Niko pour régler l'affaire comme ils le veulent. Les gens d'ici s'en tiennent à de vieilles coutumes. S'ils considèrent qu'ils ont raison de vouloir se venger, il n'est pas facile de les faire renoncer. Niko a été absent pendant sept ans. Ils trouvent qu'il a changé.

— Mais est-ce qu'ils vont lui faire du mal ? Est-il en danger ? demanda Jessica, les larmes aux yeux.

— Je n'en sais rien."

Elina vint se poster sur le pas de la porte, leur tournant le dos. Elle semblait avoir oublié leur présence. Quelques instants plus tard, elle sortit sans un mot.

"Que voulait-elle dire ?" Jessica mordillait nerveusement une mèche de ses cheveux. "Que voulait-elle dire, à ton avis ? Qu'est-ce que je dois faire ?"

Marten aurait aimé pouvoir lui répondre que les choses s'arrangeraient, qu'elle devait savoir maintenant comment ils réagissaient, ces gens-là, ils s'énervaient tout de suite, mais c'était moins grave que cela n'en avait l'air. Il aurait voulu lui parler de ces dockers, sur le quai d'Héraclion, qui en étaient venus aux mains après un échange d'injures ; à les voir, on pouvait croire qu'ils allaient se massacrer, et un quart d'heure plus tard, ils mangeaient une pastèque ensemble. Mais il remarqua, avec un sentiment croissant d'incertitude et de malaise, que le monde normal semblait se dérober à lui. Rien n'était plus logique, tout était possible. Des choses qu'il trouvait vraisemblables et naturelles ne comptaient pas, n'existaient pas du tout. La vieille femme le savait, elle, elle leur avait parlé, à lui et à Jessica, comme si elle se trouvait sur l'autre versant d'un ravin. Jessica avait peur de ce qu'elle entrevoyait vaguement, mais elle ne faisait aucun effort pour résister à la menace de cette autre réalité, elle ne le pouvait pas, elle se laissait entraîner.

Marten sentit qu'il n'en allait pas de même pour lui. Il était confronté à quelque chose qu'il ne comprenait pas, qui se manifestait dans la personne d'Elina, dans cette pièce qui ressemblait à une petite grotte blanche et dans la lumière éclatante du dehors. Même si le paysage était identique à celui où il avait marché avec Gosschalk et les garçons, c'était pourtant un autre univers. En tombant du rocher, il avait pour ainsi dire basculé dans cette réalité étrangère, qui, sans qu'on s'en doute, côtoie l'autre, celle qu'il connaissait et qu'il ne pouvait même plus retrouver par la pensée. Il sut tout à coup que Niko, Jessica, lui-même remplissaient, dans cette réalité-là, un autre rôle que dans le monde de la traversée, de la visite à Cnossos ou de la randonnée vers le village. Il acceptait cette évidence, mais en même temps un léger frisson le parcourut ; il était à la fois curieux de ce qui allait se passer et plein de tension, et aussi conscient qu'il devait, d'une manière ou d'une autre, ne pas résister.

La sueur l'inonda, il s'efforça, avec un coin du drap grossier et rêche, d'essuyer la partie de son torse qui n'était pas bandée. Il vit Jessica au milieu de la pièce, dans une position qui lui était caractéristique, exprimant l'indécision, telle l'élève d'un cours de danse qui, pendant la leçon à la barre, s'est mise à rêvasser (les bras le long du corps, une jambe tendue de biais). La solitude de la jeune fille lui serra le cœur, surtout parce qu'il savait qu'elle-même n'en avait pas conscience. Elle croyait qu'elle avait Niko, elle n'envisageait même pas qu'il pût en être autrement. Marten savait que quelque chose n'allait pas, une mésentente avec ses parents ou quelque chose de ce genre, mais elle ne voulait pas en parler, elle était fermée comme une huître en ce qui la concernait, et il le comprenait, aurait-il pu expliquer, lui, les relations qu'il avait avec son père et sa mère ? En outre, il avait constaté qu'il ne pouvait pas lui dire ce qu'il aurait en réalité voulu lui dire, qu'il se sentait solidaire, etc. Elle ne s'intéressait à lui que dans la mesure où elle pouvait lui parler de Niko. Elle n'avait qu'un an de plus que lui mais elle le considérait comme un gamin.

"Jessica, dit-il, ferme donc la porte, il fait si chaud ici."

Elle alla vers la porte qu'elle poussa en la laissant légèrement entrouverte. Le visage collé dans l'entrebâillement, elle resta à regarder.

"La vieille femme veut que je parte, dit-elle brusquement.

— Qu'est-ce qui te fait penser ça ?

— Elle l'a dit. Hier, elle m'a dit que ce serait mieux pour Niko si je ne restais pas ici. Je trouve ces gens idiots. Je parie que la brune les monte contre moi. Mais je ne partirai pas sans lui.

— Tu dois demander à Niko ce qu'il en pense", répondit Marten. Son épaule lui faisait mal, il s'allongea de nouveau. Il se liquéfiait quasiment sous ce drap, mais il ne voulait pas le repousser parce que dessous, il n'avait que son slip. De son pied valide, il avait déjà remonté le drap jusqu'à hauteur des genoux. Jessica se tourna brusquement vers lui :

"Pourquoi dis-tu ça ? Est-ce que tu crois qu'il me laisserait partir ?"

Elina entra dans la pièce. Après un coup d'œil jeté à Marten, elle versa de l'eau d'une cruche qui se trouvait près de la porte dans une petite cuvette qu'elle posa sur une chaise à côté du lit, lui tendit un linge propre et lui apporta son sac à dos.

"Essaie de te laver."

A sa suite, une bande d'enfants avait pénétré dans la chambre ; tout excités et souriants, ils regardaient Marten et Jessica de leurs grands yeux noirs. Elina les mit dehors, en feignant de se fâcher. On entendit leurs rires et leurs bavardages décroître sur le chemin. Elina fit sortir Jessica avec elle, tandis que Marten, en se mordant la lèvre inférieure, se redressait sur son séant.

Elina passa le seuil avec une cruche d'eau sur l'épaule, suivie de Jessica rouge et suante, qui portait un seau. Sa jupe était trempée d'un côté. Elle alla dans un coin peigner ses cheveux. Ses lèvres tremblaient, elle jetait, par intervalles, un regard courroucé vers Elina. La vieille femme mit des assiettes et des verres sur la table et découpa la tourte. Elle prit un pain rond qu'elle tenait pressé contre sa poitrine d'une main, tandis que de l'autre, elle taillait des tranches avec un couteau. Elle roula une couverture rayée rouge et noir qui avait recouvert le pied du lit, en fit une sorte de polochon qu'elle cala sous l'oreiller de Marten. Quand il s'assit droit dans son lit, elle approuva d'un hochement de tête. Puis elle lui mit une assiette sur les genoux. Elle versa de l'eau dans les verres. Il y avait un troisième couvert sur la table. Jessica regardait cette place encore vide. Quand l'Allemand entra brusquement, elle fut pourtant si surprise qu'elle bondit de sa chaise, les joues en feu.

"Assieds-toi", lui dit sèchement Elina. Elle tapota la troisième assiette avec son couteau et, sans un mot, fit signe à l'homme qui se tenait près de la porte, tassé sur lui-même et leur tournant à moitié le dos. Son regard allait rapidement de l'un à l'autre.

Jessica se tenait raide sur sa chaise et gardait les yeux baissés, mais Marten avait l'impression de sentir les ondes d'angoisse et de dégoût qui émanaient d'elle. Il se força à sourire et fit un geste de bienvenue pour montrer à l'homme qu'il le reconnaissait. L'Allemand marmonna quelque chose, passa la main sur son visage et sur ses cheveux filasse et gagna sa place en faisant un détour. Sans prêter attention à quiconque, le nez sur son assiette, il se mit à manger sa tourte avec de grosses bouchées de pain. On n'entendait rien d'autre que le bruit qu'il faisait en mastiquant et en avalant, et le bourdonnement des mouches. Soudain, il éructa bruyamment. Jessica sauta sur ses pieds et se rua dehors. L'homme eut un sursaut et regarda Elina, les yeux écarquillés.

Elle lui parla sur un ton apaisant. Il grommela et continua à manger. Quand il eut fini, elle le conduisit près de Marten pour qu'il examine sa cheville.

Marten vit que l'Allemand rechignait à la tâche, comme s'il était distrait par autre chose. Elina devait sans cesse l'encourager. Il était inquiet, tournait la tête sans arrêt, soupirait, marmonnait des mots incompréhensibles.

Elina finit par dire : "Tu es impossible aujourd'hui, va-t'en, va dormir." L'homme se dirigea vers la porte qui donnait sur la pièce arrière. Elina fit non de la tête avec une exclamation d'impatience et d'inquiétude. Elle alla vers lui, lui prit le bras et lui parla à voix basse, d'une manière insistante. Il la fixait sans paraître le moins du monde comprendre ce qu'elle disait. En parlant toujours, elle le fit sortir.

"C'est pendant la guerre qu'il est devenu fou ?" interrogea Marten, quand elle revint. Elina haussa les épaules. "Ce n'est pas si facile à déterminer. Je ne sais pas. Il était déjà comme ça quand il est arrivé ici.

— Pourquoi se prend-il pour Icare ? C'était un aviateur ?

— Les Allemands ont largué des parachutistes sur la Crète. Il en faisait partie. Il a peur de tomber et est inquiet quand il voit du feu. Et pourtant, il aime ça, il le recherche."

Elle hocha la tête en soupirant et débarrassa la table. Puis elle vint s'asseoir près de la porte et prit son tricot. "Parle-moi de toi", dit-elle.

Marten ne pouvait pas s'endormir ; de fait, il avait dormi presque continuellement les deux jours précédents. Il avait des démangeaisons à l'épaule et dans le dos, mais c'était un signe de guérison. Il se tournait et se retournait sur le matelas dur. Elina avait enlevé le panneau d'une des fenêtres. Le clair de lune inondait le paysage. La petite lampe, sous l'icône, jetait une auréole de clarté roussâtre sur le mur. La fraîcheur entrait dans la pièce. L'air était rempli de vagues bruits nocturnes, les feuilles qui remuaient, les grillons qui chantaient. Soudain, alors que Marten se tournait du côté de la fenêtre, il crut apercevoir quelqu'un qui regardait à l'intérieur. Son cœur se mit à battre. La silhouette avait immédiatement disparu. Même s'il n'avait rien vu de précis, il savait que c'était l'Allemand. Il se dit qu'il n'y avait aucune raison d'avoir peur, il avait seulement été surpris, mais au fond de lui, l'angoisse était bien là. Il se redressa à moitié et fixa la fenêtre.

Toutes sortes de choses, depuis longtemps oubliées, lui revenaient à l'esprit. Le mot "Allemand" éveillait en lui des associations, toute une série de faits, d'informations fragmentaires et à peine comprises. Sur le bureau de son père, il y avait eu, pendant un temps, un livre illustré sur la Seconde Guerre mondiale. Dans son souvenir, ce livre ne faisait qu'un avec l'impression horrible, épouvantable ressentie quand, le souffle coupé, il vit pour la première fois une photo du charnier de Bergen-Belsen. Maintenant, c'était une autre image qui s'imposait à lui : sur une double page, des clichés de largages massifs de parachutistes, une pluie de flocons blancs dans le ciel. Sur la page de gauche, la légende était : "Les troupes parachutées de la Luftwaffe atterrissent sur l'aéroport de Waalhaven, à Rotterdam, le 10 mai 1940." Sur la page de droite : "Le 20 mai 1941, ces mêmes commandos jouent un rôle important dans la reconquête de l'aéroport de Malème, près d'Héraclion en Crète." Le souvenir de ces deux photographies ne le quittait pas. C'était donc là qu'il avait été, cet Icare. Un Allemand, un Boche. Un parachutiste. Qui avait peur de tomber, qui craignait le feu. Il... Au même instant, Marten vit de nouveau son visage s'encadrer dans la fenêtre.

Il appela, qui ou quoi exactement, il n'aurait pu le dire.

La porte de la pièce arrière grinça et Elina entra, dans ses vêtements de jour, mais sans fichu sur la tête. Ses cheveux, gris et lisses, flottaient sur ses épaules. Dans la pénombre qui effaçait les teintes et les irrégularités, elle semblait une autre femme, plus jeune. Elle vint vers le lit et se pencha comme si elle voulait vérifier qu'il ne dormait pas.

"Que se passe-t-il ?

— Il regarde par la fenêtre.

— Il est inquiet. Il n'a pas l'habitude de voir des étrangers."

Elle sortit. Il l'entendit faire le tour de la maison en appelant doucement.

Elle revint avec une pastèque dans sa main. Elle en coupa une tranche qu'elle porta à Marten. Pendant qu'il mangeait, elle resta près du lit, la tête appuyée sur la main. Il sentait son regard se poser sur lui, par intervalles.

"C'est impossible, dit-il brusquement. C'est tout simplement impossible.

— Quoi donc ?

— Eh bien, tout ça. Toute la situation. Cette maison, et vous, je veux dire toi.

— Pourquoi est-ce impossible ?

— Je ne sais pas. Des choses de ce genre n'arrivent pas, tout simplement.

— Oh ! tu dois réviser tes idées à ce sujet. Nous aimerions bien que tout soit explicable, en vertu de ce que, de notre point de vue, nous appelons la raison et la logique. Il n'est pas mauvais que de temps à autre, quelque chose nous rappelle que nous faisons partie d'un système.

— Mais je ne peux juger des choses qu'en fonction de mon propre point de vue ?

— Je crois qu'il y a des moments – et ce sont ces situations bizarres contre lesquelles se rebiffe le sens commun – où l'on perçoit, disons, un autre lien entre les choses. Percevoir, le mot est trop fort. On l'entrevoit, on ne le comprend pas. Quelque chose en nous, de profond, situé hors de la portée du moi qui pense et agit, n'en a que l'intuition. Si tu connaissais l'art du tissage, tu comprendrais ce que je veux dire. L'envers de la tapisserie, là où tous les fils se croisent et s'enchevêtrent, n'a pas moins de réalité que le côté que nous appelons «le bon», avec ses motifs nettement cernés, ses points bien alignés, la juxtaposition des couleurs… Parfois, il nous est donné de jeter un coup d'œil sur l'envers de… Ah !…"

Elle secoua la tête et se donna une petite tape sur la joue.

"Pourquoi faire ça ? demanda Marten.

— Hier, je t'ai dit que j'étais quelqu'un qui essayait de devenir un être humain. Et je t'ai provoqué, en lançant que toi, tu n'osais pas. Tu te rappelles ? Mais je ne t'ai pas dit ce que c'était, un être humain. Ça me tracasse. Avant de préconiser le courage de continuer et la volonté de devenir un être humain, il faudrait d'abord que je puisse répondre à ta question concernant ce que j'entends par «être humain». Je ne sais pas si je peux me faire comprendre de toi. Mais je vais essayer, dans la mesure du possible. Je pense que l'homme est un extraordinaire organisme de régulation entre le néant et le tout, entre le chaos et le cosmos. Notre existence entière, en tant qu'espèce et en tant qu'individu, est un long combat pour trouver la juste mesure entre l'animalité aveugle et un abandon tout aussi radical à ce que nous appelons le vraisemblable en nous aidant de notre raison trompeuse et de nos émotions fallacieuses… Devenir un être humain, c'est pour moi : toujours et partout, viser cet équilibre, en bandant toutes ses forces, avec une vigilance constante. Un être humain : un organisme qui grâce à des facultés innées de raison et d'intuition peut rester en équilibre... c'est pour cela qu'il a été créé. Et tout ce qui nous arrive constamment dans notre vie, jour et nuit, de l'intérieur ou de l'extérieur, est une incitation à fonctionner..."

Est-ce que je comprends ce qu'elle veut dire ? pensa Marten. Parfois il le croyait, à d'autres instants, il n'en était plus sûr. Elle était le premier adulte qu'il ait jamais rencontré qui lui donnait le sentiment de ne pas être "bidon". Elle était ouverte, elle était vraie, elle n'avait pas peur de l'instant présent. Qu'importait, pour le reste, qu'il la connût, qu'il sût tout d'elle, qu'il la comprît ou pas ? Un être humain, pensa-t-il, rempli d'une admiration sans bornes, un être humain, une chose qui tantôt rétrécit pour devenir proche et tangible, tantôt semble expansible et remplit le monde de sa présence... Un être humain, une vieille femme qui s'occupe de son petit ménage, pour laquelle tu éprouves de la sympathie parce qu'elle est vachement gentille pour toi, mais aussi de la compassion, de la curiosité, et encore une foule d'autres sentiments plus vagues, et qui en même temps est plus proche de toi que ta propre mère, te soutient mieux que ton propre père, un être devant qui tu voudrais t'expliquer comme si tu te trouvais devant l'humanité entière : C'est moi, voilà ce que je veux... L'idée traversa sa conscience comme l'éclair, mais il sentit son incapacité à la formuler de quelque manière ; son cœur bondissait dans sa poitrine comme un poisson qui voudrait vainement s'arracher à l'eau pour voler comme un oiseau. Il vit un large sourire se dessiner sur les lèvres d'Elina.

"Reste où tu es, dit-elle en clignant des paupières, rassurante, il est bien d'éprouver la nature des choses : touche les draps, regarde la lumière sur le mur, respire, tu es un être de chair et de sang, tu es couché dans un lit, tu as encore mal dans ton bras, dans ta jambe. Maintenant tu dois dormir."

Du côté du village s'enfla une rumeur où les cris se mêlaient aux voix ; des dizaines de gens grimpaient la pente, avec des enfants qui couraient en tête. Elina, en train d'enlever les mauvaises herbes, se redressa et marcha vers la route, le sarcloir à la main. Jessica poussa un cri : "Niko", et en coupant à travers champs, elle dévala la pente. Marten aperçut, au milieu du groupe, Niko et Aréthusa Mavrochidis soutenant une jeune femme qui marchait d'un pas chancelant. Tantôt elle se pliait brusquement en deux, le visage dans les mains, tantôt elle rejetait la tête en arrière. Dans ses cheveux en désordre, son visage faisait une tache blême. Niko lui parlait sans s'arrêter, il semblait ne pas avoir vu Jessica qui, n'osant pas se mêler aux gens du village, accompagnait le groupe en remontant par l'oliveraie.

Niko, Aréthusa et Elina entrèrent dans la maison, les autres restèrent sur la route, à discuter avec animation et force gestes. Jessica, qui voulait suivre Niko, fut arrêtée à la porte par Elina. Elle contourna la maison et vint s'asseoir à l'abri des regards, sur une pierre, à l'ombre des citronniers. Marten la rejoignit en claudiquant. Ils attendirent en silence, un long moment. Des enfants se montrèrent au coin de la maison et les observèrent. Jessica poussait des "Psschi ! Psschi !" comme si elle voulait chasser des poules, à la grande joie des enfants qui revenaient toujours plus nombreux. Marten et Jessica finirent par leur tourner le dos. Un peu plus tard, Marten entendit la voix d'Elina dominer la rumeur. Des gens partirent. Les heures s'écoulaient lentement. Marten passait le temps en observant les fourmis qui grouillaient au pied des citronniers et le long du tronc. Il essaya de parler à Jessica, mais sans grands résultats. Elle se sentait rejetée parce que la fille brune se trouvait à l'intérieur. Dans l'après-midi, Elina leur apporta du pain, des fruits et de l'eau. Son visage était fermé. Elle résuma la situation en quelques mots.

Manoli Mavrochidis avait tué l'ami de la sœur de Niko au cours d'une rixe. Elle était enceinte de six mois, une fausse couche était imminente. Elina demanda à Jessica et à Marten de rester dehors. Ils devaient l'avertir quand l'Allemand se montrerait dans les parages. Elle prit des branchages et du charbon de bois dans la réserve qui se trouvait sous un auvent, à l'arrière, et fit du feu dans un foyer à ciel ouvert, près de la maison.

Niko sortit. Marten vit qu'il avait changé. Il les salua, Jessica et lui, mais ils n'appartenaient plus à son monde. Son regard était sombre, il serrait les lèvres. Des ombres creusaient ses tempes et ses pommettes, il semblait avoir maigri. Jessica commença naturellement à lui poser un tas de questions, mais en silence, il faisait toujours non de la tête, menton levé, yeux fermés. Ses vêtements étaient tachés de sang. Il allait et venait devant la maison, s'arrêtait parfois, plongé dans ses pensées, les mains sur les hanches. Puis il semblait écouter les bruits en provenance de la maison, et aussi ceux qui venaient de plus loin, du village. Soudain, il se retourna et rentra dans la maison. Jessica éclata en sanglots. Près de la porte, un groupe de femmes discutaient, à voix basse mais passionnée.

Vers le soir, l'Allemand apparut. Il fit un détour en passant devant Jessica et Marten. Quand il aperçut les femmes, il se replia derrière la cabane aux chèvres. Marten, en boitant, alla prévenir Elina. Ne sachant si elles devaient ou non le laisser entrer, les femmes s'effacèrent devant lui. En entrebâillant la porte, il aperçut ce qui se passait à l'intérieur. Quelqu'un gémissait de façon monocorde. Elina était penchée sur le lit.

"Je ne peux pas m'en aller maintenant, dit-elle sans se retourner quand elle entendit sa voix, prends ce pain et apporte-le-lui. Pose-le à proximité s'il ne veut pas le prendre, et laisse-le seul."

L'Allemand n'était plus derrière la cabane. Marten regarda autour de lui et l'aperçut, plus haut, entre les arbres. Marten leva le pain en l'air, mais l'autre ne réagit pas. Un petit sentier grimpait en zigzaguant. Marten fit glisser la miche dans le linge qui maintenait son bras en écharpe et, cherchant des points d'appui de l'autre main, il commença à monter. Son pied lui faisait mal, sous l'effort, la sueur inondait son visage et son cou. A mi-chemin, il brandit le pain. *"Brot ! Essen*[1] *!"* dit-il, en répétant le geste de porter un morceau à sa bouche. L'homme ne bougeait pas et, à demi ramassé sur lui-même, le regardait fixement. Marten comprit qu'il ne pourrait pas aller plus loin, il n'y arriverait pas. Il aperçut en contrebas la jupe à rayures de Jessica, à travers le feuillage ; il appela la jeune fille.

"Qu'est-ce que tu fais ?" demanda-t-elle d'un ton morne, en arrivant à sa hauteur. Son visage était marbré et bouffi par les pleurs. Marten voulait seulement qu'elle l'aide à grimper. Mais à son grand étonnement, elle lui prit le pain et se mit à escalader le sentier. Il savait que c'était pour elle une épreuve, mais qu'elle voulait montrer son courage et que cette démonstration avait un rapport avec Niko et l'attitude du jeune homme à son égard. Elle ne montait ni lentement ni prudemment, elle fonçait, comme pour étouffer dans l'œuf tout germe d'hésitation. Tapi entre les arbres,

1. En allemand dans le texte : "Du pain ! Manger !"

l'homme suivait chacun de ses mouvements de son regard clair qui ne cillait pas. Quand elle se trouva à quatre ou cinq mètres de lui, elle n'osa pas aller plus loin. Elle hésita, ne disant mot.

"Vas-y, tout est OK", cria Marten. Mais elle lança le pain en direction de l'Allemand avec un geste brusque (elle visa à côté, le pain roula un peu plus loin sous les buissons) et redescendit en courant. L'homme poussa un cri et s'enfuit.

Marten se réveilla en sursaut. Un frisson le parcourut, il ne savait pas combien de temps il avait dormi. Il était assis sur une paillasse, devant la maison, le dos appuyé contre le mur. On lui avait donné une couverture mais il avait oublié de s'en envelopper. Tout son corps était raide. La lune avait disparu, la masse noirâtre des frondaisons se détachait sur le ciel étoilé. A quelques pas de lui, Niko Stéphandidakis se tenait sous le figuier. Par la porte entrebâillée, de la lumière se coulait au-dehors. Les cris, les plaintes que Marten avait entendus dans son rêve (c'était en rapport avec les jarres de Cnossos, il avait oublié de quoi il s'agissait, il se rappelait seulement un sentiment d'étouffement) étaient bien réels. La détresse le paralysait. Il n'avait jamais connu d'aussi près la douleur d'autrui. Il entendit un bruit de vomissements et un gémissement sourd et profond. Elina parlait doucement et vite. Niko bondit vers la porte. La tête appuyée contre le chambranle, il appela plusieurs fois : "Stéphania ! Stéphania !" sur un ton déchirant, et se répandit ensuite en un flot de paroles passionnées. Elle, à l'intérieur, hurla, une fois, deux fois, un cri aigu et perçant, puis ce fut le silence. La femme qui était restée pour aider Elina sortit et parla à Niko ; il pressa ses poings sur son front, en frappant le sol du pied. Il ne ressemblait en rien désormais à l'aimable et serviable jeune homme qu'ils avaient appris à connaître pendant le voyage, il était étrange, se comportait sauvagement, dominé par la toute-puissance de l'invisible événement.

Jessica sortit avec une cuvette qu'elle vida entre les buissons. Elle resta près de la porte et regarda Niko. Marten vit qu'elle aussi avait changé, ses narines palpitaient, elle avait relevé ses cheveux en chignon, son corsage ouvert laissait voir son soutien-gorge, une ombre se dessinait entre ses petits seins. De la pièce emplie de la lumière jaune provenant de la lampe à huile qui brûlait sur la table, semblait sortir l'odeur des corps. Niko ne resta que quelques instants auprès de sa sœur. Il sortit en trombe et disparut dans l'obscurité en direction du village. Peu de temps après, les lumières s'allumèrent en bas et une scène terrible éclata. Jessica poussa un cri et courut vers la route. Elina la suivit un instant après. "Ne bouge pas", dit-elle à Marten. Il resta là certainement une heure, sous le figuier agité par le vent nocturne, tendant l'oreille vers la rumeur des voix excitées.

A l'aube, les arbres et les buissons devinrent gris, le monde n'avait pas encore pris de couleurs. Une vague lueur apparut sur les sommets. Le ciel pâlit. La fraîcheur montait de l'herbe mouillée de rosée et du feuillage. La chèvre remua dans la cabane, les oiseaux se mirent à pépier.

Sur sa paillasse, emmitouflé dans sa couverture, Marten se sentait vide et sans ressort, comme si son sang coulait plus lentement. Les événements de la nuit avaient chassé tout le reste, tout ce qui s'était passé avant. Il essaya de revenir en pensée dans la période qui avait précédé sa chute, mais sans succès. Gosschalk, Evert et Derk-Jan, Cnossos, Héraclion, le bateau, Athènes, et même Marseille et son père, la maison et sa mère, la ville où il habitait, son lycée, quelque chose en lui refusait de croire que tout cela existait réellement. Une odeur âcre d'herbe et de terre entra dans ses narines. En contrebas, entre les maisons du village, la vie reprenait, peut-être même les habitants ne s'étaient-ils pas recouchés du tout après toutes les émotions de la nuit. Une porte ou un contrevent claqua sur ses gonds, on entendit du fer frotter et battre la pierre, un âne se mit à braire, les coqs chantèrent. Marten sentit l'odeur d'un feu de bois. Elina sortit de la maison, en tenant ses bras pressés contre sa poitrine. Il l'appela doucement, mais elle ne répondit pas. Les épaules courbées, elle se dirigea vers l'appentis, y resta quelques instants à s'affairer. Un peu plus tard elle gravit la pente. On entendit le froissement des feuilles sur son passage. Il faisait presque jour quand elle revint. Marten vit qu'elle avait une pelle à la main. Elle fit sortir la chèvre, s'assit sur ses talons près de la bête qu'elle se mit à traire. En silence, elle apporta à Marten un bol rempli de lait.

"Comment va-t-elle ?" demanda-t-il. Le son de sa voix parut fluet dans le paysage matinal.

"Elle dort", répondit laconiquement Elina. Elle sortit une cruche de la maison et versa l'eau qui restait dans une bouilloire puis elle se dirigea vers l'emplacement du foyer.

Marten la suivit ; les premiers pas furent douloureux, ensuite, ce fut un peu mieux, mais il ne pouvait toujours pas faire porter tout son poids sur son pied droit. A genoux devant le foyer, une sorte de cavité aux parois noircies, elle le regarda, comme pour juger de son état.

"Tu repars avec les autres quand ils vont revenir, cet après-midi ou ce soir ?

— J'aime mieux rester là."

Penchée sur le feu, elle souffla fortement. L'odeur âcre de fumée envahit la cour.

"Je ne sais pas si c'est une bonne chose. Les choses vont mal ici." Elle étala le charbon de bois sur les branches qui flambaient et se releva péniblement. Elle se frotta le visage d'un geste rude et hocha la tête, avec un soupir.

"Le mieux serait que vous emmeniez Jessica.

— Mais elle ne veut pas partir.

— Elle ne peut pas rester ici. Elle a fait une fugue. Ses parents sont à Athènes, semble-t-il, ou dans les environs.

— Je l'ignorais.

— Pense à Niko. Cela ne peut que lui apporter des ennuis supplémentaires si on la trouve ici. La situation ne va pas en rester là. Quand les choses prennent cette tournure, rien ne s'arrête avant que chacun ait vidé sa colère. Manoli va chercher Niko et Niko n'aura de cesse qu'il n'ait de nouveau attrapé Manoli.

— Mais c'est Manoli qui a commencé…"

Elle l'interrompit, d'un geste tranchant.

"Nous sommes en Crète. Pour les gens d'ici, c'est Manoli qui a raison, pas Niko."

Au-dessus des charbons désormais rougeoyants, elle suspendit la bouilloire. Son visage était vieux et marqué, sous le fichu noir. Marten se sentait inutile avec son bras en écharpe et son pied infirme. Il aurait voulu porter ou traîner des choses pour elle, couper du bois, bêcher la terre, bref, faire ce qu'il y avait à faire. Il lutta contre l'envie de le lui dire, cela semblait si fort, si intime. Une phrase finit par sortir de sa bouche : "C'est moche que je ne sois bon à rien.

— Tu peux surveiller le feu pendant que je vais chercher de l'eau en bas."

Elle entra dans la maison, en ressortit avec deux cruches vides.

"Où est Jessica, l'as-tu vue sortir ? Je pensais qu'elle était dans la chambre, en train de dormir, mais elle n'est plus là."

Marten n'avait rien remarqué. Elina posa les cruches à terre, elle joignit les mains et regarda autour d'elle comme si elle s'attendait à voir la jupe rayée de Jessica entre les arbres, ou sur les pentes surplombant le village.

"Son sac aussi a disparu. Elle est partie à la recherche de Niko. Elle ne pouvait rien faire de plus stupide, dit Elina, d'une voix étouffée. Je lui ai appris cette nuit qu'il était en danger, qu'il devait se trouver quelque part dans la montagne."

Elle marcha brusquement vers la cabane et, s'appuyant contre le mur, elle posa la tête sur son bras. Marten se mordit la lèvre, cloué par la gêne et la stupeur.

Le soleil inondait le ciel ; dans la lumière transparente du matin, les cimes des oliviers avaient des reflets argentés, les sommets de la haute montagne avec leurs angles, leurs anfractuosités, les bois et les pentes caillouteuses, ainsi que les arbres des vergers dans la plaine de Mesara se détachaient avec netteté jusque dans les coins les plus reculés. Marten percevait le village comme un organisme vibrant d'inquiétude au cœur de ce paysage ; lui-même en faisait partie, ainsi qu'Elina, Niko, Stéphania, Jessica, Manoli et tous les autres qui avaient vécu cette aube, à l'intérieur ou autour de ce pâté de maisons. Mais dans le désespoir immobile de la vieille femme, quelque chose de plus semblait s'exprimer, une douleur personnelle qu'il ne comprenait pas, dont il ne pouvait rien savoir mais qui le concernait d'une manière ou d'une autre. Une émotion s'enfla en lui comme une vague chaude, comme si quelque chose croissait à l'intérieur, devenait trop grand pour sa personne ; il savait ce que c'était ; jadis, il avait appelé cela "se mettre en grève", quand c'était encore un sentiment vague, fragile et impuissant, mais désormais la chose faisait craquer les limites de son moi, elle était mûre pour un autre nom et ce nom, Marten ne le connaissait pas. Il sentait seulement cette tension intérieure, il lui fallait grandir ou exploser.

ÉLINA

Qu'a donc été ma vie ? se demandait souvent la femme qui avait mené pendant vingt ans une existence vagabonde avant de s'établir en Crète, dans un village de montagne. Solitude. Dans des décors différents, avec des accessoires et des partenaires différents. Je n'ai appris qu'une chose : mon incapacité à briser le cercle vicieux. Quand j'ai fui pour me libérer, j'étais déjà tellement conditionnée à la solitude que tout ce que j'ai entrepris avec détermination et un désir fervent de rejoindre les autres a été peine perdue, m'a rendue plus seule encore. Alors j'ai fui de nouveau, mais avec un autre objectif, je ne désirais plus que le repos, la paix qu'apportent la résignation, l'acceptation stoïque des choses, et j'ai cru les trouver dans une partie du monde où les hommes ne connaissent pas ces problèmes. Je pensais qu'auprès d'eux, je ne pourrais ni m'apitoyer sur mon sort ni rechercher de la compréhension pour mes tourments. Je faisais confiance aux capacités d'adaptation qui sont le propre de l'être humain. En arrivant en Crète, j'espérais que les lignes nettes, la lumière implacable allaient influencer et modifier mon regard et mon travail. J'oubliais qu'en Provence, en Espagne, en Irlande, dans les Alpes, dans tous ces lieux où j'avais, là aussi, cherché une libération, je n'avais rien découvert d'autre que le paysage immuable de ma conscience. Et que je le veuille ou non, ce paysage est fait de solitude, une solitude innée, qui se développe et se renouvelle toujours à partir de ce que je suis. Il m'a fallu une vie entière pour reconnaître que cette solitude m'était inhérente parce que je suis un être humain, donc condamnée à vivre à la charnière de contradictions inconciliables, ce dont je suis bien consciente. Je suis seule, je le sais, et je sais aussi pourquoi. Mais ça s'arrête là. Je ne peux pas aller plus loin.

Des centaines de fois, elle avait ainsi évalué sa situation. La plupart du temps, mentalement – pour le monde extérieur, elle était occupée à chercher de l'eau, filer et teindre la laine, cueillir des fruits et des simples, traire une chèvre, lancer contre le vent le grain de la récolte sur l'aire de battage, conduire les mules qui tiraient la herse ; ce qu'on voyait, c'était une vieille femme silencieuse, aux lèvres résolument serrées et aux yeux gris pénétrants sous le bord du fichu. Mais souvent aussi elle monologuait tout haut ou à voix basse, et elle se surprenait alors (elle qui durant des années avait pensé en français, voire de temps à autre en grec) à parler dans la langue de ses jeunes années, quand elle habitait son pays natal. Soudain, c'était comme s'il se formait un îlot dans le courant des tâches et des événements du quotidien, elle prenait conscience de ce qu'elle était en train de faire, de l'endroit où elle se trouvait. Par exemple, elle était chez elle, un balai à la main, ou elle étendait des couvertures au soleil, ou bien elle tricotait, assise sur le pas de sa porte badigeonné à la chaux, ou encore, avec une hotte sur le dos, elle marchait dans une des oliveraies du versant. Elle voyait ses mains ridées, larges et brunes, ses pieds dans des souliers informes de paysanne, l'étoffe des vêtements qu'elle portait ; elle voyait aussi le sol sur lequel elle avançait, de la terre aride, de l'herbe calcinée, de la boue, durcie par le gel en hiver, amollie au printemps, de la roche dure, ou bien elle remarquait la luxuriance du maquis couvert de plantes aromatiques et de fleurs, anémones, oxalides jaune vif, qui lui arrivaient aux genoux. Entre les troncs d'arbres, elle apercevait le paysage familier de la plaine de Mesara avec ses oliviers et ses champs, et le cirque des montagnes, dominé par l'Ida, que les gens appelaient le Psiloritis. Quand elle était chez elle, entre ses murs chaulés, des tresses d'oignons et des bouquets d'herbes séchées pendaient aux solives, sur la planchette au-dessus du lit, l'icône de la *Panayia* brillait de tous ses ors. Du seuil de sa porte, la vue était aussi très familière, la route en forte déclivité, pleine de creux et de bosses, qui faisait brusquement un coude cinquante mètres plus bas, les toits plats, la cime des arbres, la coupole de la chapelle. C'est donc moi, Eline Breskel, se disait-elle, avec une surprise dans la voix, sur son îlot d'introspection, je suis ici, je vis ici, c'est mon univers, j'appartiens à ce village, je fais partie des habitants, je suis Elina, l'une des leurs.

Pendant des années, il n'y avait pas eu de contradiction entre ce monologue sur sa solitude et le sentiment qu'elle avait d'être chez elle à cet endroit. Elle avait trop l'habitude d'analyser tout ce qu'elle faisait et pensait pour ne pas en connaître la raison. C'est qu'il y avait deux personnes en elle, Eline Breskel et Elina. Sa métamorphose physique en vieille paysanne crétoise semblait accomplie mais à l'intérieur d'elle-même, l'autre survivait, l'Occidentale, l'artiste, la névrosée déçue par la culture, l'insatisfaite, la vagabonde, la tourmentée, Eline.

C'est moi, c'est bien moi, répétait-elle, mi-incrédule, à l'écoute d'elle-même, et elle s'étonnait sans mesure de son propre étonnement, du fait que prendre conscience de soi continue de surprendre, même quand on a soixante ou soixante-dix ans. Les jours étaient remplis de ces îlots de silence et de lucidité. Il était encore tôt dans la matinée quand elle avait balayé le sol, remis la couverture rayée noir et rouge sur le lit, jeté un œil dans l'appentis pour voir si Helmuth Sturm s'y trouvait (en général il n'était pas là, et jamais pendant la saison sèche, il dormait alors dans une de ses grottes ou l'un de ses refuges dans la montagne). Elle mangeait ce qu'elle avait à la maison, du pain et du fromage, un fruit, du *chondros*[1] ; elle buvait de l'eau de la cruche qui se trouvait près de la porte. Puis elle sortait dans la fraîcheur du petit matin, elle nourrissait les poules, attachait la chèvre à un piquet, sur le talus couvert d'herbes folles et de buissons. Elle prenait un broc et descendait lentement vers la source du village. Le soleil passait le faisceau de ses rayons entre les fûts des arbres, une vapeur fraîche était en suspension dans l'air, la rosée brillait sur les feuilles et sur l'herbe. L'hiver, des nuages porteurs de pluie glissaient sur les montagnes et sur la plaine, ou bien le Psiloritis détachait sur le ciel ses crêtes enneigées, d'une blancheur éblouissante, un vent glacial soufflait. Près de la fontaine, hiver comme été, si matinale que fût l'heure, des femmes poursuivaient leur conversation de toujours à propos des malades et des nouveau-nés, du ménage et des animaux, du mariage et de la mort, elles parlaient de descendre au

1. Bouillie de gruau.

village du bas, ou à Hagia Varvara, ou plus loin, par le car, pour faire des courses ou rendre visite à des proches. Elina causait avec ces femmes, répondait aux questions, demandait à son tour des nouvelles des uns et des autres, restait, en tout cas, un certain temps à écouter, appuyée contre le rebord de la fontaine, la main sur le broc rempli. Parfois un enfant ou une jeune fille revenait avec elle pour porter l'eau, mais d'habitude, elle remontait seule, pas à pas, sur la pente raide, en tendant l'autre bras, pour faire contrepoids. Des poules et des cochons marqués de noir fouinaient entre les pierres du chemin et dans la cour des maisons, des bandes d'enfants descendaient en piaillant vers l'école du village, des hommes menaient des ânes lourdement chargés sur le chemin, partout les gens allaient à leur travail dans les champs ou dans les jardins.

Un homme très âgé, le foulard noué avec négligence sur sa tête chenue, était assis comme toujours sur une chaise, sous les arbres, devant sa maison. Elina n'oubliait jamais de saluer Emmanuel Stéphandidakis la première : "Bonjour, que Dieu te bénisse", criait-elle en passant. Elle savait combien il en coûtait au vieil homme de faire un signe ou de remuer les lèvres. Plus elle montait, plus sa charge devenait pesante. Elle devait poser le broc à terre, régulièrement, et se reposer, en portant les mains à ses flancs et en s'obligeant à respirer à fond. Parfois elle s'asseyait sur le bord du chemin, elle avait tout son temps. Elle regardait par-delà les collines et la plaine, suivait du regard les ondulations amples de la chaîne de crêtes qui fuyaient vers l'horizon. Elle parlait avec les passants, elle connaissait tout le monde, la famille de chacun, les conditions de vie des uns et des autres ; elle avait connu la plupart des adultes quand ils étaient garçons et fillettes ; elle avait été présente à la naissance de presque tous les enfants. Au cours de ces longues et pénibles années de guerre et d'après-guerre, elle était devenue bien plus que "l'étrangère" pour les villageois ; de même qu'Emmanuel Stéphandidakis était "le vieil homme", elle était pour eux "la vieille femme", ainsi que "la mère des arbres", depuis qu'elle avait fait planter de nouveaux oliviers, des platanes et des cyprès, avec ce qu'avaient rapporté ses tableaux et ses dessins. Elle avait sa place, une fonction. Certes, elle était seule, mais la solitude n'était plus douloureuse. Cette découverte lui causa une joie mêlée de mélancolie, un sentiment du même ordre que celui qu'elle éprouvait, au retour du printemps, dès que le vent chaud d'Afrique soufflait de la mer et qu'elle voyait les fleurs sortir de la rocaille. Elle était seule, mais cela n'avait que peu d'importance, en fin de compte. Elle était seule sans l'être. Elle savait que ce sentiment de solitude venait de ce clivage intérieur, de l'opposition entre un moi hypersensible et hyperconscient, et l'être qui était justifié parce qu'il vivait avec d'autres êtres. Sa solitude fut adoucie parce qu'elle faisait partie intégrante d'une communauté, mais à l'inverse, elle ne put jamais se fondre totalement dans cette communauté.

Elle passait ses journées dans sa maison ou aux abords de celle-ci ; il était rare qu'elle s'en éloigne assez pour la perdre de vue, sa maison au bord du chemin, tout en haut du village. Elle avait toujours quelque chose à faire, pour elle-même ou pour les autres, comme chacun au village, et tout en vaquant à ses tâches, elle essayait de débrouiller l'écheveau de ce passé obscur qu'elle portait en elle, mettant laborieusement à nu les nœuds et l'extrémité des fils, comme si elle devait réparer une tapisserie en mauvais état, sans casser aucun des brins de laine. Qu'a donc été ma vie ?

Elle n'avait pas besoin de fermer les yeux pour se replonger dans ce monde en apparence toujours changeant, en réalité toujours le même, de ses années d'errance. Même si elle pouvait se rappeler mille détails qui donnaient l'impression d'une diversité de pays, de climats, de situations, elle avait le sentiment, en se remémorant cette vie antérieure, qu'elle avait toujours habité les mêmes chambres, avec vue sur les mêmes rues et les mêmes paysages, que les mêmes expériences s'étaient répétées selon un surprenant mouvement cyclique, qu'elle avait été obligée de résoudre les mêmes problèmes (mais il n'y avait pas de solutions), qu'elle avait vécu les mêmes conflits de bout en bout. Vingt ans de voyages, de nomadisme ponctués de quelques haltes, un kaléidoscope de trains, de navires, de meublés, de chambres d'hôtel, de rues, de routes, de places avec ou sans statues, de jardins publics, de magasins, de forêts, de rochers, de plages, de sommets, de cheminées noircies, de trottoirs sales, de cours remplies de détritus et de vieilleries, d'entrées obscures, d'escaliers interminables, aux rampes minces de fer forgé qui, vues du sol, semblaient symétriquement se rejoindre en un point situé en altitude, de balcons croulant sous les pots de fleurs et barrés de cordes à linge, de théâtres, de cafés, de musées, d'ateliers stériles, et de maisons et de chambres innombrables, tous ces lieux imprégnés de cette odeur caractéristique du quotidien des gens, avec des meubles, des tableaux, des horloges, des tapis, ou meublés du strict nécessaire, un lit, une table, une chaise sur un parquet poussiéreux, des journaux ou du papier d'emballage plaqués sur les vitres en guise de rideaux ; et puis, dominant tout le reste, restitués le plus nettement, les visages, les corps, les voix, le souvenir d'une poignée de main, d'une étreinte, d'un baiser, de luttes corps à corps, d'altercations violentes, de mots chuchotés dans la nuit ; l'odeur de la peau, des cheveux de l'autre, si proche, l'extase, l'irritation, le dégoût de vivre, jour après jour, dans l'intimité d'habitudes réciproques, sans masque, sans retenue ; et les amitiés, les discussions autour d'un verre de vin, d'une tasse de café jusqu'à l'aurore, l'échange stimulant d'idées, les controverses passionnées, oublier le lieu et l'heure en s'emballant pour une interprétation, une idée, une œuvre, et aussi et surtout les heures interminables de travail, de combat âpre et désespéré pour traduire sa vérité intérieure en lignes, en couleurs, en formes, et le sentiment fugace d'une libération, le doute jamais éteint, et toujours, toujours, venant contrecarrer une nouvelle tentative, la désillusion, l'amertume, le sentiment d'une impuissance.

Des images de ce qui avait été vu, vécu et pensé au cours de ces vingt ans se fondaient dans la conscience de cette vieille femme, comme sur une palette de peintre qui n'a jamais été nettoyée malgré un long usage et sur laquelle on ne peut plus distinguer une couleur d'une autre, dans une confusion totale. Parfois, elle se revoyait soudain avec le physique presque inchangé qui avait été le sien entre sa vingt-cinquième et sa quarante-cinquième année, sa personnalité était trop originale pour se laisser influencer par la mode dans sa manière de se vêtir ou de se coiffer. Souvent, elle avait peint ou dessiné un autoportrait sur fond de solitude, devant un ciel nuageux, un paysage, une rangée de maisons, et toujours c'était le même visage qui la regardait, avec une expression farouche et avide, sceptique et pourtant passionnément impliqué dans la vie, le visage d'une femme qui s'était enfuie et ne pouvait plus revenir, qui, dans un balancement continuel entre l'angoisse et le courage, était portée vers une destination inconnue.

Le monde dans lequel elle avait été enfant, il y avait longtemps, Breskel. Cachée au fond des bois, dans le Nord, une maison blanche, partiellement entourée par l'eau d'anciennes douves, une maison dont l'ombre, par les après-midi d'été, s'allongeait progressivement sur la pelouse, au-delà de la terrasse. Une maison pleine du bruit du vent et des arbres, pleine de musique aussi, les notes claires égrenées au piano, les voix des violons. Parfois, ce monde lui revenait en rêve ; elle était enfant et courait en glissant et en trébuchant sur le parquet de la grande galerie, à travers les rais de soleil obliques où tournoyaient des grains de poussière, scintillants comme de la poudre d'or. Elle se trouvait tout d'un coup dans la forêt, là où se croisaient les allées de rhododendrons, à l'ombre des hautes frondaisons ; la terre était humide et noire sous ses pieds ; des oiseaux invisibles sifflaient dans le feuillage ; couchée dans l'herbe, entre les massifs de fleurs, elle voyait ses parents assis sur la terrasse, l'ombrelle de sa mère piquée sur la balustrade couverte de rosiers comme une grosse fleur blanche. Dans un autre rêve, elle entrait sur la pointe des pieds dans la pièce du haut, plus ou moins interdite, la chambre à coucher de son père et de sa mère, avec le lit bleu à baldaquin, la coiffeuse au grand miroir, les flacons, le nécessaire en argent, la pièce où des robes à volants, un négligé de soie légère, des mules garnies de duvet traînaient sur les fauteuils et le canapé à rayures… Sa mère était assise dans son lit, appuyée contre des oreillers, ses bras blancs, son cou étaient nus, sa chevelure dénouée ; sur le couvre-lit bleu, il y avait des lettres, des fleurs, des paquets, et elle, Eline, l'enfant, captivée par la tiédeur de cette chambre au parfum de violettes et gênée d'être en un lieu où elle n'avait que rarement la permission de venir, se laissait embrasser et recevait un bonbon au chocolat d'une boîte ornée d'un ruban. En rêve également, il lui arrivait, comme autrefois, dans le couloir obscur, de se pencher sur la rampe de l'escalier pour apercevoir le puits de clarté que formait le vestibule où les hôtes étaient introduits ; la rumeur des voix, venant de la galerie, montait jusqu'à elle ; un peu plus tard, le silence se faisait ; seuls le piano, le violon et le violoncelle conversaient, ou bien quelqu'un chantait, et l'enfant, en haut de l'escalier, écoutait, seule et attentive ; les murs semblaient transparents, c'était l'été ou l'automne à volonté ; elle était dans le vent qui soufflait dans le bois et secouait les branches des pins maritimes ; elle était dans la pluie qui tombait sur l'herbe, dans l'éclat émeraude de l'eau où jouait le soleil, et dans les dunes de sable, au cœur du bois, une clairière de collines blanches. Dans son rêve, elle revivait intensément, à l'état pur, l'expérience que la musique lui avait apportée sa vie durant, une fusion parfaite et immédiate avec la nature. Les sons ne lui rappelaient jamais des gens, des choses ou des événements, les sensations et les images qu'ils éveillaient en elle étaient celles des paysages et des éléments naturels.

Sortir du paradis perdu de Breskel pour s'éveiller dans la réalité était étrange : sous elle, le contact de la paillasse ; sur les murs, la lueur jaune de la lampe éclairant l'icône ; l'odeur du bouquet de thym accroché au col de la cruche où elle gardait l'eau potable ; le silence de l'immensité nocturne à l'extérieur de la maison. Elle s'étirait sous les couvertures, respirait un bon coup et avait un sourire amusé en frottant lentement ses mains ridées et rugueuses sur sa poitrine. Pendant ses années d'errance, elle n'avait jamais rêvé du Breskel réel, familier et aimable, mais d'un Breskel fantomatique, effrayant ; désormais, elle pensait savoir pourquoi : elle n'était pas encore coupée de sa jeunesse ; son âge adulte s'arrimait à Breskel par d'innombrables racines sensitives. Breskel était le terreau de son œuvre, de sa manière de penser et d'agir, mais elle n'avait pas voulu le reconnaître, elle avait refoulé cette idée dans son subconscient ; en quelque sorte, elle s'était interdit de rêver au Breskel de son enfance, car même en rêve, l'angoisse, la honte, la culpabilité et la haine de jadis que symbolisait Breskel ne la lâchaient pas.

En Crète, la vieille Elina pouvait de nouveau rêver de Breskel, parce qu'elle avait commencé à démêler ce nœud gordien de sa vie, parce que plonger dans ses souvenirs sans angoisse, fouiller dans ce qu'elle avait si longtemps voulu se cacher à elle-même semblaient une conséquence de sa nouvelle vie. Une nuit après l'autre, Breskel lui fut rendu tel qu'elle l'avait aimé au début, non pas un dédale de couloirs et de pièces transformé comme par un peintre de grotesques en un monde effrayant où les ténèbres auraient porté des masques tourmentés ; non pas Breskel aux murs vermoulus et moisis, le Breskel maladif et délabré des cauchemars, où ne restaient de la forêt que des arbres carbonisés ou pétrifiés, des arbres défeuillés, où grouillaient serpents et araignées dans les roses de la balustrade ; pas Breskel ravagé par le feu, hanté par des ombres qu'elle avait essayé de peindre ou de dessiner jour après jour, dans un effort vain pour s'en délivrer, pas ce Breskel-là, mais le premier, le plus ancien, rempli de musique et des chatoiements du soleil et des lampes, rempli du bruissement du vent et des senteurs de la forêt.

Dans ce décor, ses parents lui apparaissaient souvent. Tous les souvenirs qu'elle en gardait, tout ce qu'elle savait d'eux, les expressions, les gestes, les attitudes, les mots qu'elle connaissait donnaient en surimpression une image unique, celle d'un beau couple élégant, infatué de son bonheur, se rengorgeant d'une richesse et d'une culture obtenues sans effort. Pour la petite Eline, seuls avaient existé la mère rayonnante dans ses créations parisiennes au délicat parfum, la mère qui chantait en s'accompagnant au piano à queue, disposait des fleurs dans des vases, fredonnait doucement en faisant tourner entre ses doigts le manche de son ombrelle sur son épaule, qui se promenait sur la pelouse d'été parmi les roses, faisait la grasse matinée dans le lit bleu à baldaquin, avec des lettres éparpillées sur la courtepointe, et le père distingué, tiré à quatre épingles, plongé dans un livre, à son bureau, dans la bibliothèque, la tête appuyée sur la main où brillait la chevalière, le père qui collectionnait les minéraux et les papillons rares, qui, renversé dans son fauteuil, jambes croisées, oubliant son cigare entre l'index et le majeur, écoutait de la musique, les yeux fermés, avec le hochement de tête du connaisseur ; qui, chaque jour, à la même heure, monté sur son cheval bai et accompagné de ses chiens, le setter irlandais et les deux épagneuls, se dirigeait vers les bois de Breskel. Ces deux êtres, la petite Eline les voyait comme des demi-dieux, ils étaient au-dessus du bien et du mal.

Les règles qui s'appliquaient au commun des mortels n'étaient pas de mise pour eux. Ils allaient et venaient dans sa vie d'enfant avec la mystérieuse imprévisibilité qui caractérisait l'apparition et la disparition des fées et des enchanteurs dans ses livres de contes. L'été, ses parents étaient toujours à Breskel, c'est pourquoi les souvenirs que la vieille

Elina avait gardés d'eux semblaient imprégnés d'une atmosphère estivale ; elle revoyait toujours son père et sa mère dans un décor ensoleillé, aux feuillages drus, aux arbustes en fleurs, et la lumière, chaude et mûre, du mois d'août sur un monde vert. Mais le reste de l'année, on ne pouvait pas compter sur eux. Ils partaient en voyage, restaient absents des semaines, voire des mois entiers, revenaient soudain avec des valises pleines de présents exotiques, mais souvent, avant même que la petite ne se fût familiarisée avec ses nouveaux jouets, la calèche était déjà dans la cour, les bagages étaient chargés, ses parents agitaient la main et roulaient vers des amis, des concerts et des cieux azurés derrière l'horizon.

La femme qui, au sortir d'un rêve, restait éveillée dans son lit et contemplait pensivement le visage de la *Panayia*, la Vierge de style byzantin, aux yeux fixes en amande, à la bouche mince et douloureuse, qu'emprisonnait un nimbe d'or, cette femme savait maintenant, après toute une vie, qu'à cette étape de son enfance le doute était né, sous la forme d'une question angoissante, bien qu'informulée : ses parents l'aimaient-ils ou bien les décevait-elle, en n'étant pas à la hauteur, en n'ayant pas des résultats suffisants, d'une manière ou d'une autre ? Elle ne pouvait pas imaginer qu'elle pût ajouter quelque chose à l'existence de ces deux adultes tout-puissants, la mère qui était la plus belle des femmes, le père qui savait tout, ces deux êtres qui pouvaient concrétiser tous leurs désirs, dont la seule présence faisait surgir du néant éclat, couleurs, parfums, musique, mouvement. Que pouvait-elle dire ou faire, la petite Eline, que devait-elle devenir pour être l'égale de ses parents, pour entrer dans leur monde, être prise, acceptée dans leur vie, de telle sorte qu'il n'y aurait plus jamais de séparation ? Quand ils quittaient Breskel, ils semblaient tout entraîner dans leur sillage ; seuls restaient les arbres, les nuages, la lumière changeante et les choses immuables et muettes de la nature.

De temps à autre arrivait une nouvelle bonne d'enfants, mais elles se ressemblaient toutes et que signifiaient-elles, à côté de cette mère d'été, avec ses falbalas en dentelle, la rose à la ceinture, les lèvres et les doigts pleins de musique ? Des gouvernantes donnaient à Eline des leçons particulières, on lui faisait lire des livres mais elle songeait à ce que lui racontait son père quand il était là, et d'humeur à s'occuper d'elle, sur les constellations, la mythologie, l'Antiquité, l'art ; elle n'oubliait jamais rien de ce qu'il lui apprenait, elle écoutait attentivement et ensuite, dans sa tête, elle tournait et retournait ses paroles, en quête de l'élément qu'elle pourrait s'approprier. Mais elle ne pouvait pas capter les chatoiements de leur vie dans sa propre réalité, faite de la salle d'études, des déjeuners et des promenades avec la gouvernante. C'était dehors qu'elle se sentait encore le mieux, seule, parmi les pins maritimes du bois de Breskel, elle ne savait pas pourquoi, elle observait les arbres, les buissons, la forme des feuilles, des souches, des racines : tout cela lui était plus familier que les traits de son propre visage qu'elle scrutait longuement dans le miroir, avec un sentiment d'étrangeté parce que son apparence ne coïncidait pas avec ce qu'elle se sentait être, parce que ce visage diaphane de fillette aux grands yeux n'était pas celui de l'Eline qui était en elle. D'abord sans réfléchir, puis avec un bonheur croissant tiré de l'acte même, elle se mit à dessiner ce qu'elle voyait dans les bois et le jardin.

Elina, la vieille femme, l'autre, qui avait laissé tout cela derrière elle depuis longtemps, qui depuis des années n'avait pas touché un crayon ou un pinceau, ressentait, quand elle repensait à la petite penchée sur son carnet de croquis, cet ancien frémissement de plaisir, cette impression de vivre plus intensément qui accompagne l'élan de la création, aux débuts intrépides. Les ombres dansaient sur le mur où étaient suspendues les tresses d'oignons, d'ail et d'herbes sèches ; dans l'appentis, Elina entendait souvent Helmuth Sturm souffler bruyamment et s'agiter dans son sommeil, au cours de ces nuits où elle se réveillait en sursaut alors qu'elle rêvait de jadis. Elle était couchée là, dans sa vieille peau, dans son corps d'Elina, la dernière enveloppe qu'elle habiterait – mais elle sentait l'enfant qu'elle avait été encore présente en elle, et les larmes lui venaient aux yeux pour s'être ainsi longuement abusée et pour s'être coupée du réel, après avoir inconsciemment cherché l'amour de son père et de sa mère, en pure perte. Elle savait maintenant que certes, ses parents l'avaient aimée, mais surtout comme un bien précieux, comme l'apothéose incarnée de leur union, comme un joyau recelant le meilleur de leur personnalité et de leurs talents à tous les deux. Ils l'aimaient, parce qu'elle leur appartenait, non pas pour elle-même, non pas parce qu'elle venait après eux. Ils ne s'arrêtaient pas avec attention, respect et émerveillement devant ce qu'il y avait d'unique, d'irremplaçable dans ce nouvel être qui était leur enfant, ils l'aimaient parce qu'ils l'avaient créée à leur image, parce que leur amour mutuel était en réalité narcissique, chacun cherchant inconsciemment dans l'autre la confirmation de ce moi auquel il voulait croire.

La fortune des Breskel était fondée sur un certain nombre d'entreprises et d'industries : tanneries, distilleries de genièvre, entrées dans la famille grâce à une aïeule bien dotée. Le père d'Eline éprouvait une répugnance inavouée pour cet aspect de son passé et il laissait à d'autres le soin de gérer les usines, ne se rendait que rarement sur les lieux de travail, ateliers et bureaux en ville. Il ne voulait se mêler d'affaires qu'en termes de documents, de livres de comptes, de transactions, de tableaux synoptiques et de colonnes de chiffres, mots précis et nets dans lesquels étaient sublimés la puanteur des peaux sanglantes des bêtes fraîchement abattues, les relents des bistrots de quartier et des bars à matelots, ainsi que tout ce qui pouvait lui faire penser à ces odeurs. Breskel se considérait volontiers comme un esthète, il mettait une majuscule à "beauté". Depuis sa période d'étudiant, il recherchait de manière systématique le raffinement et le plaisir comme les seules activités dignes d'un être humain. Il était assez riche pour mener cette vie idéale. Il voyageait, voyages d'agrément ou d'études, il collectionnait les tableaux et les sculptures, suivait avec passion les développements dans le domaine de la littérature, de la science, de la musique, surtout de la musique. Il faisait des dons généreux à des orchestres et des associations lyriques ; il recevait des compositeurs et des interprètes chez lui ou leur rendait visite à l'étranger. Petit à petit, il devint membre de ce milieu cosmopolite d'amateurs éclairés et de spécialistes qui "faisaient" la saison à Londres, Paris, Vienne, Bayreuth, Milan. Le fait qu'on le reconnaisse dans tous ces lieux, il devait en convenir, qu'il s'y sente chez lui, le remplissait de fierté comme s'il avait remporté une victoire. Il n'aimait pas la Hollande ; le climat, les gens, leurs habitudes lui déplaisaient. Ses amis étaient des gens atypiques, des cosmopolites dans son genre. Cette idée le flattait, il se considérait comme l'Exception, comme l'*Homo culturae*, le produit d'une sélection millénaire, une plante cultivée au milieu des friches. La mélancolie, le spleen, l'ironie donnaient un arôme subtil à une vie qui, sans cela, aurait été, pensait-il, l'existence trop parfaite d'un grand bourgeois. Peut-être savait-il intuitivement que la beauté ravit d'autant plus l'âme qu'elle est saisie sur un fond sombre.

Breskel vivait dans la conviction que faire des affaires ou de la politique était des occupations de second rang, bonnes à remplir la vie de gens de moindre acabit qui se cherchaient un but. Lui ne voulait se salir ni les mains ni l'esprit. Il avait tracé autour de lui un cercle magique aussi inexpugnable qu'une forteresse pour se persuader que ni lui, ni ses biens n'avaient quelque chose à voir avec le cuir et le genièvre. Qu'aucun homme ne puisse marcher sans souliers, que la boisson fasse taire la faim et les soucis, cela ne le concernait pas ; que certains aient à choisir entre aller pieds nus ou s'offrir quelques heures d'oubli dans l'ivresse, l'idée était étrangère à sa sphère mentale. Quand le doute ou un certain malaise le prenaient parfois, par exemple à la suite de difficultés dans l'entreprise, de réclamations des ouvriers, de questions de grève, d'augmentation, de licenciements, il avait alors une réponse qui renvoyait au coin le petit diable venu le turlupiner : les problèmes véritablement importants *sub specie aeternitatis*[1] étaient d'un autre ordre.

Il aimait marcher devant les rayonnages de sa bibliothèque, en passant la main sur les dos lisses des couvertures : Platon, Dante, Goethe, Kant et Hegel, Racine, Montesquieu, Taine, Michelet, Carlyle, Milton, Shakespeare, Plutarque, les Véda, Omar Khayam, Voltaire… Une sensation immense de bien-être le remplissait, là, dans cette pièce silencieuse éclairée par des fenêtres où figurait au centre un écusson transparent, un vitrail rouge, bleu et jaune, représentant les armes des Breskel, la rose et la harpe. Partout où il posait les yeux, il voyait clarté et harmonie. Il avait acheté cette maison dans les bois, il l'avait transformée, embellie, plus rien ne le dérangeait désormais, chaque partie portait la marque de son goût. Il avait imposé sa volonté, ceci était sa création.

Il épousa une jeune cantatrice, Dorine Van Marken. Par cet acte il s'accomplissait lui-même, couronnait sa vie, lui

1. En latin dans le texte : "au regard de l'éternité".

donnait la touche finale et décisive. Sa passion pour une artiste qui, par amour pour lui, choisit une vie *à deux*[1] de préférence à une carrière auréola d'un éclat romantique une existence qu'il avait su soigneusement tenir à l'écart d'un monde trivial, dur et laid.

Elina, qui ramassait des olives à l'automne, en évaluant dans sa paume la grosseur, la fermeté, la teneur en huile des fruits, qui portait des fagots sur son dos voûté, qui remontait de lourds brocs d'eau, travaillait sur un sol pauvre pour une maigre pitance, voyait rétrospectivement la vie que ses parents avaient menée comme l'un de ces bibelots chinois faits d'anneaux d'ivoire entrelacés avec une patience infinie, objets vains, absurdes, d'une virtuosité magnifique, petites merveilles de ciselure, produits de milliers d'heures de concentration et de tension, surprenants mais sans plus, parce que l'ingéniosité et la perfection technique semblaient être la fin au lieu d'être le moyen. Ce jouet d'ivoire avait peut-être un sens, pensa-t-elle, peut-être avait-il pour but d'obliger celui qui le contemplait à réfléchir à la complexité inextricable des éléments de l'existence… mais mon père ne s'en est pas rendu compte. Il ne savait pas que la vie sert à dire quelque chose, que la forme sans le contenu est plus illusoire qu'un mirage. Il était esclave de son style de vie, il s'abusait lui-même au nom de la beauté. En soignant un malade ou en aidant une femme à accoucher, Elina sentait sur ses mains, avec le sang, les mucosités et les vomissures, l'odeur de la vie et de la mort ; alors, elle ne pouvait s'empêcher de penser à cette vieille illusion. Comme ses parents avaient été *fin de siècle*[2] au milieu de leurs chimères ! N'avaient-ils jamais su, jamais reconnu dans un instant de lucidité implacable qu'ils fuyaient la réalité dans leur compagnie mutuelle, qu'ils étaient, lui pour elle et elle pour lui, un miroir et une caisse de résonance ? La belle Dorine, à l'âme aussi fragile qu'une harpe de cristal, donnait sa légitimité à une vie qui n'était qu'un long abandon au plaisir, cautionnait les choix de Breskel, sa fuite loin des peaux sanglantes et du genièvre. Avec ce mariage, Breskel n'avait plus à hésiter, il pouvait bannir de sa conscience tout sentiment de honte et de culpabilité, ses envies les plus chères recevaient une

1. En français dans le texte.
2. En français dans le texte.

sanctification : "C'est pour Dorine que je fais ça, parce que par amour pour moi elle a sacrifié son art."

Bêchant le sol rocailleux de la montagne, quelque part entre ciel et terre, Elina s'interrogeait : Ma mère a-t-elle réellement cru à tout ça ?

Dorine Van Marken avait une jolie voix, mais trop fluette pour chanter l'opéra ou l'oratorio, trop légère pour les lieder, elle n'était pas, à tout prendre, une future étoile lyrique ; au mieux, elle était en passe d'acquérir une notoriété éphémère dans le monde de l'opérette, et ni son passé ni son éducation n'étaient des avantages pour ce métier. Elle ne sacrifia rien en épousant Breskel, elle gagna tout. Son talent se trouvait hors d'atteinte des critiques, maintenant que personne n'avait à juger sa voix selon des critères professionnels, ni les autres, ni elle-même. Au cours des soirées musicales données à Breskel, dans la galerie, ou bien à l'occasion de concerts de charité, dans les salons d'amis étrangers, elle brillait grâce à trois facteurs réunis : une technique, sa beauté et l'aura romantique d'une carrière sacrifiée par amour. Elle faisait bien celle qui a la nostalgie des planches, mais loin d'être incompatible avec le style de vie qu'elle menait avec Breskel, ce jeu en formait pour ainsi dire le leitmotiv. Comme la nostalgie qu'exprimait sa femme offrait à Breskel un alibi pour estimer que voyager, collectionner des œuvres d'art et jouir de la beauté étaient une nécessité absolue, Dorine remplissait sa fonction. Ils se protégeaient mutuellement du doute fondamental. Ils devaient savoir l'un et l'autre que ce doute existait, quelque part, sous la couche de vernis. Même s'ils continuaient à jouer la comédie avec brio, progressivement le soupçon a dû grandir en eux. Sur la terrasse parmi les roses, sur la pelouse, sous le baldaquin bleu, dans la bibliothèque ou ailleurs, dans une salle illuminée, sous les palmiers d'un établissement thermal, ou peut-être dans un des grands trains internationaux, Breskel et sa femme durent connaître des moments d'incertitude soudaine, d'une "mélancolie" beaucoup plus amère que le sentiment du même nom qui, à la fin du siècle, faisait partie de la panoplie du voyageur cosmopolite *fashionable*[1].

C'est alors qu'ils découvrirent que leur fille, Eline, savait dessiner. La petite, un charmant joujou de vacances, un

1. En anglais dans le texte.

bibelot parmi les autres, devint subitement l'incarnation de leurs aspirations inassouvies. A travers elle, ils réaliseraient leur fusion en un seul être génial, voué à la beauté, cette déesse impitoyable qui n'avait pas daigné se montrer dans toute sa gloire ni à Dorine ni à Breskel. Ils virent soudain dans leur enfant le remède à ce sentiment désolant de frustration, qui faisait frissonner Dorine quand elle était au clavier de son piano de concert ou devant son miroir, par suite de la minceur de son talent, du flétrissement inévitable de sa beauté, de ses frustrations de femme ; sentiment qui faisait comprendre à Breskel, lorsqu'il était dans sa bibliothèque ou dans la galerie, devant sa collection de tableaux, que la richesse n'était pas tout, qu'aimer les belles choses et avoir du goût n'étaient pas suffisants, qu'il manquait de tonus vital. Ces deux êtres n'avaient pas de vœu plus intense que de se perpétuer dans une œuvre commune. Leur nom, leur personne et ce qu'ils appelaient leur amour ne devaient pas disparaître sans laisser de traces, ils refusaient tout simplement de croire à cette éventualité. Ils virent les dons d'Eline comme le produit de la créativité latente qui était en eux. Le talent d'Eline était le leur, ils l'avaient nourri de leur propre substance. Penchés sur les dessins de l'enfant, ils se regardaient avec une lueur de triomphe dans les yeux qui disait : Tu vois bien ! Il ne pouvait en être autrement. Ils voyagèrent moins, reçurent moins, toute leur attention se concentra sur Eline.

Ils l'entourèrent de musique et de couleurs, ils la couvèrent d'une attention de tous les instants. Breskel rangea les dessins de sa fille dans des cartons comme il rangeait tout ce qu'il trouvait important ou qui avait une relation avec leur vie et leurs passe-temps. En silence, les parents comparaient des dessins de périodes différentes. Ils les montraient à leurs amis et à leurs invités. Quand Eline était encore enfant, le sens de tout cela lui échappait. Elle était aux anges parce que sa mère et son père lui témoignaient de l'intérêt et de la tendresse. Ce sentiment, sa nature propre et l'isolement dans lequel elle vivait à Breskel la précipitèrent dans le piège. Elle n'aimait rien tant que dessiner et ne faisait aussi rien d'autre. Les crayons, le papier, les bâtons de craie et les fusains étaient les moyens qui semblaient lui ouvrir la voie vers ce qui donnait sa valeur à la vie : l'attention des gens les plus gentils de la terre, elle n'était donc pas seule, elle n'avait aucune raison d'avoir peur, elle signifiait quelque chose pour eux, ils la considéraient comme une personne. Elle ne voulait pas songer à l'avenir, le moment présent lui suffisait. Elle ne pouvait pas s'imaginer qu'elle pourrait jamais être ailleurs qu'à Breskel, elle respirait Breskel à pleins poumons, sa vie était faite des arbres qui devenaient verts et perdaient leurs feuilles, remplie de tous les changements du ciel et de la terre, au fil des saisons. Tant que Breskel lui parut sans limites et qu'elle n'eut aucune raison de douter de la toute-puissance et de l'omniscience de ses parents, elle fut heureuse.

Simon Meinderts, le fils du docteur du village voisin, était son ami. Elle ne jouait jamais avec d'autres enfants. Le maire et le notaire étaient sans progéniture, et elle n'allait pas à l'école du village. Quand ses parents étaient à Breskel, le docteur venait souvent faire une partie d'échecs avec son père. Simon était un garçon dégingandé, gauche et timide. Il était fils unique ; chez lui, l'ambiance était aride et froide. Il avait sept ans de plus qu'Eline, mais ni l'un ni l'autre n'en étaient gênés dans leur relation. Ils vagabondaient dans les bois, grimpaient aux arbres, cherchaient des champignons et des plumes de geai et s'identifiaient aux situations qu'ils trouvaient dans leurs livres. Eline connaissait tous les contes de fées, les mythes et les intrigues des opéras et des pièces de théâtre. Simon avait lu des aventures de voyage, des récits sur des animaux et des peuplades étrangères, ainsi que des livres d'histoire. Eline ne s'étonnait pas que Simon qui, chez lui, ouvrait à peine la bouche devant ses parents et était carrément muet en présence d'étrangers, fût volubile avec elle et se montrât prêt à participer à tous les jeux, sans gêne ni réserve. Elle ne songeait jamais au Simon qui existait en dehors d'elle, elle ne connaissait pas d'autre Simon que celui avec qui elle passait de longues heures dans le bois ou bien, dans la maison, à lire et à imaginer des histoires, près d'une fenêtre, au grenier, ou devant la cheminée, en hiver, quand le temps était mauvais. Même le Simon qui venait faire ses devoirs chez elle, avec ses livres et ses cahiers, dans la perspective d'un passage dans la classe supérieure ou, plus tard, en vue de son examen de fin d'études, elle ne le percevait qu'à la lumière de leur commerce habituel ; s'il bûchait son grec ou son algèbre, penché sur ses livres, elle y voyait un élément de jeu, elle inventait une situation dramatique où cette activité studieuse avait sa fonction et son sens, devenait un facteur de suspense : Simon était Merlin en train de chercher une formule magique, et elle, la fée Viviane qui le protégeait ; ou bien elle s'asseyait en face de lui, avec son cahier à dessin, et alors ils étaient des savants qui devaient fournir une preuve, dans une affaire qui était une question de vie ou de mort ; ils mettaient au point une expédition pour sortir de la forêt vierge, ils cherchaient les possibilités pour s'évader d'une prison.

Habituée à vivre dans la lumière vive de la Crète, où la silhouette de chaque individu, de chaque chose se "détache" littéralement du fond par la netteté de ses contours, nue et forte à la fois, obligeant celui qui regarde à voir clair en lui-même, Elina pensait avec un mélange de compassion et de réticence à la fillette romantique d'un passé lointain, qui vivait dans le clair-obscur de ses rêves et de ses fabulations, une étrange plante de serre, à la croissance orientée dans une seule direction, une petite fille dans de précieuses robes modern style, avec de longs cheveux lui tombant sur les épaules et des yeux presque trop grands, habituée à converser sur un pied d'égalité avec des adultes, à propos de musique et de peinture, une petite fille qui cherchait à fuir dans un monde imaginaire qui lui donnait l'illusion d'une vie intense et chaude. Faute d'avoir à sa disposition le réel immédiat, elle créait sa propre réalité, peuplée de figures légendaires ou historiques, et croyait passionnément que c'était la seule vraie réalité.

Quand Elina se penchait, la faucille à la main, pour couper les chaumes, sur les pentes du Psiloritis (la sueur lui coulait dans le cou sous le fichu, elle entendait autour d'elle les voix des femmes et des enfants occupés à la même besogne qu'elle, sentait l'odeur de la terre chaude et des ânes qui se trouvaient tout près, à l'ombre d'un arbre), elle se rappelait cet isolement absolument paradoxal pour un enfant, ce processus lent d'enfermement dans l'égocentrisme ; pas un égoïsme dû à de la lâcheté ou de la malignité, mais issu de la solitude et de l'ignorance. Dans sa jeunesse, les gens n'existaient pour elle que dans la mesure où ils faisaient partie de son monde de Breskel. Son Simon à elle était un camarade de jeux inventif ; elle ne réalisait pas que Simon prenait sur lui d'oublier sa timidité pendant les heures qu'il passait avec elle, qu'il entrait dans une seconde peau pour lui plaire et la garder. Elle ne comprit pas, avant qu'il ne le dise, que Simon avait pour elle un autre sentiment que l'affection naturelle entre deux personnes vivant dans le même cercle. Elle avait alors quinze ans, lui faisait des études de médecine. Ils se voyaient moins qu'avant, et seulement pendant les grandes vacances, presque quotidiennement. Depuis qu'ils étaient trop grands pour jouer, ils faisaient de longues promenades dans les environs ou parlaient, dans la bibliothèque ou dans la galerie, lui de ses études et de la manière dont il envisageait l'avenir, elle, de son travail et de tout ce qui s'y rapportait. Elle en était si pleine qu'elle fut sourde et aveugle aux signaux trahissant malgré lui les espérances qu'avait conçues Simon.

Quand la vieille Elina pensait à ce Simon de jadis, elle ne pouvait pas faire autrement que de secouer la tête, avec émotion et tristesse, devant la cruauté inconsciente d'une adolescente de quinze ans. Cinquante ans plus tard, elle réalisait qu'elle avait été pour Simon l'incarnation de tout ce qui brille, de tout ce qui est chaleureux, d'une vie passionnante, de tout ce qui lui était refusé chez lui, et que depuis qu'il connaissait Breskel et Eline, il n'avait pas eu d'autre désir que de se montrer digne de ce qu'il recevait. Le désir de Simon de la posséder émanait du même sentiment qu'elle avait eu, étant petite, en désirant posséder ses parents : une aspiration profonde à la complétude, le besoin d'un sens. La différence, c'est que Simon resta fidèle à son rêve de jeunesse, alors qu'Eline liquida l'image qu'elle s'était faite de son père et de sa mère. Ce qui avait été un moyen devint une fin.

A quel moment, où exactement avait-elle pris conscience qu'elle avait entamé un combat qui durerait la vie entière, une lutte inexorable pour pénétrer au cœur de la réalité sensible et en restituer l'essence, qu'elle devait fixer par des lignes et des couleurs, et donc capter ce qui existait en dehors d'elle, la nature mystérieuse, parce que le trait dominant de son tempérament était le besoin d'atteindre la totalité ? Même si elle n'avait pas été en mesure de formuler tout ceci, même s'il ne s'agissait alors que d'un sentiment d'autant plus perturbateur qu'il était subconscient, pourtant elle changea d'une manière significative pour elle-même et pour les autres. A la lumière de cette métamorphose intérieure, les vœux et les attentes de ses parents, qui voulaient la voir comme une "grande" et "célèbre" artiste, lui parurent soudain naïfs et limités. Ce fut un choc pour elle de découvrir que ses relations avec ses parents venaient d'entrer dans une nouvelle phase, radicalement opposée à la précédente.

Jusqu'alors, ses parents avaient représenté pour elle le monde entier. Mais, progressivement, sa foi en ces deux êtres qui lui étaient le plus proches disparut ; dans des éclairs d'une lucidité presque insoutenable, elle les devinait, elle avait honte de leurs ambitions, de leur vanité, de leurs personnalités frustrées. Elle les haïssait et les plaignait parce qu'ils se tenaient démasqués devant elle. Ils la voulaient à la fois géniale et éternelle mineure. Dès qu'un comportement ou une idée trahissait une émancipation de sa part, ses parents étaient douloureusement surpris, déroutés.

La puberté d'Eline fut entourée du même mystère. Ce fut un choc, pour Dorine Breskel, de devoir admettre que sa fille devenait une femme. Vis-à-vis de Breskel, mais aussi d'elle-même et d'Eline, elle fit comme si de rien n'était, comme si rien n'avait changé. Elle habilla Eline de robes amples et flottantes qui accentuèrent encore l'apparence insolite, onirique de la jeune fille. Quand Breskel, prenant subitement conscience du charme de son enfant, faisait un compliment, Dorine s'empressait d'assurer qu'Eline, avec une pudeur enfantine, se rebiffait contre la puberté, qu'elle n'était pas mûre et ne désirait pas l'être. Breskel, que glaçait d'horreur l'idée de devoir un jour céder Eline à un autre homme, qui faisait tout pour oublier que sa fille était un être de chair, rejoignait Dorine sur ce point également : ils devaient préserver aussi longtemps que possible la pureté d'Eline. Il s'interposait entre Eline et ses parents un sentiment de honte, soigneusement caché, dû aux frustrations et à un état de solitude qui ne pouvait être suspendu dans le lit à baldaquin. Chez la mère, jalousie et crainte d'être supplantée, chez le père, sentiment de culpabilité née d'une pulsion ancestrale refoulée, de la peur, également, mais plus complexe, parce qu'elle était peur de lui-même, se dissimulaient sous un flot de manifestations de sollicitude, d'admiration, de fierté, d'attention.

Sans pouvoir préciser, Eline prit conscience de ce non-dit que ses parents eux-mêmes préféraient ignorer. Elle grandit, elle n'y pouvait rien, son désir de s'accomplir, de connaître la vie s'accrut. Elle commença à soupçonner la présence de l'illusoire, de l'apparence, là où elle pouvait le moins le supporter ; elle vit que ce que ses parents aimaient, ce n'était pas elle, ni sa personne avide de s'épanouir, mais la chrysalide d'où elle était déjà sortie. Elle sentit combien ils étaient loin d'elle dès qu'elle leur permit de jeter un œil sur sa métamorphose intérieure. Elle désirait être initiée au monde tangible d'une vie adulte, elle voulait un vrai contact chaleureux avec la femme qui était sa mère, l'homme qui était son père. Ce qu'elle trouva, ce qu'il lui fut permis de trouver, ce fut une voix douce, dans des robes parisiennes parfumées, une encyclopédie d'art et de philosophie, dans un emballage de parfaites manières. Ce qu'il y avait de charnel, de physique chez Eline, qui voulait s'exprimer au bénéfice du développement de sa personnalité, ne trouvait nulle part un point d'appui.

C'est à cette époque que les cauchemars, les obsessions avaient surgi. Tandis qu'elle regardait, les plantes et les arbres perdaient leur harmonie apaisante, les visages et les silhouettes des humains devenaient doubles. Sur sa feuille de papier, les formes qu'elle observait dans la nature se métamorphosaient en hiéroglyphes renvoyant à un monde caché. Des formes inanimées se mirent à ressembler à des organismes vivants, charnus, sanguins, palpitant d'une force secrète ; le monde végétal prit des traits humains ou animaux ; à l'inverse, sous l'épiderme des hommes et des femmes qu'elle dessinait, on apercevait en filigrane, comme un deuxième squelette, les nervures d'une plante, la structure d'un minéral. Le rut des animaux, la cruauté, la mort, la pourriture dans les bois et les champs autour de Breskel ; la grisaille du quotidien et la misère humaine au village et en ville, tout cela provoqua en Eline un désespoir sauvage, une révolte. Depuis qu'elle avait visité la distillerie en compagnie d'un membre de la famille, elle voyait aussi le logis de Breskel avec d'autres yeux. Quand elle descendit de la voiture pour se rendre aux ateliers, elle dut passer devant une haie de gens silencieux, attendant à l'entrée, des hommes, des adolescents, quelques femmes avec des enfants dans les bras. Elle ne savait pas pourquoi ces gens étaient là ; elle passa devant leurs visages fermés, hostiles, méfiants, si près d'eux qu'elle aurait pu les toucher, qu'elle sentait l'odeur de leurs vêtements, leur haleine, mais elle prit conscience, bouleversée par cette découverte soudaine, de la faille qui la séparait d'eux. Elle refusait cette faille, elle aurait souhaité, par désir de combler le vide entre elle et les autres, une expansion de toute sa personne, mais elle était impuissante, elle n'avait ni les mots ni les gestes pour concrétiser cette impulsion. Elle réalisa en outre que ce jour-là, elle portait des chaussures de mince cuir doré et que les gens, à l'entrée de l'atelier, regardaient ses pieds. Elle rougit comme si on l'avait surprise à tricher. Ce sentiment ne cessa de la tenailler, quand elle revint à Breskel. Elle marchait dans la maison blanche, dans le parc et le bois comme dans des décors, entre des coulisses. Sous les feux de la rampe, tous autant qu'ils étaient, son père, sa mère, elle-même tenaient des rôles, mécènes, experts, grands bourgeois, jouaient la comédie de la famille d'esthètes vivant d'amour et de beauté.

C'est faux, ce n'est pas la réalité, pensa Eline, désemparée. Elle habitait une belle peinture vernissée, un rêve matérialisé ; or, elle désirait par-dessus tout sortir du cadre, se réveiller, échanger l'illusion contre une image moins lisse et moins brillante mais plus satisfaisante par ses aspérités mêmes. Elle brûlait de pouvoir se confronter, se mesurer à une autre réalité, qui n'aurait pas été aussi soigneusement sélectionnée, polie et protégée. Ses parents continuèrent de se montrer des partenaires pleins de doigté et de patience bienveillante. Ils évoluaient discrètement à l'arrière-plan de sa vie, presque autant mécènes que parents.

Quand Simon Meinderts un soir dans le jardin l'embrassa brusquement, elle fut prise au dépourvu par un désir qu'elle n'avait jamais soupçonné dans son amitié. Elle avait voulu démasquer ses parents et l'ambiance à Breskel, mais elle n'avait jamais douté de la pureté de l'affection de Simon. Le lien ancien fut irrémédiablement modifié ; ils se trouvèrent en porte-à-faux, au seuil d'une nouvelle relation. Dès que Simon l'approchait, Eline sentait qu'il était tendu, elle l'observait, elle attendait, nerveuse elle-même, mais elle remarqua que Simon n'osait plus se livrer, qu'il s'efforçait vaille que vaille de se conduire en camarade, sans ambiguïté. D'un côté, elle lui en fut reconnaissante, parce que c'était la preuve que lui aussi aspirait à retrouver la solidarité non équivoque de jadis, mais d'un autre côté, elle trouvait insupportable sa réserve pudique. Elle souffrait de sa propre ambiguïté ; tantôt elle allait vers lui, dans un élan amical, si bien que la confiance spontanée de l'enfance semblait restaurée, tantôt elle le provoquait, elle le défiait, en l'aguichant et en l'évitant tour à tour, dans un jeu à la frange de l'érotisme. Elle l'aimait d'une tendresse presque attristée, comme on aime quelqu'un qu'on va perdre, et en même temps, elle avait des bouffées de haine et de mépris pour lui, parce qu'il n'avait pas le courage de faire le pas décisif qui les séparait, elle et lui, de l'initiation à ce quelque chose d'autre. Parfois, quand elle était seule, avec un frisson d'impatience, elle murmurait entre ses dents, à l'adresse de ce Simon lointain : Mais vas-y, qu'est-ce que tu attends ? Elle voulait qu'il change d'un seul coup le monde pour elle, elle voulait qu'il la force à saisir cette nouvelle existence qu'il lui tendrait. Mais Simon, timide et gauche, torturé par le respect et l'incertitude, ne pouvait pas la satisfaire.

Elle se jeta de nouveau dans le travail, elle prit des leçons qui exigèrent toute sa concentration, elle essaya de maîtriser de nouvelles techniques. Mais son travail la déçut, ne lui apportait pas ce qu'elle souhaitait, semblait au contraire l'enfoncer dans ses problèmes. Simon était jaloux de ce qui occupait Eline au point de les séparer, il sentait qu'elle s'éloignait de lui, avait des conceptions et des états d'âme qu'il ne pouvait pas comprendre. Ayant lui-même les nerfs à vif, il ne supportait pas de la voir s'absorber ainsi en elle-même. A tour de rôle, ils s'éloignèrent l'un de l'autre, se rapprochèrent. A la ville, Simon bûchait ferme, en vue de ses examens. Eline faisait la navette entre Breskel et l'académie d'arts plastiques où elle suivait des cours. Leurs rencontres se raréfièrent.

C'est à cette époque qu'elle rencontra Alexandre Quartz. C'était une connaissance de ses parents, un marchand d'art et un collectionneur qu'ils avaient rencontré à l'étranger. Il avait un père autrichien et une mère grecque, et il habitait tantôt en France, tantôt en Italie ou en Angleterre. Au cours d'un de ses voyages, il rendit visite aux Breskel, plus par désir de voir les tableaux et les objets d'art qu'ils avaient chez eux que pour renouer des contacts. Plus tard, il ne cacha pas à Eline qu'il avait toujours considéré ses parents comme des amateurs un tantinet ridicules. Quand il voyait Dorine ou l'entendait chanter, il la déshabillait en pensée et se demandait ce qui resterait des prétentions artistiques et mondaines de cette femme au moment du seul test décisif pour lui : celui du lit. Aucun tempérament, aucune race, pensait-il, du moins pas au sens où il l'entendait. Il riait sous cape d'un Breskel qui ne s'y connaissait pas assez pour distinguer une agréable copie d'un tableau authentique. "Ton père est un cuistre dans le domaine de l'art, dit Quartz à Eline. Je le trouve parfois imbuvable, avec sa manie de vouloir tout classer, de tout ramener à ce qu'il connaît. Quel esprit coincé ! Pas joueur pour un sou, incapable de prendre des risques, il n'a aucune intuition. Quand il se trompe, il ne met jamais carrément à côté de la plaque, mais il passe à deux doigts ! Son jugement est souvent approximatif, pas vraiment faux mais pas nettement exprimé, et de plus, il est sérieusement convaincu de l'infaillibilité de son goût. Bon Dieu, je n'en reviens pas !" et suivait une énumération d'exemples qui, d'après Quartz, montraient clairement quel piètre collectionneur était Breskel.

Quartz était la première personne que rencontrait Eline qui ne mâchait pas ses mots au sujet de ses parents, même à l'époque où il était reçu chez eux. Après cette première visite, Quartz revint régulièrement. Il restait plus longtemps qu'il n'en avait eu l'intention au départ. Eline comprit d'emblée, avec une lucidité qui la surprit elle-même, pourquoi il venait et pourquoi il prolongeait son séjour, et elle nota qu'il savait qu'elle avait compris, et que c'était précisément ce qu'il cherchait.

Quartz était d'une laideur fascinante, à l'instar de certaines formes naturelles qui sont repoussantes tout en procurant à celui qui regarde une jouissance liée à cette laideur même. Il avait un visage grêlé, des yeux glauques dont le blanc était tiqueté de sang, la bouche de travers. Sa chevelure drue et rebelle grisonnait aux tempes. Son buste semblait trop massif et trop lourd pour ses jambes. Il avait des mains magnifiques, étroites et souples, avec de longs doigts, et des pieds harmonieux, musclés et nerveux comme ceux d'un danseur ou d'un jeune sauvage. Il marchait pieds nus dans des sandales, quand il faisait chaud l'été, avec un bien-être sensuel. Ce qui charmait le plus Eline en lui, c'était sa voix. Si elle évitait de le regarder quand il parlait, le sang lui montait au visage, son cœur commençait à battre, elle avait l'impression que la tête lui tournait. Cette voix chaude et virile remuait quelque chose au tréfonds de son être, elle retenait son souffle. Si elle croisait le regard de Quartz, elle voyait qu'il l'observait, qu'il connaissait l'effet que produisait sa voix, guettant ses réactions avec un intérêt amusé. En présence de ses parents, Quartz traitait Eline comme l'attendaient Breskel et Dorine : avec une courtoisie bienveillante, avec la distance de l'homme beaucoup plus âgé à l'égard d'une enfant, mais en même temps avec la dose exacte d'intérêt à laquelle pouvait prétendre le talent artistique naissant de la jeune fille.

Dès sa première visite, quand il fut seul avec Eline (à sa demande, elle lui avait fait visiter le jardin et le bois avoisinant), Quartz s'était montré, sans crier gare, d'une extrême familiarité avec elle. Dans un mélange de français et d'allemand, il avait commencé à lui parler d'un ton rogue : "A propos des dessins d'arbres que tu m'as montrés hier... qu'est-ce qu'ils t'ont fait, ces pauvres arbres ? Il y a une telle rage, là-dedans, une telle violence !... Et tu ne peux pas t'exprimer autrement qu'en dessinant des arbres..." Il eut un petit rire. "Tu me regardes comme si tu te disais : Je fuis ou je l'étrangle ? Je te comprends, je connais les symptômes, tu as du feu en toi, dans ta tête, dans ton cœur, dans ton ventre. Brûle, mais prends garde à ce que le brasier ne s'éteigne pas... Mais ne te limite pas aux arbres !

— Il n'y a que des arbres ici, dit Eline en effleurant au passage l'écorce des troncs un à un, et j'aime les arbres.

— Tu mens. Tu détestes ces arbres, tu les détestes parce qu'ils te ressemblent, dès que tu les dessines. Tout ce que tu fais devient toi, c'est-à-dire fiévreux, angoissé, tu ne diras pas le contraire ? Tu es à un moment crucial de ta vie. C'est ton avenir d'artiste qui se joue. N'essaie pas de me raconter des histoires, tu sais très bien ce que je veux dire. Libère-toi, ou c'est l'asphyxie."

Il s'était retourné vers elle d'un mouvement si brusque qu'elle était restée prisonnière entre lui et un arbre. Il avait posé ses deux mains à plat sur le tronc, de part et d'autre de son corps. Un sentiment étrange s'empara d'Eline, comme si elle était aspirée dans le vide, comme une brindille, une feuille, un fil de la Vierge. Quartz la fixait de son regard pénétrant ; elle vit briller au fond des pupilles une étincelle de triomphe ; la force mystérieuse, l'opacité des choses semblaient se concentrer dans ces yeux, dans ce rire silencieux. Tout ce qu'elle ne connaissait pas, tout ce qui lui demeurait impénétrable la regardait avec le visage de Quartz. A cette minute, elle avait compris qu'elle se trouvait devant un choix : il fallait s'abandonner à cette force, s'arracher à Breskel, à ses parents, à son enfance, à tout ce qu'elle avait fait et tout ce qu'elle avait été depuis sa naissance, et devenir une autre, définitivement, endosser un moi inconnu et nouveau qui faisait peur – ou bien résister coûte que coûte, aussi longtemps que c'était possible. Elle était sur la pente de l'abandon, mais en même temps se rebellait contre le sort qui l'attendait, elle ne voulait pas.

"Tu es une dryade, ou plutôt une nymphe, tu es une servante d'Artémis, dit Quartz avec un sourire dans lequel elle eut la surprise de lire une indulgence presque fraternelle, les chiens de la déesse vont-ils se jeter sur moi pour me déchirer si je tente de te surprendre dans ta nudité ? N'aie pas peur, je ne te forcerai pas. Tu viendras de toi-même quand tu seras mûre pour ça. J'ai tout mon temps.

— Vous parlez comme un livre", ironisa Eline, qui ne voulait pas laisser paraître qu'elle tremblait d'émotion.

Quartz se mit à rire, un rire sonore dont l'écho se prolongea dans la forêt.

"*Dianae sumus in fide, puellae et pueri integri, Dianam pueri integri puellaeque canamus*[1], c'est de Catulle, à moins que tu ne préfères ceci : *O Artémis, ma chasseresse, qu'on trouve près des fontaines, je sais pourquoi ta chasteté ne souffre nulle approche...*" Il baissa les bras, Eline put se dégager. "Tu es une nymphe d'Artémis, cela ne fait aucun doute. Je vais t'appeler Aréthuse. Connais-tu ce mythe ?" Il passa son bras sous le sien et l'entraîna sur le sentier, sous les frondaisons. Sans écouter sa réponse (elle connaissait la légende et ne voyait pas pourquoi il la comparait à Aréthuse), il commença à lui raconter, sur un ton badin ou solennel, avec des digressions poétiques et des détails piquants comment Aréthuse avait fui le dieu-fleuve qui la désirait, comment elle avait essayé vainement de se cacher sur la terre et sous le sol, comment, pour finir, elle avait dû céder et appartenir à l'amant fougueux et opiniâtre.

"Ovide, à la manière de Pierre Louÿs", dit Eline quand il eut fini.

Il leva un sourcil amusé :

"Ah ! tu as lu Pierre Louÿs ? En cachette, je parie ? Tes parents ne doivent pas laisser traîner ce type de lectures. A moins que... ? Voilà qui ouvrirait des perspectives insoupçonnées. Dans la meilleure tradition du libertinage...

— Mais je ne suis pas Aréthuse. Je ne me laisserai jamais rattraper. Ou je ne m'enfuirai pas.

1. En latin dans le texte : "Nous sommes sous la protection de Diane, jeunes filles et chastes garçons. Chantons Diane, chastes garçons et jeunes filles."

— Bon, trêve de plaisanterie (Quartz l'arrêta avant qu'elle n'entre dans le jardin), réfléchis bien. Tu as du talent, tu as le *feu sacré*[1]. Mais ici, ni ton talent ni ta vie ne peuvent… Parlons clair. Je connais les hommes, crois-moi. Tu te détaches de tes parents, de ton milieu. Au nom de ce qu'il y a là, à l'intérieur de toi : deviens toi-même, suis ta propre voie, sois dure – assume les conséquences de ce que tu es, libère-toi. Si tu as besoin d'aide, tu peux compter sur moi. Je suis tout disposé à t'aider. Compris ?"

Après cette promenade, l'image d'Aréthuse devint le thème de la relation entre elle et Quartz. Il la nommait ainsi quand ils étaient seuls et à chaque visite qu'il faisait à Breskel, il demandait, d'un ton moqueur mais avec un regard intense et perçant : "Le dieu-fleuve a-t-il sa chance ?"

Un jour, dans l'espoir de faire cesser ses allusions (elle pouvait le haïr comme elle n'avait jamais pensé pouvoir haïr quelqu'un, parce que, par sa faute, elle se sentait divisée), elle lui donna un dessin, un autoportrait qu'elle avait fait en regardant par-dessus son épaule dans un miroir. Elle avait fixé sur le papier l'expression qu'elle aurait toujours voulu montrer à Quartz, le regard de celle qui s'échappe, qui sait qu'elle est la plus rapide et qui sourit à son poursuivant, secrètement amusée. Tu n'es qu'un sot, disait ce regard, je suis ici chez moi, je ne fais qu'un avec le bois. En guise de provocation, elle écrivit sur la feuille : *"Et in Arcadia ego, Arethusa*[2]*."* "Oh non, merci, dit Quartz quand elle lui offrit le dessin, je n'accepte pas les mensonges. C'est toi-même que tu regardais en dessinant, c'est toi que tu fuis. Règle tes comptes avec toi-même. Reprends ton portrait. Capitule devant Breskel ou deviens ce que tu dois être."

Quand il venait loger à Breskel, il examinait attentivement sa production de la période écoulée. Elle avait beau faire de son mieux, entre deux de ses visites, parce qu'elle voulait lui prouver par ses dessins qu'il se trompait à son sujet, le jugement de Quartz ne variait pas.

"Parler technique ne sert à rien, dit-il, c'est de tout autre chose qu'il s'agit en réalité. Je vois ici quelqu'un qui essaie de se métamorphoser en arbres et en plantes pour se donner l'illusion de sentir la pluie et le vent, d'avoir des

1. En français dans le texte.
2. En latin dans le texte : "Et moi, Aréthuse, je suis en Arcadie."

racines, de se ramifier, de fleurir... Je ne dis pas que quelque part, l'exécution n'en soit pas bonne. Mais combien de temps penses-tu tenir ainsi ? A tes dessins d'académie, je vois tes défauts gros comme une maison : cette technique sans bavure, ce manque total d'originalité, dès qu'il ne s'agit pas de Breskel. Ta seule relation, c'est ce bois. Tu as besoin du monde pour te réaliser. Pars à la rencontre du monde."

Le Quartz qui lui disait ces choses était son ami, il voyait clair en elle, il avait raison. Mais comme une sauvageonne de la forêt, elle se méfiait de l'autre Quartz, le *Lebemann*[1], qui la désirait, qui attendait sa reddition avec la détermination et la patience du séducteur chevronné. Où s'arrêtait le premier Quartz, où commençait l'autre ? L'ami lui conseillait-il ce qui faisait l'affaire du séducteur ? Il ne se passait pas de jour sans qu'elle rature ses croquis, déchire sa feuille, frappe du poing, avec désespoir, sur sa table à dessin. Son insatisfaction grandit au point qu'elle ne pouvait plus toucher un crayon ou un pastel. A l'académie, au milieu des moulages de statues antiques et des bas-reliefs, un dégoût insurmontable pour ce qu'elle était en train de faire s'empara d'elle. Des maux d'estomac et des migraines tenaces lui rendirent ce travail physiquement impossible. Elle resta à Breskel, errant fébrilement dans le bois ou couchée dans sa chambre. Le docteur Meinderts parla d'anémie, de surmenage. Un jour, sans prévenir, elle dit à ses parents : "Je ne peux plus travailler. Je ne veux plus. Je n'ai pas assez de talent."

Dorine et Breskel furent stupéfaits. Ils ne virent qu'un moyen pour sortir leur fille de la dépression. Ils l'emmenèrent en Italie et en Espagne, pour un voyage culturel.

La vieille femme repensait souvent à l'Eline d'alors ; elle revoyait ce moi ancien avec les yeux d'une étrangère : une jeune fille de dix-huit ans, de complexion fragile, avec de grands yeux, protégée, couvée, se promenant avec ses riches parents sous les palmiers de la Riviera, entre les palais de Florence et de Grenade. Des mois de repos et de plaisir ? Trente ans, quarante ans plus tard, elle se rappelait encore les tourments de ce voyage. Dans les musées, ses parents guettaient ses réactions d'une manière peu discrète, dans les sites pittoresques, dans un parc ou au sommet d'une colline, ils la laissaient seule, en avançant un prétexte

1. En allemand dans le texte : le jouisseur, l'épicurien.

sur un ton trop désinvolte, pour qu'elle ressource son "inspiration". Pendant ce voyage, ils vécurent tous les trois plus proches qu'à Breskel. C'est là que sous le ciel bleu, dans un décor d'insouciance, Eline réalisa que la cassure entre elle et ses parents était définitive. Avec une assurance et un égocentrisme de grands seigneurs, ils déambulaient parmi les gens et les choses qui leur étaient étrangers, ils savaient tout des œuvres d'art et des paysages, il ne leur venait pas à l'esprit de mettre en doute l'interprétation qu'ils avaient adoptée. Ils chassaient la beauté et l'insolite comme on chasse le gros gibier, loin des divertissements du vulgaire, avec détermination, en experts. Mais ce qu'ils tentaient de cacher, ce qu'ils ignoraient d'eux-mêmes et de l'autre apparut d'autant plus visiblement sous le couvert de ce tourisme de luxe : les petites lâchetés de Breskel, son défaut d'intuition camouflé sous l'érudition, la vanité de Dorine et le goût de régenter chez une femme qui n'était plus jeune.

Plus tard, beaucoup plus tard, dans le silence des oliveraies, sur le chemin entre les deux villages, à l'aller ou au retour, Elina, repensant à ce voyage décisif, avait formulé ainsi ses conclusions : Je vis qu'ils ne me lâcheraient pas, c'est-à-dire qu'ils ne voudraient pas renoncer à l'image qu'ils avaient de moi. Je le perçus dans leurs yeux quand ils me regardaient, à la manière dont ils me traitaient. J'étais une malade, mais je guérirais, et tout serait comme avant. Tu n'es pas toi-même, lui répétaient-ils. Je sentais leur angoisse désespérée sous leur attitude. Ils refusaient de croire que je puisse parler sérieusement. Je vis aussi que dans l'hypothèse inverse, ils étaient prêts à me protéger contre moi-même par tous les moyens. Ils ne se rendaient pas compte de ce que cela signifiait et des conséquences que cela pouvait avoir.

Sous le feuillage argenté des oliviers, entre les maisons de la pente, sur la *plateia* du village, les jours de marché, sous un soleil ardent ou dans la pluie et le vent, Elina était rarement seule, elle avait la compagnie d'autres femmes ou d'une bande d'enfants. Mais quelle que fût la situation, elle continuait à dévider le long fil du souvenir sous la surface du quotidien. Au soir de sa propre vie, elle éprouvait maintenant pour ses parents la pitié amère dont ils n'avaient pas été capables quand elle luttait pour survivre.

A peine furent-ils rentrés à Breskel qu'elle rangea dans des placards et dans des valises tout son matériel, tout ce qui avait trait à cette passion de ses jeunes années. Un soir, après le dîner, dans la bibliothèque, elle avait fait part de sa décision à ses parents : provisoirement, elle ne voulait plus toucher à un crayon ou à un pinceau, elle voulait quitter Breskel, être indépendante, gagner sa vie. Exaspérée par leur réaction (ces visages impassibles, fixant les flammes avec l'air absent de ceux qui ne veulent pas comprendre), elle leur avait crié son horreur de cette vie plongée dans des rêveries esthétiques, laissant la réalité de côté, hors d'atteinte. Sa mère blessée fondit en larmes, son père protesta, en fronçant les sourcils : "Mais nous t'avons tout donné, ce que tu es, ce que tu fais, c'est à nous que tu le dois. Comment peux-tu nous reprocher de ne pas t'avoir donné la chance de t'épanouir ? Regarde autour de toi. Tu es privilégiée comme personne ! Ce que nous savons, ce que nous possédons, notre expérience, tout ça, c'est pour toi. Que veux-tu de plus ?"

Elle avait été incapable de dire ce qu'elle voulait. Elle savait seulement que continuer de cette manière serait trahir la part d'elle-même qui avait une envie vorace de liberté. Breskel lui demanda comment elle envisageait de subvenir à ses besoins, ils ne l'avaient pas élevée pour qu'elle devînt dame de compagnie ou quelque chose de ce genre. Qu'elle veuille baisser les bras, renier son talent, se dégrader… tout en lui se révoltait contre cette absurdité. Eline s'obstina. Elle dit qu'elle attendrait sa majorité, s'il ne pouvait en être autrement. Pendant des mois, ses relations avec ses parents furent très tendues. Ils l'évitaient autant que possible, ne sachant comment se comporter avec elle, et elle les narguait en silence. Elle marchait avec les chiens dans le bois ou restait dans sa chambre. En même temps, elle essayait de préparer l'avenir. Elle savait fort bien que la société n'avait pas besoin d'elle. Elle écrivit à un antiquaire dont ses parents avaient cité le nom parfois, et elle lui demanda s'il avait un travail pour elle, dans son magasin, peu importait quoi. C'était le seul domaine où elle s'y connaissait un peu, elle parlait plusieurs langues, elle était habituée à fréquenter des amateurs d'art sur le juste mode. Elle se rendit à la ville pour se présenter, mais cacha son âge. Elle fut engagée, sans doute parce qu'elle était la fille des Breskel. Elle savait qu'elle ne pouvait pas s'offrir le luxe de taire cet avantage. Ses parents apprirent son plan dans un silence éloquent. Son père finit par dire qu'ils ne s'opposeraient pas plus longtemps. Ils s'avouaient battus. Jamais ils n'auraient pu prévoir une telle évolution. Ils feraient de leur mieux pour s'accoutumer à la nouvelle situation, à la nouvelle Eline. Peut-être avaient-ils fait erreur : dans leur idéalisme et leur amour du beau, et compte tenu de la hauteur de leurs propres aspirations, ils avaient pris pour du sublime ce qui n'était que moyen. Mais elle devait leur laisser le temps d'assumer la déroute de leurs espérances. Elle devait se montrer patiente devant l'amertume et le chagrin de deux êtres vieillissants qui avaient pris leur bécasse pour un aigle… Eline écoutait, en gardant les yeux baissés, ces paroles et d'autres encore. Ils pleuraient leur Eline idéale de jadis, cajolée et portée aux nues, comme on pleure un mort. La vraie Eline était pour eux une étrangère. Comprendre qu'ils ne voulaient pas et ne pouvaient pas faire l'effort de la découvrir telle qu'elle était la révolta d'autant plus, lui donna la force de persévérer dans son attitude fière et distante.

A cette époque, Simon Meinderts, qui avait repris le cabinet de son père depuis un certain temps, vint régulièrement à Breskel. Pendant les années où il avait été absent (il avait fait ses études à l'étranger), quelque chose avait changé en lui et dans son comportement à l'égard d'Eline. Il n'y avait plus rien d'ingénu dans les sentiments qu'il lui portait, mais même s'il donnait l'impression de s'accrocher, avec un entêtement souvent borné et bougon, elle sentait en lui la fragilité de toujours. L'eût-elle oubliée un instant, peut-être aurait-elle pu s'appuyer sur le rude et tenace Simon, peut-être aurait-elle cédé, par peur de la solitude, à la pression muette qu'il exerçait sur elle. Parfois, elle ne savait plus ce qu'elle devait faire ou penser, d'elle-même et de son désir de liberté. Elle se demandait s'il ne valait pas mieux mettre un terme à tous les doutes, épouser Simon, accepter une vie avec lui comme sa nouvelle condition. Mais serait-ce réellement une autre existence ? Elle se doutait bien qu'en fait, tout resterait pareil. Elle savait que ses sentiments pour Simon n'étaient pas l'amour qui nourrit un individu et lui permet de grandir intérieurement ; quand elle tentait de mettre au net ce qui la rebutait en Simon, pourquoi, en fin de compte, elle ne pouvait aller vers lui, elle se heurtait toujours à cette même objection : Simon ne lui donnait pas la réplique, il était prêt à l'accepter sans aucune critique, à se ranger à son avis sans la moindre résistance ; près de lui, justement à cause de l'amour aveugle qu'il éprouvait pour elle, elle serait toujours et partout seule avec elle-même. Elle lui dit pour finir qu'il n'avait rien à espérer ; dans une conversation qui fut un pénible dialogue de sourds, elle essaya de lui expliquer pourquoi elle agissait ainsi envers lui : son amour pour elle le rendait esclave, elle ne pouvait pas vivre avec quelqu'un qui ne serait plus libre à cause d'elle, ils finiraient par se haïr et se faire du mal sans le vouloir. "Renonce à moi, tu ne me connais pas", répétait-elle avec emportement.

Simon s'effondra sous ses yeux (ce fut la chose la plus terrible qu'elle ait jamais vue). Il enlaça ses genoux, le corps secoué de sanglots incoercibles, il la supplia de réfléchir, de ne pas prendre encore de décision. "Je n'y peux rien, je n'y peux rien", disait-elle, tentée de capituler, de lui accorder tout ce qu'il voulait pour lui épargner ce chagrin, cette humiliation. Mais avec sa compassion grandissait son effroi devant le pouvoir qu'elle avait sur lui, devant le fait qu'un oui ou un non de sa part conditionnait la dignité de Simon, et son cœur se serrait à cette idée, elle ne voulait pas ça.

Dans les semaines qui suivirent, elle eut l'occasion de remarquer à quel point Simon dépendait d'elle, comment il perdit son dernier reste de fierté. Il guettait ses changements d'humeur, faisait de son mieux pour s'adapter. Pourtant, cela aboutissait toujours à des éclats ; à chacune de leurs rencontres, tôt ou tard il arrivait un moment où, agacée par la peur qu'avait Simon de lui déplaire, agacée de le voir attendre, avec une patience contrainte, l'aumône d'une faveur, Eline n'y tenait plus : "Mais tu ne vois donc rien, tu ne sens donc rien, voilà ce que je veux dire !"

Simon partit, pour de bon cette fois. "Je te souhaite de connaître un jour ce que j'endure à cause de toi", lui dit-il en guise d'adieu. Elle comprenait son amertume, elle souffrait de ne pouvoir l'aider. Quand elle apprit qu'il avait fait ses valises et s'installait dans un village d'une autre province, où il pourrait, sous peu, reprendre le cabinet du médecin local, il lui devint impossible de rester à Breskel. Elle se sentit détachée de ses parents, de la maison, des bois, de sa jeunesse. Son père et sa mère semblaient s'être résignés, ils avaient pris contact avec l'antiquaire et avec diverses connaissances en ville pour qu'Eline se retrouve au moins dans un milieu convenable. Ces mesures la gênaient, elle aurait préféré tracer sa voie toute seule. Il y avait trop de Breskel et du monde où elle avait toujours évolué qui restait collé à ce passage vers une nouvelle vie.

Dans un dîner, elle rencontra Christian Van Starvold. Elle ne put jamais découvrir s'ils s'étaient retrouvés l'un à côté de l'autre par hasard ou non. Christian était un officier du génie, avec le grade de lieutenant, rentré des Indes depuis quelques jours pour une permission. Il ne connaissait ses hôtes que superficiellement. Un certain formalisme et de la timidité le gênaient en société. Pendant le dîner il parla presque exclusivement avec Eline. Elle se rendit compte qu'il ne savait rien d'elle, qu'il n'avait jamais entendu son nom. Il y avait en lui quelque chose de sévère et de candide à la fois qui la charma. Il avoua sans ambages qu'il ne s'y connaissait pas du tout en art et qu'il avait peu d'intérêt pour les sujets culturels. Après qu'ils eurent laborieusement échangé les banalités d'usage, il se mit à parler soudain de sa vie à Bandung, de son travail, de chasse et de randonnées en montagne.

Eline écoutait. Elle ne pouvait détacher son regard de lui. Elle se sentait attirée par son physique ; il était grand et mince, un peu raide peut-être dans son uniforme, mais il avait une belle tête, des traits finement dessinés et pourtant virils et était, contrairement aux jeunes gens qu'elle rencontrait d'habitude, parfaitement imberbe. Son visage avait ce hâle léger qui caractérisait l'Européen après quelques années sous les tropiques. Il était le sérieux et la correction en personne, il se comportait avec une courtoisie un brin désuète, qu'elle aurait trouvée légèrement ridicule chez quelqu'un d'autre, mais qui lui allait bien, qui convenait à sa haute taille, à son visage aristocratique, et formait la contrepartie d'une timidité qui venait d'un manque d'assurance, comme elle le découvrirait plus tard.

Naturellement, elle apprit ensuite qu'il était venu en Hollande pour trouver une épouse. Tomber amoureux inopinément n'était pas dans sa nature. Il se contrôlait et supputait calmement, avec une honnêteté désarmante de candeur, chaque manœuvre de sa vie personnelle. Eline fut persuadée qu'il avait pesé avec le plus grand soin les avantages et les inconvénients d'un mariage avec elle dès qu'ils se connurent un peu mieux. Il était significatif également pour leur relation, une fois qu'ils furent mariés, que jamais il ne se soit livré à des confidences sur les raisons de son choix, sur ses doutes et ses attentes. Une fois qu'il eut décidé qu'elle serait sa femme, plus aucune objection n'existait pour lui. Dans son esprit, il ne faisait aucun doute qu'elle serait dorénavant telle qu'il pensait qu'elle pouvait et devait être. Une vie plus tard, la vieille Elina avait compris un peu de ce combat que Christian avait dû mener, au cours des trois ans de leur union, pour rester loyal. Les troubles, les sautes d'humeur, les négligences, les éclats qu'il avait considérés comme les séquelles de l'éducation, chez Eline, et donc surmontables, si lui-même ne les encourageait pas, se révélèrent rédhibitoires. Ce fut pour lui, inévitablement, un revers, une déception.

Mais pour Eline, la rencontre avec Christian fut un coup de foudre classique. Pour la première fois de sa vie, elle était amoureuse, éperdument, aveuglément, furieusement. Elle n'était plus en mesure de raisonner. Christian lui apparut comme l'incarnation de tout ce qu'elle avait vainement cherché jusqu'alors, elle sentait en lui une force, une résistance ; c'était pour elle un bonheur qu'il vive et travaille dans un milieu n'ayant rien à voir, absolument rien, avec Breskel et tout ce qu'impliquait Breskel, qu'il critique Breskel, rejette Breskel d'une manière retenue, laconique, diamétralement opposée à celle de Quartz. Derrière sa maîtrise de soi et son formalisme, elle imaginait une vie intérieure profonde ; pour tout ce qu'il faisait ou disait, ou ne disait pas et ne faisait pas (ce qui était plus souvent le cas), elle avait une explication toute prête. Elle interprétait son silence comme un scepticisme viril et sa réserve comme de la passion contenue. Elle essaya de se montrer digne de lui en s'imposant une maîtrise du même genre. Elle voulait être proche de ce qu'il y avait en lui de net et de strict, qu'elle admirait et qui lui semblait la force purificatrice contrebalançant ce qu'il y avait de trouble et d'incompréhensible dans sa propre nature. Les familiers qui avancèrent, à l'époque de leurs fiançailles, qu'ils n'étaient pas faits l'un pour l'autre se heurtèrent à la conviction inébranlable d'Eline que personne ne connaissait Christian aussi bien qu'elle. Ses parents, quand ils l'avaient rencontré, parlèrent de lui comme d'un garçon inintéressant, un coureur de dot, qui n'avait rien pour lui en dehors de son nom et de son physique. Ce fut l'occasion d'une rupture définitive entre Eline et ses parents. Ulcérée, elle n'avait qu'un désir : leur prouver qu'ils sous-estimaient Christian. Elle refusa la part du capital que ses parents voulaient lui verser sous la forme d'une rente (la solde de Christian était maigre, sa famille désargentée). Le mariage eut lieu dans l'intimité, dans une ambiance de mécontentement et de friction entre les deux familles respectives. Eline se sentait forte parce qu'elle avait le sentiment que les allégations de ses parents ne touchaient pas Christian. Au cours de leurs années de vie commune, mais aussi plus tard, dans sa période d'errance, c'était la seule certitude le concernant à laquelle elle n'avait pas voulu renoncer : l'argent de ses parents avait peut-être joué un rôle dans le choix qu'avait fait Christian, parce que c'était conforme à ses plans, mais cet argent n'avait ensuite jamais influencé Christian dans un sens négatif.

Il fut muté en Hollande pour quelques années. Pour des raisons financières, et parce que Christian était attaché à l'endroit de son enfance, ils s'installèrent dans la maison familiale des Van Starvold.

Dans l'intimité de la vie commune qui, mieux que tout le reste, montre l'individu tel qu'il est, la passion d'Eline, aux prises avec son intuition et une clairvoyance grandissante, avait connu une mort lente et cruelle. La jeune femme avait d'abord attendu, en surmontant difficilement son impatience, le moment où Christian, le Christian de ses pensées et de ses rêves, se révélerait enfin. Parfois le terrible soupçon que rien ne se révélerait pour la bonne raison qu'il n'y avait rien s'insinuait dans son esprit. Son apparence et son maintien étaient trompeurs, donnaient l'impression d'être le résultat d'une maîtrise de soi quand ils n'étaient que les marques héréditaires d'une classe sociale. Progressivement, Eline apprit à distinguer le vrai caractère de Christian de ces épiphénomènes : c'était un homme placide, attaché à l'ordre et à la ponctualité, représentatif de son métier, que ni son éducation ni son tempérament ne portaient à réagir dans l'instant. En toutes circonstances, il restait calme, correct et réservé. Elle avait dû elle-même mûrir pour commencer à soupçonner le carcan de timidité et d'anxiété secrète qui ne cessait d'entraver Christian. Dans ses désirs passionnés d'accomplissement personnel, elle n'avait pu l'aider ; au contraire, elle l'avait poussé à se renfermer en lui-même, dans un désarroi accru. La seule chose qu'elle avait comprise, c'est que le Christian de son imagination n'existait pas, nulle part.

Christian avait à peine réalisé l'impression qu'il avait produite sur elle ; il était surpris, voire désagréablement affecté par les flambées passionnelles où s'exprimaient la déception et les frustrations d'Eline. Il ne savait pas ce qu'elle voulait, ce qui lui manquait ; pour sa part, il n'avait rien à se reprocher. Il pensait qu'elle se serait mieux adaptée à la situation, mais il espérait qu'à la longue, tout s'arrangerait. Il restait correct et patient ; il détestait les scènes et les discussions qui prétendent aller au fond des choses ; il les jugeait de mauvais goût et ne menant à rien. Dès qu'il remarquait que l'humeur d'Eline les entraînait dans cette direction, il rentrait dans sa coquille, il éludait toutes questions et confidences en commençant à parler d'autre chose ou il s'esquivait sous un prétexte ou un autre (refuser ouvertement la discussion, c'était offenser Eline, il ne le voulait pas). Il pensait qu'elle finirait par comprendre ce qu'il voulait dire en se comportant ainsi.

Mais seule l'Eline des années nomades, la femme sans toit, sans racines ni liens, avait pu comprendre un peu de l'effroi proche de l'horreur physique qu'avait dû sentir Christian au cours de ces nuits où, le visage décomposé par le chagrin, elle s'agenouillait près de lui, se penchait sur lui, quémandant éperdument de la confiance, de la chaleur, une communion du corps et de l'âme. Dans la journée, elle était seule la plupart du temps. Christian se rendait quotidiennement à La Haye où il travaillait. Les relations entre ses beaux-parents et elle restaient difficiles ; à tous égards, elle était l'exact opposé de la femme qu'ils avaient envisagée pour leur fils. Par son comportement et ses idées, elle creusait involontairement, chaque jour un peu plus, l'écart entre elle et ces vieillards puritains. Inversement, elle se sentait en exil dans les pièces obscures de leur maison où rien n'avait bougé depuis des dizaines d'années, où tout s'effectuait selon des règles. Ils estimaient (et n'en firent pas mystère) que son refus d'accepter la rente proposée par ses parents était une lubie égoïste ou, pire, un préjudice à l'égard de Christian. Ils nourrissaient de grandes ambitions à propos de sa carrière ; leur propre incapacité à lui apporter le soutien adéquat était la plus grande contrariété de leur existence. Avec le pragmatisme de la vieille génération, ils considéraient que faire la fine bouche dans des questions d'argent était du superflu, ils admettaient ouvertement qu'ils avaient vu en priorité, dans le mariage de Christian, une alliance avec la fortune des Breskel.

Quand Eline fut enceinte, elle perçut un soulagement dans son entourage : la venue d'un enfant mettrait un terme à ces sautes d'humeur, à ces incertitudes, ces états dépressifs. Elle-même espérait avec obstination que cette naissance allait, comme par magie, faire se révéler le Christian qu'elle attendait. Elle passa les mois de sa grossesse comme quelqu'un qui rassemble ses dernières forces pour se traîner vers sa planche de salut. Elle endura les douleurs d'un accouchement très difficile avec un stoïcisme presque fanatique – elle avait l'impression de passer une épreuve décisive : Christian serait obligé de reconnaître qui elle était et de s'incliner. L'enfant était une fille, qu'on baptisa Rina Louise, en l'honneur des deux aïeules : "Rina", comme variante de "Dorine", pour faire plaisir aux Van Starvold qui n'aimaient pas ce nom et se vexaient que "Louise" ne vînt qu'en deuxième position.

Rien ne changea. Christian était d'avis qu'Eline pouvait remplir le vide éventuel de sa vie en s'occupant de l'enfant – c'était une femme après tout, la maternité devait la combler. Puisque s'exprimer sur des questions délicates faisant jouer des émotions n'était pas son fort, il essaya, à son habitude, de faire comprendre son point de vue en s'en tenant à une ligne de conduite déterminée. Ce faisant, il poussa Eline à une révolte plus désespérée. La phase des prières, des arguments et des larmes était dépassée ; désormais, elle l'attaqua de front, dans une ultime et amère tentative pour percer ce qu'elle s'entêtait à considérer comme une cuirasse.

Quand il était à la maison, tout devenait prétexte à discussion, chaque discussion était le début d'une série de combats épuisants pour l'un comme pour l'autre. Elle était blessante, tentait de le ridiculiser, de le piquer au vif. Mais il ne souffrait pas, comme un Simon Meinderts avait souffert, car il n'admettait même pas qu'il ait pu faillir en quoi que ce soit. Christian supportait sans broncher l'échec de son mariage, il n'était pas malheureux parce qu'il avait décidé de ne pas l'être et parce qu'il y avait pour lui moins de choses en jeu. C'était quelqu'un qui pouvait s'arracher un œil malade sans que sa vie en fût changée. Il regrettait de s'être trompé, c'était une faute qu'il ne se pardonnait pas facilement ; en bon soldat, il ne voyait pas d'autre solution que d'accepter l'inévitable, sans fléchir. Quand Eline, ne sachant plus que faire, proposa le divorce, il refusa catégoriquement. Une chose pareille était impensable pour lui ; pour le moins, ils devaient sauver les apparences ; de plus il ne voyait pas du tout pourquoi ils ne réussiraient pas à mettre leur vie commune en ordre, malgré tout. Ils étaient adultes, ils avaient des devoirs, ils représentaient quelque chose ; cette idée devait suffire à satisfaire un individu.

Quand Eline, plus tard, repensa à cette période de sa vie, elle ressentit de nouveau la souffrance éprouvée à exécuter chaque jour la même série de gestes nécessaires, soudain dénués de sens, se lever, parler, manger, essuyer les meubles, se promener, aller en visite, tuer le temps. Sa fille était au berceau ; elle était moins à elle qu'à ses beaux-parents. Dans l'incertitude du moment, occupée à ruminer ses doutes concernant sa relation réelle avec Christian, Eline ne s'était pas opposée à un arrangement domestique qui eut pour effet de soustraire l'enfant à son influence, d'abord discrètement, puis d'une manière plus nette mais désormais irréversible. Quand elle comprit ce qui se passait, elle fut désespérée et commença à tirer sur ces liens. Elle supplia Christian d'aller vivre avec elle et leur enfant sous leur propre toit, elle était prête pour cela à se réconcilier avec ses parents et à leur demander la rente. Or, Christian n'espérait de sa part, dans l'immédiat, aucun équilibre ni aucune maîtrise d'elle-même ; il voulait que son enfant soit élevé dans un milieu digne de confiance.

Eline avait le sentiment d'être lentement mais sûrement emmurée vivante ; une muraille se dressait entre elle et tout ce qui était lumière, couleur, éclat. Elle s'était créé bien des ennuis en fuyant aveuglément le monde de Breskel, un monde qui lui semblait d'ailleurs toujours aussi creux, après l'expérience de ses années de mariage ; mais elle ne pouvait pas non plus se résigner à la vie qui se dessinait pour elle jusque dans un avenir lointain, une existence contrainte, formaliste près de Christian qui était prêt à la tolérer à ses côtés quand elle aurait compris son rôle. Mais le pire à supporter, c'était la confrontation jusqu'à la fin de ses jours avec un homme qui avait l'apparence du Christian qu'elle avait aimé, mais qui n'était pas lui, ne pouvait pas l'être. Elle savait qu'elle allait le haïr, même s'il n'y avait rien à lui reprocher, seulement parce qu'il restait si imperturbablement lui-même, en vertu d'une morale, fort respectable au demeurant, basée sur la rigueur et la restriction. Il ne lui avait jamais fait miroiter quoi que ce soit, c'est elle-même qui s'était abusée.

Quand elle prenait son bébé dans ses bras, son cœur se serrait de peine et de pitié. Il était si petit, si parfait, si lointain dans l'inconscience où il se trouvait encore plongé. Si elle avait réellement aimé Christian et si lui l'avait aimée, peut-être aurait-elle senti le doux petit corps de Rina, ses cheveux, ses yeux clairs, l'odeur de sa peau, les bruits et les mouvements que faisait l'enfant, comme la chair de leur chair, comme une partie d'eux-mêmes. Mais elle n'éprouvait que la conscience déchirante de l'échec. Elle ressassait la situation dans sa tête, elle ne voyait pas d'issue. Elle savait seulement qu'elle ne pouvait pas continuer à vivre ainsi. Etre seul dans un monde hostile ou indifférent, passe encore, mais être irrémédiablement solitaire quand on a près de soi ceux qui devraient être les plus proches et les plus chers, c'était intolérable.

Elle eut l'impression qu'elle allait devenir folle si elle ne trouvait pas un moyen de s'exprimer. Dessiner ou peindre dans la maison des Van Starvold était impensable. Les choses lui étaient hostiles, les couleurs semblaient virer au gris terne, au brun passé, au noir, s'affadir en demi-teintes. La petite ville de province, compassée et prosaïque, était située au milieu des prairies, sous un ciel éternellement pluvieux et venteux. Eline avait toujours froid, qu'elle fût dedans ou dehors. Elle commença à haïr les frontons de briques, les perrons et les trottoirs gris, les façades robustes et propres des maisons, les rangées d'arbres, les pavés de la chaussée, l'eau stagnante vert sombre dans les canaux, mais elle haïssait encore plus les gens et leur vénération obtuse de la prospérité et du bon ton, réelle ou feinte à des degrés divers.

Christian lui apprit qu'il allait sans doute retourner aux Indes pour quelques années ; il semblait préférable qu'elle reste avec l'enfant chez ses parents. Eline lui demanda s'il ne pouvait pas les emmener, Rina et elle, mais sa décision était prise. A cette époque, au cours d'une visite à Breskel, elle rencontra Quartz qu'elle n'avait pas revu depuis des années. Ce fut un choc énorme pour elle. Après le déjeuner, pendant que ses parents se reposaient, ils marchèrent ensemble dans le bois, comme jadis ; alors, elle donna libre cours à toute la tension refoulée en elle. Tout ce qu'elle avait caché, obstinément, devant son père et sa mère, par fierté, surgissait en présence de Quartz, sous la forme d'un flux de paroles incohérent, sauvage mais libérateur. Il la laissa parler, en silence, assis à côté d'elle sur le banc vers lequel il l'avait guidée avec douceur. Après cette explosion verbale vint la réaction, les larmes inondèrent son visage, elle se mit à trembler et à claquer des dents. Quartz lui prit la main, elle eut l'impression que la chaleur sèche de ses doigts ranimait la vie sous sa peau.

"Emmène-moi, dit-elle soudain, emmène-moi où tu veux, je dois partir d'ici."

Quartz lui prit le menton, l'obligeant à tourner son visage vers lui. Il la scruta longuement – ce n'était pas le regard qu'elle se rappelait de jadis, le côté sensuel, inquisiteur et triomphant était encore là, mais il semblait voilé par quelque chose d'autre, un léger regret, de la mélancolie.

"Oui, Aréthuse, dit-il sans se moquer. Oui, il faut que nous y fassions quelque chose."

En dévidant le fil du passé étape par étape, chaque fois qu'elle abordait le point crucial de sa vie, sa fuite, la vieille femme se cachait la tête dans les mains, sentait le froid du remords envahir son être. Seul le cerveau excentrique de Quartz avait pu imaginer ce plan ; elle seule avait été en mesure de l'exécuter, dans l'état où elle se trouvait alors, avec l'énergie du désespoir, possédée par l'envie farouche d'être libre. Une fuite, qui apparaîtrait aux autres comme un accident mortel, était le seul moyen pour briser tous les liens entre elle et les Van Starvold, entre elle et Breskel, et tout son passé. Cette solution serait moins dommageable pour l'honneur de Christian et de sa famille que le scandale d'un divorce ou un abandon pur et simple du domicile conjugal, et peut-être la plus raisonnable, compte tenu de la petite Rina qui n'aurait aucun souvenir conscient de sa mère. Eline s'était inclinée devant les arguments de Quartz. Le seul accident que personne ne pourrait mettre en doute, même si on ne retrouvait pas le corps, était la noyade en mer.

Quand elle y repensa plus tard, tout le scénario lui parut relever d'un pénible mélodrame, comme une méchante plaisanterie qui aurait été poussée trop loin. Mais à l'époque où Quartz et elle préparaient le plan en secret, elle n'avait songé à rien d'autre qu'au résultat. Quand il lui arrivait d'être submergée par la conscience de ce qu'elle allait faire, comme si elle était soudain prise d'un violent vertige, alors qu'elle tenait sa fille dans ses bras, elle réprimait ces sentiments en bandant toutes les forces de sa volonté. Elle ne pouvait plus reculer, elle ne le voulait pas. Abandonner son enfant était le prix de la liberté, elle était prête à le payer. Elle ne s'apitoyait pas sur son sort, elle était son pire ennemi.

En août, les Van Starvold louèrent une villa à la mer, en pensant à la santé de l'enfant. Eline nageait bien (elle avait appris dans les étangs de Breskel) et chaque jour. Comme ses beaux-parents jugeaient ces démonstrations sportives incompatibles avec la dignité d'une épouse d'officier, elle cherchait de préférence des endroits isolés pour se baigner, loin de la plage où les dames brodaient dans leurs chaises longues, loin des enfants qui creusaient des trous et pataugeaient au bord de l'eau, loin des cabines de bain roulantes, principalement utilisées par les hommes. Quand, un soir, elle ne rentra pas et qu'après de longues recherches on trouva ses vêtements au pied de la dune couverte d'oyats qui surplombait une grève isolée, comme les investigations n'avaient rien donné et que l'on ne découvrit nulle trace d'elle dans les jours qui suivirent, on en conclut qu'elle s'était noyée à marée montante. On fit en sorte que ce triste événement s'ébruitât le moins possible.

La vie avec Quartz, ensuite. Ils avaient d'abord voyagé, puis ils avaient vécu en Italie, dans une maison qu'il possédait. Elle avait appris à connaître l'*homme à femmes*[1], le libertin. Il l'avait initiée, étape par étape, à son univers de sensualité insatiable, à cette vie langoureuse qu'il aimait mener dans le Sud : prendre des bains de soleil, nager, pratiquer la gastronomie comme un art raffiné. Il lui avait montré sa collection de peintures, de gravures et de sculptures. Il lui avait parlé de ses amis, de ses ennemis et de ses maîtresses. Et puis il avait couché avec elle. Au-dessus de son lit était accroché, sur un fond noir, un masque antique, la tête d'un jeune faune qui avait la bouche ouverte et les yeux mi-clos ; on ne savait pas s'il riait, criait, chantait ou gémissait, et tout cela au paroxysme de l'extase. Ses cheveux se gonflaient de part et d'autre du front, pour suggérer des cornes ; il portait une couronne de pampres.

1. En français dans le texte.

L'expression du visage changeait en fonction de la lumière, elle n'était jamais deux fois la même. Quand elle était couchée là, Eline observait le masque, à la lumière des bougies, dans l'éclat de midi ou au crépuscule. Quartz nommait le masque Dionysos, il lui parlait, l'interpellait ; c'était son protecteur, son *daimôn*[1].

"Renie Artémis. Dionysos est ton dieu, deviens sa prêtresse, une bacchante, une ménade..." Elle était déjà bien avancée sur la voie de l'apostasie. Elle s'était abandonnée sans frein à l'univers de Quartz, l'univers du corps et des sens, du désir et de l'ivresse. Elle s'éloignait de la vie rêveuse qu'avait menée l'enfant et l'adolescente à Breskel, de la vie d'abstinence prosaïque qu'elle avait partagée avec Christian. Elle ne se reconnaissait plus elle-même. Elle ne pensait plus, ne travaillait pas, elle se laissait aller. L'hiver était court et clément sur cette côte méditerranéenne. Dans son souvenir, le temps qu'elle avait passé là avec Quartz lui parut une apothéose de lumière et de chaleur. Elle avait absorbé cette chaleur par tous les pores de sa peau, par tous les atomes de son âme, sur la terrasse ou sous la pergola dans le jardin, où elle ne voyait rien d'autre, entre les arbres, ne respirait rien d'autre que le ciel ou l'étroite bande de galets, entre les rochers, en contrebas. Allongée nue dans l'écume, bercée par le va-et-vient de ces eaux claires dans un dégradé de verts, de bleus et de mauves, elle imaginait qu'elle appartenait à ce monde salin, plein de rumeur et d'écume, comme une algue, un caillou transparent, un coquillage. Quartz la laissait seule aussi souvent et aussi longtemps qu'elle le voulait ; avec un sourire de secret contentement, il l'observait quand elle rentrait du jardin ou du bain de mer, engourdie, saturée de soleil – comme si elle avait été son œuvre, se dégageant progressivement d'une matière résistante. Surprise, intriguée, mais plus embarrassée que flattée, elle soutenait sans coquetterie le regard de Quartz qui ne s'adressait pas seulement à la femme qu'elle était. Il lui dit qu'elle avait perdu son air de pseudo-nymphe arcadienne, trop cultivé pour être vrai, qu'elle avait désormais en elle quelque chose de sauvage et de rude, qui l'apparentait sans conteste au monde de l'écorce, des lichens et des écailles de poisson. "Il n'est donné à aucun homme, à l'exception d'un sauvage, et à

1. Génie familier.

quelques femmes seulement, lui disait-il parfois, d'être, sous une forme humaine, symbole de la diversité infinie de la nature. Toi, tu en es capable, tu es ce symbole, je fais de toi un nuage, une vague, une plante, un oiseau, ou tout simplement de la terre – crois-moi, c'est plus fascinant que de collectionner les œuvres d'art.

— Tu es Pygmalion", répondait Eline en se moquant, sous l'emprise de cette nouvelle personnalité merveilleusement multiforme ou plutôt sans forme déterminée, de ce trouble intérieur ; mais en elle, quelque part, grondait une révolte que l'attitude et les paroles de Quartz stimulaient encore. Il se trompe, se disait-elle en s'enflammant intérieurement, il s'abuse lui-même et me trompe. Elle se rendit compte qu'elle voulait savoir qui elle était et ce qu'elle était, et vivre ses rapports avec elle-même, avec les autres, les choses et les événements en toute conscience de soi. En dépit de toute la gratitude qu'elle pouvait avoir pour la sollicitude et l'intérêt de Quartz, perceptibles sous une désinvolture apparente, il l'avait déçue ; elle avait l'impression qu'il la laissait tomber sur un point essentiel. Elle crut comprendre, avec une acuité qui la surprit elle-même, quelle était la cause de son comportement. Il avait peur de la perdre. Plus elle progressait, en sa compagnie, vers la possibilité de vivre libre et seule, plus il s'attachait à elle, lui qui s'était toujours senti fort parce qu'il était indépendant. Tandis qu'elle se libérait peu à peu de l'emprise qu'il avait acquise sur son corps et sur son comportement, avoir Eline près de lui, posséder Eline devinrent pour lui indispensables.

Elle recommença à travailler. Volontairement, elle se mit à la peinture qui jadis, à Breskel, l'avait moins attirée que le dessin au crayon ou au fusain. Dans l'une des pièces utilisées par Quartz comme débarras, au niveau inférieur de la maison qui s'étageait au flanc du rocher, elle s'aménagea un coin pour elle. Elle s'isolait de nouveau des jours entiers, non plus pour se détendre ou se prélasser, l'esprit vacant, mais pour se concentrer. Aussi intensément qu'elle s'était relâchée, durant ces mois de farniente et de jouissance sensuelle, de la même façon elle devait maintenant se plonger en elle-même, se tourner vers l'intérieur. Au début, elle avait essayé de reproduire ce qu'elle voyait dans la manière qui était la sienne jadis. Spontanément, elle avait choisi de peindre les arbres, les cyprès d'un vert presque noir, les viornes et les lauriers-roses, les acacias, et aussi quelquefois le profil des rochers, les jeux de la mer et de la côte accidentée, mais ces tentatives se soldèrent par un échec criant. Elle dut reconnaître qu'en peignant, elle perdait tout intérêt pour cette beauté naturelle poignante dans sa pure perfection.

Elle comprit qu'elle n'avait pas besoin de regarder dehors ; sous son pinceau, sans qu'elle le voulût, naissaient des images extraordinaires du logis de Breskel, ayant tantôt la sauvage beauté d'une vision d'apocalypse, tantôt carrément hideuses. Elle frémissait devant ce qu'elle voyait apparaître sur la toile, et en même temps elle s'absorbait avec délices dans chaque détail. Parmi les roses de la terrasse, dévorées par la maladie, l'ombrelle de sa mère formait la plus vénéneuse, la plus perverse des fleurs ; les arbres, dans le bois, attiraient et menaçaient de mille bras, de mille doigts lépreux ; la bibliothèque de son père devint l'antre d'un alchimiste où, derrière les rangées de reliures vides, des momies tombaient en poussière ; le sang coula de la fontaine ; dans la galerie s'entassaient pêle-mêle des instruments de musique brisés, des violons, des contrebasses, des mandolines, des harpes, et les mauvaises herbes s'entortillaient autour des cordes cassées ; l'intérieur du piano à queue hébergeait une colonie de rats. Enfin, sur une toile de grandes dimensions, ce fut l'apothéose : elle se représenta elle-même, nue, d'une blancheur livide, fuyant épouvantée un Breskel déliquescent, dans un paysage comminatoire et fou. Elle nomma la toile *Aréthuse fuyante.*

Quand elle sortait de ce monde d'hallucinations pour rejoindre de temps à autre le réel, c'est-à-dire son atelier improvisé dans la maison de Quartz, la fenêtre ouverte sur le paysage éblouissant de la Riviera di Levante, elle prenait conscience de plus en plus de cette nouvelle inquiétude. Le nouveau moi qu'elle était en passe d'assumer tirait sur la corde. Quartz, avec qui elle semblait ne partager, à cette époque, que la table et le lit, lui demandait bien comment allait son travail mais ne prenait pas la peine de regarder ce qu'elle avait peint. Cette attitude réservée, justement chez lui qui, en toutes circonstances, avait coutume de soutenir que la maturation de ses dons était la raison d'être de leur liaison, confirma ses soupçons. Elle comprit que l'amour qu'il démentait cyniquement, qu'il n'exprimait que d'une manière ludique, comme à contrecœur, en badinant, se révélait à travers cette réticence illogique et subite à l'égard de son travail. Quand il parlait jadis de projets d'avenir, il se taisait maintenant, comme s'il ne voulait ou ne pouvait s'imaginer une autre existence désormais que cette retraite à deux. Elle sentit que Quartz s'irritait de la voir l'esprit ailleurs ; il l'avait cédée de bon cœur au soleil et à la mer, mais il était jaloux de ce rival sans visage qui l'attirait, l'obsédait partout et quoi qu'elle fasse, qui la possédait corps et âme. Il redoubla d'efforts pour l'amener à la souplesse et la mobilité naturelles parfaites qui sont celles d'une créature purement matérielle – il déploya ses talents d'amant. Mais ni dans leurs conversations, ni dans leurs étreintes sous le masque de Dionysos, le vide qui grandissait entre eux ne pouvait être nié. Elle se donnait, mais sans l'élan, l'abandon passionné du début. On aurait dit qu'elle était sortie de son corps et qu'elle regardait.

"A quoi bon continuer ainsi ? demanda soudain un Quartz excédé, cette nuit-là, alors qu'ils étaient allongés en silence l'un près de l'autre, après une étreinte laborieuse qui ne laissait plus de place à l'illusion. Ceci n'a pas de sens. Tu ne jouis pas, tu es distante, tu résistes. Tu ne veux pas être là."

Eline ne put retenir un soupir, un soupir de soulagement.

"Pardonne-moi. Je n'y peux rien. Ce n'est pas suffisant, il manque quelque chose.

— Je ne t'ai donc pas donné ce que tu attendais. Sois sincère." Il se retourna vers elle, d'un mouvement brusque, et posa la main sur son visage, le geste familier qu'il savait varier de mille façons, et que l'émotion rendait rude à cet instant. "Que veux-tu donc ? De l'amour ? Serais-tu donc comme toutes les femmes, incapables, à la longue, de pratiquer avec art le plus exquis de tous les jeux, sans les fanfreluches sentimentales qui le déparent… ?"

Au clair de lune, la chambre était remplie d'un flou laiteux ; ils étaient là comme sur un négatif. Eline savait ce que Quartz cherchait à provoquer par ses questions ironiquement brutales – il voulait qu'en répondant oui, elle lui donne la possibilité d'avouer indirectement des sentiments qu'il avait considérés toute sa vie comme indignes de lui, comme une chimère ridicule.

"Non, je ne veux pas d'amour, dit Eline lentement, avec un sentiment de tristesse et de solitude, parce qu'elle ne pouvait pas répondre à sa demande cachée, je n'ai jamais eu de meilleur ami que toi, mais je ne peux pas t'aimer. Je ne sais pas si je suis capable d'aimer quelqu'un.

— Parfait. Tu le penses vraiment ?" La réponse fut si rapide qu'on eût dit qu'il parait un coup. Il la regarda. Pendant une seconde, ce fut comme si sa face, exsangue au clair de lune, tremblait, au seuil d'une métamorphose, ou allait se convulser en une grimace de colère et de chagrin. Elle ne bougea pas. Quand il parla de nouveau, ce fut en baissant la voix, sur le ton habituel de leurs entretiens nocturnes. "Dis-moi ce qui te manque.

— Je ne sais pas. Je veux croire en ce que je fais. Je veux que cela ait un sens.

— C'est un jeu, dit Quartz, un joli jeu. Se donner à fond dans un jeu a toujours un sens. C'est une source de plaisir, et le plaisir en soi a un sens. Je pensais t'avoir au moins appris ça."

Eline ne répondit pas tout de suite, cherchant ses mots : "Tu m'as dit un jour que mes parents m'avaient poussée au narcissisme par leur attitude. Mais toi, que fais-tu donc ?

— J'ai essayé de stimuler en toi un égoïsme sain, un instinct de survie, dit Quartz, ce n'est pas du narcissisme.

— Mais je ne comprends pas. D'un côté, tu veux me rendre autonome et responsable, et de l'autre, tu essaies de me modeler, de me pétrir pour faire de moi… quoi en fin de compte ? Ce que tu ne peux pas être toi-même ? Je me demande parfois si tu n'es pas devenu expert en art et en femmes par une sorte d'impuissance profondément ancrée en toi…

— Ah !" fit Quartz, douloureusement surpris. Il se détourna et s'assit sur le bord du lit – elle voyait les contours de sa tête et de son dos un peu affaissé se détacher à contre-jour dans la lumière diffuse qui entrait par la porte-fenêtre. "Ah, tu es impitoyable. Tu sais choisir le moment et le lieu pour frapper. Touché. J'aurais dû savoir que tu me démasquerais. Impuissance, nom de Dieu, oui, c'est ça, et c'est toi qui le dis. Toute ma vie, j'ai envié le pouvoir de celui qui *crée*. Tu as raison… Ce que j'ai voulu faire avec toi, n'est-ce pas, au fond, parce que je suis fichtrement jaloux de ton talent ? Ne dis rien, c'est bien ainsi ; après tout, c'est moi qui ai provoqué ta réponse. C'est la preuve que tu as atteint ce que tu devais atteindre ; tu es mûre pour voler de tes propres ailes, tu es forte, plus forte que moi."

Inévitablement, Quartz s'intéressa de nouveau à ce qu'elle faisait, avec passion. Devant les toiles rangées dans le débarras, il fut époustouflé. Il les examina de près, de loin et sous tous les éclairages possibles, il les toucha, il ne pouvait s'en détacher.

"Et pourtant, dit-il, avec une nuance de triomphe dans la voix, et pourtant ! Tu ne peux pas nier, tu ne pourras jamais nier que sans moi, tu n'aurais pas peint de cette manière… Réalises-tu toi-même l'immense écart entre ces œuvres et ce que tu as fait jadis ? Oui, est-ce que tu le réalises, est-ce que tu le sens ? Tu dois le sentir, tu dois être pénétrée de la conscience de cette force…" Il la saisit par les épaules et la força à rester immobile pendant qu'il la fixait, comme s'il espérait, à travers ses yeux, voir opérer, quelque part en elle, le mécanisme de la création qui le soumettait au supplice de Tantale.

Il y eut un changement notable dans leurs rapports. Quartz avait eu d'abord sur elle le prestige de l'aîné, qui détenait l'expérience ; puis ils avaient vécu sur un pied d'égalité avec une franchise nonchalante et un laisser-aller hédoniste. Maintenant, il s'efforçait de remplir auprès d'elle la fonction d'un entraîneur dévoué et attentif. Dans ce rôle, pendant un temps, il fut pour elle stimulant comme jamais. Elle travaillait comme une forcenée, soutenue par l'intérêt compétent de Quartz. Mais progressivement, elle se rendit compte des dangers de cette univocité. La vision de Quartz, ses arguments pour et contre, ses conceptions, piquantes et rafraîchissantes au début, par leur côté paradoxal, osé et péremptoire, perdirent cet effet, commencèrent à gêner ses propres idées. La maison italienne, le ciel bleu et la mer, les cyprès, les treilles, les rochers, d'abord symboles de liberté et de soulagement, bouchaient maintenant son horizon.

Elle peignit un autoportrait à cette époque : dans le cadre du miroir, elle regardait son visage, émacié, bruni, avec un éclat aigu dans les yeux et des lèvres entrouvertes, comme assoiffées. Quand Quartz vit ce tableau, il dit qu'il pensait savoir ce qui n'allait pas : ils devaient partir, changer d'air.

Ils recommencèrent à voyager, à travers l'Europe de 1913 et des premiers mois de l'année 1914, un monde trop mûr. Quartz lui fit entrevoir ces sphères où s'élaborait la culture, les salons, ateliers et salles de concert qui étaient son élément ; elle glissait en sa compagnie sur l'écume d'une vie dont Breskel n'avait jamais été qu'une imitation. Mais intérieurement, sa résistance grandissait ; elle savait que ce n'était pas la solution, qu'au fond d'elle-même, elle ne voulait pas d'une telle existence. Elle rejetait les privilèges que lui valait la protection de Quartz, elle devait trouver sa propre voie. Sa décision le prit au dépourvu, même s'il l'avait sentie venir. Mais il reconnut qu'il était absurde de vouloir contrecarrer ce qui était dans le droit fil de son développement. Dans les conversations qui précédèrent leur séparation, l'ambiguïté caractéristique de Quartz se manifesta plus que jamais ; d'un côté il ne tarissait pas sur les difficultés et les déceptions qui l'attendaient, se montrant sceptique et préoccupé, de l'autre il affichait une sorte de curiosité machiavélique pour la manière dont elle s'en sortirait. Il insistait auprès d'elle pour qu'en cas de nécessité ou si, pour une raison ou une autre, elle avait besoin d'aide, elle fasse appel à lui. En même temps, il plaignait, plein de sarcasmes, les gens (et surtout les hommes) qui croiseraient sa route.

Pour lui trouver des relations et des acheteurs, il voulut organiser une exposition des œuvres qu'elle avait faites pendant la période de leur vie commune, mais elle refusa, parce qu'elle n'était pas sûre que ces toiles puissent porter sa signature, parce qu'elle hésitait encore à les considérer comme une expression spontanée et complète d'elle-même. Cette image fantasmagorique de la maison familiale lui semblait trop marquée par les considérations de Quartz. Quartz, quant à lui, était emballé par les tableaux et la traitait de sotte, de folle, qui s'aveuglait sur soi. “Si tu ne te reconnais pas dans ces tableaux, je ne vois pas comment tu peux voler de tes propres ailes.”

Malgré ses protestations, il versa une somme d'argent sur un compte à son nom, comme réserve pour la période où elle serait seule. Eline lui laissa les toiles qui l'intéressaient tant. Elle voulait commencer à zéro. Elle loua une chambre à Paris. Quartz lui procura quelques commandes. Au lieu de retourner en Italie, il continua à séjourner à l'hôtel et lui rendait visite sous le moindre prétexte. Elle sentait qu'il lui en coûtait d'accepter cette séparation. Il lui manquait aussi. Mais la façon qu'il avait de surgir à l'improviste, de lui prendre son temps et son espace vital avec une forme de désinvolture, comme si c'était naturel, la gênait. Elle n'en dit rien d'abord, parce qu'elle savait bien d'où provenait son intérêt. Mais en dépit de sa lucidité et de ses convictions, Quartz s'ingérait dans sa liberté, dans son intimité. Elle eut soudain le besoin incoercible de clarifier les choses (l'hypocrisie entre Quartz et elle était une idée qui lui faisait horreur, ils avaient eu une relation toujours "ouverte" et s'en étaient bien portés) et elle lui demanda de la laisser en paix pour un temps. Elle vit qu'elle l'avait frappé au cœur, mais aussi qu'avec ce curieux penchant au masochisme qu'elle avait décelé chez lui plus d'une fois, il jouissait de la dureté inexorable avec laquelle elle brisait leurs liens.

Quartz partit. La guerre se déclara et mit fin à toutes formes de contacts. Quatre ou cinq ans s'écoulèrent avant qu'elle ne le rencontrât de nouveau. Ces années-là, sa vie fut plus difficile que ne l'avait imaginé Quartz dans ses prévisions les plus sombres. Elle sut ce que voulaient dire avoir faim et froid, être sans domicile, chercher du travail, n'importe quoi, user les semelles de ses souliers. Elle dessina des cartes postales pour les soldats du front, balaya les sols, posa comme modèle. Souvent elle vivait seule, au jour le jour ; parfois elle partageait sa misère avec l'ami du moment, un membre du troupeau famélique d'artistes de toutes nationalités, authentiques ou imitateurs, dont elle faisait partie. Après la guerre, les choses s'arrangèrent un peu, parce qu'elle reçut assez régulièrement des commandes pour des affiches et des illustrations. Elle avait de nouveau son propre atelier. Sa vie privée avait été une succession chaotique et instable d'amitiés et de relations amoureuses. Dans ses rapports à autrui, elle ne connaissait aucun frein ; elle s'enflammait vite pour un être, un projet, une action. Depuis longtemps, en guise de protestation contre le style de vie de Breskel et le formalisme des Van Starvold, elle avait renoncé à tout ce qui glissait vers le conventionnel ; si elle était attirée par quelqu'un, alors elle se donnait sans réserve tant que durait son intérêt. Si ce qu'elle avait cru trouver ne se confirmait pas, s'il n'y avait plus d'échange, si le courant ne passait plus, ou bien si elle constatait qu'elle devenait trop dépendante dans ses faits et gestes, si la confiance réciproque avait perdu sa vitalité, alors la relation cessait du jour au lendemain pour elle, elle reprenait sa liberté d'une façon aussi radicale qu'elle s'était donnée.

Quartz était comme le coryphée de la tragédie antique qui apparaît pour dialoguer avec le protagoniste, dès que les personnages secondaires se sont retirés. Elle se demandait souvent pourquoi elle le voyait dans ce rôle. A chaque fois qu'elle le retrouvait, elle frissonnait de dégoût devant ce visage grêlé, cette bouche tordue, ce regard glauque. Mais dès qu'il se mettait à parler, elle était captivée, comme jadis, par sa voix, par le jeu fascinant de ses longues mains souples. Ils ne couchaient plus jamais ensemble. Il y avait entre eux une confiance absolue qui s'apparentait à l'intimité des loges d'acteurs qui ont vieilli ensemble dans le métier, qui se connaissent sur le bout du doigt et ne se gênent en rien les uns devant les autres. Ils passaient quelques jours ensemble, de temps en temps, à la ville ou à la campagne, selon l'endroit où Eline s'était provisoirement installée. Ils sortaient ou parlaient pendant des heures en fumant et en buvant. Quartz n'était pas avare de confidences sur sa propre vie, mais il s'arrangeait dans leurs conversations pour laisser la parole à Eline. Pendant qu'elle parlait, il la fixait de la manière qu'elle connaissait si bien, avec un sourire vague flottant sur sa bouche difforme. Quartz ne changeait pas au fil des années, restant ce personnage à la fois mondain et en même temps un brin excentrique, l'été dans des costumes de shantung, avec des nu-pieds et un panama, l'hiver dans une grande cape noire, avec un bonnet d'astrakan. Les accessoires, eux, changeaient ; il se promenait avec une canne de jonc ou bien il avait un fume-cigarette ; il portait un monocle à l'œil droit ou un béret basque sur la tête.

Eline s'était habituée à ces détails qui l'avaient fait rire jadis ; Quartz n'aurait pas été Quartz sans eux. Mais derrière ces détails, sous les accessoires restait pour elle, très perceptible, le vrai Quartz, l'adorateur de Dionysos, le satyre, et l'homme inquiet, nourrissant sa rancune de la conscience de son impuissance à créer.

A chaque fois qu'ils se rencontraient, il ne se privait pas de commentaires acerbes sur l'endroit où elle vivait alors, dans une de ces chambres d'hôtel ou l'un de ces meublés plus ou moins douteux. Cette laideur bon marché et sordide faisait horreur à l'esthète qu'il était. Il s'impatientait : "Mais, bon Dieu ! comment peux-tu vivre ici ?" Il lui offrit régulièrement de l'argent, pour qu'elle se permette des conditions de vie un peu plus "humaines", comme il disait, mais elle refusa obstinément. Plus tard, elle avait vu assez clair en elle pour réaliser que partager l'existence des intellectuels impécunieux, des ouvriers et des artistes bohèmes, plutôt qu'une nécessité liée à une situation difficile, avait été une protestation contre le luxe glacé qui avait entouré sa jeunesse, contre la propreté impeccable et stricte de la maison Van Starvold, et contre le goût raffiné et exigeant de Quartz.

Quand Quartz l'emmena en Italie pour une convalescence, elle revit les toiles qu'elle avait laissées chez lui, des années plus tôt. Elle eut un choc, elle était fascinée mais en même temps angoissée et horrifiée. Elle était attirée en permanence vers ces images qui figuraient son obsession de Breskel ; elle restait des heures à les contempler, abasourdie parce que c'était elle qui avait peint ces toiles aux couleurs de pierreries, mais baignant quasiment dans une phosphorescence malsaine. Elle portait en elle ce monde nocturne, dément et morbide, elle le savait, mais elle considérait qu'était tout aussi essentielle cette autre force qui lui faisait dire "non" et lui faisait refuser cette œuvre brillante mais maladive. Quand elle fut de retour dans son propre milieu, elle ne put chasser le souvenir des toiles qui étaient chez Quartz. Elle réfléchissait à ce que signifiait leur existence ; elles s'étaient détachées d'elle, elles avaient leur vie propre, une vie mystérieuse qui faisait peur, une force ; un jour, elles entreraient dans le monde. Cette œuvre resterait, quand elle, Eline Breskel, aurait disparu ; elle ferait l'importante, gorgée du snobisme, de l'admiration aveugle, de la délectation secrète que procure le spectacle de la corruption et de la déliquescence.

Quand Quartz vint la voir, Eline lui rappela leur ancien accord : elle pourrait récupérer ces toiles quand elle le voudrait.

"Tu as besoin d'argent ? lui demanda Quartz. Je t'offre le double du prix que tu as en tête. Je ne céderai pas ces tableaux à des étrangers."

Parce qu'elle n'avait pas envie de mentir à Quartz, elle lui dit qu'elle voulait détruire les toiles et pourquoi. Elle s'attendait bien à devoir se battre pour le persuader qu'elle avait raison, mais elle ne s'était pas préparée à cette explosion de rage, à ce refus catégorique.

"Tu es folle, tu n'as rien fait de meilleur, et tu ne feras peut-être plus jamais quelque chose d'aussi bon. Je remercie le ciel à genoux d'avoir ces peintures en ma possession, tu n'y toucheras pas.

— Mais elles sont à moi, j'ai le droit d'en faire ce que je veux. D'accord, elles sont réussies, du point de vue de la technique, des couleurs, de la composition, et pourtant je les renie, je ne veux pas qu'elles continuent d'exister.

— Elles m'appartiennent, je les ai payées, pas assez, j'en conviens, mais ça ne change rien à l'affaire. D'ailleurs, je t'ai toujours proposé plus, sans succès…"

Le recours à ce faux-fuyant fut pour Eline la goutte d'eau qui fait déborder le vase. Elle s'emporta :

"L'argent que tu m'as donné à ce moment-là n'avait rien à voir avec ces peintures, tu le sais, tu ne peux pas l'avoir oublié. Tu as expressément dit que ces toiles restaient ma propriété."

Jamais encore, depuis qu'ils se connaissaient, ils n'avaient eu un différend aussi âpre, jamais ils ne s'étaient affrontés avec une telle hostilité.

"Je vais les mettre à l'abri dans un coffre-fort, les protéger contre toi.

— Je peux te faire un procès.

— Tu sais très bien que tu ne le peux pas. Tu n'as aucune preuve que la somme que je t'ai donnée alors n'était pas le montant des toiles. Bien au contraire, vu ta situation à l'époque, n'importe quel avocat, n'importe quel tribunal trouveront plausible que tu les aies vendues. Et du reste… comment pourrais-tu intenter une action en justice ? Légalement, tu n'existes même plus, tu es morte, n'oublie pas…

— Qui m'a aidée à mourir ? Légalement, tu es responsable de mon suicide.

— En d'autres termes : tu me hais pour ça, tu regrettes ce que tu as fait, tu renies l'artiste que tu es devenue, l'œuvre que tu as faite, tu préférerais t'appeler Mme Van Starvold Jr, ou jouer les dilettantes au logis de Breskel…"

En tremblant de rage, ils s'étaient lancé à la tête tous leurs griefs ; au milieu des sarcasmes, ils s'étaient mutuellement maudits pour le rôle qu'ils avaient joué dans leur vie respective. Elle avait défendu son droit de décider de ce qui arrivait à ses créations contre l'argument de Quartz : "Tu ne peux rien changer au passé, encore moins qu'au reste" ; il avait lutté pour ce qu'il considérait comme son devoir, et le devoir de tout connaisseur et amateur de culture, protéger des œuvres d'art d'une destruction absurde, contre l'argument d'Eline : "Mais cette destruction est à ce moment pour moi le seul acte de toute ma vie qui ait un sens !" Ils s'étaient quittés sans s'être réconciliés.

“Détruire ton œuvre est une double mort ; ce n’est pas ainsi que tu retrouveras ta sérénité, jamais, dit Quartz en la quittant. C’est absurde et criminel ; quoi que tu fasses, tu ne peux pas revenir en arrière.

— Je vais te prouver que c’est possible, avait hurlé Eline, hors d’elle.

— Je te mets au défi de le faire. Aussi vrai que tu ne peux pas limer ce qui est arrivé les années écoulées, aussi vrai que tu ne peux pas renaître de la mort dont tu parles, je garde tes peintures.

— Et si pourtant je le peux ?

— Dans ce cas, brûle les tableaux, déchire-les, bouffe-les, à ta guise.”

Eline avait désespérément cherché une possibilité de revenir en arrière et de restaurer le passé. Elle fit ce qu’elle n’avait jamais voulu faire, même pas à l’époque où Quartz, qui depuis sa fuite était revenu de temps à autre en Hollande, aurait pu facilement la renseigner : elle s’informa du sort de Christian, de Rina et de ses parents. Elle envoya pour finir une lettre à Breskel. Son père et sa mère vinrent la voir à Marseille, muets de stupeur, ne sachant s’ils devaient se réjouir ou pleurer. Ils étaient là dans cette pièce sordide, un monsieur aux cheveux blancs, une dame aux cheveux blancs, d’une ressemblance étonnante dans leur vieillesse, par le physique et l’attitude, comme des jumeaux, représentants d’un monde, d’une société avec lesquels Eline avait irrémédiablement rompu. Ils ne purent cacher que leur fille restait pour eux une étrangère et que cette idée les peinait et les angoissait à la fois. Elle se tenait devant eux, les mains et le cœur vides, une femme de presque quarante ans, maigre, la peau brune, la mise négligée. C’était littéralement comme si elle leur parlait sur la frontière qui sépare les morts des vivants. Avant qu’ils aient pu lui apprendre que Christian était mort et que les Van Starvold souhaitaient ne plus jamais avoir de contact avec elle et ne permettraient sûrement pas qu’elle vît Rina, elle sut que sa tentative avait échoué, qu’elle était absurde et, pire, que c’était une mauvaise action. Elle avait voulu réparer, elle avait semé un désarroi encore plus grand. Elle avait bouleversé l’existence de ses parents qui avaient retrouvé progressivement leur sérénité, grâce au repos et à l'oubli ; ils étaient désemparés. Après leur départ, il y eut un échange de lettres, pénible à cause des malentendus : ils voulurent d'abord qu'elle revînt à Breskel, puis ils décidèrent de la soutenir financièrement, enfin, de changer en faveur d'Eline le testament qui faisait de Rina leur légataire universelle. Comme Eline refusait en bloc, les deux vieillards se rendirent de nouveau à Marseille pour avoir un entretien avec elle. Elle ne devait plus les revoir. Sur la route entre la station balnéaire proche de Marseille où ils étaient descendus à l'hôtel et la cité phocéenne, leur voiture entra en collision avec un autre véhicule. Ils furent tués sur le coup dans l'accident.

Eline reçut une lettre de Quartz qui avait appris la nouvelle par le journal. Il lui demandait de mettre un terme à cette querelle insensée entre eux. Il lui proposait un compromis à propos des peintures : il mettrait noir sur blanc que les toiles étaient sa propriété ; après sa mort, elle pourrait en faire ce qu'elle voudrait, même s'il espérait qu'elle était revenue sur ses projets criminels de destruction. Il ajoutait qu'elle n'aurait pas longtemps à attendre, quels que fussent ses plans. Il venait d'avoir une petite attaque, rien d'étonnant chez un homme de soixante ans qui avait vécu comme il l'avait fait. Il lui interdisait de venir le voir.

Eline lui répondit qu'elle acceptait volontiers sa proposition. Ses intentions étaient restées les mêmes concernant ses toiles, mais vu les circonstances, elle ne voulait pas insister davantage. Qu'il les garde jusqu'à la fin de sa vie, s'il y est attaché, se dit-elle, ensuite je les brûlerai avant qu'elles ne tombent dans d'autres mains. Elle respecta le vœu de Quartz de ne pas être dérangé. Elle comprit qu'il se sentirait humilié si elle le voyait diminué physiquement. Mais elle prenait aussi la mesure du rôle qu'avait joué Quartz dans son existence. Sa vie tumultueuse de nomade, ce changement perpétuel de lieux et d'amis étaient terminés ; elle se rendit compte qu'elle avait vieilli, qu'elle pouvait se passer des tensions, des incertitudes, de la part de jeu et de risque, de l'indépendance absolue qui avaient caractérisé sa vie ; elle désirait s'établir quelque part et elle cherchait à donner à son existence un autre centre d'intérêt que son œuvre seule. Elle n'avait pas envie de quitter Marseille.

Dans une villa décrépite, elle habitait la véranda que lui laissait la propriétaire résidant généralement à Paris. Eline trouvait un certain bonheur à sa vie de recluse. Elle était pauvre à cette époque, elle vendait peu ; elle mangeait du pain et des oignons et, pour ménager les quelques vêtements qui composaient sa garde-robe, elle déambulait toute la journée dans la véranda vêtue d'une blouse en lin, couverte de taches, au milieu de ses biens, quelques meubles et son matériel de peintre. Elle perdit peu à peu le contact avec les gens qu'elle avait rencontrés au cours de ses voyages, elle rompit elle-même des liens. De temps à autre, quand l'envie de parler à quelqu'un la prenait soudain, elle cherchait la compagnie de ses voisins ; parfois un ami, un collègue ou un ancien amant, en transit vers l'Italie ou l'Espagne, passait la voir pour une courte visite. Ils conversaient, dans la véranda chichement meublée ou dans le jardin envahi par les mauvaises herbes et les broussailles.

Aucune de ces rencontres ne fut satisfaisante. Elle n'était plus la femme qu'attiraient jadis l'aventure et le changement, tour à tour dans le domaine de l'intellect ou des sens, et qui s'était lancée dans des relations avec des gens captivants chacun à sa manière. Maintenant que son corps vieillissant pouvait se passer de caresses, qu'elle préférait une vie retirée pour travailler, qu'elle ne recherchait plus de nouveaux visages ou de nouveaux paysages pour nourrir son inspiration (les murs écaillés de la villa, le jardin en friche et poussiéreux, la silhouette des maisons dans le faubourg où elle vivait offraient suffisamment de problèmes à sa réflexion, tant sur le plan technique que philosophique), ces relations perdirent leur raison d'être. Seul Quartz aurait eu sa place dans ce décor, comme il avait eu, partout et toujours, une place dans sa vie. Elle l'imaginait en train de se promener avec des hochements de tête et l'air dégoûté, mais s'accommodant, au fond, des orties, de la poussière et de l'aspect miteux des lieux qui suscitaient ses railleries. Il aurait déplacé les toiles une à une, jusqu'à ce qu'il ait trouvé l'endroit approprié pour les examiner, puis désormais indifférent au décor, il aurait eu avec elle une longue et profonde conversation sur ce qui faisait à ses yeux les mérites ou les défauts de son travail. Elle, de son côté, aurait accepté comme naturels les repas au restaurant et les promenades en voiture qu'il lui aurait offerts – à l'égard de Quartz, elle n'avait pas de fausse honte. A la pensée que ces rencontres qu'elle n'avait peut-être pas toujours estimées à leur juste valeur appartenaient pour de bon au passé (le ton de ses lettres faisait comprendre à Eline que l'état de Quartz ne s'améliorait pas), elle eut le cœur serré de chagrin et de regret. Elle comprit ce que signifiait être si proche de quelqu'un que la présence ou l'absence de l'autre modifie en profondeur sa propre vie. Comme jamais (elle avait toujours refoulé de telles réflexions), elle se mit à penser à son enfant, à Rina, devenue une jeune fille, et qui n'avait jamais connu d'autre toit que la maison des vieux Van Starvold.

Eline se rappelait comme elle était instable et frustrée à Breskel, quand elle avait l'âge de Rina, comme elle avait regimbé contre le corset des bienséances provinciales qu'on voulait lui imposer, quand elle avait vécu au début de son mariage dans la maison de ses beaux-parents. Elle essayait de s'imaginer sa fille. Rina lui ressemblait-elle ? Avait-elle, elle aussi, quelque chose de personnel, un talent, en train de végéter dans un climat défavorable, voulait-elle se donner de l'air, trouver un écho à ses aspirations ? Penser à Rina devint une obsession. Elle ne pouvait plus travailler ; la nuit, elle avait des insomnies. Elle se reprochait amèrement son hypocrisie : toutes ces années, elle avait pu vivre en sachant qu'elle avait abandonné son enfant ; c'était seulement maintenant, quand elle était devenue plus âgée et plus seule, que le fait d'être séparée de Rina commençait à la tourmenter ; le désir de connaître sa fille, de l'avoir à ses côtés devenait presque insupportable. Ses parents lui avaient montré des photos de Rina enfant et écolière. Quand elle imaginait ce petit visage, elle avait un spasme de douleur à la poitrine.

Ce qu'elle n'avait pas senti en tenant son enfant dans ses bras, avant sa fuite, lui survenait maintenant à l'improviste, avec une violence élémentaire, envers une inconnue : le besoin de chérir, de protéger, de caresser et en même temps le désir de se voir prolongée, confirmée et accomplie dans un être qui lui serait plus proche que n'importe qui au monde. Parfois, elle avait le sentiment d'une sorte de dédoublement : elle se sentait exister en sa fille et sentait sa fille exister en elle – pour se dire ensuite avec effarement qu'il s'agissait d'une illusion, d'une réaction tardive au passé, d'un effort désespéré pour réparer sa faute envers Rina. Elle essaya de réprimer ces accès d'exaltation, cela ne menait à rien. Mais était-ce vraiment dépourvu de sens ?

Pour se libérer elle-même, elle rédigea à l'intention de Rina, sous la forme d'une lettre faite de pièces et de morceaux, une justification de ses actes. Elle ne cacha rien, elle n'essaya pas de déguiser quoi que ce soit ; elle fit le récit de sa jeunesse, de son mariage avec Christian, de ses années de vagabondage. Elle écrivait, dans l'espoir insensé de s'expliquer, de lever tous les obstacles entre la femme qu'elle était devenue et l'adolescente en qui s'était épanouie sa petite fille. Elle avait parfois le sentiment de tendre les bras au-dessus de la nuit d'un gouffre – le temps et l'espace conspiraient contre elle, elle vivait selon un autre ordre des choses que sa fille. Dans des éclairs de lucidité, elle réalisait qu'elle n'avait pas le droit de rompre le silence, mais l'instant d'après, elle croyait de nouveau obstinément et farouchement à une résurrection de l'unité qu'elle formait avec la chair de sa chair, à une miraculeuse restauration qui déterminerait sa vie à l'avenir.

Elle adressa un jour ces feuillets au notaire de ses parents en le priant de remettre cette lettre à Rina, quand elle aurait vingt et un ans. Elle attendit, dans une anxiété qui l'empêchait de travailler. Elle apprit ensuite que la lettre avait été remise, mais que la jeune fille n'avait pas réagi. Rina ne donna pas de ses nouvelles, jamais.

Entre-temps, Quartz était mort. Eline fut informée qu'il lui avait laissé de l'argent, mais il n'était pas question des tableaux. Dans l'état d'incertitude et de déchirement intérieur où elle était plongée à cause de Rina, retirer de la circulation ces images de haine, d'angoisse et de fantasmes morbides lui parut plus urgent que jamais. Elle se dit que c'était peut-être la seule chose qu'elle pouvait faire pour sa fille, maintenant que Rina refusait tout contact avec elle. Elle écrivit aux héritiers de Quartz, deux neveux avec lesquels il n'avait quasiment pas eu de relations durant sa vie. Quartz avait légué à des musées la majeure partie de ses collections ; le testament faisait état de quelques legs, parmi lesquels celui qui lui revenait. En l'absence d'une disposition particulière, les tableaux d'Eline allaient, avec tout le reste, aux héritiers. Ils avaient déjà des acheteurs.

Eline essaya de prouver qu'il existait un accord passé avec Quartz et que les tableaux lui appartenaient, mais ce fut peine perdue, parce qu'elle n'avait pas conservé la lettre en question et qu'on ne trouva rien dans les papiers de Quartz qui pût confirmer ses allégations. Quand elle apprit qu'une relation de Quartz offrait une somme importante pour les toiles, elle commença à soupçonner les héritiers : ils savaient où était leur intérêt dans l'affaire ; elle refusait de croire que Quartz n'avait pas pris ses dispositions, comme il le lui avait promis. Elle intenta une action en justice, un procès long et onéreux pour elle qu'elle perdit. Pour finir, elle se déclara prête à racheter ses propres œuvres avec l'argent que Quartz lui avait laissé. Les héritiers lui firent savoir que les toiles étaient déjà vendues à un collectionneur à Paris. Elle écrivit ; la réponse contenait une demande enthousiaste concernant d'autres œuvres de la période d'*Aréthuse fuyante*, ainsi que l'annonce d'une visite imminente à Marseille pour une prise de contact personnelle. Elle fut saisie d'une angoisse subite et violente, un refus surgi du tréfonds de son être, le sentiment de panique qu'elle connaissait si bien, qui la prenait chaque fois que quelque chose d'imprévu menaçait de faire intrusion dans sa vie. Elle se donna à peine le temps de mettre en ordre ses affaires, elle savait seulement qu'elle devait partir. Elle emballa le peu qu'elle possédait et partit en catastrophe, sans laisser aucune trace, vers la première destination qui se présentât à son esprit, Athènes. Mais ce voyage qu'elle avait entrepris sans autre motif qu'un désir éperdu de fuite fut pour elle une révélation.

Grâce à l'argent de Quartz, elle put circuler à travers la Grèce. Elle voyageait lentement, par petites étapes, sans programme ; elle s'arrêtait à l'endroit qui lui plaisait et allait là où la menait son humeur du moment. Elle s'émerveillait d'avoir eu l'impression de renaître, d'avoir été transportée dans une nouvelle existence, différente, un paradis terrestre, depuis l'instant où elle avait gravi l'Acropole, peu après son arrivée à Athènes, par un soir de pleine lune. Elle avait tenté de prendre une distance caustique par rapport à ce romantisme exacerbé, cette acmé de la jouissance touristique – mais quand elle s'était trouvée au milieu des colonnes du Parthénon, au cœur du temple, près de la dénivellation du pavement qui indiquait l'emplacement de l'autel, seule, dans cette lumière venue d'ailleurs, elle n'avait pu retenir ses larmes. Elle pleura comme elle ne l'avait encore jamais fait, son corps était secoué de sanglots qui semblaient arrachés à ses entrailles, c'était comme si elle devait expulser de soi l'Eline qu'elle avait été dans ce flot cathartique. Elle fut envahie d'une tristesse profonde, d'un regret pour les années gaspillées, pour son orgueil et son aveuglement, qui l'avaient condamnée à un mûrissement aussi lent et aussi difficile. Elle aurait voulu lever les mains au ciel, dans le geste immémorial des suppliants, puisqu'elle n'avait pas de mots, elle, l'incroyante, la créature sevrée d'espérance dans une époque vide de symboles de sagesse et d'équilibre.

Elle recommença à vagabonder, mais autrement. Elle ne cherchait plus en priorité l'excitation et la satisfaction d'un moi avide, elle regardait les gens, les choses et les paysages avec des yeux neufs, étonnée et ravie.

Quand un périple le long des îles de la mer Egée l'amena en Crète, elle sut soudain qu'elle voulait rester là, quelque part sur les versants de l'Ida, où, jour après jour, pour le restant de sa vie, elle verrait le soleil se lever et se coucher sur les champs et les oliveraies de la plaine de Mesara, les chaînes de montagnes et la bande de mer étincelante au sud-ouest.

Quand elle repensait à ce séjour de presque vingt ans dans le village de la montagne, la vieille Elina savait exactement ce qui avait été le tournant de sa vie : le moment où elle comprit que même si elle était en apparence intégrée, au lieu de vivre en tant qu'être humain parmi les autres, en villageoise avec des villageois, elle vivait encore comme un peintre au milieu de sujets à peindre – que toute l'amabilité, la bonne volonté, la solidarité des gens, même la manière dont elle avait été impliquée dans la rébellion contre la domination sans partage d'un Emmanuel Stéphandidakis (ce qui était pourtant la preuve que la communauté tenait compte d'elle) ne l'avaient pas rendue moins seule qu'elle n'avait toujours été. Son penchant à la fuite, son rejet instinctif de quiconque était prêt à se perdre pour elle, par amour ou admiration, elle les vit démasqués pour la première fois, sous l'influence de cette autre Eline qui prenait forme peu à peu, une femme qui, pour gagner sa nourriture, travaillait dans les champs, aidait à la récolte des raisins et des olives, qui gardait les enfants, s'occupait des malades, tricotait des chaussettes. Elle comprit que toute sa vie, elle avait refusé d'être responsable de ceux qui dépendaient d'elle, pour ne pas être confrontée à cette vérité : depuis son enfance solitaire à Breskel, elle avait désiré avant tout être forte, de cette force qui donne à un individu la preuve continuelle de sa valeur, qui doit le délivrer d'une incertitude profondément ancrée en lui. Elle avait systématiquement esquivé cette confrontation avec elle-même, sans comprendre pourquoi. Dans la solitude, vivant pour son art, elle s'était protégée, au même titre que ses parents dans leur domaine. A part ses œuvres, rien n'avait jamais été d'une réelle importance à ses yeux. Regarder les choses et puis peindre, c'était le seul type de relation qu'elle pouvait concevoir avec ce qui l'entourait, toute autre forme de rapports étant vouée à l'échec, faute d'un élan authentique, parce qu'elle était incertaine au fond d'elle-même.

Quand elle eut formulé pour elle-même ces conclusions, un jour, elle avait longuement examiné l'un après l'autre les tableaux et les dessins qu'elle avait faits depuis son arrivée au village. Devant ce qu'elle jugeait raté, une envie cuisante la rongeait : refaire, essayer encore une fois, tenter de percer le secret de la lumière, d'une couleur, d'une expression. Ce qui était bien venu, d'une luminosité étrange, avec des lignes puissantes, plein de vigueur, la remplit d'une joie ardente, ce sentiment qui n'avait pas son pareil, pour lequel elle avait renié et renierait encore Rina, Christian, ses parents, Quartz, Simon et tous ceux qu'elle avait connus. Elle en convint et en même temps, elle eut peur d'elle-même. Elle emporta les toiles et les carnets de croquis dans le débarras aveugle, à côté de sa chambre. Elle se força non seulement à oublier ces œuvres, mais même à refréner l'envie de faire une esquisse, de regarder le paysage ou les gens avec des yeux de peintre (réduire la réalité vivante à une composition, à un jeu de couleurs). Elle s'adonna farouchement à ses occupations quotidiennes. Mais elle souffrait, comme si on lui avait coupé un membre. Je ne suis plus moi-même, murmurait-elle parfois, dois-je devenir une autre ?

Un jour, alors qu'elle filait la laine sur le seuil de sa porte, plongée dans ce lancinant dialogue avec elle-même, elle aperçut Niko Stéphandidakis qui descendait la colline avec sa chèvre. Dans une soudaine impulsion, elle avait appelé le garçonnet et quand il fut devant elle, l'interrogeant de ses yeux vifs et noirs, elle lui avait dit d'aller chercher ce qui était dans le débarras et de le brûler. Plus tard, elle s'était demandé si elle n'était pas devenue folle. Il y avait de quoi hurler, se taper la tête contre les murs, mais le pire, c'était qu'en même temps elle se rendait compte qu'elle ne voulait pas revenir en arrière.

La nuit de catastrophe où Stavros Mavrochidis fut torturé, le commandant de la patrouille allemande avait fait allumer un feu dans un endroit dégagé, entre les arbres, au bord de la route. Les soldats venaient de temps à autre près du feu, sans doute avant tout pour chercher de la lumière, de la chaleur et une contrepartie à ce qui se passait sous le platane. A la lumière des flammes, leurs visages étaient à la fois durs et inexpressifs. Mais pour l'un d'entre eux, celui qui avait des cheveux jaunes (il avait attiré l'attention d'Elina, dans l'après-midi, par le contraste entre son immobilité et son regard inquiet), les flammes avaient une autre signification. Elle avait eu jadis un ami directeur d'une clinique psychiatrique en Suisse. Une image obsédante lui était restée : dans le parc, des jardiniers étaient occupés à faire brûler des tas de feuilles mortes. Elle passait à ce moment-là, en compagnie de cet ami qui lui faisait visiter les lieux, devant le pavillon des patients masculins. L'un d'entre eux s'était agrippé aux barreaux de la fenêtre qui donnait sur le jardin ; la bave lui coulait de la bouche, la sueur perlait à son front ; il fixait le feu avec une expression d'angoisse panique et de désir. Elle reconnut cette expression dans le regard du jeune *Sanitäter*. Que ses camarades n'aient rien remarqué ou fassent comme si parut à Elina plus surprenant encore que cet état de transe.

Quand l'officier et les autres blessés furent évacués le lendemain, le *Sanitäter*, désigné – on ne savait pourquoi – comme remplaçant pour commander la patrouille, marchait en rond nerveusement ; elle le vit ronger ses ongles, passer ses doigts dans le col de son uniforme. Cette image surtout la terrifia, elle osa à peine aller jusqu'au bout de son raisonnement : à savoir que ce n'était pas le fait du hasard si l'exécution des représailles était confiée à un dément. Elle se rappelait les rumeurs qui couraient au sujet des choses qui s'étaient produites dans d'autres villages, les derniers mois : parce que des gamins avaient allumé un feu à proximité d'une colonne de fourgons militaires, la moitié d'un village avait été massacrée ; parce que des sentinelles avaient aperçu un feu qui avait été éteint avec leur arrivée, un village avait été détruit, les hommes fusillés sous prétexte qu'ils faisaient des signaux pour aider les avions alliés.

Dans le silence pesant de l'après-midi (les hommes et les adolescents sur la route, les mains derrière la tête, sous surveillance, les femmes et les enfants attendant éperdus dans les maisons), Elina était allée vers lui. Elle savait qu'elle ne devait pas hésiter, qu'elle ne devait montrer ni crainte ni incertitude. Elle marcha droit devant elle dans le village subitement devenu étranger, elle fit comme si elle n'avait pas entendu l'avertissement lancé par un groupe de soldats qui mangeaient des pastèques à l'ombre des arbres. Elle était soudain devenue cette vieille femme qui ne comprend rien à la situation et qui va droit vers son but avec des œillères, c'est du moins ainsi qu'elle voulait apparaître aux yeux de ceux qui la voyaient passer. Il avait essayé de la chasser d'un geste, mais elle était restée là et l'avait pris au dépourvu en s'adressant à lui en allemand, et c'était plus un ordre qu'une prière : "Il faut faire une piqûre antitétanique au garçon qui a reçu un coup de baïonnette dans le bras, hier."

Elle avait continué sur ce ton, comme s'il était naturel qu'elle donne des ordres, jusqu'à cet instant, près de la paillasse de Niko, où elle avait dit : "Mettez le feu aux maisons, mais épargnez les gens !"

Elle avait soutenu son regard quand il s'était retourné brusquement vers elle, démasqué, en clignant des paupières, et à le voir, il était aussi bien en posture de bondir sur elle que de ramper à ses pieds. Le cœur battant, elle avait commencé à parler de feu, d'un brasier qui crépitait, se déchaînait, de flammes jaunes, rouges et dansantes, d'un océan ardent. Sa bouche s'ouvrit, son visage se couvrit de sueur. Elle ne relâcha pas la pression, elle devait serrer les poings, enfoncer ses ongles dans ses paumes pour se forcer à cette abomination. Et elle ne cessait de répéter, tout en racontant l'incendie : "Ne tuez pas les gens, allumez un feu."

Par la suite, elle se demanda si elle avait bien fait ou non. Elle avait l'impression d'être pétrifiée. Pendant que les maisons de Mavrochidis et de Stéphandidakis brûlaient cette nuit-là, parmi les habitants du village, elle suivit chaque mouvement de l'homme qui était là au premier rang, aussi près que possible du feu. Elle eut l'impression que les autres, ceux qui devaient exécuter ses ordres (en tapant du pied, le sang à la tête, il avait fait répandre des flots d'essence de telle sorte que la colonne de feu gagnait de proche en proche, avec une détonation sourde, les remises, les clôtures, les arbres), en eurent assez à la longue, qu'ils furent soulagés quand le jour se leva, qu'ils avaient hâte de partir, l'air sombre, écœurés, après la détestable besogne.

Elle n'avait pas été surprise, à vrai dire, quand, presque un an plus tard, alors que la guerre n'était pas encore terminée, cet être sale et égaré, en habits de berger, s'était traîné jusqu'au seuil de sa porte. Elle n'avait pas besoin de se demander pourquoi, dans sa confusion mentale, il se souvenait justement de ce village, de sa maison, de son visage, comment il avait retrouvé le chemin, après avoir erré longtemps (à en juger par l'état dans lequel il se trouvait) ; elle n'avait pas besoin de se demander dans quelle mesure son intervention ce jour-là avait accéléré le processus de démence, avait fait remonter à la surface quelque chose qui fermentait secrètement, comme le pus, à un certain moment, sort de l'abcès crevé. Précisément parce qu'elle ne doutait pas d'une relation entre les faits, elle n'avait pas eu le cœur de lui refuser la nourriture et un gîte. Elle ne pouvait se soustraire à ce qui lui semblait imposé, en vertu d'une loi de cause à effet qui dépassait sa raison. Cette existence fantomatique à ses côtés, aux apparitions et disparitions imprévisibles, serait pour elle, elle le savait, une source de préoccupation et d'inquiétude ; il s'ajoutait brusquement à sa vie comme une charge.

Le fait que les villageois le considéraient comme étant sous sa responsabilité à elle, qu'ils l'évitaient aussi radicalement que s'il s'agissait d'une créature n'appartenant pas à l'humanité dont on ne pouvait même pas se venger, renforça encore la singularité de la relation entre Elina et le *Germanikos*. La raison lui revenait par à-coups, il pouvait s'exprimer, poser des questions, trouver des mots pour peindre ce chaos intérieur. Elle écoutait ; elle pensait aux visions lugubres de haine et d'angoisse qu'elle avait un jour tirées du tréfonds d'elle-même, sans savoir comment, et fixées sur la toile. Le *Germanikos* était devenu l'incarnation du monde des profondeurs ; nuit et jour, elle avait à proximité les dangereux caprices de l'incontrôlable, elle était confrontée à la question de savoir comment le protéger de lui-même, et protéger les autres de lui. Dans sa sauvagerie et sa brutalité animales, il devint plus dépendant d'elle qu'aucun autre être humain ne l'avait jamais été. Elle qui souhaitait de plus en plus se rapprocher d'autrui, elle avait pu s'imaginer une autre forme d'attachement indéfectible. Elle avait désiré se dévouer, donner toute son attention, sa patience, se sentir responsable, et voilà que le sort lui envoyait un être qui lui inspirait de l'angoisse et de la répulsion. Avec lui, elle vivait dans un isolement qui semblait plus irrévocable que sa précédente solitude. Elle n'était pas rejetée, dans la mesure où personne ne l'ignorait ni ne se montrait hostile. Mais entre elle et le *Germanikos* d'un côté, et les habitants du village de l'autre, était tracée une ligne de démarcation, invisible mais parfaitement claire.

Dans la grisaille de ce matin-là où, en amont de sa maison, elle avait creusé une tombe pour ensevelir l'enfant mort-né de Stéphania Stéphandidakis, elle avait eu le sentiment de livrer en même temps à la pourriture sa vie avortée au village. Dans sa poitrine, son cœur était lourd comme une pierre. Penchée en avant, à l'aide d'une pelle, elle combla la fosse avec de la terre. Elle aurait voulu pleurer pour alléger la pression, mais elle ne le pouvait pas, elle avait désappris les larmes. Elle se rappelait comme elle avait été heureuse quand, après la guerre, elle avait vendu ces peintures et ces dessins sinistres, par l'intermédiaire d'une galerie, en France, et qu'avec cet argent, elle avait pu redonner aux gens un peu de ce qu'ils avaient perdu, des chèvres et des ânes pour leurs écuries pillées ou vidées par la famine, de nouveaux arbres, des citronniers, des figuiers et des oliviers, des semences pour les jardins dévastés par le feu. Elle avait eu le sentiment de rembourser une partie de sa dette (si dette il y avait). Ensuite, ce fut comme si elle avait réussi à se rapprocher des autres malgré tout, elle avait pensé que toute trace de défiance ou de ressentiment secret avait disparu du cœur des villageois. L'ère de la division en deux camps, celui de Stéphandidakis et celui d'Elina, sembla même révolue pour de bon. Même si le vieil homme ne s'était jamais réconcilié ouvertement avec elle, le comportement de ses proches et de ses amis envers Elina laissait supposer que, du moins, il la tolérait. Plus que jamais, dans ces années d'après-guerre, les femmes et les jeunes filles lui rendaient visite. Elle avait fait venir des livres de puériculture, d'hygiène et de diététique, et elle instruisait qui le souhaitait. Stéphania Stéphandidakis et Aréthusa Mavrochidis, les deux jeunes filles qui rêvaient de devenir infirmière et sage-femme dès qu'il y aurait de l'argent pour le voyage à Athènes et les frais de séjour, avaient été pour elle comme des filles, ou plutôt des petites-filles, elles entraient librement chez elle, se confiaient à elle, l'aidaient, lui tenaient compagnie. Pour la première fois de sa vie, Elina put s'imaginer avoir une famille.

Quand Stéphania lui avait appris qu'elle ne voulait pas épouser Manoli Mavrochidis à qui son grand-père l'avait promise depuis son enfance, parce qu'elle aimait un jeune homme qu'elle avait rencontré lors d'une fête au village du bas, un berger des montagnes, Elina avait constaté, de la discussion qui avait suivi, quelle influence elle avait pu avoir sur les jeunes filles, également dans des domaines qu'elle n'avait pas envisagés ou qu'elle n'avait pas voulus. Stéphania se rebellait contre un mariage où elle serait passée de l'un à l'autre sans qu'elle ait pratiquement son mot à dire. Elle était décidée à faire son propre choix. Au village, de mémoire d'homme, pareille chose ne s'était jamais produite. Manoli, le gendarme local, ne passait-il pas pour le fils du pays qui avait réussi ? Il était bien noté par ses supérieurs, montrait de l'initiative et de la vigilance. Les gens savaient que Niko se trouvait à Thessalonique ou dans les environs, mais il n'envoyait pas d'argent, ce qui voulait dire que les choses allaient mal pour lui ou qu'il avait oublié le village. Le vieux Stéphandidakis, qui était maintenant nonagénaire et n'avait plus toute sa tête, semblait confondre Manoli et Niko ; en tout cas, il avait admis Manoli dans sa famille comme un parent. La révolte de Stéphania grandit, se heurtant de front au diktat d'Emmanuel Stéphandidakis, à l'humiliation de Manoli. L'attitude de la jeune fille suscitait de nombreuses critiques, chacun se mêlant du problème. Au village, Elina sentait un reproche muet à son endroit, surtout de la part des vieux ; c'était sa faute si des jeunes s'écartaient des traditions, si l'attrait du nouveau et l'individualisme l'emportaient sur le sens du devoir. Elle les avait éclairés sur des choses utiles et bonnes, mais dans tout ça, il y avait aussi du mauvais pour des chrétiens. La catastrophe de la guerre et l'arrivée du *Germanikos* revenaient aussi sur le tapis. Elina n'était pas amère. Elle savait qu'elle n'avait pas perdu l'amitié des gens. Leurs réactions étaient compréhensibles – leurs racines plongeaient dans un passé très ancien de lutte commune pour la sauvegarde des valeurs nationales, bon sang ne saurait mentir. La prise de conscience récente de la misère et de l'arriération, ainsi que de la nécessité de faire évoluer les choses par un changement de mentalité et d'approche, ne pouvait pas l'emporter d'emblée sur la conviction innée que les vieilles règles et les anciennes lois ne pouvaient être transgressées impunément. Elle se tint un peu à l'écart, comme elle l'avait fait des années auparavant, quand le village avait été attaqué. Elle ne voulait pas essayer d'influencer Stéphania, de crainte d'exciter l'entêtement de la jeune fille et de perdre sa confiance, mais aussi pour montrer à la famille Mavrochidis qu'elle ne se permettait pas d'interférer dans ce qui était une affaire de famille.

Mais au printemps, Stéphania et Aréthusa étaient arrivées chez elle, un soir, bouleversées et avaient fini par lui apprendre, après de nombreuses larmes, que Stéphania (qui, en dépit de la surveillance secrètement exercée par son grand-père, ses cousins et Manoli, allait régulièrement retrouver son ami en cachette) selon toute probabilité était enceinte. La jeune fille désespérée s'était agenouillée tour à tour devant l'icône de la *Panayia* et devant elle : "Aide-moi, aide-moi pour l'amour de Dieu."

Elina savait ce que cela signifiait pour Stéphania si la chose était connue : le mépris et l'exclusion de la communauté pour sa vie entière. Parler avec le vieux Stéphandidakis était inutile ; elle eut donc un entretien en tête-à-tête avec Manoli. Il parut oublier qu'elle l'avait connu quand il était gamin ; depuis qu'il portait un uniforme, il se conduisait avec une certaine condescendance à son égard. Quand elle lui demanda de renoncer à Stéphania qui languissait d'amour pour son ami, il devint furieux. L'autre, lui dit-il, n'était rien de moins qu'un paria, et à juste titre : son père avait été pendant la guerre un partisan du communiste Bodias ; ses proches avaient ensuite combattu comme rebelles dans le mauvais camp en 1947 et 1948 ; c'était justement pour neutraliser ce type d'éléments dangereux qu'existait la gendarmerie ; au fil des années, la famille avait été pratiquement rayée de la carte et ce garçon devait louer ses services comme berger pour vivre, mais qui sait ce qu'il complotait.

Elina comprit qu'il n'y avait pas à attendre une solution à l'amiable de la part de Manoli. Il n'y avait pas d'autre issue que celle à laquelle Stéphania se préparait déjà, fuir dans la montagne avec son ami. Ils devaient se cacher, et la question était de savoir si un pope serait disposé à les marier, étant donné les circonstances et le fait que Stéphania était mineure. Stéphania s'enfuit, le village fut sens dessus dessous. Manoli partit avec des amis dans la montagne mais ne trouva pas le couple. Plus tard on apprit qu'ils avaient trouvé refuge chez un parent éloigné du jeune homme, au-dessus de Timbaki. Manoli n'arrivait pas à trouver un prétexte qui justifiât l'intervention de la gendarmerie contre son rival. L'enlèvement de Stéphania était une affaire d'honneur qui concernait au premier chef la famille Stéphandidakis. Manoli estima que le patriarche devait lui donner l'autorisation d'intervenir. Le plan conçu par Elina en désespoir de cause, rappeler Niko, le seul frère de Stéphania (Elina espérait ainsi gagner du temps pour la jeune fille et donner aux gens la possibilité de se calmer), n'eut pas l'agrément de Manoli, mais plut à beaucoup d'autres, pour les mêmes raisons qu'on condamnait Stéphania : c'était une question de traditions. Emmanuel Stéphandidakis, qui jugeait de son devoir de se faire le héraut des traditions crétoises en toutes circonstances, fit sienne immédiatement la proposition d'Elina, il était clair pour lui que personne d'autre que lui-même n'avait pu avoir cette idée et ce fut la version officielle désormais. Il fit donc écrire par l'un de ses petits-fils une lettre en poste restante à Thessalonique, l'adresse indiquée par Niko, la dernière fois qu'il avait donné de ses nouvelles.

Elina remarqua que Manoli attendait l'arrivée de son ami d'enfance avec des sentiments pour le moins mélangés. Il semblait curieux mais aussi secrètement inquiet. Niko avait séjourné longtemps sur le continent, dans des villes comme Athènes et Thessalonique, et lui-même avait beau porter un uniforme et faire l'important, en bombant le torse et en redressant la tête, Manoli se sentait malgré tout un provincial. Qu'était devenu Niko ? Cette question occupait les esprits presque autant que la fuite de Stéphania. Si Niko, comme chacun s'y attendait, réglait son compte au suborneur et vengeait l'honneur de la famille Stéphandidakis, et même s'il ne répondait que partiellement à l'image que les gens se faisaient volontiers de lui dans leurs conversations (on oubliait, dans la tension du moment, la déception qu'avait causée son long silence, et l'éloignement qui en avait résulté), Manoli aurait affaire à un rival de taille dans la faveur des villageois. Quand le pope du village du bas fit prévenir que Niko avait été signalé dans le car, en compagnie d'un groupe d'étrangers qui voulaient visiter les grottes au-dessus de Camarès et qu'on devrait héberger pour la nuit, l'excitation fut à son comble au village.

Mais il fallut bien convenir que l'apparition de Niko fit l'effet d'une douche froide. Niko était devenu un homme, mais il n'avait pas l'air d'un homme qui a bourlingué et beaucoup vécu, du moins selon l'image que s'en faisaient les villageois ; mais par ailleurs, il semblait avoir oublié leurs usages et leurs manières. Les étrangers qu'il avait amenés ne faisaient guère impression non plus ; c'était le genre à suer parmi les fouilles et devant les panoramas, harnachés comme des bourricots. Mais ce qui choqua le plus, ce fut que la jeune Américaine n'accompagnait pas l'homme et les garçons, mais était venue avec Niko. Elina se trouvait dans la pièce avec d'autres femmes quand Emmanuel Stéphandidakis salua son petit-fils. On dut régler le problème de l'hébergement et Elina s'avança, au moment où il fut question de Jessica, alors qu'un silence gêné tombait sur l'assistance tiraillée entre le sens de l'hospitalité et le penchant à la prudence dans une situation ambiguë. Dès qu'Elina eut pris la jeune Américaine sous son toit, elle fut consciente d'un nouveau conflit. Elle vit que cette adolescente, même si elle n'était ni dure, ni superficielle, ni froidement égoïste ou d'une sentimentalité hollywoodienne, calquait sa relation à Niko sur le modèle fourni par la presse du cœur : il était son homme, son butin, elle se battrait pour le garder. Ce qui pouvait résulter de semblables conceptions la laissait parfaitement indifférente, elle ne comprenait rien à la situation. Niko en dit assez à Elina pour qu'elle comprenne qu'il n'avait pris la jeune fille sous sa protection que par pitié, et peut-être aussi en guise de protestation contre la mesquinerie d'éventuelles critiques.

La première journée de Niko au village commença par une dispute violente entre lui et Manoli. Les échos de cette querelle arrivèrent jusqu'à la maison d'Elina, mais elle ne descendit pas car elle supposait qu'Aréthusa Mavrochidis allait tôt ou tard lui envoyer Niko. Il arriva, les cheveux en bataille et les yeux étincelants de colère. Entre son grand-père, Manoli, la majorité de leurs parents et amis respectifs et lui, la situation ne pouvait être plus tendue parce qu'il avait déclaré qu'il n'était pas disposé à se venger selon l'usage. Après que le patriarche eut exprimé copieusement son mécontentement et son mépris devant l'assemblée des villageois, Manoli avait proposé à Niko, en tête-à-tête, sa propre solution : il suffisait à Niko de provoquer une bagarre avec le suborneur – en tant que frère de la jeune fille enlevée, il était dans son droit le plus total. De plus, le gars en question n'était pas seulement un vil séducteur, c'était un individu politiquement suspect, Manoli était persuadé qu'on apprendrait bien des choses, une fois qu'ils l'auraient arrêté. Niko n'avait pas pu se contenir et avait sorti tout ce qu'il avait sur le cœur à propos des gendarmes bien connus dans le pays pour pratiquer des arrestations arbitraires.

Pour finir, il avait aussi demandé s'il n'était pas temps de parler de Stéphania, est-ce qu'il s'agissait d'elle, oui ou non ? En tout cas, il irait voir sa sœur tout seul, il n'avait besoin de personne pour ça. Manoli l'avait attaqué en disant que Niko non plus ne lui paraissait pas très franc du collier, et que certainement les Mavrochidis feraient tout ce qu'ils pourraient pour éviter que leur Aréthusa ne se compromette avec quelqu'un qui avait de telles idées. (Les regards que se lançaient Niko et Aréthusa n'avaient échappé à personne.) En outre, Manoli avait rappelé, encore une fois, dans quelles conditions leurs pères respectifs avaient trouvé la mort. Elina sentit que c'était ce qui avait blessé le plus Niko. Il s'était confié à elle, dans cette conversation, comme quelqu'un qui doit se soulager d'un poids. Il lui avait raconté où il avait été et ce qu'il avait fait au cours de toutes ces années sans doute d'une manière plus ouverte qu'il n'aurait pu le faire chez lui ; elle vit qu'il se défendait en quelque sorte, qu'il espérait de sa part de la compréhension, un signe laissant paraître qu'il n'avait pas à interpréter ses doutes comme un échec. Son grand-père l'avait accablé de sarcasmes parce qu'il n'avait rien fait ; il avait levé les bras au ciel d'indignation devant ce qui était à ses yeux le pire des crimes : Niko n'était plus chrétien, il avait négligé ses devoirs religieux, il avait rompu avec le code de bienséance et de justice qui n'avait jamais été contesté, même par les vieux Crétois les plus assoiffés de sang turc.

Niko avait essayé d'exprimer son point de vue, mais plus il parlait, plus la situation devenait tendue, et le malentendu s'aggravait. Il savait bien qu'il avait failli sur bien des points ; mais une voix intérieure lui disait qu'il se comportait d'une manière digne à ses propres yeux uniquement en agissant comme il le faisait, et il ne pouvait s'y dérober. Elina sentit qu'il attendait, sans l'avouer, un mot pour lui donner confiance en lui, pour l'encourager. Elle n'avait rien de mieux à lui offrir que la leçon qu'elle tirait de sa propre expérience, selon laquelle une dignité peu spectaculaire, procurant une satisfaction bien modeste, réside dans le fait d'affronter le monde et soi-même les yeux grands ouverts, dans le fait d'être prêt à tout remettre en question en permanence. Il commença à lui parler de l'homme, là-bas, dans le Nord, qu'il avait cru son ami et qui l'avait condamné justement pour son penchant à chercher la voie du juste milieu, si difficile soit-elle. Là-bas, Niko n'avait pas voulu se laisser circonvenir par de froids calculs politiciens, ici, il devait lutter contre les préjugés, la superstition et des sentiments aveugles de haine, de vengeance et d'ambition. "A chaque fois, je me retrouve entre les deux, s'étonnait Niko avec emportement, Iannulis me considère au fond comme un réactionnaire, un jobard qui doute, et ici au village, ils me nomment déjà le rebelle. J'en sais trop pour les illettrés et pas assez pour les gens instruits. Je suis un pauvre paysan à la ville, et un monsieur bourré de défauts pour les villageois. Ici ils me considèrent comme un mécréant, mais dans le Nord, chez Katsov, je passais pour un naïf superstitieux, parce que j'allais à l'église la nuit de la Pâque. Je suis trop prudent pour les révolutionnaires et trop subversif pour les conservateurs. Trop à gauche pour la droite, et trop à droite pour la gauche. Et maintenant, Elina, j'aimerais savoir une dernière chose : existe-t-il un juste milieu, ou est-ce seulement un nom pour le doute et la sottise ?

— C'est au milieu que se situe l'homme, dit Elina (elle se pencha et toucha de sa main le front puis la poitrine de Niko), il n'y a pas de règles, c'est une chose que chacun doit trouver chaque fois pour soi-même, sans l'aide de personne. Il m'a fallu une vie entière pour découvrir qu'on ne peut pas traduire ces choses par des mots mais seulement par ce qu'on est. Ce n'est pas très clair, j'en conviens." Elle soupira et secoua la tête : "Tout ce qui nous arrive constitue un défi à agir et de la matière brute. Ah, quelle vieille sotte je fais, de vouloir dire encore une fois ce que je suis incapable de dire. Il vaut mieux s'en tenir à la réalité qui nous occupe, c'est déjà suffisamment difficile."

Elle lui apprit la grossesse de Stéphania, elle avait pu voir qu'Aréthusa n'avait pas osé en parler à Niko. Son visage se rembrunit, il fronça les sourcils et garda les yeux fixés au sol. Elle comprenait combien la nouvelle le prenait au dépourvu et elle le regarda par en dessous pour voir sa réaction. Maintenant, il se rend compte qu'il est de la lignée de ces Crétois, pensa-t-elle, de ces terribles capitaines de Skafia, qui coupaient des têtes pour venger leur honneur et buvaient le sang de leurs ennemis. Elle avait assez longtemps vécu parmi ces gens pour pouvoir comprendre ce qui se passait dans l'esprit de Niko, le rebelle selon les normes des villageois, comprendre comme il se colletait avec l'envie de tuer l'homme qui avait déshonoré sa sœur, avec la honte qu'il ressentait devant Elina qui était au courant, avec sa fierté ulcérée par rapport à un Manoli et tous les autres qui allaient découvrir la chose prochainement et en feraient des gorges chaudes. Un rien suffisait pour qu'il soit emporté par une pulsion irrationnelle. Elle commença à parler d'une voix douce, sans le regarder, et à plaider pour Stéphania. "Elle est suffisamment punie par l'angoisse et l'incertitude qu'elle a éprouvées, et par son propre sentiment de culpabilité, parce qu'elle ne prend pas les choses à la légère. Elle te ressemble, elle aussi, elle veut être libre et responsable d'elle-même. Donne-lui la chance d'épouser son berger et de montrer de quel bois elle est taillée. C'est une vie rude, ce ne sera pas facile pour elle."

Niko était assis à la table et ne disait rien, les yeux baissés, plongé dans ses pensées. Elina apporta pour lui, pour Jessica qui assistait à la scène, crispée dans son coin, ainsi que pour elle-même le verre d'eau et la cuillerée de confiture de cerises, offrandes traditionnelles de bienvenue qu'elle avait oubliées dans l'émotion de la conversation. Elle était persuadée que Niko avait trop évolué par rapport à la mentalité de son village pour choisir en l'occurrence le parti de la violence.

Quand ce garçon, Marten Siebeling, fut transporté chez elle, ce soir-là, elle fut animée de sentiments divers. L'enfant lui inspira du souci, de la compassion, elle examina ses blessures avec l'attention d'un praticien, et elle se réjouit aussi, d'une certaine façon, parce que, comme jadis, le village entier se tournait vers elle avec confiance ; mais elle éprouva aussi une sorte d'irritation : fallait-il que cela s'ajoute au reste juste à ce moment-là ? Elle avait constaté que les traumatismes n'étaient pas graves, mais elle avait tout de même pensé conseiller au professeur d'emmener le garçon en ville ; après avoir entendu, alors qu'elle le veillait, ce que Marten dévoilait dans un sommeil agité, elle se ravisa. Elle vit que le professeur était soulagé de ne pas avoir à renoncer à son excursion en montagne. Il lui parut très nerveux. Son comportement à lui aussi semblait indiquer qu'il avait dû se passer quelque chose entre lui et le garçon accidenté. Elina estima que s'ils ne se voyaient pas pendant quelques jours, ni l'adulte ni le jeune ne s'en porteraient plus mal. Ces randonneurs étaient les premiers compatriotes qu'elle rencontrait depuis qu'elle était arrivée en Crète. Pour éviter les complications, les questions ou les explications à donner, mais aussi pour ne pas inspirer de la méfiance par ses réticences à répondre, elle parla français. D'ailleurs, les villageois avaient raconté tout un tas de choses qui parurent rassurer le professeur.

Elle ne put retenir un sourire devant les caprices du sort ; après une période de retraite volontaire, elle se retrouvait soudain avec deux jeunes étrangers dans sa maison. Elle incita Jessica à s'occuper, par exemple à désherber ou filer la laine, mais elle se heurta à la mauvaise grâce de la jeune fille que le départ de Niko rendait incertaine et qui se méfiait d'Elina depuis que cette dernière lui avait conseillé d'envoyer un message à ses parents. Elina s'intéressait d'ailleurs beaucoup plus au garçon, et pas seulement parce qu'elle le soignait. Pendant qu'il dormait enfin d'un sommeil réparateur, profond et paisible, elle ne pouvait s'empêcher de venir le regarder à tout moment. Elle se demandait ce qui pouvait la captiver dans ce visage, avec ce petit nez droit, cette bouche encore enfantine et pourtant résolue, ces paupières fragiles. En lui essuyant le front, elle frôla involontairement sa chevelure épaisse et ondulée, aux mèches rebelles. Elle sentit sous ses doigts cette autre vie. A qui ressemble-t-il donc ? Cette question l'obsédait. Se surprenant elle-même plus qu'elle n'aurait su le dire, elle fit ce qui ne lui était pas arrivé depuis dix ans : elle sortit d'un placard une feuille de papier et un crayon, et en se moquant amèrement de ses doigts déformés, raides, malhabiles désormais, comme elle le put, elle dessina Marten, vu de trois quarts, sa tête reposant sur l'oreiller. Quand elle eut fini, elle hocha la tête en regardant son croquis. “Toujours la vieille rengaine, il me faut toujours un prétexte pour me représenter moi-même. Je ressemblerais à ça, si j'étais un garçon de seize ans.” Elle voulut déchirer la feuille, mais ne put s'y résoudre et elle la mit de côté, plaisantant sur sa propre faiblesse. Plus tard, elle la regarda encore une fois, avec un sentiment de culpabilité – mais cette fois, et ce fut comme un petit miracle, elle vit une ressemblance frappante avec le modèle lui-même, saisi dans son sommeil, tel qu'il était, avec cette vie intérieure faite de révolte et de vulnérabilité qu'elle avait entrevue quand il avait parlé dans ses rêves.

Quand il s'éveilla et qu'elle parla avec lui, ce curieux sentiment d'identification se renforça. Elle ne voulut pas l'obliger à chercher laborieusement ses mots dans une langue étrangère et elle n'avait pas davantage envie de l'abuser ; le mettre dans la confidence lui parut soudain la chose la plus normale du monde. Plus encore que de sa surprise à lui, elle jouit de redécouvrir la langue qu'elle n'avait pas parlée depuis si longtemps.

Elle lui montra le dessin auquel elle n'avait cessé de penser. Elle reconnut ce sentiment, cette vieille démangeaison, cette secrète excitation, cette fébrilité... Quand elle lui tendit la feuille et vit sa réaction, elle se rendit compte avec un élancement de douleur qu'elle n'avait pas changé, que malgré elle, en dépit de tous ses efforts durant des années, la chose au monde qui comptait le plus pour elle, lui apportait le plus de satisfaction, la ravissait et la comblait le plus, c'était son œuvre. Elle frissonna, reprit le dessin et le déchira.

Elina en était revenue à la réalité du quotidien, au moment où Aréthusa Mavrochidis lui avait annoncé que Manoli, son frère Michali et deux des cousins de Niko étaient lancés à la poursuite de Niko. Elle avait vécu dans l'inquiétude depuis cet instant. Quand, le lendemain, elle avait entendu les cris montant de la route et qu'elle avait vu arriver la colonne de gens excités, elle avait compris, le cœur serré par l'angoisse et la résignation, quelle était la situation : Stéphania dans les douleurs de l'enfantement, pour rien ; le père de son enfant tué dans une bagarre par Manoli ou l'un de ses amis ; Niko sourd désormais à tout appel à la raison, capable du pire dans la colère et la détresse que lui inspirait la trahison de ses amis. Un après-midi, toute une soirée, la moitié d'une nuit, Elina avait assisté Stéphania pendant cette triste délivrance. Au moment où Niko, mis hors de lui par les gémissements de Stéphania en proie à la double souffrance d'avoir perdu l'être aimé et le fruit qu'elle portait, avait juré à sa sœur, derrière la porte close, qu'il ferait payer Manoli, Stéphania expulsa le fœtus dans une ultime contraction.

Il ne servait à rien de se reprocher, après coup, d'avoir fait entrer Niko : Elina tournait et retournait cette pensée dans sa tête lasse. Comment aurait-elle pu l'en empêcher ? Rien n'avait été normal, cette nuit-là. Au village, il y avait le monde des femmes victimes d'une fausse couche, mais Stéphania n'en faisait pas partie, il n'y avait plus de place pour elle provisoirement dans la communauté ; son union n'avait pas été bénie, son enfant ne serait jamais baptisé. Aréthusa, qui avait voulu aider son amie, n'avait pu cette fois braver l'interdit ; seule une veuve, qui passait plus ou moins pour une faible d'esprit, était restée, après que les autres femmes eurent quitté la maison une à une, à la tombée de la nuit. On n'avait pu empêcher Niko de forcer l'entrée et de voir sa sœur baignant dans son sang. Qu'il se soit rué vers la maison des Mavrochidis, qu'il ait provoqué Manoli et qu'il se soit jeté sur lui le couteau à la main était inéluctable.

Quand Elina arriva au village, après Jessica, Manoli, soutenu par ses amis, rentrait dans la maison. Il avait reçu un coup de couteau dans l'avant-bras et saignait abondamment. Niko avait réussi à s'arracher aux hommes qui avaient voulu s'interposer entre lui et Manoli, et il avait disparu dans l'obscurité, en direction de la montagne. Michali et les autres membres de la famille des Mavrochidis allèrent chercher leurs fusils pour se lancer à la poursuite de Niko. L'arrivée des cousins de Niko causa une nouvelle effervescence : ceux qui avaient été des alliés dans l'action dirigée contre le suborneur de Stéphania risquaient de se retrouver des ennemis ; c'était maintenant une affaire entre les familles Stéphandidakis et Mavrochidis. Au cours de la violente altercation qui suivit, mêlant griefs essentiels et vétilles d'aujourd'hui et d'hier, le plus douloureux refit aussi surface : Emmanuel Stéphandidakis qui avait tiré sur la patrouille allemande, Stavros torturé à mort, la destruction des maisons et des vergers. En voyant que les insultes et les reproches rendaient illusoire toute chance d'accommodement et dans l'espoir d'empêcher une bagarre généralisée, Elina adjura les antagonistes, par-dessus les têtes des témoins, de discuter calmement ; il s'agissait pour elle seulement d'étancher ce qui se trahissait sous les mots et les gestes, cette passion qui fermentait, ce qu'il y a de trouble et de sauvage dans l'individu, ce qui s'enfle, déborde et doit s'assouvir dans la violence. Elle vit aux regards, aux expressions et aux comportements des témoins de la scène qu'ils avaient dépassé le stade où ils auraient pu mettre un terme sciemment à l'altercation ; personne ne pouvait ou ne voulait désormais faire barrage au déferlement de la violence. Comprenant que s'opposer ne ferait qu'envenimer les choses, et parce qu'elle voulait éviter que son intervention ne provoque un attroupement devant sa maison où était couchée Stéphania, elle revint chez elle, en compagnie de Jessica qui, toujours plongée dans cet état étrange, presque exalté, dans lequel elle avait assisté aux souffrances de Stéphania, ne cessait de la tirer par la manche en lui demandant : "Qu'est-il arrivé ? Où est Niko ?"

Parce qu'elle était elle-même dans l'angoisse, Elina avait rembarré l'adolescente : "Fiche-lui la paix, tu trouves qu'il n'y a pas assez de drames comme ça ?" Alors qu'elles étaient à mi-chemin, Aréthusa Mavrochidis les avait rattrapées pour assurer à Elina, sur un ton passionné, qu'elle prendrait le parti de Niko et de Stéphania, sa meilleure amie, quelle que soit l'attitude de sa famille. Elle était furieuse et s'insurgeait contre Manoli et sa clique, et leurs conceptions d'un autre âge, comme si les femmes étaient des chèvres et des mules dont on peut disposer à son gré, comme si ce que les hommes appellent leur "honneur" était une raison pour s'entre-tuer… "Dis à Niko ce que j'en pense, si tu le vois, Elina, il viendra peut-être chez toi en cachette…", supplia Aréthusa. La vieille femme lui avait prodigué des paroles apaisantes, lui avait dit de rentrer chez elle, ce n'était pas le moment de jeter de l'huile sur le feu en criant sur les toits sa révolte. Tout en parlant, elle percevait, par-dessus son épaule, la tension ombrageuse de Jessica.

Dans la nuit, le calme était tombé entre les maisons, mais Elina savait que personne ne pouvait dormir. Pleine de pressentiments angoissés, elle était assise au chevet de Stéphania, guettant chaque bruit venu du dehors. Elle pensait que Niko était dans les parages, bien décidé à ne pas en rester à cet unique coup de couteau.

Quand il fit jour, elle se glissa hors de la maison, en passant devant Marten (il ne dormait pas mais elle ne lui adressa pas la parole, parce qu'elle ne voulait pas qu'il comprenne ce qu'elle emportait enroulé dans un linge), et elle creusa un trou, en plein champ, un peu plus haut, au milieu des cyprès. Cruellement lucide vis-à-vis d'elle-même, elle se disait que puisqu'elle avait été toute sa vie attentive aux signes susceptibles de révéler un lien plus secret entre les choses, elle devait maintenant avoir le courage de déchiffrer ce signal ultime : on ne pouvait rien refaire, il n'y a jamais rien à recommencer. Elle avait quitté Breskel pour Christian, Christian pour Quartz et "le vaste monde", et la liberté d'un défoulement qui, à la réflexion, était apparu comme une série de tentatives de fuite, à travers d'incessantes métamorphoses physiques et morales, et pour finir, elle avait tenté de s'échapper définitivement, en se retirant sur une île, en dépouillant l'ancienne Eline pour devenir Elina. Mais en tant qu'Elina, avait-elle trouvé son accomplissement ? Jadis, elle aurait répondu catégoriquement non, si on lui avait demandé si ses tableaux et ses dessins justifiaient sa vie. Elle avait espéré, elle avait cru que vivre au village – c'est-à-dire être un parmi d'autres, en assumant la responsabilité liée à cette situation – était un engagement humain d'un ordre supérieur à son œuvre qui n'avait jamais été qu'une projection d'elle-même. Elle enterrait cette illusion avec l'enfant mort-né de Stéphania. Car c'était cette œuvre, précisément (elle en avait eu la certitude à l'instant où elle avait déchiré le portrait de Marten), qui apparaissait comme la justification, l'essence de sa vie.

Elle avait en vain essayé de faire comprendre verbalement tant à Niko qu'à Marten que l'homme doit vivre en actes la conscience qu'il a de sa force régulatrice, de son aptitude à choisir, s'il veut être complet. Mais pour elle, "vivre" était irrévocablement lié au pouvoir qu'elle avait d'exprimer quelque chose dans un autre matériau que sa personne elle-même, que ses actes dans la communauté. Aveuglée, s'abusant elle-même, elle avait renié le seul moyen qui la rendît apte à représenter, ne fût-ce qu'indirectement, ce qu'il y avait de plus fondamental en elle, en tant qu'être humain, apte à exprimer ces questions éternelles : pourquoi ? comment ? Elle qui pensait se trouver elle-même en étant parmi les autres, elle s'était perdue en renonçant à sa créativité. Et elle n'avait plus la possibilité de réparer ou de recommencer. Elle allait avoir soixante-dix ans.

Quand elle eut constaté que Jessica Manning était partie, elle avait cherché, d'abord avec Marten, puis seule, mais sans résultat. Alors, elle avait appelé Helmuth, qui avait fini par sortir de l'une de ses cachettes, mais comme elle s'y était attendue, il fit semblant de ne pas comprendre quand elle lui parla de la jeune fille.

Elle se sentait brisée, vaincue : cela aussi, c'était sa faute. N'avait-elle pas, cette nuit-là, dans l'état d'énervement où elle se trouvait et agacée par l'insistance de Jessica, laissé échapper ce qu'Aréthusa lui avait dit ? L'inquiétude, la méfiance et la jalousie avaient poussé Jessica à chercher Niko.

La disparition de Jessica n'était pas encore connue au village. On le vit quand, vers midi, Manoli (le bras en écharpe, la tête bandée) se présenta chez Elina, en compagnie d'un gendarme du village et de deux agents de la police des étrangers venus d'Héraclion, pour chercher Jessica. Manoli ne croyait pas une seconde qu'elle ignorait où était Jessica. Il n'était pas fou : la jeune fille était partie avec Niko et Elina essayait de couvrir leur fuite. Elle avait intérêt à se rendre compte de ce qu'elle était en train de faire. Outre l'avis de recherche officiel lancé contre Niko pour le rapt de la jeune Américaine, une autre nouvelle venait d'arriver d'Athènes : Niko avait été dénoncé aux autorités comme militant communiste (et par l'homme qu'il croyait son ami, se dit amèrement Elina) et était recherché également pour ce motif.

Elina, qui avait encore en tête les paroles de Niko, protesta contre l'idée que Niko serait revenu en Crète avec des intentions politiques ; elle affirma qu'elle était sûre que Niko n'était pas communiste, mais tant de naïveté ne pouvait que faire sourire Manoli. Le délateur était apparemment quelqu'un de bien informé, car il savait que Niko avait voyagé avec Jessica depuis Kastri. Et si on avait besoin de preuves supplémentaires, tout ce que Niko avait dit et fait depuis son retour montrait assez qu'on ne pouvait pas avoir confiance en lui, que depuis le début, ce qui l'intéressait, c'était semer le trouble et la zizanie. Comment aurait-il pu, sinon, prendre le parti de ce berger issu d'une famille de rebelles notoires, au préjudice de ses propres parents ? Qui pouvait prouver que depuis le début, le but de Niko n'avait pas été d'entrer en contact avec ce type et avec les bandes armées qui étaient sûrement là, les bandits que la gendarmerie locale et les honnêtes Crétois surveillaient au péril de leur vie ?

La tirade (destinée, visiblement, à impressionner les policiers d'Héraclion) que déclamait Manoli avec des trémolos dans la voix n'inspira à Elina, jadis amusée par de semblables morceaux de bravoure, qu'amertume et inquiétude. Elle conjura Manoli de ne pas se fier à des soupçons infondés ; dans cette triste affaire, un seul élément avait joué, l'émotion bien compréhensible de Niko devant le sort de sa sœur.

"Aaah !" Manoli leva les yeux au ciel et fit un geste de son bras valide, pour montrer sa stupeur devant tant d'aveuglement. N'avait-elle donc pas compris que Niko, ce vaurien, ce vagabond, ce type qui avait fait trente-six métiers (oui, oui, on avait reçu d'Athènes des informations intéressantes), le jalousait lui, Manoli, pour sa réussite sociale, ne pouvait supporter que lui Manoli, l'éternel second, lui soit passé devant, que le vieil Emmanuel ne jure que par lui et que le village entier soit en admiration devant lui ? "Rien que pour ça, il rejoindra ceux qui préféreraient me voir mort, et qui sont-ils ces gens-là, depuis que j'ai aidé à rétablir l'ordre, lors des émeutes provoquées par les crypto-communistes ? Amour et sollicitude pour sa sœur, cette chienne, mon œil ! Qu'est-ce qu'il a fait pour sa famille au cours de toutes ces années ? On a vu, il n'y a pas si longtemps, à Athènes, comment il tient compte de ses amis…"

Manoli désigna, d'un geste dramatique, les policiers d'Héraclion de qui il tenait la chose : "Il a passé la nuit avec l'Américaine dans un hôtel tenu par des Crétois comme lui, et à cause de ça, il leur a créé de gros ennuis… Il y a plus d'un hôtel qui a été fermé, parce que les propriétaires n'ont pu prouver qu'ils étaient réglo…"

L'un des policiers lui coupa la parole pour dire que la complicité de ces Mandakis n'était pas prouvée. C'était la sœur du propriétaire qui avait envoyé un télégramme aux Américains pour leur dire ce que fabriquait leur fille. Ses motifs n'étaient pas encore très clairs, peut-être que la femme était réellement de bonne foi…

"En tout cas, lui, il est cuit, dit Manoli avec satisfaction. Si nous ne le trouvons pas, c'est le consul des Etats-Unis qui va s'en mêler… ils vont remuer ciel et terre pour le retrouver."

La vieille femme fut gagnée par une colère impuissante. "C'est faux. C'est la jeune Américaine qui a voulu accompagner Niko. Il a essayé de la persuader de retourner.

Je le sais, j'ai parlé avec elle. Il n'est pas question d'un rapt…

— Comment donc !" ironisa Manoli, et les autres se mirent à rire, en échangeant des regards entendus.

Plus Manoli pérorait, plus le cœur d'Elina devenait lourd. Les chances de Niko partaient en fumée. Pour le traîner en justice, on avait déjà trouvé le scénario, tout était déjà fixé, immuablement. Il avait forcé l'Américaine à venir avec lui, pour détourner les soupçons d'activisme politique. Il avait agressé Manoli quand ce dernier, en accomplissant son devoir de gendarme, avait tué un bandit. La voix vibrante d'indignation, Elina dit à Manoli qu'il ne jouirait pas longtemps d'une carrière bâtie sur des arrestations arbitraires : "Tu vas te casser la figure, personne ne peut impunément déformer les faits à son profit…"

Mais c'était maintenant contre elle que le jeune homme se tournait, dressé sur ses ergots ; plus question de faire des phrases désormais, Manoli ne se contrôlait plus, il bafouillait : elle pouvait les garder pour elle, ses conseils et ses menaces, elle était comme tous les autres, ces Européens de l'Ouest, qui venaient fourrer leur nez dans ce qui ne les regardait pas et qui pensaient qu'ils pouvaient résoudre les problèmes de pays et de peuples qu'ils méprisaient en réalité… Lui, Manoli, et beaucoup d'autres comme lui n'avaient besoin ni d'elle, ni des gens de son acabit… Elle avait semé l'incertitude dans l'esprit des gens, elle avait causé la perte de Stéphania, elle protégeait Niko, ce traître, et toute la bande qui était derrière lui.

Elina tourna les talons et rentra chez elle. Elle ferma la porte à clef derrière elle.

Stéphania était couchée sur le côté et la regardait avec des yeux pleins d'ombre. "Il ment, dit-elle à voix basse. Costas n'avait aucun contact avec les anciens amis de son père et de sa famille. Ils le harcelaient assez parce qu'il voulait rester en dehors de tout. Je te le jure, Elina, au nom de la *Panayia*, au nom de tout ce que tu voudras, Costas n'avait rien à voir avec les bandes. En tuant Costas, Manoli apporte de l'eau à leur moulin. Ils ont maintenant une raison pour se battre. Ils vengeront Costas mieux que Niko ne peut ou ne pourra le faire.

— Mon Dieu, Stéphania – Elina ouvrit les bras dans un geste découragé et vint s'asseoir sur un tabouret, près du lit.

Tout cela finira-t-il un jour ? Ne pouvons-nous rien faire pour empêcher d'autres effusions de sang ?

— Je ne sais pas, dit Stéphania, le visage figé, le regard sombre et éteint. Je ne connais pas les gens apparentés à Costas. Mais je ne pense pas qu'ils se laisseraient influencer. Et, quoi qu'il en soit, je ne lèverai pas le petit doigt pour épargner à Manoli ce qu'il mérite. J'espère qu'ils vont le saigner comme un porc.

— Mais Manoli n'est pas le seul en cause. Pense à cette histoire, dans les montagnes Blanches, l'année dernière. Il y a eu un vrai massacre, presque une guerre civile."

Stéphania ne répondit pas. Ne pouvant rester assise, Elina se leva et se mit à aller et venir dans la maison.

Un peu plus tard, Marten entra en traînant la jambe. Il s'était posté entre les arbres, sur la pente, à l'endroit d'où il pouvait apercevoir à la fois le chemin grimpant vers les hauteurs à partir du village et le versant des contreforts. Il essuya la sueur qui coulait sur son visage.

"Elle ne le trouvera pas. Elle va revenir."

Elina hocha la tête. "Mais elle peut se perdre. Elle ne connaît pas la montagne.

— Elle ne va pas oser monter si haut."

Les heures s'écoulèrent lentement. Stéphania était étendue sans bouger, les yeux clos. Elina, assise à son chevet, éloignait les mouches du lit.

Marten avait sorti un bloc-notes de son sac. "Il faut que j'écrive à ma mère." Elina le regardait en silence pendant qu'il écrivait. Son front se plissait et ses lèvres remuaient, sous l'effet de la concentration ; il voulait rendre compréhensible quelque chose qui en réalité ne peut s'exprimer avec des mots. Elina repensait à ce que le garçon avait dévoilé à son insu la première nuit, à propos de cette mère lointaine qui était en lutte avec le père pour avoir la préférence et la tendresse de Marten. Un enfant unique dans un couple malheureux. Le garçon éprouvait le besoin de se justifier devant sa mère, de l'impliquer dans ce qui lui arrivait. Cela lui ferait chaud au cœur, lui donnerait la force d'assumer son problème, quel qu'il fût. Elina se dit qu'elle enviait cette femme qui pouvait ainsi compter sur la loyauté de son enfant, envers et contre tout.

De temps en temps, Marten se levait pour aller regarder dehors. Il secouait la tête chaque fois, en rentrant. Inquiet pour Jessica, il n'arrivait pas à faire sa lettre.

"Est-ce qu'on ne devrait pas avertir la police, ou quelqu'un d'autre ?"

Elina le mit au courant de la visite de Manoli et des gendarmes.

"Flûte alors !" Le garçon se passa nerveusement la main dans les cheveux.

"Ils vont rendre Niko responsable de tout ce qui arrive à Jessica, dit Elina.

— Mais il n'y a donc personne au village qui ose aller le chercher, sans que Manoli et les autres types s'en doutent ?"

Il chiffonna sa feuille de papier.

"Ah, zut ! Ça ne marche pas. Elle ne va rien y comprendre. D'ailleurs, ça ne sert à rien. Je veux seulement écrire parce qu'elle va se faire un drôle de mauvais sang, si je ne donne pas de mes nouvelles."

Elina sortit. Elle était si fatiguée qu'elle pouvait à peine lever les pieds. Elle ramassa une canne qu'un muletier avait sûrement laissée tomber sur le sentier, et descendit lentement la route.

Devant la maison de Stéphandidakis, il y avait un attroupement. Des gens surexcités discutaient bruyamment. Elle apprit que dans le village du bas, une bande d'hommes armés avait pénétré dans le café où Manoli discutait un plan de campagne avec les gendarmes. La rixe avait été violente, l'un des policiers d'Héraclion et plusieurs clients du café avaient été blessés. Le seul mort, un membre de la bande, avait été reconnu par certains comme étant un cousin de Costas. Personne ne doutait plus désormais du lien entre ces événements et le retour de Niko. Quand Elina voulut prendre la défense de Niko, une tempête de cris indignés se déchaîna. Elina se tut et tourna le dos. En s'appuyant sur la canne, elle remonta en direction de sa maison, tremblant sur ses jambes. Il lui arrivait quelque chose qu'elle n'avait jamais connu depuis tout le temps qu'elle vivait au village : des enfants lui jetaient des cailloux et des crottes de chèvre, en la poursuivant de leurs huées. Mais, comme si souvent déjà, Aréthusa Mavrochidis fut soudain à ses côtés. La jeune fille lui passa un bras autour de la taille et l'aida à marcher. Bouleversée, les larmes aux yeux, elle injuria d'un seul trait les gamins insolents et envoya au diable son frère Manoli et toute la bande des va-t-en-guerre. "Maintenant qu'un de ces voyous a été abattu, ils vont revenir pour se venger, ils vont tuer Manoli et s'ils ne le trouvent pas, ils vont mettre le feu à notre maison et emmener nos chèvres ; on va envoyer des renforts de police, peut-être même des soldats, pour participer aux recherches."

Un peu plus tard, pendant qu'Aréthusa restait auprès de Stéphania, Elina emprunta encore une fois le petit sentier usé par ses propres pas qui menait du seuil de sa porte à la route. A Marten, assis sur la paillasse, près de la porte, elle dit, avant qu'il eût posé une question, qu'il devait attendre ici jusqu'à ce qu'elle revienne. Elle resta sur la route qui descendait au village jusqu'à ce qu'il ne puisse plus la suivre des yeux dans la lumière du crépuscule, et puis elle bifurqua soudain entre les arbres. Elle regarda autour d'elle pour voir s'il y avait quelqu'un dans les parages, mais rien ne bougeait, nulle part, tous les gens étaient au village, chez les Stéphandidakis ou les Mavrochidis à commenter les événements. Elle remonta la pente par un sentier de chèvres qui croisait l'autre chemin un peu plus haut dans la montagne. La lune n'était pas encore levée. Elina se glissait dans l'obscurité remplie du chant des cigales, avec des envols subits d'oiseaux ; au loin, elle entendait des chiens hurler, des ânes assoiffés braire.

Elle s'arrêtait de temps à autre pour écouter, elle ne savait pas elle-même quoi. Me voilà en train de marcher, moi, une vieille impuissante qui se mêle de tout, se dit-elle amèrement. Je voulais trouver Jessica et avertir Niko, mais je ne peux rien faire, si ce n'est vaguer comme une folle dans le noir, en espérant qu'il n'arrivera rien à cette gosse et que Niko ne sera pas pris. Elle croisa les mains sous les coins du fichu qui lui couvraient la poitrine, et resta immobile, tournée vers la plaine. En bas, dans le lointain, brillaient les lumières des villages. Elle entendit quelqu'un haleter. Son cœur se mit à bondir dans sa poitrine si fort qu'elle fut prise d'un vertige. Elle se retourna. Un peu plus bas, sur le sentier, deux taches blanches apparurent, le linge noué en écharpe qui supportait le bras de Marten et le pansement de sa jambe. Il se rapprochait lentement, avec peine. A sa façon de marcher, elle comprit qu'il ne l'avait pas encore vue. Elle appela son nom doucement. Elle l'entendit retenir son souffle et il s'immobilisa.

"A cause de cette fichue jambe, je n'ai pas pu te rattraper.

— Tu n'avais pas besoin de m'accompagner."

Ils se regardèrent en silence, à quelques mètres l'un de l'autre.

"Merde, toujours aucun signe de Jessica."

Elle exprima à voix haute ce qu'elle espérait secrètement :

"La montagne est pleine de bergers à cette époque de l'année. Ils sont accueillants et ils nous préviendront certainement.

— Du moins, si elle est là. Pardonne-moi, mais ce fou, celui qui dit s'appeler Icare…"

Elle répondit vivement, catégoriquement :

"Non !

— Mais il la déteste, je l'ai vu moi-même.

— Il n'a encore jamais fait de mal à quelqu'un depuis qu'il est ici. S'il y avait eu un risque, je l'aurais remarqué.

— Tu as dit toi-même qu'elle lui faisait peur."

Elle secoua la tête. "Non, non, répéta-t-elle, pour se convaincre elle-même. Il est agité, mais il ne fait rien. Viens, rentrons." Elle sentit qu'elle tremblait. En descendant, elle trébucha sur une pierre. Le garçon qui marchait derrière elle la rattrapa de sa main valide.

"T'es pas bien, toi ! Il ne faut pas s'amuser à ça ! Se balader de nuit dans la montagne ! Tout à l'heure tu vas dégringoler et il faudra que je te sauve !"

Elle se massa le bras, là où il l'avait saisie rudement, elle entendit à sa respiration qu'il avait eu peur. Les larmes lui vinrent aux yeux, mais ce n'était pas de peine.

"C'est plutôt à toi de faire attention, avec ta jambe… Il y a des chances pour que ce soit moi qui doive te sauver la vie."

Lentement, ils descendirent vers la masse sombre des cyprès qui surplombaient sa maison. Au-dessus de la chaîne montagneuse, à l'est, se diffusait la lueur roussâtre qui précède le lever de la lune. La terre sentait le thym et l'herbe sèche.

"Gosschalk n'est pas venu aujourd'hui.

— Il viendra sûrement demain, répondit-elle.

— Je n'ai pas envie de partir. Pourquoi restes-tu ici, pourquoi ne retournes-tu pas ?"

Ils entrèrent dans la nuit profonde des arbres. Elle ne dit rien, elle ne savait que répondre.

"La vache ! Tu es comme un ami pour moi. Ça a l'air dingue, mais c'est drôlement vrai."

Elle aurait voulu tendre la main, prendre la sienne et la serrer fort pour lui dire qu'elle comprenait, qu'elle savait que c'était vrai. Mais était-ce le moment et le lieu pour manifester cette affinité, cette connivence ? Elle pouvait le toucher, c'était comme s'il était une partie d'elle-même, marchant ainsi à côté d'elle, dans l'obscurité, avec son souffle tiède, l'odeur de son jeune corps rempli d'une vie intense, et pourtant, la distance entre eux était infranchissable.

HELMUTH STURM

Il était assis, immobile, sur la pierre chaude, les pieds posés dans l'herbe fortement odorante. Il sentait frémir les tiges sur ses jambes nues. La femme aux yeux qui voyaient tout avançait lentement dans les hautes herbes, à quelques mètres de lui. Ses mains tâtonnaient sur le sol. De temps à autre, elle arrachait quelque chose qu'elle mettait dans la besace suspendue par une corde à son épaule. Elle était entre lui et l'horizon. Elle le protégeait de l'abîme qui s'ouvrait au bord du ravin. Elle veillait sur lui, près du vide, du néant. Derrière elle, il apercevait la ligne floue et bleue des crêtes embrumées de l'autre versant. Par-dessus la tête de la femme, il osait regarder au fond de la vallée. Quand elle n'était pas loin, il était conscient de la différence d'altitude qui existait entre lui et les rangées d'oliviers miniature tout en bas, mais il savait qu'il était en sécurité, assis sur la pente, qu'il n'était pas en train de dériver dans un ciel sans limites, qu'il ne risquait pas de tomber. Tant qu'elle était là, le bourdonnement qui s'enflait régulièrement dans sa tête n'atteignait jamais le paroxysme appréhendé, ne culminait jamais jusqu'à cet état de vertige qui lui faisait implorer la fin, la grâce de s'écraser au sol, tout, plutôt que cette dérive entre ciel et terre dans une incertitude suppliciante. Pour le moment, la crampe qui se lovait dans ses paumes et sous la plante de ses pieds n'était qu'un picotement innocent. Avec effort, il détourna les yeux des lointains trompeurs qu'il avait devant lui. Accroupie sur le sol, elle le regardait, tenant à la main un bouquet de plantes. Les racines, encore noires de terre, pendaient sous la touffe des feuilles. La peur du vide reflua dans sa tête. Il soupira plusieurs fois et bougea ses pieds. Elle lui fit un petit signe et continua à chercher, penchée sur l'herbe.

Il respira à fond. Jamais il ne se débarrasserait de cette gêne sur la poitrine et les épaules, là où le harnais du parachute l'avait meurtri. Le souvenir revint.

Il était complètement immobile. Un vague sentiment de malaise se mêla à des images enfouies en lui. Il tombait à travers les nuages et apercevait soudain sous lui la carte gigantesque qui s'étendait d'un horizon à l'autre.

"Nein, nein[1]*"*, dit-il à voix basse, et il se releva brusquement. La femme lui cria quelque chose, mais il ne répondit pas. Ramassé sur lui-même, la tête basse et les bras ballants, il se mit à grimper. Derrière lui, de la pierraille et des mottes de terre roulèrent sur la pente entre les buissons. Il comprit qu'il était près de la maison quand la réverbération du soleil sur le mur blanc traversa ses paupières. Il fit un brusque écart en direction de l'ombre du mûrier. Accroupi sous l'arbre, le visage caché dans ses mains, il sentit qu'en plus du soleil qui lui taraudait la peau, quelque chose d'autre voulait pénétrer dans sa tête, il fallait qu'il se souvienne et il ne le voulait pas. On lui imposait cette prise de conscience, on le forçait à avoir honte, à craindre le châtiment. La chose roulait en lui comme une boule de feu, c'était douloureux, tout à l'heure, la boule exploserait, il se recroquevillait d'angoisse à la pensée de cette clarté brûlante et implacable qui surviendrait, inéluctablement.

Quelque chose bougea sur le chemin, le garçon passa avec son ombre à ses talons. Le garçon qui avait été couché dans la pénombre de la pièce fraîche, là où c'était si calme, près d'elle. Le dos, le cou, les épaules couverts de zébrures boursouflées, comme des coups de fouet...

"Nur dreinhauen[2] *!"* L'écho d'une voix morte. La grêle des coups sur son dos, qu'il n'oublierait jamais. *"Du dreckiges Aas, du*[3] *!"* Le visage gris et convulsé de sa mère dans les vapeurs de la lessiveuse. La cour intérieure crasseuse de l'immeuble, entourée de hauts murs avec les rangées de fenêtres où séchait du linge. Les visages, collés aux vitres, curieux de voir ce qui se passait en bas, la correction que lui infligeait son père, furieux parce qu'il avait séché

1. En allemand dans le texte : il en est de même dans la suite du chapitre.
2. "Taper toujours !"
3. "Espèce de charogne !"

l'école, menti, désobéi. *"Faulenzer, freches Maul, du*[1] *!"* Il passa sa langue sur ses lèvres, comme s'il s'attendait à retrouver, mêlé à l'eau savonneuse, le goût de la boue et des larmes de rage impuissante. Il haïssait ce garçon qui était sur le chemin, en bas, qui par sa présence chez elle, par ses plaies et ses écorchures, avait rappelé les blessures et les humiliations anciennes. Il se rappelait la lueur dans son regard, quand il s'était présenté : *"Ikaros heisse ich*[2]*."* (Il ne me croit pas, c'est un ennemi, un danger. Il m'espionne, il est venu pour me tenter, pour m'obliger à reconnaître qu'ils sont vrais, les coups, les railleries, la honte, le sang, le feu et tout le reste. *Nein!*)

Ici, c'était la Crète. Il était Icare, fils de Dédale, qui s'était évadé du Labyrinthe par ses propres moyens, et puis avait été précipité dans le malheur par une divinité hostile et jalouse. Icare, Icare. C'était ça, la réalité, le reste n'était qu'illusion. Il se leva et regarda en bas, à travers les branches. Elle était agenouillée, penchée sur le sol, tâtant la terre aride des deux mains. Elle avait transporté le garçon dans sa maison, l'avait appelé, lui, pour qu'il vienne panser les plaies. Quelque chose, à l'intérieur, cherchait à émerger à la surface de sa conscience. La boule de feu dans sa tête le torturait. Un garçon malade, et son visage à elle, tout près, avec des yeux pénétrants, grands ouverts. Il savait qu'il avait eu la capacité de guérir. Son pouvoir avait été contenu dans un sac, une boîte. Il avait tué aussi. En descendant des nuages, il avait apporté la mort avec lui, un fusil, des grenades dans son ceinturon. Il avait atterri près d'une maison, dans une vigne. L'homme était en bouillie, la femme gisait dans un coin, au milieu d'ustensiles de cuisine brisés, un filet de sang lui sortait de la bouche, comme... Il gémit et se mordit les ongles. La présence de la femme penchée sur le sol ne pouvait plus rien contre les accès d'angoisse. Elle ne le protégeait plus. Elle avait amené ce garçon dans sa maison, et aussi... Il s'enfonça un peu plus dans les buissons derrière la maison. Il ne voulait pas qu'elle le trouve. Elle qui avait su écarter de lui les autres, les étrangers, les cauchemars de la nuit et du jour, elle le rejetait. Il commença à se méfier d'elle. Il avait peur. L'autre, la fille mal peignée, aux yeux farouches, celle qui était arrivée la

1. "Fainéant, insolent !"
2. "Je m'appelle Icare."

première dans la maison, était allongée si tranquillement maintenant, là-haut, au fond du trou. La vieille femme cherchait la fille, il le savait, elle l'avait regardé avec ce regard qu'il connaissait bien, le regard qu'elle avait quand il avait fait quelque chose. "Je n'ai pas mis le feu", grommela-t-il. Il frissonna. Des milliers de maisons qui brûlent, des flammes vivantes, des colonnes de fumée roulant derrière les alvéoles béants d'une ruche humaine, une ville qui s'écroule en grondant, jouissance ! Une flambée de livres sur la place du Marché, dans sa ville, le reflet des flammes sur les rangées d'étendards frappés de la croix gammée, et dans les vitres brisées des maisons des Juifs. Feu sacré, feux de camp des Jeunesses hitlériennes, *Feuerzauber*[1] devant la vierge guerrière Brunehilde, le bûcher de Baldur, les funérailles chez les Vikings, mais aussi le soleil qui calcine les ailes d'Icare. "Helmuth !" Elle ne le laissait pas en paix. Elle allait encore demander : "Où est la jeune fille ? Réfléchis bien, n'as-tu pas vu la jeune fille ?"

Depuis la grotte où il dormait, il l'avait vue arriver, la fille aux yeux farouches et aux mouvements brusques. Il avait regardé si elle apportait du pain, elle avait un sac sur l'épaule, il devait y avoir du pain dedans, l'eau lui vint à la bouche, son estomac lui fit mal. Elle tournait la tête à droite et à gauche, il comprit qu'elle le cherchait. Mais elle ne le trouverait pas s'il ne bougeait pas de la grotte, cette fois, il serait plus malin qu'elle, il l'obligerait à poser le pain et il irait le chercher. Mais elle ne voulait pas donner le pain, elle avait la main sur son sac, elle n'avait pas l'intention d'en sortir le pain. Elle avait une idée derrière la tête, elle voulait se venger, le punir, lui faire peur. Il la suivait des yeux depuis sa cachette, pour voir ce qu'elle allait faire. Elle appela : "Niko ! Niko !", il connaissait ces sons, ils le contrariaient. Il poussa une fois, deux fois, le cri d'un oiseau de proie, l'aigle noir, l'emblème allemand, pour lui faire comprendre qu'elle se trompait, qu'il était Icare, et qu'elle devait donner le pain auquel il avait droit – mais elle marchait maintenant rapidement à travers les rochers et les arbustes, elle grimpait en jetant des regards derrière elle, elle s'en allait avec le pain, son pain. C'est alors que ce sentiment l'avait saisi. *Stinkwut*[2], la terre se mit à trembler devant ses

1. Cercle de feu.
2. Rage aveugle.

yeux, les buissons, les rochers, la montagne, tout devint incandescent sous le soleil, tout se changea en feu. Il était sorti de son trou et avait couru derrière elle, en criant comme les rapaces affamés. Il l'aperçut au loin, elle s'était arrêtée, elle l'avait vu elle aussi, et elle se mit à crier à son tour, en se moquant de son propre cri à lui ; le sang lui monta à la tête, il escalada la pente en suivant l'escarpement, c'était un raccourci qu'il prenait toujours quand il était pressé. Il allait arriver à sa hauteur quand elle disparut subitement. A quatre pattes dans les broussailles, il avait cherché, en soulevant un nuage de poussière rouge, il pleurait de rage parce qu'elle le défiait ; la vieille femme ne l'aurait jamais privé de son pain, quoi qu'il fasse, mais elle n'était pas venue, quand il avait appelé près de la maison, ce soir-là, elle ne s'était pas montrée, il n'avait vu que cette étrangère qui se cachait maintenant, avec l'intention de lui nuire encore.

Un trou dans le sol, long et étroit. Ce n'était pas une de ses cachettes à lui. Le trou était profond. La fille ne faisait pas de bruit. Après un certain temps, il put distinguer ce qu'il y avait en bas. Elle ne bougeait pas. Elle avait les yeux écarquillés, près de sa bouche, c'était noir. Il s'était laissé glisser dans le trou. Il n'y avait pas de pain dans le sac.

"Helmuth !" Il fit le mort. (Elle peut toujours appeler, elle me veut du mal. Elle a envoyé l'autre à ma recherche. Je ne descendrai pas. Si elle n'est plus mon amie, je tombe.)

Il la vit parler avec le garçon, il eut besoin de l'obscurité de sa tanière ; il voulut se réfugier dans le noir rassurant. Il se redressa d'un bond et fonça sur la pente comme un forcené, en zigzaguant entre les arbres. Elle appela, mais il laissa le bruit de sa voix derrière lui.

Le monde de son père, le monde où tout était permis, jurer, boire de la bière, battre femme et enfants, pincer les fesses des filles, décocher un coup de pied aux chiens et aux chats ou les caresser, selon l'humeur, mettre de la cendre partout, manger comme un porc, avoir les mains sales, suer, puer, roter, ronfler, et la nuit besogner la mère en ahanant. Le père, le monde extérieur à l'immeuble, le monde du bureau et du magasin, avec les hauts tabourets et les pupitres, et les manchettes de lustrine, et les *Angelstellten*[1], et Herr Untel et Fräulein Machin ; le monde des relations de pouvoir compliquées où on s'étripe pour

1. Employés.

une promotion, une augmentation, un certificat de recommandation ; le monde des courbettes et des engueulades, celui où on encaisse les vexations par calcul et crainte pour ensuite réagir sur plus faible que soi, le monde de "la fin justifie les moyens", celui où on raconte des blagues bien grasses en se tapant les cuisses, où on rectifie la position quand passe un supérieur. Le monde du père, le café et la brasserie, le jeu de quilles, les journaux fraîchement imprimés avec leur odeur d'encre, la pipe, et la matraque derrière l'armoire. La mère, c'était autre chose, la mère : une servante, aux joues blêmes et tombantes, aux cheveux sans couleur ramassés en chignon (souvenir des tresses blondes) et aux yeux toujours larmoyants ; la mère : les manches retroussées aux coudes, les mains calleuses, les tabliers gris ou noirs, les bas qui plissent sous l'ourlet de la jupe ; la mère : la cuve à lessive, le fourneau, la planche à repasser et la boîte à ouvrage ; les odeurs de cuisine et le linge sale, la plaque du poêle et la cafetière, et la plante rachitique sur le bord de la fenêtre, et les travaux d'aiguille, avec, brodé en perles, *"Wo Liebe wohnt ist Gottes Segen*[1]*"*, et la photo de mariage, et les comptines chantonnées d'une voix fluette. La mère, qu'on méprisait pour ne pas avoir pitié d'elle, qu'on pouvait haïr pour ce regard éteint et soumis, parce que cette résignation semblait demander des choses qu'on ne pouvait accorder, alors on se sentait coupable, et c'était impossible de lui pardonner ça, qu'elle inspire ce sentiment d'incertitude, qu'elle adresse cette prière muette pour qu'on respecte ce qu'elle astiquait, cirait, balayait, rangeait à la sueur de son front, sur ses genoux, l'échine douloureusement courbée. Elle mettait mal à l'aise parce qu'elle attendait des mots aimables, un peu de douceur, de compassion. Le père peut se moquer de tout, lui, il est l'homme, il va partout avec ses pieds sales, il grogne, rabroue ou se retranche avec pipe et journal dans un silence offensé ; ou alors il disparaît, il quitte la maison, il ignore ce qu'il y a d'imploration dans l'attitude ou le timbre de la voix, il fait bien comprendre qu'il est le maître et qu'elle est l'esclave ; elle gobe tout, elle rampe devant lui, elle lui obéit au doigt et à l'œil, dès qu'elle entend son pas, elle est aux abois, apeurée... La mère, c'est aussi la main qui se détend brusquement pour gifler l'enfant qui sans

1. "Là où habite l'Amour, il y a la bénédiction du Seigneur."

penser à mal fait ce que le père se permet tous les jours, la voix aigrie soudain par la colère, les plaintes, les commérages et les rires de femmes avec les autres femmes ; la mère, c'est aussi disputer les garçons et commander les filles, ce sont les remarques amères du genre "c'est la vie", "bonne nouvelle ne dure guère", "ce qui vient par la flûte s'en va par le tambour..." ; la mère : méfiance, économie jusqu'à la pingrerie, et des criailleries, pour des mains non lavées, des vêtements déchirés, pour une commission oubliée.

Etre un homme signifie dépasser la mère de la tête et des épaules, pouvoir dire impunément *Stinkweiber*[1], hausser les épaules devant ses plaintes et ses avertissements ou, s'il le faut, lui clouer le bec d'un coup de poing ou d'une injure ; être un homme signifie lui faire sentir qu'elle n'a pas le droit d'imposer à quelqu'un ce sentiment désagréable : est-ce que j'ai bien agi, est-ce que j'ai raison, est-ce que je n'ai pas commis de faute ?

Les hommes sont chez eux dans un monde d'hommes : c'est seulement quand les choses sont difficiles et rudes qu'un gaillard a la possibilité de montrer ce qu'il vaut. Les femmes, qui ne rêvent que bien-être et sécurité, doivent rester derrière, à la maison, avec les mioches et les casseroles – un vrai homme doit se méfier de cette ambiance, ne pas se faire piéger, ne pas devenir dépendant de cet univers de femmes ; il a une tâche à accomplir dans ce monde dangereux, il est un combattant qui joue des coudes pour aller de l'avant, se forçant le passage, s'il le faut, à travers l'autoritarisme borné et la mentalité rond-de-cuir du père, à travers la pusillanimité coincée de la mère. Il incarne, avec des milliers d'autres, l'idée d'un peuple fort, de la Grande Allemagne, de l'Ordre Nouveau.

L'homme qui est couché dans sa tanière la plus proche, roulé en boule comme un animal, le visage dans l'herbe sèche et les feuilles mortes, cet homme ne se rappelle que par éclairs le jeune Helmuth Sturm qui voulait détrôner son père et mépriser sa mère. La gloire des Jeunesses hitlériennes : le brassard frappé de la croix gammée, le poignard à la ceinture. L'honneur de porter l'étendard, la gorge nouée par l'émotion pendant le rituel qui gonfle la poitrine de fierté et d'amour pour la patrie et le Führer, l'esprit tendu vers le sacrifice et l'envie de se battre. Les chants, les

1. Sale femelle.

jeux, les luttes, les épreuves, les serments de fidélité et d'obéissance au chef de patrouille, et la camaraderie avec Willi, Heinz, Otto, Günther et Karl. Les randonnées dans la merveilleuse terre natale, les chants autour des feux de camp. Avoir conscience qu'on a une tâche à accomplir dans le Reich, qu'on est au service d'une idée magistrale, celle de "Sang", qu'on est pour toujours admis dans les rangs des Initiés. Plus rien ne compte, à côté de ce lien du sang, à côté des serments qu'on a prêtés. Oubliés, l'humiliation des raclées administrées par le père, les désagréments de ce milieu petit-bourgeois d'employés ; oubliés, l'esprit étroit et soumis de la mère, les odeurs de chat dans l'alcôve, d'eau de Cologne et de soupe de haricots. Il est membre des Jeunesses. Il est fort, et son père et sa mère vont s'en rendre compte un peu plus chaque jour. Si ce vieux cochon ose encore le frapper, il peut le dénoncer, si sa mère lui cherche des noises, il s'en va. Il a toujours raison.

La Germanie, robuste géante, blonde comme les blés, aux seins gonflés de lait, au giron fécond, protégée par ses fils, qui font cercle autour d'elle, résolument campés sur leurs jambes, serrant les rangs, appuyés sur leurs estramaçons, une vraie garde prétorienne ! Nous aimons ce qui est sain, la Nouvelle Culture doit être héroïque ! Vive la fécondité du sang et du sol, la noblesse de la race ! *Hojoto ! Hejaha*[1] ! Chevauche avec les Walkyries, lutte aux côtés d'Hermann, sois blonde et fidèle comme Thusnelda, haut les cœurs les Teutons ! Le Sang et l'Honneur ! Dans les veines des jeunes nazis coule le sang germanique le plus pur. Les hommes des SA sont les gardiens et les protecteurs de la race. Pour nous qui sommes initiés au mystère du Sang, la culture germanique est l'expression des forces vitales ancestrales de notre race. Un peuple crée en vertu de l'élan obscur de son sang. Tous les grands artistes, les savants, les hommes d'Etat, les penseurs d'aujourd'hui et d'hier sont des Aryens ! La physique dite moderne, l'art dégénéré, le pacifisme ne sont que de purs instruments de la juiverie internationale pour ruiner l'action et l'influence de l'homme du Nord, pour arrêter sa marche.

La liberté de la recherche scientifique ne peut en aucun cas être mise en balance avec la liberté d'insulter l'histoire allemande, le glorieux passé de l'Allemagne, la race des

1. Cris de guerre des Walkyries dans l'opéra de Wagner.

Germains ! Le nazisme a pour objectif d'étendre la philosophie national-socialiste à tous les domaines de la vie ! Nous, les nazis, nous sommes tous convaincus d'avoir raison, et nous ne pouvons souffrir qu'un autre prétende avoir raison. Car s'il a raison, il doit être nazi, et s'il n'est pas nazi, il ne peut avoir raison ! Ils s'enflent, les flots, le raz-de-marée de l'Orient qui s'éveille, ce colosse, ce monstre aveugle qui brise les chaînes dans lesquelles l'homme blanc l'avait jeté pour le rendre inoffensif ; les masses asiatiques et africaines s'apprêtent à déferler, ourdissant la ruine et la mort du monde occidental qui, malade et miné de l'intérieur, n'a plus qu'un masque de plâtre d'autorité, de supériorité et de grandeur.

Les Juifs, rusés, remplis d'une sourde rancune, sont les avant-postes des forces qui vont entraîner la décadence de l'Occident, en injectant dans les veines d'une Europe moribonde le poison de la décadence, du kitsch, du luxe amollissant, du plaisir, du sensationnel, de l'intellectualisme – ils raillent et mettent à l'index ceux en qui s'incarne fortement l'esprit de l'Occident. Avec le soutien du capitalisme mondial, ils sapent la civilisation créée par les Aryens… Vous, les garçons, vous, les hommes jeunes, écoutez bien : le Reich, l'Occident, le monde entier attendent l'action décisive de la jeunesse allemande ! Pour vous, il n'y a qu'un seul devoir, un seul amour, une seule foi pensables. *Du bist nichts, das Volk ist alles ! Heil Hitler ! Sieg Heil*[1] *!*

La grandeur et la puissance de l'Allemagne dans le passé ont toujours été dues au succès des armées allemandes. L'Allemand est avant tout un soldat : un conquérant, un défenseur ! Marcher au pas, en rangs, lever et tendre en cadence des jambes martiales dans des bottes viriles, revolver au ceinturon, fusil à l'épaule, le regard caché dans l'ombre du casque, le menton résolu, mille, dix mille corps entraînés dans des uniformes identiques, un sang pur, une race saine, une seule volonté bandée au service du Führer, du peuple et de la patrie, et au-dessus des têtes, les enseignes qui voltigent, blanc, noir, rouge. *Befehl ist Befehl ! Das Befehl macht aus tausend Einzelwesen ein sinnvolles Ganzes*[2] *!*

1. "Tu n'es rien, le peuple est tout ! *Heil Hitler !* Vive la victoire !"
2. "Un ordre est un ordre ! Cet ordre fait de milliers d'individus un être unique signifiant."

Il se mit sur le côté. Par la fissure qui lui servait d'entrée passait un rai de lumière tremblotant, un essaim de taches immatérielles, filtré par le feuillage des petits arbres de la pente. La grotte était basse et longue, comme l'entrée d'un couloir ; une poussière calcaire et du sable sec tombaient entre les parois gris et ocre dès qu'il bougeait. Il avait quelques sacs à moitié pourris pour s'allonger sur le sol et une boîte de conserve pour garder de l'eau. Il avança la main, mais la boîte était vide. Il avait soif. Il restait étendu, les genoux repliés, encore engourdi, en proie à une contrariété sourde. Il se gratta la tête, se frotta la poitrine et le ventre. Soudain, il sursauta. La sueur l'inonda. Elle l'avait appelé. Elle savait, elle voyait tout. "Où est la jeune fille ? Est-ce que tu as vu la jeune fille ?" Il se mit à geindre d'inquiétude. Il rampa vers la fissure et se faufila entre les touffes de thym calcinées. Le soleil déferla sur lui en vagues incandescentes qui ondulaient et vibraient. Il resta immobile, accroupi sur le sol friable et aride, entre les buissons et les pierres. Au loin, près d'un bosquet de pins où passait le chemin de terre, un petit groupe de gens descendait en file indienne : pas des bergers ni des hommes habitant les maisons qui étaient dans le voisinage de la femme, mais des étrangers. Il souffla bruyamment, furieux et paniqué, et à quatre pattes, il recula vers l'entrée de sa grotte, sans perdre du regard les silhouettes qui bougeaient en bas. Il arracha des touffes de thym et les ajouta aux brins secs, roux ou noirs, déjà insérés entre les buissons qui masquaient l'anfractuosité. Puis, en progressant par bonds et glissades, il dégringola la pente abrupte, couverte d'épineux et de pierres, il voulait arriver avant les autres pour les surveiller, pour savoir ce qu'ils faisaient sur sa montagne, la montagne d'Icare. Il se tapit dans un creux, le soleil lui brûlait le crâne, leurs pas le frôlèrent. Des ennemis, des traîtres. Ça marche tranquillement, déguisé en randonneur, avec un sac à dos et une canne. Mais personne n'apprendra à Helmuth Sturm comment se camouflent les espions. Dans la guerre, tout prend un autre visage, les buissons et les bosquets se mettent à rouler et deviennent des tanks et des automitrailleuses, le camarade avec qui, la veille, on traquait la vermine en riant et en jurant a maintenant la bouche grouillante d'asticots, l'immensité bleue sous l'avion, attirante comme une mer de fraîcheur, se révèle, après le saut, un gouffre de néant qui vous aspire, un précipice qui vous glace les sangs et vous coupe le souffle, un vide où se cacher est impossible, une gigantesque cloche de verre où on tombe, accroché aux suspentes, cible offerte à la mitraille.

Aaah !... Aaaah ! Le monde explose en mille morceaux, débris de vignes, éclats d'azur, nuages de poussière jaune, du sang et des flammes. Il avait rampé, le corps raboté tout du long, sur un sol lézardé par la sécheresse, couvert de trous et de caillasse. Les rafales des batteries britanniques sur les hauteurs d'Héraclion crépitaient sans relâche. Sales Tommies, *verdammte Engländer*[1] *!* jura-t-il la bouche pleine de poussière. Aaah !... Tacatac... Tacatacatac !... Il roula dans un fossé, tombant dans du crottin d'âne encore frais, un essaim de mouches s'envola en bourdonnant. A trois mètres à peine, un camarade mort, sur le dos, sans visage. *Sanitäter ! Zu Hilfe*[2] *!* Trois, six, sept blessés. Retourner au poste pour chercher le médecin ? Impossible, les Anglais fauchent la plaine à la mitrailleuse. Sortir les blessés de la route, en les traînant un par un pour les mettre à l'abri, dans le fossé plein de pierres et d'immondices. Tac, tac... Tacatacatac... ! Ça vient de positions sur les collines que le camouflage rend invisibles. Des gerbes de poussière et de pierraille jaillissent du sol, entre les pieds de vigne, avec là-haut un soleil de plomb sans merci.

Le *Truppenverbandplatz*[3] dans une taverne à moitié démolie, le long de la route, *ouzo krassi koniak*[4] est écrit en lettres grecques sur le mur, sous les treilles carbonisées ; les blessés gisent pêle-mêle dans les deux pièces et sous un appentis, dehors, dans la cour. Recouverts par de la voilure de parachute, les morts qu'on n'a pas encore ensevelis. De l'eau ! De l'eau ! Une source à cinq cents mètres. On demande des volontaires ! *Adé Kameraden*[5] *!* De nouveau, ramper sur la route sous la mitraille, en longeant les corps de ceux qui t'ont précédé. Une angoisse folle qui te monte des reins et des entrailles à travers le labyrinthe de ton propre corps, qui te fixe avec des yeux comme des soleils tournoyants et t'embrase le cerveau.

1. "Damnés Anglais !"
2. "Infirmier ! Au secours !"
3. Infirmerie de campagne.
4. Translittéré du grec dans le texte : "Ouzo, vins et cognac."
5. "A la revoyure, camarades !"

Tenir le coup dans le monde des hommes, le monde du père, se battre, jurer, avec la frénésie extatique des Vikings, des Nibelungen, des fils de Volsung, les héros épiques, les frères de sang de jadis, œil pour œil, dent pour dent. Helmuth Sturm, *Teufelskerl*[1], s'en est bien tiré ! Les louanges des camarades, la récompense follement attendue, quand on a claqué des dents, accroupi derrière un mur ou un buisson, le ventre tordu par la colique. Tête baissée affronter de nouveaux vertiges, les revoilà, la répulsion, le dégoût, la peur de la mort. *Sanitäter ! Los*[2] *!* Tendre les pinces, les pansements, les seringues au médecin qui opère les blessés graves. L'odeur du sang et du pus, de l'éther et des médicaments. Faire la guerre, une dure nécessité, un travail d'hommes, une gloire immortelle. *Hoch das Reich, heim ins Reich*[3] *!* L'Allemagne gagne sur tous les fronts ! Oui, il en est témoin, Helmuth Sturm, il y participe. *"Tetanus ! – Jawohl, Herr Oberarzt*[4]*."* Casser les ampoules. De la morphine. De la lumière. De l'eau ! Un pansement ! De l'ouate ! *"Zu Befehl, Herr Stabarzt*[5] *!"* Sous la mitraille, tirer ou transporter les opérés, les amputés, les pansés, vers la côte escarpée, établir des cantonnements de fortune dans des failles, des grottes, des fosses, dissimulés par des voiles décousues et des parachutes que gonflait le vent de mer. Tacatacatac... Les mitrailleuses continuaient à tirer, le monstre Angoisse grimpait de nouveau en plantant ses griffes du bas-ventre au diaphragme, comme avant chaque saut, quand, posté au bord de la trappe, on voyait tomber dans le vide le copain qui vous précédait, avec un visage déformé par la pression de l'air. Enterrer les morts, nettoyer les instruments chirurgicaux, préparer des attelles et des bandages, sans pouvoir dormir, sans avoir de quoi manger, torse nu sous le ciel impitoyable, dans un pantalon déchiré maculé de taches de sang. Objectif : Héraclion ! Il suivit les étrangers de loin, sans les perdre de vue un instant. Ils étaient arrivés près de la rangée d'arbres surplombant la maison de la femme. Il guettait, plein de tension, mais il ne les vit

1. Diable d'homme.
2. "C'est le moment ou jamais !"
3. "Hourra pour le Reich ! De retour dans le Reich !" (Slogan datant de la guerre de 1870, allusion aux territoires rattachés à l'Allemagne.)
4. "Tétanos ! – Affirmatif, mon lieutenant !"
5. "A vos ordres, mon capitaine !"

pas descendre vers le village, sur l'autre partie du chemin. Il mit ses mains sur son visage et regarda en bas à travers ses doigts écartés. C'est elle qui les avait fait venir. Sa maison était pleine d'étrangers. C'était pour l'empêcher de venir, lui. A chaque fois, elle l'arrêtait quand il voulait passer le seuil, entrer dans la chambre fraîche et si tranquille. Elle l'avait chassé, quand il faisait jour, mais aussi la nuit. Elle l'avait chassé, à cause de la fille aux yeux farouches qui était là-haut dans le trou, et à cause du garçon. Maintenant il en arrivait d'autres. Il grogna et lança des pierres. Il traversa rapidement l'espace découvert et vint se cacher derrière l'un des derniers arbres de la rangée. Il apercevait la cour de la maison entre les troncs. Elle était devant sa porte, avec le garçon et ces étrangers. Elle parlait et montrait la montagne. Il se laissa tomber dans l'herbe haute et sèche. Ils ne le verraient pas. Les voix se turent. Il attendit jusqu'à ce qu'il n'entende plus le bruit de leurs souliers sur le chemin. Il se redressa et descendit un peu plus bas. Est-ce qu'elle était de nouveau seule ? Il se posta à un endroit d'où il pouvait surveiller la porte. Il poussa le cri du rapace, doucement. Si elle me laisse entrer, je lui dirai que la fille en haut est couchée sans bouger, avec du sang dans la bouche, et que ce n'était pas ma faute.

Helmuth Sturm voulait être un homme, un héros. Ne disait à personne qu'il avait peur, qu'il chiait dans sa culotte, d'angoisse, *wenn es los geht*[1]. L'invasion de la Hollande. Pour la première fois, ce n'était pas un exercice. Les avions transporteurs tournent sur Waalhaven. Le pays en bas, vert, spongieux, traversé en tous sens de canaux et de fossés, donne l'impression de devoir couler d'un moment à l'autre. Rotterdam, la Meuse. Dans le gigantesque incendie plus tard, il se sent puissant, il est un des artisans du triomphe de l'armée allemande. Toute résistance est inutile, ils sont les vainqueurs. La guerre n'est pas une aventure inconsidérée, une violation du droit, c'est l'action par excellence de ceux qui sont appelés à dominer. L'Allemagne se bat pour une Europe meilleure ! Les flammes qui crépitent et mugissent, hautes comme des maisons, écrivent sur le ciel en signes runiques le message de cette domination que les feux de camp des Jeunesses hitlériennes, les autodafés de livres juifs, les torches brandies en l'honneur du Führer

1. Quand le combat commençait.

avaient promise, des années durant. C'est donc vrai, tout s'accomplit, ceux qui étaient humiliés, méconnus, harcelés, seront grands ! Helmuth Sturm participe à tout ça, il ravale ses hésitations, il n'a pas besoin de poser des questions, il n'y a pas de doute à avoir, dans cette action grandiose qui a pour nom guerre, il est l'un de ces millions d'hommes de même sang, de même volonté ; agir ensemble, dans une discipline absolue, procure joie et fierté, l'individualiste n'a pas sa place, c'est l'armée seulement qui exécute la volonté sacrée du peuple. *Gemeinnutz geht vor Eigennutz*[1] ! La courbe de l'enthousiasme et de la conviction grimpe en flèche, la carte de l'Europe en est la démonstration grandiose. Gloire et honneur pour le 1er régiment de chasseurs parachutistes ! Les commandos, les braves des braves, et Helmuth Sturm en fait partie, doublement couvert contre le soupçon d'être un lâche, parce qu'il porte les insignes du *Sanitäter* qui est non seulement un combattant, mais aussi un sauveur, le soutien et le salut de ses camarades blessés ; quand le combat s'arrête, il a encore une tâche, quand les autres cherchent à s'abriter, lui doit traverser tous les périls ; dans sa boîte à pansements, il porte avec lui le soulagement de la souffrance, la désinfection, la guérison. Pour Helmuth Sturm, jamais de repos, toujours sur la brèche, toujours responsable, toujours l'affrontement avec le monstre Angoisse. Il recherche ce combat, en serrant les mâchoires pour ne pas hurler ou claquer des dents, il doit jour après jour prouver qu'il est un homme ; s'il tombe de fatigue, il se force à veiller, si ses jambes se dérobent sous lui et que la douleur lui torde les boyaux, il se porte volontaire pour une mission répugnante ou périlleuse. Et les voilà repartis, les bataillons de paras, d'abord par train, puis en camion, à travers la Hongrie, la Roumanie, la Bulgarie, direction le sud, pour une nouvelle opération, laquelle ? ils n'en savent rien, un soldat ne pose pas de questions, il attend les ordres et obéit aveuglément. Les colonnes progressent dans la gadoue des routes, franchissent le lit des rivières, et en cahotant sur les nids-de-poule au milieu de nuages de poussière jaune traversent des villages misérables et pouilleux. Soldats blonds, regardez bien ! Tout va changer, une terre sans limites aspire à la Culture, attend le Peuple des Seigneurs qui commandent

1. "L'intérêt de l'individu s'efface devant l'intérêt général."

et mettent de l'ordre. Les richesses du monde, que valent-elles, entre les mains de gens stupides, paresseux et puérils, mi-Tziganes, mi-Levantins, qui hurlent de joie et tapent des mains pour une barre de chocolat et une poignée de cigarettes, en courant pieds nus derrière les fourgons ? Des champs, des montagnes, des vallées à perte de vue, un monde à prendre ! Franchir la frontière grecque, près de la Struma, une fois réduite la ligne Metaxas, direction Thessalonique, une ville de mendiants et de traîtres, et plus loin la Macédoine, la Thessalie, un pays montagneux, primitif et misérable, *wo bist du, Land des Homers*[1] *?* Hellas, que sont tes glorieuses cités, tes héros et tes dieux devenus ? Quand on a fait ses humanités au lycée, on ne peut que hocher la tête, en regardant autour de soi, avec un mépris apitoyé et de la déception, dans ce pays rempli d'ânes, de chèvres, de gamins bruns loqueteux, au crâne rasé, d'hommes qui traînassent, de bazars et de huttes en torchis et de routes en lacets dans des coins perdus, qui grouillent de réfugiés, de soldats grecs dépenaillés battant en retraite, où les blindés et les ponts détruits marquent les étapes de la bataille. Des mouches, de la chaleur, de la puanteur, et nulle part de l'eau. Est-ce là cette terre du Sud dont un Goethe, un Hölderlin ont rêvé ? Des rivages d'azur, une innocence arcadienne, des palais de marbre ? Raison de plus pour l'enfant de l'Allemagne d'éprouver fierté et détermination, lui qui marche en pionnier d'une ère nouvelle au milieu des cireurs de chaussures, des vendeurs à la sauvette, des bonimenteurs et de ces Orientaux toujours à palabrer, ce mélange de races méditerranéennes qui s'est montré incapable d'assumer le grand héritage des Hellènes. Eleusis : le port, l'aérodrome. L'eau de la baie recouverte d'une épaisse couche de mazout irisée, d'où émergent les mâts des bateaux coulés par les bombes allemandes ; l'aérodrome : un nuage de poussière impénétrable, énorme, couleur ocre, qui suffoque ; le soleil brûle les entrepôts, à boire, à boire, c'est l'enfer. Un soir, il y a un conseil d'officiers. Un peu plus tard, les chefs de compagnie arrivent avec leurs cartes dans la tente du commandant du régiment : la décision a été prise, la campagne va commencer, en Crète.

Il attendait, appuyé contre le tronc d'un arbre. Elle se montra à sa porte, elle resta sur le seuil. Il voulut aller vers

1. "Où es-tu, patrie d'Homère ?"

elle, pour qu'elle lui parle, lui fasse un geste rassurant, lui donne du pain. Mais il s'aperçut qu'elle parlait, par-dessus son épaule, à quelqu'un qui était dans la maison, elle n'était donc pas seule, toujours pas seule. La boule de feu, cette chose crépitante qui le torturait, se mit à tourner dans son cerveau. Elle l'avait abandonné, elle l'avait privé du soulagement d'être avec, de faire partie de. L'horrible vide déferlait sur lui de toutes parts et elle ne faisait rien, elle ne lui tendait pas la main, elle ne lui donnait pas le silence, la fraîcheur, le calme. Il se frappa la tête contre le tronc, la salive coula de sa bouche. Dans sa trousse d'infirmier ne s'était trouvé aucun remède contre le mal de solitude qui empirait de jour en jour. Dans l'angoisse, il était effroyablement solitaire. La fraternité promise avec les camarades, l'armée, le peuple, le Führer, il ne l'avait pas trouvée. Quelle épreuve devait-il encore surmonter pour mériter l'exaltation ? *Faulenzer, freches Maul*[1] *!* Il ne voulait pas que le vieux ait raison, il voulait prouver que ces raclées, ces coups avaient été des injustices, qu'on l'avait méconnu. Il fait tout ce qu'il peut, désespérément, Helmuth Sturm, il fait abstraction de lui-même dans une *Kadavergehorsam*[2] sans pareille, il repousse ses propres limites. Pourquoi alors la satisfaction que donne l'action commune lui est-elle refusée, pourquoi s'éloigne-t-il de jour en jour de la réalité de la guerre, de la conquête, de la Nouvelle Europe ? Il ne peut s'accrocher à rien, s'identifier à rien. Il répète les mots et les phrases qu'il a entendus depuis des années, il les emploie quand il parle avec ses camarades ou avec des supérieurs, mais ils ne signifient rien pour lui, ils restent extérieurs à sa conscience, ils ne le remplissent pas, ne lui donnent pas de raison d'être. Parfois, quand il est assis ou debout, il voit la terre vaciller, les choses se mettent à tourner autour de lui, il sent le soleil qui déferle sur lui comme une vague de feu, il ne sait plus où il est et qui il est, rien n'est plus insupportable que ce vide, ce non-être, cette immense absurdité. Cache-le, ne montre rien aux autres, tu perds la face ! *Los ! Helmuth Sturm, Teufelskerl, grossartiges leistet der*[3] *!* Quand la Crète est tombée, il refuse la permission qu'on lui offre. En dépit de l'estime

1. Cf. note 1, p. 437.
2. Obéissance aveugle.
3. "Allez ! Helmuth Sturm, un sacré gaillard, qui accomplit des exploits !"

qu'inspire ce refus, une lueur soupçonneuse dans les yeux du commandant. Il ne faut pas vouloir jouer les surhommes ; après l'action, le soldat mérite de rentrer chez lui. "Un soldat est chez lui là où l'armée a vaincu." Quelque chose qui échappe à son contrôle lui fait prononcer ces mots, claquer des talons et saluer. Le vrai Helmuth Sturm, réduit à un point insignifiant dans le vide d'un monde absurde, erre ensuite à travers Héraclion à moitié détruite et aux abords de la ville, dans les landes pierreuses où s'amoncellent les décombres et les ruines. Il travaille au lazaret, une majestueuse villa transformée en hôpital, mais la nuit, quand tous les blessés de l'invasion sont transportés par avion sur le continent, il est livré à l'épouvante, au néant qui l'aspire, qui lui refuse le droit de respirer, de bouger, d'avoir un corps. Muté dans une patrouille envoyée en reconnaissance sur l'île, dans les zones dangereuses de la montagne, là où les oliviers deviennent des partisans qui vous canardent, où le tir des mitrailleuses crépite à partir de grottes invisibles, où muletiers et bergers se révèlent des espions alliés déguisés. Les montagnes Blanches, la plaine d'Omalos, les environs de Lassithi, de Mesara. Marcher, grimper en file indienne, de nouveau de l'action, et lui, Helmuth Sturm, y participe. Ne montrer ni peur ni fatigue, pouvoir toujours plus, oser toujours plus. Parfois ses camarades échangent des regards ou lui jettent un coup d'œil, en levant les sourcils, bouche bée. Ils le laissent tomber, ils ne sont plus solidaires dans l'action collective, au service de la Grande Entreprise. Il cherche en vain l'élan des années d'avant-guerre et des années 1939, 1940 et 1941. Il se sent trahi par les autres qui ont été affectés en Crète, après avoir combattu sur un front plus dangereux, et qui n'ont plus guère d'ardeur, saisissant chaque prétexte pour s'allonger à l'ombre, nager dans une source azurée, cueillir des raisins, boire du *mavrodaphni*[1] ou du *krassi*. On parle moins de l'Allemagne et du But Suprême que des femmes qui attendent à la maison. Il recherche de plus en plus la compagnie de l'officier qui commande la patrouille, le fils d'un des généraux tombés en Crète, aux lèvres minces et pâles qui ne sourient jamais, au regard froid qui ne cille pas devant la lumière de l'île. Helmuth Sturm devient son ombre, son bras droit, l'instrument de sa

1. Vin rouge sucré de Patras.

méfiance intransigeante et de sa soif de vengeance. L'officier décore le *Sanitäter* à qui on ne peut rien reprocher. Helmuth Sturm sert aveuglément ce supérieur qui lui redonne confiance en l'action commune, dont les ordres justifient son existence et chassent le vide, l'absurdité.

Les ombres des arbres s'allongèrent, il gardait les yeux fixés sur le chemin, il sentit l'arrivée des autres, des étrangers, avant d'avoir vu quelque chose. Ils apparurent dans le tournant, l'homme en short, et derrière lui ces uniformes, il ne savait pas combien, il compta sur ses doigts, six, sept. Son souffle s'accéléra : il s'en était douté, c'était pour lui ! La femme n'avait pas pu le trouver, le garçon non plus, et la fille aux cheveux fous n'avait pas réussi davantage, mais les espions aux sacs à dos, eux, l'avaient aperçu sur la montagne, maintenant on l'avait dénoncé, on venait le chercher pour le traîner devant la cour martiale. On lui ligoterait les mains par-derrière et on le mettrait dos au mur. Il recevrait douze balles dans la peau pour avoir voulu voler vers le soleil. Il protesta à mi-voix : "Je suis tombé ! Je suis tombé !", la sueur l'inonda, il sauta entre les buissons. Il grimpa la pente à toute vitesse en zigzaguant comme un insecte affolé qui cherche une issue. Caché derrière des rochers, il regarda en bas. Rien ne bougeait sur la pente raide et broussailleuse. Il leur avait échappé. Il plongea dans son trou, derrière les touffes de thym desséchées, et se mit à fouir la terre de ses ongles, au fond de la grotte. Il retira des morceaux de pierres qu'il jeta autour de lui. A plat ventre, il se mit à creuser dans le sable. C'était encore là. Il gratta un peu plus, la boîte métallique apparut.

Un jour, alors que l'officier avait bu plus que de coutume, il lui avait raconté l'histoire d'Icare. "*Hör mal*[1], Sturm, je vais t'apprendre quelque chose, je vais te dire ce que nous sommes, nous autres, les Allemands, nous nous sommes donné des ailes pour voler, nous possédions tout ce qu'il fallait pour réaliser ce que personne encore n'avait fait, mais nous étions trop gourmands, Sturm, nous sommes montés trop haut, et maintenant, nous nous cassons la figure, et que reste-t-il de toute cette grandeur ? Des plumes roussies et un tas de merde."

Pris en traître, pire que jamais, lui, Helmuth, était de nouveau rejeté, et cette fois, par l'homme qui avait représenté

1. "Ecoute un peu."

pour lui l'autorité, la détermination absolue. Pour l'officier, la Grande Union n'existait plus non plus, il exécutait scrupuleusement ses missions, traquait sans pitié les partisans, la vie des Grecs et des Britanniques ne comptait pas pour lui, mais il agissait comme un automate, s'en tenant aveuglément et strictement à l'ordre fixé, à l'action proprement dite. Helmuth Sturm chute à pic, sans point d'appui, menacé de tous côtés. Des saboteurs mettent le feu à un entrepôt de l'armée, on ne peut éteindre l'incendie. Frappé d'impuissance devant la force du brasier, Helmuth Sturm est cependant saisi d'une étrange euphorie ; le mugissement des flammes l'excite, il se retrouve avec des milliers de camarades autour d'un gigantesque feu de camp où les villes ennemies et leurs habitants, les pamphlets et les écrits qui s'en prennent à l'Idée Maîtresse, tout ce qui veut semer le doute et l'incertitude, partent en fumée ; des chœurs entonnent à pleins poumons les hymnes de l'Union, il n'est plus seul, et en même temps, il sait que tout ça, c'est faux, illusoire et mensonger, c'est le vide qui lui fait voir ces images et entendre ces sons, son moi en perdition lutte pour ne pas crever.

L'expérience se répète ; chaque feu lui inspire ce mélange d'effroi et de jubilation, il ne peut détacher son regard de quelque chose qui brûle ; il déteste le feu qui s'éteint, les braises, prémices de la froide désillusion ; il faut des flammes aveuglantes et dévastatrices, du feu encore et encore, partout des brasiers, il va résister, ses ailes à lui resteront intactes.

Quand il se réveilla, il sentit une odeur de brûlé. Il sortit à tâtons de son trou. C'était en bas, près des maisons. Un grand feu, des flammes hautes, orangées et frémissantes comme de l'or en fusion ; une lueur rousse dansait sur les arbres et sur la colline, les cris confus des gens arrivaient jusqu'à lui. Il se mit à trembler de tout son corps. Les feux des bergers, le foyer où cuisaient les aliments, les feux qu'allumaient les enfants, les feux qui consumaient les ordures, les feux qui fumaient les champs et les jardins, il les connaissait bien, ils n'étaient pas pour lui, même si on le laissait approcher et regarder. Mais ce feu là-bas remua quelque chose en lui ; il se balançait d'avant en arrière, il grommelait, mordillait ses ongles, qu'est-ce qui brûle en bas, qui a osé faire du feu, il n'était pas là, attendez-moi, attendez-moi ! Il se mit à crier et dégringola la pente, il tomba, se redressa, se laissa glisser. Ce n'était pas sa maison à elle, mais un peu plus loin. Les troncs des oliviers formaient des barreaux noirs devant les flammes. Il descendit le sentier jusqu'à l'endroit où se trouvaient des gens. Il bouscula une femme, un groupe d'enfants, se fraya un passage parmi les hommes, se laissa tomber à quatre pattes à l'endroit où la chaleur que dégageait la maison en feu lui roussit la face. Soudain il sut. La boule de feu avait explosé, en lui et au-dehors palpitait l'éclat d'une fournaise. "Assez d'essence ! Assez ! Arrêtez ! cria-t-il, en frappant le sol de ses poings. *Abtreten*[1] *!*" Il écouta cette voix avec effroi, une voix râpeuse et lointaine, surgie du passé. Il y avait autre chose. Il se remit sur ses pieds et n'eut pas besoin de réclamer le passage, tout s'écartait devant lui. Le feu rutilait sur les feuilles du grand arbre. "Laissez les gens emporter le corps et puis déguerpissez !" Il n'y avait pas de corps. Les gens l'avaient déjà emporté. Le tronc était entouré d'un petit grillage. Il s'approcha en titubant pour mieux voir. Alors quelqu'un l'assaillit par-derrière. Il ne savait pas avec qui il se battait. Il se dégagea furieusement. Pas de camarades, il était seul. Il voyait maintenant l'adversaire. C'était l'homme en short. Les flammes dansaient dans ses lunettes. "Tommie, satané Anglais", cracha Helmuth Sturm en lançant le poing vers les doubles yeux rougeoyants, des yeux de traître. Les verres tombèrent à terre. Mais l'autre fonça sur lui de nouveau, la tête dans les épaules, les coups pleuvaient sur son dos, il entendit de tout près une voix haletante lui jeter à la figure : "Rotterdam, Rotterdam !", il sentit l'haleine chaude. Alors il fut certain d'avoir été trahi, parce qu'ici, ce n'était pas Rotterdam, il se rappelait encore trop bien le feu de là-bas. Il réussit à se dégager en se contorsionnant et vit autour de lui un cercle de gens qui criaient, gesticulaient, le montraient du doigt. Il se mit à gronder, il comprenait maintenant qu'ils étaient tous contre lui, qu'ils voulaient le prendre au piège. L'étranger qu'il avait jeté à terre s'était déjà relevé et revenait vers lui en serrant les poings, prêt à se battre. Il chercha une issue pour s'échapper, mais ils ne voulurent pas le laisser passer, quelqu'un lui donna un coup, il tomba à la renverse, et son adversaire lui sauta dessus une nouvelle fois, il se tordit sur le sol en hurlant, pour faire lâcher prise à l'assaillant, il tenta de s'échapper à quatre pattes, en assenant

1. "Retirez-vous !"

des coups à droite et à gauche ; un mouvement se fit dans le cercle, il vit le garçon qui avait couché dans sa chambre à elle (le garçon blessé jadis, après le grand feu, non, pas lui, mais celui qui avait des écorchures et le pied bandé) se précipiter au milieu des gens, en criant. Encore un qui lui en voulait, encore un de ces espions qu'elle a fait venir pour le tenir à l'écart, lui Helmuth, ce garçon, celui qui l'avait fixé de ses yeux clairs et ébahis quand il avait dit "Icare", celui qui avait fait comme s'il ne comprenait pas. Mais Helmuth Sturm se méfie, il sait que ce garçon est un ennemi, le plus dangereux de tous peut-être, parce qu'il a vu dans les yeux de la femme, et dans ses gestes, quand elle le soignait, qu'elle le protège comme elle le protégeait jadis, lui Helmuth, que tout ce qu'elle lui donnait, à lui, d'apaisant et de rassurant était maintenant destiné à cet autre. Le garçon tira par le bras l'homme assis sur lui à califourchon, ces deux-là avaient un compte à régler, ils échangèrent des mots qu'il ne comprit pas, il profita de cet instant pour se débarrasser de son assaillant, se força un passage à travers les gens, une lame de couteau brilla, il se mit à courir le long de la maison en flammes, en sautant sur les chaises, les matelas, les ustensiles ménagers entassés sur le sentier. Derrière lui, les cris et les appels se firent de plus en plus menaçants, il était juste arrivé près des arbres quand un coup de feu claqua, suivi d'un autre venant d'en face, et alors tout sembla se mettre en mouvement, comme soulevé par une houle à la rumeur confuse. Il ne se retourna pas, il courait pour sauver sa peau, en haletant et en se parlant à lui-même à voix haute, ils ne l'auraient pas, il était plus malin qu'eux, lui aussi avait des armes. Il les entendit, ils étaient à ses trousses, le bruit qu'ils faisaient en courant se propageait dans le sol, il y eut des cris, encore des coups de feu, et une riposte venant de plus haut dans la montagne, il y avait des traîtres partout décidément, tous le traquaient. Là où le sentier faisait un coude, à l'endroit où il escaladait toujours le rocher, il jeta un coup d'œil par-dessus son épaule tandis qu'il se hissait en haut, en cherchant à tâtons les points d'appui familiers ; ce qu'il vit lui fit courir un frisson sur l'échine, il gémit d'angoisse devant le sentiment qui allait le paralyser : ils avaient du feu avec eux, des torches fumeuses et rougeoyantes, ces lumières approchaient en se déployant sur le versant. A reculons, incapable de détourner les yeux des flammes dansantes et vacillantes, il se glissa dans son trou. Il se cogna aux pierres, s'écorcha la peau. Il chercha à tâtons le conteneur, son trésor de guerre, son secret, qu'il avait trouvé un jour, il ne savait plus quand, dans une des grottes où il dormait l'hiver. Dans le noir, penché sur son bien, il dévissa le couvercle et sentit sous ses doigts la rondeur des grenades.

Quand il regarda à travers les buissons, ses poursuivants étaient tout proches, ils grimpaient, déployés sur la montagne, les flambeaux allaient et venaient. La lune était apparue derrière les crêtes, le ciel s'éclaircit peu à peu. Au pied de l'escarpement rocheux, ils furent obligés de se regrouper et de monter en file indienne sur le sentier de chèvres. Il rampa vers l'ouverture, passa le buste en dehors tout en restant dissimulé à la vue des assaillants par les buissons de thym. En tête marchaient des hommes qu'il connaissait, qui habitaient dans les maisons près de celle de la femme, ils avaient des bâtons, des faux et des fusils, ils s'interpellaient et frappaient sur les broussailles, et derrière suivait toute une meute, il reconnut des uniformes, les jupes et les fichus des femmes, et le short clair de l'homme qui l'avait attaqué. Il cligna des paupières devant la lumière des torches, le sifflement, ce supplice, éclata au tréfonds de lui, quelque part, et s'enfla à la vitesse de l'éclair. Il leva le bras et lança ce qu'il avait dans la main sur ceux qui grimpaient le sentier. Aaah !... AAAAAH !! Il reconnut le bruit, il reconnut l'effet et déjà les broussailles où les torches étaient tombées prenaient feu, les flammes se propageaient. Le grouillement de ceux qui se replièrent et se mirent à l'abri l'excita, il chercha à tâtons, près de lui, décidé à lancer encore, mais la distance était trop grande. C'est alors qu'un tir éclata du côté opposé, c'était les autres, ses ennemis, qu'on visait cette fois, il en vit s'écrouler deux, le reste se retrancha derrière les rochers, s'abritant autant de lui que de ses alliés cachés dans le lointain. Allez, Helmuth Sturm ! Attaque ! Tu n'es pas seul ! Le feu en bas, un signal, les flambeaux, des signes, comme jadis, tes camarades surgis magiquement à la rescousse et toi, solidaires dans le combat, vous formez un être un et indivisible, résolu, justifié. La fumée des broussailles en feu venait dans sa direction et le suffoquait. Il sortit du trou, en rampant latéralement jusqu'au bord de l'escarpement. Ceux qui s'étaient cachés en contrebas avaient éteint les torches, mais la lune maintenant brillait dans un ciel sans nuages et, dans cette clarté, il distingua le bandage du garçon. Il resserra les doigts sur la chose ronde et lisse qu'il avait dans la main, se releva d'un bond, les yeux rivés sur la tache pâle qui luisait comme une cible. Un grondement s'enfla en lui. C'est alors qu'il entendit sa voix, elle appela cet autre nom, dans une mise en garde, un gémissement – quelque chose de noir plongea entre lui et le garçon, il ne la vit pas, mais il sut que c'était elle ; elle reçut dans son corps ce qu'il avait déjà lancé. L'explosion, son cri de détresse et le coup de feu qui le fit taire furent simultanés.

TABLE

OUVRAGE RÉALISÉ
PAR L'ATELIER GRAPHIQUE ACTES SUD
REPRODUIT ET ACHEVÉ D'IMPRIMER
SUR ROTO-PAGE
EN FÉVRIER 2003
PAR L'IMPRIMERIE FLOCH
A MAYENNE
POUR LE COMPTE DES ÉDITIONS
ACTES SUD
LE MÉJAN
PLACE NINA-BERBEROVA
13200 ARLES